KB241057

폭 군

나남출판

나남문학선 · 3

폭 군

홍 성 원

NANAM
나남출판

작가 서문

　여러 해에 걸쳐 씌어진 중·단편(中短篇)들을 내가 고르고 남들이 추천해서 한자리에 묶어보았다. 이러한 작업이 지금의 내게 반드시 필요하다거나 유용한 것은 아니다. 어떤 의미로는 이 작업은 나보다는 남을 위해 마련된 편의인지 모른다.

　소설은 사물의 움식임을 글로 묘현한 것이라고 해도 좋다. 사눌의 움직임은 그것 자체로도 의미를 지니지만 그런 동작을 유발시킨 사물의 이면(裏面)에 숨은 이웃과의 역학(力學) 관계까지도 간접적으로 드러내 보여준다. 정지 상태나 침묵까지도 그런 의미에서 명확한 움직임으로 간주될 수 있다. 이웃들 모두가 울부짖거나 고함칠 때 한 사람의 침묵은 돋보이는 움직임인 것이다.

　사물의 움직임을 간접화법으로 설명하는 것을 나는 꺼린다. 움직임에서 중요한 것은 움직임이 진행되는 바로 그 시간이다. 간접화법이 부당하다고 하는 것은 움직임의 시간을 놓친다는 의미만은 아니다. 보여줘야 될 움직임을 간접화법은 설명으로 대신한다. 설명은 움직임이 지닌 고유의 민첩성과 현장성을 훼손한다.

　사람의 심리 변화도 움직임의 일종이다. 그러나 심리상태를 묘사함으로써 인간의 예비된 행동을 미리 짐작하는 방법만이 옳은 것은 아니다. 동작이나 행동을 그려 보임으로써 숨겨진 인간 심리를 역으로 드러내는 방법도 있다. 이때에 조심할 것은 기록의 엄격성이다. 형용사나 부사의 남발은 상상력이 비집고 들어갈 공간을 빼앗아버린다. 표현이 움직임을 가두지 않을 때만 그 움직임은 활력을 지닌다.

작품들을 한자리에 묶어놓고 보니 한 사람이 쓴 것 같지 않게 작품의 소재와 주제가 제각각의 얼굴들을 하고 있다. 이 잡다한 모양새 때문에 평자(評者)들은 내 작품들에 통일된 질서를 만들어 주기가 어렵다는 말들을 한다. 그러나 그것이 욕을 먹어야 될 나의 잘못일 수는 없다. 무엇이나 쓸 수 있다는 것은 작가들만의 소중한 즐거움이다. 더구나 소설은 그 안에 무엇을 담아도 별로 허물이 되지 않는 잡동사니 그릇이다. 소설이란 거칠게 말해, 익숙지 않은 사물에 대한 놀라움에서 비롯된다. 나는 어떤 사물에나 놀랄 준비가 되어 있다. 놀라는 것 모두에 대해 나는 일단 글이 될 수 있는가 하는 점검과 검토를 시도한다. 결국 잡다한 모양새의 내 작품들은 놀랄 준비를 갖추고 있는 열린 의식(意識)의 결과라고 해도 좋다. 한 번 놀란 사물에 대해 나는 두 번 세 번씩 거푸 놀라는 일은 없다. 면역성 때문이 아니고 분주히 새것을 찾는 나의 끝없는 호기심 때문이다. 그리하여 나는 항상 놀라기 위한 새로운 여행을 준비한다.

세상을 살아가는 한 방도로서 의식을 깨워두는 일은 내게는 매우 중요한 듯이 생각된다. 지금은 행복하기 위해 의식을 깨워두는 넉넉한 시대는 아니다. 가짜와 허위의 계속되는 속임수로부터 위해를 받지 않기 위해 깨어 있기가 급급한 시대인 것이다. 의식을 깨워두기 위해 지불되는 노력은 여러 가지다. 나는 사람이다 하는 계속적인 확인과, 지적 절름발이가 되지 않기 위한 부단한 자기 각성과, 그리고 무엇보다 급한 것은 휘청거리는 우리 정신에 평형감각을 찾아주는 일일 것이다. 우리가 다시 조심해야 될 것은 허위 그 자체보다 그것을 방치해 두려는 우리 내부의 게으름이다. 게으름에 대한 부단한 일깨움과, 허위의식에 대한 거듭된 문제삼기는, 잡다한 모양새의 내 작품들이 꾸준하게 시도해 온 일관된 작업이다. 눈 뜨고 깨어 있기만 하자는 데도 이렇게 힘든 세상에 우리는 살고 있다.

중편 〈暴君〉을 제외한 나머지 작품들은 내가 살아온 그 시대의 풍속에 아주 민감하게 반응하고 있음을 보여준다. 시대에 대한 즉물적인 반응을 나는 늘 조심하고 경계해 왔다. 그러나 지내놓고 보니 그 시대에 앓았던 질병들을 내 작품들은 아주 뚜렷하게 부스럼 딱지처럼 온몸에 지니고 있다. 낭패스런 느낌이 드는 것은, 내가 왜 그토록 시대의 풍속에 민감했던가 하는 것이다. 역사가 옳은 일 쪽을 편들지 않음을 아는 지금, 내 작품의 이런 편향은 나를 더욱 쓸쓸하게 만들고 있다.

한때 나는 완전성에 대해 짙은 동경을 품었던 적이 있다. '어떠한 희생을 지불하더라도'라는 말 따위에서 우리는 완전성에 대한 광포한 믿음을 발견할 수 있다. 완전성은 이상이다. 세상을 열심히 살아본 사람들은 완전성의 실재(實在)를 믿지 않는다. 그들은, 자주 화내고 자주 절망하고 자주 부활하는 사람들을 측은히 생각한다. 다발성(多發性) 분노와 즉흥적인 절망들은, 그들의 가장 큰 경멸의 대상이다. 그러나 그들도 가끔 손닿지 않는 목표를 향해 무리한 싸움을 걸 때가 있다. 이룰 수 없는 목표를 향해 그들이 열심히 부닥쳐 보는 것은, 목표에는 이를 수 없다고 하더라도 그 과정이 값진 것임을 알기 때문이다. 그들은 패배까지도 아름다운 것으로 만든다. 그들이야말로 싸울 줄 아는 사람들인 것이다.

　바다를 처음 보았을 때의 감동을 잊을 수 없다. 우리가 만날 수 있는 모든 사물 중에 바다는 가장 단순한 구도를 지니고 있다. 한 개의 선(線)과 두 개의 색상이 바다가 만드는 구도의 전부다. 가장 큰 것이 가장 단순해서 바다는 우리를 감동시킨다.
　진실에 대한 믿음을 잃었을 때 나는 문학을 손에서 내려놓을 것이다. 그리하여 할 일이 없을 때 나는 바다에 나가 감생이나 낚을 것이다.

1984년 3월

洪 盛 原

■ 자전적 에세이

소리 내지 않고 울기

홍 성 원

1937년 12월 26일 경상남도 합천군 삼가면(三嘉面) 외가에서 태어났다. 부친은 남양 홍(洪) 씨. 모친은 인동 장(張) 씨로 당시로서는 드물게 개화되어 연애결혼을 했다는 이야기다. 그들이 처음 만난 장소는 같은 직장인 군청이 아닌가 생각된다. 부친은 그 전에 사천(泗天) 친가에서 조부님의 돈궤를 훔쳐들고 일본으로 몰래 유학을 갔다가 그 후 돈이 떨어지자 신문 배달 급사 등으로 지독한 고생 끝에 동경수의전문학교(東京獸醫專門學校)를 졸업하여 수의사 자격을 소지하고 '조선'으로 건너왔던 모양이다. 한편 모친은 여학교를 졸업한 후 군정 잠사계(蠶絲係)에서 지도원으로 일을 보다가 마침 그곳에 새로 부임한 군청 축산계 직원인 부친과 눈이 맞았던 게 아닌가 싶다.

내가 태어난 외가나 친가에 대하여는 나는 지금도 아무런 기억이 없다. 나를 낳은 후 미처 두 돌이 되기 전에 양친은 직장을 따라 멀리 강원도 금화군(金化郡)으로 옮겨갔기 때문이다.

유년 시절의 내 기억은 강원도 금화군이 시발점이 된다. 나는 그곳에서 유치원을 졸업한 후 '대동아 전쟁'이 한창일 무렵 다시 강원도 고성군(高城郡)으로 옮겨 그곳 소학교에 입학했다.

이 무렵의 일 중 내 기억에 강하게 남는 것은, 경승지로 유명한 해금강의 아름다운 바다와 세계대전의 뜨거운 열기, 그리고 몇 가지의 개인적인 사건이다. 해금강의 아름다운 바다는 내 감성(感性) 형성에 중요한 요소로 작용한 듯하고, 세계대전의 뜨거운 열기는 전쟁에 대한 근원적 호기심을 자극하여 훗날 반전소설들을 쓰게 된 동기가 된 듯하다.

개인적인 사건으로 기억에 남는 것은 우리집 마구간에서 키우던 내키의 두 배가 넘는 적갈색의 우람한 말〔馬〕이다. 이 말은 공수의(公獸醫)인 부친이 농촌으로 가축 치료차 타고 다니던 준마로서 전쟁 말기의 저 혹독한 식량난 속에서도 우리 가족에게 양식을 공급해 준 훌륭한 공적을 지니고 있다. 전쟁용 군량이 부족하여 양곡 통제가 엄격하던 당시에, 공수의인 부친은 가축 치료비로 얻은 쌀을 말안장 밑에 감추어 끊임없이 집 안으로 운반했다. 그러나 이 말이 내게 지니는 의미는 양식 공급이라는 실용성보다는 내가 최초로 친해질 수 있었던 사람 이외의 동물이라는 점이다. 스포츠맨(권투)에 낙천적인 성격을 지닌 부친은 수의사다운 장난기가 발동하여 나와 말이 친해질 수 있도록 짓궂을 정도로 어린 나를 괴롭혔던 것으로 기억된다. 덕분에 나는 내 또래의 다른 소년들이 겨우 강아지나 고양이 따위와 친할 무렵 내 몸의 수배가 넘는 거구의 아름다운 준마와 친해질 수 있었다. 큰 동물에 대한 나의 병적인 호기심과 애정은 아마 이때부터 몰래 싹튼 것이 아닌가 생각된다.

또 하나 기억에 남는 사건은 가까운 이웃에 살고 있던 일본인 동급생과의 끊임없는 싸움이다. 잡화상을 하고 있던 이 달갑잖은 일본인 이웃은 어린애 낳기를 권장하던 시절이라 연년생의 고만고만한 아이들이 오류 명쯤은 된 것으로 기억된다. 식구가 많아 생활도 몹시 곤궁한 데다가 이 집안은 또 거의 매일 부부싸움이 계속되어 점잖은 이웃인 우리 양친에게 은근한 경멸을 받고 있었다. 나 역시 양친의 영향을 받아 그 집의 장남인 동급생을 꽤나 경멸하고 싫어했던 모양이다. 골목대장의 헤게모니를 놓고 나는 그 일본인 급우와 거의 매일같이 혹독하게 싸웠다. 싸움이 시작된 다음 얼마간은 언제나 내 쪽의 일방적인 패배로 끝났다. 힘으로나 체격으로는 내 쪽이 훨씬 우세했지만 나는 상대방을 쓰러뜨려 놓고도 주먹으로 때릴 줄을 몰라 오히려 역습을 당해 곧잘 코피가 터졌던 것이다.

결국 이 사실을 부친이 알게 되어 어느 날 나는 부친으로부터 주먹으로 치는 방법(?)을 누누이 교습받았다. 부친은 동경 유학 시절에 도장에서 정식으로 권투를 익혀 전 일본 학생의 페더급 챔피언까지 차지했던 관록이 있다. 챔피언의 아들이 동네 싸움에서 얻어맞다니, 부친은 그때 아마 꽤나 자존심이 상했던 모양이다. 그러나 부친의 진지한 교습에도 불구하고 나는 항상 상처투성이의 씁쓰레한 승리만 얻었을 뿐이다. 힘으로나 주먹으로 나를 당할 수 없게 되자 그 학우는 이윽고 계집애처럼 손톱으로 내 얼굴에 무수한 상처를 만들어 주었기 때문이다.

그러나 나는 이 학우와 멀지 않은 훗날 슬픈 작별을 고해야 했다. 일본이 패망하여 조선인의 보복이 날로 가혹해지자 그 학우는 며칠간 집 안에만 갇혀 있다가 어느 새벽녘에 어딘가로 홀연히 떠나버린 것이다.

전쟁 말기의 뜨거운 열기에 대하여는 〈타인의 광장〉이라는 단편 속에 그 일부가 소개되어 있다.

나는 매일 여러 명의 마을 아이들과 함께 일본 무사풍의 목검을 차고 마을 광장으로 구경을 갔다. 광장에서는 늘 우리들의 눈을 현혹시키는 강렬한 충동들이 준비되어 있었다. 붉은 띠를 가슴에 두른 전쟁터로 떠나는 입대 장정들, 간단없이 대륙으로 이동되는 헤아릴 수 없이 많은 전쟁 물자들, 꽃무늬의 옷에 넓은 띠를 두른 일본 여인들의 경쾌한 종종걸음, 광장 게시판에 만화풍으로 그려진 루스베르또, 짜지루(루

스벨트, 처칠) 등의 흉악한 적군 대장들, 소금에 절인 일본인들의 살구 짠지와 분홍빛 명태알들 … 특히 우리는 그즈음 길거리에 떨어진 어떠한 물건도 주워서는 안 되도록 철저히 교육을 받았다. 형체도 알 수 없이 까맣게 솟은 적군의 비행기가 우리들을 유혹하기 위해 각종 장난감과 과자를 마을에 투하했기 때문이다. 뚜껑을 열면 즉시 터지는 고성능 만년필 폭탄, 한 입만 베어 물어도 즉사하는 예쁜 색깔의 독약 든 과자, 이런 악랄한 적군의 유혹물들이 마을의 산과 들에 무수히 깔려 있는 것이다.

일본의 패망과 더불어 38선 이북인 고성에는 뒤이어 붉은 군대인 로스케들이 밀어닥쳤다. 흰 살갗에 모래빛 머리털과 회색 눈알을 한 그들은 아홉 살짜리 소학교 2학년 학생인 나에게는 괴이한 동물처럼 낯설고 무섭기만 했다. 그들은 때가 찌들어 반질반질 윤이 나는 군복을 입고 있었고, 껍질이 딱딱한 검은 빵을 달구지를 끄는 군마(軍馬)와 나누어 먹었으며, 읍내에서는 세워놓은 자전거를 거침없이 훔쳐 탔고, 지나가는 행인들에게 총을 들이대고 손목에 찬 시계를 닥치는 대로 강탈했다. 그러나 이들에게도 내가 감탄의 눈길로 바라본 한 가지 재미있는 재주가 있다. 잣과 해바라기 씨를 까먹는 그들의 재빠른 입놀림이다. 그들은 잣이나 해바라기 씨를 한 번에 한 주머씨 입 안으로 툭툭 털어놓고는, 입을 우물우물하면서 기막히게도 한쪽 입귀로 잣과 해바라기 씨의 껍질들만 줄달아 뱉어내곤 했다. 그 재빠른 입놀림과 재주에 아홉 살짜리 어린 소년은 숨을 죽여 감탄했던 기억이 있다.

결국 이것이 내가 만나본 슬라브계 소련인의 처음이자 마지막이 된다. 우리는 그 후 가족을 두 패로 나누어 1946년 초겨울에 38선을 몰래 넘어 원래의 고향인 남한으로 탈출했기 때문이다. 이때의 그 두렵던 월남 경험은 〈월경〉이라는 단편 속에 별다른 허구의 첨가없이 상세하게 기술되어 있다.

38선을 무사히 넘은 우리 가족은 부친이 직장을 구할 동안 서울에서 약 6개월간 무위도식하며 초조하게 지냈던 것 같다. 이즈음의 기억 중 기이하게 느꼈던 것은, 부친을 따라 어느 천막극장에서 우연히 관람한 〈이순신 장군〉이란 연극이다. 그 전에 내가 관람한 연극이나 활동사진에서는 일본의 사무라이들이 언제나 주인공으로 활약했었는데, 〈이순신 장군〉이라는 이 연극에서는 그것이 반대로 뒤집혀 사무라이 일당들이 참담하게 패하고 있었다. 낯선 옷(사무라이 복장에만 익숙해 있던 나의 눈에 임진란 당시의 조선군의 군복은 지극히 우스꽝스럽고 촌스러운 느낌이었다)을 걸친 조선의 군사들이 사무라이들을 여지없이 무찌르는 장면을 보고 나는 그날 밤잠을 설칠 만큼 심한 당혹감에 사로잡혔던 일이 있다.

1946년 후반에 부친은 드디어 시흥 군청에 직장을 얻어 가족을 인솔하고 서울을 떠나 경기도 안양(安養)으로 내려갔다.

해방의 혼란으로 일 년간 학업을 쉬었던 나는 안양에서 다시 그 해 말에 국민학교 3학년으로 복학했다. 교과서도 없이 노트만 들고 등교했던 나는 이때 처음으로 우리 모국어인 괴상한 한글과 상면할 수 있었다. 일 년 가까이 학교를 쉰 때문에 그즈음의 나는 동급의 학우들에 비해 모든 공부가 형편없이 뒤져 있었다. 특히 내가 그때 난감하게 느낀 것은 가갸 거겨로 시작되는 묘하게 촌스러운 한글이라는 글자였다. 그러나 나는 처진 공부를 겨울방학을 이용하여 거뜬히 따라잡았다. 내가 한글을 빨리 익힐 수 있었던 것은 학교에서의 교육보다는 집에서 어머니가 가르치신 주입식 교육방법 덕을 더 크게 본 게 아닌가 싶다. 어머니는 당신이 아주 오래 전에 외조부로부터 배운 방식대로 백지에 가지런히 칸을 질러 가갸 거겨를 단정하게 써주시고는 그것을 설득과 회초리를 동시에 사용하여 나로 하여금 조석으로 외우도록 혹독하게 다그치셨던 것이다.

시골(당시의 안양은 전형적인 시골이었다) 국민학교가 흔히 그렇듯이 나는 이곳에서 국민학교 5학년이 되도록 가족들의 별다른 간섭 없이 야생적으로 키워졌다. 강원도 고성에서는 나는 부모들의 과잉보호 아

14

래 모범적인 유치원생과 국민학생으로 자랐었다. 그러나 생활이 어려워지고 내 밑으로 계속해서 아우들이 태어나자 나는 드디어 부모들의 오랜 보호 밑에서 자연스럽게 놓여날 수 있었다. 내가 주로 안양에서 즐겨했던 일들은 가까운 산이나 개천으로 부모들의 눈을 피해 흙강아지가 되어 싸돌아다닌 일들이다. 앞자락에 언제나 하얀 손수건을 달고 다녔던 나에게 야산의 황토와 개천의 흙탕물은 말할 수 없는 감동의 현장이었다. 내가 주로 그런 곳에서 즐긴 것은 도마뱀이나 가재·피라미 등 작은 동물에 대한 호기심 어린 생포와 관찰이었다. 나는 부모들의 꾸중과 매질을 감수하면서도 거의 매일 기회만 주어지면 집을 도망쳐서 산이나 강으로 내빼곤 했다. 산이나 강으로 도망쳐 나와서야 나는 비로소 숨통이 트이는 황홀한 해방감을 만끽할 수 있었던 것이다.

그러나 이즈음의 기억들이 노상 황홀했고 유쾌했던 것은 아니다. 어느 날 나는 깊은 계곡 갈밭 속에서 아직 덜 썩은 검정옷을 걸친 하얀 백골과 우연히 마주쳤다. 물이 잦아진 하얀 갈밭 속에 그 백골은 전신대(全身大) 그대로 적막하게 누워 있었다. 어떤 경로로 그 백골이 인적 없는 그런 갈밭 속에 유기체로 누워 있었는지 나는 모른다. 내가 지금도 잊을 수 없는 것은 그 백골이 소년기의 오랜 기간 동안 무시로 나의 꿈속에 출몰했다는 사실이다. 6·25가 터져 더 많은 시체들과 익숙해진 후에야 나는 비로소 그 백골로부터 놓여날 수 있었다.

산과 개천과 친숙했던 안양에서의 내 생활은 6학년에 오른 얼마 후에 가족이 수원(水原)으로 이사를 감으로써 어느 날 갑자기 종지부를 찍는다. 부친이 계장으로 승급되어 시흥 군청에서 수원 시청으로 전근 발령을 받았기 때문이다.

수원은 내게 첫인상부터가 숨막히게 아름다운 환상적인 모습으로 다가왔다. 안양에서 수원으로 옛날 구 도로를 따라가자면 양쪽 도로변에 노송(老松)들이 총총히 박힌 지지대 고개라는 운치 있는 고갯길을 만난다. 이삿짐을 가득 실은 목탄차(木炭車) 트럭 위에서 나는 이 고갯길을 내려오다가 눈앞에 우뚝 막아선 거대한 성루와 성곽을 보게 된 것이다. 성과 성루를 처음 본 나는 첫눈에 수원이라는 도시에 숨이 막히는 감동과 흥분을 느꼈다. 동화 속에나 있음직한 그 환상적인 우람한 성곽이 내가 앞으로 살게 될 도시를 병풍처럼 둘러싸고 있었기 때문이다.

그러나 수원에서 나를 기다린 것은 아름답고 환상적인 꿈이 아니라, 각박한 현실이 가져다주는 참담한 시련이었다. 아마 이때 부닥친 시련이 내 일생 중 최초로 만난 힘겨운 난관이 아니었던가 생각된다. 나를 절망의 시련 속으로 몰아넣은 것은 수원 매산(梅山) 국민학교 6학년 1반 담임 선생님인 김동휘라는 분과의 만남에서 비롯된다. 산과 개천으로 그토록 열심히 쏘다녔지만 안양국민학교에서의 나의 성적은 4, 6등 정도로 언제나 상위권에 들어 있었다. 그러나 수원 매산국민학교로 전학한 나는 첫 번째로 치른 주말 종합고사에서 73명의 학급생 중 72등을 기록한 치욕적인 성적이었다. 그러나 이것은 그 뒤로도 내가 계속해서 겪어야 했던 엄청난 치욕의 시작에 불과했다.

1학기 중간쯤에 접어든 시기에 이 학교에서는 묘하게도 6학년 전과정을 벌써 한 차례 마스터하고 있었다(나중에야 알게 된 사실이지만 이 학교는 중학교 입시성적이 전국에서도 손꼽히는 유명한 학교였다). 따라서 나는 아무리 정신을 차려 선생님의 설명을 경청해도 그가 무슨 이야기를 하고 있는지 알아들을 수가 없었다. 또 하나 이 학교의 특이한 제도는 학생들을 종합고사의 성적순으로 매주 한 번씩 자리바꿈을 시키는 것이다. 성적이 제일 좋은 학생은 1조(組) 맨 앞자리에 앉히기 시작하여 그 뒤로 죽 성적대로 늘어앉아 마지막 꼴찌를 한 학생은 5조의 제일 끝자리인 교실 뒷문 바로 앞에 앉히는 것이다. 따라서 나는 성적순에 의해 언제나 교실 후문 쪽인 5조의 제일 끝자리에 앉게 되었다. 지금도 내 기억에 선명한 것은 '코딱지'라는 별명을 가진 나의 짝이었던 만년 꼴찌의 더러운 학우다. 그만이 내가 그 학급에서 성적으로 이긴 유일한 학우였다.

1학기가 겨우 끝날 무렵까지 내 좌석은 끝내 변동이 없었다. 나는 그때쯤에는 완전히 절망하여 도시락을 싸들고 등교는 했지만 하루종일 말 한마디 없는 등신 같은 소년으로 변해 있었다. 그러나 이것도 잠시뿐이고 드디어 내게는 무서운 선고가 떨어졌다. 1학기가 거의 끝나가는 어느 날 담임인 김동휘 선생님이 내게 부모를 모셔오라는 무서운 명령을 내리셨던 것이다. 김동휘 선생님의 이러한 명령이 무엇을 뜻하는가 나는 알았다. 그러나 나는 시침을 떼고 다음날 등교직전에 선생님의 명령을 그대로 부모님께 전했다. 그날 점심 시간 무렵에 학교에 나타나신 아버지는 잠시 교무실에 들르시는 듯하더니 내게로 다시 돌아왔다. 나를 복도로 불러내신 아버지는 한동안 말이 막힌 듯 나를 물끄러미 쳐다보기만 하셨다. 침묵에 잠기셨던 아버지의 입에서 이윽고 내가 예상했던 무서운 선고가 떨어졌다. 선생님 말씀이 너는 기초실력이 부족해서 도저히 이대로는 다른 학우들을 따라갈 수 없으니 중학교에 진학할 생각이 있다면 2학기에는 학년을 내려 5학년부터 새롭게 공부하는 것이 좋겠다는 내용의 말씀이었다. 완곡한 표현을 쓰고 계셨지만 나는 아버지의 말이 낙제를 가리키는 말임을 알았다. 갑자기 눈물이 솟아올라 나는 한동안 고개를 떨군 채 소리를 죽여 흐느껴 울었다. 낙제. 상상도 못 해본 치욕이었다. 이 내가 공부를 못 해 5학년으로 낙제를 하다니, 하늘이 일시에 무너지는 듯한 캄캄한 절망감이 몰려들었다. 나는 이윽고 고개를 들어 아버지에게 애원했다. 낙제만은 받아들일 수 없다. 죄송하지만 아버지께서 김동휘 선생님을 다시 한 번만 찾아뵈어 주시라, 아직 시간이 있으니까 하는 데까지는 해보겠다, 2학기 때도 성적이 오르지 않으면 그때 낙제를 해도 되지 않느냐… 잠시 망설이는 표정이시더니 아버지는 곧 고개를 끄덕이셨다. 그 길로 아버지는 나와 헤어져 다시 교무실로 바쁘게 내려가셨다. 하마터면 낙제생 자식을 둘 뻔했던 아버지는 이렇게 해서 그 치욕을 극적으로 모면하셨던 것이다.

최후의 순간에 위기에서 구제된 나는 그 후 낙제의 위협을 상기해가며 제법 열심히 공부라는 것에 달라붙었다. 희뿌연 남폿불 밑에서 나는 걸핏하면 밤을 새웠다. 당시는 9시 이후로는 전기가 없어 석유등을 사용해야 했다. 북한에서 보내온 전기로 불을 켜야 했던 남한에서는 북한이 제한 송전(送電)을 시작하여 9시 이후로는 가정등까지 사용할 수 없었던 것이다. 덕분에 나는 두 번에 걸쳐 가스 중독으로 의식을 잃고 죽을 뻔했다. 남폿불을 켜놓은 채 정신없이 공부를 하다가 그대로 잠이 들어 석유등 가스에 질식하는 소동까지 빚은 것이다.

성적은 한동안 별 진전이 없더니 이윽고 2학기 중간부터 급격히 오르기 시작했다. 나는 단숨에 1조까지 뛰어올라 김 선생님과 급우들을 어리둥절하게 만들었다. 결국 이렇게 뛰어오른 성적은 졸업을 코앞에 둔 무렵에는 5등 이내로까지 석차를 끌어올렸다. 덕분에 나는 졸업식장에서 규정에도 없는 묘한 상장을 받아야 했다. 순전히 나를 위해 만들어진 '진보상'이라는 우스꽝스러운 상장이었다.

1950년 이른봄에 나는 드디어 대망의 중학생이 되었다. 진학한 학교는 같은 고장의 실업 명문인 수원농림중학교였다. 그러나 중학생이 된지 석 달도 채 못되어 나는 뜻밖에도 서울 세브란스 병원에서 만성 복막염이라는 끔찍한 진단을 받았다. 나는 학교에 휴학계를 내고 수술을 받기 위해 서울로 올라왔다. 그러나 수술날짜를 받아놓고 집에서 수술을 대기하고 있던 중 나는 저 황당무계한 6·25전쟁을 맞이했다. 북한군이 38선을 돌파하여 남한에 대대적인 침공을 개시한 것이다.

전쟁중에 겪은 암담한 경험들은 이곳에서 새삼스레 길게 늘어놓을 홍이 없다. 그것은 괴롭고 참담하며 끔찍하고 잔인한 전쟁이었다.

수원중학교 맞은편 공터에 수십 구나 널브러져 있던 퉁퉁 불어터진 악취의 시체더미. 대동제지 옆 너른 콩밭에서 악을 쓰며 불을 토하던 인민군의 고사포 포대, 한밤에 홀연히 안방까지 침입하여 잠자던 아버지를 연행해 간 당꼬바지의 내무서원, 한 집 건너 이웃집에 살던 수다쟁이 마나님의 키가 멀쑥한 의용군 사위, 광석이네 집 툇마루에 틀어박힌 대가지를 쪼개는 듯한 쌕쌕이의 기총소사, 주인 없는 닭 한 마리를 잡아먹은 죄로 반송장이 되어 업혀 나온 아브라함 링컨을 닮은 키

꺽다리 태춘 아버지, 우리집 뒷개울 도랑창에서 응식이형이 몽둥이로 때려잡은 한복 차림의 나이 어린 인민군 소년 패잔병, 추석을 하루 앞둔 어느 석양녘에 돌연히 큰길에 나타난 유엔군의 선발대 탱크, 그날 밤 수원 시내에서 벌어진 폭죽놀이 같던 시가전의 현란한 탄환들, 매교다리 방앗간 집 맞은편 골목에 탱크와 함께 꺼멓게 타죽은 인민군 전차병의 머리 없는 시체, 호박푸레기가 늘어붙은 양재기 바닥을 열심히 혀로 핥아대던 어린 아우들의 절망적인 굶주림⋯⋯.

우리는 그러나 이웃집들에 비하면 지극히 재수가 좋은 다행스런 가족에 속한다. 일곱 명에 달하는 대식구임에도 불구하고 우리의 직계 가족들 중에는 죽거나 다친 사람이 한 명도 없었기 때문이다.

길고 잔인한 여름을 수원에서 보낸 뒤 우리 가족은 1·4 후퇴 때는 열차를 타고 경남 밀양(密陽)으로 피난을 떠났다. 빈 드럼통들이 쌓인 유개호에서의 피난길은 나의 유일한 소년소설인 〈기찻길〉이라는 장편에 제법 상세히 소개되어 있다. 밀양역에서 강제로 피난길을 중지당한 (당국에서는 부산으로만 계속해서 피난민들이 밀어닥치자 부산으로 유입되는 난민을 막기 위해 그 앞의 소도시 역에서 난민을 강제로 하차시켰다) 우리는 하룬가 이틀쯤 역 앞의 어느 여인숙에 묵은 뒤 이윽고 영남루(嶺南樓) 뒤의 어느 비스듬한 산비탈에 방 한 칸을 마련했다.

이곳에서의 비참했던 피난 생활 역시 우리 모두가 공통으로 겪은 가슴 아픈 경험이다. 몇 가지 이곳 생활 중에 특이하게 기억되는 것은 생전 처음으로 삶은 계란 바구니를 들고 아우와 함께 행상을 나갔던 괴롭던 기억과, 영남루 옆의 밀양 공보관 게시판에 매일매일 급변해가는 전황(戰況)에 관한 뉴스를 보던 일과, 나로서는 생애 최초로 어느 소녀를 남몰래 사랑했던 기억이다.

삶은 계란행상은 타고난 수줍음과 자존심 때문에 한두 번의 횡재를 제외하고는 신통했던 기억이 별로 없다. 행상중 제일 괴로웠던 일은 같은 바구니를 들고 나간 아우를 시내에서 우연히 만났던 때다. 모질게 찬 강바람을 쏘이며 계란 한 개도 팔지 못한 아우의 바구니를 곁눈

질로 훔쳐보고는 나는 어금니를 꽉 깨물고 필사적으로 눈물을 참아야 했다.

내가 이곳에서 사랑했던 소녀는 쌍갈래로 머리를 땋은 신현옥이라는 이름의 열네 살짜리 아름다운 소녀다. 그녀는 나와 같은 피난민으로 서울 아현동에 살다가 내려왔노라고 했고, 우리가 세든 단칸방과는 토 담 하나를 격한 가까운 이웃에 살고 있었다. 언제부터 그런 재주를 익혔는지는 알 수 없으나, 나는 그즈음 같은 또래의 아이들에 비해 옛날 얘기를 아주 잘했고 많이도 알고 있었다. 추운 겨울밤 이웃의 어느 짚을 쌓아둔 헛간 속에서 나는 내 또래의 소년 소녀들을 불러모아 놓고 진짜 반 창작 반으로 그럴 듯한 이야기를 한없이 길게 풀어놓았다. 소녀와 내가 처음 만난 것도 바로 이 헛간 속에서다.

지금 생각하면 사랑을 느낀 것은 내 쪽이 먼저가 아니라 소녀 쪽이 먼저가 아니었던가 하는 느낌이다. 그렇다고 하는 것은 내가 피난민 대표가 되어 본토박이 우두머리 소년과 동네 실권을 장악하기 위해 세 차례에 걸쳐 대판으로 결투를 벌였을 때 그 소녀가 내 편을 들어 눈물을 흘린 일이 있기 때문이다. 본토박이 소년에게는 지능지수가 약간 모자라는 20세 전후의 누이가 한 명 있었다. 내가 싸움에 이기기만 하면 언제 어떻게 알고 오는지 반드시 그 장소에 그 반편 누이가 나타나곤 했다. 다 이겨놓은 싸움도 그 누이가 나타나면 전세가 눈 깜짝할 사이에 내 쪽의 열세로 역전되곤 했다. 정신이 약간 모자라는 그녀는 손길이 사내처럼 우악스러웠고 힘도 놀랍게 센 편이었다. 자기 남동생을 타고 앉은 나를 보면 그녀는 괴성을 지르면서 불문곡직 나를 밀치거나 주먹으로 북 패듯이 내려치곤 했다. 그러나 언젠가는 이 꼴을 보다 못한 내 소녀가 그 우악스런 반편 처녀에게 눈물을 흘리며 육탄 공격을 감행한 것이다. 현장에 많은 소년 소녀가 있었지만 내 편을 들어준 사람은 오직 그 소녀뿐이었다. 나는 그후 동네 꼬마들과 어른들의 눈을 피해 그 소녀와 둘이서만 뒷산 대밭에서 은밀히 만나곤 했다. 그러나 은밀히 만나긴 했어도 그녀와 나 사이에 사고 같은 것은 일어나

지 않았다. 우리는 그저 낮은 목소리로 동요나 함께 부르고 손이나 서
로 마주잡았을 뿐이다. 소녀여, 지금 그대는 어느 하늘 아래 살고 있
느뇨?

우리가 피난지 밀양에서 다시 수원의 옛집으로 돌아온 것은 서울이
유엔군에 수복되고도 꽤 오랜 시간이 흐른 후다. 그즈음엔 이미 나의
모교도 정상수업을 시작했고, 피난갔던 주민들도 거의 대부분 돌아와
서 수원 시내는 잠시 전쟁을 잊고 새로운 활기에 넘쳐 있었다. 이번에
도 나는 학교 복학이 딴 학생에 비해 반 년쯤 늦었다. 더구나 교실에는
낯선 얼굴들(피난민 학생)이 많이 늘었고 교사(校舍)도 불타 없어져서
옛날 양잠실 창고를 임시 교실로 쓰고 있었다. 교과서를 몽땅 잃어버
린 나는 이번에도 안양국민학교 때처럼 중간쯤의 성적을 유지한 채 고
2 때까지 공부와 담을 쌓고 세월 좋게 놀며 지냈다. 농업학교로는 최고
명문으로 전국에 이름을 떨쳐온 모교도 이때쯤에는 북중(北中)과 농림
고등(農林高等)으로 분리되어 성적들이 형편없는 '똥통학교'로 전락하
고 말았다.

6·25 동란이 종식된 것은 내가 고등학교에 진학하여 첫 번째로 맞
이한 여름방학중이었다. 집 안에 닭과 돼지를 키운 것은 아마 이때쯤
이 아닌가 생각된다. 뒤쪽으로 수원천을 끼고 있는 매교동의 우리집은
하천부지로 버려진 유휴지를 생각만 있으면 얼마든지 유용하게 사용할
수 있었다. 공무원 봉급만으로는 생활이 궁색해진 우리집은 드디어 많
은 자식들(8남매 중 남자만 7형제다)의 장래를 생각해서 부업으로 집 뒤
터에 닭과 돼지를 키우기로 했던 것이다. 수의사인 부친의 뒤를 이어
(?) 나는 수원농림고등학교에서도 축산과(畜産科)에 적을 두었다. 앞
서도 잠깐 말했지만 나는 동물들의 생태와 습성에 남다른 호기심과 흥
미를 느껴왔다. 닭과 돼지를 키운다는 일은 그래서 내게는 별로 귀찮
거나 역겨운 작업이 아니었다. 이왕 축산과에 적을 둔 이상 그것은 오
히려 미리 치르는 훌륭한 현장실습이라고 생각했을 정도다. 공터가 넓
고 사료공급이 이럭저럭 가능해서 우리의 양계와 양돈은 처음부터 부

업치고는 제법 큰 규모였다. 닭이 약 5백 수나 되었고 돼지가 무려 20여 두쯤 되었던 것이다. 학업에 완전히 정나미가 떨어진 나는 머슴 중에도 상머슴이 되어 닭과 돼지치기에 열심히 전념했다. 그즈음 나는 기초실력이 워낙 부족해서 대학 입시에 가장 중요한 과목으로 지칭되는 영어나 수학은 공부할 엄두조차 나지 않았다. 국어와 축산학과 생물 등의 학과만이 학교에서 내가 약간 자신을 가진 과목일 뿐, 고 2가 되도록 별다른 희망도 야망도 없이 나는 떠꺼머리 상머슴 같은 모습으로 황금 같은 그즈음의 시간을 태평하게 놀며 지냈다. 간혹 자신의 장래를 생각하면 아득한 절망감도 없진 않았지만 그때는 너무 시간이 늦어 자포자기가 되어버린 것이다.

그러던 어느 날이다. 학교에는 입이 험하고 학생들에게 모욕 잘 주기로 소문난 선생님이 한 분 계셨다. 나와는 종씨로 영어를 가르치는 홍(洪) 모라는 선생님인데, 이 분은 그날의 날짜를 따라 학생들의 학번을 불러 리딩을 시키고 해석도 시키셨다. 예를 들어 오늘 날짜가 5일이라고 가정하면 6번 16번 26번의 순으로 6자 돌림의 학생들만을 골라 그날 호되게 리딩과 해석을 시키시는 것이다. 내 기억이 틀림없다면 그날이 아마 2학년 학기말인 12월 5일쯤이 아니었나 생각된다. 학번이 15번이었던 나는 이윽고 홍 선생님의 지명을 받아 벌써부터 주눅이 들어 시무룩이 자리에서 일어섰다. 주눅이 든 것은 너무나 당연하다. 그때의 내 영어실력은 중학교 1학년생에도 못 미치는 형편없는 것이었다. 내일 모레면 졸업반인 고 3이 될 판인데 내가 아는 영어라고는 겨우 '굿 모닝'과 '아이 엠 어 보이' 정도였던 것이다.

홍 선생님의 입에서 드디어 점잖은 명령이 떨어졌다. 그날 배울 영어 과목을 날더러 한 번 읽어보라는 것이었다. 나는 읽었다. 다행히 처음 몇 개 단어는 원래의 발음대로 내가 어설프게나마 읽을 수 있는 단어들이었다. 그러나 한 센텐스도 읽기 전에 나는 드디어 생전 처음 보는 난감한 단어와 부닥쳤다. 그 단어는 한국말로는 내가 이미 잘 알고 있는 아치(arch)라는 단어였다. 그러나 그것이 영어로 씌어져 있어

22

서 나는 잔뜩 긴장했던 판이라 순간적으로 얼어버린 것이다. 그러나 읽었다. '에르춰'라고 발음하지 않았나 싶다. 홍 선생님이 내 말을 듣더니 웃지도 않고 씨부렁거렸다.

"에르춰? 자네 감기들었나? 무슨 재채길 그렇게 하누?"

나는 아차 틀렸구나 싶어 재빨리 발음을 수정했다. 이번에는 제법 큰 소리로 '아크' 하고 자신 있게 발음했다. 그러나 홍 선생님의 입에서는 또 한 번 지독한 모욕의 말이 튀어나왔다.

"아크? 콧등이 깨졌나? 그건 무슨 비명 소리여?"

나는 다시 틀린 것을 알고 절망적으로 또 한 번 소리쳤다.

"어처."

내 말이 미처 끝나기도 전에 홍 선생님의 음성이 다시 들려왔다.

"응 많이 비슷해졌군. 허지만 그건 배 젓는 소리야."

왜 그랬는지 나는 모른다. 나는 거의 발작적으로 교과서를 팽개치고 교실을 뛰쳐나갔다. 전에도 나는 여러 차례 홍 선생님으로부터 그와 비슷한 야유와 모욕을 들어왔다. 그러나 그때는 얼굴만 붉힌 채로 그것을 곧잘 참아 넘겼는데 유독 그날만은 무슨 까닭인지 홍 선생님의 야유를 참을 수가 없었던 것이다. 교실을 뛰쳐나와 신을 찾아 신고 나는 그 길로 집으로 돌아왔다. 하학 때도 아닌데 책가방도 없이 돌아온 나를 가족들은 눈이 뚱그래져 의아스레 쳐다보았다. 그러나 내방으로 들어간 나는 방문을 안으로 걸어 잠그고 팔베개를 한 채 벌렁 누웠다. 이가 갈렸다. 홍 선생님도 밉고 학우들도 밉고 특히 영어라는 과목이 한없이 저주스러웠다. 어떻게 하면 나는 이 모욕을 풀 수 있을까 분을 삭이며 궁리했다. 어떻게 해야 저 지긋지긋한 영어를 때려눕힐 수 있을까 노여움으로 떨며 골똘히 생각하기 시작했다.

시간이 흐르자 분노가 가라앉고 내 몸에 드디어 후끈한 투지가 일기 시작했다. 그것은 내가 까마득한 옛날 매산국민학교 6학년 때 한 차례 겪었던 것과 비슷한 투지였다. 나와 가까운 학우 두 명이 그날 해질녘에 내 책가방을 집으로 갖다주었다. 그러나 나는 아프다는 핑계로 두 학우를 내다보지도 않았다. 결국 내가 그날 방에서 나온 것은 식구가 모두 저녁식사를 끝내고 잠자리에 들려는 한밤이었다. 책가방을 가져온 학우들을 통해 식구들은 그때 이미 학교에서의 일들을 알고 있었다. 그러나 평상시와 전혀 다른 내 행동에 식구들은 눈치만 살필 뿐 누구 하나 말이 없었다. 내 방에서 몰래 빠져나온 나는 심각한 표정으로 안방의 양친을 찾아갔다. 입을 떼기가 두려웠지만 나는 이미 결심을 굳혔다. 양친을 향해 나는 다시 한 번 엉뚱한 요구조건들을 꺼내놓게 된 것이다.

나는 졸업이 저지되지 않는 한도 내에서 학교에 당분간 등교하지 않겠다고 했고, 집 안에 박혀 있는 동안은 집안일을 일체 거들지 않겠다고 선언했고, 필요한 책을 구입하기 위해 약간의 돈이 필요하다고 털어놓았다. 양친은 처음에는 어리둥절한 표정을 지었으나 내 설명이 길어지자 나를 차츰 이해하는 눈치였다. 대학에 들어가기 위해 한 번 뼈개지게 공부를 하겠다는 자식의 결의에 고개를 내두르고 반대할 부모는 이 세상에 없다. 조건이 좀 괴상하긴 했지만 양친은 내 요구에 흔쾌히 응해 주신 것이다.

드디어 내 생애 중에 가장 고통스런 강행군이 시작되었다. 등교를 포기하고 집 안에 틀어박힌 것은, 내가 원하는 입시과목만을 집중적으로 파보겠다는 의도도 있었지만, 그보다는 훗날 꽁무니를 빼지 못하도록 등뒤로 변명의 여지없는 배수진을 치기 위해서다. 이 배수진이 실패하는 날이면 나는 두 번 다시 일어설 수 없을 듯한 두려움마저 느껴졌다. 그러나 배수진은 이미 쳐졌고 내 앞에는 피할 수 없는 강행군만이 남겨졌다. 나는 드디어 영어사전을 외우는 우직스런 계획을 비롯하여, 제한된 시간을 빈틈없이 쪼개놓은 무지막지한 시간표를 만들기에 이른 것이다. 이런 점에서 나는 가끔 가까운 내 이웃으로부터 미욱하다는 평을 듣는다. 눈앞에 지름길이 많이 있지만 나는 지름길을 찾는 시간에 차라리 먼 길일망정 냅다 돌아서서 뛰는 성격이다. 아마 이즈음의 내 공부라는 것도 이런 우직성이 충동하여 돌출하게 된 행동이 아닌가 생각된다.

여담에 속하는 이야기지만 이 기회에 한 가지 고백할 일이 있다. 영어나 기타 다른 과목들은 독학으로 어느 정도 공부가 가능한데 수학만은 독학으로는 공부가 불가능했다. 수학에 대한 못다 푼 한은 내 자식에게나 물려줄밖에 없다.

1956년 고대 영문학과에 입학했다(영어에 원한이 사무친 나머지 대학에서도 영문학과를 택했을 정도다). 그즈음 우리 집안은 자식들에 의해 경사가 겹쳤다. 한 해 전에는 둘째아들이 수원북중에서 공업학교의 명문인 경기공업(京畿工業)으로 진학하더니 그 이듬해인 1956년에는 장남과 삼남이 각각 고려대학교와 배재중학에 입학한 것이다.

그러나 우리집의 겹친 경사는 반 년 만에 여지없이 엄청난 불행으로 반전된다. 부친이 사무착오로 어떤 부정사건에 연루되어 재판 끝에 교도소에 수감되는 불행한 사태가 발생한 것이다. 가장(家長)을 잃은 우리 집안은 하루아침에 몰락의 길로 곤두박질치기 시작한다. 가세가 급격히 궁색해진 우리 집안은 이렇다 할 생계수단이 없어 오랜 세월 정들여 살던 집을 팔고 수원을 떠나 서울로 올라갔다. 버는 사람은 없고 먹는 입은 많아서 가세는 걷잡을 수 없이 점점 기울기 시작했다. 막막한 생계수단을 해결하기 위해 우리는 집을 줄여먹는 졸렬한 방법을 쓸수밖에 없었다. 드디어 우리는 원남동 소재의 집을 팔아 홍릉 변두리의 후생주택으로 옮겨야 했다. 부친이 수감생활에서 돌아온 것은 바로 이 무렵이라고 기억된다. 가족들은 모처럼 한자리에 모여 앉아 부친을 가운데 두고 환한 웃음으로 한 때를 즐겼다. 그러나 기쁨도 잠시뿐이고 궁핍한 생활환경은 조금도 호전되지 않았다.

그러나 절망감에 싸여 우두커니 천장만 쳐다보고 있던 내게 어느 날 뜻하지 않은 엽서 한 장이 날아왔다. 고대 은사이신 조용만(趙容萬) 선생님이 어떻게 아셨는지 내 딱한 사정을 아시고 뜻밖에도 동료교수 댁의 가정교사 자리를 수소문해 주신 것이다. 아마 이것이 내가 시작한 최초의 가정교사 이력이 될 것이다. 처음 찾아간 K교수님 댁에서는 내 실력이 괜찮아 보였던지 나를 계속하여 다른 집에까지 소개해 주셨다. 드디어 나는 본업인 학업보다 부업인 가정교사에 더 열심히 뛰어다니는 신세가 되었다. 돈암동에서 효제동으로, 효제동에서 다시 청량리로 나는 6시에서 밤 10시까지 부지런히 뛰어다녔다.

그러나 아무리 힘 좋게 뛰어도 한 대학생의 가정교사 수입으로 열 식구의 열린 입을 막아낼 수는 없는 일이다. 아니 입은 겨우 막는다 치고 고등학교 · 중학교 · 국민학교 순으로 내 밑으로 무려 일곱이나 되는 아우들의 학비는 도저히 감당할 수 없는 일이다. 버틸 때까지 버티다가 드디어 둘째 아우가 나 몰래 자진하여 학교를 그만두었다. 그는 학교를 그만두고도 아침이면 천연덕스럽게 책가방을 들고 집을 나갔다. 나중에야 알게 된 사실이지만 그는 아침에 집을 나가서는 온종일 점심도 굶은 채 홍릉 뒷산에서 해를 쳐다보며 지냈다고 한다. 3학년 일학기를 간신히 마치고 이번에는 내가 드디어 대학을 그만둘 차례였다. 나 한 사람의 대학 등록비로 아우 두 명의 밀린 학비를 댈 수 있어서 집에는 대학에 등록을 한 것처럼 속이고는 그 돈으로 두 아우들 학비를 대신 내준 것이다.

휴학중인 1960년 드디어 저 잊지 못할 4 · 19 의거가 발발했다. 나는 학생 아닌 휴학생 신분으로 머리 굵은 아우들과 함께 매일 거리로 쏘다녔다. 관권을 앞세워 그토록 당당하게 국민들 위에 군림하던 자유당이 민중의 거센 분노 앞에 소리없이 허물어지던 모습을 보기 위해. 그러나 감격도 잠깐뿐이고 이듬해 다시 저 추악한 5 · 16 군사 쿠데타가 뒤를 이었다.

이 해는 내게 있어서는 절망과 불행으로 연속된 한 해로 기록될 만하다. 정초에 나는 몰래 써둔 소설 한 편을 동아일보 신춘문예에 응모하여 당선작 없는 가작(佳作) 일석(一席)으로 입선했다. 가작을 줄 바에야 차라리 뽑지나 말 일이지 발표도 안 될 가작 소설을 왜 뽑았는지 알 수가 없었다. 이것이 바로 그 해에 시작된 내 불운의 첫 번째 신호였다.

나는 그후 7월 중순경에 내 젊음을 강제로 차압하는 입영 통지서를 받게 된다. 입대 며칠 전 나는 고심 끝에 아끼던 책들을 몽땅 동대문 시장에 내다팔았다. 나는 그때 학생으로서는 드물게 많은 영문학 원서들과 각종 문학책들을 소장하고 있었다. 6·25 동란중 각 도서관에서 시장으로 몰래 흘러나온 책들이 청계천변 판잣집 책가게에 무진장으로 널려 있어서 대학입학 후 2년 가까이 나는 미친 듯이 이 책들을 주워 모은 것이다. 눈물이라고는 좀체 모르던 내 눈에서도 책들이 밖으로 실려나갈 때는 목이 메이고 눈앞이 흐려졌다. 그 중에는 내가 두 번 다시 볼 수 없는 까마득한 일제 때 절판된 희귀본 책들도 상당수가 섞여 있었다.

책을 판 돈으로 집 안에 얼마간 양식을 마련한 뒤 나는 드디어 8월 1일 수색 간이역에서 논산행 열차를 탔다. 훈련소를 졸업하고 정훈학교를 거쳐 나는 이윽고 그 해 11월에 최전방에 위치한 백골부대(白骨部隊)에 배속받았다. 그후로 3년. 내가 이 기간중 한 일이라고는 군대라는 몬도가네 집단에서 나 자신을 결사적으로 보호하고 지킨 것뿐이다. 하늘이 십 원짜리 주화보다도 작은 그 고장에서는 외부로부터 누군가가 나를 끊임없이 해체하고 파괴하려 했다. 그 부당한 세력들로부터 내 자신을 지키고 보호하기 위해 나는 3년 동안 불철주야 피투성이로 싸운 것이다. 이즈음에 그러나 나는 다행히도 좋은 벗 한 명을 만날 수 있었다. 나를 알게 되어 손해만 보았다는 시인 황동규(黃東奎) 군을 한남동 정훈학교 시절 처음으로 만난 것이다.

1964년 제대를 불과 5개월쯤 앞두고, 한국일보 신춘문예에 단편 〈빙점지대〉가 당선되었다. 이 소설은 연대장의 명령에 의해 3대대 어느 토막사에서 전우애(戰友愛) 선양(宣揚)에 관한 연극대본을 집필하다가, 갑자기 게으름이 나서 이틀 만에 써낸 소설이다. 당선이 될 것으로 믿었던 소설은 겨우 가작으로 미끄러지고, 예선에도 들기 어렵다고 생각한 소설은 당선이 되어 나를 어리둥절하게 만든 것이다.

1964년 5월 16일, 나는 드디어 육군 하사 계급으로 대한민국 군에서 만기 제대했다. 3년 전 어느 여름날 강제로 차압당한 내 젊음을 만 33개월 16일 만에 감격스럽게 되찾은 것이다.

그러나 희망에 부푼 감격과 홍분도 내게는 막상 한순간의 착각에 불과했다. 집에서 나를 기다린 것은 군대보다 더 끔찍한 저 음험한 궁핍이었기 때문이다. 제대해 보니 나의 집은 창신동의 까마득한 산비탈에 올라앉아 있었다. 홍릉에서 월곡동 · 전농동 등으로 전전하는 동안 전세가 사글세로 쫄아들어 이제는 창신동 산비탈의 무허가 판잣집으로 낙착된 것이다. 절박한 가난이었다. 하루 세 끼 밥만 먹여주면 우리 가족은 그때 아마 지옥이라도 마다하지 않았을 것이다. 나는 허기진 아우들의 얼굴에서 굶주림이 주는 고통이 얼마나 절망적이며 잔인한가를 읽을 수 있었다. 이 고통은 설명만으로는 이해하기가 쉽지 않다. 굶주림이란 원래 머리보다는 몸뚱이의 소관사(所管事)이기 때문이다. 주위에서 배고픔을 메우어줄 아무런 수단도 발견할 수 없게 되면, 인간은 어느 누구라도 아주 쉽게 출옥 직후의 장발장이 될 수 있다. 나는 이것을 아우들의 눈빛에서 동질의 경험을 통해 위험스럽게 감지했던 것이다. 8남매 중 우두머리인 나는 그러나 아우들처럼 마음놓고 배고픈 척할 수는 없었다. 이것은 어느 사회나 마찬가지지만 우두머리에게만 주어지는 이중의 잔인한 고통이었다. 내가 만일 무심결에 작은 비명이라도 내지르면 아우들은 그것을 신호로 해서 나의 통제 밖으로 일제히 도망칠지도 모르기 때문이다. 아우들의 굶주림을 해결할 방법이 난감해진 나는, 다시 내 장기(長技) 중의 하나인 우직스런 장고(長考)에 들어갔다.

그러던 어느 날 우연히 집어든 신문에서 두 겹의 검정테를 두른 신문사 광고를 보게 되었다. 오래 망설일 것도 없이 나는 곧 아우들을 소집하여 어깨와 목에 힘을 주고 간곡한 표정으로 시한부의 인내를 부탁했다. 스스로 생각해도 이 부탁은 어처구니없는 황당무계한 것이었다. 부탁은 간단했다. 동아일보라는 신문사에서 50만 원짜리 장편소설을 모집하는데 그걸 내가 따올 테니까 너희들은 연말까지만 참아달라는 것이었다. 아마 이것이 내 일생 중 가장 힘겨웠던 위기에의 도전이 아니었나 생각된다. 나는 지금도 그때 일을 생각하면 면도날이 콧등에 닿는 듯한 아슬아슬한 느낌이 된다. 결과적으로는 일이 잘되어 아우들에게 약속을 지킨 셈이지만, 만일 그때 실패라도 했다면 나는 도대체 어떻게 되었을까 생각만 해도 모골이 송연하다.

장편 〈디데이의 병촌〉이 당선된 후의 일들에 대하여는 나는 더 이상 부연할 말이 없다. 그 후의 일들은, 그 동안 내가 써낸 글들이 여러 잡다한 모양새로 나를 대변해 줄 것이기 때문이다.

그러나 나는 이 글을 끝내면서 독자 여러분께 간곡히 부탁하고 싶은 말이 있다. 행여 여러분은 이상의 기록으로 나라는 사람을 잘 알았다고 턱을 문지르며 만족해 하지 않기를 바란다. 지나간 과거라는 것은 누구에게나 아름다운 법이고, 나는 또 아름다운 과거를 즐겁게 과장할 권리가 있다. 지금까지의 기록에서 만일 여러분이 3할의 진실만 발견해도, 그것은 분명히 말하건대 여러분 자신이 만들어낸 착각과 오해일 뿐이다. 이유는 거짓말을 만드는 것이 10년 이상이나 나의 직업으로 되어 있어서 나는 요즘 정직하게 쓰려고 해도 그것이 곧잘 삐뚜로 나가기 때문이다.

1978년 2월

(〈나〉, 1978년)

나남문학선 · 3

폭 군

차 례

· **작가 서문 / 5**
· **자전적 에세이 · 소리 내지 않고 울기 / 홍성원 9**

暴 君 / 31
武士와 樂士 / 111
흔들리는 땅 / 179
산 / 249
즐거운 지옥 / 267
괴 질 / 301
공룡을 본 사람 / 327
脫 身 / 349
三人行 / 367
七月의 바다 / 389
잘 가꾼 정글 / 407
雪 夜 / 427
공손한 폭력 / 447
一部와 全部 / 469

■ 작품론 · 긴장과 대결의 美學 / 오생근 493
■ 작가 연보 / 501

暴 君

차가 강변에 도착했다.

해가 막 지고 있어서 강변이 온통 타는 듯한 놀 빛이다. 일행 세 명이 차를 내려 빠른 걸음으로 강가로 다가간다. 햇빛에 바랜 흰 자갈들이 아래쪽 강가로 질펀히 깔려 있고 일행들이 서 있는 발밑의 자갈들은 작은 둑처럼 약간 높게 쌓여 있다. 둑은 붉은 황톳길에서 시작되어 살얼음이 잡힌 강가에까지 연결되어 있고 강물과 둑이 맞닿은 곳에는 굵은 말뚝들이 장방형으로 박혀 있다. 말뚝으로 된 장방형 울타리 속에 자갈들이 황토와 섞여 제단처럼 편평히 다져졌다. 배가 닿고 떠나기 좋도록 나루터에 만든 발판이다.

강은 수심이 얕은 탓인지 물보라를 일으키며 아주 빨리 흘러간다. 아직 본격적인 추위가 닥치지 않아 강심(江心)에는 얼음이 얼지 않았다. 자갈이 드러난 얕은 강기슭에만 유리처럼 투명한 살얼음들이 잡혀 있다.

바람이 강 위쪽에서 살을 엘 듯이 차갑게 불어온다. 바람 속에서는 강물 특유의 야릇한 물비린내가 풍겨 온다. 강은 아래로 내려갈수록 폭이 좁아지고 수심이 깊어지고 있다. 이쪽에서 시작된 모래 섞인 자갈밭은 높게 깎아지른 바위산 밑까지 연결되었고 석양을 정면으로 받고 있는 바위산에는 몇 그루 안 되는 소나무 따위의 침엽수들이 강 쪽을 향해 위태롭게 박혀 있다. 강은 그 바위산을 돌아 물보라를 일으키며 시야에서 사라진다. 바위에 부딪는 높은 물이랑들이 마치 작은 물총새 떼처럼 석양에 하얗게 반사되고 있다.

운전을 맡았던 건장한 사내가 맞은편 강기슭을 바라보며 고개를 약간 갸웃한다. 강 저쪽은 나지막한 모랫둑이 강변을 따라 제방처럼 길게 뻗어 있다. 제방 위로는 키 큰 포플러 나무들이 횡대로 길게 들쭉날쭉 박혀 있고 나무들은 모두 잎들을 털어 버려서 앙상하게 가지들만 남아 있다. 석양이 포플러 가지 사이로 눈이 아플 만큼 강하게 비쳐 온다. 가지에 부딪혀 분산된 빛들이 한 무더기가 되어 강물 위로 쏟아진다. 강은 표면으로 햇빛을 번쩍이며 갈 길 바쁜 나그네처럼 빠르게 흘러가고 있다.

"곤란한데 … 배가 없어."

사내는 장화로 얼음을 밟으며 강기슭을 떠나 세워 둔 차 앞으로 돌아온다. 노인과 청년이 차 앞에 섰다가 바람을 피해 강 쪽으로 등을 돌린다. 배가 없는 것이 아니다. 그들은 눈앞에 배를 뻔히 보고 있다. 배는 맞은편 강기슭의 커다란 말뚝에 단단히 묶인 채 짧은 로프를 팽팽히 당기고 강물을 따라 가로 길게 떠 있는 것이다.

"어떻게 된 거죠?"

청년이 추위에 억눌린 음성으로 혼잣말하듯 어눌하게 입을 연다.

"배가 있으니 사공도 있을 텐데, 뭐가 보여야 소리라도 쳐보죠."

노인은 청년을 무시한 채 눈을 가늘게 뜨고 강 저쪽을 바라본다. 눈어림으로 대충 계산해도 강폭은 칠팔십 미터가 착실하다. 수심은 별로 깊지 않았으나 물살은 사납고 매우 급하다. 모랫둑 너머에는 높은 산이 가로막아 모든 것이 컴컴한 산 그늘 속에 묻혀 있다. 모랫둑이 끝나는 왼쪽 강 기슭에 작은 샛길이 비스듬히 뚫려 있고 길은 왼쪽으로 벼랑을 끼고 곧장 활엽수의 숲 속으로 사라진다. 대개 나루터가 있는 곳에는 사공의 집이 있게 마련인데 배만 강변에 묶여 있고 사공의 집은 아무 곳에도 보이지 않는다.

"어이."

가죽 점퍼에 탄띠를 두른 사십대의 사내가 저만치 서 있는 청년을 부른다. 목소리가 세찬 강바람 속에서도 통 속을 울리듯 힘차고 칼칼하다. 그는 눈에 갈색 라이반을 써서 표정을 전혀 알아볼 수 없다. 양피로 만든 쥣빛 털모자가 라이반과 맞붙어 얼굴을 거의 가리고 있다. 두꺼운 천의 수렵복 바지는 무릎과 엉덩이 쪽이 햇볕에 하얗게 바래 있다. 사내는 시계를 내려다본 뒤 청년을 향해 손가락을 탁 퉁긴다.

"총을 가져오게."

"총을요?"

"만일 저쪽에 사람이 있다면 총소리를 듣고 나타나겠지."

"허지만 사공이 나타난다 해두 이 차는 강을 못 건널 게 아닙니까?"

사내는 청년을 돌아본 뒤 아무 말 없이 강가로 걸어간다. 사내의 행동에는 어딘지 모르게 상대를 위압하는 고자세의 고집 같은 것이 숨겨져 있다. 그는 강가에 도착하자 한 손으로 옷을 쳐들어 허리에 두른 탄띠를 더듬는다. 점퍼에 덮여 숨겨졌던 노란 엽탄들이 석양에 반사되어 가지런히 반짝인다. 그는 왼쪽 허리 부근에서 엽탄 한 개를 뽑아 든다. 엽탄은 그의 우람한 손 안에 마치 길든 호두알처럼 조그맣게 쥐어진다.

청년이 세워 놓은 차로 돌아가 총신이 기다란 엽총 한 자루를 들고 온다. 엽총은 관리와 손질이 잘되어서 갈색 개머리판이 금속을 입힌 듯 번쩍인다. 사내가 총열을 꺾어 능숙한 솜씨로 엽탄을 장전한다. 노인과 청년은 사내의 행동을 무표정한 얼굴로 잠잠히 바라볼 뿐이다. 총구를 맞은편 강변으로 향한 채 사내가 곧 엽총을 발사한다. 적막하던 강변과 산골짝에 총성이 돌연 광포하게 울려 퍼진다. 한동안 골짝과 번쩍이는 강물 위로 총성이 강철의 진동처럼 사나운 메아리가 되어 아득히 흘러간다. 사내가 총을 수직으로 쳐들고 얼음을 밟아 부수며 다시 차 쪽으로 돌아온다.

"아무도 없군."

"있을 턱이 없지."

노인이 말한다.

"무슨 소리요?"

"필시 그 산짐승 때문에 사공이 마을 쪽으루 피난을 갔을 게요."

"피난을?"

"사람이 벌써 둘이나 상했다니 누가 이런 외진 강변에 혼자 남어 배를 지키겠소."

사내가 잠시 노인을 마주본 뒤 옆에 선 청년에게 총을 다시 건네준다.

"사공이 만일 마을루 갔다면 우리는 이 강을 건널 수가 없지 않소?"

"차루 건넙시다."

노인이 빠르게 말하고 표정을 살피듯 사내를 올려다본다.

"어차피 사공이 있더라두 차는 여기다 남겨 두구 사람만 배로 건너갈 게 아니우?"

사내가 다시 강 쪽으로 몸을 돌린다. 그들이 서 있는 강 상류 쪽은 유난히 물살이 세고 많은 물보라가 일고 있다. 수심이 얕고 바닥에 자갈이 깔려 있어서 그쪽은 강물이 더욱 빠르게 흐른다. 강 복판에는 자갈로 이룩된 작은 둔덕이 섬처럼 솟아 있고 강물은 그 자갈밭을 사이에 두고 물보라를 일으키며 급하게 흘러가고 있다.

"저쪽은 물이 얼마나 깊겠소?"

"깊어야 겨우 허벅지쯤 찰 게요."

"바닥에 자갈이 깔렸으면 몰라두 만일 모래라면 차가 물살에 밀려 뒤집힐 위험도 있소."

"물보라가 저렇게 드센 걸 봐서는 바닥이 모래 아닌 자갈이 분명합니다."

"좋소, 해봅시다."

사내와 노인이 강변을 떠나 바쁜 듯이 차로 돌아온다. 청년과 노인이 차에 오르자 사내가 곧 운전석에 몸을 싣는다.

차는 좌석 뒤쪽으로 짐칸이 딸린 왜건이다. 짐칸은 약 한 평 넓이로 각종 짐들이 빼곡하게 실려 있다. 그들은 서울에서 이곳으로 출발하기 전에 대충 일 주일분의 장비와 비품들을 준비했다. 그들은 이번 사냥길이 보통의 출렵(出獵)과는 다르다는 것을 알고 있다. 그들을 파견한 수렵협회에서도 그들의 이번 출렵에 많은 기대를 걸고 있다. 협회가 그들에게 기대를 하는 데는 그럴 만한 이유가 있다. 수렵협회에서는 지금의 남한 땅에는 대호(大虎)가 이미 멸종되어 없다는 것을 기정사실로 믿고 있다. 대호는 1930년대를 전후해서 남한에서는 거의 자취를 감추었다. 대호가 왜 없어졌는지는 아직 확실한 이유가 밝혀진 바 없다. 몇몇 사람들은 심한 벌채로 대호가 서식할 숲이 없어졌다는 이유를 들고, 또 혹자는 6·25 동란 중에 대호가 총성에 쫓겨 모두 이북으로 월북했다고도 주장한다. 그러나 이유는 어찌되었건 남한에는 분명히 대호가 자취를 감추었다. 남한에 호랑이가 서식하지 않는다는 것은 여러 가지 정황으로 보아 거의 확실한 정설로 입증되어 있다.

대호, 즉 호랑이는 몸통 길이가 이 미터를 웃돌고 몸무게는 대충 삼백 킬로그램에 육박한다. 행동 반경은 사방 백 리로 말하자면 직경 이백 리 정도의 지역을 한 마리의 호랑이가 지배하는 셈이다. 대호가 한번 배불리 먹는 양은 육류로 대강 칠팔십 근 정도다. 그는 백 근짜리 돼지 정도는 단 한 번에 먹어 치운다. 하지만 한 차례 배불리 먹고 난 후에는 약 일 주일간 그것으로 만족하여 더 이상 먹지 않는다. 결국 남한에 대호가 서식하지 않는다는 증거는 대호의 무서운 포식량으로도 간접적으로 증명되는 셈이다. 대호가 일 주일에 육류 백 근을 먹어 치운다면 남한에는 그것을 먹여 살릴 만한 충분한 산짐승이 있어야 할 것이다. 하지만 사방 백 리 정도의 남한의 헐벗은 야산에는 실제로 대호가 포식할 만한 많은 수의 산짐승이 없다. 설혹 어느 깊은 산중에 그만한 산짐승이 있다고 하더라도 대호의 무서운 식욕 앞에서는 공급이 수요에 달려 겨우 한 달도 견디기 어렵다. 결국 대호는 산짐승이 없어지면 주린 배를 채우기 위해 자연히 민가로 내려오게 마련인데, 남한에서는 아직 어디에서도 호환(虎患)을 입었다는 소문이 없다. 산짐승도 없고, 호환도 없다면 대호는 결국 남한땅에 서식하지 않는 것이 된다.

그러나 며칠 전 수렵협회에서는 모 산간지방으로부터 놀라운 사실을 통고받았다. 대호가 어느 벽촌에 나타나 인명을 둘이나 해쳤다는 소식이 전해진 것이다. 통고를 받은 협회에서는 의아해 하면서도 긴장하지 않을 수 없었다. 그들은 마을에 나타났다는 대호가 혹시 호랑이 아닌 표범이 아닌가 의심했다. 사실 전에도 비슷한 소문이 지방으로부터 전해졌으나 실제로 엽사(獵師)를 파견해 보면 그것은 대호가 아니고 작은 체구의 표범이기가 일쑤였다. 그러나 이번에 보내 온 보고는 대호라고 믿을 만한 특징들이 여러 모로 적혀 있었다. 우선 목격자의 증언으로는 짐승의 체구가 중송아지만큼 크다는 것이다. 발자국의 크기가 직경 십오 센티가 넘고 황소를 앞발로 쳐서 일격에 쓰러뜨렸다고도 했다. 협회에서는 곧 현지에 전문 엽사를 파견하기로 결정했다. 하긴 대호거나 표범이거나 희귀하기는 마찬가지다. 만일 그것이 대호라면 협회로서는 의외의 수확인 셈이다. 멸종되었다던 대호의 출현은 남한뿐 아니라 온 세계의 뉴스가 되기 때문이다. 협회는 즉시 인선에 착수해서 사내와 노인을 선발하여 현장 답사대로 파견한 것이다.

사내는 40대 중반으로 현재 모 국가기업체의 사장이다. 그는 이태 전까지만 해도 군복을 걸친 군인의 몸이었다. 예편 당시의 그의 계급은 별 둘의 이성 장군이었다. 육 척에 가까운 훤칠한 키에 그는 뼈대가 지렛대처럼 억센 장한이다. 이마가 좀 불거지고 양 미간이 좁아서 전체적인 인상은 어딘가 답답하고 우울해 보인다. 그러나 움푹한 눈에 얼굴 복판으로 매부리코가 큼직하게 굽어 있어서, 선이 뚜렷한 아래턱과 함께 강하고 고집스런 무인의 풍모가 있다. 특히 그는 두 팔이 길어 손 처리가 항상 어색하고, 오랜 군인생활이 몸에 배어 행동에 매우 절도가 있다. 많은 부하들을 다루어 본 경험으로 그는 지도력이 자연스레 몸에 배어 있고, 상대가 아무리 키가 작아도 절대로 머리나 허리를 굽혀 상대의 키에 맞춰 주지 않는다. 언제나 철장 같은 꼿꼿한 자세로 상대방의 정수리를 향해 일방적으로 지껄이는 것이다.

그는 이번에 노인과 동행하게 된 출렵에 경비 일부를 출연(出捐)할 만큼 무척 열심이고 관심 또한 대단하다. 사냥 경험이 십 년이 넘어 그는 협회 내에서도 알아주는 실력자며, 사냥할 때 과학적인 기구를 많이 이용하여 그것으로도 유명하다. 조준을 좀더 정확히 하기 위해 늘 망원렌즈를 휴대하고 몰이꾼들과 연락을 취하기 위해 그는 휴대용 무전기까지 사용한다. 포획한 짐승을 달고 재기 위해 간단한 저울과 자도 휴대하고 야간 조준의 편리를 도모해서 그는 야간용 조준기까지 준비한다. 그가 사용하는 엽총과 엽탄은 모두 세계적으로 이름난 회사의 제품이다. 특히 그는 사냥꾼 특유의 직감이나 육감을 믿지 않아서 사냥에 따르는 여러 가지 행동수칙을 대부분 과학적인 장비와 기계류에 의존하고 있다. 결국 그는 사냥의 재미를 동물을 추적하고 사살하는 데 두고 있으며 동물과의 숨가쁜 대결에서 자신의 지혜와 용기가 우월함을 확인하고 싶어한다. 그의 생각에는 모든 동물들은 잡히기 위해 존재할 뿐이며, 일단 잡기로 결심한 짐승은 어떠한 수단을 동원해서라도 반드시 잡아야만 직성이 풀리는 성미인 것이다.

차가 타이어로 자갈을 퉁기며 강을 거슬러 위쪽으로 천천히 굴러간다. 해가 그 동안 많이 기울어서 강물이 온통 핏빛이다. 강은 상류로 올라갈수록 강폭이 점점 넓어지고 거기서 다시 위로 가면 자갈밭 끝머리에 모래 섞인 수초밭이 이어진다. 수심이 얕고 물살이 없는 곳에는 제법 두툼한 얼음들이 잡혀 있고 물살에 떠밀린 잡목과 풀줄기가 모래톱 기슭으로 퇴비처럼 높게 쌓여 있다. 물총새 비슷한 들새 두 마리가 차를 피해서 쏜살같이 강심으로 날아간다. 차는 거칠게 자갈밭을 벗어나 살얼음이 잡힌 강가로 접어든다.

타이어 밑으로 얼음 조각들이 콩깍지가 부서지듯 와삭와삭 건조하게 부서진다. 물속으로 들어선 차는 속력을 줄여 저속으로 나아가고 있다. 차창을 통해 바라보는 질펀한 강물은 너무 맑고 투명해서 유리 속을 보는 것 같다. 사내가 턱을 안으로 당긴 채 보닛 너머로 긴장하여 강심을 바라본다. 앞바퀴와 범퍼가 물살을 밀어서 보닛 위로는 끊임없이 물이 튀어오른다. 기어를 일단으로 변속하여 사내가 엔진의 출력을 높인다. 물살을 옆으로 받고 있어서 차체가 조금씩 강 하류로 밀리는 느낌이다. 물은 겨우 정강이가 빠질 정도의 깊이여서 차바퀴가 잠길 정도는 아니다. 사내가 강물을 보기 위해 한 손을 뻗어 운전석 도어를 연다. 활짝 열린 도어를 통해 차가운 강바람이 세차게 불어든다. 차는 불규칙한 자갈들의 충격으로 춤을 추듯이 껑충껑충 좌우로 흔들린다. 그러나 솟구치고 가라앉고를 반복하면서도 멈추거나 떠밀리지 않고 계속 느릿느릿 앞으로 나아가고 있다. 갑자기 차체에 충격이 전해지고 열어 놓은 도어를 통해 강물이 왈칵 넘쳐 든다. 사내와 노인의 오른쪽 몸에 솟구친 강물이 분수처럼 뿌려진다. 차는 한동안 발판을 잃은 듯 강물을 따라 이삼 미터쯤 흘러 내려간다. 다행히 시동이 꺼지지 않아서 차는 위태롭게 발판을 되찾는다. 자갈을 차고 물살을 가르며 차는 다시 힘겹게 앞으로 전진한다.

맞은편 강변에는 자갈 대신에 희고 고운 강모래가 묘한 무늬로 깔려 있다. 해가 완전히 산 뒤로 잠겨서 강변은 어느 새 짙은 그늘 속에 묻혀 있다.

위험을 넘겨 강심을 벗어나자 사내가 차를 세우고 몸에 튄 물기를 타월로 닦아 낸다. 물은 몸에만 뿌려진 게 아니고 윈도와 시트와 천장에까지 튀어 있다. 찬 강물이 옷에 스며들어 노인은 전신에 싸늘한 한기를 느낀다. 차는 물 밖으로 솟아오르자 커다란 물걸레처럼 사방으로 물을 쏟아내고 있다. 사내가 타월로 윈도를 훔친 뒤 물이 빠지기를 기다린 후 차를 다시 앞으로 몬다. 모래밭과 잇닿은 기다란 둑은 약 사오 미터 높이로 비스듬히 위로 뻗어 있다. 모래밭이 강 쪽으로 완경사를 이루고 있어서 그 위를 오르는 차가 왼쪽으로 위태롭게 기울어 있다. 포플러 낙엽들이 바람에 불려 사방 모래밭을 거의 샛노랗게 뒤덮고 있고 잎들이 진 포플러 가지들은 강바람을 받아 진자(振子)처럼 바들바들 떨고 있다. 사내가 한 손으로 핸들을 잡은 채 옆에 앉은 노인을 자랑스레 돌아본다.

"차가 역시 기운이 좋군. 하마터면 물에 빠진 생쥐 꼴이 될 뻔했소."

노인은 별말 없이 무표정하게 앉아 있다. 그는 이 중년 사내와 동행하게 된 것이 처음부터 못마땅하다. 거만하고 무뚝뚝한데다가 아무에게나 명령하듯 하는 이 사내가 노인에게는 단단하고 매끄러운 쇠붙이처럼 정이 통 느껴지지 않는다. 사실 노인은 사냥꾼 중에서도 큰 짐승만을 주로 사냥해 온 한국에서는 전설적인 원로급 전문 엽사다. 그는 사냥 말고는 배운 일이 따로 없어서 도시에 여러 해째 살고 있으면서도 생활이 늘 불안하고 구차하다. 더구나 몇 해 전에는 친구처럼 지내던 늙은 아내까지 세상을 떠나서 그는 더욱 가난에 쪼들렸고, 몸 담을 방 한 칸도 없이 이리저리 떠돌이 생활을 하고 있다. 그러나 노인이 정작 두려워하는 것은 도시 생활의 어려움이 아니고 몸이 늙어 다시는 사냥을 못 하게 되는 것이다. 칠십을 바라보는 그의 몸은 어느새 탄력을 잃어 모든 근육들이 후줄근히 처져 있고, 눈마저 어둡고 침침해져서 요즘은 돋보기를 써야 작은 물건을 볼 수가 있다. 그러나 그는 엽총만 손에 쥐면 금새 젊은 사람처럼 생기가 돌고 온몸에 힘이 난다. 사실 노인이 이 황량한 도시에서 그나마도 마음붙이고 사는 것은 겨울 한철 그에게 주어지는 사냥과 관계된 일 때문이다. 노인은 겨울철이 되어 사냥이 시작될 무렵이면 이틀이나 사흘씩 부자들에게 부정기적으로 고용된다. 노인을 고용하는 부자들은 대부분 엄청나게 돈이 많은 아마추어 사냥꾼들이다. 그들은 노인을 사냥 안내인으로 고용해서 겨울철 엽장(獵場)을 찾아 전국으로 휘몰아 다닌다. 힘 좋은 외국차를 타고 값비싼 엽총에 번쩍이는 가죽 장화를 신고, 그들은 사냥도 즐기고 사우나도 즐기고 방금 쏘아 죽인 산돼지 몸통에서 뜨끈뜨끈한 생피도 몸에 좋다면서 한 사발씩 퍼마신다. 노인은 그들이 총을 쏘아 짐승을 잡을 수 있도록 짐승의 길목과 짐승의 발자국과 짐승의 은신처를 일러줘야 한다. 그들에게 고용된 이상 노인은 불가피한 경우가 아니고는 절대로 총을 쏘아 짐승을 잡아서는 안 된다. 그는 다만 숨어 있는 짐승을 숲 밖으로 몰아내거나 짐승이 다니는 길목과 짐승의 발자국 따위만을 그들에게 일러주어야 하는 것이다. 노인은 이런 돈 많은 사냥꾼들을 마음속으로 수없이 경멸하고 멸시하지만 얼굴에는 그런 내색을 조금도 드러낼 수가 없다. 사실 그들에겐 짐승 사냥이 조기 축구나 사교춤 같은 흥겨운 놀이에 불과하다. 그들에겐 세상의 모든 들짐승은 사냥되기 위해 존재할 뿐이어서 때로는 다 먹지도 못할 짐승을 수십 마리씩 미친 듯이 사냥할 때도 있다. 노인은 이런 사냥이 옳지 않은 것이며 추하고 부끄럽고 부도덕하다는 것을 알고 있다. 사실 노인은 사냥을 할 때 자기가 쫓는 짐승을 마음속으로 깊이 사랑하고 동정한다. 상대가 영리하고 교활하며 민첩할 때는 노인은 그 짐승을 마음속으로 아낌없이 칭찬도 한다. 노인은 사냥을 하는 동안은 짐승과 자기가 은연중에 한몸이 되는 것을 알고 있다. 쫓기는 짐승이나 쫓는 사람이나 피차 최선을 다할 뿐 조그마한 양보도 없다. 그는 이런 추적중에는 아무 잡념도 품지 않는다. 사냥이 시작되면 짐승을 잡거나 놓치거나 그런 것은 이미 노인의 관심 밖이다. 쫓기는 짐승은 살기 위해서 자기의 최선을 다할 것이고 쫓는 사람은 잡기 위해서 역시 최선을 다할 뿐이어서 누가 이기고 누가 지는가는 별로 마음 쓸 일이 아니다. 결국 사냥의 승패는 짐승과 사냥꾼의 지혜와 담력과 인내력에 달려 있다. 최선을 다한 끝에 노인에게 남는 것은 겨룸의 결과가 아니라 녹녹지 않은 상대에 대한 마음으로부터의 존경과 사랑이다.

"어, 저기 집이 보이는군."

사내가 차를 강둑 위로 몰며 언덕 위 잡목숲 쪽을 턱으로 가리킨다. 모랫둑이 끝나는 밋밋한 공터 아래로 작은 실개천이 강 쪽으로 흘러들고 자갈이 곱게 깔린 개천에는 물이 얼어 유리를 간 듯 매끄럽다. 집은 바로 개천 왼쪽의 높은 잡목숲에 숨듯이 엎디어 있다. 차가 엔진

소리를 울리며 나루터 앞 공터를 빠르게 지나친다. 길에서 연결된 좁
직한 나루터에는 커다란 목선이 짧은 로프에 팽팽히 묶여 있다. 목선
은 오랫동안 비바람에 깎여 오래된 짐승의 뼈처럼 꺼칠하고 앙상하다.
개천을 건너고 길 위로 올라서자 주위의 숲이 짙어 부근 일대가 캄캄
하다. 집은 잡목으로 짙게 둘린 제법 높은 언덕 위에 지붕 마루만 겨
우 보일 정도로 납작하게 땅에 붙어 있다. 차가 가까이 접근하자 열
걸음쯤 앞쪽에 집의 전모가 드러난다. 사공막이 분명한 그 초가집은
지붕이 너무 오래되어 골이 깊게 패어 있고, 그 골에는 마른 박덩굴이
낡은 어망처럼 어지럽게 얽혀 있다. 얼어서 딱딱해진 황톳길 오른쪽은
역시 덩굴진 잡목들이 어둡게 뒤엉켜 있고, 잎들이 진 잡목들의 가지
에는 이름모를 빨간 열매들이 작은 생물들처럼 똘망똘망하게 매달려
있다. 차는 곧 초가가 올라선 언덕 밑 층계 앞에 멈춰 선다.

"박 포수, 집에 좀 가봅시다."

사내가 노인을 돌아보며 한 손으로 차 문을 연다. 노인은 사내가 내
리기를 기다려 역시 차에서 길 위로 내려선다. 바람이 강 쪽에서 거칠
게 불어와 부연 황토 먼지를 훅 하니 얼굴에 끼얹는다. 그 동안 해가
완전히 서산에 져서 주위가 좀더 어둡고 음산하다. 초가로 오르는 높
은 돌층계는 사람들이 자주 오르내려서 돌들이 매끈하게 닳아 있다.
사내가 언덕 밑 물도랑을 건너 비스듬한 돌층계를 앞서 오르기 시작한
다. 층계 양쪽에는 하얀 갈대들이 바람에 쓸려 가지런히 누워 있다.
햇빛에 건조된 갈대 잎과 줄기들이 바람에 불리어 끊임없이 버석댄다.
대여섯 걸음쯤 되는 층계는 곧바로 초가의 뒤뜰과 연결되어 있다.

층계를 다 오른 두 사람은 잠시 인적 없는 집 안팎을 둘러본다.

초가 앞쪽은 강을 향해 넓고 시원하게 열려 있고 그 위에서 굽어보
이는 강물은 어둠이 깃들인 거대한 계곡 사이를 유유히 흘러간다. 강
이편 뒤쪽 산에는 오래된 침엽수림이 검은 덩어리로 울창하게 덮여 있
고 그 사이에 검게 노출된 반점들은 커다란 바위이거나 화강암 절벽쯤
이 될 것이다. 산들이 겹겹으로 잇대어 있거나 겹쳐 있어서 주위에는

조그마한 들판도 보이지 않는다. 그들이 방금 지나온 자갈밭이 어둑한 황혼 속에 유일한 들로 길게 누워 있다. 두 사람은 곧 어깨를 움츠리고 강 쪽에서 다시 초가를 향해 몸을 돌린다.

초가는 부엌과 마루와 방이 하나로 잇닿은 삼간 구조로 되어 있다. 흙벽과 서까래와 꾸불텅한 기둥들은 오랜 세월 연기에 그을려 거무튀튀한 흑갈색이다. 굴뚝이 박힌 집 처마 밑에는 윗부분이 깨어진 오줌독이 하나 놓여 있고 굴뚝 주위에는 무수한 거미줄에 검은 그을음이 검불처럼 매달려 있다. 그들은 초가를 왼쪽으로 돌아 장독들과 땔나무가 쌓인 앞뜰로 들어선다. 앞뜰은 대여섯 칸 넓이로 반쯤 기울어진 싸리울타리를 둘러치고 있다. 얼마 전까지도 사람이 살았던 듯 우물가에는 뜻밖에도 말짱한 두레박이 놓여 있다. 사내가 마당을 가로질러 살대만 남은 방문 앞으로 다가간다. 그러나 방 안을 들여다본 그는 다시 몸을 돌려 부엌 쪽으로 걸어간다. 부엌과 방을 경계 짓는 기둥에 자그마한 나무패가 걸린 것이 눈에 띈다. 나무패에는 작은 구멍이 뚫려 있고 구멍에는 단순한 모양의 긴 열쇠가 묶여 있다. 사내가 나무패를 기둥에서 벗겨 내어 잠시 앞뒤를 살피듯이 뒤집어본다. 나무패에는 서툰 한글 글씨로 이런 말들이 씌어 있다.

사공은 당분간 이 집에 없습니다. 배를 쓰실 분은 이 열쇠를 이용하십시오.

사내가 나무패를 제자리에 걸어놓고 난감한 표정으로 노인 쪽을 돌아본다. 노인은 그러나 미리 알고 있었던 듯 별다른 내색 없이 생각에 잠겨 강쪽을 바라본다. 사내가 곧 노인에게 다가가 잘못이라도 추궁하듯 퉁명스레 입을 연다.
"아무도 없소, 당신 말대루. 사공이 아마 도망친 모양이오."
"저건 무슨 열쇠요?"
"배를 자물쇠로 채워 놨다는군. 저게 바루 그 열쇠요."

노인은 고개를 끄덕이고 앞장서 뜰에서 층계 위로 돌아나온다. 황혼이 깃들인 좁은 하늘에 날개 벌린 솔개 한 마리가 느릿느릿 날고 있다.

잡목들로 뒤덮인 좁고 험한 고개턱을 차가 라이트를 켠 채 힘겹게 추어오른다. 양쪽으로 높은 산비탈을 끼고 있어 엔진 소리가 산자락에 부딪쳐 유난히 크게 울린다. 길은 어느 틈에 아주 좁아져서 차 한 대가 겨우 다닐 만큼 답답한 넓이로 되어 있다. 문득 자동차의 헤드라이트에 고갯마루턱이 환히 드러난다. 서로 맞닿아 하늘을 가린 침엽수 가지들로 길은 완전히 굴속처럼 좁고 캄캄하다. 라이트가 잠시 상하로 출렁이며 고개턱 왼쪽의 묘한 물건을 환히 비춘다. 잔가지가 무성한 왼쪽 덤불 속에 잔돌들로 높게 쌓아 올린 거대한 돌무더기가 나타난다. 띠처럼 기다란 색색의 헝겊들이 잔가지와 돌무더기 사이에 어지럽게 감기거나 널려 있다. 돌무더기에 가까워지자 색색의 띠 같은 헝겊들은 좀더 선명히 불빛 속에 드러난다. 바람이 드세게 고개 위로 불어서 헝겊들이 온통 춤을 추듯 펄럭이고 있다. 사내가 두 손으로 핸들을 잡은 채 룸 미러 속으로 노인을 돌아본다.

"뭐요, 저건?"

"서낭이오."

"꼴이 흉하군."

노인이 차바닥으로 소리를 내어 침을 뱉는다. 노인의 행동은 무심히 보면 퍽 자연스런 동작 같다. 그러나 사내는 노인의 침 뱉기에 어떤 의미가 담긴 것을 알고 있다. 사내의 시선을 의식한 노인이 곧 얼굴에 노골적으로 불만스런 표정을 떠올린다.

"산중에선 입을 정하게 놀리시우. 서낭당은 바로 그 산을 부리는 주인이우."

사내가 입귀로 빙그레 웃으며 다시 룸 미러 속으로 노인 쪽을 돌아본다. 그는 이 노인이 사냥에는 능하지만 딱할 정도로 무식하다는 것을 알고 있다. 사실 노인에겐 납득하기 어려운 몇 가지 아둔한 고집들이 있다. 그는 사냥에 여자가 참가하면 대번에 얼굴색을 바꾸어 동행하기를 거부한다. 쫓기던 짐승이 절 경내로 도망치면 그는 또 그 짐승을 두 번 다시 쫓지 않는다. 특히 그는 선불 맞은 짐승은 결코 불맞은 그대로는 방치하거나 살려 두지 않는다. 사흘이 걸리고 일주일이 걸려서라도 그는 반드시 그 짐승을 뒤쫓아 사살하고야 손에서 총을 놓는다. 노인은 사냥을 할 때는 자기만의 몇 가지 법도와 금기(禁忌)를 갖고 있다. 사내는 그것을 잘 알고 있어서 가끔씩 그것을 들추어 노인을 놀리거나 비아냥대곤 하는 것이다

차가 서낭당 고갯길을 지나 다시 급하지 않은 비탈길로 들어선다. 노면에 큼지막한 돌들이 박혀 있어서 차체가 심하게 상하로 들까분다. 솔방울이 매달린 소나무의 잔가지들이 차 지붕에 부딪혀 요란스레 부러지거나 부서진다. 차가 앞으로 전진할수록 길은 한층 험하고 숲은 더욱 짙어질 뿐이다. 가끔 번쩍이는 헤드라이트 불빛 속에 놀란 들새들이 날개를 퍼덕이며 급하게 날아오른다. 길이 뚫린 숲 양쪽 어둠 속에는 덤불과 가지들이 빈틈없이 엉켜 있어서 흡사 누군가가 사람의 출입을 막기 위해 일부러 설치해 놓은 장애물 같다. 특히 어둠 속에 흰 뼈대로 우뚝 선 고사목(枯死木)들은 험한 산세를 대변하듯 유난스레 선뜩하고 음산하다.

차가 후미진 산굽이를 돌아 다시 비스듬한 비탈길을 추어오른다. 기압이 갑자기 낮아져서 고막에 멍한 통증이 전해 온다. 사내가 앞쪽을 바라보다가 턱으로 한 쪽을 가리킨다.

"민가가 있는데?"

청년과 노인이 고개를 돌려 차창 밖으로 어둠 속을 내다본다. 라이트가 비친 컴컴한 숲 한편으로 움집 비슷한 민가 네댓 채가 옹기종기 나타난다. 날이 저물어 캄캄한데도 민가에는 전혀 불빛이 없다. 사내가 어깨를 한 번 추스른 뒤 혼잣말처럼 중얼거린다.

"저것들두 또 빈 집인 모양이군."

"세워 보시죠."

청년이 말한다.

"세워 뭘 허게?"

"혹시 사람이 있을지두 모르지 않습니까?"

"그래 있으면 뭘 할 텐가?"

"마을이 앞으루 얼마나 남았는지 잠깐 쉬었다 물어보구 가시죠."

사내가 대답 대신 갑자기 차의 클랙슨을 꽝꽝 누른다. 길고 날카로운 경적음 소리가 어둠에 갇힌 검은 숲 속으로 우렁차게 울려 퍼진다. 가까이 갈수록 민가의 윤곽은 점점 뚜렷하게 드러난다. 초가집들은 모두 일곱 채로 산비탈 쪽 좁은 공터에 처마를 맞대듯 다닥다닥 붙어 있다. 차가 좁은 마을길을 벗어나 채마밭 비슷한 공지 위로 올라선다. 초가 주위로는 밭에서 캐낸 많은 돌들이 둑처럼 길게 쌓여 있다. 사내가 계속 클랙슨을 울리며 차를 민가 쪽으로 가까이 몰고 간다. 라이트에 드러난 첫번째 초가집은 지붕을 짚 대신 굵은 잡초로 엮어 얹었다. 이엉이 바람에 날리는 것을 막기 위해 지붕에는 여러 개의 통나무와 돌들이 묶여 있다.

차가 민가 복판의 넓은 공터에 멈춰 선다. 사내가 한 손으로 담배를 붙여 물며 클랙슨을 계속 짧게 눌러댄다. 문득 환한 라이트 빛 속으로 중년 사내 하나가 나타난다. 그는 라이트에 눈이 부신 듯 꾸부정한 자세로 손을 쳐들어 불빛을 막고 있다. 사내와 노인이 차를 내려 곧 양쪽에서 차 앞으로 돌아간다. 중년이 한동안 우두커니 서 있더니 차 앞으로 한발 두발 다가오기 시작한다. 쥐색의 두툼한 한복을 입고 있어서 중년은 실제보다 몸이 훨씬 커보인다. 그는 곧 차 앞에 이르러 라이트를 피해 운전석 쪽으로 붙어 선다.

"이 동네에 사시오?"

사내가 묻는다.

"예, 헌데 댁들은 뉘시우?"

"우린 용줏골을 찾아가는 길인데 민가가 보이길래 궁금해서 잠깐 들

46

렀소.”

“용줏골엔 어째 가시우?”

사내가 구원을 청하듯 옆에 선 노인을 돌아본다. 노인이 사내를 대신해서 중년에게 입을 연다.

“용줏골에 꽃이 드나든다길래 우리가 그 꽃을 만나보러 가는 길이우.”

“꽃이라니유?”

노인은 사냥을 나왔을 때는 짐승을 보통 이름으로 부르는 일이 없다. 이름을 부르면 짐승이 알아듣는다고 믿고 있어서 범도 제 이름으로 부르지 않고 꽃이라고 부르죠 있다. 사냥꾼들 사이에만 통하는 일종의 은어다.

“짐승 말이오. 사람을 해치는 크고 싯누런 산짐승 말이오.”

“사또 말이군요. 댁네들은 허면 읍내에서 보낸 포수들이슈?”

이번에는 노인 쪽에서 중년의 말을 알아듣지 못한다. 사내가 윗몸을 차체에 기대며 노인을 대신해서 입을 연다.

“우린 용줏골에 호랑이가 있다길래 서울서 일부러 여기까지 내려왔소.”

“사또를 잡으려구유?”

“사또가 뭐요?”

“짐생 말입니다. 이쪽 산골에선 그 짐생을 모두 사또라구 부릅지요.”

사내가 되는 대로 고개를 끄덕이고 중년에게 한 걸음 다가선다.

“그래, 우리는 그 사또를 잡으러 왔소. 헌데 용줏골은 여기서 얼마나 더 가야 하오?”

“이제 얼추 다 와 갑니다. 한 댓 마장만 더 가면 됩니다.”

“부락이 텅 빈 것 같은데 당신말구는 사람이 없소?”

“여긴 지금 나 혼자 남았습죠. 엿새 전에 다 용줏골루 피난들 갔소이다.”

"피난을?"

중년이 뭔가 답답하다는 듯 두 발을 초조하게 옮겨 딛는다. 발에는 뒤꿈치가 납작하게 꺾인 헌 짚신이 꿰여 있다.

"모두 사또님 성화 때문입죠. 이 부락엔 지금 장정 한 명씩이 교대루 남아 매일 밤 이렇게 번을 서구 있습니다."

"짐승이 그럼 이 부락에두 나타났소?"

"말씀 마십쇼. 이레 전에는 우리를 부수구 도야지 두 마릴 결딴냈습니다."

사내가 대화를 중단하고 노인 쪽을 돌아본다. 노인이 사내에게서 시선을 옮겨 중년에게 공손하게 입을 연다.

"잘 알겠수. 들어가 보시구려. 우린 지금 바루 용줏골루 떠날 게요."

노인이 중년과 헤어져 사내와 함께 차에 오른다. 마을 사내가 밝은 라이트 불빛 속으로 달음질을 쳐서 집 안으로 사라진다. 차가 구르기 시작하자 모처럼 뒷좌석의 청년이 묻는다.

"그 짐승 행패가 대단한 모양이군요?"

침묵이 흐른다. 방금 만나 본 산골 사람의 이야기만으로 사내와 노인은 이 산골에 지금 무슨 일이 있는지 대충 짐작할 수 있을 것 같다. 광포한 짐승의 공포에 짓눌려 산골은 지금 숨도 크게 못 쉬고 있다. 소문은 있지만 형체는 보이지 않는 그림자와 같은 무형의 공포다. 노인은 옛적 젊은 시절에도 이와 비슷하게 공포에 사로잡힌 산골 마을들을 본 일이 있다. 가축이 사라지고 담장이 무너지고 산에는 밤이면 온통 짐승의 울음소리가 가득하다. 눈이 덮인 마을 공지에는 직경이 한 뼘이 넘는 공포의 발자국이 어지럽게 찍혀 있다. 가축이 물려 간 자갈길 위로는 붉은 핏방울이 꽃잎처럼 흩어져 있고 들로 일 나간 아낙네의 옷자락이 가끔씩 걸레가 되어 후미진 골짜기의 풀밭에서 발견되기도 한다. 공포의 실체는 아무 곳에도 보이지 않건만 공포 자체는 가는 곳마다 안개처럼 가득 깔려 있다. 모든 기능이 정지된 마을은 이쯤 되면 더 이상 살아 있다고 할 수 없다. 보이지 않는 백색의 공포에 지배

48

당해 마을은 한낮에도 굳은 돌처럼 얼어붙어 있는 것이다.

"사또라는 건 무슨 의미요? 왜 범을 사또라구 부르는 게요?"

사내가 핸들을 잡은 채 룸 미러를 통해 다시 노인을 돌아본다.

"짐승을 떠받들어 그렇게들 부릅디다. 함경도 땅에서는 영감이라구 부르기두 합디다."

"떠받들다니, 존경해서 말이오?"

"산골 사람들은 꽃이나 곰을 산신령의 차사라구 생각들 허구 있수. 특히 함경도 두메 사람들은 꽃을 대로자(大老者)라구 해서 신령처럼 뫼시기두 헙디다."

"대로자?"

"어떻게 쓰는진 모르겠소만 늙은 신령이란 뜻이라더군."

"헌데 왜 유독 범만을 산신령이라구 생각하는 거요?"

"그 짐승은 다른 짐승을 잡아먹구는 반드시 머리하고 발목을 남겨둬요. 그래서 산골 사람들은 그 짐승이 머리를 산신한테 바친다구 믿구 있수. 몸뚱이는 제가 다 먹더라두 머리는 고스란히 남겨 산신한테 예 있소 허구 진상을 하는 폭이지."

차가 편평한 고개턱을 벗어나자 길은 다시 내리막이 된다. 헤드라이트가 차체의 요동으로 껑충껑충 춤을 추고 있다. 숲은 길에서 한 걸음만 벗어나도 인적이 미치지 않는 자연 그대로의 원시림 상태다. 표고가 차츰 높아질수록 나무들은 활엽수 대신 침엽수가 많아진다. 소나무, 전나무, 잣나무, 홍송(紅松)들이 하늘을 찌를 듯 컴컴하게 들어차 있고 숲 아래쪽은 햇빛이 미치지 않아 이끼나 잡초 외에는 만목(蔓木)들조차 볼 수가 없다. 바람이 침엽수의 높은 가지 위로 파도 소리처럼 쏴 하니 지나간다. 차가 침엽수의 숲을 통과하자 눈앞에 문득 높은 절벽이 막아선다.

"뭐야 이거? 산불인가?"

높이 십여 길쯤 되는 절벽은 짙은 회흑색의 거대한 화강암으로 되어 있다. 절벽 중간의 작은 공지에 몇 그루의 키 작은 소나무가 아슬하게 박혀 있다. 절벽을 에워싼 주위의 나무와 숲들은 불에 그을린 듯 온통 까맣게 밑동들만 남아 있다. 심한 산불이 스쳐간 모양으로 골짝을 사이에 둔 양쪽 산비탈이 폐허처럼 황량하다. 불에 탄 검은 몸뚱이로 골짝 가득히 서 있는 나무 밑동들이 흡사 공동묘지의 묘비들처럼 적막하고 서늘하다. 밑동들은 대부분 위로 오를수록 끝이 뾰쪽해져 마치 거대한 가시밭 같기도 하다.

"봤소?"

노인이 한 손을 들어 절벽 오른쪽을 가리킨다.

"보다니?"

"산양이야, 이쪽을 보구는 메뚜기처럼 석각 뒤로 달아났소."

"차를 세우리까?"

"그냥 갑시다. 큰 짐승을 쫓을 땐 저런 잔짐승은 모른 체해야 되우."

차가 아래로 내리박히듯 절벽 밑을 크게 돌아간다. 묵은 눈들이 길 위에 다져져서 노면은 오히려 매끄럽고 평탄하다. 절벽을 돌고 다시 얕은 구릉을 넘자 갑자기 시야가 트이면서 길이 제법 큰 들과 연결된다. 마을은 바로 그 들판의 복판쯤에 자리잡고 있다.

소문으로 듣기보다 마을은 훨씬 더 삭막하고 가난해 보인다. 마을이 자리잡은 분지형의 길쭉한 들은 산들로 겹겹이 둘러싸여 마치 우묵한 자배기 꼴을 하고 있다. 돌들이 많은 작은 계류가 마을 복판을 사행(蛇 行)으로 꿰뚫어 흐른다. 민가는 약 백여 호로 개천 양편에 산만하게 흩어져 있다. 바람의 피해를 막기 위해 모든 집들의 지붕 위에 길쭉한 통나무가 가로 얹혀 있고 어떤 집들은 너무 낮아서 지붕이 거의 땅에 닿을 정도다. 산으로 둘러싸인 좁은 하늘에 푸른 별들이 빈틈없이 박혀 있고 달은 번쩍이는 단검의 날처럼 동쪽 산 위에 비스듬히 걸려 있다. 집들은 개천에서 주워 낸 돌들로 대부분 가슴 높이의 얕은 울타리를 치고 있다. 키다리 포플러 몇 그루가 개천 둑을 따라 불규칙한 간격으로 서 있을 뿐 마을은 정적에 잠겨 인기척 하나 들리지 않는다.

"아무도 내다보는 사람이 없군."

사내가 앞서 차를 내리며 혼잣말처럼 중얼거린다. 차는 커다란 우물이 있는 마을 복판의 공터에 멎어 있다. 자동차의 라이트 외에는 어느 곳에서도 빛 한 줄기 볼 수가 없다. 마을은 마치 수십 길 물속에라도 잠긴 듯 깊고 적막한 고요 속에 차분히 가라앉아 있다.

"어이!"

사내가 큰소리로 차 옆에 붙어 선 청년을 부른다.

"자네 라이트는 꺼버리구 클랙슨을 좀 울려 보라구."

"예!"

청년이 허리를 굽힌 채 팔만 뻗어 차 안으로 디민다. 뒤이어 높은 경적음이 마을 전체를 뒤흔들 듯 크게 울린다. 사내와 노인은 경적음을 들으며 가까운 민가들을 조심스레 둘러본다. 마을에 전기가 없다는 것은 알고 있었으나 그래도 백여 호 민가에서 불빛 한 줄기 내비치지 않는 것은 이상하다. 노인이 사내와 헤어져 가장 가까운 민가로 다가간다. 모든 민가들이 토벽인 데 비해 이 집은 제법 회칠까지 하고 있다. 집 주위로는 사람의 키 높이로 육중한 돌담이 튼튼하게 둘러져 있고 이 집 역시 얕은 지붕은 이 고장 특산인 듯한 잡초 줄기로 엮어 얹었다. 대문이 마침 열려 있어서 노인은 넓은 뜰 안으로 조심스레 들어선다. 그러나 막상 집 안을 살펴보니 집 구조가 민가와 다른 공회당 비슷한 건물임이 밝혀진다. 문들이 모두 열려 있고 집 안에는 사람은커녕 변변한 비품이나 가구 하나 보이지 않는다. 자동차 경적음을 반복해서 울리며 사내와 노인은 사람들을 기다린다. 그들은 마을에 사람이 살고 있으며 그들이 조만간 나타날 것을 알고 있다. 상당한 시간이 흐른 후에야 이윽고 인기척과 함께 어둠 속에 네댓 개의 밝은 횃불이 나타난다. 횃불은 그들과 멀지 않은 곳에서 마치 유령처럼 갑작스레 솟아올랐다. 예닐곱 명의 사내들이 횃불을 손에 든 채 개천을 따라 그들에게 묵묵히 다가온다. 횃불에 드러난 주민들의 얼굴은 대부분 깡말랐고 오지그릇 같은 회흑색을 띠고 있다. 언 땅을 밟는 그들의 발자국이 적막한 어둠 속에 불규칙하게 울려 퍼진다. 사내가 곧 손전등을 켜서 그들의 앞길을 친절하게 비춰 준다. 그들은 서둘지도 주저하지도 않고 곧장 사내와 노인 쪽으로 다가온다. 불빛 탓인지 그들의 얼굴은 탈이라도 쓴 듯 무표정하고 딱딱하다. 주민은 모두 일곱 명으로 그들 중 한 명만이 횃불을 들지 않았다. 그는 나이를 짐작할 수 없는 매우 깨끗하고 곱게 늙은 풍신 좋은 노인이다. 노인이 무리들을 대표해서 사내 바로 앞에 정중히 멈춰 선다.

"이 사람은 부락 이장이외다."

사내는 바라볼 뿐 아무 말도 하지 않는다.

"댁들은 어디서들 오신 객이시오?"

사내가 허리를 꼿꼿이 한 채 이장 노인을 내려다보며 부드러운 음성으로 대답한다.

"우린 서울에서 내려왔습니다. 이 마을에 며칠간 쉬어 갈 계획입니다."

"그래 어쩐 일로 이 부락엔 찾아오셨소?"

"소문에 듣자니 이 부락에 고약한 짐승이 나타나 사람을 해친다구 하더군요. 우린 직업적인 포수들인데 바루 그 짐승을 잡으려구 왔습니다."

이장이 잠시 의심스런 눈초리로 사내와 노인을 훑듯이 살펴본다. 머리에는 망건이 반듯이 씌워졌고 몸에는 솜을 넣은 흰 한복을 단정하게 입고 있다. 산골 노인으로는 풍모와 언행이 매우 단정하고 위엄이 있다.

"듣자 허니 댁들은 예까지 허행을 한 듯싶소이다."

"허행이라뇨?"

"실은 그 짐승이 보름 전에 우리 마을을 떠나 지금은 없소이다."

"떠났다구요?"

이장이 고개를 끄덕인다. 사내가 그럴 리 없다는 표정으로 옆에 선 노인을 돌아본다. 노인은 그러나 사내를 무시하고 이장을 향해 급히 말한다.

 "이장님은 지금 우리헌테 빈말을 하십니다. 우리는 이리루 오는 길에 그 짐승을 두 눈으루 봤소이다."

 잠시 부락민과 노인 사이에 긴장된 침묵이 흐른다. 먼 곳 어디선가 깃을 찢는 듯한 들짐승의 울음소리가 날카롭게 들려 온다. 이장이 드디어 마주선 노인에게 위협하듯 입을 연다.

 "우린 댁들이 그 짐승을 잡는다면 댁들이 하는 일에 아무 편의도 드릴 수 없소이다."

 "폐를 끼칠 생각은 없습니다. 우리는 어르신 도움 없이 우리끼리 그 짐승을 쫓을 참입니다."

 "이장님."

 갑자기 사내가 두 사람의 말 짬에 끼여든다.

 "그 짐승에 욕심이 있어서 우리가 이 먼 길을 찾아온 게 아닙니다. 부락 사람들이 둘이나 상했다길래 그놈을 잡아 화를 없애려구 여기까지 찾아온 겝니다."

 "당치 않소이다. 우리 부락민은 그 짐승을 아무두 두려워허지 않습니다."

 "사람이 둘이나 상했어두요?"

 불만 섞인 사내의 음성이 용수철처럼 튕겨오른다. 이장은 그러나 굳은 표정으로 사내를 당당히 마주볼 뿐이다. 한 걸음 옆으로 비켜섰던 노인이 그제야 목소리를 낮추어 부드럽게 입을 연다.

 "우린 이곳 부락민이 그 짐승을 어떻게 생각하든 상관하지 않소이다. 아마 여기 분들은 그 산짐승을 신령이나 혼백으로 생각하구 계실 겝니다. 허지만 그 짐승은 혼백이든 신령이든 당장 사람을 해치는 사납구 흉한 맹수올시다. 어차피 그 짐승을 부락에서 몰아내자면 누구라두 나서서 힘을 써야 옳지 않습니까?"

 이장의 등뒤로부터 부락민 한 명이 큰소리로 묻는다.

 "당신들이 그래 그 짐승을 어떤 재주로 잡을 셈이우?"

 "우린 오랫동안 사냥을 해온 사람들이외다. 전에두 그런 고약한 산

짐승을 여러 마리 잡아 본 경험이 있소이다.”

잠시 이장과 부락민 사이에 낮은 귀엣말이 오고간다. 이장이 드디어 몸을 바로 하고 노인을 향해 담담히 입을 연다.

“우선 쉴 곳을 마련해 드리겠소. 자, 우릴 따라오시오.”

잠시 후 일행이 안내된 장소는 산골에서 흔히 볼 수 있는 방이 셋 딸린 평범한 초가였다. 토담으로 둘러진 초가 안 넓은 뜰에 즉시 부락 사람들이 굵은 통장작의 모닥불을 지폈다. 일행들을 안내하고는 이장이 자기 집으로 돌아가서 뜰에는 일행 세 명과 부락민 여섯 명만이 남았다.

부락민들은 긴장과 적의가 사라지자 뭔가 들뜬 듯한 흥분된 표정들이었다. 일행이 잘 곳을 살피기 위해 집 안팎을 둘러볼 동안, 그들은 작은 목소리로 가끔 자기들끼리 말싸움을 벌이곤 했다. 그들이 논쟁으로 삼고 있는 내용은 문제가 된 그 짐승의 실체에 관한 것이었다. 세 명의 부락민은 짐승의 정체가 이 부락을 다스리는 산신(山神)의 전신(轉身)이라고 주장했다. 그러나 두 명의 젊은 부락민은 그것이 성미 고약한 맹수일 뿐이라고 반박했다. 말다툼이 격해지자 그들은 결국 노인에게 다가와 자기들의 논쟁에 결론을 내려 줄 것을 요구했다. 그들은 내일 이 마을에 부락민 전체가 참가하는 큰 산제(山祭)가 있으리라는 것을 귀띔해 주었다. 산제는 물론 짐승을 위무하기 위해서 특별히 마련된 부락 공동의 큰 의식이었다. 부락민 전부가 참가하는 산제여서 내일은 부락이 모두 일들을 쉬리라는 설명이다. 말다툼 끝에 부락민들이 요구해 온 결론을 노인은 부드러운 미소로 어물쩍 피해 버렸다. 노인은 자기의 솔직한 설명이 그들에게 용납되지 않는다는 것을 알고 있었다.

논쟁이 끝나고 부락민이 조용해지자 일행은 서둘러 여장을 풀고 저녁 준비와 잠자리 손질을 시작했다. 입구인 대문이 너무 좁아서 차는 뜰 밖의 공터에 세워 두었다. 저녁을 준비하기 위해 청년이 오일버너와 취사도구 따위를 꺼내 오자 부락민들은 장비들이 신기한 듯 서너 걸음 비켜서서 열심히 지켜보았다. 차에 실린 대부분의 짐들은 사내 소유의 수렵 장비나 비품들이었고 노인의 짐은 염낭 한 개와 지금은 박물관에서나 볼 수 있는 구식의 엽총 한 자루가 고작이었다. 네 자루의 엽총과 부피가 큰 침구들과 많은 장비들이 차 안에서 내려졌다. 부락민들은 가끔씩 짐 나르는 일을 거들면서 신기한 듯 여러 물건들을 몰래 만지거나 살펴보곤 했다. 그들은 특히 엽총과 쌍안경에 많은 흥미와 호기심을 보였는데 사내가 엽총에는 가까이 가는 것도 싫어해서 사내 뜻에 복종하며 호기심을 참는 듯했다. 마지막으로 침구가 옮겨지자 짐들이 정돈되면서 집 안팎이 조용해졌다. 사내가 야외용 의자 두 개를 모닥불 주위로 옮겨 놓고 노인과 나란히 앉으며 부락민들을 가까이 손짓해서 불렀다. 그들은 우선 부락민들로부터 짐승의 최근 동태를 자세하게 듣고 싶었다. 말로 들을 수 있는 모든 정보는 가급적 빨리 들어두는 것이 좋다. 사실 짐승은 그들이 쉬는 이 시간에도 마을에 몰래 잠입해 그들을 지켜보고 있을지 몰랐다. 노인은 그러나 자동차의 출현으로 오늘밤은 짐승이 나타나지 않을지도 모른다고 생각했다. 사내가 담배를 붙여 문 뒤 부락민을 향해 연설하듯 입을 열기 시작했다.

"우린 이 마을에 범이 있다는 소문을 듣구 멀리 서울에서 일부러 내려왔소. 여러분들이 그 범을 무어라고 부르든 우리는 전혀 상관하지 않겠소. 나와 여기 앉은 이 영감님은 한국에서도 유명한 명포수들이오. 특히 이 영감님은 젊었을 적에 함경도와 만주 쪽에서 범을 십여 마리나 잡아 본 명포수요. 만일 여러분이 협조만 해주신다면 우리는 그 범을 틀림없이 잡아 보이겠소. 산제를 지내고 굿을 하는 것은 물론 여러분들의 자유지만 우리가 이 마을에 머물 동안 여러분들은 우리가 범을 잡을 수 있도록 여러 가지로 도와주어야겠소. 우리는 짐승만 잡으면 이 마을에서 즉시 떠날 거요. 그 범을 보셨거나 그 범에 관해 아시는 분은 지금 이 자리에서 우리한테 자세히 설명을 좀 해주시오."

사내는 말을 끝맺고 잠시 부락민들을 위엄있게 둘러보았다. 여섯 명의 부락민들은 한동안 자기들끼리 재빠른 눈짓들을 교환했다. 머리를 짧게 깎은 부락민 하나가 밭은기침 소리와 함께 모닥불 곁으로 다가 앉았다. 그는 서른 살 안팎으로 보였고 얽은 얼굴에 턱이 짧아서 어딘가 당돌해 보이는 사내였다.

"사또가 처음 우리 용줏골에 나타난 건 아마 보름 전쯤 될 겝니다."

"아, 잠깐, 당신들은 왜 그 짐승을 모두 사또라고 부르시오?"

"노인들이 옛날부터 그렇게들 부르길래 우린 그냥 따라 부를 뿐입지요."

"알겠소. 그러니까 범 종류는 모두 사또라고 부르나 보군?"

"아닙니다. 사또는 따루 있습니다. 우리는 잘 모르겠는데 여느 범과는 다르답니다."

"다르다니, 어떻게?"

"일테면 사또는 산신령이 현신하신 것으루 용줏골 산짐승의 왕이 되는 분이랍니다. 몸이 장대하구 바람처럼 빠르구 성정이 유달리 포악정한해서 특히 사람을 해칠 때는 악한 사람만을 골라 가며 벌주신답니다. 그리구 나올 때두 소문 없이 나왔다가 당신의 볼일을 다 마치면 다시 바람처럼 소문 없이 물러간답니다."

"알겠소. 그래 그 짐승들이 보름 전에 나와서 지금껏 무슨 짓을 했소?"

"첫날엔 뒷산에서 한 차례 울부짖구, 다음날엔 맨 먼저 고 영감을 물어 갔지요."

"누구요, 고 영감이?"

"혼자 사는 홀애비 늙은인데, 생업은 부락에서 약방을 열구 있었죠."

"그래, 그 영감이 어디서 화를 당했소?"

"장소는 아무두 모릅니다. 약초를 캐러 갔다가 별안간 산에서 변을 당한 모양입니다."

"변을 당했다는 것은 어떻게 알았소?"

"숯막에 있는 숯구이 강 서방이 피 묻은 옷자락과 약망태를 주워 왔습죠."

"옷자락을 주운 곳이 어디쯤이오? 부락에서 거리가 얼마나 떨어졌소?"

"참나무골 안골짝이니까 아마 칠팔 마장 좋이 될 겝니다."

사내가 한 손으로 턱을 문지르며 눈짓으로 부락민에게 다음 말을 재촉한다.

"그리군 한 네댓새 동안 부락은 다시 조용해졌지요. 헌데 닷새째 되는 날 문 서방네 암소가 또 목이 부러져 죽었습니다."

"범의 짓이오?"

"물론입죠. 죽어 자빠진 암소 목덜미에 갈퀴루 긁은 듯한 핏자국이 깊게 패어 있었습니다."

"또?"

"그리구 그날부터는 사또가 거의 매일같이 부락 주변을 서성대기 시작했습지요. 개두 물어 가구, 도야지두 업어 가구, 그예는 철모르는 애까지 크게 상해 놓구 말았습니다."

"어떤 애요, 상한 아이는?"

"상순이라는 처녀아입니다. 밭으루 중참을 내가다가 함지박을 엎은 채 그 변을 당했습니다."

"그 처녀도 죽었소?"

"막 변을 당하려는 참에 그 애 아버지가 짐생을 봤습지요. 지게 작대기를 들구 악을 쓰며 내달으니까 짐생이 물구 있던 애를 팽가치구 어슬렁어슬렁 산으루 도망을 치드랍니다."

"그럼 죽지는 않은 모양이군?"

"목숨은 건졌지만 죽은 거나 진배없습죠. 넋이 아주 달아나서 벌써 이레째 깨어나질 못 허구 있습니다."

"알겠소. 헌데 가장 최근에 범이 나타난 건 언제쯤이오?"

"어젯밤입죠. 차 서방 집 염소 두 마릴 결딴냈습니다."

사내가 말없이 옆에 앉은 노인을 돌아본다. 이번에는 노인이 부락민을 향해 말을 묻는다.

"여기 혹시 그 산짐승을 눈으로 본 사람은 없소?"

"제가 봤습니다."

부락민 한 명이 기다렸다는 듯 모닥불 너머로 노인을 바라본다. 그는 앞니가 앞으로 뻐드러진 마흔 안팎의 허우대가 큰 사내다. 뻐드러진 앞니를 가리기 위해서 그는 단단히 두 입술을 오므리고 있다.

"언제 봤소?"

"엿새 전입니다. 콩깍지를 거두다가 바루 제 집 울 밖에서 봤습죠."

"낮이요, 밤이오?"

"초저녁이올시다. 달빛이 희미한데 울 밖에서 사또가 절 뚫어지게 쳐다보더군요."

"얼마나 큽디까?"

"머리통은 커단 솥뚜껑만 하구, 두 눈은 시퍼런 화등잔만 했습니다. 절 뚫어지게 쏘아보더니 이빨을 까구 칵 소리를 한 번 내지르구는 슬며시 돌아서서 산자락 쪽으루 가버리더군요."

"몸은 머리에서 엉덩이까지 몸길이가 얼마나 되어 보입디까?"

"키는 별루 크지 않은데 체통은 당나귀만 했습니다. 꼬리는 네댓 자가 실허구 굵기는 우리 팔뚝만 했습니다."

"털 빛깔은 어땠소?"

"턱밑과 뱃바닥을 빼놓구는 온몸이 그냥 벌겠습니다."

"아니, 내가 묻는 건 털 무늬가 어땠느냔 말이오. 얼룽덜룽한 점이 박혔던가, 아니면 길쭉한 줄무늬가 쳐졌던가 ….'

"달밤이라 그건 잘 안 뷥디다. 온몸이 그냥 벌겋게만 보였습니다."

부락민의 이야기는 그 후로도 약 한 시간 가량 계속되었다. 노인과 사내는 그들의 이야기를 거의 빠뜨림 없이 꼼꼼하게 챙겨 들었다. 특히 노인은 이야기를 듣는 중에 그 범에 관해 새로운 느낌의 긴장과 경탄을 맛보았다. 그는 그 범이 인간에 대해 깊은 원한을 품고 있는 게 아닌가 생각했다.

노인의 경험으로 미루어 보아 사람을 해치는 범은 크게 네 종류로 구분할 수 있다. 첫 번째 종류는 범이 노쇠하여 사냥 능력이 없어진 경우이다. 그들은 자기 힘으로 사냥을 할 수 없어 가장 만만한 인간의 마을로 먹이를 찾아 내려온다. 두 번째 종류는 몸 어딘가가 고장 났거나 불편하여 역시 사냥 능력이 떨어진 경우다. 그들은 힘들여 사냥을 하기보다는 인간이 사는 마을을 습격하는 것이 가장 편하다는 것을 알고 있다. 무서운 실력자라고 믿었던 인간이 결국 알고 보니 직립으로 걸어다닐 뿐, 곰이나 멧돼지보다 훨씬 약한 먹이라는 것을 그들은 깨달은 것이다. 세 번째 종류는 이들과 달라서 약간 예외적인 종류라고 할 수 있다. 그들 중에는 가끔 한창 나이의 몸이 장대한 대단히 젊은 수범도 끼여 있다. 그들은 사냥 능력이 없어져서 마을을 습격하는 것이 결코 아니다. 그들은 늙거나 병든 범과 우연한 기회에 함께 어울려 마을 습격에 동행했다가 그 동료 범으로부터 전혀 새로운 사냥법을 배우게 된다. 말하자면 그들은 질 나쁜 동료에게서 사람을 습격하는 나쁜 습관을 잠시 배운 것에 불과하다. 나쁜 동료들과 헤어지면 그들은 다시 산으로 돌아가 그들의 본래 모습대로 사냥에 열중할 것이다. 네 번째 종류는 위의 세 종류보다 사람에게는 한층 고약하고 위험한 존재다. 그들은 몸이 늙지도 않았고 고약한 습관도 지니지 않았다. 다만 그는 어느 기회에 사람으로부터 치명적인 공격을 받은 일이 있다. 그 공격이 의외로 심각해서 그는 인간에게 특별한 증오심을 품고 있다. 만일 인간에게 공격당했을 때 큰 상처라도 입었다면 그의 증오심은 결정적이어서 상처를 혀로 핥으며 더욱 불 같은 복수심을 키울 것이다. 그들은 자기에게 고통을 준 상대는 꽤 오랫동안 잊지 않고 기억한다. 그리고 상대에게 허점이 보였을 때 그들은 이를 갈며 어김없이 복수를 행한다. 그들은 또 상대를 공격할 때 힘을 아끼거나 조정하는 법이 없다. 토끼나 쥐를 공격하면서도 그들은 황소를 공격하듯 온 힘을 다해 후려친다. 한데 그런 복수의 화신이 뜻밖에도 이 부락에 나타난 바로 그 범이었다. 노인은 그 범의 행적으로 미루어 그 범이 분명히 복수의 화신이라고 단정한다. 그는 사람만 해친 것이 아니고 사람이 사는 마을과 가축들에까지 격렬한 증오심을 드러내고 있다. 울타리를 부수고, 가축을 살상하고, 밭을 파헤치고, 초막을 쓰러뜨렸다. 사람의 손이 미친 모든 물건에 그는 맹렬한 분노를 불태우고 있는 것이다. 부락민들이 그를 사또라고 부르는 것은 이처럼 잔인하고 광포한 그의 특별한 증오심 때문이다.

부락민이 돌아가고 밤이 깊어지자 노인과 사내는 사냥계획을 짜기 시작했다. 그들은 우선 내일 새벽에 짐승의 출몰지를 조사하기로 결정했다. 그들에게 가장 큰 관심거리는 뭐니뭐니해도·범의 종류였다. 사내에게는 사실 이번 범 사냥이 그로서는 처음 참가하는 대물맹수 사냥이었다. 그는 사냥 경력이 십 년을 넘었으나 범 같은 맹수 사냥은 아직 한 번도 해본 일이 없다. 그가 사냥을 시작했을 무렵에는 남한에 범은 고사하고 곰 같은 큰 짐승도 만나기가 힘들었던 것이다.

여러 차례 부락민의 증언을 들었으나 노인은 아직도 그 범의 확실한 종류를 알 수가 없다. 현재까지의 상황으로 미루어 그것이 어렴풋이나마 대호일 것이라 추정할 뿐이다. 그러나 표범도 때에 따라서는 대호에 육박하는 특별한 거구가 있다. 특히 한국산의 대형 표범은 벵골 범과 체구가 거의 비슷하다. 결국 그 범의 정확한 정체는 현장에서 밝히는 것이 가장 확실하고 정확하다. 족적을 검사하고, 흘린 탈모(脫毛)도 살펴보고, 이빨 자국과 발톱 자국과 공격방법도 분석될 것이다. 범과 표범과의 구별방법은 사실 그 크기나 생김새에만 국한되는 것이 아니다. 범은 나무를 탈 수 없으나 표범은 나무를 매우 잘 탄다. 범은 대개 상대를 공격할 때 당당히 정면에서 공격의 무기로 앞발을 많이 사용하지만, 표범은 등뒤나 나무 위에서 발과 이를 거의 동시에 사용하여 공격하는 것이 서로 다르다.

사내와 대충 이야기가 끝나자 이번에는 노인 쪽에서 내일의 사냥에 대비한 몇 가지 구체적인 자기 계획을 털어놓는다. 그의 계획은 얼핏 보아서는 매우 단순하고 원시적인 것처럼 보인다. 첫째로 그는 범을 유혹하기 위해 미끼용 가축이 필요하다고 주장한다. 가축을 범의 출몰 예상지역에 끈으로 묶어 방치해 둔 후 자기들은 가까운 숲 속에 몸을 숨긴 채 범의 접근을 대기하자는 것이다. 물론 미끼용 가축으로는 개나 돼지 같은 시끄러운 동물보다 염소 같은 조용한 동물이 훨씬 좋다. 두 번째 계획은 노인에게는 말하자면 차선(次善)의 방법이다. 그는 범 같은 큰 맹수 사냥에는 발자국을 추적하는 것이 정도(正道)임을 알고 있다. 그러나 상대가 표범인 경우에는 발자국 추적이 매우 어렵다. 표범은 누군가가 자기 뒤를 쫓는다고 생각하면 재빨리 나무 위로 올라가 발자국을 감추기 때문이다.

노인은 일단 이런 정도로 첫날의 계획을 마무리한다. 사내가 술과 커피를 권했으나 노인은 사양하고 곧 잠자리로 들어간다.

땅을 울리는 쿵쿵 소리에 노인은 잠을 깼다. 쿵쿵 소리는 여러 사람이 무리를 지어 어딘가로 달려가는 소리다. 밖은 막 동이 트려는지 창문으로 어슴푸레 여명이 비쳐 든다. 사내와 노인이 마루로 나서자 뜰에는 어느 틈에 여러 명의 부락민들이 모여 서 있다. 그들은 모두 공포에 질린 채 손에 커다란 횃불들을 들고 있다. 노인이 먼저 엽총을 찾아 들고 마루에서 급히 마당으로 내려선다. 부락민들은 그러나 말뚝처럼 서 있을 뿐 입들을 다물고 누구 하나 말이 없다. 노인이 대강 사태를 짐작하고 부락민들을 향해 침착히 묻는다.

"진정들 하구 차근차근 말해 보시오. 대체 무슨 일이오?"

"사또가 나타났소."

부락민 한 명이 해쓱한 얼굴로 노인을 향해 무겁게 말한다.

"방금 사또가 마을루 내려와 돼지우리를 부수고 돼지 한 마릴 물어 갔소이다."

"갑시다."

노인은 더 이상 긴 설명을 듣고 싶지 않다. 부락민들이 길을 터주며 노인을 에워싸고 함께 어울려 뜰을 나간다. 관솔로 만든 커다란 횃불들이 새벽 자갈길을 대낮처럼 훤히 비춘다. 길 위로는 서리가 짙게 앉았고 땅은 돌처럼 딱딱하게 얼어 있다. 한 사내가 횃불을 내던지고 노인의 옆으로 바싹 붙어선다. 그는 이가 앞으로 뻐드러진 간밤의 그 노가라는 사내다.

"이장님은 방금 짐승이 나타난 걸 영감님들 때문이라구 생각하는 모양입디다."

"뭐요?"

"댁들이 우리 용줏골에 찾아와서 용줏골 산신님이 크게 화를 동했답니다."

노인은 대꾸도 귀찮은 듯 입을 다물고 노 가를 잠깐 돌아본다. 그는 이장의 생각이 그렇다면 주민들도 모두 같은 생각이리라 짐작한다. 갑자기 자기를 따라오는 주민들이 노인에게 퍽 불편하게 느껴진다. 그는 걸음을 멈추고 등뒤로 따라오는 부락민들을 돌아본다.

"댁들은 모두 돌아들 가시오. 내겐 길을 일러줄 한 사람만 있으면 되겠소이다."

부락민들이 횃불을 손에 든 채 잠시 멈춰 서서 서로를 돌아본다. 노인은 곧 그들을 남겨 두고 빠른 걸음으로 노 가를 따라간다.

현장은 노인이 투숙한 숙소에서 약 삼백 미터쯤 떨어진 부락의 반대편 끝이다. 노인과 노 가가 현장에 도착하자 그곳에도 벌써 십여 명의 부락민들이 모여 있다. 노인은 부락민들을 집 밖으로 쫓아낸 후 짐승이 다녀갔다는 돼지우리 쪽으로 다가간다. 사방을 목책으로 둘러친 돼지우리는 지붕을 역시 볏짚 아닌 이곳 특산의 잡초로 엮어 얹었었다. 우리 안에는 돼지의 오물이 짚들과 섞여 질퍽하게 깔려 있고, 날씨가 추워 일부의 오물들이 마치 자갈처럼 딴딴하게 얼어 있다. 돼지우리는 토담이 둥글게 둘러진 담장 안쪽에 위치하고 있으며, 집과는 불과 네댓 칸의 거리로 뒤쪽은 토담과 가깝게 붙어 있다. 가축에게 밟힌 검은 퇴비들이 우리 옆 작은 공터에 높다랗게 쌓여 있다. 노인은 범의 흔적을 찾기 위해 부락민의 손에서 횃불 한 개를 받아든다. 앞으로 자빠진 목책을 비롯해서 그는 횃불로 지붕과 구유통과 문짝 따위를 차근차근 비추어 본다. 목책 안쪽에는 오물이 마구 튀어 돼지의 격렬했던 반항의 흔적이 역력하게 남아 있다. 구유가 엎어지고, 목책이 부러지고 돼지가 넘어졌던 둥근 자국까지 남아 있다. 아마 자빠진 앞부분의 목책은 범이 가축을 끌고 갈 때 파괴한 것이 틀림없으리라. 노인은 우리에서 한 발 물러나 이번에는 다시 뜰안을 살펴보기 시작한다. 뜰은 잔돌들이 듬성듬성 박힌 퍽 단단하게 다져진 평평한 황토땅이다. 문득 퇴비더미 바로 앞쪽에 붉은 핏방울이 점점이 눈에 띈다. 핏방울은 황토땅에도 떨어져 표면이 고약처럼 검은 빛깔로 응고되어 있다. 노인은 횃불을 위로 쳐들고 범의 탈출로를 찾기 시작한다. 필시 범은 돼지를 입에 문 채 이곳에 멈춰 서서 탈출로를 궁리했을 것이다. 사방에 토담이 둘러져 있으니 그는 어차피 이 담을 넘어야 한다. 노인이 갑자기 작업을 중단하고, 한곳에 모여 선 부락민들을 돌아본다.

"잠깐 집주인한테 말 좀 물읍시다. 잃어버린 돼지가 대충 몇 근이나 나가는 것이었소?"

"칠팔십 근 좋이 될 게유. 얼추 중돝이 다 돼갔습지요."

노인은 고개를 끄덕여 보이고 담장 위쪽을 살피기 시작한다. 그는 범이 자기 체중의 한 배 반을 들어올릴 수 있다는 것을 알고 있다. 자기 체구의 배나 되는 황소도 범은 어렵잖게 목덜미를 물어 운반할 수 있다. 칠팔십 근 정도의 작은 돼지라면 범에겐 간단한 수하물 정도에 불과하다.

그 동안 날이 많이 밝아져서 주위에 훤한 새벽빛이 깃들이기 시작한다. 노인이 차근차근 토담 위를 살피고 있는데 사내가 뒤늦게 도착하여 노인에게 다가온다. 그는 탄띠와 쌍안경에 거의 빈틈없는 사냥 장비들을 갖추었다. 노인이 흙덩이 하나를 집어들고 냄새를 맡는데 사내가 퉁명스레 말을 건넨다.

"늦었소. 부락 사람들이 나를 모두 피해 갑디다."

"…"

"뭐 쓸 만한 흔적이라두 찾았소?"

"아직은 별루 신통한 게 없수. 당신 발밑의 그 핏자국이 전부외다."

사내가 뒤로 한 발 물러서며 자기 발밑을 내려다본다.

"돼지핀가?"

"그렇소."

사내가 기다란 허리를 접고 핏자국 앞에 엉거주춤 주저앉는다. 그는 포켓에서 돋보기를 꺼내 퍽 신중하게 핏자국을 살피기 시작한다. 노인이 사내에게 돌아와 손을 내밀어 무언가를 건네준다.

"그건 놔두구 이걸 좀 봐주시우. 핏자국보다는 이게 더 재미있을 게요."

"뭐요, 이게?"

사내가 노인의 손에서 몇 개의 털을 받아든다. 솜처럼 부드럽고 새의 깃보다 가벼운 짐승의 털이다. 노인이 사내를 내려다보며 혼잣말처럼 중얼거린다.

"설마 했더니 틀림없구려. 그게 바루 큰꽃의 털이외다."

"틀림없소?"

"냄새를 한번 맡아 보시우. 바로 저 담장에서 떼어냈소."

사내가 멍한 표정으로 담장 한 곳을 바라본다. 그곳은 육안으로 보아서는 아무 흔적도 흠도 없다. 노인이 콧날개를 벌름거리며 총신으로 두어 번 땅을 쿵쿵 내리친다.

"바루 저 담을 뛰어넘었소. 아마 단번에 훌쩍 뛰어넘었을 게요."

사내가 다시 털을 코로 가져간다. 짙은 노린내가 코의 점막에 매운 연기처럼 확 풍긴다. 그는 털을 앞뒤로 살핀 뒤 다시 돋보기로 세밀히 검사한다. 노인이 횃불을 퇴비 위로 던지고 사내를 향해 타이르듯 입을 연다.

"발자국을 찾아봅시다. 개가 있었으면 좋으련만….."

날이 완전히 밝아서야 그들은 염소 두 마리를 끌고 숙소로 돌아왔다. 숙소에는 이미 청년의 수고로 아침 식사가 준비되어 있다. 밑반찬과 즉석 식품들을 대충 마련해 왔으므로 그들의 식탁은 놀랄 만큼 화려하다. 과일에 통조림에 통닭이 차려졌고, 술과 어포와 찌개까지 준비되었다. 노인은 이제 이런 식탁에는 거의 만성적인 이력이 나 있다. 부자들의 사냥은 수렵이 아니고 일종의 유쾌한 들놀이에 불과하다. 그들은 아마 할 수만 있었다면 여자도 통조림통에 넣어오고 싶었을 것이다. 사내가 캔맥주를 반쯤 기울인 후 먼저 노인에게 말을 건넨다.

"첫날부터 한 방 먹었소. 박 노인두 뭔가 얼떨떨한 표정이더군."

"짐승이 무척 영악한 놈이우. 섣불리 다루었다간 되레 우리가 당헐지두 모르우."

"헌데, 네 발로 걸어간 짐승이 왜 통 발자국이 없소?"

"있긴 있는데 안 보여서 탈이지 … ."

"땅에는 얼어서 발자국이 없다지만 풀숲엔 그래두 흔적이 남았을 텐데?"

"전에두 그런 놈을 본 적이 있수. 발자국을 숨기려구 바윗등만 골라 딛습디다."

"바윗등 위로?"

"대개 그런 짓을 하는 놈들은 새끼들을 거느린 암컷들이우. 그런 걸 우리들 말루는 꽃밭 디딘다구 허는데 제 굴을 감추느라구 괜히 여기저기 엉뚱한 데다 발자국을 남기지. 허지만 그런 놈일수록 제 굴 근처엔 티끌 하나두 남기지 않수."

식사는 계속된다. 노인은 식사중에도 사냥계획으로 머리가 복잡하다. 그는 자기가 쫓는 짐승이 의외로 강한 적수임을 깨닫는다. 그놈은 지금까지 겪어 본 짐승 중에 어쩌면 노인에게 가장 힘겨운 적수인지 모른다. 아직 당해 보진 않았으나 노인은 그놈의 놀라운 대담성과 간교한 지혜를 대충 알 것 같다. 자기 발자국을 숨기기 위해 바윗등을 타는 놈이라면 그놈의 지혜와 교활성은 가히 짐작하고도 남을 일이다. 문득 노인의 흐릿한 눈앞으로 그놈의 장대하고 아름다운 전신이 떠오른다. 아마 그놈은 왕자다운 체구에 피처럼 붉은 주홍빛 혀를 가졌을 것이다. 이 〔齒〕들은 마치 잘 벼른 낫과 같아서 질긴 가죽과 뼈까지도 단숨에 자를 것이다. 특히 노인은 그놈의 걸음걸이에 항상 아낌없는 찬사를 보내곤 한다. 그놈은 그토록 장대하고 육중한 거구를 마치 뱀이 풀숲을 통과하듯 소리 없이 이동시킨다. 덤불 속을 헤치고 짙은 숲을 가르면서 그놈은 정말 바람처럼 소리가 없다. 두 치 가까운 그놈의 발톱은 단검 같아서 어떤 질긴 가죽이라도 단숨에 갈갈이 찢을 수 있다. 노인은 그놈의 공격 자세에는 언제나 턱이 굳을 만큼 감복한다. 피스톤같이 굳센 다리로 온 전신의 무게를 싣고 그놈은 마치 포탄처럼 날아가 자기 목표물을 일격에 박살내는 것이다. 탄력에 넘치는 그놈의 근육엔 잘 손질된 비로드 같은 아름다운 무늬의 털이 덮여 있다. 가끔 그놈은 갈대에 몸을 비벼 아름다운 자기 털에 가벼운 전기를 일으키기도 한다. 그놈은 또한 기분이 좋을 때는 거대한 목통을 울려 지극히 아름다운 노래도 할 줄 안다. 가랑가랑하고 목통을 울릴 때 그는 영락없는 저음가수다. 그의 노래를 무서워하는 것은 듣는 쪽의 오해에 불과하다. 식사를 끝내고 휴식을 취할 때 그는 또한 몸치장도 잊지 않는다. 솔같이 깔깔한 주홍빛 혀끝으로 그는 매우 엄숙하게 털들을 빗는 것이다. 그러나 노인이 그놈의 버릇 중에 가장 격찬하는 행동은 따로 있다. 새벽녘, 그놈이 큰 나무등걸을 앞발로 긁으며 산천이 울리도록 우렁찬 고함을 내지를 때다. 노인은 결국 자신이 뒤쫓는 짐승이면서도 내심으로는 그놈을 한없이 사랑하고 경외(敬畏)한다. 그것은 마치, 만만찮은 적장에게 이쪽 장수가 그 지혜와 용기에 감복하여 아낌없이 찬사와 존경을 보내는 것과 흡사하다.

　노인은 때로 자기가 사냥꾼이 된 것을 슬퍼하고 후회할 때가 있다. 그는 짐승을 추적하는 포수지만 한편으로는 그들과 가장 가까운 벗이기도 하다. 짐승들의 아주 작은 비밀스런 동작 속에서도 노인은 재빨리 그 짐승이 준비하는 다음 동작을 읽어 낼 수 있다. 그들은 종류와 습성에 따라 천양백태의 귀여운 모습들을 하고 있다. 밀림은 우선 숲의 은자(隱者)인 과묵한 부엉이의 울음소리로 잠을 깬다. 외치듯 하는 그들의 음성은 홀로 된 여인이 슬픔에 잠겨 마치 애절하게 짝을 부르는 소리와 흡사하다. 매도 역시 과묵한 은자지만 그들의 음성은 이슬처럼 투명하다. 골짝을 굴러가는 그들의 음성은 쟁반 위로 구르는 한 개의 은방울이다. 산양은 적을 발견하면 기폭을 찢는 듯한 휘파람을 불곤 한다. 그것은 흡사 전쟁터의 나팔수가 황급히 퇴각신호를 보내는 것과 비슷하다. 산돼지에겐 창끝과 같은 억세고 강한 어금니가 돋아 있다. 적을 대했을 때 그들은 흙먼지를 내뿜으며 기관처럼 일직선으로 돌격해 온다. 밀림에서는 역시 산까치 일당이 가장 시끄러운 수다쟁이다. 그들이 날고 있는 하늘 밑에는 반드시 피비린내가 나는 어떤 비극이 펼쳐져 있다. 밀림의 대식가인 곰은 역시 그 식성에 맞게 체구로는 대적할 자가 없다. 그들은 자기가 지배하는 지역에는 딴 짐승의 접근을 완강히 거부한다. 자기가 그곳의 왕자임을 표시해서 그들은 몸을 곧추세워 발톱으로 나무등걸에 거대한 표를 해둔다. 노인은 특히 밀림의 귀족을 사슴 무리라고 단정한다. 우아한 뿔과 매끈한 몸매의 그들은 분명 숲 속의 기품 있는 귀족이다. 그들이 암컷에게 구애를 청할 때는 이곳저곳에서 뿔을 무기 삼아 무시무시한 결투가 벌어진다. 결투에 이긴 강한 승자만이 보통 오륙 마리의 아내들을 거느릴 수 있다.

결국 노인이 짐승들에게 보내는 애정은 일종의 순수한 동료애와 같은 것이다. 그것에는 일방적인 사랑이 있을 뿐 복잡한 계산도 까다로운 격식도 없다. 보이지 않는 질긴 끈으로 그는 짐승들과 한 동아리가 된 것이다. 그러나 일단 총을 잡으면 노인의 태도는 홀연히 달라진다. 그는 자기와 자기의 상대가 정정당당히 싸울 것을 알고 있다. 가급적 노인은 자기의 상대가 강하고 굳세며 지혜롭기를 희망한다. 쫓고 쫓기는 그들만의 다툼에서 이왕이면 양편이 자기의 최선을 다하기를 희망한다. 특히 그는 상대가 강할 때 두 가지 엇갈린 감정을 경험한다. 하나는 상대에게 맹렬히 불붙는 강한 투지고 또 하나의 감정은 상대의 지혜와 담력에 저절로 우러나는 존경과 경탄이다. 결국 노인의 그 두 개의 감정들은 애정이라는 한 개의 바탕 위에 형제처럼 자리해 있는 것이다.

식사가 끝났다. 사내가 먼저 자리를 일어나 마당에 묶인 염소들을 바라본다. 털 색깔이 검은 염소들은 아직 제대로 성장하지 못해 뿔들이 겨우 반 뼘 정도 자란 새끼들이다. 그것도 반쯤 털 속에 묻혀 있어 방어무기로는 형편없이 빈약하다. 사내가 다시 의자에 앉으며 노인쪽을 물끄러미 돌아본다.

"날씨가 좋군."

사내를 무심히 마주볼 뿐 노인은 역시 말이 없다. 해가 동녘에 훤히 떠올라 담 위로 밝은 햇살이 부챗살처럼 퍼져 있다. 하늘은 사내가 지적한 대로 구름 한 점 없이 맑고 푸르다.

"염소들을 목에 묶어 두려면 우선 그 목을 찾아야 하지 않소?"

"찾아야지요."

"그래, 저것들을 묶어 놓구는 대충 얼마나 기다려야 되오?"

"사냥은 본디 숲에 들어 지키구 참구 기다리는 게 일이우. 사냥꾼이 기다리는 걸 못 참아서는 토깽이 한 마리두 잡지 못허우."

"둘이 번갈아 순번을 섭시다. 순번 없는 사람은 발자국을 찾기루 하구…."

"당신 혼자 찾을 수 있겠수?"

"글쎄, 이럴 줄 알았으면 우리집 러키를 데려오는 건데…."

"러키라는 게 개 이름인 모양인데…그 개가 무슨 종이우?"

"독일 포인터요."

노인의 입가에 서글픈 미소가 떠오른다. 그는 유명한 엽견 종류는 거의 다 알고 있다. 그러나 정작 호랑이 사냥에는 엽견들이 별로 소용이 없다. 사실 개들은 어떤 종류든 범을 만나면 본능적으로 공포에 질린다. 아니 범의 냄새만 맡아도 그들은 돌처럼 그 자리에 굳어버린다. 등털을 세우고, 꼬리를 말아 감고 오줌을 흘리면서 무섭게 몸을 떠는 것이다. 그러나 이런 개들 중에도 가끔 터무니없이 용감한 개가 있다.

선도견(先導犬)이라고 불리는 그 개들은 내심으로는 공포를 느끼지만 그래도 그 공포를 무리에 대한 책임감과 투지로 억누른다. 잇몸을 드러내고 격렬히 짖으면서 다른 개들을 용감히 격려하여 앞으로 나서는 것이다. 범 사냥에 동원되는 개는 첫째 조건으로 담력이 필요하다. 설혹 그 개가 몸이 날래고 냄새를 잘 맡아 발자국 추적에 능숙하더라도 겁에 질려 움직이지 않는다면 무슨 소용이 있겠는가. 노인은 그것을 잘 알고 있어서 사내의 말에 아무 대꾸도 하지 않는 것이다.

　사내와 노인은 식사를 끝내고 염소를 거느린 채 숙소를 나왔다. 마을에는 마침 산제 준비로 거의 모든 부락민이 광장에 모여 있다. 공회당 앞뜰이 산제 장소로 지정된 듯 차일이 쳐지고 여러 장의 멍석들이 깔리고 큰 상들이 듬성듬성 놓여 있다. 제단은 약 한 길 높이로 흰 광목천이 눈부시게 덮여 있고 세물이 아직 도착되지 않아 젯상에는 떡시루만이 덩그렇게 놓여 있을 뿐이다. 부락민 두 명이 산뽕나무 긴 장대에 청홍의 깃발과 색색의 술들을 달고 있다. 한복을 걸친 아낙네 대여섯 명이 우물 주위에서 털 뽑힌 통돼지를 수세미로 깨끗이 씻고 있다. 이장이 부락민을 지휘하다가 잠깐 노인과 사내를 바라본다. 그는 백색의 흰 도포에 큰 갓을 썼고 발에는 흰 미투리를 신고 있다. 노인이 이장에게 인사를 하자 이장이 가볍게 목례를 보내온다. 두 사람은 곧 제단 옆을 지나 마을 북쪽의 높은 산을 향해 걷는다.

　그들은 마을이 끝날 즈음해서 염소들을 길가의 어느 민가에 맡겨 두었다. 마을에서 산까지의 거리는 불과 오백 미터가 될까말까 하다. 하니 실은 마을과 산이 밋밋한 산자락으로 연결된 것이나 다름없다. 그러나 중간에 작은 개천이 가로놓여 있어서 두 사람은 발을 적시지 않으려면 길을 멀리 돌아야 한다. 부락민 노 가의 설명으로 그들은 범이 지금 산중에 있는 것으로 짐작하고 있다. 산은 바위와 덤불이 많고 중턱 위쪽은 매우 가파르고 험준하다. 산머루, 다래, 칡덩굴 따위들이 산기슭에 온통 그물처럼 엉켜 있어서 사람이 그 속을 뚫고 가기에는 여간 어렵지 않을 것 같다. 노인은 산을 천천히 오르면서 끊임없이 숲

둘레를 이리저리 살펴본다. 혹시 주위에 범의 족적이나 혼적 같은 것
이 있지 않을까 싶어서다. 그러나 산은 위로 오를수록 덤불은 줄고 고
목들이 많아진다. 한 아름이 넘는 가지 울창한 나무들이 햇빛을 가릴
만큼 하늘을 뒤덮었고 나무 밑동에는 무릎이 빠질 정도로 가랑잎들이
수북이 쌓여 있다. 설사 범이 다녀갔다 하더라도 가랑잎 위로는 흔적
이 날 수 없다. 그러나 노인의 탐색과 수색은 짜증이 날 만큼 끈덕지
고 집요하다. 그는 족적만 찾는 것이 아니고 짐승이 남긴 탈분(脫糞)
이나 유물(留物) 따위도 찾고 있다. 그는 특히 골짝을 버리고 능선을
택하여 산을 올라간다. 범이 그늘진 골짝보다는 능선 바로 밑을 타고
다니기 때문이다. 산을 오른 지 한 시간여 만에 두 사람은 기어이 산
팔부능선쯤에 도착한다. 그리고 노인의 끈덕진 탐색이 드디어 뜻밖의
성과를 거두었다. 그들은 갑자기 눈들을 번뜩이며 의외의 습득물을 세
밀히 조사하기 시작했다.

　노인이 수색중에 발견한 물건은 부락민들이 만든 듯한 원시적인 덫
이다. 그것은 짐승을 잡기보다는 짐승을 쫓기 위해 고안된 물건인 듯
하다. 노인은 전에도 이와 비슷한 몇 종의 덫들을 본 일이 있다. 겉모
양은 원시적이고 간단하지만 그것들은 짐승들에게 치명적인 상처를 줄
수 있다. 특히 이 덫은 곰이나 산돼지 같은 큰 짐승을 잡기 위해 고안
된 물건이다. 사실 깊은 산골 농민에게 산돼지나 곰은 가장 큰 골칫거
리다. 그것들은 부락민들이 힘들여 지은 일년 농사를 마치 개구쟁이가
장난질을 치듯 하룻저녁에 쑥밭으로 만들 수가 있다. 놈들은 감자밭과
콩밭을 파헤치고, 옥수수와 조밭을 뭉개거나 짓밟는다. 논둑을 까뭉개
고, 봇도랑을 터뜨리며, 씨앗으로 심은 감자까지 알뜰하게 도둑질해
간다. 따라서 이런 산중의 부락민은 가을이면 놈들을 쫓는 일이 가장
큰 행사로 되어 있다. 바로 이 덫이 그런 용도에 쓰기 위해 부락민들
이 고안해 만든 원시적인 기구인 것이다.

　그러나 노인이 발견한 덫은 원형이 망가져 거의 못 쓰게 되어 있다.
노인이 그 덫에 신경을 쓰는 것은 그것에 말라붙은 핏방울의 흔적 때

문이다. 사내와 노인은 특히 이 덫이 왜 이런 높은 곳에까지 올라와 있을까 궁금하다. 덫은 거의 산정에 가까운 바위투성이의 양지바른 능선 밑에서 발견되었다. 그러나 그들의 궁금증과 의문은 또 하나의 발견물로 어렵잖게 해소되었다. 사내가 곧 가까운 주위에서 싱싱한 살점이 붙은 몇 개의 뼈들을 주워 왔기 때문이다. 뼈들은 별로 크지는 않았으나 매우 신선해서 비린내까지 풍기고 있다. 노인과 사내는 갑자기 긴장되어 잠시 넋나간 듯 서로의 얼굴들을 마주본다. 그들은 거의 순간적인 직감으로 그 두 개의 발견물이 범이 흘리고 간 유물이라고 단정한다. 우연히 발견한 두 개의 습득물로 두 사람은 아연 새로운 긴장과 흥분에 휩싸인다.

바람이 한 차례 숲 위로 올려 불어 바윗등에 박힌 잡초들을 가지런히 눕히고 지나간다. 노인이 돌연 사내를 향해 조용히 할 것을 손짓으로 명령한다. 그들은 이제 쫓는 쪽이 아니고 오히려 범에게 쫓기는 쪽인지도 알 수 없다. 사실 민가에 출몰하는 범들은 사람들을 별로 겁내거나 피하지 않는다. 그들은 사람의 약점을 알고 있어서 때로는 그 약점을 교활하게 역이용할 때도 있다. 노인은 필시 문제의 짐승이 자기들의 출현을 미리 알고 있으리라고 생각한다. 특히 바람이 산 밑에서 올려 불고 있어서 그들의 체취가 산 위쪽으로 흘러가고 있다. 노인이 콧날개를 벌름거리며 사내를 다시 손짓해 부른다. 흥분된 사내는 긴장한 탓인지 손바닥을 연거푸 바지 위로 문지르고 있다. 노인이 곧 바람을 등지고 낮은 음성으로 소곤대듯 입을 연다.

"일이 퍽 낭패스럽게 됐소. 꽃이 아무래두 우리 가까이 있는 것 같소."

사내가 역시 음성을 낮추어 급한 어조로 노인에게 되묻는다.

"뼈다귀 몇 개뿐인데 그걸 어떻게 아시오?"

"냄새를 찬찬히 맡아보구려. 근처에 온통 꽃 냄새뿐이잖소?"

사내가 엽총을 고쳐 잡으며 주위를 날카롭게 둘러본다. 그러나 그의 눈에는 바위를 등진 작은 공터뿐 이상한 낌새는 아무것도 보이지 않는다. 그곳은 약 네댓 칸 넓이의 억새가 무성한 볕 바른 양지일 뿐이다. 어느 산에서나 흔히 볼 수 있는 큰 바위 밑의 빈 터에 불과하다.

"꽃이 이런 곳에 있을 줄은 몰랐소. 부락에서 겨우 다섯 마장두 안 되지 않소?"

"여기가 그럼 범의 굴이오?"

"굴은 아니외다. 아마 가끔 여기서 먹이를 먹었거나 볕 좋은 낮에 낮잠을 잤을 게요."

"이럴 게 아니라 찾아보면 어떻소?"

"찾다니, 찾아서 뭐가 뵐 것 같소?"

"이 쌍안경으로 훑어봅시다. 예까지 올라와서 빈손으로야 내려갈 수 있나."

"내 생각엔 아무래두 꽃이 우릴 먼저 본 것 같소. 이 근처 가까운 숲에 몸을 숨기구 엎뎌 있는지두 모르겠수."

노인이 문득 사나이를 제지하고 코를 다시 하늘 위로 쳐든다. 그는 분명 가까운 주위에서 수상한 냄새라도 맡은 것 같다. 갑자기 노인의 깡마른 등줄기로 얼음기둥이 박힌 듯 서늘한 냉기가 스쳐간다. 그는 이 범이 다른 범과 달리 증오의 화신이라는 것을 잠깐 동안 잊고 있었다. 사람에게 한을 품은 범들은 사람의 의표를 찔러 생각지도 못한 대담한 짓을 한다. 그들은 인간에게 원한이 있어서 인간의 접근을 다른 범들처럼 피하지 않는다. 노인은 결국 잠시 딴생각을 하는 동안 스스로 너무 가까이 범에게 접근한 셈이다. 그는 조용히 사내를 돌아본 뒤 한 손으로 가까이 있는 바위 뒤를 가리킨다.

"저쪽으루 잠깐 돌아가 봐야겠소. 당신은 여기서 꼼짝 말구 기다리시우."

"뭐요, 갑자기?"

"이야긴 나중에 하구 내 말대루 꼼짝 마시우. 여기서 한 발짝만 움직여두 큰일날 테니 그리 아시우."

사내가 별표정 없이 알았다는 듯 고개를 끄덕인다. 노인은 사내를

72

공지에 남겨둔 채 꾸부정히 허리를 굽혀 커다란 바위를 밑으로부터 돌기 시작한다. 바위는 마침 능선 쪽에 가까이 있어 나무 대신 억새 따위의 잡초들로 뒤덮여 있다. 오랜 동안 햇볕에 바래 잡초들은 잎과 줄기가 하얗게 말라 있다. 바람결에 다시 범 특유의 야릇한 노린내가 살짝 풍겨 온다. 노인은 이상한 예감에 사로잡혀 다시 한번 등줄기로 서늘한 냉기를 느낀다. 그는 사냥 때는 예감이나 직감을 퍽 중하게 여기는 사람이다. 어쩐지 그는 오늘 중으로 자기에게 불쾌한 일이 일어날 것 같은 예감이 든다. 예감이 일단 노인을 지배하자 노인은 걷잡을 수 없이 마음이 흔들리고 불안하다. 그는 너무 오랫동안 사냥을 쉬어서 자기가 그새 혹시 둔해지지 않았나 의심한다. 상대를 지나치게 얕잡아 본 것도 돌이킬 수 없는 실수 중의 하나다. 노인은 지금 자기가 쫓고 있는 범이 뛰어나게 지혜롭고 대담하며 교활하다는 것을 알고 있다. 그놈은 특히 증오에 사로잡혀 행동을 전혀 예측할 수 없다. 상처가 쑤시거나 아플 때마다 그놈은 그것을 준 인간에게 불같이 노할 것이다. 더구나 지금은 그가 증오하던 인간들이 제발로 자기 은신처까지 유유히 찾아들었다. 그는 아마 지금쯤 어딘가에 복수심에 불타 이를 갈며 엎뎌 있을 것이다. 배를 땅바닥에 착 붙이고 턱은 살며시 앞발 위에 올려놓은 채 호박색 큰 눈을 시퍼렇게 부릅뜨고 결정적인 기회가 오기만을 고즈넉이 기다리고 있을 것이다. 놈의 굵고 긴 꼬리는 긴장에 못 견뎌 땅 위로 낮게 살랑살랑 물결칠 것이며, 온몸의 힘살과 근육들은 힘껏 당겨진 활시위처럼 언제라도 튕겨 나갈 준비가 되어 있을 것이다. 노인의 예감은 시간이 갈수록 점점 무서운 확신으로 변해 간다. 그는 이제 바윗등 저 너머로 범이 웅크린 형상까지 보이는 것 같다. 만일 범이 그 너머에 있다면 노인에겐 사격할 기회마저 없는 셈이다. 범은 단 한 번의 도약으로 십여 미터 이상을 날 수 있다. 그가 총을 들이대는 순간 범은 노인의 몸을 박살내고 말 것이다.

　노인은 익갈포(益葛浦)라는 한만(韓滿) 국경지의 마을에서 언젠가 이와 흡사한 서늘한 경험을 한 일이 있다. 그곳은 두만강과 인접한 마을로 짐승들이 한겨울이면 언 강을 건너 제멋대로, 국경을 넘나들었다. 모질게 추운 겨울 날씨여서 그날은 산에 쌓인 눈이 딱딱히 얼어 그 위에 올라서도 꺼지지 않았다. 아름드리 상록 침엽수 원시림이 해를 가릴 만큼 하늘을 향해 총총히 서 있어서 그 고장 만주 사람들은 그런 원시림을 나무의 바다 슈하이(樹海) 라고 불렀다. 대륙에서 몰려온 거친 눈보라가 두만강을 넘어 세차게 불어왔다. 노인은 그때 서른 안팎의 젊은이로 포수로서는 두려움을 모르는 한창 때의 나이였다. 그는 멀리 간삼봉(間三峰)에서 이틀이나 걸려 발자국을 따라왔다. 눈 위에 찍힌 범의 발자국은 둥근 원형으로 재떨이보다 컸다. 노인은 범의 발자국만으로도 범의 동태나 지나간 시간을 알 수 있었다. 범이 만일 긴장했다면 발자국이 갑자기 작아질 것이고 그것은 곧 범 쪽에서 뒤쫓는 자기를 발견했다는 증거였다. 노인은 어느 계곡 앞에서 실수로 범의 발자국을 놓쳤다. 발자국이 갑자기 현무암(玄武岩)의 절벽 밑에서 흔적 없이 자취를 감추었기 때문이었다. 발자국의 형태나 모양으로 보아 그는 범이 한 시간 전에 그곳을 통과했음을 알고 있었다. 절벽 밑에서 발을 세운 노인은 주위로 시선을 옮겨 샅샅이 범의 발자국을 찾기 시작했다. 그러나 그가 되찾은 발자국은 뜻밖에 산 밑으로 되돌아 내려가고 있었다. 노인은 소스라치게 놀라 그 자리에 얼어붙었다. 범은 노인이 미행하는 것을 알고 오히려 산을 내려가 거꾸로 노인의 뒤를 되쫓은 것이었다. 말하자면 범이 사람을 앞질러 자기를 추적하는 사냥꾼의 뒤를 거꾸로 되밟은 것이었다. 노인은 그로부터 십 분 후에 정말 범으로부터 뜻밖의 역습을 받았다. 그 범의 역습을 피한 것은 참으로 천운이었다. 눈의 무게를 견디지 못한 나뭇가지가 범의 역습 순간 부러져 내린 것이다.

한데 바로 그와 같은 위험을 노인은 지금 이곳에서도 느끼고 있다. 그는 범이 역습을 행할 때 어떤 장소를 택하는가 잘 알고 있다. 범은 대개 덤불 속이나 높은 바위 뒤나 고목 뒤를 공격장소로 택한다. 자기의 몸은 깊은 그늘 속에 교묘할 정도로 은폐시키고 사람은 양지 쪽 전망이 좋은 곳으로 끈덕지게 유도하는 것이다. 노인이 드디어 비 오듯 땀을 흘리며 갈대숲에 싸인 바위 밑을 조심스레 돌기 시작한다. 바위는 바로 능선 위에 있어서 양쪽으로 골이 깊은 아득한 계곡을 끼고 있다. 바람이 한 차례 숲 위로 스쳐 가며 노인에게 다시 범의 체취를 전해 준다. 노인은 이제 눈으로 보듯 범의 존재를 역력히 감지할 수 있다. 다행히 바람이 위쪽에서 불어와 노인의 몸 냄새를 산 밑으로 날려보내고 있다. 그는 이런 경우 사냥꾼의 할 일은 끈덕진 기다림과 침착성이라는 것을 잘 알고 있다. 밋밋하게 치솟은 바위 밑으로는 잘 자란 마른 갈대들이 키를 잴 만큼 무성하다. 아직 바위의 정상 부근은 노인의 눈에 들어오지 않는다. 그는 갈대들을 조심스레 헤치며 풀줄기 사이로 끊임없이 주위를 살핀다. 총신을 잡은 왼쪽 손바닥에 기름처럼 끈적한 땀이 내돋았고 미리 안전장치를 풀어놓아서 총은 인제라도 발사할 준비가 되어 있다. 노인은 숨소리가 날 것을 두려워하여 벌써 아까부터 입을 벌려 호흡을 하고 있다. 거친 산바람이 계곡 아래 숲을 휩쓸고는 파도처럼 골짝을 빠져나간다. 노인은 이제 바위 정상을 눈앞으로 약 삼십 미터쯤 두고 있다. 강하고 눈부신 겨울 햇살이 검은 바윗등을 비스듬히 내리비춘다. 갈대들이 짙게 시야를 가로막아 아직 정상은 일부분밖에 볼 수가 없다. 그러나 노인이 몸을 일으켜 다시 정상을 바라보는 순간이다. 한 개의 거대하고 붉은 물체가 돌연 바위 밑을 향해 빛〔光〕처럼 날아 내린다. 그것은 마치 방금 쏜 대포구멍에서 번쩍 빛난 한줄기 섬광과 흡사하다. 기폭을 찢는 듯한 사내의 비명이 노인의 전신을 돌처럼 마비시킨다. 노인은 총을 어깨에 견착(肩着)한 채 그것이 무엇을 의미하는가를 불현듯이 깨닫는다. 그는 어깨에서 총을 내리고 번개처럼 몸을 돌려 바위를 다시 되돌아 내려간다. 주위는 비명이 한 차례 울리고는 싸늘하리만큼 고요하고 적막하다.

　노인이 돌아와 본 현장에는 의외의 광경이 벌어져 있었다. 그는 자기 앞에 선 사내가 유령이 아닌가 의심스러웠다. 그러나 사내는 분명 살아 있고 큰 충격을 받은 듯 숨을 크게 헐떡이고 있다. 헐떡이는 사내에게 다가가 노인이 피를 흘리는 얼굴 부근의 상처를 살펴본다. 상처는 왼쪽 관자놀이에서 시작되어 볼을 타고 목에까지 기다랗게 이어져 있다. 넉 줄로 된 상처는 칼로 벤 듯 날카롭고 깊었다. 관자놀이에서 시작된 피가 볼을 타고 턱을 거쳐 어깨 위로 흘러 떨어진다. 노인이 곧 타월을 뽑아 사내 앞으로 조용히 내밀어 준다. 사내는 그러나 고개를 내젓고 갑자기 허탈해진 듯 작은 돌 위로 털썩 앉는다.

노인은 사건의 경위를 알 수가 없다. 그는 사내가 어떤 재주로 범의 공격을 피했는지 신기할 뿐이다. 노인이 아는 한, 범의 공격에는 실수라는 것이 거의 없다. 사실 범은 앞발의 일격으로 사람을 칠팔 미터나 공중 높이 쳐올릴 수가 있다. 설혹 이빨이나 발톱을 뺀다 해도 범은 힘과 체중만으로 사람을 눌러 죽일 수도 있다. 특히 범은 제가 노린 상대를 놓친다거나 빗맞히는 일이 없다. 사내가 이렇게 살아 있다는 것은 노인의 눈에는 하나의 기적이다. 그러나 노인은 그런 기적을 자기 눈앞에 똑똑히 보고 있는 것이다.

"내려갑시다."

사내가 돌 위에서 일어서며 땅에 떨어진 무언가를 집어든다. 그것은 총신이 두 동강으로 부러진 사내가 아끼던 영국제 엽총이다. 넋이 나간 듯한 사내에게 노인이 다시 말을 건넨다.

"상처를 대강 닦구 갑시다. 그대루는 흉해서 마을에 들어가기 민망허우."

"내버려두시오."

사내가 떼쓰는 어린아이처럼 고개를 내저으며 갑자기 부르르 몸을 떤다.

"나 그 짐승을 잡기 전에는 서울로 돌아가지 않을 거요."

아무 말도 하고 싶지 않아 노인은 입을 다문다. 그는 사내가 공포 대신에 분노를 느끼는 것이 오히려 신통하다. 그러나 그보다 더 놀라운 것은 그가 어떻게 범의 공격에서 살아날 수 있었는가 하는 것이다. 사내의 숨결이 가라앉자 노인이 다시 입을 연다.

“어떻게 된 내막인지 이야기나 좀 해보시오.”

사내가 상처의 고통 때문에 얼굴을 잔뜩 찌푸린다. 피는 이제 응고되기 시작하여 더 이상 흐르지도 않고 닦아 낼 필요도 없다. 안면에 가해진 길고 큰 상처여서 보기에 더욱 안쓰럽고 딱하다. 노인은 그것이 짐승의 발톱에 의해 가볍게 스친 상처라고 짐작한다. 사내가 드디어 잠긴 듯한 목소리로 사건 경위를 설명하기 시작한다.

노인이 종합한 사건의 전모는 대강 다음과 같은 내용이었다.

노인이 바위 뒤로 돌아간 후 사내는 혼자 쌍안경으로 주위의 산들을 둘러보았다. 그는 돋보기로 뼈들도 조사하고 망가진 덫을 집어들어 이리저리 맞춰 보기도 했다. 사실 그에겐 그런 물건들이 몹시 진기하고 흥미로운 것들이었다. 그는 노인의 충고도 있고 해서 한 걸음도 움직이지 않고 그 자리에 서 있었다. 그러나 약 이삼 분이 경과한 무렵 그는 가까운 주위에서 이상한 소리를 들었다. 그것은 마치 풍선에서 바람이 새는 소리 같기도 했고, 병든 큰 짐승의 불규칙한 호흡 소리 같기도 했다. 그는 곧 총을 집어들고 가까운 숲들을 둘러보기 시작했다. 숲에는 그러나 이상하게 느낄 만한 아무 흔적이나 변화가 없었다. 그는 다시 시선을 거둔 후 그 자리에 주저앉아 무료한 기분으로 엽총을 손질했다. 그리고 문득 노인이 궁금하여 그는 무심히 등 뒤의 바위 위를 올려다보았다. 한데 바로 그 바위 위에 방금 전까지도 보이지 않던 짐승의 커다란 머리통 하나가 나타났다. 그는 순간적으로 몹시 놀랐으나 즉각 총을 어깨로 가져갔다. 그가 범에게 총을 겨눈 것과 범이 공격해 온 것과는 거의 동시의 일이었다. 그는 날아오는 범을 향해 반사적으로 방아쇠를 당겼다. 그러나 안전장치가 풀려 있지 않아 총은 아무 소리도 내지 않았다. 더욱 그때 사내가 놀란 것은 범이 하늘에서 공중회전을 한 것이었다. 범은 사내의 총을 발견하자 공중에서 갑자기 방향을 바꾸었다. 아니 바꾸었다고 생각하는 순간에 왼발로 사내의 얼굴을 스치듯 후려갈겼다. 사내는 손에서 총을 떨구며 얼굴에 화끈한 통증을 느꼈다. 그리고 잠시 후 다시 일어났을 때는 범의 모습은 아무

곳에도 보이지 않았다. 그것은 모두 이삼 초 사이의 극히 짧은 순간에 일어난 일이었다. …

사내의 상처를 치료하기 위해 노인은 사내와 함께 서둘러 숙소로 돌아왔다. 그들은 숙소로 돌아오는 길에 부락 공회당에서 봉행중인 산제 장면을 보았다. 산제가 막 봉행되는 중이어서 부락민 대부분이 공회당 뜰에 모여 있었다. 그들은 겨울철임에도 불구하고 제복인 양 모두 흰 한복들을 갖추어 입었다. 흰 한복에 흰 신을 신었고 사내들은 머리에 흰 두건을 쓰고 있었다. 공회당 뜰에는 해어져 여러 번 기운 마포로 된 엄청나게 큰 차일이 쳐져 있었다. 차일은 네 귀를 기둥에 묶인 채 사방으로 요란한 깃발들을 달고 있었다. 박수 차림의 몇 명의 사내들이 차일 밑에서 징과 북들을 두드렸다. 악기는 징이나 꽹과리뿐이 아니고 장고와 피리와 무고(舞鼓)까지 갖추어졌다. 악기들을 다루는 칠팔 명의 악사들은 모두 차일 밑 멍석 위에 단정히 앉아 있었다. 층층이 네 단으로 마련된 제단에는 층마다 각기 제물들이 달랐고 제일 높은 상단에는 하얗게 털을 벗긴 통돼지 한 마리가 놓여 있었다. 주민들은 제사가 진행됨에 따라 이장을 선두로 일제히 젯상에 절을 했다. 그들의 절은 동작이 매우 커서 보기에 우스꽝스러웠지만 엄숙하고 진지했다. 제주(祭主)가 된 늙은 이장은 부락민의 제일 앞자리에 서 있었다. 그는 청홍의 무복(巫服)을 걸친 어느 박수에게 지시를 받고 있었다. 풍악이 울리고 방울이 딸랑댈 때마다 이장은 제단에 술잔을 올리고 수없이 머리를 조아렸다. 주민들의 표정은 엄숙하고 침울했으며 대부분 공손하면서도 슬픈 듯한 얼굴이었다. 특히 범에게 화를 당한 가족들은 어깨를 잔뜩 웅크린 채 죄인들처럼 고개를 들지 못했다. 개중에는 어깨를 조용히 들먹이며 소리를 죽여 흐느끼는 아낙네도 있었다.

겉으로는 단순해 보였으나 의식은 매우 절차가 복잡했다. 향로에는 꾸역꾸역 향불이 타고 있어 주위는 온통 향냄새뿐이었다. 술이 끊임없이 제단 주위로 뿌려지고 박수의 방울소리가 요란스레 차일을 울렸다. 주민들은 사내와 노인이 접근해도 곁눈 하나 팔지 않았다. 뒷부분에 모여선 아낙네들까지도 완강히 고개를 돌려 두 사람을 외면했다.

노인은 왠지 사내와 자기가 부락에서 내침을 받아 고립된 듯한 느낌이 들었다. 주민들은 지금 그들이 쫓고 있는 광포한 짐승에게 오히려 엄숙한 의식을 바치고 있었다. 자기들은 산을 뒤지고 숲을 털어 그 짐승을 잡아죽이려고 하는 판에 이곳 주민은 오히려 제를 올리고 향을 살라 그 짐승을 떠받들고 있었다. 노인은 그러나 부락민들의 태도에 아무런 원망도 불쾌감도 품지 않았다. 그는 다만 부락민들로부터 따돌림을 받는 것이 슬프고 언짢을 뿐이었다. 사내는 그러나 노인과 달리 주민들을 향해 거의 발작적인 분노를 터뜨렸다. 그는 직접 행동으로 옮기지는 않았지만 제단을 총으로 쏘아 부수어 버리겠다고 위협했다. 그들이 떠받들고 존경하는 산신령을 가죽을 벗기고 코를 꿰어 끌고 오겠다고 소리쳤다. 그는 범에게 상처를 받은 후 왠지 퍽 초조하고 불안해 했다. 지금까지 냉정하고 침착하던 그가 갑자기 딴 사람이라도 된 듯이 난폭하고 거칠어진 것이었다. 노인은 그의 상처를 핑계 삼아 여러 차례 그에게 서울로 돌아갈 것을 권유했다. 그러나 그는 범을 잡기 전에는 절대로 서울로 돌아갈 수 없다고 했다. 얼굴에 이런 상처를 입고는 빈손으로 절대로 돌아갈 수 없다고 소리쳤다. 노인은 그가 해를 당한 후 전보다 더 심하게 범을 탐하고, 증오하는 듯한 생각이 들었다. 아니 탐하거나 미워하는 데 그치지 않고 거의 미친 듯 노여워하고 있는 것 같았다.

노인은 사내의 그런 태도가 퍽 어리석고 못마땅하게 느껴졌다. 사실 사내는 산에 사는 짐승에게 그렇게 화를 내어서는 안 되는 일이었다. 범이 사람을 공격하는 것은 하눌님이 범에게 그런 힘과 특권을 주었기 때문이었다. 그들은 애초에 하늘로부터 강하고 힘센 육식동물로 점지되어 태어났다. 그들이 지닌 강한 무기들은 멋이나 살육을 위해 마련된 게 아니었다. 모두 그들의 생존을 위해서는 꼭 필요한 물건으로 용도에 맞게 만들어진 것이었다.

만일 누군가가 범이나 사자에게 온순한 짐승이 되어 줄 것을 바란다면 그것은 바로 범이나 사자에게 굶어 죽으라는 말과 같았다. 산중으로 여러 차례 사냥을 하며 노인은 짐승들의 삶에 얽힌 여러 종류의 생존 질서들을 목격했다. 그들은 스스로는 모르고 있었지만, 그들의 주어진 운명에 의심 없이 복종하고 따랐다. 담비는 들쥐를 잡아먹었지만, 자기는 늑대에게 쫓길 것을 알고 있었다. 승냥이는 토끼를 잡아먹었지만, 자기는 범에게 잡아먹힐 것을 알고 있었다. 그것은 벌칙이 매우 까다로운 일종의 정교하고 복잡한 놀이와 같은 것이었다. 짐승들은 그 놀이에 아주 익숙해서 아무도 불만이나 불평들을 품지 않았다. 자기가 잡아먹고 잡아먹힐 짐승을 그들은 첫눈에 가려내어 그들만의 엄한 법칙에 공손히 순종하는 것이었다.

　노인과 사내는 점심 식사를 끝내고 숙소를 다시 나와 산으로 올라갔다. 사내의 상처는 깊지는 않았으나 얼굴에 보기 흉한 큰 흉터를 남길 것이 분명했다. 마침 사내는 비상시를 대비해서 몇 종의 구급 약품들을 약함 속에 보관하고 있었다. 그는 상처를 소독수로 정성스레 닦아 낸 후 상처가 곪거나 덧나지 않도록 여러 약을 바르고 먹었다. 동절이라 화농될 염려는 없었으나 치료는 응급처치 이상의 퍽 세심한 것이었다. 노인은 사내의 상처를 염려해서 당분간 숙소에서 쉴 것을 권했다. 그러나 사내는 이번에도 역시 짜증 어린 낯빛으로 노인의 권유를 묵살해 버렸다. 노인은 이제 사내의 행동에는 아무 간섭도 하지 않기로 마음먹었다. 그는 어느 틈에 사람이 달라져서 평상시의 그와는 전혀 다른 모습으로 변해 있었다. 마을에는 그새 산제가 파하고 공회당 주위가 잔칫집처럼 떠들썩했다. 많은 사람들이 펄럭이는 차일 밑에 어깨를 맞대고 빼곡이 앉아 음식들을 받고 있었다. 그들은 아까와는 달리 장고나 북을 치며 떠들썩하게 노래도 하고 춤도 추었다. 젯상에서 내려진 풍성한 음식들이 여인들의 손으로 이리저리 분배되었다. 마당에는 큼직한 가마솥이 걸리고 솥 안에는 넷으로 토막낸 통돼지 한 마리가 뿌연 증기를 뿜으며 먹음직스럽게 끓고 있었다. 아이들이 손에 음식들을 받아 쥔 채 웃거나 고함을 지르며 차일 주위를 이리저리 뛰어다녔다. 노인과 사내가 부락에 도착한 후 그것은 처음 보는 부락민들의 밝은 얼굴이었다. 그러나 두 사람이 차일 부근의 그들에게 다가가자 그들의 음성이 차츰 작아지더니 끝내는 온 차일 속이 물을 뿌린 듯 조용해졌다. 노인은 왠지 그런 그들이 눈물이 날 만큼 원망스럽고 서운했다. 마치 부끄러운 일이라도 저지른 듯 노인은 그들의 앞을 황급히 떠나왔다.

한 시간 조금 넘게 산속을 헤맨 끝에 두 사람은 염소를 묶어 둘 적당한 장소를 찾아내었다. 그들이 힘들게 찾아낸 곳은 자그마한 골짝 입구로 마을과는 두어 마장쯤 떨어진 장소였다. 사방이 나지막한 잡목들로 둘러 있어 그곳은 마치 우묵한 자배기 속처럼 아늑했다. 골짝 안쪽의 조금 너른 버덩에는 부락민들이 일군 듯한 오십 평 남짓한 채마밭이 있었다. 지금은 물론 채소 대신에 일년생 묵은 잡초들만이 하얗게 시들어 있었다. 그들은 염소를 밭머리 부근의 산뽕나무 밑동에 단단히 묶어 두었다. 주위에 사람 냄새가 날 것을 염려하여 그들은 두어 시간 전부터 손을 씻고 담배도 피우지 않았다. 잡목이 마침 밭둑 쪽으로 물러나 있어서 총을 겨누거나 쏘기에는 아무런 지장이 없었다. 시야가 넓고 주위가 아늑해서 범을 유혹하기에는 최적의 장소였다. 노인은 작업을 대강 끝내자 이번에는 자기들이 은신할 장소를 물색했다. 우선 범에게 발각되지 않으려면 바람을 마주보는 장소라야 했다. 만일 바람을 등지는 곳이라면 그들의 위치는 즉시 짐승에게 드러나고 만다. 범은 인간보다 세 배나 날카로운 예민한 후각을 지니고 있는 것이다. 은신처를 물색하던 노인은 곧 채마밭 위쪽의 찔레 덤불에 눈이 미쳤다. 그러나 그곳엔 자갈이 깔려 있어 몸을 움직일 때마다 마찰음이 날 것 같았다. 그는 다시 시선을 옮겨 싸릿대가 밀생한 덤불 속을 바라보았다. 그곳은 바닥에 풀이 깔려 있고 위로는 노송의 가지가 빽빽하게 얽혀 있었다. 염소와 정면으로 마주보는 곳이어서 역시 은신처로는 가장 좋은 장소였다. 노인은 숨을 곳이 정해지자 사내와 곧 순번을 짜기 시작했다. 하루 사교대를 원칙으로 하되 식사 때만은 제외키로 결정했다. 식사를 만일 이곳에서 할 경우, 음식 냄새가 나서 역시 안 좋기 때문이었다. 사내도 풍부한 사냥 경험이 있었으므로 노인은 매복시에 신경 써야 될 주의사항은 일러주지 않았다. 한 가지 그가 장난 삼아 말한 것은, 사태가 위급할 때는 나무 위로 오르라는 것이었다. 범은 나무를 탈 수 없으므로 나무에 오르면 안전하기 때문이었다.

산제 때문인지는 알 수 없으나 그 후 이틀간 부락에는 범이 한 번도 나타나지 않았다. 부락민은 산제의 덕으로 범이 부락에서 떠나간 것으로 알고 있었다. 그들은 짝을 지어 밭에도 나가고 산으로 나무도 하러 갔고 개천에서는 빨래도 했다. 얼굴에 모두 생기들이 돌았으며 부락에는 전에 없이 새로운 활기가 빠르게 되살아났다.

그러나 노인과 사내의 생각으로는 범이 완전히 물러갔다고 믿을 수가 없었다. 그들은 범이 일시적으로 부락을 떠났거나 어딘가에 잠시 은신하고 있다고 생각했다. 노인은 그 범이 상처를 입어 사람들에게 한을 지닌 복수의 화신이라는 것을 잘 알았다. 그놈은 인간에게 품은 한을 쉽사리 잊거나 포기할 놈이 아니었다. 더욱이 그놈은 부락을 습격한 후 인간들이 얼마나 약하며 무력한 존재인가를 알고 있었다. 지금쯤 그놈은 아마 마을을 습격할 다음 행동을 신중히 궁리하고 있을 것이었다. 사실 범은 산제가 있던 날 부락에 전에 없이 이상한 분위기가 감도는 것을 보았을 것이었다. 그는 부락민들이 꽹과리나 징을 치며 무언가에 열중하여 격렬히 움직이는 것을 지켜보았을 것이었다. 더구나 그 범은 사내의 손에서 그토록 싫어하고 혐오하던 총까지도 본 일이 있었다. 그는 부락에 무언지는 모르지만 어떤 새로운 일들이 준비되고 있음을 감지했을 것이었다. 특히 그는 쇠붙이로 된 물건에는 본능적으로 강한 혐오감을 품고 있었다. 쇠붙이는 바로 인간들만이 지닌 불가사의한 물건이었다. 그것은 살아서 제 스스로 움직이지는 못했지만 사람의 손안에서 엄청난 위력과 희한한 조화를 다 부렸다. 그것은 또 강하고 질겼으며 아무런 예고도 없이 귀를 찢는 듯한 날카로운 소리를 내기도 했다. 그런데 바로 그 위험한 쇠붙이를 범은 사내의 손에서 결정적인 순간에 얼핏 보았다. 아니 그것을 본 것만이 아니고 그것들이 만들어 내는 요란한 폭발음도 들었다. 그는 조용하던 옛날과는 달리 마을에 새로운 위험이 준비되어 있다고 믿을 것이 분명했다.

사내와 노인은 이틀간 줄곧 골짝에 잠복하여 범이 나타나기를 기다렸다. 그들은 밤에 침구까지 들고 와서 온 밤을 꼬박 새우며 짐승을 기다렸다. 그러나 범은 모든 것을 알고나 있다는 듯 이틀 동안 마을에 얼씬도 하지 않았다. 하루 사교대로 짜여진 매복작전은 사실 그들에겐 지나치게 무리한 것이었다. 특히 밤중의 산골 기온은 영하로 뚝 떨어져서 뼛속까지 얼어드는 느낌이었다. 그들은 캄캄한 어둠 속을 향해 한시도 신경을 풀 수가 없었다. 장탄된 총을 품에 안고 모든 신경을 청각과 시각에 집중한 채 그들은 동굴처럼 어두운 숲을 두 눈을 부릅뜨고 꼬박 이틀이나 지킨 것이었다. 그러나 이런 끈덕진 기다림도 그들에게 결국 아무 소득 없이 흘러갔다. 사내는 이미 첫날밤을 새우고 장소를 다른 곳으로 옮기자고 주장했다. 그는 이유는 알 수 없었으나 점점 심한 짜증과 함께 침착성을 잃고 있었다. 차가운 밤 기온에 그의 상처는 석류알처럼 빨갛게 얼어 부풀었다. 밤새움에 익숙지 못한 그의 두 눈에는 위험할 정도의 붉은 핏발이 서 있었다. 손등이 터지고 입술이 검게 타서 그는 어느 틈에 병자 같은 몰골이었다. 그는 부락민과 범을 향해서 끊임없이 저주와 욕설을 퍼부었다. 간혹 그는 아무 까닭 없이 부락을 향해 총을 난사하기도 했다. 노인은 사냥터에서의 이유 없는 총질이 얼마나 어리석은가를 잘 알고 있었다. 그러나 사내는 더 이상 노인의 만류를 듣지 않았다. 간곡하게 좋은 말로 타이르는 경우에도 그는 심한 욕설로 그의 요구를 거절하곤 했다. 사실 노인은 사내와 동행하기보다는 혼자 사냥하는 것이 이롭다고 생각하고 있었다. 그러나 모든 장비와 기구를 노인은 사내로부터 빌려쓰는 형편이었다. 만일 사내가 사냥을 포기한다면 그도 할 수 없이 서울로 돌아가야 하는 것이었다.

　노인은 사내와 교대하여 매복지에서 풀려나면 곧바로 범의 족적을 찾아 부락 일대를 열심히 수색했다. 노인은 그 동안 무려 네 곳에서 범의 선명한 족적을 찾아내었다. 그러나 그것들은 백 미터도 못 가서 대개 바위 위로 흔적 없이 사라지곤 했다. 그는 범의 족적을 찾는 동안 범에게 옛날처럼 다시 뿌듯한 애정을 느끼기 시작했다. 그놈은 몹시 간교하고 영특해서 아무리 사소한 것도 흔적으로 남기지 않았다. 대개 범들은 발자국 외에도 여러 유물(留物)들을 다니는 길이나 쉼터 부근에 한두 개는 남기는 법이다. 그들의 유물은 똥에서 비롯하여 먹다가 남긴 짐승의 뼈나 우연히 빠진 털 등이다. 간혹 어떤 놈은 아침 체조 삼아 거대한 나무 밑동을 발톱으로 긁어 다녀간 흔적을 자랑스레 남기기도 한다. 그러나 이놈은 기막히게 영특해서 발자국 외에는 아무 흔적도 남기지 않았다. 노인은 이놈이 언젠가는 자기 손에 반드시 잡힐 것을 알고 있었다. 아니 그놈이 잡히지 않는다면 노인이 그놈에게 당할 것을 각오하고 있었다. 노인은 지금까지 짐승을 추적하여 중도에서 포기한 일은 별로 없었다. 어느 때는 한 곳에서 놓친 짐승을 일 년 후에 다른 엽장에서 우연히 잡는 수도 있었다. 사실 교활하고 지혜로운 짐승들은 사냥꾼들 사이에 소문이 쫙 돌기도 했다. 포수들은 그 짐승의 생김새를 비롯해서 습성이나 포악성이나 특이한 버릇까지 소상히 알고 있었다. 간혹 뛰어나게 영특한 짐승에게는 전혀 신빙성 없는 전설 따위도 붙어다녔다. 개중에는 수십 명의 사냥꾼에게 쫓겨 온몸에 엽탄 한 관쯤이 박혀 있을 것으로 알려진 큰 짐승(멧돼지)도 있었다. 노인은 그러나 이 마을의 범에게도 엽탄이 박혔으리라고는 믿지 않았다. 그놈은 사실 멸종된 것으로 알려진 남한에서 유일하게 발견된 초대형 호랑이였다. 만일 그에게 엽탄이 박혔다면 누군가가 그 짐승을 추적했을 것이었다. 그러나 노인이 아는 포수 중에는 범을 쫓았다는 사람은 아직 없었다. 그놈은 대충 예상하건대 총상 아닌 다른 상처로 고통받고 있음이 틀림없었다.

　이틀간의 매복과 수색 끝에 노인에게 불현듯 한 가지 묘안이 떠올랐다. 그는 부락민의 협조만 얻을 수 있다면 좀더 훌륭한 계획을 세울 수 있을 것 같았다. 그의 계획은 부락민을 동원하여 범을 산에서 털어내는 것이었다. 자기와 사내는 범이 쫓겨올 적당한 목을 지키기로 하고 부락민들에게는 꽹과리나 징을 들려 범을 목으로 털어내게 하는 것이었다. 그러나 그것은 계획단계에서 마을 이장에게 한마디로 거절당했다. 이장은 노인이 정성스레 꾸민 계획을 미처 다 듣기도 전에 호통으로 물리쳤던 것이다.

산골의 겨울 해는 빨리 저물었다. 노인은 저녁식사를 끝내자 사내와 교대하기 위해 다시 골짝으로 올라갔다. 마침 하늘에는 눈이 내릴 듯 짙은 구름이 낮고 무겁게 걸려 있었다. 바람이 자고 구름이 낮아져서 날씨가 마치 봄날처럼 포근했다. 그러나 노인은 현장에 도착하자 온몸이 굳어졌고 숨이 탁 막혀 왔다. 현장에는 있어야 할 염소가 없어졌고 덤불 밑에 잠복했을 사내도 보이지 않았다. 그는 총의 안전장치를 풀고 골짜기 일대를 조심스레 살피기 시작했다. 사내가 숨어있던 덤불 앞쪽으로 갈대들이 누군가에 밟혀 이리저리 쓰러져 있었다. 염소가 묶여 있던 잡목 주위에는 완두콩 크기의 염소똥들만이 어지럽게 널려 있다. 노인은 범의 냄새를 찾기 위해 부러진 갈대들을 코로 조심스레 맡아보았다. 갈대에는 건조한 풀냄새만 풍길 뿐 짐승의 체취는 묻어 있지 않았다. 그는 다시 염소가 묶였던 잡목 앞을 세밀히 조사하기 시작했다. 만일 범이 염소를 공격했다면 그곳에 분명 핏방울이 있을 것이었다. 그러나 노인은 핏방울 대신 염소 특유의 자잘한 발자국만을 발견했을 뿐이다. 그것은 잡목을 가운데 두고 완전한 원형으로 무수히 찍혀 있었다. 노인은 사내가 아무 저항 없이 범의 공격을 받았으리라고는 믿지 않았다. 사내는 사실 수렵협회 내에서도 꽤 알려진 유능한 엽사요 사격의 명수로도 소문나 있었다. 만일 그가 짐승의 공격을 받았다면 적어도 두 발 이상은 짐승을 향해 발사했을 것이다. 노인은 다시 몸을 움직여 단단히 얼어붙은 채마밭을 살펴보았다.

노인의 절망적인 표정이 분노로 바뀐 것은 바로 그 채마밭 부근에서였다. 그는 윗몸을 굽힌 채 골짝 위쪽을 뚫어지게 올려다보았다. 이제 노인의 머릿속에는 모든 일들이 명백하게 그림으로 그려졌다. 사내가 그의 만류를 무시하고 염소를 어딘가 딴 장소로 옮긴 것이다. 노인은 밭고랑에 촘촘히 찍힌 염소들의 발자국을 추적하기 시작했다. 그것은 밭고랑이 끝나는 곳에서 곧장 비탈진 골짝 위로 향해 있었다. 그러나 노인의 숙련된 눈에도 발자국은 이내 어딘가로 사라지곤 했다. 아마 발자국을 남기지 않기 위해 사내가 염소를 안고 올라간 모양이다. 잡목들로 뒤덮인 커다란 골짝에 어둠이 갑작스레 짙어지고 있었다. 그는 이제 사내가 찾아오기 전에는 그를 다시 찾을 수가 없다고 생각했다. 그러나 노인이 막 몸을 돌려 골짝을 빠져 나오려는 순간이었다. 연속 두 발의 우렁찬 총성이 골짝 전체를 커다랗게 뒤흔들었다. 노인은 거의 본능적으로 골짝을 향해 올려 뛰기 시작했다. 그는 사내가 표적 없이 허공을 향해 총을 쏘았을 리는 없다고 생각했다. 그에겐 분명 사격할 만한 어떤 표적이 있었을 것이었다. 다시 연거푸 두 방의 총성이 산골짝을 크게 울렸다. 그는 총성의 강도와 방향으로 거리와 위치를 대충 눈어림할 수 있었다. 총성은 분명 골짝 정면의 이백 미터 앞쪽에서 위를 향해 울려 퍼졌다. 더구나 연속으로 두 번씩 발사된 것은 표적을 향해 신중히 겨누어진 조준 사격이다. 노인은 잡목숲과 덤불들을 헤치며 맹렬한 기세로 위를 향해 치달려 올라갔다. 문득 노인이 달려가는 방향에서 염소 한 마리가 마주 내려오는 것이 보였다. 염소는 목에 새끼줄을 감은 채 몹시 흥분하여 구르듯이 뛰어내려 오고 있었다. 그러나 거의 목적지에 다다랐을 무렵 노인은 그 자리에 우뚝 서버렸다. 사내가 총을 거꾸로 잡은 채 총신을 바위 위로 미친 듯이 내려치고 있었기 때문이다. 그는 가까이에 노인이 있는 것도 전혀 의식하지 못하는 모양이었다. 이미 개머리판이 부러진 총을 그는 계속해서 바위 위로 내려치고 있었다. 노인이 곧 사내에게 다가가 사내의 팔을 세차게 틀어잡았다. 아니 팔을 잡는 순간 사내가 털썩 바위 위로 주저앉았다. 두 다리를 바위에 내던진 사내가 갑자기 발광한 사람처럼 노인을 향해 고함치기 시작했다.

"불발이란 말이야, 총알이 불발이야! 바루 눈앞에 그놈을 보구두 이놈의 총 때문에 놓쳐버렸어!"

노인은 사내가 왼쪽 정강이에 새로운 상처를 입은 것을 발견했다. 수렵복 바지가 피에 젖어 정강이 주위에 끈적하게 감겨 있었다. 노인은 사내에게 다가가 그의 손에서 망가진 총신을 빼앗아 들었다.

"내려갑시다. 상처가 심한 모양이니 어서 내려가 소독이라두 해둡시다."

사내가 갑자기 허탈한 표정으로 다리를 절며 바위에서 일어섰다. 부서진 총을 물끄러미 바라본 뒤 그가 갑자기 노인을 향해 엉뚱한 말을 물어왔다.

"범이 돌을 던질 수 있소? 사람한테 돌팔매를 할 수 있소?"

"하구 말구, 얼마라두 할 수 있지. 장난이 심한 놈은 흙모래까지 사람한테 끼얹는 걸 봤소."

"그놈이 내게 돌을 던지더군. 저 바위 위에서 거푸 세 개나 돌을 던져 왔소."

노인은 사내가 손으로 가리키는 위쪽 산비탈의 바위를 올려다보았다. 바위는 반쯤 흙 속으로 묻힌 채 등뒤로 빽빽이 다래 덩굴을 지고 있다.

"난 처음에 무엇엔가 부딪혀서 저절루 돌이 굴러 내려오는 것이려니 생각했소. 헌데 연거푸 세 개가 굴러와서 뭔가 좀 이상해 위를 보자니까 그놈이 바위 너머 덩굴 숲에 죽은 듯이 엎뎌 있는 게 아니겠소."

"헌데 총은 무슨 죄가 있다구 저 모양으로 깨뜨려 놓은 거요?"

사내가 총을 바라본 뒤 새삼스레 노여움을 터뜨렸다.

"첫번째 엽탄이 불발이란 말이오. 결정적인 순간인데 그게 하필 불발이야!"

노인은 사내의 행동이 보채는 어린애 같아 무심중 웃음이 나왔다. 그는 어쩌다가 이 사내가 갑자기 정신을 놓아 이렇듯 경망스럽게 변했

는지 알 수가 없다. 마치 그는 물건을 내던지며 억지 떼를 쓰는 어리
광쟁이 소년과 흡사했다. 이것이 바로 산이 만드는 불가사의한 조화였
다. 도시에서는 멀쩡하던 사람이 산에서 위기를 당하면 갑자기 딱하고
가엾게 보일 때가 있다. 노인이 도시에서 기가 죽어 비실비실 지내듯
이 그들은 산에 들면 갑자기 무력해져서 길 잃은 어린애 꼴이 된다.
어제까지 멀쩡하던 이 사내도 지금은 딴 사람이 되어 손쓸 수 없을 만
큼 고약해졌다. 아마 그는 도시에 나가야 원래 모습을 되찾을 것이다.
부서진 총신들을 집어들며 노인이 다시 사내를 돌아본다.
　"총소리가 모두 네 발이 울렸는데, 그건 모두 무얼 보구 쏜 거요?"
　"범 꽁무니를 보구 쏘았소."
　"꽁무니는 제대루 보입디까?"
　사내가 다시 딴생각에 잠긴 듯 노인을 멍하니 마주본다.
　"헌데 범이 무슨 이유로 사람한테 돌을 던지는 게요?"
　"귀찮게 자꾸 따라오면 위협하느라구 돌을 던지는 때가 있수."
　"그놈이 그럼 날 먼저 봤군?"
　"아마 진작부터 지켜보구 있었을 게요. 당신이 점점 가까이 오니까
나 예 있으니 따라오지 말라구 돌을 던져 장난질을 친 셈이지."
　사내가 다리를 심하게 절뚝이며 앞장서서 산을 내려가기 시작했다.
피에 젖은 바짓가랑이가 마치 기름걸레처럼 다리에 칙칙 휘감겼다. 노
인이 사내와 나란히 붙어서며 사내에게 다시 말을 물었다.
　"정강이는 어쩌다가 상처를 입었수?"
　"처음 총탄이 불발이어서 막 새루 장탄하려는 참이었소. 그놈이 누
런 이빨을 까구 내게 덮칠 듯이 캭 소리를 지릅디다. 몸을 굴려 피허
다가 옆에 있는 돌에 찢긴 거요."
　노인은 더 묻지 않았다. 그는 어떻게 이 사내가 그처럼 범에 대해
용감할 수 있는지 알 수가 없다. 사실 유명한 명포수들 중에도 범이라
면 아주 머리를 흔드는 사람이 많다. 그들은 대개 어느 엽장에서 범에
게 된통 혼이 난 사람들이다. 한데 바로 이 사내만큼은 범에 대해 전

혀 공포감이 없다. 보통 사람이라면 오금이 저릴 장면에서도 그는 오히려 화를 내며 범에 대해 증오를 드러낸다. 노인은 그가 뛰어나게 담이 커서 범을 겁내지 않는다고는 생각지 않는다. 아마 그는 상처를 입은 후 범을 몹시 미워하는 모양이다. 바로 그 맹렬한 증오심이 사내의 공포심을 압도하는지 알 수 없다. 어둠이 깃들이기 시작해서 두 사람은 서둘러 산을 내려왔다.

마을이 온통 눈 속에 묻혀 쥐죽은 듯 고요하다. 눈은 대충 대여섯치 두께로 쌓였고 아직도 잿빛 하늘에서 간간이 날리고 있다.

범은 사내로부터 총격을 받은 후 이틀간 쉬었다가 어제 다시 나타났다. 노인은 지금도 어제의 일들을 눈앞에 보듯 생생하게 기억한다. 아마 범은 이 부락에 나타난 이래 어제 가장 심한 행패를 부린 듯하다. 사실 부락은 어제 하루를 완전히 범의 공포 속에 떨며 지냈다. 하루에 무려 세 번씩이나 범이 부락을 습격해 온 것이다.

범이 어제 처음 나타난 것은 오전 열 시쯤이었다. 노인은 그때 사내 몰래 숙소를 나와 북쪽 산을 오르고 있었다. 그는 이제 사내와 동행하는 것이 끔찍하리만큼 역겹고 불쾌했다. 사내는 범과 두 번째로 조우한 후로는 훨씬 더 심한 신경질 증세를 보이고 있었다. 그는 정강이의 상처 때문인지 몸에 열도 약간 있었다. 노인은 청년과 합세하여 그에게 꾸준히 귀가할 것을 권했다. 다리에 험한 상처를 입어 그는 더 이상 사냥을 할 수 없는 처지였다. 그러나 그는 두 사람의 권유를 들은 체도 하지 않았다. 오히려 그는 몰래 숙소를 빠져나가 오랫동안 자기 혼자 어딘가를 다녀오기도 했다. 사내가 다녀오는 장소는 물을 필요도 없이 가까운 산이었다. 범에 대한 분노가 매일 조금씩 쌓여 가더니 그 즈음에는 거의 광적인 상태로 고조되었다. 더구나 어제 범이 다시 나타나자 그는 갑자기 열에 들떠 미친 사람과 같은 꼴이었다. 다리를 절뚝거리고, 총을 난사하며, 마을 곳곳을 이리저리 미친 듯이 뛰어다닌 것이다. …

　범이 부락에 나타났을 때 노인은 부락을 떠나 북쪽 산을 오르고 있었다. 그는 이틀간 틈틈이 내린 눈으로, 잘하면 오늘쯤은 범을 추적할 수 있으리라 생각했다. 눈은 이틀간 내렸다고 하지만 오다 말다를 반복해서 두께가 고작 십 센티에 불과했다. 그러나 그 십 센티 정도라도 범의 족적을 찾는 데는 충분한 것이었다. 족적은 눈 위에 틀림없이 찍혀 있을 것이었다. 노인은 이번엔 족적을 발견하면 그것을 끝까지 추적해 볼 결심이었다. 말하자면 범과 일 대 일의 대결로, 범과 다시 만날 때까지 끈덕지게 뒤쫓아 볼 생각이었다. 그러나 그가 범의 발자국을 찾아 산중턱을 열심히 헤맬 즈음 갑자기 등뒤 마을 쪽으로부터 총소리가 연달아 울려왔다. 노인은 필시 부락 내에 긴박한 사태가 일어났다고 직감했다. 그는 즉시 수색작업을 중단하고 부락을 향해 허둥지둥 산을 내려갔다. 그러나 그가 도착했을 무렵에는 이미 모든 것이 깨끗하게 끝난 후였다. 청년 한 명이 피를 흘리며 어느 부락민의 방 안에 누워 있었는데 그는 바른쪽 팔꿈치 아래가 뼈를 드러낸 채 뭉텅 잘려 있었다. 마침 청년은 의식이 되살아나 주위 사람과 더듬더듬 말을 할 수 있었다. 노인이 곧 부락민들을 밀치고 해를 입은 청년에게 사건의 경위를 캐물었다. 처음에는 말을 더듬거렸으나 청년은 곧 노인의 질문에 또박또박 응답해 주었다. 청년이 들려준 사건의 경위는 대강 다음과 같은 내용이었다.

　청년은 그날 눈이 와서 건초를 거두기 위해 마을을 떠나 들로 나갔다. 물론 청년이 찾아나간 들은 마을에서 퍽 떨어진 으슥한 장소였다. 그곳은 개천을 왼쪽으로 끼고 다랑논들이 층층으로 높다랗게 쌓여 있는 곳이었다. 청년은 범이 공격해 오기 직전에 낫으로 눈을 헤치며 건초들을 거두었다고 했다. 그런데 갑자기 청년의 등뒤에서 인기척 비슷한 이상한 소리가 들려왔다. 그것은 누군가가 발걸음을 죽여 살얼음 위를 조심조심 밟는 듯한 소리였다. 그는 건초단을 지게 위로 얹으며 무심코 개천 쪽을 돌아보았다. 그러나 그곳에는 눈에 뒤덮인 많은 바위들과 갈대숲만 보일 뿐이었다. 그는 다시 작업을 계속하기 위해 층층이 놓인 윗논으로 올라갔다. 논은 위로 올라갈수록 전망이 좋고 개천 쪽이 잘 보였다. 한데 그가 낫을 휘두르며 다시 건초들을 거두는 찰나였다. 갑자기 계곡 쪽의 갈대숲이 흔들리며 범의 전신이 눈밭으로 우람하게 드러났다. 청년은 너무나 놀라고 당황해서 손에 낫을 든 채 꼼짝없이 서 있었다. 한데 범이 무슨 생각을 했던지 그를 외면한 채 어슬렁어슬렁 계곡 위로 올라오고 있었다. 마치 범은 청년 같은 것은 안중에도 없다는 듯한 유유한 태도였다. 청년은 순간 자기의 살 길은 도망치는 것뿐이라고 생각했다. 범이 바로 아래 논 밑을 지나가니 그는 범의 눈에 들키지 않고 도망칠 수 있으리라 생각했다. 그러나 그가 허리를 굽히고 막 몸을 움직이려는 순간이었다. 자기를 외면했다고 믿었던 범이 갑자기 몸을 날려 논둑 위로 불길처럼 솟구쳐 올랐다. 청년은 거의 본능적으로 손에 든 낫을 앞으로 휙 내던졌다. 아니 던졌다고 생각만 했을 뿐 그는 짐승의 큰 머리를 보고 이미 의식을 잃은 것이었다. …

청년의 이야기를 다 듣고 난 뒤 노인은 방에서 마당으로 나왔다. 그는 청년은 그렇다 하더라도 숙소에 있는 사내가 못 견디게 궁금했다. 산에서 들은 오륙 발의 총성은 분명히 사내의 소행이다. 한데 도대체 그 사내가 어디서 무엇을 향해 총을 쏘았는지 알 수 없었다. 노인은 곧 부락민의 집을 나와 자기 숙소로 달려가기 시작했다. 마을에는 다시 짙은 함박눈이 눈을 못 뜰 만큼 펑펑 쏟아졌다. 노인은 그러나 숙소에 닿기 전에 마을 복판에서 운전사 청년과 부닥쳤다. 청년은 얼굴이 창백하게 질린 채 사내가 이제 방금 계류 위로 올라갔다고 했다. 계류 위란 부락 청년이 범에게 변을 당한 바로 그 현장이었다. 노인은 다시 청년을 거느리고 개천 상류 쪽으로 허둥지둥 뛰기 시작했다. 그는 이제 사냥 자체보다 사내의 안전이 더 큰 문제였다. 그러나 두 사람이 현장에 당도하자 현장에는 사내 대신 그의 발자국만이 어지럽게 찍혀 있을 뿐이었다. 노인은 곧 운전사 청년을 돌려보내고 자기 혼자 사내의 뒤를 추적했다. 눈이 점점 짙게 쏟아져서 노인은 불가피하게 서둘지 않을 수 없었다. 이 정도의 눈이라면 사내의 발자국은 십 분 이내에 새로운 눈에 묻힐 것이기 때문이었다. 노인은 드디어 계류 위쪽에서 마주 내려오는 사내와 정면으로 부딪쳤다. 그는 추위로 창백하게 질린 채 거의 기진하여 쓰러질 듯 노인에게 다가왔다. 정강이에 감은 붕대가 풀어져 그의 뒤쪽으로 기다랗게 끌리고 있었다. 노인은 사내를 부축하며 얼어죽을 작정이냐고 처음으로 그에게 쌍소리로 욕을 했다. 사내는 쌍소리를 하는 노인을 짧은 고함으로 노한 듯이 막아버렸다. 그는 만일 눈만 내리지 않았다면 범을 뒤쫓을 수 있었을 것이라고 소리쳤다. 노인은 그가 무엇을 향해 총을 쏘았는가 다시 물었다. 그는 그 질문에는 묵묵부답인 채 부락 청년의 안부를 물었다. 노인은 자기가 청년에게 들은 이야기를 사내에게 다시 차근차근 들려주었다. 두 사람은 곧 부축하고 부축당하며 느린 걸음으로 숙소로 돌아왔다. 사내는 숙소에 도착하자 자기 침구 위로 무너지듯 쓰러져 버렸다.

  범은 같은 날 오후 네 시경에 다시 부락 서쪽에 홀연히 나타났다. 그곳은 부락민 공동 소유의 커다란 대장간이 있는 곳이었다. 범을 제일 먼저 발견한 사람은 바로 대장간 집 소년이었다. 소년은 열여섯 살 된 아이치고는 대단히 침착하고 담력과 기지가 있는 아이였다. 그는 범을 발견할 당시 뒷간에서 용변을 보고 있었다고 했다. 산골의 변소들은 도시와는 달리 본채에서 뚝 떨어진 후미진 곳에 있게 마련이다. 그러나 대장간 집의 이 변소만은 바로 대장간과 나란히 붙어 있었다. 소년은 열심히 용변을 보는 중에 문득 어린 짐승의 날카로운 울음소리를 들었다. 그것은 자기 집에서 이웃집에 팔아버린 귀여운 새끼염소의 울음소리였다. 소년은 용변을 보다 말고 호기심에 이끌려 밖을 잠깐 내다보았다. 밖에는 이미 눈이 멎어서 사위가 온통 새하얀 눈뿐이었다. 그런데 그가 염소를 찾아 염소 우리쪽을 바라보는 순간이었다. 전신이 붉은 거대한 짐승 한 마리가 바로 염소 우리 둘레를 빙글빙글 돌고 있는 것이었다. 소년은 즉각 그 거대한 짐승이 사또라는 것을 알아차렸다. 그러나 소년 혼자의 힘으로는 당장 아무 일도 할 수가 없었다. 아니 무슨 일을 하기는 고사하고 우선 자기 자신부터 어떻게 해야 이 난국을 벗어날 수 있을지 몰랐다. 그러나 소년은 공포심에 앞서 또 하나의 강한 호기심이 발동했다. 그는 어른들이 공포에 떨며 산제까지 올려 준 그 무서운 사또가 도대체 어떤 얼굴을 하고 있고 어떤 짐승인 가 알아보고 싶었다. 소년은 조심스레 바지를 추스르고 수수깡 울타리 사이로 사또를 찬찬히 내다보았다. 사또는 아직도 염소 우리 주위를 눈가루를 거칠게 걷어차며 빙글빙글 돌고 있었다. 염소는 이제 공포에 짓눌려 숨이 끊어질 듯한 비명을 내지르고 있었다. 그런데 그때 소년 의 머릿속에 문득 한 가지 묘안이 떠올랐다. 묘안은 어른들이 사또를 향해 이러쿵저러쿵 지껄이던 얘기중에 있었다. 어른들은 사또가 아무 것도 무서워하지 않지만 불〔火〕만은 퍽 무서워한다는 소리들을 했 다. 소년은 때마침 대장간 불가마에 낫을 벼르려고 숯불을 피워 놓았 다. 어른들 몰래 한 짓이었으나 지금은 그런 것이 문제가 될 수 없었 다. 그는 곧 변소를 빠져나와 소리 없이 대장간으로 건너갔다. 그리고 어떻게 해야 사또를 놀래 줄 만한 커다란 불을 만들 수 있을까 궁리했 다. 소년의 머릿속에 다시 번개처럼 한 가지 생각이 떠올랐다. 대장간 에는 마침 숯들이 담겨 있던 빈 숯포들이 수북이 쌓여 있었다. 그는 그것들이 불에 당겨지면 커다란 불꽃과 함께 맹렬히 타오른다는 것을 잘 알았다.

소년은 곧 불가마 안에서 빨갛게 핀 숯 한 덩어리를 집게로 꺼내 들 었다. 그리고 그것을 숯포 위에 올려놓고 눈물을 흘리며 열심히 불기 시작했다. 숯포는 작은 불꽃이 일어나자 금시에 커다란 불덩어리로 변 했다. 소년은 그것을 쇠스랑으로 찍어 대장간 밖으로 힘껏 내던졌다. 그러나 그는 숯포 하나로는 안심할 수 없다고 생각했다. 콧물을 흘리 고 눈두덩을 문지르면서 소년은 불붙은 숯포를 계속해서 울 밖으로 내 던졌다. 잠시 후 대장간과 그 일대에 많은 어른들의 발자국 소리가 들 려왔다. 소년은 연기로 더러워진 얼굴로 문을 박차며 대장간을 뛰쳐나 왔다. 범은 이미 염소 우리 둘레에서 자취도 없이 어디론가 사라져 버렸다. …

범이 세 번째로 부락에 내려온 것은 달빛이 교교한 같은 날 밤 자정 무렵이었다. 노인은 그 즈음 숙소를 나와 부락을 헤매며 사내의 행방을 찾고 있었다.

사내는 숙소에 없었다. 노인이 사내가 없어진 것을 안 것은 그가 범의 발자국을 뒤쫓다가 숙소로 돌아온 밤 열 시쯤이었다. 같이 있던 청년까지도 사내가 언제 없어졌는지 몰랐다. 청년은 사내가 반 시간 전까지도 깊은 잠 속에 떨어져 심한 헛소리를 지껄여 댔다고 했다. 그러나 지금 그의 침구는 빈 껍데기로 남았을 뿐 알맹이가 없었다. 노인은 곧 숙소를 나오며 벽에 걸린 유일한 총(사내 소유의 세 개의 총 중에서 부서지지 않은 유일한 총이었다)이 없어진 것을 알았다. 그것은 사내가 어떤 목적으로 집을 나갔는가를 말해 주는 것이다. 노인은 지금 범의 존재보다 사내가 더욱 불안하고 염려스러웠다. 그는 사내가 그날 오후부터 심한 열에 사로잡혀 숙소에서 끙끙 앓고 있었던 것을 기억하고 있다. 입술이 갈라지고 눈알은 충혈되고, 그의 상처들은 메주가 뜨듯 뜨겁고 횃횃하게 부풀어 있었던 것이다.

그러나 사내는 그런 병중에도 벌써 세 번이나 숙소에서 뛰쳐나갔다. 그는 범이 쥐를 놀리듯 자기를 희롱하고 있다고 화를 냈다. 그에게는 이제 큰 회사의 사장으로 서울에서 보여주던 모든 위엄들이 사라져 버렸다. 철장처럼 튼튼하던 그의 장신(長身)은 마치 꾸부정한 등나무 덩굴처럼 볼품없이 우그러들었고 권위와 위엄이 가득 담겼던 그의 얼굴은 한갓 병자의 얼굴처럼 꺼칠하고 추할 뿐이었다. 노인은 불과 일 주일 사이에 그가 아주 딴사람이 된 것이 놀랍고 기가 막혔다. 그는 장수(將帥)가 갑옷을 벗기우듯 모든 위엄들을 하나하나 잃어버렸다. 그러나 노인은 이 사내가 서울에서는 매우 존경받는 중요한 인사라는 것을 알고 있었다. 그는 수천 명의 직원을 거느린 어느 거대한 기업체의 주인이며 가벼운 눈짓 하나로도 수많은 사람들을 벌벌 떨게 할 수 있었다. 그가 써갈긴 간단한 사인은 한국 어디서나 귀한 문서로 통용되었고, 서울에서는 여러 대의 차가 있어서 백 보 이상을 걸어다니는 일이 없었다. 그는 어느 회합에서나 반드시 높은 상좌로 안내되었고 많은 사람들의 시중을 받아가며 위엄 있게 생활해 온 사람이었다. 노인은 사내를 사냥철 이외에는 단 한 번도 만나 볼 수 없었다. 아니 서로 신분이 달라 감히 그를 만날 생각도 할 수 없었다. 그러나 서울에서는 그토록 귀하고 높던 사람이 요 며칠새에 산골에서는 전혀 딴사람이 되어버렸다. 그는 초조하고 불안해 했으며 어린 아이처럼 끊임없이 화를 냈다. 주먹을 내두르고 짐승을 저주하고 심지어 입으로는 상사람들이나 하는 상스런 욕설까지 거침없이 내뱉었다. 노인은 그가 이토록 변한 것은 그가 무언가를 오해한 때문이라고 생각했다. 사내는 서울에서 자기가 품위 있고 강하듯이 산골에서도 자기가 아주 강하다고 믿는 것 같았다. 그는 자기가 왜 보잘것없는 미물인 짐승(그렇다, 그건 보잘것없는 한 마리의 더러운 미물에 불과했다)에게 그토록 놀림을 당하고 해까지 입어야 되는지를 알 수 없었다. 그에게는 과학적인 사고와 이성적인 판단과 짐승사냥에 소요되는 최신형 장비들까지 골고루 갖추어져 있었다. 그는 어느 모로 생각해 보더라도 자기가 노인보다 유능하며 짐승보다 강하다고 믿고 있었다. 그러나 노인은 사내의 그런 생각들이 뭔가 그릇된 시각에서 얻어진 오해라는 것을 알고 있었다. 사내는 물론 도시에서는 의심할 여지없이 우수했고 강했다. 그러나 그는 산골과 도시를 좀더 빨리 분별할 줄 알았어야 했다. 그의 강함을 증명해 줄 물건들이 이 산골에는 아무것도 준비되어 있지 않았다. 이 초라한 산골에서는 그는 노인과 다름없는 한 사람의 벌거벗은 인간일 뿐이었다. …

노인은 사내의 행방을 찾아 우선 마을 복판의 공회당 쪽으로 내려갔다. 마을집들은 두꺼운 눈 속에 묻혀 있어 푸른색 달빛 아래 마치 작은 흰색의 무덤들 같았다. 눈은 초저녁에 두 차례나 내려 벌써 두께가 한 자를 넘을 듯했다. 남쪽 하늘에 걸린 가느다란 초생달이 방금 갈아낸 칼날처럼 맑은 밤하늘에 반짝이고 있었다. 달빛이 어슴푸레 눈 위로 얼비쳐서 모든 물체의 윤곽과 모서리가 그림자처럼 희미했다. 노인은 한동안 교회당 앞에 서 있다가 바람을 등지고 마을 동쪽으로 향해 걸었다. 그는 사내가 이 넓은 부락 안에 어디쯤 있는지 짐작도 할 수 없었다. 만일 그가 범을 찾아 떠났다면 혹시 대장간 쪽으로 갔는지도 모를 일이었다. 그러나 그것은 단순한 추측일 뿐이고 노인에겐 아무런 확신이 없었다. 바람에 날린 무수한 눈가루가 사방으로 마른 재처럼 이리저리 몰려다녔다. 노인은 혹시 발자국이라도 있나 싶어 걸음을 옮기며 사방으로 눈을 굴렸다. 그러나 떡가루처럼 곱다란 눈가루가 모든 발자국들을 깨끗하게 지운 후였다. 그는 사내가 가급적이면 산 쪽으로 올라가지 않았기를 바라고 있었다. 사실 이처럼 두꺼운 눈밭 속에서는 발자국을 옮기기도 어려운 형편이었다. 만일 사내가 마을을 벗어나 깊은 골짝에라도 찾아갔다면 그는 수렁 같은 눈구덩에 빠져 얼어죽을지도 알 수 없었다. 문득 노인의 불안한 마음속에 사내에 대한 희미한 동정심이 떠올랐다. 그는 왠지 오늘 하룻동안 사내가 갑자기 불쌍하게 느껴졌다. 사내는 지금 범에 대한 증오로 심신이 갈갈이 찢겨 제정신이 아니었다. 그를 증오에서 해방시키는 것은 노인이 하루빨리 짐승을 잡는 일뿐이었다. 노인은 마침 눈이 내려서 자기에게 최후의 기회가 온 것을 알았다. 그는 내일쯤 날씨가 좋아지면 산으로 올라갈 계획을 짜놓았다. 이제 노인은 범을 추적하면 둘 중에 어느 한 쪽이 결딴날 것을 각오하고 있었다. 이번의 추적은 그가 범을 죽이거나 범이 그를 죽임으로써 끝날 것이었다. 노인은 내일부터 시작될 추적이 가급적이면 이틀 안에 끝나기를 바라고 있었다. 그러나 그것은 노인의 희망일 뿐 언제쯤 끝날 것인가는 아무도 알 수 없었다. 그는 대충 추적기간을 이틀쯤으로 잡고 있지만 이틀이 나흘도 닷새도 될 수 있고 그보다 더 길어질지도 모른다고 각오하고 있다. 그는 추적이 계속되는 동안은 식사나 휴식이나 수면까지 산에서 모두 자기 손으로 해결해야 했다. 추적 때의 주림을 면하려면 그는 여러 날치의 비상식량도 준비해야 했고 산에서 한뎃잠을 자자면 침구도 따로 꾸려야 했다. 노인은 갑자기 목젖이 아플 만큼 문제의 범에 대해 맹렬한 투지가 일어났다. 사실 노인은 퍽 오랫동안 마음속에 그런 사냥을 꿈꾸어 왔다. 그것은 서울의 부자 사냥꾼들이 질겅질겅 껌을 씹으며 장난처럼 하는 사냥과는 달랐다. 그의 사냥에는 무전기도 쌍안경도 필요 없고 오직 그의 지혜와 인내와 담력만이 필요할 뿐이었다. 아마 노인은 짐승을 추격하면서 짐승과 모처럼 많은 말을 나눌 것이었다. 물론 노인이 짐승과 하는 말은 서로 마주보고 지껄이는 사람들의 말과는 달랐다. 그들은 아마 조그마한 움직임에도 서로 그 뜻을 알아차려 미소나 머리 끄덕임으로 상대편을 이해할 것이었다. 그 일은 시간이 오래 갈수록 짐승과 노인을 점점 가까이 접근시킬 것이었다. 상대가 만일 솜씨를 부린다면 그들은 서로를 아낌없이 칭찬할 것이었다. 그놈은 사실 요 며칠 동안에는 노인을 완전히 일방적으로 희롱한 셈이었다. 전혀 상상도 못했던 일들을 꾸며 그놈은 재치있게 노인을 골탕먹인 것이었다. 그러나 이제는 사정이 달라져서 그놈이 노인에게 반격당할 차례였다. 그놈은 지금까지 나무 등걸이나 바윗등을 타며 노인에게 철저히 자신의 발자국을 숨겨 왔다. 그러나 눈이 내린 지금은 발자국을 숨길래야 숨길 수가 없었다. 날씨가 개어 눈만 그치면 그놈의 발자국은 어쩔 수 없이 온 천지에 드러날 것이었다. 노인은 그것들의 모양과 크기를 조사해서 가장 최근에 찍힌 것을 골라잡을 것이었다. 최근의 발자국만 가려진다면 범은 노인의 추적에서 벗어날 길이 없을 것이었다.

노인은 부락을 길게 가로질러 부락이 끝나는 동쪽 끝에서야 발을 세웠다. 그는 잠시 주위를 살피며 눈썹에 엉겨붙은 많은 눈들을 털어내었다. 바람이 숲 위로 세차게 불어 희뿌연 눈가루가 먼지처럼 이리저리 불려다녔다. 그는 사내가 왜 이런 때는 총질을 안 하는지 원망스러웠다. 단 한 방이라도 총을 쏘아주면 그는 어렵잖게 사내를 찾아낼 수 있을 것이었다. 그는 다시 몸을 돌려 부락 뒤쪽으로 방향을 바꾸었다. 며칠 전 염소를 묶어 두었던 밋밋한 골짝으로 통하는 길이었다. 발이 무릎까지 눈 속에 빠져서 노인은 헤엄치듯 힘들게 눈 속을 걸어야 했다. 노인과 가까운 덤불 속에서 문득 부엉이 울음소리가 들려왔다. 마치 노인에게 화라도 난 듯, 누구요, 누구요, 하고 불러대는 소리 같았다.

　노인은 결국 한 시간이 걸려 사내를 다시 부락 뒤 숲에서 찾아내었다. 그러나 노인이 사내를 찾았을 때와 범이 다시 부락에 나타난 때는 거의 같은 시각이었다. 노인은 그때 사내를 부축하고 마을 뒤쪽의 야트막한 등성이 위에 올라있었다. 그는 갑자기 마을 한쪽에서 훤히 솟아오르는 불길을 보았다. 불길이 너무 거세고 드높아서 노인은 화재라도 난 게 아닌가 의심했다. 그러나 뒤미처 세찬 바람결에 누군가의 아우성치는 듯한 비명소리가 들려왔다. 그것은 여자의 비명소리로 등골이 서늘해지는 높고 절박한 것이었다. 노인은 그러나 사내 때문에 현장에 가는 것을 포기할 수밖에 없었다. 비명은 서너 번 기다랗게 들리고는 갑자기 뚝 끊어져 잠잠해졌다. 노인이 뒤늦게 현장에 갔을 때는 짐승은 이미 어딘가로 흔적도 없이 사라진 후였다.

　세 번째로 마을에 나타난 범은 두 번째와 마찬가지로 아무 행패 없이 황황히 산으로 쫓겨갔다. 범에게 습격을 받은 사람은 부락에서 소금가게를 열고 있는 중년의 과부였다. 그녀는 범이 나타났을 무렵 자기 큰딸과 무슨 일인가로 말다툼을 했다고 했다. 물론 그들의 말다툼이란 잠자리에서 주고받는 여인들 사이의 시답잖은 것이었다. 말다툼 중에 그러나 두 모녀는 갑자기 외양간 쪽에서 이상한 소리가 들려오는 것을 깨달았다. 그것은 소가 발을 투당대며 콧김을 거세게 내뿜는 소리였다.

　이미 여러 차례 범의 습격이 있었던 터라 모녀는 불길한 예감에 급히 성냥을 켜서 호롱에 불을 밝혔다. 그러나 소의 콧김 소리는 시간이 갈수록 점점 거칠고 드높아졌다. 과부로 살고 있는 그녀의 집에는 불행히도 남자가 없었다. 그리고 그들에게 소의 존재는 바로 그들의 생명과 맞먹는 재산이었다. 어머니가 드디어 용기를 내어 창문에 구멍을 뚫고 소리 나는 밖을 내다보았다. 그녀가 내다본 밖에는 그러나 상상도 못할 무시무시한 장면이 벌어져 있었다. 외양간 목책을 사이에 두고 황소와 범이 마주 서서 얼어붙은 듯이 대결하고 있었다. 범은 꼬리를 살랑살랑 흔들며 그래도 여유 있게 소를 놀리듯이 쏘아보고 있었고 황소는 뿔을 아래로 처뜨린 채 거의 필사적으로 방어태세를 취하고 있었다. 여인은 잠시 이 난국을 어떻게 해결해야 할지 정신이 아뜩했다. 그러나 그녀에겐 그 황소가 자기의 생명보다도 더 소중한 재산이었다. 마음속에 일단 결심이 서자 여인은 의외로 정신이 맑아졌다. 그녀는 대장간 집 소년이 불로 짐승을 쫓은 것을 상기했다. 만일 방 안에서 큰 불만 만들 수 있다면 그녀는 범을 쫓을 수 있을 듯한 생각이 들었다. 그녀는 곧 윗목에 세워 둔 등화용 기름병을 조심스레 집어들었다. 벽에 걸린 치마를 떼어 그녀는 급히 옷 위로 기름을 부었다. 그녀는 빨리 서둘지 않으면 자기 집의 전재산이 죽는다는 것을 알았다. 기름에 젖은 시커먼 치마폭에 그녀는 황급히 성냥불을 가져갔다. 치마폭이 커다란 불길에 휩싸여 갑자기 방 안을 대낮처럼 환히 밝혔다. 딸이 어머니를 거들어 방문을 힘껏 발로 찼다. 어머니가 뒤미처 거대한 불덩이를 마당을 향해 힘껏 내던졌다. 그러나 그 순간 두 모녀는 약속이라도 한 듯 비명을 내질렀다. 범이 어느 틈에 높은 담장 위에 올라앉아 그녀들을 위협하듯 입을 크게 벌렸던 것이다. …

노인은 그 후 산자락 아래까지 범의 발자국을 추적해 올라갔다. 범의 족적은 눈이 깊어서 달빛 아래서도 완연히 드러났다. 그것은 부락을 한달음에 벗어나 북쪽 산 쪽으로 기다랗게 뻗어 있었다. 그러나 노인은 날이 어두워서 추적작업을 밝은 날로 미루었다. 그는 곧 숙소로 돌아와 다음날에 있을 출렵 준비를 서둘렀다.

멀리 동쪽 산봉우리 위에서 아침 햇살이 눈부시게 쏟아져 내려온다. 두터운 눈이 침엽수들의 큰 가지 위에 마치 햇솜처럼 무겁게 얹혀 있다. 노인은 눈을 가늘게 뜨고 반대편 골짝의 절벽 위를 아득히 바라본다. 수리 세 마리가 큰 날개를 활짝 편 채 절벽 앞을 서로 엇갈려 유유히 날고 있다. 활짝 편 그들의 양쪽 날개가 햇빛을 받아 금빛으로 번쩍인다.

노인은 새벽에 부락을 떠나, 지금 산 속으로 십여 리쯤 들어와 있다. 그는 숙소를 빠져 나오며 사내를 용케 피할 수 있었다. 사내는 밤새 헛소리를 하며 끙끙 앓더니 새벽에는 지쳤는지 정신없이 잠에 빠져 있었다. 노인은 청년에게만 눈짓을 하고는 총총히 염낭을 메고 숙소를 빠져 나온 것이다.

이곳은 부락 북쪽의 산으로 부락과는 등을 진 반대편 산록이다. 짐승의 발자국은 능선에서 약 오륙 미터 아래쪽으로 비스듬히 뻗어 있다. 말하자면 능선을 왼쪽으로 끼고 능선 바로 아래쪽을 따라 산정으로 향해 기다랗게 뻗은 셈이다.

노인은 지금 추적중인 발자국이 대충 예닐곱 시간쯤 경과한 것으로 추정하고 있다. 그는 이 정도의 짧은 시간이라면 오늘 안으로 범과 만날 수도 있을 것 같다. 그러나 지금의 족적만으로는 역시 그것은 희망에 불과하다. 범이 만일 한 번도 쉬지 않고 계속해서 움직여 간다면 추적거리는 가까워지기는커녕 오히려 더 멀어질 것이기 때문이다.

바위와 바위 사이의 좁은 안부(鞍部)에서 발자국이 갑자기 능선으로 뻗어 올라갔다. 노인은 잠시 발을 세우고 그 일대를 주의깊게 휘둘러 본다. 그는 지금 짐승이 왜 방향을 바꾸었는가 이유를 찾고 있다. 짐승이 지형상의 장애물도 없는데 갑자기 방향을 바꿀 때는 어떤 이유가 있는 것이다. 일대는 야트막한 잡목들 위로 칡덩굴이 짙게 차일처럼 뒤덮여 있다. 눈이 그 칡덩굴 위로 역시 두부처럼 무겁게 얹혀 있다. 문득 노인의 피로한 눈에 칡덩굴 한 곳에 이상이 생긴 것이 발견된다. 그곳은 능선을 살짝 지나친 이쪽과 반대되는 저편 산록이다. 눈들이 무엇엔가 세차게 흔들려서 칡덩굴 위로부터 사방으로 흘러내렸다. 만일 그것이 바람 탓이라면 유독 그곳만이 눈을 털어 버릴 이유가 없다. 노인은 곧 눈들을 차며 능선 위를 향해 급하게 달려 올라간다.

멜빵을 매어 등에 진 염낭이 춤을 추듯 그의 등을 가볍게 때린다. 그는 좁은 잘록이를 지나쳐 조금 위쪽의 능선 위로 방향을 바꾼다. 한데 갑자기 발밑을 보니 눈 한 곳이 움푹 꺼져 있다. 노인은 잠깐 발을 세우고 족적과 그 구덩이를 번갈아 바라본다. 그것은 분명 범이 눈 위에 배를 깔고 엎드렸던 자리다. 노인은 범이 이런 장소에서 엎드릴 이유가 없다고 생각한다. 만일 그가 엎드리고 싶었다면 좀더 편안한 곳을 택했을 것이다. 그러나 곧 노인은 왜 이곳에 범이 엎드렸는지 이유를 깨닫는다.

"이 녀석 배가 많이 고팠군. 그 등걸에 토깽이라니."

노인의 말은 중얼거림에서 갑자기 큰소리가 되어 입 밖으로 튀어나온다. 그는 비스듬한 산록 위로 움푹움푹 팬 눈구덩이를 둘러본다. 그것은 작은 동물의 흔적으로 발자국이라기보다는 몸 전체로 뒹군 자리다. 노인은 그것의 크기와 형태로 보아 토끼나 오소리 같은 소동물의 것이라고 깨닫는다. 소동물은 아마 범을 발견하고 황급히 칡덩굴 속으로 피해 갔던 모양이다. 범이 배를 깔고 엎드렸던 장소는 칡덩굴과 불과 이십 미터의 거리에 있다. 노인은 허리를 굽히고 칡덩굴 속으로 두어 걸음 걸어 들어간다. 범의 큰 몸이 칡덩굴에 부딪쳐서 덩굴 위의 눈들이 사방으로 흩어져 있다. 그들은 다시 덩굴 밑을 빠져나가 반대편 산기슭의 훤한 눈밭으로 달려나갔다. 눈이 워낙 두껍게 쌓여서 범의 족적은 터널처럼 길게 패어 있다. 범의 앞쪽에는 작은 눈구덩이가 두세 걸음 간격으로 듬성듬성 패어 있다. 노인은 이제 그 흔적이 산토끼의 것이라는 것을 의심하지 않는다. 토끼는 눈밭에서 공격을 받았을 때에는 결코 일직선으로 달아나는 법이 없다. 마치 메뚜기가 풀숲으로 튀듯 전후 좌우로 불규칙하게 뜀질을 하는 것이다. 그러나 토끼의 필사적인 도망은 겨우 이십 미터 정도에서 비극적으로 끝나 있었다. 그곳은 두 짐승이 서로 뒹군 듯 엄청나게 큰 눈구덩이가 패어 있다. 토끼는 특히 형세가 다급해지면 눈 속에 파고들어 숨어버리는 재주가 있다. 도망이 절망적이라고 단정되면 눈 속에 몸을 묻고 죽은 듯이 엎뎌 있는 것이다. 노인은 그러나 눈구덩이 한곳에서 핏방울을 빨아들인 몇 뭉텅이의 눈들을 발견한다. 그것은 빛깔이 너무 고와서 마치 진달래나 철쭉꽃의 꽃판 같다. 바람이 한 차례 눈밭 위로 불어닥쳐 눈가루가 자욱이 안개처럼 피어오른다. 맞은편 골짝에서 눈 무게에 짓눌려 나뭇가지 하나가 와르르 꺾여져 내린다. 공격에 성공한 범의 발자국은 다시 그곳에서 능선 위로 향해 있다. 노인은 이제 토끼를 사냥한 짐승이 어딘가 양지바른 곳을 찾고 있다고 깨닫는다. 그는 이 뜻밖의 성찬을 아무도 방해하지 않는 조용한 곳에서 여유 있게 맛보고 싶었을 것이다. 그런 아늑한 장소를 찾기 위해서는 그는 전망이 좋은 능선 위로 올라갈 수밖에 없다. 노인의 추측은 한 치의 오차 없이 정확하게 들어맞는다. 범은 능선상의 바위 위에 올라 잠시 빙글빙글 제자리에서 맴을 돌았다. 노인은 그가 만일 범이라면 이런 때 어디를 택할 것인가 생각해 본다. 다시 자기 예측이 정확히 들어맞아 노인은 유쾌한 듯 큰소리로 중얼거린다.

"저쪽이로군. 글쎄 내 뭐라든가. 짐승이나 사람이나 눈은 모두 마찬가질세."

노인은 능선을 미끄러져 내려 아래쪽의 상수리나무 숲으로 천천히 걸어 들어간다. 높이가 열 길도 넘는 수십 년 된 우람한 거목들의 숲이다. 상수리나무들은 겨울철에도 연갈색의 마른 잎들을 빽빽하게 달고 있다. 말라서 비틀린 무수한 잎들이 세찬 바람에도 용케 견디며 요란하게 서걱거리고 있다. 그러나 지금은 눈들이 뒤덮여 잎 무성한 큰 가지쪽은 일산(日傘)처럼 큰 그늘을 만들고 있다. 노인은 눈밭을 길게 가로질러 컴컴하고 푹신한 숲 속으로 들어선다. 가지들이 하늘을 짙게 가려서 숲 안엔 눈들이 얼룩처럼 흩어져 있다. 낙엽과 이끼로 뒤덮인 지표에 굵은 고목의 뿌리들이 꿈틀꿈틀 솟아 있고 밤알 크기의 상수리 열매들이 마치 강변의 자갈처럼 사방에 널려 있다. 노인은 한참 동안 범의 족적 없이 숲 속을 통과한다. 그는 숲이 끝나는 저쪽에 작은 개활지(開豁地)가 있다는 것을 알고 있다. 짐승이 능선 위에서 발견해 낸 장소가 바로 그 햇볕 바른 개활지인 것이다.

그곳에는 벼락을 맞아 죽은 큼지막한 고사목이 등걸만 남은 채 기우뚱히 누워 있다. 나무는 이미 잔가지가 삭아 없어졌고 등걸 가운데가 움푹 패어 갈색으로 썩어 있다. 문득 노인의 서너 길 앞쪽에서 장끼 한 마리가 푸르릉 날아오른다. 노인은 산중에서 장끼 일족들을 가장 아름다운 멋쟁이로 치고 있다. 그들의 담청색 가는 목에는 눈부시게 흰 목댕기가 둘러져 있고 탄탄하게 균형 잡힌 그들의 몸에는 언제나 매끄러운 윤기가 흐르고 있다. 장끼는 긴 꼬리를 빳빳하게 뻗은 채 매끄러운 활강 끝에 맞은편 덤불 위로 사뿐히 내려앉는다.

하늘이 터지자 비탈길에 다시 눈들이 모포처럼 푹신하게 덮여 있다. 노인은 그러나 고사목 앞쪽에서 약 두 평쯤의 눈 없는 공터를 발견한다. 나뭇등걸이 꾸부정히 누워 있어 그곳에는 눈이 쌓이지 않았다. 범의 족적은 그곳에서 다시 건너편 숲으로 선명하게 찍혀 있다.

노인은 현장에 도착하여 예측한 대로 껍질조각과 함께 붙어 있는 토끼털을 발견한다. 아니 털뿐 아니고 토끼의 발목과 머리까지 찾아낸다. 범은 대개 토끼 같은 작은 짐승은 껍질째 통으로 찢어 먹는 것이 보통이다. 아무리 큰 육괴라도 그들은 씹어삼키는 일이 없다. 육괴를 길게 결대로 찢어서 단번에 꿀꺽 삼키는 것이다.

짐승은 그곳에서 얼마 동안 새벽잠을 잔 것 같다. 다리를 펴고 누웠던 흔적이 가랑잎과 눈 위로 역력히 드러나 있다. 노인은 이제 범과의 거리가 두 시간 이상 단축된 것을 깨닫는다. 잘하면 그는 오늘 낮 동안에 짐승을 먼 발치로 볼 수 있을지도 모른다고 생각한다. 노인은 곧 개활지를 떠나 다시 발자국을 따라가기 시작한다.

놀 속으로 휘날리는 눈가루가 마치 잘게 썬 쇳가루처럼 칙칙하고 무거워 보인다. 해가 벌써 산 너머로 저물어서 주위에 어둑어둑 땅거미가 내리고 있다.

노인은 잠시 걸음을 멈추고 자기 위치를 가늠해 본다. 그는 지금 협곡 중간쯤의 경사가 완만한 떡갈나무 숲 속에 서 있다. 맞은편 산비탈은 경사가 급해 거대한 침엽수가 층계처럼 층층으로 박혀 있다. 산봉우리 주위에서 시작된 협곡이 마치 부채처럼 널따랗게 밑으로 퍼졌다.

노인은 대충 산세를 둘러본 뒤 방향이 정해지자 다시 숲 안으로 걸어 들어간다.

노인이 처음 범을 본 것은 추적이 시작된 지 열한 시간 만이었다. 그는 토끼털의 개활지를 통과한 뒤 추적 속력을 빨리하여 범과의 거리를 단축시켰다. 만일 짐승이 어떤 장소에서 한 번만 더 쉬어 준다면 그는 짐승을 거의 눈앞으로 따라잡을 수 있으리라 생각했다. 그러나 짐승은 개활지 이후로는 한 번도 걸음을 멈춘 듯한 기색이 없었다. 더구나 그놈은 중간중간의 눈밭을 피해 깊은 숲 속으로 들어갔다. 범이 숲 속으로 들어가면 노인은 그만큼 추적시간이 길어질 수밖에 없다. 숲 속에는 눈이 쌓여 있지 않아서 족적을 찾기가 어려웠기 때문이다. 그러나 다행히도 짐승은 노인에게 뜻밖의 시간을 벌어주고 있었다. 그는 능선으로 계속 가다가 갑자기 무슨 생각에서인지 가던 길을 되돌아오고 있었다. 한데 그 되돌아온 족적이 노인에게 우연히 발견된 것이었다. 노인은 그것이 먼젓번의 족적보다 적어도 두 시간 이상 새로운 것임을 알아내었다. 발자국들이 너무 선명하고 신선해서 범의 콧김까지 가려질 정도였다. 그러나 노인에게 그때 이후가 추적중에 가장 어려운 고비였다. 범과 거리가 단축되었다는 것은 노인에겐 물론 반가운 일이다. 그러나 거리가 단축되면 단축될수록 실은 노인에게 불리할 수도 있다. 요컨대 범과 노인 둘 중에 누가 먼저 상대를 발견하는가가 문제였다. 노인은 그때 자기와 범이 불과 한 시간의 거리 안에 있다는 것을 알았다. 산중에서의 한 시간이라는 것은 거리로는 불과 십 리 정도였다. 그러나 그 십 리의 거리가 때로는 건너다보이는 계곡 하나를 사이에 두고 있을 수도 있었다. 노인은 자기가 너무 범에게 가까이 접근한 것이 아닌가 생각했다. 사실 범이 노인의 추적을 지금쯤 알아차렸을지도 모른다. 그렇지 않기를 바라지만 그렇다면 노인은 다른 방도를 강구해야 하는 것이다.

노인은 그러나 족적만으로 판단해서는 범이 아직 자기의 추적을 모르고 있다고 단정했다. 노인이 그런 단정을 하는 데는 몇 가지 그럴 만한 근거가 있다. 범들은 자기가 추적된다는 것을 알면 대개 상황과 분위기에 따라 세 가지 반응을 보여준다. 첫번째는 범이 능동적으로 인간에게 위협을 가해 추적을 포기하도록 하는 행위다. 말하자면 내가 이곳에 있으니 어서 돌아가라는 신호인 셈이다. 둘째번 반응은 그들의 반응 중에 가장 흔히 보는 일종의 도주다. 그들은 일단 도망을 시작하면 보통 삼사십 리 거리를 단숨에 달아난다. 끝으로, 약간 드문 예 중의 하나지만 그들이 아무 예고 없이 추적자를 오히려 역추적해 오는 일이다. 그러나 이것은 노련한 사냥꾼이라면 그들의 족적을 보고 미리 대충 짐작할 수 있다. 그들이 역습을 준비할 때는 짐승 자신이 긴장하여 평소보다 갑자기 발자국이 작아지기 때문이다.

노인의 발자국 추적은 그 후로도 약 네 시간이나 계속되었다. 그리고 해가 거의 서산으로 질 무렵 노인은 드디어 범의 뒷모습을 본 것이다.

노인이 범을 발견하게 된 것은 공교롭게도 노인이 저지른 실수의 결과라고 할 수 있다. 그는 족적을 추적하면서 범을 시종 경계하고는 있었지만 범이 그토록 가까운 거리로 다가와 있을 줄은 꿈에도 몰랐다. 사실 그때 노인과 범과는 직선거리로 불과 삼백 미터밖에 되지 않았다. 다행히 바람을 마주했기에 망정이지 바람을 등지고 있었다면 짐승이 오히려 그를 먼저 보았을지도 몰랐다. 좌우간 노인은 범을 발견하고 숨이 막힐 만큼 놀라고 긴장했다. 범은 그때 깊은 골짝을 벗어나 서쪽 산중턱을 느릿느릿 오르는 중이었다. 산중턱에는 두어 길쯤 되는 작달막한 잡목 숲이 펼쳐 있었다. 마침 해가 산등성이에 가려서 골짝엔 깊은 응달이 져 있었다. 노인은 짐승을 자세히 보기 위해 능선을 따라 조심스레 옆으로 움직였다. 노인의 위치는 산중턱을 마주보는 바위투성이의 높직한 능선상이었다. 그는 말하자면 능선 위쪽에서 범을 내려다보는 위치에 있었다. 범은 그가 예측한 대로 드물게 보는 육중한 거구였다. 두동(頭胴)의 길이가 한 발 반이 넘을 듯하고 몽둥이 같은 굵은 꼬리도 한 발은 됨 직했다. 찬바람이 계속 서쪽에서 산중턱을 거쳐 능선 위로 불어왔다. 노인에겐 그러나 위치는 좋았지만 햇빛이 바로 비쳐 눈을 제대로 뜨기가 어려웠다. 더구나 그는 눈밭 위를 여러 시간 돌아다녀 그 즈음엔 벌써 시력이 형편없이 피로해 있었다. 그는 대강 눈어림으로 계산하여 범과의 거리가 삼백 미터쯤이라고 추정했다. 사실 삼백 미터라는 직선 거리는 사격에는 지나치게 먼 거리였다. 그는 골짝을 크게 돌아 범을 길목에서 지킬까도 생각해 보았다. 그러나 골짝을 돌아내려 가기에는 해가 너무 짧아 보였다. 그는 다시 능선을 따라 몸을 조금씩 이동시켰다. 거리를 조금만 단축시킨다면 사격이 가능할 것도 같았기 때문이다. 그러나 그때 노인에게는 또 하나의 숨막히는 기적이 일어났다. 짐승이 갑자기 방향을 바꾸어 산비탈을 비스듬히 가로질러 오는 것이었다.

노인은 뱃살이 굳을 만큼 전신에 긴장과 흥분을 느꼈다. 그는 총신을 조심스레 들어올려 사격하기 좋도록 나뭇가지에 걸쳐놓았다. 그는 마치 신령에게 치성드리는 기분으로 범이 가까이 오기를 초조하게 기다렸다. 범은 늘 하는 버릇대로 사방을 경계하며 계속 유유하게 능선 쪽으로 다가왔다. 앞발에 눈가루가 챌 때마다 짐승은 귀찮다는 듯 고개를 크게 좌우로 내젓곤 했다. 드디어 범이 능선을 가로질러 이백 미터 지점까지 접근해 올라왔다. 노인은 조준을 시험하기 위해 개머리판을 천천히 어깨쪽에 갖다대었다. 그러나 노인이 총을 견착하고 가느다란 조준간을 바라보는 순간이었다. 노인은 갑자기 총을 내리고 자기 눈을 손등으로 부드럽게 비벼대었다. 눈을 껌벅이고 눈물을 닦아내고 그는 한동안 눈물이 마르도록 바람맞이 쪽으로 우두커니 서 있었다. 드디어 그는 용기라도 떨치듯 다시 총을 집어들어 어깨 위로 가져갔다. 그러나 두 번째로 어깨에서 총을 내린 노인은 갑자기 한쪽 입귀를 심하게 씰룩대기 시작했다. 검게 그을은 그의 얼굴에 문득 슬픔과 고뇌의 빛이 떠올랐다. 그는 이미 시력이 감퇴되어 조준간이 전혀 보이지 않았던 것이다.

검은 하늘에 희끗희끗하게 눈발들이 날리기 시작한다. 노인은 총을 왼손에 처뜨린 채 다래덤불 속을 조심스레 기어간다. 그는 자기가 지금 어느만큼 산중 깊숙이 들어와 있는지 알 수가 없다. 시장기가 점점 심해지는 것으로 보아 그 동안 시간이 꽤 오래 지났을 것이라고 짐작할 뿐이다. 바람이 갑자기 소용돌이를 일으켜 노인의 얼굴에 눈송이를 덩어리로 끼얹는다. 족적은 어느새 노인과 짐승을 불과 십여 분 거리로 좁혔다. 조준간이 보이지 않는 노인은 이제 자기 시력에 자신을 잃었다. 시력이 어차피 못 쓰게 되었다면 그는 눈어림으로 사격하는 도리밖에 없다. 어림 사격이 얼마나 무모한가는 노인 자신이 더 잘 알고 있다. 그것이 특히 범 같은 맹수일 때는 짐승의 역습은 치명적인 것이 된다. 노인은 그러나 무리를 해서라도 범과의 거리를 단축하는 도리밖에 없다. 원거리 사격은 이미 노인에겐 불가능한 것이나 다름없기 때문이다.

눈발이 점점 짙어지며 어둠이 갑자기 숲 주위를 둘러싸기 시작한다. 노인은 덤불을 조심스레 빠져나와 잠시 숲 주위를 침착하게 둘러본다. 숲이 마치 언젠가 와본 듯 그의 눈에 친숙해 보인다. 산 밑으로 뻗은 계곡에는 흰 갈대들이 무성히 뒤덮여 있고 골짝에 흩어진 크고 작은 바위들은 눈들을 덮어써서 흡사 작은 무덤들 같다. 족적은 다시 산비탈을 내려와 계곡 쪽으로 기다랗게 찍혀 있다. 눈발이 너무 세차게 휘몰아쳐 노인은 이제 앞을 잘 볼 수가 없다. 간밤에 언 땅에서 노숙을 한 탓인지 무릎 부근의 뼈마디들이 망치로 치듯 쩡쩡 아파 온다. 노인은 어제 그 일을 당한 후 갑자기 자신의 신세가 못 견디게 처량하고 슬퍼졌다. 어쩌면 그에겐 이번 사냥이 마지막 사냥이 될지도 알 수 없다. 아니 마지막이 될지가 아니고 분명 이번이 마지막 사냥일 것이다. 그러나 이왕 마지막이 될 바에는 노인은 그것을 좀더 그럴싸하고 멋진 것으로 만들고 싶다. 짐승과 끝까지 지혜를 겨루어 깨끗하고 후회 없는 아름다운 사냥으로 말이다. …

노인은 발걸음을 세우고 자기 발밑을 찬찬히 둘러본다. 서 있는 땅이 너무 반반하고 평탄해서 그는 마치 인간들이 일군 밭 속에 서 있는 것 같다. 그는 곧 수렵화 끝으로 발밑의 눈들을 조심스레 헤쳐 본다. 갈대줄기 비슷한 마른 풀잎들이 눈 속에 파묻힌 채 삐죽삐죽 솟아올라 있다. 노인은 다시 허리를 굽혀 네댓 개의 풀줄기를 손으로 집어올린 다. 그러나 풀줄기를 집어올린 노인은 갑자기 입을 벌린 채 아연한 표 정으로 주위를 둘러본다. 그것은 뜻밖에도 그가 잘 아는 밭벼를 훑어 낸 뒤의 생생한 볏줄기들이다. 노인은 곧 볏짚을 내려놓고 논을 가로 질러 산록 쪽으로 올라간다. 볏짚이 만일 이런 곳에 있다면 반드시 근 처에 민가가 있을 것이다. 그러나 산비탈로 올라가던 노인은 다시 그 자리에 엉거주춤 발을 세운다. 그는 어느 새 범을 따라 부락 가까이로 내려온 것을 깨닫는다. 범은 노인을 뒤로 단 채 산중을 벗어나 다시 부락으로 되돌아온 것이다.

짙은 눈보라가 눈앞으로 몰아쳐서 네댓 걸음 앞도 보이지 않는다. 노 인은 범을 뒤따라 이제는 거의 뛰다시피 계곡으로 달려 내려간다. 그는 자기의 이틀간의 추적이 이렇게 허망하게 보람없이 끝날 줄은 몰랐다. 그리고 그 거대한 짐승, 그놈은 과연 지혜롭고 대담하며 영특하다! 노 인은 갑자기 짐승을 향해 진정에서 우러나온 찬사와 경탄을 보낸다. 그 놈은 정말 노인이 겪어 본 그 어느 짐승보다도 끈덕지고 담대하다. 그 놈은 결국 노인을 거느리고 이틀간 이곳저곳 산 구경을 시켜 준 셈이 다. 그리고 이제 구경이 끝나자 다시 노인을 안내하여 마을로 내려온 것이다. 노인은 나뭇가지에 얼굴을 찢겼으나 상처에는 별로 개의치 않 는 표정이다. 범이 다시 마을로 향한 이상 그는 한시도 지체할 여유가 없다. 갑자기 부락 숙소에 남아 있을 사내의 얼굴이 떠오른다. 그는 지 금쯤 혼자 떠난 노인을 이를 갈며 원망하고 미워할 것이다. 아니 지금 쯤은 부락을 떠나 서울로 돌아갔을지도 알 수 없다. 그리고 저 부락 사 람들, 그들은 또 얼마나 안타깝고 가여우며 한심한가. 담장이 무너지 고, 가축이 물려 가고, 팔뚝이 잘리고, 집안 식구가 물려 죽고 … 그러 나 그들은 그 포악한 짐승에게 오히려 제를 올리고 머리를 숙여 경배까 지 하고 있다. 그들은 마치 폭군 밑에서 소리 없이 울고 있는 어느 나라의 가여운 백성들과 흡사하다.

　사방이 온통 눈발에 휩싸여 장막을 친 듯 어둡고 침침하다. 부락은 짙은 눈보라에 갇혀 아직은 노인에겐 윤곽조차 보이지 않는다. 야트막한 잡목 숲을 빠져나와 노인은 억새가 무성한 작은 공지로 들어선다. 문득 왼쪽 높은 바위 위에서 눈 한 무더기가 노인 앞으로 쏟아져 내린다. 노인은 무심히 눈을 피하고 두어 걸음 다시 앞으로 걸어간다. 그러나 노인의 무심한 머릿속에 순간 서늘한 예감이 떠오른다. 노인은 주춤 발을 세우고 천천히 조심스레 바위 위를 올려다본다. 아니 올려다보는 자세 그대로 노인은 돌이라도 된 듯 싸늘하게 굳어버린다.

　노인이 범을 올려다본 것과 범이 일어선 것과는 동시였다. 그들은 마치 약속이라도 한 듯 나란히 동시에 고개들을 마주 돌렸다. 바위는 약 두어 길 높이로 그 위에는 풀 한 포기, 나무 한 그루 보이지 않았다. 범은 갈기 달린 커다란 머리통에 가려 어깨 뒤쪽은 보이지 않는다. 얼핏 보면 그것은 마치 짙은 물감으로 그려 놓은 환상의 탈처럼 현실감이 없다. 눈 내리는 억새밭 한복판에 노인은 무심한 표정으로 조용히 서 있다. 바위와 노인과의 직선거리는 불과 네댓 발이 될까 말까 하다. 그들은 지금 누가 먼저 움직일 것인가 숨을 죽이고 기다리고 있다. 노인은 짐승과 눈이 마주치자 머릿속이 갑자기 싸늘하게 맑아졌다. 그는 짐승이 왜 자기를 덮치지 않는지 잘 알고 있다. 노인이 짐승에게 놀란 만큼 지금은 짐승도 노인에게 무섭게 놀란 상태다. 사실 범들은 사람과 마주치면 사람 못지않게 놀라고 당황한다. 그들은 표정만 변치 않을 뿐 사실은 사람을 이 세상에서 가장 무서운 존재로 알고 있다. 범은 지금 자기가 움직이면 노인이 공격해 오리라고 생각할 것이다. 더구나 노인의 한쪽 손에는 그 '공포의 쇠붙이'가 단단히 들려져 있다. 그러나 움직일 수 없는 것은 노인도 마찬가지다. 그는 조금만 움직여도 범이 자기에게 덮쳐 오리라는 것을 알고 있다. 지금 당장은 어느 쪽도 손끝 하나 움직일 수 없는 것이다.

　짙은 눈보라가 계곡 위쪽에서 바위 전면으로 끊임없이 휘뿌린다. 노인과 범은 퍽 오랜 동안 같은 자세로 꼼짝없이 대치해 있다. 그러나 이들의 불편한 눈〔目〕싸움이 언제까지 계속될 수는 없다. 노인이 드디어 이 눈싸움의 종결을 짓기로 마음먹는다. 그는 어차피 범을 뒤쫓아 꼬박 이틀을 산중으로 찾아다닌 몸이다. 비록 우습고 기이하게 만났지만 이것도 역시 그가 만든 추적의 결과인 것이다.

일단 마음이 정해지자 노인은 모든 상념들이 깨끗하게 머리에서 사라진다. 그는 짐승에게 눈길을 향한 채 서서히 아주 조금씩 왼손을 들어올리기 시작한다. 너무 신중하고 조심스러워서 그 동작은 주의하지 않으면 알아챌 수 없을 정도다. 노인은 자기가 범을 쏘는 순간 자기도 범에게 죽으리라는 것을 알고 있다. 범은 아마 총을 맞는 순간 바위 위에서 빛〔光〕처럼 노인에게 덮쳐 올 것이다. 오백 근의 무게와 기둥 같은 앞발에는 인간에 대한 복수심과 불 같은 노여움도 포함될 것이다. 그러나 노인은 그런 죽음이라면 오히려 바람직한 것이라고 생각한다. 그는 이제 살 만큼 살았고 몸도 늙고 피폐해서 총의 가늠쇠도 볼 수가 없다. 사냥꾼이 사냥터에서 죽는다면 그 이상 더 바랄 것이 없는 것이다.

드디어 총을 잡은 노인의 왼팔이 정확하고 침착하게 가슴 위로 올라온다. 총구가 조금씩 방향을 바꿔 바위 위에 엎디어 있는 짐승의 양미간으로 옮겨간다. 노인은 그러나 조준이 완료되자 갑자기 짐승의 얼굴을 한 번 더 보고 싶다. 그것은 자기가 그토록 경탄하던 담대하고 지혜로우며 비길 데 없이 강한 얼굴이다. 노인이 드디어 바른쪽 식지를 방아쇠 울에서 안으로 옮겨 방아쇠 안에 살며시 건다. 그가 총구로 겨눈 장소는 짐승의 불길 같은 두 눈 사이다. 노인은 마치 섬세한 악기라도 다루듯 침착하면서도 단호하게 엽총의 방아쇠를 당긴다. 그것은 모두 삼 분도 안 되는 짧은 시간에 일어난 일들이다.

차가 공회당 앞을 지나 느린 속도로 부락을 떠나기 시작한다. 올 때와는 달리 그들의 차 안에는 두 명의 사람밖에 타고 있지 않다. 청년이 룸 미러 속으로 사내 쪽을 힐끔 돌아본다. 뭔가 망설이는 표정이더니 청년이 조심스레 입을 연다.

"사장님 전 아무리 생각해도 이유를 모르겠어요. 어쩌다 일이 그렇게 됐죠? 영감님은 왜 죽은 거죠?"

사내가 몸을 꿈틀하더니 청년을 꾸짖듯 돌아본다. 그는 이제 상처만 빼놓고는 몸도 자세도 옛날처럼 당당하다. 턱을 안으로 끌어당기더니 사내가 경멸하듯 입을 연다.

"죽어 있는 꼴이 볼 만하더군. 반가운 사람끼리 얼싸안듯 둘이 서로 마주보구 껴안았어."

"껴안다니, 누가 누굴 껴안아요?"

"짐승하구 영감하구 마주 꽉 껴안구 있더라니까."

"마주보구요?"

"어떻게 단단히 껴안았던지, 풀어내는 데두 장정 둘이 애먹었네."

대화가 끊어진다.

차가 마을 밖 비탈길을 오르느라 요란하게 머플러를 울린다. 사내가 한 손을 들어 자기 왼쪽 볼을 조심스레 어루만진다. 그의 볼에는 기다란 상처가 딱딱하게 아물어 긴 갑충처럼 붙어 있다. 청년이 다시 사내를 향해 조심스레 말을 묻는다.

"범이 참 몸 어딘가에 커다란 상처가 있었다면서요?"

"겨드랑 밑일세. 부락민들 말로는 덫에 치인 상처라더군."

"크던가요, 상처가?"

"고름이 뼛속까지 가득 찼어. 어떻게 그런 몸으루 사람을 해쳤는지 알 수가 없네."

차가 비탈길을 다 올라와 후미진 산굽이를 돌아간다. 청년이 다시 뭔가를 발견한 듯 손을 들어 차창 밖을 가리킨다.

"사장님 저 꼴들 좀 보십쇼. 피난 갔던 사람들이 이제야 모두 제 집들을 찾아가는 모양입니다. 아마 오늘부턴 두 다리 쭉 뻗구 마음 편히들 잘 겝니다."

(1969년 · 創作과 批評)

武士와 樂士

1

김기범(金基範)이 죽었다. 58세.

사망시간은 4일 오후 8시로 되어 있고, 사인(死因)은 교통사고에 의한 뇌진탕으로 되어 있다. 시체는 사고조사차 현재 S병원의 시체 안치실에 보관되어 있다.

사망소식을 알려 온 사람은 대동피혁(大同皮革)의 젊은 사장인, 박채경(朴彩景)의 남편 손중호(孫重浩)다. 결혼 때 그들의 주례까지 서주고도 나는 처음 손중호의 전화를 받고 그가 누군지 알아보지 못했다. 제자인 박채경의 이름을 듣고야 나는 그가 4년 전에 채경과 결혼한 그녀의 신랑임을 알아본 것이다.

손중호의 연락에 의하면 김기범은 공교롭게도 그의 차에 치여 숨졌다고 한다. 사고직후 경찰과 함께 손중호는 김기범을 싣고 가까운 병원으로 직행했다. 외상(外傷)이 별로 심하지 않아 그들은 이 정도의 상처라면 응급처치 정도면 완쾌될 것으로 생각했다. 그러나 병원에 도착했을 때는 기범은 이미 심장이 멎어 있었다. 범퍼에 받혀 졸도했을 때 그는 머리를 포도에 부딪혀 뇌진탕을 일으켰던 것이다.

경찰은 김기범의 사망이 확인되자 즉시 손중호의 자가용차 운전사를 백차에 실어 본서로 연행해 갔다. 그리고 사망자의 신원을 알아내기 위해 경찰은 손중호의 입회하에 김기범의 소지품을 검사하기 시작했다. 그러나 사망자의 몸에서는 신원을 알아낼 만한 것은 아무것도 발견되지 않았다. 46만 원에 달하는 거액의 현금과 더불어, 경찰은 김기범의 안주머니에서 나의 명함 한 장만을 유일한 유품으로 찾아내었을 뿐인 것이다.

찾아낸 명함이 내 것임을 알자 손중호는 적지않이 놀라고 당황했던 모양이다. 그는 나와는 두세 차례밖에 만난 일이 없지만 아내인 채경을 통해서는 나를 간접적이나마 잘 알고 있었을 것이다. 동인전(同人展)을 비롯한 세 차례의 개인전 때문에 채경은 결혼 후에도 수시로 나를 찾아와 도움을 청하곤 했던 것이다.

내 명함이 유일한 단서여서 손중호는 즉시 내게로 전화를 걸어왔다. 나는 형광등을 신용할 수 없어 밤에는 일체 작업을 하지 않는다. 색감을 제대로 가려내기가 곤란하여 밤에는 붓을 빨거나 책을 보는 따위의 다른 일로 시간을 보낸다. 손중호가 전화를 걸어왔을 때도 나는 유화용 끈끈한 붓들을 휘발성이 강한 시너에 빨고 있었다. 물감으로 손이 더럽혀져 있어서 나는 그때 수화기를 걸레로 싸서 들었던 것 같다.

이쪽의 이름을 밝혔는데도 상대는 잠시 아무런 말이 없었다. 내가 재차 이름을 밝히자 상대는 그제야 더듬거리듯 입을 열었다.

"선생님 밤늦게 죄송합니다. 전 손중호라는 사람입니다."

이번에는 내가 말이 없었다. 처음 듣는 이름이었기 때문이다.

"실렙니다만 어떻게 전화를 거셨는지요?"

"그보다… 선생님 혹시 박채경이란 사람을 기억하시겠습니까?"

"예, 그 사람은 잘 압니다. 내 제자였던 사람입니다."

"그 사람이 바로 제 첩니다. 결혼 때 선생님께서 저희들의 주례를 맡아 주시지 않았습니까?"

"아 그렇소? 그렇다면 혹시 대동피혁의…."

"예, 맞습니다. 제가 바로 대동피혁의 손중호입니다."

부끄러운 얘기지만 50세가 되면서부터 나는 약 백여 쌍의 결혼식을 주재해 왔다. 그림을 그리고 대학에 다닌다는 이유로 해서 주로 여자 쪽 제자들이 나를 곧잘 청해 갔던 것이다. 그러나 불려가서 주례만 섰을 뿐 나는 그들 중 삼분의 이는 이름도 잘 기억하지 못한다. 제자 쪽은 대강 이름들을 기억하는데 그 상대 쪽은 누가 누군지 실물을 보고도 통 기억이 없는 것이다. 손중호 역시 마찬가지였다. 그의 아내 박채경은 내가 퍽 아끼던 제자다. 결혼 후에도 전람회 관계로 자주 찾아오는 그녀여서 나는 채경과는 딴 제자와는 달리 아주 가깝게 지내면서도 그녀의 남편인 손중호와는 결혼 후 겨우 두 번인가 만났을 뿐이다. 사업에 쫓겨 바쁘게 돌아가는 사람이라 나는 제자인 채경을 통해서만 짬짬이 그의 안부를 건성으로 들었을 뿐이었다.

내가 간신히 자기를 알아보자 손중호는 새삼스레 깍듯이 인사를 닦았다. 그 동안 바빠서 찾아뵙지 못한 것을 사죄하고, 근간의 선생님의 안부는 아내를 통해 잘 알고 있노라는 것이었다. 그러나 인사가 대강 끝나자 손중호는 좀더 더듬거리는 음성으로 내게 뜻밖의 질문을 던져 왔다.

"선생님 혹시 요 근자에 누군가에게 명함을 주신 일이 없으십니까?"

예기치 않은 질문이어서 나는 잠시 말문이 막혔다. 명함이라면 나는 지니고만 다닐 뿐 좀체로 남에게 주지 않는다. 그림이나 그리고 가끔씩 대학에나 나가는 처지여서 나는 꼭 필요한 사람이 아니면 명함을 쉽게 건네주지 않았던 것이다.

"무슨 얘긴지 모르겠군? 밤중에 갑자기 명함 얘기는 왜 꺼내나?"

"실은 제가 큰 사고를 저질렀는데 뜻밖에도 피해자 몸에서 선생님의 명함이 발견됐습니다. 신분증이 없어서 피해자의 신원을 모르다가 의외로 선생님의 명함이 나와서 이렇게 실례를 무릅쓰고 선생님께 전화를 거는 겁니다."

“사고라니 무슨 사곤가?”

“제 차 운전사가 사람을 치었는데 불행히두 그 사람이 뇌진탕으로 사망했습니다.”

“죽었어? 누군데?”

“증명서가 없어서 이름두 모릅니다. 아는 거라군 그 사람이 지닌 현금 46만 원하구 부적 비슷한 도안이 그려진 종이쪽 한 장뿐입니다.”

“나이가 얼마쯤 되는 사람이구 생김새는 대강 어떻게 생겼던가?”

“나이는 쉰 조금 넘어 보이구 체격은 보통보다 큰 편입니다. 목뒤에 팥알 만한 사마귀가 있구, 박박 깎은 알머리에 가발을 쓰구 있더군요.”

“가발?”

“예, 사고났을 때두 전혀 몰랐는데 병원에 가서야 알았습니다. 가발 밑에는 중들처럼 맨들맨들한 알머리였습니다.”

“누굴까? 내가 아는 사람 중에는 가발 쓴 사람은 한 명두 없네. 내가 모르는 사람인데 어떻게 그 사람이 내 명함을 가지구 있을까?”

“참, 참고루 말씀드립니다만 선생님의 명함 이면에 5일 오후 6시라구 볼펜 글씨가 씌어져 있었습니다.”

“5일 오후 6시?”

“예.”

나는 순간 수화기를 든 채 망연하게 달력을 보았다. 5일 오후 6시라면 김기범과 만나기로 된 시각이다. 나는 김기범을 바로 어제 학교 연구실에서 십여 년 만에 만났던 것이다.

“그 사람 혹시 위아래로 연회색 싱글을 입지 않았던가?”

“맞습니다. 회색 싱글에 갈색 구두를 신고 있었습니다.”

“그렇담 그 사람 내 친굴세. 김기범이란 사람인데 나하구 어릴 적부터 아주 가깝게 지내던 사람일세.”

손중호는 잠시 말이 없더니 떨리는 음성으로 이렇게 말했다.

“선생님 죄송합니다. 경찰하구 곧 선생님 댁으루 찾아뵙도록 하겠습니다.”

　그로부터 30분쯤 후에 손중호는 약속대로 경찰과 함께 내 집으로 달려왔다. 몇 마디의 의례적인 조사가 끝나자 경찰은 시체확인차 내게 병원까지 동행해 줄 것을 요구했다. 자정이 다 돼가는 한밤이었지만 나는 즉시 손중호와 함께 경찰을 따라 병원으로 향했다.

　기범의 시체는 교통사고답지 않게 깨끗한 모습으로 병원 시체실에 안치되어 있었다. 머리를 박박 깎은 그의 모습은 처음에는 내게 상당히 낯선 거부감을 느끼게 했다. 어제 학교를 찾아왔을 때만 해도 그는 가발을 덮어써서 이런 낯선 모습은 아니었다.

　시체확인이 잠시 만에 끝나자 경찰은 내게 다시 기범의 신상에 관해 많은 것을 물어 왔다.

　“고인의 현주소가 어딥니까?”

　“십여 년 만에 만난 사람이라 현주소는 저두 모릅니다.”

　“정확한 주소는 모르시겠지만 고인이 요즘 살던 시(市)나 군(郡)은 아실 것 아닙니까?”

　“미안합니다. 시골이란 것만 알고 있을 뿐 그 이상은 아무것두 모릅니다.”

　“본적도 모르십니까?”

　“아뇨, 본적은 충남 S군 P면 Y리로 알고 있습니다.”

　“직업은 뭐였습니까?”

　“사업을 한다고만 들었을 뿐 무슨 사업인지는 모릅니다.”

　“가족 사항은 어떻게 됩니까?”

　“직계가족은 전혀 없구 고향에 친척이 몇 사람 있을 겝니다.”

　“본적지에 조회를 하면 고인의 신원을 알 수 있을까요?”

　“글쎄요, 제가 알기론 고향 떠난 지가 십 년 이상 될 겝니다. 행적이 워낙 기이한 사람이라 그곳에 가도 별소득이 없을 겝니다.”

　“십여 년 만에 만나셨다구 했는데 고인이 무슨 용무로 갑자기 선생님을 찾아뵙게 된 겁니까?”

"용무는 없는 걸로 알고 있습니다. 믿으시기 어렵겠지만 고인은 어떤 용무 때문에 나를 찾아오진 않습니다. 나를 만나 술이나 나누며 지나간 회포나 풀자는 것이었습니다."

"십여 년 만에 만나신 친구분인데 선생님께선 고인에게 어디 살며 무얼 하는지도 묻지 않으셨던가요?"

"물었죠, 허지만 대답을 뒤로 미루더군요. 자세한 얘기는 5일날 저녁에 하겠다면서 시골에서 사업을 하노라구만 간단히 대답했습니다."

"고인과는 언제부터 친구로 지내셨습니까?"

"소학교 시절부터 알고 지냈으니 평생을 친구로 사귄 셈이죠."

"도시 납득이 가질 않습니다. 그렇게 가까우신 친구분들이 십여 년 만에 만나셔 가지구 어디서 무얼 하는지도 묻지 않았다는 말씀입니까?"

"예, 그렇습니다. 우린 그런 우스운 친구였습니다."

그렇다, 우리는 우스운 친구였다. 나는 그가 연구실로 찾아온 어제의 일을 생생하게 기억하고 있다.

어제는 내게 오전 강의만 있던 날이다. 나이와 작업량 때문에 나는 작년부터 강의를 대폭 줄였다. 수업을 끝내고 식당에서 점심을 든 뒤 나는 여느 날과 마찬가지로 연구실을 향해 걸음을 옮겼다. 사흘간 내처 비워 둔 연구실이 그날 따라 이상하게도 마음에 걸렸던 때문이다. 강당에 막혀 햇볕이 귀한 연구실은 언제나와 마찬가지로 썰렁하고 눅눅한 공기로 가득 차 있었다. 더구나 창문에 커튼까지 늘어져 있어서 방 안 공기는 오랫동안 밀폐되어 미생물이 가득 떠다니는 늪과 같은 불쾌한 내음을 전해 주었다. 커튼을 젖히고 창문을 연 뒤 나는 그때 탁자 위에 놓인 커피잔을 원망스레 바라보고 있었던 것 같다. 지난번에 들러 커피를 끓여 먹고는 그대로 탁자 위에 버려두어서 잔마다 커피 찌꺼기가 타르처럼 말라붙어 있었기 때문이다.

도어에 문득 노크 소리가 들리더니 누군가가 소리 없이 방 안으로 들어섰다. 동료 교수려니 생각하고 나는 예사롭게 머리를 쳐들었다.

“날세 동근(東根)이 … .”

나는 앞으로 다가서는 사람을 멍한 표정으로 등신처럼 바라보았다. 김기범임을 알고 있었지만 나는 그에게 아무 말도 할 수가 없었다. 십여 년 만에 다시 불쑥 나타난 그가 내게는 언제나처럼 낭패스럽게 느껴졌기 때문이다.

“앉게 이리.”

의자를 손으로 가리켜 보이고 나는 기범과 마주 앉았다. 언제부터인지는 알 수 없지만 우리 사이에는 의례적인 인사말이 생략되었다. 마치 조석으로 만나는 사람처럼 우리는 인사말 없이 서로 곧잘 용건을 말하곤 했다.

“늙었군 자네.”

두 손을 악수하듯 꽉 맞잡은 채 기범은 언제나처럼 굵은 음성으로 입을 열었다.

“서울 그 동안 엄청나게 변했더군. 풍문을 통해 듣기는 했지만 이렇게 변했을 줄은 미처 몰랐네.”

“자네 그럼 그때 떠나구 이번에 처음 서울 올라온 건가?”

“응. 63년에 서울 뜬 후 이번에 꼭 13년 만에 다시 왔네. 벌여 놓은 사업이 어떻게 바쁜지 그 동안 시굴에 박혀 꼼짝두 하지 않았네.”

“무슨 사업을 벌여 놓았는데?”

“사업 얘기는 차차 함세. 자네가 들으면 이번에두 날 미쳤다구 타박할 거야.”

“그래 그 동안 어디 박혀 있었나?”

“죽 시골에 내려가 있었어. 시끄러운 세상 한 십 년쯤 등지구 살았지.”

굵은 음성에 왕방울 눈을 딱 부릅뜬 채 기범은 전이나 지금이나 어릿어릿한 표정이었다. 그러나 그의 검붉은 얼굴에도 십 년의 세월은 속일 수가 없었다. 팽팽하던 피부에 잔주름이 잡히기 시작했고, 겁없이 내지르던 그의 큰 음성에도 윤기와 박력 대신에 탁음과 헛기침이 간간이 섞여 나왔다.

　대화는 계속되었다. 건강해 보이는 신수와는 달리 기범은 뭔가 울적한 표정으로 말을 자주 중단했다. 나는 그와 마주 앉으면 대부분 묵묵히 듣는 쪽이었다. 언제나 자기 나름의 기묘한 논지를 펴나가는 그의 앞에서는 나는 늘 할 말을 잃고 그의 궤변을 다소곳이 들어주었다. 그러나 그날은 어쩐 셈인지 기범은 자주 말을 끊고 뭔가 초조하게 내 반응을 기다리는 눈치였다. 나는 이러한 그의 태도에서, 그에게 다시 평생의 버릇인 새로운 방랑벽이 찾아오지 않았나 생각했다. 십여 년 동안 소식 한 번 없다가 불쑥 나타난 그의 방문부터가 내게는 어떤 암시로서 그의 변화를 예견토록 한 것이다.

　대화가 자꾸 중단되자 기범은 드디어 자리에서 일어났다. 나는 잡지 않았다. 하긴 내가 잡는다 해도 잡혀 있을 그가 아니다. 전송을 받으며 도어 앞까지 걸어가더니 기범은 갑자기 생각난 듯 내게 다시 말을 걸었다.

　"자네 5일날 오후쯤에 나한테 시간 좀 낼 수 있겠나?"

　"5일이면 토요일인가? 좋네, 헌데 무슨 일인가?"

　"그 동안 서루 격조했으니 술이나 들며 지난 회포나 풀어보자구."

　"좋지, 시간을 미리 정하세. 오후 6시에 내 집으로 찾아오게."

　"집을 찾을지 모르겠군. 명함 있으면 한 장 주게나."

　이것이 바로 김기범의 몸에서 내 명함이 발견된 연유다. 기범은 곧 나와 헤어져 컴컴한 복도로 바쁜 듯이 사라진 것이다.

　기범의 시체를 확인한 나는 통금이 훨씬 지나서야 경찰차를 타고 집으로 돌아왔다. 기분이 착잡했다. 소학교 시절부터 친구로 지냈지만 나는 기범을 좋아했다고는 말할 수 없다. 아니 어쩌면 좋아했다기보다는 짜증과 낭패감을 무릅쓰고 마지못해 가까이해 온 친구였다. 그에게서 매력을 느꼈다면 그것은 그의 타고난 천진성과 기상천외의 기벽(奇癖) 때문이었다. 그는 유년시절에는 모든 면에서 나보다 월등했다. 그와의 온갖 다툼과 경쟁에서 나는 한 번도 그를 이겨본 일이 없었다. 심지어는 장난이나 악행(惡行)에서조차 그는 언제나 나를 훨씬 앞질렀다. 특히 그는 위험에 대해 놀랄 만큼 예민한 육감과 후각을 지니고 있어서, 위험이 자기에게 해를 끼칠 것이 예측되면 자기의 안전을 위해 서슴없이 변신하는 모반과 배신의 명수였다. 그러나 이상한 것은 그의 배신이 밉지 않다는 점이었다. 오히려 그는 배신을 통해 언젠가는 우리를 집단적으로 구해 준 일도 있었다. 어떤 점에서는 김기범의 배신은 위험한 사태에 대한 가장 현명한 대응책으로 해석될 때도 있었던 것이다.

기범의 신원이 공식적으로 판명되지 않아 경찰에서는 그의 시체를 사흘간 내처 병원 시체실에 방치해 두었다. 모든 노력에도 불구하고 경찰은 공식적으로 그의 신원을 파악할 수 없었다. 본적지인 S군에 조회를 해봤으나 기범은 1962년 이후에는 '소재지 불명'으로만 기재되어 있을 뿐이다. 어디에서 무엇을 하고 있었는지 그는 본적지의 호적부에는 일체의 공식기록이 백지인 채로 남아 있었던 것이다.

경찰의 노력이 헛수고로 끝나자 이번에는 차주인 손중호가 기범의 신원을 캐기 시작했다. 기범의 시체를 처리하기 위해 손중호는 하루라도 빨리 고인의 신원을 확인해야 하기 때문이다. 김기범의 사진과 함께 신문에 고인의 광고가 나갔다. 광고에는 사망 연월일과 고인의 신체적 특징과 당시의 복장 따위가 상세히 실려 있었다. 말하자면 신문에서 흔히 보는 심인 광고(尋人廣告) 비슷한 것이었다. 그러나 반응은 없었다. 전화가 몇 번 걸려 오긴 했으나 대부분은 장난전화였고 나머지는 전혀 엉뚱한 사람이었다.

신문광고로도 소득이 없자 경찰에서는 드디어 시체의 가매장을 지시했다. 그 동안 손중호 부부는 거의 매일 내 집으로 찾아왔다. 기범이 나의 친구임을 안 그들은 내가 마치 기범의 유가족이나 되는 듯이 뒷처리를 나와 의논하여 처리하고자 했던 것이다.

병원에 안치된 닷새째가 되는 날 우리는 드디어 기범의 시체를 M공원 묘지에 임시로 가매장했다. 기범이 지녔던 현찰과 소지품은 경찰의 양해하에 모두 내가 보관키로 했다. 시체 매장은 나와 손중호의 입회 하에 오전 11시에 시작해서 오후 1시쯤에 간단히 끝났다. 그러나 매장 후 시내로 되돌아오면서 손중호는 조심스런 표정으로 내게 뜻밖의 제 의를 해왔다.

"선생님, 저 아무래도 돌아가신 분에게 큰 죄를 지은 것 같습니다. 가족은 아무두 없다고 하셨지만 이대루는 고인을 버려둘 수가 없습니다. 내 실수로 돌아가신 분인데 가족이나 친지분에게 뭔가 보상이 있어야 하지 않겠습니까? 더구나 당장은 괜찮다구 하지만 장차 누가 나서서 고인의 제사를 모십니까? 현재루선 퍽 막연하긴 합니다만 괴롭더라두 선생님께서 절 좀 도와주셔야 하겠습니다."

"자네 심정은 알겠네만 도울 방법이 없지 않은가?"

"그분 고향에라두 내려가서 사방으루 수소문을 해보면 어떨까요? 경비는 얼마가 들어두 좋습니다. 고향에선 혹시 소득이 있을지도 모르지 않습니까?"

나는 고개를 내저었다. 편모 슬하에서 자라 온 그는 고향에 가보았자 가족이 없다. 그가 고향을 등진 것은 이미 이십 년도 더 되는 까마득한 옛날이다. 지금쯤 어쩌면 고향에서는 그의 이름조차 잊어버리고 있을 것이다. 해방후 약 3년 동안 어떤 여자와 동거생활도 했지만 그것은 고향에서가 아니고 바로 이 서울에서다. 사변 때 여자와 헤어진 그는 그 뒤로는 줄곧 독신으로 지내 온 것이다.

손중호와의 그날의 이야기는 이 정도로 끝났던 것 같다. 그러나 손중호는 삼사 일 후에 다시 나를 찾아와 간곡히 도움을 청했다. 죄없는 사람을 치여 죽였다는 죄책감이 선량한 손중호에게 꽤 큰 고통이 되었던 듯하다. 결국 그의 간청에 못 이겨 나는 급기야 도움을 약속했다. 도움이라고 해보았자 나는 손중호와 함께 기범의 고향에까지 동행해 주는 것에 불과하다. 이박삼일의 짧은 일정으로 우리는 이렇게 해서 기범의 고향인 S군으로 내려가게 된 것이다.

2

오전 10시에 서울을 떠나 우리는 오후 1시에 S군에 도착했다. 사고 후 차가 경찰에 억류되어 있어서 손중호는 이번 여행에 회사 내의 다른 승용차를 이용했다. 운전 역시 번거로움을 피해 손중호 자신이 핸들을 잡았다.

S군은 엄밀히 말하자면 김기범의 고향이라기보다는 오히려 나의 고향이라 할 수 있다. 기범의 고향은 S군에서 다시 40리쯤 더 들어가는 P면이었던 때문이다. 지금은 인구가 4만 명에 육박하지만 옛날의 S군은 벽지에 속하는 아주 작은 소읍이었다.

기범을 내가 처음 만난 것은 S읍 소학교에 다니던 4학년 때가 아닌가 싶다. 원래 그는 시골 서당에 다니다가 P면에서 읍으로 나와 읍내 소학교에 편입한 것이다. 처음엔 2학년으로 편입되었던 모양인데 그는 일 년도 채 안 되어 거푸 2학년을 월반했다. 4학년인 우리반에 끼게 된 것은 긴 여름방학이 막 끝난 그해 2학기로 알고 있다.

소학교 4학년에 불과했지만 당시의 학생들은 대부분이 나이가 많았다. 적령기에 입학한 내 나이 또래는 아주 드물고, 거개가 14세 이상으로 더러는 20세 가까운 수염이 거뭇거뭇한 청년들도 있었던 것이다. 기범에 대한 첫인상은 아주 특이한 것이었다. 그는 두 학년을 월반했지만 나이는 내 또래인 십이 세쯤 되어 보였다. 무명 한복에 짚신을 신은 그는 똥똥한 키에 눈망울이 부리부리해서 흡사 곡마단의 난쟁이 익살꾼과 오뚝이를 합친 듯한 기묘한 모습이었다. 그러나 그는 이러한 몰골로 편입한 지 사흘이 못 되어 우리 모두를 깜짝 놀라게 만들었다. 당시 우리 반 담임선생은 나이가 지긋한 개성(開城) 태생의 조선인이었다. 그는 한시(漢詩)를 꽤 많이 외우고 있어서 걸핏하면 학생들 앞에서 위엄을 부리며 긴 한시를 암송하곤 했다. 그날도 역시 담임선생은 우리들 앞에서 긴 한시를 자랑스레 암송했다. 그런데 한시를 암송하던 선생이 중간에 시구(詩句)를 잊어 잠시 눈을 감고 기억력을 되살리는 순간이었다. 누군가가 문득 침묵을 깨고 선생이 잊은 시구를 낭랑하게 외우는 것이었다. 선생도 놀랐고 우리도 놀랐다. 잊었던 시구를 외운 사람은 바로 눈딱부리 김기범이었기 때문이었다.

기범의 총명과 기행(奇行)들은 그러나 이 정도로 그치지 않았다. 우스운 얘기지만 나는 그때도 그림을 썩 잘 그렸다. 도화시간에 내가 그린 그림은 언제나 반 안에서는 제일 잘된 그림이었다. 그런데 어느 날 선생이 없는 사이에, 기범은 칠판으로 가서 분필로 휘적휘적 사람 얼굴들을 그리는 것이었다. 우리는 모두 배를 잡고 웃었다. 그가 칠판에 그린 인물들은 모두가 그 학교 선생들의 얼굴이었다. 각자의 특징들이 놀랄 만큼 잘 표현되어 있어서 우리는 그림만으로도 누가 누구라는 것을 대번에 알아본 것이었다. 기범은 이때 이미 데생의 기초실력을 훌륭하게 마스터하고 있었던 것이다.

그러나 그의 일화 중에서 가장 내 기억에 남는 것은 6학년 초에 우연히 겪은 예배당 사건을 첫 손에 꼽아야 될 것이다. 기범은 향리에서 읍내로 나온 후 공교롭게도 내 집에서 가까운 어느 친척집에 머물고 있었다. 그런데 그의 바로 이웃에 예배당이 서 있어서 그는 곧잘 나를 끌고 예배당으로 놀러갔다. 놀러갔다고 하는 것은 그 예배당에 같은 반 학생인 M(이름은 잊었다)이라는 여학생이 자주 다녔기 때문이다. M은 얼굴이 아주 예뻤고, 우리보다 두 살 위여서 이미 처녀티가 꽉 박힌 학생이었다. 기범은 주로 이 여학생을 만나보기 위해 나를 들러리로 거느리고 자주 예배당을 찾아간 것이다. M은 그러나 우리가 너무 어려 보였던지 우리와는 좀체로 대거리를 하지 않았다. 통로를 사이에 둔 어른 여신도들 틈에 끼여서, 우리가 가끔 말을 걸어도 픽 웃거나 화를 발칵 내었던 것이다.

그러던 어느 날이었다. 그날은 마침 남자들은 모두 자리를 뜨고 이십 평 남짓한 예배당에 여신도들만이 가득히 앉아 있었다. M이 그 속에 끼여 있는 것은 두말할 나위도 없는 일이다. 목사의 설교가 시작되었다. 거짓말과 도박과 담배의 해독을 설교하던 목사는 이윽고 상기된 표정으로 술의 해독에 관해 열띤 설교를 시작했다. 자세한 내용은 기억에 없지만 목사는 그때 아마 술이란 사람에게 백해무익한 것이라고 설파했던 모양이다. 그런데 목사가 술의 백해무익성을 설파한 후, 잠시 숨을 돌리기 위해 물컵을 점잖게 집어드는 순간이었다. 조용한 신도석 한구탱이에서 누군가가 목사를 향해 불쑥 이의를 제기한 것이었다.

"목사님, 술의 해독은 잘 압니다만 백해무익이란 말씀은 좀 지나친 표현 같습니다. 제가 알기론 적당한 술은 한 군데 꼭 필요한 용처가 있습니다."

목사는 물컵을 손에 든 채 의외라는 표정으로 소리나는 쪽을 바라보았다. 상대가 뜻밖에도 나 어린 소년이어서 목사는 곧 웃는 얼굴로 부드럽게 입을 열었다.

"설교중엔 질문이 용서되지 않지만 나어린 학생의 질문이라 오늘만은 용서하겠소. 그래 술이 어디에 필요한가 학생 한 번 말해 봐요."

"예, 남녀가 성교를 하기 전에 술을 적당히 마셔 두면 혈액슌화상 아주 좋습니다."

목사의 표정이 굳어졌다. 장내는 일순 물을 끼얹은 듯 누구 하나 말이 없었다. 기범은 그러나 말을 마치자 큰 눈을 깜박이며 시침을 떼고 앉아 있었다. 나는 너무나 뜻밖의 말에 전신이 떨리고 숨이 가빴다. 성교란 말은 당시만 해도 너무나 망측해서 의사들조차 꺼리는 말이었다. 그런데 기범은 여신도만 모인 예배당에서 그것도 나 어린 소학생의 신분으로 당당하게 그 말을 내뱉은 것이었다. 우리는 곧 누군가에의해 덜미를 잡혀 밖으로 끌려나왔다. 우리를 밖으로 끌어낸 사람은 예배당의 종을 치는 절름발이 종지기였다. 기범은 그 뒤로 두 번 다시교회에 못 갔지만, M이라는 여학생을 만나면 어른스레 농을 걸었다. 우리를 어린애로만 취급하던 그녀도 그 사건이 있고부터는 우리 앞에서 곧잘 얼굴을 붉혔던 것이다.

S군에서 점심을 든 후 나와 손중호는 곧 P면으로 차를 몰았다. 그 전에 우리는 읍사무소에 들러 기범의 호적을 간단히 열람했다. 이미 경찰에서 알아본 바처럼 읍사무소에는 기범에 관해 아무 기록도 남아 있지 않았다. 두 차례에 걸친 주민증 교체에도 불구하고 그는 한 번도 읍사무소에 나타난 일이 없었고, 대부분의 호적들이 각면으로 넘겨졌는데도 기범의 호적만은 먼지를 덮어쓴 채 그대로 읍사무소에 남아 있었다. 그러나 우리는 호적 열람중에 기범의 사촌이 되는 친척 한 명을 찾아내는 데 성공했다. 그는 P면에서 한약방을 하는 김태범(金泰範)이라는 노인이었다.

많은 발전에도 불구하고 시골길은 몹시 험했다. 손중호는 그러나 무료를 달랠 겸 핸들을 잡은 채 심심찮게 입을 놀렸다. 그는 주로 김기범의 과거와 그의 인간성을 알고 싶어했다. 주민증도 없이 십여 년 동안이나 버텨 온 기범이 손중호에게는 아무래도 이상하게 느껴졌던 모양이다. 그러나 나는 손중호의 질문에 별로 신통한 대답을 주지 못했다. 십여 년 동안 기범이 무얼 하며 살았는지 나 역시도 궁금한 일이다. 그리고 기범은 설명을 길게 늘어놓을수록 오히려 더 모호해지는 인간이다.

어쩌면 그는 온갖 종류의 권위가 행사하는 유혹들을 뿌리치고 자기가 편하다고 생각하는 방법으로 곡예하듯이 이 세상을 살아 온 것 같다. 여기서 권위라고 하는 것은 '의의(意義) 있는 삶'이라고 불리는 우리들의 오랜 정신적인 재산들을 말한다. 자기에게 이득이 없다고 생각되면 기범은 주저없이 그런 것들과 결별했다. 그렇다고 소위 '의의 있는 삶'들에 대해 그가 핏대를 세워 공박했다고 생각하면 잘못이다. 그는 어떤 것도 공박하거나 비난하지 않았다. 청우계(晴雨計) 같은 예민한 육감으로 그는 그런 것들을 재빨리 사전에 피했을 뿐이다.

"결국 선생님 말씀은 그 분이 세상을 퍽 요령 좋게 사셨다는 것 아닙니까?"

"요령이 좋다고는 말할 수 없네. 곤경이나 위기를 날렵하게 피하긴 했어두 누구처럼 그것으루 이득을 본 건 아니거든."

"위험을 사전에 피하셨다면 그것만두 대단한 소득이 아닙니까?"

"물론 그렇게두 말할 수 있겠지. 하지만 그 친구한테 문제가 되는
건 이득이 있고 없고가 아니라, 그런 짓을 예사롭게 하는 그 친구 나
름의 이상한 배짱일세. 신의를 저버리고 양심을 판다는 건 보통 사람
으루는 쉽게 되는 일이 아니지 않나?"

"천성이 그렇다면 도리가 없죠. 세상에 왜 까닭없이 남을 속이고 괴
롭히는 사람들 많지 않습니까?"

"천성두 아닐세. 천성이 그렇다면 하는 짓이 매양 같애야 할 텐데
그 친구는 이랬다저랬다 변덕이 아주 개차반일세. 더구나 그 친군 자
기를 위해서만 그러는 게 아니구, 어느 한 쪽에 편을 들어서 자기 혼자
대표적으루 희생을 당할 때도 아주 많았네."

"한마디루 묘한 분이군요. 일이 잘 됐으면 좋겠습니다."

차가 P면에 도착한 것은 해가 설핏한 오후 4시경이었다. 바닥이 워
낙 좁은 곳이어서 김 노인의 한약방은 의외로 쉽게 찾아졌다. 김태범
은 칠순에 가까운 노인으로 기범과는 달리 왜소한 체구의 소유자였다.
궁벽한 시골인 때문인지 김 노인의 약방에는 아직도 천장에 약봉지가
빼곡하게 달려 있었다. 내가 찾아온 용건을 말하자 김 노인은 대뜸 표
정이 굳어졌다.

"민망한 위인, 그예 객지에서 횡사를 했군…."

시체를 가매장한 사유를 얘기하고 나는 곧 그에게 기범의 시체를 찾
아가겠느냐고 정중히 물었다. 노인은 그러나 내 말이 떨어지자 단호히
고개를 내저었다.

"기히 묻었으면 그뿐이지 찾아올 생각은 없소이다. 고향 버리고 떠
난 위인이라 나하구는 이미 남이외다."

왜소하고 깐깐한 체격 그대로 노인의 대답은 너무나 차가웠다. 이번
에는 손중호가 나를 대신하여 조심스레 입을 열었다.

"고인이 근자에 어디 사셨는지 노인장께서 혹 모르십니까?"

노인은 잠시 말이 없다가 한참 만에 내뱉듯이 입을 열었다.

"나하군 피차 소식 끊긴 지 십 년이 훨씬 지났소이다. 몇 해 전에 얼핏 들은 얘긴데 누가 그 위인을 전라도 K군에서 잠깐 봤답디다."

"K군이라구요?"

"그것두 이미 네댓 해 전이니 그 간에 또 변덕이 나서 어디루 옮겼는지 모르지…."

K군이라면 전라도 내륙의 산으로 둘러싸인 감 산지로 유명한 고장이다. 십여 년이 네댓 해로 단축된 것만으로도, 우리가 이 노인을 찾아온 목적은 반 넘어 성공한 셈이다.

"K군 어디쯤에서 뵀는지 확실한 장소는 모르십니까?"

"거기서두 꽤 깊이 들어가는 산골인데 내가 이름을 들었건만 긴치 않아서 잊어버렸소이다."

"그래 그 촌에서 뭘 하며 계시다던가요?"

"아는 얼굴이라 반가워서 그 사람의 얘길 건넸더니 그 위인이 무슨 까닭인지 모르는 체하더랍니다. 어디 살던 아무개가 아니냐구 물었더니 사람을 잘못 봤다구 잡아떼면서 종내 어딘가루 바쁘게 가더랍니다."

"기억을 한 번 되살려 주십시오. K군 관할 내의 촌이라면 장소가 많이 좁혀진 셈입니다."

"기억이 별루 확실치는 않소만 촌 이름에 하늘천(天) 자가 들어 있었던 것 같소이다."

의외의 수확이다. K군 관할 내의 천자가 들어 있는 촌이라면 이제는 현지에 가서 누구를 잡고도 어렵지 않게 알아낼 수 있다. 김태범 노인과의 삭막한 대화는 이 정도로 간단히 끝났다. 우리는 곧 P면을 떠나 S군으로 다시 나왔다. 해가 지고 날이 어두워서 우리는 서둘러 여관을 잡았다. 저녁상을 물리자 피로가 몰려와서 나는 먼저 자리에 누웠다. 그러나 이십여 년 만에 다시 찾아온 옛 고향이라 감회가 자못 깊었던지 나는 쉽게 잠이 오지 않았다. 내가 잠을 못 이룸을 알자 손중호는 기다렸다는 듯 재빨리 맥주를 시켜왔다. 둘이서 맥주로 목을 축이며 우리는 다시 내일의 일정을 상의했다.

"이왕 내친 걸음이니 K군까지 가봐야겠죠?"

"그러세."

"K군 관내라면 꽤 벽진데 그런 시골에서 무슨 사업을 하셨을까요?"

나는 잠자코 술잔을 기울였다. 기범은 그 기행에도 불구하고 생활만은 한 번도 궁색해 본 일이 없다. 몇 해쯤 어딘가에 소식도 없이 박혀 있다가 바람처럼 후딱 나타난 때는 반드시 그의 수중에는 큰 돈이 쥐어져 있곤 했다. 사고를 당했을 때 발견된 현금도 내게는 그런 이유로 별로 놀라운 게 아니었다. 어쩌면 기범은 시골에 틀어박혀 그 동안 착실하게 농장이라도 경영했는지 알 수 없다. 아무리 괴팍한 그일지라도 노년의 안정을 위해서는 어딘가에 정착할 도리밖에 없었을 것이다.

"참 고인께서는 최종학력이 어떻게 되십니까?"

"대학을 나왔네."

"어느 대학이죠?"

"일본 M대학 법문학부를 졸업했지."

"그렇다면 젊은 시절에 활약이 꽤 많으셨겠는데요?"

나는 고개를 내저었다. 활약은 없었다. 그는 그때쯤은 가산이 기울어 고생스럽게 고학을 했다. 얼마 전까지도 상당한 호농이었던 그의 집안은 그가 유학을 시작할 무렵에 급속도로 기울기 시작했다. 나이 많은 편모 한 분이 큰 가산을 꾸려가기에는 어쩌면 심적 물적으로 큰 무리가 따랐는지 알 수 없다. 중학에 다닐 때 나는 기범을 따라 그의 본가로 놀러 간 일이 한 번 있다. 그리고 나는 그때 처음으로 기범의 모친을 만나 뵈었다. 모친은 머리털이 하얗게 센 아주 늙은 노파였다. 기범의 모친이라고 하기보다는 차라리 그의 조모님 같은 노파였다. 외모 역시 이가 빠지고 몹시 추해서 나는 왠지 기범이 딱하고 불쌍해 보였다. 저런 모친 밑에 자랐을 그가 어쩐지 가련하고 마음 아프게 느껴졌던 것이다. 지금도 기억에 생생한 것은 그녀의 독특한 웃음소리다.

그녀는 폭 늙은 노파임에도 불구하고 웃음소리 하나만은 귀를 찌르듯 날카롭고 높았다. 부드러운 기색이라곤 전혀 없이 그녀는 상스럽게도 칼칼하고 높고 날카롭게 웃었던 것이다. 어쨌든 기범은 가산이 기울자 고생스레 고학을 하며 우리 앞에 틈틈이 잊혀지지 않을 만큼 나타나곤 했다. 대동아(大東亞) 전쟁이 막바지에 이를 무렵이라 우리는 그때 심적으로 꽤 불안한 상태에 놓여 있었다. 전쟁은 누가 보더라도 일본의 패색이 완연했다. 대부분의 친구들이 조선인 학생이라 우리는 만나기만 하면 일본의 패망과 조선의 독립을 쑤군거렸다. 일본의 패망이 머지않았으니 조선이 곧 독립될 것이며, 조선의 독립을 대비하여 우리도 무언가 마음의 준비를 해두자는 이야기였다.

기범은 그 동안 틈틈이 모임에 나타나서는 큰 눈을 껌벅일 뿐 우리들의 우국(憂國) 토론에는 좀체 끼여들려 하지 않았다. 졸업을 불과 한두 달 앞둔 시기여서 그는 어쩌면 졸업 후에 닥칠 취직 걱정을 하고 있었는지도 알 수 없다.

그러나 그로부터 8개월쯤 후에 기범은 드디어 우리 모두를 엄청난 위기에서 구해 주었다. 아마 이것이 그가 성인이 된 후 그의 진면목을 보여준 최초의 사건일 것이다. 표면적으로는 그는 이 사건에 아무런 역할도 하지 않은 것으로 되어 있다. 그는 동지들을 배반하지 않았고, 관(官)에서도 아무런 제재도 받지 않았다. 그 엄청난 우리들의 거사(擧事)를 그는 혼자 연출했고 그 막(幕)까지도 자기 손으로 내린 것이다. 기범은 그러나 이 사건이 있은 후로 표면적으로는 아무런 격의도 없는 것 같았으나 친구들로부터 서서히 경원되고 소외되기 시작했다. 아무도 그를 맞대 놓고 비난하거나 공박하지 않았다. 그리고 또 아무도 그에게 위기에서 구해 준 것을 고맙게 여기지도 않았다. 기범은 결국 친구들로부터 책임의 공백지대라는 기묘한 위치로 추방된 것이다.

사건은 194×년 9월 어느 날에 발생했다. 그해는 우리 학생들에게 가장 큰 시련이 닥친 해였다. 병력이 달리고 전쟁에 불리해진 일본 전시내각은 뜻밖에도 우리 조선인 학도들을 군문에 지원입대시킨다는 놀라운 포고를 내렸던 것이다. 전국은 술렁거렸다. 일본에 유학중인 많은 학생들은 포고문이 발표되자 속속 조선으로 귀국했다. 그들은 놀라기 전에 분노와 울분으로 몸을 떨었다. 대동아전쟁은 일본인들의 전쟁이었다. 저들에게 국권을 빼앗긴 조선 백성과는 아무런 관계도 없는 일본인들의 전쟁이었다. 어째서 조선인인 우리 학도들이 저들의 전쟁에 끌려가야 하느냐고 우리는 모이기만 하면 흥분과 울분으로 주먹을 부르쥐었다. 더구나 말이 좋아 지원입대일 뿐 저들은 우리 학도들을 거의 강제로 입대시켰다. 본인이 어딘가로 피신하고 없으면 저들은 본인 대신에 가족들을 잡아들여 협박하고 회유했다.

조선인 학도들의 지원입대는 드디어 전 조선에 차근차근 그물을 조여갔다. 기범과 나도 예외는 아니었다. 지원입대란에 도장을 찍은 우리들은 절망과 실의에 빠져 거의 매일같이 술을 마시거나 거리를 쏘다녔다. 만나기만 하면 우리(여기서는 좁은 의미로 나와 가까운 친구들을 말한다)들은 흥분된 표정으로 일본을 성토했고 조국을 잃은 비참한 현실을 침을 튀기며 분히 여겼다. 그런데 바로 이럴 즈음에 누군가가 문득 무서운 제의를 했다. 놈들의 전쟁터에 끌려가는 마당에 우리는 팔짱을 낀 채 이대로 가만히 있을 수는 없다. 잠자코 저들에게 끌려가기보다는 우리 모두 저들에게 조선인의 기백을 보여주자는 것이었다. 우연히 던져진 이 한마디는 삽시간에 우리 몸에서 뜨거운 피를 들끓게 했다. 당연한 울분이었다. 내선일체(內鮮一體)니 황국신민(皇國臣民)이니 하고 떠들어대었지만 우리는 저들로부터 숱한 차별과 멸시를 받아왔다. 이왕 군대에까지 끌려가는 마당이니 저들에게 따끔하게 우리의 본때를 보여주자는 것이었다.

흥분과 울분으로 시작된 이 제의는 드디어 차근차근 구체적인 거사로 발전되었다. 다행히 우리 조선인 학생들은 며칠 후 도청 강당에서 합동 장행회(壯行會)를 갖기로 되어 있었다. 거사는 바로 이 회장에서 누군가의 선창으로 '조선 만세'를 부르자는 것이었다. 비록 놈들에 의해 죽음의 전쟁터로 끌려가는 마당이지만, 우리가 어느 나라 백성인가를 저들에게 만세를 불러 똑똑히 보여주자는 것이었다. 우연한 발상으로 구체화된 이 계획은 과연 당시의 상황으로는 어마어마한 거사였다. 거사가 만일 성공만 한다면 그것은 3·1운동이나 광주학생사건과 맞먹는 것이었다. 성전(聖戰)에 임하려고 장행회에 나온 조선인 학생들이 조선 만세를 부르다니 그것은 전 일본이 놀랄 쇼킹한 사건이었다. 거사는 하루하루 최종 행동까지 빈틈없이 짜여졌다. 거사내용이 너무 위험한 것이어서 우리는 내심으로 상당한 두려움과 불안도 느꼈다. 그러나 우리는 될 대로 되라는 듯 누구 하나 마음속의 불안을 입 밖으로 뱉지 않았다. 마치 태풍에 등을 떠밀리듯 우리는 공포 속에서도 모든 계획을 묵묵히 밀고 나갔다. 시간표가 짜여지고, 각자의 위치가 정해지고, 드디어는 만세를 선창할 세 명의 동지까지 선발하기에 이른 것이다.

이 거사의 가장 중요한 인물은 뭐니뭐니해도 만세를 선창할 세 명의 동지라고 할 수 있다. 만세 자체가 거사이기도 하지만 그들의 만세 선창은 일종의 신호이자 선동적인 역할을 할 것이기 때문이다. 한데 내가 놀란 것은 그들 중에 뜻밖에도 김기범이 끼여 있다는 사실이었다. 더구나 그는 세 명 중에서도 장행회장의 맨 앞자리에 자리잡아 만세를 첫번째로 외치도록 되어 있었다. 그것도 다른 동지들은 지명에 의해 선발되었는데 기범만은 그 막중한 중임을 자청하여 떠맡은 점이었다.

나는 불안하기도 했거니와 한편으로는 어이가 없었다. 이번 거사는 실패하든 성공하든 반드시 그 주모자에겐 무거운 중죄가 씌워질 것이었다. 더구나 만세를 처음으로 선창하는 자는 그 거사의 대표자로 지목되어 가장 큰 죄가 씌워질 것이 분명했다. 한데 그 중임을 김기범이 자청하여 맡았으니 나로서는 불안도 하거니와 도시 그의 행동을 이해하기가 힘들었던 것이다. 특히 그는 이번 거사에 시종 방관적인 태도를 취해 온 터다. 가끔씩 회합에 참석하긴 했지만 그는 거사 계획에는 말 한마디 참견하지 않았다. 남의 일이나 구경하듯 늘 우두커니 앉아만 있던 그가, 뜻밖에도 최후의 순간에 가장 큰 중임을 스스로 떠맡은 것이다. 기범은 그러나 무슨 배포인지 얼굴에 전혀 근심하는 빛이 없었다. 오히려 내 쪽이 불안해서 괜찮겠느냐고 근심스레 물으면 그는 큰 눈을 조용히 껌벅이며 말없이 빙그레 묘한 웃음을 떠올릴 뿐이었다.

드디어 거사 날이 닥쳐왔다. 도청 강당과 앞뜰에는 지원 학도병과 그 가족들로 인산인해를 이루었다. 여학생들은 군중들 전면에서 손에 든 일장기를 물결처럼 흔들었다. 층계 위에 도열한 브라스 밴드는 귀청이 따갑게 군가와 행진곡을 불어 대었다. 겨잣빛 군복의 무표정한 헌병들은 집총 자세로 강당 안팎을 삼엄하게 경비했다. 절대 다수인 입대장정 가족들만이 오히려 가장 조용하게 한편에 서 있거나 손수건으로 눈물을 찍어내곤 했다.

장행회는 예정대로 강당 안에서 개최되었다. 학도병만으로도 좌석이 거의 차서 식장에는 가족들은 제외되고 정부 고관들과 유지들만이 참석했다. 식장은 엄숙했다. 식장 상석에 앉은 자들은 저마다 한가락씩 하는 위풍당당한 고관들뿐이었다. 보통 때는 감히 우러러보기도 힘든 자들이 오늘만은 만사를 제쳐놓고 이 식장에 엄숙한 표정으로 나타난 것이었다. 국민의례가 간단히 끝나자 이윽고 기다리던 도지사의 축사가 시작되었다. 우리는 긴장했다. 거사는 도지사의 축사 직후 사방에서 울리는 잔기침을 신호로 결행하기로 되어 있었다. 거사를 모르는 대부분의 학도들은 느닷없이 만세가 터지면 일순 당황할 것이었다. 잔기침은 말하자면 이 당혹감을 없애기 위한 일종의 동지들 사이의 단합(團合) 신호나 마찬가지였다. 도지사의 축하는 의외로 길었다. 나는 초조하고 불안한 나머지 등과 가슴으로 비 오듯이 땀을 흘렸다. 주위에 서 있는 동지들의 얼굴을 훔쳐보니 그들 역시 해쓱한 얼굴로 땀들을 줄줄이 흘리고 있었다. 그러나 단 한 사람 예외의 동지가 내 앞에 서 있었다. 두 눈을 조용히 두꺼비처럼 껌벅일 뿐 그의 얼굴에는 땀방울은커녕 물기조차 내비치지 않고 있었다.

숨막히는 초조와 불안 속에 이윽고 도지사가 축사를 끝냈다. 나는 땀에 젖은 채 긴장으로 목이 졸려 숨도 제대로 쉴 수가 없었다. 도지사가 방금 축사를 끝냈으니 다음은 동지들의 입에서 잔기침 소리가 들려 올 차례였다. 불안과 초조 속에 그토록 열심히 준비하고 계획한 거사가 이제야 우렁차게 식장을 진동시킬 순간이었다. 그러나 이상했다. 아무리 초조하게 기침소리를 기다려도 식장은 물을 끼얹은 듯 엄숙하고 고요할 뿐이었다. 의아하고 불안한 나머지 나는 다시 눈을 들어 주위의 동지들을 훔쳐보았다. 이만큼 시간이 흘렀으니 동지들은 지금쯤 사방에서 기침들을 토해내야 했다. 그러나 그들은 팥죽 같은 땀을 흘리며 하나같이 고개들을 숙인 채 누구 하나 입을 열지 않았다. 마치 꾸중 듣는 어린아이들처럼 그들의 표정 속에는 공포와 불안만이 가득 차 있을 뿐이었다.

내 몸에서 갑자기 모든 불안이 썰물처럼 빠져나갔다. 목을 조르던 공포와 긴장이 뜻밖에도 아주 빠르게 안도와 기쁨으로 변해가기 시작했다. 거사는 실패했다. 그리고 거사가 실패했다고 생각하자, 실패가 오히려 아주 당연한 귀결처럼 느껴졌다. 그 동안 불안과 공포에 떤 자신이 나는 이 순간 견딜 수 없이 우스꽝스러웠다. 지금까지 나를 짓눌러 온 온갖 불안에서 나는 불과 몇십 초 사이에 깨끗하게 해방된 것이었다.

그러나 바로 이때 나는 또 한 번 무서운 공포에 휩싸였다. 그것은 안도감에 잠긴 나를 몽둥이로 내리치듯이 통렬하게 후려쳤다. 누군가가 돌연 자리를 박차고 두 손을 높이 쳐들며 이렇게 소리쳤기 때문이었다.

"조센 반자이(조선 만세)!"

기범이었다. 그는 우렁차게 만세를 부른 후, 그대로 앞좌석에 홀로 대뚝하게 서 있었다. 장내는 고요했다. 모든 시선이 기범에게 집중되었다. 학생들도 고관들도 헌병들조차도 넋나간 표정으로 기범의 얼굴을 뚫어지게 쏘아볼 뿐이었다. 그것은 무서운 폭풍을 내포한 폭발 직전의 서늘한 침묵이었다. 침몰하는 배 위에 올라탄 듯한 한없이 낭패스러운 삭막한 침묵이었다.

시간이 흘렀다. 아주 긴 시간인 것도 같고 아주 짧은 시간인 것도 같았다. 식장의 경비를 맡고 있던 헌병들은 이윽고 긴장된 표정으로 저마다 긴 칼자루에 손을 대기 시작했다. 그들은 기범이 또 한 번 소리치면 식장에서 당장에 그를 체포할 듯한 험악한 기세였다. 그런데 이때 뜻밖에도 기범의 두 팔이 다시 번쩍 머리 위로 쳐들렸다.

"닛본 반자이(일본 만세)!"

침묵은 계속되었다. 헌병들은 칼자루에 손을 댄 채 여전히 기범을 쏘아보고 있었고, 기범은 이번에도 만세 후에 여전히 앞좌석에 꼿꼿하게 서 있었다. 그러나 이번 침묵은 아까와는 약간 성질이 달랐다. 식장에 참석한 모든 사람들은 이번에는 긴장 대신에 묘한 의문에 사로잡혔다. 서로 상반되는 입장들에 놓여 있지만 그들은 기범을 향해 똑같은 질문들을 던지고 있었던 것이다. 너는 왜 조선 만세를 부른 후에 뒤따라 다시 일본 만세를 불렀는가? 너의 만세는 무슨 뜻인가? 너는 대체 어느 편인가? 그러나 이 의문도 뒤따라 곧 해답을 얻었다. 기범이 다시 두 팔을 쳐들고 제3의 만세를 외쳤기 때문이었다.

"다이토아 반자이(대동아 만세)!"

식장을 지배해 온 숨막히던 긴장은 이 세 번째 만세로 깨끗이 해소되었다. 그는 첫번째 만세로는 동지들의 체면을 세워 주었고, 두 번째와 세 번째의 만세로는 동지들을 위험에서 구해 준 것이다. 나는 사건이 끝난 한참 후에야 기범이 어째서 거사의 중임을 자청했는가를 깨달았다. 그는 사전에 이미 거사가 실패할 것을 예견했고, 만일 성공할 기미를 보였다면 처음부터 거사를 실패시킬 목적이었다. 식이 끝나고 집으로 돌아올 때 기범은 내게 이렇게 중얼거렸다.

"기침소리가 들리더군. 그래서 난 계획대루 만세를 불렀지. 첫번째 만세는 잘된 것 같은데 그 뒤의 만세들은 나두 모르게 튀어나온 것이었어. 동지들에게 면목이 없네. 나를 모두들 원망하구 있겠지?"

아무도 그를 원망하지 않았다. 오히려 그를 고맙게 생각했다.

3

차가 완만한 비탈길을 추어올라 다시 비스듬한 내리막으로 접어든다. 까마득한 오른쪽 절벽 밑으로는 작은 강물이 느릿느릿 흐르고 있고, 왼쪽 산록으로 밋밋하게 퍼진 보리밭 저쪽에는 시골집의 원색 지붕들이 울긋불긋 흩어져 있다.

오전 11시. 9시 반에 S군을 떠났으니 어느덧 길 떠난 지 한 시간 반이 지난 셈이다. 그러나 아직도 K군까지는 짱짱한 세 시간의 여정이 남아 있다. 바쁜 여행이 아니어서 손중호는 차를 안전속도로 천천히 몰고 있다. 젊은 나이치고는 성격도 퍽 차분하고 무엇보다 심성이 고와 사장보다는 성직(聖職)에나 알맞을 사람 같다. 차차 곧게 뻗은 들길로 접어들자 손중호가 다시 흥미롭다는 듯 입을 연다.

"고인과는 그럼 언제 다시 만나셨죠?"

"해방된 이듬해 여름이었네. 거리에서 우연히 맞닥뜨렸지."

"서울서 말입니까, 고향에서 말입니까?"

"서울일세, 물론. 생활에 퍽 쪼들리던 판이라 난 그때 취직차 서울에 올라와 있었네. 중학교 미술선생 자리라두 있을까 해서 사방으루 친지들을 찾아 정신없이 뛰어다니던 시절이지."

"그래 고인께서는 그때 무얼 하구 계셨습니까?"

"신문기자를 하구 있었는데 사고를 저지른 후 테러를 피해 피신중이었네."

"테러라구요?"

나는 잠시 말을 끊고 담배를 뽑아 입에 물었다. 나는 이미 고향에서 김기범의 소식을 어렴풋이 듣고 있었다. 그는 북지(北地)로 끌려간 후 일본군을 탈출하여 곧 장개석의 국민군에 들어갔다고 한다. 그러나 삼개월도 채 안 되어 기범은 중국에서 해방을 맞이했고, 그해 11월에 상해 임정(臨政) 요인들과 함께 배를 타고 고국으로 돌아왔다 한다. 고국으로 돌아온 김기범은 즉시 고향으로 내려가 가산을 정리했다. 모친이 이미 별세해서 그로서는 고향 땅에 더 머무를 까닭이 없었던 것이다. 이상이 바로 내가 얻어들은 김기범의 간단한 소식이다. 그러나 나는 김기범을 직접 만난 후 소문의 반 이상이 터무니없는 거짓이었음을 알아내었다. 그는 일본군을 탈출한 게 아니고 국민군의 포로가 되었으며, 귀국 때는 임정 요인과 함께가 아니라 일본 피난민들 틈에 끼여 야미배를 타고 귀국했던 것이다.

기범은 자기와의 친소(親疎)에 따라 묘한 버릇을 가지고 있다. 처음 만나거나 한두 번 만나 본 사람에게는 그는 순전히 흥미만을 위해서도 얼마든지 허황한 거짓말을 지어낸다. 이때의 그의 거짓말은 누구라도 속을 박진감 넘치는 요란한 것이다. 그러나 가깝다고 생각하는 사람에게는 그는 반대로 지나치리만큼 솔직하고 정직하다. 보통 사람이면 누구나 감추고 숨기는 부끄러운 과거라도 기범은 가까운 친구에게는 낄낄 웃으며 거침없이 털어놓는 것이다. 어쩌면 그는 생리적으로 수치감을 모르는 인간인지 모른다. 아니 엄밀히 말하자면 우리가 부끄럽게 여기는 사항들을 그는 인간이 근원적으로 지닌 또 하나의 허위와 약점으로 받아들이는 듯하다. 그에겐 따라서 절망도 없고 어떤 상황에도 망설일 것이 없다. 아무리 비참한 나락 속에 떨어졌더라도 그는 재빨리 자기를 구제하여 몇 번이라도 거듭 태어날 수 있는 것이다.

나는 기범을 용산역 못미처의 전차 정류장 앞에서 우연히 만났다. 홈스펀 바지에 와이셔츠를 걸친 기범의 얼굴은, 볕에 까맣게 그을어서 부리부리한 두 눈의 흰자위만이 유난스레 하얗게 돋보였다. 장행회 이후로는 처음 만나 보는 두 사람이라 우리는 곧 정류장을 떠나 가까운 찻집으로 찾아들었다. 막혔던 이야기가 홍수처럼 풀려나왔다. 그간에 지내 온 각자의 고생담이 교환되고 가족과 친구들의 안부들이 교환된 뒤 급기야는 서로가 처한 현재의 근황들이 화제로 되었다. 기범이 먼저 내 직장을 물어와서 나는 솔직히 실업자임을 고백했다.

"놀구 있네. 선생 자리라두 구할까 하는데 쉽게 자리가 나줄 것 같지 않네."

　기범은 잠시 큰 눈을 껌벅인 후 자기도 직장이 없어 고생중이라고 털어놓았다.

　"큰일일세. 그 동안 고물상에 손을 댔다가 사기에 걸려 돈을 홀랑 날려 버렸네. 자네한테 부끄러운 얘기네만은 당장 끼니 때우기가 곤란한 지경일세."

　내 처지도 적지않이 딱했지만 기범은 나보다 더 궁색한 모양이었다. 나는 잠시 망설이다가 용기를 내어 이렇게 말했다.

　"생활이 그렇게 곤란하다면 나하구 잠시 같이 지내세. 나두 좋은 편은 아니지만 끼니를 거를 정도는 아니니까."

　기범은 몇 번 사양하다가 드디어 내 하숙으로 따라왔다. 나는 기범의 능숙한 거짓말에 감쪽같이 속았던 것이다.

　내가 기범에게 속은 것을 안 것은 그로부터 약 일 주일 후다. 미술학교 선배 한 분과 술을 몇 잔 마신 나는 그날 밤이 이슥해서야 하숙집으로 돌아왔다. 그런데 집에 돌아와 보니 뜻밖에도 내 방에 낯선 청년 두 명이 앉아 있었다. 주인의 허락도 없이 들어앉은 그들에게 나는 언뜻 불쾌감을 느꼈다. 그러나 기범의 친구려니 생각하고 나는 그들에게 예사롭게 물었다.

　"어딜 갔습니까? 기범 군은?"

　두 명의 청년은 어이없는 듯 나를 멀뚱히 올려다보았다. 그 중에 안경 쓴 청년이 비꼬듯이 입을 열었다.

　"어디 있소, 그 사람?"

　"예?"

　"해치진 않을 테니 어디 숨었는지 말해 주시오."

　이번에는 내 쪽에서 그들을 멀뚱히 내려다보았다. 그들의 표정이 심상치 않아 나는 그제야 정신이 번쩍 들었다. 친구이거니 생각했는데 그들은 오히려 기범을 잡으러 온 사람들이었다.

　나는 그 뒤 청년들의 입을 통해 기범이 왜 쫓기는 몸이 되었는지 알

왔다. 그는 S일보 기자로 있으면서 친일파 거두 몇 사람에 대한 변호 기사를 발표한 것이었다. 기범이 변호한 사람들은 조선 지식인의 대표적인 인물로서 반민족적(反民族的) 행동이 너무나 뚜렷한 사람들이었다. 더구나 당시는 경향 각처에서 일제에 협력하고 아부한 자들에게 민족과 조국의 이름으로 보복과 테러가 예사롭게 가해지던 시절이었다. 그들의 숨은 죄상들이 증인들에 의해 속속 세상에 밝혀졌고, 그럴 때마다 민중들의 분노는 점점 격하게 부풀어올랐다. 본인들 스스로도 자기의 죄상을 알고 있어서 국민들의 돌발적인 보복이 두려워 멀리 몸을 피해 시골에 숨어 있는 형편이었다. 기범은 그러나 이런 시기에 대표적인 친일파 몇 사람을 공공연히 변호하고 나섰다. 나도 그의 글을 읽어보았는데 그것은 변호라기보다는 기괴한 논리의 감상적인 인정론에 불과했다. 그의 논리에 따른다면 세상에 죄인이란 한 명도 존재하지 않았다. 그들이 친일파가 아니면 안 될 이유는 그들에게 친일파가 되기를 요구한 시대의 잘못이라는 기괴한 논리였던 것이다.

내가 기범을 다시 만난 것은 그로부터 약 두 달 후였다. 보름쯤 계속되던 장마가 개어, 나는 그날 바람도 쐴 겸 화구(畵具)를 챙겨 들고 교외로 그림을 그리러 나가려던 참이었다. 신을 꿰어 신고 막 대문을 나서려는데 기범이 느닷없이 나타나서 자기하고 급히 어딘가로 가자는 것이었다. 나는 행선지를 물었다. 그러나 그는 가보면 안다면서 나를 급히 잡아끌어 전차 안으로 밀어넣었다. 그가 나를 납치해 간 곳은 마포행 전차 종점 근처의 어느 아담한 한옥이었다. 집에는 한복 차림의 젊은 여인이 기다리고 있었다. 나중에 알게 된 일이지만 이 여인이 기범의 첫번째이자 마지막 여인이었다. 방으로 안내되어 인사가 끝나자 기범은 미리 준비한 듯 대낮부터 내게 술을 권했다. 어렴풋이 눈치는 채었지만 나는 기범에게 여인과의 관계를 캐물었다. 드물게 보는 미인이어서 기범의 수완이 놀랍게 느껴졌기 때문이었다. 기범은 대범한 성격 그대로 걸직한 농을 섞어 가며 여인에 관해 거침없이 얘기를 털어놓았다. 학교는 명문 여학교인 S여고를 졸업했고, 나이는 현재 23세로 칠현금을 아주 잘 뜯으며, 돈 많은 과부의 외동딸로서 현재의 이 집도 그녀의 소유라는 것이었다. 그러나 그는 여인에 관해 가장 중요한 것을 말하지 않았었다. 나중에야 풍문으로 들은 얘기지만 그녀는 아기를 가질 수 없었고 간혹 심하지는 않은 편이나 간질병의 발작을 일으킨다는 것이었다.

술이 몇 순배 돌기 시작하자 나는 자연스레 친일파 변호사건의 후일담을 화제로 돌렸다. 청년들이 내 집을 다녀간 후로, 나는 그 사건의 귀추가 적지않이 궁금했던 것이다.

"무지스런 놈들이야. 폭력밖에 모르는 끔찍한 불한당들이었네."

기범은 말과 함께 얼굴에 노골적인 불쾌감을 떠올렸다.

"잡혔었나, 그 작자들한테?"

"잡힌 게 아니구 내 발루 찾아갔지. 그들의 본부란 데를 찾아가서 내가 뭘 잘못했는가를 그 작자들 입으루 듣구 싶었네."

"단체 이름은 대체 뭐야?"

"불한당들치구는 이름 하나는 거창하더군. 반민족친일분자 특별처단본부였네."

"그래서 어떻게 됐나?"

"선전부장이란 자를 만나봤는데 첫마디부터가 고약하게 나오더군. 날더러 대뜸 묻는 말이 돈을 얼마나 받았냐는 거야."

"돈을 받다니?"

"놈들은 내가 돈을 받구 그 글을 쓴 걸루 알구 있었어. 너무 어처구니없는 질문이라 말문이 막혀 웃구 말았네."

기범은 이야기를 계속했다. 스스로 저들을 찾아간 기범은, 그러나 도착 즉시 자기의 경솔을 뉘우쳤다고 했다. 기범은 내가 보장하거니와 누군가에게 돈을 받고 그런 글을 쓸 위인이 아니었다. 그러나 저들은 기범의 말을 끝까지 능청스런 거짓말로 받아들였다. 아니 어쩌면 사실의 진위보다 저들은 뇌물을 받았다는 기범의 자백이 필요했는지도 알 수 없다. 기범은 급기야 양팔을 뒤로 묶여 컴컴한 지하실로 끌려 내려갔다. 그러나 지하실로 끌려 내려간 기범은 뺨을 한차례 얻어맞자 돌연 태도를 바꾸었다. 이것은 기범의 장기였다. 그는 지하실에서 피비린내가 풍겼다고 했다. 뻗댈 이유는 전혀 없었다. 저들에게 매를 맞기 위해 그는 친일파를 변호한 것이 아니었다. 지하실은 사방이 막혔고 그를 구해 줄 사람은 아무도 없었다. 이쯤의 곤욕을 당하게 된 것만도 그는 대단히 억울한 일이라고 생각했다.

기범은 드디어 모든 것을 자백했다. 아니 그것은 엄밀히 말하자면 자백이 아니고 창작이었다. 저들이 듣고 싶어하는 것이 무엇인가를 알아내어 저들의 요구에 꼭 알맞도록 기범은 자진하여 자백을 열심히 만들어 준 것이었다. 저들은 만족했다. 기범의 표현을 빌리자면 저들은 5할쯤 기뻐했고, 3할쯤 기범을 이상스레 쳐다보았고, 2할쯤은 기범을 경멸하더라는 것이었다.

"자백을 만들어 주고 밖으로 나오니 세상이 그렇게 밝아 보일 수가 없더군. 왜 내가 그 고생을 했는지 지금 생각해도 이상하네."

기범의 이야기는 이것으로 끝났다. 그러나 나는 아직도 한 가지 의문점이 남아 있었다.

"헌데 자네 무슨 이유로 그따위 글을 신문에 실었나?"

"그따위 글이라니?"

"세상이 다 아는 친일파 거두들을 자네가 무슨 배포로 버젓이 변호하고 나섰느냐는 이야길세."

"자넨 그 사람들이 불쌍하지두 않던가?"

"불쌍한 건 사람의 인정이구 죄는 역시 죄 아닌가?"

"걸핏하면, 죄, 죄 하구 떠드는데 그 사람들이 대체 무슨 죄를 졌어?"

"자넨 그럼 그 사람들한테 죄가 없다구 생각하나?"

"죄가 아주 없지는 않지. 허지만 그건 살아 남은 죌세."

"나 자네 글두 읽어 봤는데 그건 인정론이지 올바른 판단은 될 수 없더군. 민족을 팔고 친일한 죄가 뚜렷한데 어떻게 죄는 덮어 두구 그 작자들을 이해하고 용서하란 말인가?"

"세상에 적극적으로 불효했던 자식이란 없는 법일세. 내가 이해해달라는 건 그 사람들 나름으로 당했던 무수한 고통일세. 그들은 고통이 너무 심해서 잠깐 용기를 잃었을 뿐이야. 용기가 부족한 게 무슨 잘못인가? 겁이 많은 것두 죄가 되나?"

"그들이 처했던 위치를 생각하면 그들은 당연히 그쯤의 용기는 있어야 했어."

기범은 갑자기 왕눈을 부릅뜨고 절레절레 고개를 내저었다.

"여기 A와 B라는 두 명의 병사가 임무를 수행하구 방금 적진에서 돌아왔네. 병사 A는 공포에 질려 와들와들 전신을 떨고 있고 병사 B는 늠름한 모습으로 눈썹 한 대 까딱 안 하네. 자넨 이 두 명의 병사 중에 누가 더 용기 있는 병사라고 생각하나?"

"수수께끼인가?"

"용기란 타인들의 눈으로는 평가되거나 측정될 수 없네. 어디까지나 주관적인 것으로 본인에게 속하는 문제라는 이야기야. 타인들은 용기의 껍데기만 볼 뿐이지 용기의 내면까지는 절대로 볼 수가 없어."

"용기란 그럼 없는 것이 아닌가? 떨고 있는 병사와 늠름한 병사가 자네 말을 따르자면 다 같다는 이야기가 아닌가?"

"아니지, 같지가 않네. 드러난 용기만으로 따지자면 B라는 병사가 분명 A보다 용감해 보이지. 허지만 어느 쪽이 더 많은 용기를 필요로 했는가는 단연 B보다 A라는 병사 쪽일세."

"말장난을 하자는 건가? 대체 무슨 궤변인가?"

기범은 고개를 내저었다. 드물게 보는 진지한 표정이었다.

"용기를 타고난 사람에게는 용기란 실상 필요치 않네. 용기가 진짜로 필요한 사람은 용기 있는 사람이 아니고 겁이 많은 사람일세. A는 B보다 겁이 많네. 그래서 그는 임무수행 후에도 늠름한 B와는 달리 부들부들 전신을 떨었던 걸세. 허지만 이것을 뒤집어 보면 사정은 다시 반대가 되네. A는 B보다 겁이 많아서 임무를 수행할 때 B보다 더 큰 용기가 필요했네. 말하자면 B는 3할쯤의 용기로도 족했지만, A는 원래가 타고난 겁보여서 두려움을 극복하기 위해 무려 9할쯤의 숨은 용기가 필요했단 이야기가 되네. 용기는 쇠고기와 달라서 저울로 달아 근수를 매길 수가 없네. 누가 과연 용기 있는 사람인가는 우리의 판단보다는 본인들의 판단에 맡길 일일세."

나는 기범이 말을 마치자 불쑥 그에게 되묻고 싶었다. 너는 그럼 이 세상에서 가장 겁 많은 사내가 아니냐고. 그러나 차마 그의 면전에서 그런 말까지는 물을 수가 없었다. 그에게서 이 정도의 정한(情恨) 한 얘기를 들은 것도 나는 퍽 흐뭇하고 신통하게 생각했을 뿐이었다.

차가 작은 돌다리를 지나 어느 한적한 마을로 들어선다. 인가가 약 이백여 호쯤으로 파출소와 농협지소와 양조장까지 있는 마을이다. 남도에 가까워진 때문인지 어느 틈에 야산에는 대나무숲이 짙푸르게 눈에 띈다. 트럭 두 대가 마을 중심부에 서 있는데, 화물칸에 가로막대가 세워졌고 그 막대에 산 돼지들이 네 발목을 묶여 거꾸로 매달려 있다. 아무리 짐승이라지만 거꾸로 묶인 것이 애처롭다. 클랙슨을 울려 개를 쫓은 후 손중호가 다시 입을 연다.

"성격은 아주 특이하구 재미있는 분이지만 그 양반 친구로서는 낙제점이 아닌가요?"

"왜?"

"신의를 그렇게 죽 먹듯 저버리는 사람인데 어떻게 친구루 믿고 속엣말을 할 수 있습니까?"

"반드시 그렇지만두 않네. 자질구레한 세상일에는 신용두 잘 지켰구 입도 꽤 무거웠어."

"돈 버는 데는 흥미가 없었나요?"

"한때 있었지. 자유당 시절에는 서울에 큰 빌딩까지 가지구 있었네."

"거취가 좀 모호한 분이라 주위에서 오해두 많았겠죠?"

“오해야 많았지. 이중 성격자, 기회주의자, 심지어는 배신자, 사기꾼이라는 말두 있었네.”

“그런 말을 들었을 때 그 분의 반응은 어땠습니까?”

“대개는 그냥 못 들은 체하구 넘겨 버리는 게 보통이었네. 헌데 언젠가는 나한테 한 번 묘한 꼴을 보이더군.”

“어쨌는데요?”

“슬프다, 아 슬프다 하면서 술을 마시다가 눈물을 줄줄이 흘리는 거야.”

“그 분이 울 때두 있었습니까?”

“자주는 아니지만 가끔 울지. 헌데 왜 우느냐고 물으니까 그 친구 얘기가 또 한 번 걸작이었어.”

“뭐라구 했는데요?”

나는 웃음을 참느라고 잠시 창 밖을 내다보았다. 우리에겐 간혹 타인의 불행이 견디기 힘든 웃음거리로 보일 때가 있다. 고인에겐 미안한 일이지만 그 사건도 내게는 드물게 보는 웃음거리였다. 그러나 나는 이 점이 바로 기범이 지닌 매력의 초점이라 생각한다. 믿을 수 없는 괴짜이긴 하지만 기범은 인생의 유머를 속속들이 알고 있는 사람이었다.

사건은 이렇다. 그에게 미인 아내가 있다는 것은 앞에서 이미 말한 바와 같다. 여자를 밝히는 성미는 아니지만 기범은 아내를 꽤나 사랑했던 모양이다. 아마 삼십이 거의 다 되어 늦게서야 여자를 만났기 때문일 것이다. 그런데 사랑하는 아내에게 뜻밖에도 자기 몰래 애인이 생긴 것이다. 거동이 수상하다곤 생각했지만 기범은 그 사실을 아주 늦게야 알았다고 한다. 기범은 드디어 여자 때문에 생애 처음으로 번민에 사로잡혔다. 배신당한 쓰라림이 어떤 것인가를 그는 아내를 통해 최초로 맛본 것이다. 그러나 끔찍이도 사랑하던 아내여서 기범은 아내의 부정을 못 본 체 외면해 버렸다. 시간이 흐르면 잘못을 뉘우치고 아내가 그에게 다시 돌아오겠거니 생각한 것이다. 시간이 흘렀다. 그러나 아내는 열도를 더할 뿐 좀체로 그에게 돌아올 기미가 보이지 않았다. 적당한 기회에 암시를 주기도 해봤지만 아내는 능청스런 표정으로 여전히 바쁘게 애인에게 달려가는 것이었다.

한데 비바람이 몰아치던 어느 가을 날 초저녁이었다. 우산도 없이 비를 뚫고 집 앞 골목에까지 도착한 기범은 벙싯 열린 대문을 보고 그 자리에 우뚝 발을 세웠다. 예감이 이상했다. 평상시의 아내의 성격으로 보아 대문을 열어 둔다는 것은 있을 수 없는 일이었다. 성격이 워낙 꼼꼼한 그녀는 문단속 하나만은 빈틈없는 여자였기 때문이다. 예감은 맞았다. 열린 대문을 먼발치로 바라보니 집 안에서 이윽고 남녀 한 쌍이 나타났다. 한 우산 밑에 붙어 선 그들은 흡사 다정한 부부 사이로 보였다. 기범은 곧 골목을 나와 큰길가에 멎어 있는 어느 지프차 뒤로 몸을 숨겼다. 그가 지프차 뒤로 몸을 숨긴 것은 부정한 그 남녀의 거동을 훔쳐보자는 것이 아니었다. 자기를 발견하고 낭패감에 빠질 그들이 딱해서 기범은 그들을 위해 잠시 자리를 비켜주기로 한 것이다. 그런데 이것이 기범의 큰 실수였다. 가까이 왔을 때 바라보니 아내의 애인은 군인이었다. 그리고 그는 공교롭게도 아내와 더불어 지프차 쪽으로 다가왔다. 기범이 몸을 숨긴 그 지프차는 공교롭게도 그 군인이 타고 온 차였던 것이다.

"뭐요?"

군인이 차 앞에 당도하여 퉁명스레 기범에게 물었다. 비를 흠씬 두드려 맞은 기범이 그에게 얼핏 수상해 보였던 모양이다. 기범은 그러나 아무 말도 하지 않았다. 아내의 당황하는 모습만 보일 뿐 기범에겐 이미 아무 소리도 들려오지 않았다. 군인이 더 이상 캐묻지 않자 기범은 즉시 몸을 돌려 부리나케 집으로 향했다. 그는 덜덜 몸이 떨렸고 왠지 자신에게 화가 치밀었다. 아내의 새파랗게 질린 얼굴이 그에겐 종내 견딜 수 없이 딱했던 것이다.

아내가 집으로 돌아온 것은 그로부터 약 이삼 분 후다. 아내는 그러나 대문을 닫아 건 후 안방으로 들어오지 않고 아랫방으로 건너가 버렸다. 기범은 다시 불안했다. 아무리 기다려도 아내는 안방으로 오지 않았다. 현장을 들켜 난처하긴 하겠지만 기범은 아내가 이러지 않기를 바라고 있었다. 세상 사노라면 그럴 수도 있는 일인데, 아내의 결백성이 너무 심하다고 생각한 것이었다. 아내가 종내 돌아오지 않자, 기범은 드디어 자기가 아내에게 건너가기로 작정했다. 안방에서 조용히 마루로 나온 그는 잠시 마루에 선 채 아내에게 첫말을 어떻게 건넬까 궁리했다. 그는 아내가 현장을 들킨 터라 자기를 볼 낯이 없어 안방으로 건너오지 않은 것을 알고 있었다. 아내의 난처함을 풀어주기 위해서는 그는 평상시와 같이 아내를 예사롭게 대해 주는 것이 상책이라 생각했다. 아랫방에 도착한 기범은 이윽고 조용히 방문을 열었다. 그리고 털썩 아내 앞에 앉으며 될수록 큰 소리로 이렇게 운을 떼었다.

"아니 당신 뭘 하는 거요? 남편이 밖에서 비를 맞구 돌아왔으면 얼른 건너와서 마른 옷이라두 찾아 줘야 될 게 아니오?"

아내는 그러나 기범은 외면한 채 무언가를 골똘히 생각하듯 벽 한 곳을 뚫어지게 보고 있었다. 기범은 약간 기가 죽었으나 이번에는 덥석 아내의 팔을 잡았다.

"자 어서 일어나라구. 내복들은 대체 어디다 두었소?"

그때였다. 아내가 문득 잡힌 팔을 뽑으며 기범을 향해 떨리는 음성으로 입을 열었다.

"여보, 할 말이 있어요. 잠깐 제 얘기 좀 들어주세요."

기범은 찔끔했다. 그러나 재빨리 손을 홰홰 내저었다.

"무슨 얘긴지 나중에 들읍시다. 우선 옷부터 갈아입어야 하지 않소?"

"아니에요, 앉으세요. 잠깐이면 끝나는 얘기예요."

기범은 점점 난처해져서 필사적으로 아내의 시선을 외면했다. 그는 아내가 하려는 이야기가 어떤 내용인지 잘 알았다. 그녀는 지금 괴로운 표정으로 군인과의 관계를 고백하려는 것이었다. 남편에게 솔직히 잘못을 고백하고 용서를 청하려는 어리석은 꼴이었다. 기범은 그러나 이것이 끔찍했다. 그는 그런 고백을 듣고 싶지 않았고, 그보다는 아내가 제발 그 고백을 안 하기를 희망했다. 고백은 원래 허망할 뿐으로 하는 쪽이나 듣는 쪽에 아무 이득도 없는 것이었다. 그러나 아내는 떨리는 음성으로 기어코 기범의 면전에서 그 고백을 하고 말았다. 그것도 아주 무자비하게 눈물을 흘리며 또박또박 털어놓은 것이었다.

아내가 고백을 다 끝냈을 때 기범이 내뱉은 첫마디는 '에이…' 하는 간투사였다.

"에이! …그런 얘길 왜 하는 거요? 그런 얘길 내 앞에서 하면 날더러 대체 어쩌라는 거요. …"

기범은 이렇게 내뱉고는 아내를 끌어안고 울었다고 했다. 왜 그렇게 슬프고 안됐는지 걷잡을 수 없이 눈물이 흐르더라는 것이었다.

4

피로하다. 4시간 반으로 잡은 일정이 무려 7시간 40분이 걸렸다. 일정이 이렇게 늦어진 이유는 오는 길에 C사(寺)에 들러 점심을 들었기 때문이다. C사 일대는 이맘 때면 싱싱한 산채(山菜)로 소문난 고장이다. 집 앞에 즐비한 여관과 음식점이 2인분 백반을 주문하면 무려 이십여 가지의 각종 산나물을 내놓는 것이다.

K군은 내게는 평생 처음으로 와보는 고장이다. 넓지도 않은 한국땅에 60년 가까이 살아왔건만, 이상하게도 K군 근처에는 들를 기회가 거의 없었다. 높은 준령들로 줄레줄레 둘러싸인 K군은 그러나 내게는 별로 이렇다할 감흥을 주지 않는다. 근대화 바람이 거세게 부는데도 이 고장은 오지(奧地)인 탓인지 상당히 고집스레 옛 모습들을 지니고 있다. 도로가 그렇고 돌담이 그렇고, 특히 공터가 길게 펼쳐진 떠들썩한 장터가 그런 것이다. 그러나 이곳에도 한 가지만은 근대화 바람을 재빨리 받고 있다. 원색 페인트들로 처덕처덕 칠해 놓은 저 눈이 아픈

개량 슬레이트 지붕들 말이다.

차를 길가에 세운 우리는 목을 축일 겸 다방으로 찾아들었다. K군까지 오긴 했으나 우리는 다시 하늘천(天)자가 들어가는 산골마을을 찾아야 한다. 아직 시간이 5시니까 어쩌면 오늘중에 최종 목적지에 닿을 듯도 하다. 레지를 불러 콜라를 주문한 후 손중호가 드디어 입을 열었다.

"아가씨 혹시 K군 관내에 하늘천자 들어가는 마을이 어디쯤 있는지 모르시오?"

"하늘천자요?"

"응."

"글쎄요, 모르겠네요. 기다려 보세요. 언니한테 물어 보죠."

레지가 홀을 가로질러 손님들과 잡담중인 마담에게 다가간다. 잠시 후 마담이 이리로 오더니 앉으라는 말도 없는데 털썩 손중호의 옆자리로 내려앉는다.

"처음 오세요. K군에?"

"그렇소."

"찾으시는 데가 어디라구 하셨죠?"

"마을 이름을 다는 모르구 이름 속에 하늘천자가 들어간다는 것만 알구 있소."

"하늘천자가 어디쯤 들어가요? 첫머린가요? 중간쯤인가요?"

"그것두 모르겠소. 아는 거라군 하늘천자뿐이오."

마담이 고개를 갸우뚱하더니 다시 자리에서 일어선다.

"여기 출신이 아니어서 저두 잘 모르겠네요. 잠깐만 기다려 주세요. 손님들한테 알아봐 드릴게요."

마담이 저쪽으로 간다. 고개를 돌려 바라보니 마담과 손님들이 큰일이나 의논하듯 머리들을 맞대고 열심히 쑤군거린다. 고갯짓 손짓이 교환되더니 이윽고 손님 한 사람이 마담을 따라 이리로 건너온다.

"어디서들 오셨습니까?"

"예, 서울서 왔습니다."

"하늘천자 들어가는 마을을 찾으신다구요?"

"예, 잠깐 앉으시죠."

좁은 통로를 사이에 두고 손님이 곧 자리에 앉는다. 사십대 중간쯤의 비대한 사나이로 큰 입과 길쭉한 코가 어딘가 우악스런 인상이다. 발목을 잡아 바른쪽 다리를 척 꺾어 쥐고 손님이 드디어 심각하게 입을 연다.

"실은 천자 들어가는 곳이 K군 관내에 셋이나 됩니다. 천마면(天馬面), 구천동(九天洞), 송천리(松天里) 셋인데 그 중에 어느 걸 찾으시는지 …?"

손중호와 나는 대꾸를 잃고 멍한 표정으로 손님을 바라본다. 천자만 대면 쉽게 찾을 것으로 알았는데 이것은 생각지도 않은 뜻밖의 복병이다. 우리가 계속 대꾸를 않자 손님이 다시 입을 연다.

"천자 든 마을을 어떻게 찾으십니까? 혹시 사람을 찾아오셨나요?"

"예, 김기범이라는 사람인데 혹시 들어 본 일 없으십니까?"

"뭘 하는 사람인데요? 이름만 가지군 알 수가 있어야죠 … ."

"뭘 했는지는 우리두 모릅니다. 누군가가 이 고장에서 그 분을 만나봤다는 소문을 듣구 혹시 하는 희망만 가지구 막연하게 찾아나선 길입니다.

"천마면 사람이라면 제가 대충 알 수 있습니다. 제가 나서 자란 고장이라 모르는 사람이 거의 없습니다."

"터기(基)자, 법범(範)자에, 김기범이란 사람입니다. 나이는 금년 58세구 원래 고향은 충청도 S군입니다."

"김기범이라 … 기억에 없는데요. 확실치는 않지만 천마면 사람은 아닌 것 같습니다."

손중호가 재빨리 포켓을 뒤져 신문에 광고로 냈던 기범의 사진을 꺼내 든다.

"이게 그 사람의 사진입니다. 낯익은 얼굴인지 선생께서 한 번 봐주십시오."

손님이 사진을 받아들고 눈살을 찌푸리며 찬찬히 사진을 살펴본다. 누워 있는 시체에서 찍어 낸 사진이지만 장의사의 염사(殮師)가 화장(化粧)을 썩 잘해서 산 사람의 사진이나 조금도 다를 바가 없다. 손님이 곧 사진을 돌려주며 고개를 천천히 좌우로 내젓는다.

"본 적 없는 사람입니다. 천마면 사람은 분명히 아닙니다."

침묵이 흐른다. 쉽지 않다는 건 알고 있었으나 새삼스레 막연한 기분이다. 시계를 보니 어느 틈에 5시 반이 지나 있다. 3개 마을을 하나하나 뒤지자면 아마 하루 해가 착실히 걸릴 것이다. 전신으로 찌뿌듯한 피로를 느끼며 이번에는 내가 손님에게 입을 열었다.

"초면에 실례가 많습니다만 몇 말씀만 더 묻겠습니다. 천자 들어가는 마을이 모두 3개라구 하셨는데 K군을 중심으로 해서 거리와 방향들이 어떻게 됩니까?"

"천마면은 동쪽으루 시오리쯤 떨어져 있구 송천리는 거기서 다시 오리쯤 더 들어갑니다. 허지만 구천동은 서북쪽에 있구 여기서 아마 사십 리쯤 들어가야 될 겝니다."

"그럼 천마면과 송천리는 같은 방향에 붙어 있는 셈이군요?"

"그렇죠."

"그곳에 혹시 여관 같은 건 없습니까?"

"여관은 없구 여인숙이 하나 있습니다."

문득 저쪽 좌석에서 3명의 손님들이 자리를 뜬다. 그들을 힐끗 바라보더니 이쪽 손님도 뒤따라 몸을 일으킨다.

"도움을 못 드려 안됐습니다. 동행이 있어서 전 그만 가보겠습니다."

"아 예, 감사합니다. 말씀 아주 고마웠습니다."

손님들이 우리 쪽을 힐끔거리며 하나 둘씩 다방을 나간다. 손중호가 콜라잔을 훌쩍 비우더니 조심스레 내 쪽을 돌아본다.

"어떻게 하시겠습니까? 늦긴 했지만 출발해 볼까요?"

“서두를 것 없네. 오늘은 그만 여기서 쉬세.”

“왠지 불길한 생각이 드는군요. 이러다 영영 못 찾구 마는 게 아닐까요?”

“못 찾아두 할 수 없지. 이왕 죽은 사람 너무 그렇게 신경쓰지 말게.”

“전 아무래도 알 수가 없습니다. 이런 외진 시골에서 그 어른 대체 무슨 사업을 하셨을까요?”

“산골에서 하면 뭘 했겠나, 내 생각엔 땅 좀 사서 과수원 딸린 농장 같은 걸 했던 것 같네.”

거리 쪽에서 느닷없이 마이크 소리가 크게 들린다.

“아, 아, 마이크 시험중입니다. 하나, 둘, 하나, 둘, 하나….”

귀청을 쩔 듯하던 마이크 소리가 다시 뚝 끊어진다. 손중호가 찌푸렸던 눈살을 펴며 생각난 듯 내 쪽을 돌아본다.

“이번 말구 선생님께선 그 양반을 언제 마지막 보셨죠?”

“기억이 별루 확실치는 않네만 62년도 겨울루 알고 있네.”

“그땐 고인께서 무슨 사업을 하셨습니까?”

“내가 알기룬 놀구 있었네. 빌딩두 아마 그때쯤 해서 팔았을 걸세.”

“선생님과 마지막 만나셨을 때 뭐 특별한 말씀은 없었습니까?”

“사업에 관해서는 별말 없었구 엉뚱한 얘기를 늘어놓더군.”

“어떤 엉뚱한 얘기였습니까?”

“우린 그날 가깝게 지내던 동창생 한 녀석의 장례식에 참석하구 돌아온 길이었네. 장지에서 돌아오니 기분들이 언짢아져서 잘 아는 왜식집에 들러 밤늦도록 진탕 술들을 퍼마셨지.”

“두 분이서만 말이죠?”

나는 대답 대신 고개를 끄덕였다.

오일규(吳一逵). 그의 죽음은 우리에겐 상당한 충격이었다. 나는 지금도 내 동창 중에 그러한 인물이 있었다는 것을 큰 긍지로 생각한다.

그는 우리와 중학교(舊制) 동창이었다. 나이가 같고 같은 학교를 나왔지만 우리는 누구나 모두 충심으로 그를 존경했다. 그의 높은 사회적 지위와 명성 때문이 아니었다. 그가 누렸던 지위와 명성을 우리는 그를 위해 오히려 미워했다. 물론 그에게도 인간적인 약점이 없었던 것은 아니다. 지나친 결백성과 도덕률 때문에 그는 몇몇 친구들로부터는 원리원칙만 너무 앞세우는 융통성 없는 인간이라는 비난도 받았다. 이것은 특히 그의 지위가 높아지자, 시기와 질투의 감정이 가중되어, 그를 한층 더 곤란하게 만든 점이었다. 그러나 이러한 약점에도 불구하고 그는 결코 우리의 기대를 배반하지 않았다. 언제나 그는 정의의 편에 서서 꿋꿋한 의지와 신념으로 우리의 존경심을 새롭게 했던 것이다. 그런데 이렇게 꿋꿋하던 사내가 그의 생애 최고의 정점에서 갑자기 교통사고를 당해 허무하게 죽어버린 것이다. 병이라도 들어 죽었더라도 우리의 놀라움이 그렇게 크지는 않았을 것이다. 장관급의 직위에까지 오른 그가 뜻밖에도 운전사의 부주의에 의해 교통사고로 죽은 것이다.

장례식은 요란했다. 현직 고관의 죽음이었기 때문에 장례식이 요란한 것은 당연한 일이었다. 동창들은 모두 참석했다. 너무 장례식이 거창해서 동창 중 몇 사람은 작은 목소리로 불평까지했다. 고인과 정작 가까웠던 그들이, 장례식의 거창한 공식절차 때문에 소외된 느낌이 들었기 때문이었다.

그런데 여기 생각지도 않았던 뜻밖의 진풍경이 우리의 눈길을 사로잡았다. 그것은 바로 오일규의 장례식에 김기범이 불쑥 나타난 사실이었다. 김기범이 오일규의 장례식에 나타나리라고는 우리 동창 중엔 아무도 생각 못했다. 오일규의 일방적인 절교(絶交) 선언으로 기범은 '그 일' 이후로는 일규에게 접근조차 할 수 없었기 때문이었다.

그러나 기범은 나타났다. 검은 양복에 검정 타이의 정장으로 기범은 일규가 고인이 되어서야 그의 유해 가까이에 꽃을 들고 나타난 것이었다. 동창들은 모두 놀랐다. 그러나 그들은 기범을 재빨리 이해했다.

동창들은 그때쯤에는 이미 기범의 사람됨을 속속들이 알고 있었다. 그는 필요하다고 생각되면 발길로 걷어차도 찾아오는 인간이었다. 그에게는 수치심은 고사하고 최소한의 자존심도 없어보였다. 그토록 오일규로부터 모진 박대와 경멸을 당하고도, 기범은 기범이기 때문에 일규의 장례식에 나올 수가 있었던 것이었다.

그러나 나는 알고 있었다. 일규와 기범 두 사람의 훌륭했던 과거를 알고 있었다. 어쩌면 그들은 숙명적으로 헤어지지 않으면 안 되는 불행한 한 쌍이었는지도 알 수 없었다. 그들은 겉으로 보기에는 극과 극의 인물들로 보였다. 그러나 그들은 극과 극인 채로 서로를 탐욕스레 두 손으로 굳게 움켜쥐고 있었다. 마치 자석의 양극과 음극처럼 그들은 끊임없이 서로를 탐내었다. 중학에 다닐 때의 그들의 관계가 바로 그러한 대표적인 관계였다. 그들은 친구였다. 일규는 어땠는지 모르지만 내가 아는 한은 기범만은 분명히 일규를 친구로 생각했다. 공부는 언제나 일규가 일등을 했다. 그러나 일규의 일등은 저 음흉한 기범의 비밀스런 양보 때문이었다. 나는 기범이 마음만 먹으면 언제라도 일규로부터 일등을 가로챌 수 있다는 것을 알고 있었다. 그러나 기범은 5년 동안 한 번도 그렇게 하지 않았다. 그는 일등을 잃을 망정 일규를 잃기는 싫었던 것이었다. 그러나 나는 이 사실을 먼 훗날에야 깨달았다. 일규가 죽어 땅 속에 묻힌 후에야 나는 그것을 기범으로부터 은밀하게 알아낸 것이었다.

일규를 땅에 묻은 날은 혹독하게 추운 겨울날이었다. 우리는 그날 장지에서 돌아오자 술집으로 직행하여 목마른 사람들처럼 술을 들이켰다. 그러나 내가 들이켠 술과 기범이 들이켠 술은 전혀 다른 성질의 술이었다. 나는 오일규의 죽음을 애도하기 위해 술을 들이켰고, 기범은 오일규의 죽음으로 허전해져서 술을 들이켠 것이었다.

"야 이 거지 같은 환쟁이놈아, 오일규 그놈 왜 그렇게 빨리 죽었을까?"

"아까워, 아까운 놈이야. 교통사고라니! 그놈의 재주가 너무 아까

152

워!"

"아깝데, 너는? 그놈 죽은 게 아깝기만 하데?"

"아깝지, 아깝지 않구! 그만큼 멋진 놈두 드물었어!"

"잘못 알았다. 미련한 놈이었어. 소처럼 미련하게 일만 하다가 죽은 놈이었어."

"네가 일규를 어떻게 아냐? 네깐 게 뭘 안다구 감히 일규를 입에 올리냐?"

기범은 순간 잔을 던지고 미친 듯이 웃기 시작했다. 너무나 돌연한 웃음이어서 나는 그때 꽤나 놀랐다. 기범이 그처럼 미친 듯이 웃는 것을 나는 그날 처음 보았다.

"그래, 네 말이 맞다. 나는 그놈을 입에 올릴 자격이 없다. 허지만 누가 그놈을 진심으로 사랑한 줄 아냐? 너희냐? 너희가 그놈을 사랑한 줄 아냐?"

나는 긴장했다. 그의 눈에서 번쩍이는 눈물을 보았기 때문이다.

"너는 그놈이 아깝다구 했지만 나는 그놈이 죽어 세상 살맛이 없어졌다. 나는 살기가 울적할 때마다 허공에서 그놈의 쌍판을 찾았다. 나는 그놈을 통해서만 살아가는 재미와 기쁨을 느꼈다. 그러나 그놈 역시 사정은 나하구 똑같았다. 나를 발길로 걷어찼지만 그놈은 나를 잊은 적이 없다. 우리는 서로 사랑했지만 사랑하는 방법이 달랐을 뿐이다."

나는 술이 깨는 것을 느꼈다. 처음으로 나는 기범의 말에서 일규를 해체하려는 기범의 간교한 음모를 보았다. 일규는 기범과 부닥치자 가장 불길하게 해체되기 시작했다. 그럴 듯한 음모였지만 나는 참을 수 없는 모욕감을 느꼈다.

"도둑놈아, 억지 쓰지 마라. 너는 파렴치범에 불과하지만 일규는 전신으로 세상을 산 놈이다. 아무리 네가 잡아 흔들어도 일규는 절대로 쓰러지지 않는다."

"천만에, 나는 안다. 그놈은 운좋은 삼류 무사(武士)에 불과했다.

뽑아 본 일 없는 칼을 차고 질 수 없는 전쟁만 멋들어지게 해온 놈이
다. 나는 세상이 가장 혼탁할 때는 일규가 어디 있는지 본 일이 없다.
그놈이 칼을 뽑았을 때는 누군가가 위기를 제거해서 세상이 더없이 편
안해진 후다. 이것이 바로 무사의 허풍스런 참모습이고 무사가 너희한
테 존경과 사랑받는 소치인 것이다.”

“너는 그럼 그런 일규를 왜 허공에서 찾은 거냐? 왜 일규가 없어진
지금 살맛이 없다구 하는 거냐?”

“세상은 주인이 필요하다, 광대 같은 주인 말이다. 무대에 누군가가
있어야 할 것 아니냐? 무대를 비워 둘 순 없지 않냐? 내가 일규를 필
요로 하는 건 그 녀석이 무대 위에 서서 너희들이 살아가는 간판 구실
을 잘 해내기 때문이다.”

“좋다, 네 쪽은 그렇다 치자. 허지만 일규 쪽에서는 왜 너를 필요로
한다는 이야기냐?”

“무사가 칼을 차고 지나가면 그 뒤엔 그를 칭송할 악사(樂士)가 필
요한 법이다. 칼이 허리에서 절그럭거려서 무사는 자기 입으로는 자찬
의 노래를 읊을 수가 없다. 악사는 바로 이런 때를 대비했다가 무사의
눈짓이 날아올 때 재빨리 악기를 꺼내 황홀한 음악을 탄금하는 것이
다. 이것이 바로 무사와 악사가 서로를 경멸하면서도 사이좋게 살아가
는 우정이다.”

“너는 그럼 무사 뒤에서 무슨 즐거움으로 세상을 사는 거냐?”

“즐거움이라고? 우리에겐 아프지 않고 배고프지 않은 것이 즐거움이
다. 나는 살고 있어서, 살아 남아서 고마울 뿐이다. 사람이 산다는 것
에 너는 그 이상 무슨 뜻이 있다는 거냐?”

“사람이 사는 데 그 정도의 의미밖에 없다면 사람과 동물과 대체 뭐
가 다른 거냐? 네놈의 그 추잡한 행각들을 변호하기 위해 너는 너 자
신의 사는 의미까지 죽일 셈이냐?”

“네 말은 순서가 틀렸다. 사는 의미를 죽이기 위해 나는 지금까지
열심으로 살아왔다. 세상은 서 푼어치 밥이나 먹여 주고 우리한테 너

무 많은 고통들을 강요한다. 너도 정신이 올바로 박혔으면 네 과거를 한 번 돌아봐라. 일제시대와 대동아전쟁, 조국의 해방과 남북분단, 6·25 사변과 동족상잔, 4·19 의거와 5·16 혁명…뭘 했냐 너는? 이 때 너는 어디 있었냐? 네가 한 일이 대체 뭐냐? 우린 모두가 살아남은 게 고작이었다. 반만년 역사동안 우리 영감들이 그랬듯이 우리도 그냥 똥이나 싸고 아침 저녁으로 자식들이나 만들었을 뿐이다. 36년 동안 일제하에 있으면서 이천만 동포는 무얼 한 거냐? 대체 그들이 무얼 했 길래 일제가 물러가자 반민특위(反民特委)를 조직한 거냐? 정권이 한 번씩 바뀔 때마다 엄청난 애기들이 쏟아져 나온다. 그러나 그것들은 정권이 바뀌었을 때 비사(秘史)나 비록(秘錄)으로 공소시효 지난 후일 담으로나 나올 뿐이다. 무수한 양심이란 것들이 그것들의 진행을 목격 했지만 그것들이 진행될 동안은 누구 하나 끽소리 없었다. 그 많은 정 의와 양심들은 그때는 모두 어디 틀어박혀 있은 거냐? 이것이 바로 네 가 말하는 그 고결하고 존경받을 만한 '의의 있는 삶'이라는 거냐? 우 리는 악사다. 재산이라고는 아주 잘 트인 목청 하나밖에 가진 것이 없 다. 무사님들이 작업을 하실 때 우리는 뒷전에서 잘 한다, 옳소 하고 소리나 쳐주면 되는 거다. 배고프지 않고 아프지만 않으면 그것이 바 로 우리들이 사는 즐거움인 것이다.”

기범은 말을 마치자 쿨쩍쿨쩍 울기 시작했다. 그는 오일규를 해체하 려 했지만 자기가 해체된 것을 뒤늦게 깨달은 듯했다. 그의 하염없는 쿨쩍거림은 어쩌면 패배에 대한 솔직한 승복인지 알 수 없었다.

“나는 앞으로 10년만 더 살 거다. 10년만 더 살아보고는 미련 없이 죽어버릴 거다. 너도 그때까지 죽지 말고 내 사는 꼴을 보아주기 바란 다.”

나는 웃었다. 자존심과 분노라고는 터럭만큼도 없는 그에게서 나는 그날 처음으로 어설픈 발분(發憤)을 본 것이었다.

10년만 살고 죽겠다던 기범은 그러나 지금 진짜로 죽어버리고 말았 다. 그 16년을 어떻게 살았는지 나는 정말 진정으로 보고 싶은 것이다.

5

상쾌한 아침이다. 들에는 간밤에 침전된 찬 공기가 아직 흩어지지 않은 상태로 차분하게 가라앉아 있다. 옅은 안개가 깔린 데다가 이슬이 아직 마르지 않아 자갈투성이의 황톳길에서는 먼지도 별로 심하게 일지 않는다. 장방형의 검푸른 못자리 주위에는 바지를 무릎까지 걷어올린 농부들의 모습이 희뿌연 아침안개 속에 검은 실루엣으로 간간이 눈에 띈다. 허리를 굽혀 잡초를 뽑아내다가 그들은 차가 가까이 지나가면 물속에서 손을 뽑으며 무심한 표정으로 이쪽을 바라본다. 표정이 지워진 그들의 검은 얼굴은, 이른 아침의 찬 공기 속에서는 돌연히 움직임을 멈춘 자연의 일부 같은 느낌이다.

"일이 너무 공교롭군요."

"그렇군."

"누굴까요 대체?"

"아는 사람임엔 틀림없네."

"하루만 늦게 출발했어두 만났을 텐데. 우리가 공연히 일을 너무 서두른 것 같습니다."

"다 지난 일, 후회하면 무얼 하나. 그 사람이 그 동안 내려오기나 했으면 좋겠네만…."

사십 세 전후의 아낙네 한 명이 돼지를 몰고가다가 차를 피해 길 옆으로 붙어선다. 꼬리 밑에 노출된 암퇘지의 작은 성기(性器)가 농익어서 제물에 터진 짓무른 복숭아를 연상시킨다. 아마 짐승이 발정이 나서 아침부터 어딘가로 교미를 시키러 가는 모양이다. 차가 서서히 짐승 옆을 통과하자 손중호가 다시 조심스레 입을 연다.

"한 가지 아직두 미심쩍은 점이 있습니다."

"뭔가?"

"고인의 성(姓)이 김 씨가 아니구 황(黃) 씨라구 한 게 이상합니다."

"나두 그 점이 이상하긴 하네만 뭔가 곡절이 있을 걸세."

"곡절이라뇨?"

"가명을 쓴 게 아닌가 생각되네."

"왜 가명을 써야 했죠?"

"거기까진 나두 알 수가 없네만 고인의 성격상 그럴 가능성은 얼마든지 있네."

"허지만 한두 해두 아니구 십여 년 동안이나 가명을 쓸 필요가 있었을까요? 가명을 써서 몸을 숨길 만큼 고인한테 무슨 잘못이 있었던 것두 아니지 않습니까?"

"내 생각엔 잘못이 있어서 가명을 쓴 건 아니라구 보네. 일종의 새 출발을 한다는 의미루 가명을 쓸 수도 있지 않은가?"

손중호는 대답 대신 담배를 뽑아 문다. 새 출발. 그러나 그것도 별로 신빙성이 없는 이야기다. 딴 사람이라면 혹 몰라도 기범은 도저히 그럴 위인이 아니기 때문이다.

우리가 서둘러 새벽길을 떠난 것은 어젯밤에 우연히 전해진 전혀 엉뚱한 정보 때문이다. 여행일정이 예정보다 길어져서 손중호는 어젯밤 10시쯤 서울로 장거리 전화를 걸었다. 서울에서는 우리가 기범의 고향인 S군에 내려가 있을 것으로 알고 있고 이박삼일로 잡고 떠나 온 여행이라 오늘쯤은 서울로 상경할 것으로 알고 있었다. 일정이 늦어지고 행선지가 달라져서 손중호는 아내 채경에게 그 사실을 알리려고 전화를 걸었던 것이다. 그러나 전화를 넣고 보니 채경으로부터 전혀 엉뚱한 정보가 날아왔다. 우리가 서울을 떠난 바로 그날, 누군가가 집으로 전화를 걸어왔는데 신문광고를 뒤늦게 보았다면서 고인의 시체를 한번 볼 수 없느냐고 문의를 해왔다는 것이다. 시체를 이미 가매장한 후라 그 사람의 요구는 들어줄 수 없었다. 그 대신 채경은 그 사람에게 고인과의 관계를 세세히 캐물었으며, 그 사람이 알고 있는 고인의 특징들과 실제의 고인과의 사이에 상당한 유사점이 있다는 것을 발견했다. 특히 우리를 놀라게 한 것은 그 사람이 공교롭게도 우리가 현재

머문 K군 사람이라는 뜻밖의 사실이다. K군 구천동에 살고 있다고 자신을 밝히고, 고인과는 십여 년 가까이 함께 지냈다고 말했다는 것이다. 그가 말하는 고인의 특징 역시 몇 가지 부분은 엉뚱하지만 상당한 유사점을 지니고 있다. 광고에 나간 사진에는 고인이 가발을 쓰고 있었으나 그는 고인의 원래 머리가 맨머리라는 것을 알고 있었고, 특히 고인의 부리부리한 눈 등 신체적 특징들을 꽤 정확히 묘사하더라는 이야기다. 그러나 많은 유사점을 지적한 대신 그는 또 고인에 관해 전혀 엉뚱한 사실들을 말했다고 한다. 우선 가장 큰 의문점은 고인의 이름과 수염에 관한 그의 주장이다. 그는 자기가 알고 있는 고인은 김 씨가 아니고 황 씨라고 말했으며, 고인이 얼마 전까지도 수염을 길게 기르고 있었다고 한다. 한데 바로 이 말을 듣고 채경은 큰 실수를 저질렀다. 하긴 그녀로서는 어쩔 수 없는 실수인지 모른다. 이름이 다르고 수염이 있었다는 그 사람의 말에, 채경은 딱 잘라서 고인과는 그렇다면 다른 사람일 것이라고 말했다는 것이다. 채경의 부정적인 말을 듣자 상대는 곧 채경에게 바깥양반을 한 번 만나 뵐 수 없느냐고 물어왔던 모양이다. 그러나 그녀는 우리가 이미 고인의 고향인 S군으로 떠났다고 말했으며, 그 말을 듣자 상대편에서도 더 이상 아무 말 없이 알겠다고 말한 후 전화를 끊었다고 했다.

너무도 공교로운 일이었다. 우리는 무엇보다 고인의 현주소에 깜짝 놀랐다. 전화를 건 곳은 서울이지만 그 사람은 자기 입으로 K군 구천동에 살고 있노라고 말했다 한다. 만일 그의 말이 사실이라면 그는 우리가 찾고 있는 고인의 연고지와 같은 고장에 살고 있는 셈이다. 더구나 그는 구천동까지 말해 줌으로써 하늘천자가 들어가는 3개의 마을 중 정확히 한 마을을 우리에게 간접적으로 지적해 준 셈이다. 하루만 늦게 출발했더라도 우리는 그를 서울에서 만날 뻔했다. 그 사람의 이름을 알아내지 못한 것이 현재의 우리에게는 무엇보다도 안타까운 일이다. 그러나 사흘 전에 전화를 걸었었다니 그는 어쩌면 그 동안에 고향인 구천동으로 내려왔는지도 알 수 없다. 우리가 아침 일찍 K군을 떠난 것은 채경으로부터 바로 이러한 뜻밖의 사실들을 전해 들었기 때문이다.

차가 어느 틈에 들길을 지나 공덕비(功德碑)가 줄지어 늘어선 작은 산굽이를 지나간다. 지금은 산으로 둘러싸인 내륙의 오지(奧地)에 불과하지만, K군은 과거에는 남도에서 손꼽히던 일급 고을에 속했던 구도(舊都)다. 산굽이에 늘어선 무수한 공덕비는, 아마 그 당시에 이 고을을 다녀간 많은 지방 사또들의 공을 기려 세워진 비일 것이다. 대로변에 너무 가까이 인접해 있어서 비신(碑身)들은 왕래하는 차들에 의해 암회색 흙덩이들을 덕지덕지 덮어쓰고 있다. 차가 산굽이를 천천히 돌아가자 손중호가 다시 생각난 듯 입을 연다.

"고인에겐 참 선생님말고는 가까운 친구분이 없었습니까?"

"친구가 왜 없겠나. 허지만 위인의 행동거지가 신실(信實)치를 못해서 겉으로는 반가운 체해두 누구 하나 사람 대접을 하지 않았네. 본인두 이걸 알고 있어서 나말구는 별루 찾아다닌 사람이 없네."

"선생님은 노상 신실치 못하다구 말씀하시는데 전 아직 고인의 어느 점이 신실치 못한지를 모르겠습니다. 더한 사람두 얼마든지 있는데 고인만 일방적으로 욕을 들을 까닭은 없지 않습니까?"

"당해 보지 않은 사람은 아무도 그 친구를 알 수 없지. 말이나 행동, 생각 따위에 도무지 표리가 없는 사람일세. 그리구 더 어처구니없는 일은 세상에 못할 짓을 해놓구두 그걸 도무지 부끄럽게 여기지 않는다는 거야. 이쪽에서 화가 치밀어 눈이 빠지게 욕을 해대면, 대번에 기가 죽어 가련한 표정으루 용서를 빌다가두, 용케 그 자리만 모면하면 다시 또 옛날로 돌아가 두 번 세 번씩 똑같은 짓을 반복하는 걸세. 화가 나서 욕을 하던 친구도 그 꼴을 보구는 입을 다무는 게 보통일세. 이 친구는 그게 상습이·아니라 생활습관처럼 온몸에 배어 버린 거야."

"선생님은 그래 어떤 경우를 당하셨습니까?"

"그 일이라면 나보다는 오일규가 된통 당한 셈이지."

"어떻게 당했는데요?"

나는 대답 대신 고개를 내저었다. 즐거운 내용도 아닌 얘기를 나는 더 이상 떠들고 싶지 않았다. 오일규가 당한 얘기는 사실 너무나 어처구니없는 것이었다. 여북했으면 오일규 같은 사람이 공개적으로 절교장을 내어 기범을 자기 곁에 죽는 날까지 가까이 오지도 못하게 했겠는가. 하긴 이 사건에는 일규의 책임도 없지는 않다. 기범의 사람됨을 가장 잘 알고 있을 오일규가 뜻밖에도 그를 믿고 엉뚱한 중임을 맡긴 것이다. 일규는 결국 이 사건으로 해서 그의 일생 중 가장 괴로운 패배를 맛보아야 했다. 승리를 바로 목전에 두고 그는 가장 믿었던 사람으로부터 치명적인 배신을 당한 것이다.

사건은 우리가 너무나 잘 아는 19××년의 민의원 선거 때의 일이다. 일규에게는 원래 정치적인 야심이 도사리고 있었다. 그는 강직하고 신념이 투철해서 모든 친구들로부터 존경과 신뢰를 받아왔다. 그러나 정치적인 야심에 관한 한은 일규는 입이 열이라도 변명할 여지가 없다. 그를 좋지 않게 생각하는 사람들은 바로 이 점을 들어 일규를 호되게 공격하기도 한다. 그의 강직성과 꿋꿋한 신념도 사실은 모두가 정치적인 야심의 장기포석에 불과하다는 이야기다.

그러나 내가 보건대는 이들의 비난에는 묘한 등식이 작용하고 있는 것 같다. 권력은 악이고 정치는 나쁘다는 소위 전통적인 한국인 특유의 패배주의적인 발상 말이다. 나는 그러나 일규에게만은 그러한 등식은 부당한 것이라고 믿고 있다. 정치적인 야심은 나쁜 것이 아니다. 능력이 있고 집념이 있다면 누구라도 야심은 지닐 만한 가치가 있다. 야심 자체를 비난한다는 것은 너무나 협량한 소인배의 생각인 것이다.

일규는 어쨌건 무서운 야심을 몸에 숨긴 채 그해의 선거를 겨냥하고 무려 3년 전부터 차근차근 기반을 구축했다. 집회라는 집회에는 거의 빠짐없이 얼굴을 내밀었고, 들고 나가는 지방유지들을 거의 매일같이 버스 정류장에서 맞고 보냈으며, 새로 소개받은 사람들의 이름을 뛰어난 기억력으로 낱낱이 암기했고, 축의금·부의금·찬조금 따위도 사재를 털다시피 하여 아낌없이 뿌렸던 것이다. 그러나 그에게 무엇보다

힘이 되었던 것은, 고향인 S법원 지청에 현직 판사로 있었다는 점이었다. 3년 가까이 법원에 머물면서 그는 꾸준히 자기 이미지를 키워 나갔다. 영전될 기회도 여러 차례 있었지만 그는 번번이 그런 기회를 포기했다. 반대자들의 비난 그대로 일규는 드러나지 않게 열심히 장기포석을 깔아 나간 셈이었다.

이러한 노력이 주효했음인지 일규는 드디어 제일 야당인 D당의 공천을 받아내는 데 성공했다. 군민(郡民)들은 놀랐다. 아니 누구보다 놀란 사람은 D당과 라이벌 관계에 놓여 있는 집권당인 L당의 공천자였다. 상대가 뜻밖의 인물인데다가 너무나 그 이미지가 알차고 신선했기 때문이었다. 아직 선거전에 돌입하기 전인데도 민심은 입과 입을 통해 급속도로 일규에게 기울기 시작했다. 참신하고 강직한 그의 이미지가 순박한 S군민에게 뜻밖의 선풍을 불러일으킨 것이었다. 그러나 일규에게는 조직의 기반이 전혀 없었다. 지구당 기반이 있기는 했으나 그것들은 일규에게는 오히려 없느니만 못했다. 5년씩이나 지구당을 이끌어 온 위원장이 공천과정에서 일규에게 패배하자 조직을 완전히 박살을 내고 물러갔기 때문이었다. 촉박한 시간에 쫓기게 된 일규는 서둘러 자기 조직을 새로 구축하기 시작했다.

그는 타성과 나태에 젖어 있는 구조직원을 무자비할 정도로 과감히 축출해 버렸다. 자기의 이미지가 신선한 이상 조직원의 이미지 역시 신선할 필요가 있다고 판단한 때문이었다. 많은 선거 조직원이 새로이 포섭되고 선발되었다. 신선한 이미지가 첫째 조건이라 그들은 모두 정치 초년병으로서 매사에 눈물겹도록 성실하고 열심이었다. 그러나 일규에게는 뜻밖의 고민이 하나 생겼다. 선거란 신선한 이미지와 열성만으로 되는 것이 아니었다. 승자가 있고 패자가 있는 이상 어차피 페어플레이는 불가능한 것이었다. 적에게서 날아오는 모함과 중상과 술수를 막기 위해 이쪽에서도 그에 대응할 수 있는 반칙과 속임수가 필요한 것이었다. 그러나 그의 조직원들 중에는 그럴 만한 인물이 한 명도 없었다. 오일규 자신의 성격들을 닮아서 대부분의 조직원이 우직한 성실성과 열성뿐이었다. 그러자 언뜻 그의 머릿속에 한 인물이 떠올랐다. 그런 추악한 싸움에는 그는 그야말로 최적의 인물이었다. 그라면 어떠한 비열한 상대에도 눈썹 하나 까딱 않고 무서운 카운터 펀치를 먹일 수 있었다. 바로 이러한 때를 위해 그는 이 세상에 태어난 인물이었다. 일규는 곧 바쁜 시간을 쪼개어 자신이 직접 서울로 올라갔다. 그가 마침 서울에 살고 있어서 정중히 S군으로 초빙해 오기 위해서였다. 기범은 드디어 일규에게 잡혀 그날 밤차로 S군으로 내려왔다. 기범의 표현을 빌리자면 그것은 '불쾌하지 않은 정중한 유괴'였던 것이다.

정중한 초빙에 보답이나 하듯 기범은 그 다음날부터 즉시 작업에 착수했다. 배반과 반전(反轉)의 명수답게 기범은 과연 뛰어난 실력을 발휘했다. 그는 대담하고 무자비했으며 무엇보다 상대편의 숨은 약점을 잘 알았다. 배반의 심리를 철저하게 체득하고 있는 그는 적측에서 상상도 못 할 기발한 술수로 공격을 퍼부었다. 간혹 상대편이 비열한 역습을 가해 왔으나 그는 그것을 더 큰 반칙으로 되갚았다. 어떠한 술수나 모략이 가해져도 그는 도무지 당황하는 빛이 없었다. 마치 그쯤은 예기하고 있었다는 듯 그는 그것을 재빨리 뒤집어 역으로 되찌르는 것이었다. 그는 다른 조직원들처럼 장터나 거리로 뛰어다니는 일이 없었다. 모든 조직원이 선거 유세장으로 몰려갔을 때도 기범만은 사무실에 혼자 남아 무료하게 다음 작전을 구상하곤 했다. 많은 숫자의 조직원이 있었지만 그는 누구와도 상의하는 일이 없었다. 겉으로는 늘 놀고 있는 듯한 표정이었으나 그에게서는 무수한 반칙들이 조직원들의 놀람과 경탄 속에 끊임없이 새롭게 태어났다. 일규는 드디어 회심의 미소를 떠올렸다. 그는 기범이 새 반칙을 낼 때마다 당혹과 놀라움에 사로잡혀 괴로운 표정을 짓곤 했다. 어느 땐가는 기범의 면전에서 자신도 모르게 화를 벌컥 낸 일도 있었다. 그러나 그는 기범을 이해했고 그의 권고를 번번이 받아들였다. 모략과 술수가 난비하는 싸움이라 일규로서도 어쩔 수 없이 그의 권고를 따르기로 한 것이었다.

선거전은 드디어 막바지에 이르렀다. 공격과 역습이 반복되는 사이에 싸움은 차츰 열도를 더해 갔다. 전세는 누가 보더라도 일규 쪽의 일방적인 우세였다. 수세에 몰린 적측에서는 초조해진 나머지 한층 비열한 반칙을 가해 왔다. 그러나 적측이 반칙을 가해 오면 일규도 지체없이 더 큰 반칙으로 응수했다. 그토록 강직하고 점잖던 일규조차도 이때쯤에는 기범을 향해 더 치명적인 반칙을 끊임없이 요구하게 된 것이었다.

그러나 선거전을 사흘 앞둔 어느 날 이 치열한 선거전의 막바지에 상식을 뒤엎는 돌연한 사태가 벌어졌다. 그것은 아무도 예측하지 못했고, 도무지 믿어지지 않는 파천황(破天荒)의 반전이었다. 기범이 갑자기 일규를 버리고 어제까지도 적으로 싸워온 K당의 후보에게 예고 없이 돌아서 버린 것이었다.

일규는 기가 막혔다. 그는 기범을 이해할 수 없었고 배신의 동기가 어떤 것인지 알 수가 없었다. 기범이 품음 직한 온갖 불만들을 일규는 침통한 표정으로 골똘히 생각해 보았다. 그러나 아무리 골똘히 생각해도 기범의 돌연한 배반에는 납득할 만한 이유가 없었다. 마치 가까운 이웃집에 마을 가듯이 떠나버린 그가 일규에게는 상상을 초월한 불가사의한 기행(奇行)으로만 비쳤을 뿐이었다. 일규는 훗날 이때 겪은 기범의 배신을 '광인의 파행'(爬行)이라는 고상한 말로 표현했다. 아마 그로서는 그때의 일은 생각하기도 싫은 끔찍한 악몽일 것이었다.

기범의 돌연한 파천황의 배반은 막바지에 이른 선거전에 엄청난 충격과 반전(反轉)을 가해 왔다. 이쪽의 약점과 전략들을 속속들이 알고 있는 김기범은 즉시 새로운 주인을 위해 그의 실력을 유감없이 발휘했다. 엄청난 기밀과 약점들이 기범의 작전에 따라 백일하에 노출되었다. 일규는 분노로 치를 떨면서 최선을 다해 기범의 공격을 막아보려 했다. 그러나 헛수고였다. 그가 열을 올려 반격하면 할수록 일규는 자신도 모르게 점점 깊은 수렁으로 함몰할 뿐이었다. 반칙의 명수인 기범에게는 그는 도저히 적수가 되지 못했던 것이었다.

　　결국 일규는 다 이겼던 선거전에서 최후의 3일을 견디지 못해 무참하게 역전패를 당하고 말았다. 패배는 쓰라렸다. 아니 그는 패배 자체보다 기범의 돌연한 배반에 더욱 침통한 패배감을 느꼈다. 그는 아무리 생각을 거듭해도 기범의 배반을 이해할 수가 없었다. 어째서 그가 최후의 순간에 자기를 버렸는지 전혀 이해가 되지 않았다. 그런데 이러한 일규에게 어느 날 뜻밖에도 기범이 스스로 찾아왔다. 일규는 순간 전신의 피가 거꾸로 솟는 듯한 분노를 느꼈다. 그의 얼굴을 보는 것만으로도 일규는 전신이 떨렸고 걷잡을 수 없는 분노에 사로잡혔다. 그러나 그는 분노를 억누르고 아무 말 없이 기범을 집 안으로 맞아들였다. 기범은 마침 쑥스러운 표정으로 손에 청주 한 병을 들고 나타났다. 두 사람은 곧 술상을 차려 무릎들을 서로 맞대고 아무 말 없이 잔을 기울였다. 술잔이 얼마쯤 교환되자 일규는 드디어 차분한 음성으로 입을 열었다. 나는 그때 현장에 없었으므로 두 사람의 대화가 어떤 것이었는지 자세히는 모른다. 그 일이 있은 열흘쯤 후에야 나는 각각 다른 장소에서 두 사람의 입을 통해 서로 다른 이야기를 전해 들었을 뿐인 것이다. 두 사람의 이야기를 종합해 보면 대강 다음과 같은 이야기가 아니었나 싶다.

　　일규가 첫번째로 꺼낸 얘기는 기범이 자기를 배반한 동기에 관한 질문이었다. 그는 선거가 끝난 후에도 이 점이 가장 마음 아팠고 괴로웠다 한다. 배반의 동기가 이해되지 않아 그것이 일규에게는 더 큰 고통으로 되었는지도 알 수 없다. 일규의 질문을 받은 기범은 한참을 망설이다가 이윽고 솔직히 모든 내막을 털어놓았다. 그는 어렴풋이 예측한 일이지만 돈에 팔려 배반한 것이었다. 친구인 일규에게는 차마 돈 얘기를 꺼낼 수가 없어서 며칠을 혼자 고민하다가 그는 부득이 배반을 결심하게 되었다는 이야기이다. 얼마의 돈을 받았는지는 기범은 끝내 고백하지 않았다. 거액일 것이라고 추측될 뿐, 기범은 돈의 액수는 끝내 비밀로 묻어버린 것이었다.

　　그러나 일규의 이야기와는 달리 기범은 그때의 상황에 대해 왠지 석

연한 대답을 하지 못했다. 돈에 팔린 것이 사실이냐는 질문에도 그는
큰 눈을 껌벅이며 누가 그러더냐고 반문할 뿐이었다. 부정도 긍정도
아닌 애매한 말로 기범은 이상하게도 그때의 일을 애매모호하게 얼버
무리는 것이었다. 결국 내가 추측한 바로는 돈에 팔린 것만은 거의 확
실한 사실인 것 같다. 몇 마디 기괴한 변명이 있었지만 그것은 전혀
문제삼을 만한 이야기가 아니었다. 내가 계속해서 다그쳐 묻자 그는
마지못한 듯 이렇게 혼잣말을 중얼거린 것이었다.
　"한 번 진 것이 그렇게두 아팠을까 … 모두가 저를 위해서 큰맘 먹구
한 짓이었는데 … ."
　이 사건이 있은 후로 기범은 눈에 띄게 기가 죽고 말이 없어졌다.
일규가 절교를 선언한 것은 바로 이때쯤이 아닌가 생각된다. 아무리
뱃심 좋은 기범이었지만 그는 그 사건 후로는 친구들을 차츰 멀리하는
눈치였다. 아마 스스로 생각해도 자신의 잘못이 좀 과했다고 생각되는
모양이었다. 기범을 가급적 좋게 봐주려고 노력해 온 나였지만, 이때
이후로는 나 역시도 왠지 그가 싫어졌던 것이다.

<h2 style="text-align:center">6</h2>

　차가 험난한 산굽이를 돌아들자 눈앞에 드디어 작은 마을이 나타난
다.
　이상한 마을이다. 사방으로 산들이 거인의 어깨처럼 둘러 있고, 그
사이로 하늘 한 조각이 하얀 은화처럼 조그맣게 뚫려 있다. 괴석들이
박힌 작은 돌개천이 마을을 길게 꿰뚫어 사행(蛇行)으로 흐르고 있고,
집들은 개천을 중심으로 하여 양쪽의 가파른 산비탈에 계단식으로 층
층이 자리잡고 있다. 오전 10시가 가까운 시간인데도 마을은 높은 산
에 가려 햇빛을 거의 볼 수가 없다. 숲과 괴석과 어둠에 묻혀 마을에
는 묘하게도 찬 기류의 띠가 냉랭하게 흐르는 것 같다.

"지독하군요. 이건 아예 화전민 부락이 아닙니까?"

K군에서 대충 이야기를 들었지만 마을은 과연 지독하게 가난해 보인다. 오십여 호에 달하는 밀접한 집들 중에 초가집이 아닌 것은 손으로 겨우 꼽을 정도다. 차가 개천 앞에 다다르자 손중호는 서서히 차를 세운다. 개천은 폭이 십 미터쯤 되어 보였고, 수량(水量)은 많지 않으나 물살이 퍽 급한 편이다. 다리가 하나 있긴 한데 차가 건너가기에는 터무니없이 빈약하다. 통나무로 엮어 놓은 엉성한 다리로서 차량용 다리가 아니고 우마차용 다리인 것이다.

"어떻게 건너죠?"

"물 속으로 건너가면 안 되겠나?"

"깊이를 알 수가 있어야죠. 한 번 빠져 버리면 오도가도 못 합니다."

흰 한복에 긴 장대를 손에 든 노인이 마침 다리를 건너 이쪽으로 오고 있다. 노인이 걸음을 옮길 때마다 기다란 장대 끝이 휘청휘청 춤을 춘다. 손중호가 곧 윈도를 내리고 노인을 향해 커다랗게 입을 연다.

"영감님, 말씀 좀 여쭙겠습니다. 이 개천 물이 얼마나 깊습니까?"

"물매는 급해두 깊지는 않수. 저쪽 윗여울루 올라가면 개천을 쉽게 건널 수 있소이다."

"고맙습니다."

윈도를 올리고 발동을 걸더니 손중호는 차를 조심스레 개천 밑으로 몰고 간다. 윗여울이라고 말한 곳은 과연 하상(河床)이 아주 높다. 자갈이 질펀히 깔려 있어서 바퀴가 빠질 위험도 없다. 기어를 몇 번 조작하더니 손중호는 곧 물속으로 차를 몬다. 바퀴의 공전(空轉)을 염려해서 차는 느리게 개천을 건너간다. 물살이 몇 번 범퍼 위로 튀어오르더니 차는 어느 틈에 땅 위로 올라와 있다. 밋밋한 제방 위로 올라서자 길은 곧 마을과 연결된다.

길은 개천을 오른쪽으로 끼고 마을을 길게 꿰뚫고 있다. 그늘에 묻힌 긴 마을에 차가 나타나자 마을 꼬마들이 줄레줄레 길 쪽으로 내려온다. 갈색 탄피 같은 매끄러운 피부를 지닌 꼬마들은, 얼굴에는 호기

심이 가득했지만 차체로는 좀체로 가까이 접근하지 않는다. 손중호는
곧 마을 중심부로 믿어지는 작은 공터 앞에 차를 세운다.

"파출소가 보입니다."

"그렇군."

차를 내린 손중호와 나는 공터를 가로질러 파출소 앞으로 다가간다.
드디어 목적지에 왔다고 생각하니 왠지 몸 속으로 가벼운 흥분이 느껴
진다. 도대체 김기범은 이런 산골에서 무슨 사업을 한 것일까? 농장이
아닐까 하고 생각했었는데 이곳에는 농장을 일굴 만한 너른 들도 눈에
띄지 않는다. 밭이라야 겨우 가파른 산비탈에 계단식 작은 공터들이
드문드문 보일 뿐이다.

창문을 통해 우리의 접근을 보고 있던 순경들이 우리가 안으로 들어
서자 친절한 몸짓으로 맞아준다. 예비군 군복이 네 사람이고 순경은
겨우 두 사람뿐이다. 손중호가 곧 목례를 한 후 순경을 향해 침착하게
입을 연다.

"실례합니다. 사람을 좀 찾아왔는데요."

"예, 누굴 찾으십니까?"

"김기범이라는 사람인데 이 사진을 좀 봐주십시오."

손중호가 사진을 건네주자 순경과 청년들이 몸을 빼고 사진을 들여
다본다. 그러나 사진을 들여다보던 그들은 저마다 고개를 내젓고는 시
무룩한 표정으로 뒤로 물러선다. 순경이 곧 사진을 돌려주며 손중호를
향해 사무적으로 입을 연다.

"죄송합니다. 처음 보는 사람입니다. 제가 알기론 구천동에는 이런
사람이 살지 않습니다."

"분명한가요?"

"예. 주민수가 얼마 안 돼서 이 고을 사람들은 모르는 사람이 거의
없습니다. 우리가 모르는 사람이면 그분은 분명히 구천동에 사는 분
이 아닙니다."

"다시 한 번만 봐주십시오. 실은 이 사진은 본래의 얼굴과 다를지도

모릅니다. 사진에는 머리털이 있습니다만 이 사람은 원래 머리를 박박 깎았습니다. 그리구 사진에는 수염이 없습니다만 전에는 턱밑과 코밑으로 수염이 아주 탐스럽게 난 적두 있습니다."

순경과 청년들이 다시 몰려들어 기웃기웃 사진들을 넘겨다본다. 그러자 갑자기 그들 사이에서 청년 한 명이 깜짝 놀라듯 소리를 친다.

"황 도인(黃道人)이에요. 잘 보세요. 자 이렇게 머리를 가리면 눈하구 코가 황도인하구 꼭 닮았어요!"

"그렇군, 황도인이군. 한데 이 양반이 왜 이런 엉뚱한 몸차림을 하구 있지?"

순경을 포함한 네 명의 청년들이 이번에는 일제히 손중호와 나를 바라본다. 손중호가 곧 사진을 찾아들며 침착하게 입을 연다.

"사정은 차후에 말씀드리겠습니다. 이 양반이 사시던 곳을 우리한테 지금 좀 알려줄 수 없겠습니까?"

"알려드리죠. 그러지 않아두 마을에선 모두 궁금히들 생각하구 있었습니다."

순경이 말을 마치고 모자를 집어들며 우리 두 사람을 번갈아 바라본다. 손중호가 잠시 내 쪽을 돌아본 뒤 아무 말 없이 순경과 함께 파출소를 나간다.

밖으로 나오니 차 주위에 동네 꼬마들이 빼곡하게 둘러서 있다. 아낙네들까지도 신기한 표정으로 고개를 길게 빼고 차 안을 기웃거린다. 손중호가 앞서 차 쪽으로 걸어가며 순경에게 다시 조심스레 입을 연다.

"얼마나 됩니까, 그분 댁까지?"

"위쪽으로 한 이 킬로쯤 올라갑니다."

"차로 갈 수 있는 곳입니까?"

"예, 길은 험하지만 차는 얼마든지 갈 수 있습니다."

차 주위에 둘러섰던 꼬마들이, 일행이 가까이 가자 네댓 걸음씩 뒤로 물러선다. 순경과 내가 차에 오르자 손중호가 곧 느린 속도로 차를 몬다. 이번에는 내가 순경에게 묻는다.

"황 도인이라구 부르시는 것 같던데 그 분 이름은 어떻게 되십니까?"

"별규(奎) 자에 주석석(錫) 잡니다."

"황규석?"

"예."

"그게 호적상의 이름입니까?"

"글쎄요, 그것까진 확인해 보지 않았는데요."

털빛이 까만 염소 한 마리가 목에 긴 줄을 늘인 채 달리는 차 앞길로 껑충껑충 뛰어간다. 차가 잠시 멈춰서서야 염소는 안심한 듯 부리나케 길옆으로 비켜선다. 이번에는 순경 쪽에서 손중호에게 묻는다.

"실례지만 선생님들은 어디서들 오셨습니까?"

"서울입니다."

"황 도인님하구는 인척간이 되십니까?"

"아뇨."

"그런데 어째 이런 시골까지 그 분을 찾아오신 거죠?"

"사정이 있어섭니다. 실은 그 분께서 며칠 전에 교통사고루 돌아가셨습니다."

"뭐라구요?"

우리는 갑자기 면구해져서 입을 다문 채 말들이 없다. 얼마쯤 넋나간 듯 우리를 바라보더니 순경이 다시 우리에게 따지듯 묻는다.

"어쩌다 그런 변을 당하셨죠? 댁들이 사고를 저질렀나요?"

"아니올시다. 사고를 낸 사람은 이미 경찰에 구속됐습니다. 우린 그분의 연고자를 찾다가 우연히 여기까지 찾아오게 된 겁니다."

"그래 황 도인께서는 언제 돌아가셨습니까?"

"지난 5월 4일날입니다."

"그럼 벌써 열흘이 다 되어가지 않습니까?"

"예, 가족이나 연고자를 찾다가 도저히 찾을 수가 없어서 경찰 입회하에 가매장을 했습니다. 참 혹시 그 분한테 직계 가족은 없는지요?"

“없습니다. 가족은 없구 약포(藥圃)를 함께 관리하던 임(林) 씨라는
사람이 있습니다.”
“임씨요?”
“예, 그러지 않아두 그 사람이 어제 서울을 다녀왔습니다. 집 나가
신 지 벌써 보름이 다 돼가는데두 도인께서 돌아오시질 않아 궁금해서
다녀온다구 하더군요. 그 좋은 분이 돌아가시다니 우린 정말 믿어지질
않습니다.”
“서울엔 도인께서 자주 올라가셨던 모양이죠?”
“아뇨, 서울엔 늘 임 씨가 올라가군 했습니다. 도인 당신은 일 년 내
내 읍내에두 잘 나가시지 않았습니다.”
“임 씨는 무슨 일로 서울에 자주 올라갔습니까?”
“건재를 팔러 올라가군 했죠.”
“건재라뇨?”
“큰 약포를 하구 있기 때문에 거기서 일 년 내내 많은 건재(乾材)가
나옵니다. 그걸 읍내루 실어 나가서는 화물차 편으로 서울루 올려가군
했습니다.”
골짝이 갑자기 좁아지더니 길은 개천을 끼고 점점 숲이 짙은 깊은
산 속으로 뻗어갔다. 골짝이 워낙 어둡고 음습해서 주위의 짙은 숲과
함께 묘한 위압감을 주고 있다. 물이 잦아진 하얀 자갈밭을 건너서자
손중호가 다시 순경에게 묻는다.
“도인께선 그럼 약포만 하시구 마을에두 통 안 내려오셨던가요?”
“웬걸요. 약포 일은 임 씨한테 맡기시구 걸핏하면 마을루 내려오시
군 했습니다. 진맥(診脈)을 잘하시구 침을 잘 놓으셔서 마을에는 없어
서는 안 될 소중한 분이셨습니다.”
“진맥을 하시구 침을 잘 놓으셨다면 도인께서 그럼 한의사 노릇을
하셨단 말씀입니까?”
“정식 한의원은 아니셨지만 병을 아주 잘 보셨습니다. 그리구 환자
를 치료해 주시구두 돈을 받아본 일이 없으신 분입니다.”

　손중호가 재빨리 눈을 들어 룸 미러 속으로 나를 잠깐 바라본다. 그의 눈짓이 무엇을 뜻하는가 나는 쉽게 알아차린다. 우리가 아는 김기범은 이미 옛날의 그가 아니다. 너무나 엄청난 변신이어서 그는 우리의 상상 밖에 존재한다. 어떻게 옛날의 김기범이 이러한 변신을 갖게 되었는지 알 수가 없다. 순경이 지껄이는 몇 마디의 말만으로도 우리는 그의 변신이 얼마나 기상천외하고 철저한 것인가를 알 수 있다.

　"도인께서 이 마을에 오신 건 언제쯤인지 모르십니까?"

　"전 여기 온 지가 이 년밖에 되질 않아서 그 분이 오실 당시의 일은 하나도 모릅니다. 허지만 마을 사람들의 얘기로는 오신 지가 퍽 오래된 것처럼 말들 하더군요."

　"그리구 참 이름이 별도루 있는데두 왜 그 분을 도인이라구 부르시는거죠?"

　"머리를 깎으시구 수염을 기르셔서 풍채가 꼭 도인같이 보이셨습니다. 허지만 그 분의 풍채보다는 좀더 다른 뜻으루 그렇게들 부른 게 아닌가 싶습니다."

　"다른 뜻이라뇨?"

　"도무지 화를 내시거나 언짢아하시는 걸 보지 못한 어른입니다. 서루 치구받구 대판으루 싸우다가두 그 분만 곁에 나타나면 싸움이 괜히 싱거워질 정도였죠. 하시는 일이나 모든 행동이 글자 그대루 도인 같은 분이셨습니다."

　"싸움을 어떻게 말렸는데요?"

　"말리는 방법이 좀 특별한 분이었습니다. 보통 사람은 싸움을 말릴 때 양쪽을 꾸짖어서 떼어놓는 게 보통인데, 그 분은 떼어놓기는 고사하구 이쪽 저쪽에 응원을 하는 겁니다. 쳐라, 받아라, 물어라 하시면서 손뼉을 딱딱 쳐가며 당신이 더욱 열을 내시곤 했습니다."

　"그렇게 해가지구 어떻게 싸움이 말려지죠?"

　"안 될 것 같은데 그게 되니까 신통합니다. 한참 죽자사자 정신없이 싸우다가두 그 분이 나타나서 응원을 하면 양쪽이 제물에 주먹을 풀구 물러섭니다. 갑자기 그 어른의 응원 소릴 듣구는 싸울 생각들이 없어지는 때문이죠."

"혹시 그 분의 과거에 대해서는 누구 아는 사람이 없었습니까?"

"예전에 중이었다는 말두 있구, 전과자라는 말두 있습니다. 허지만 그분의 과거에 대해서는 아무두 애써 알려구 들지를 않았습니다."

"주로 마을에 내려오셔서는 무얼루 소일을 하셨습니까?"

"대부분 그저 이집 저집에 일 거들러 다니시군 했죠. 병두 봐주시구 싸움두 말리시구 때로는 당신이 손수 송장까지 묻으시군 했습니다."

눈앞이 갑자기 확 트이더니 거대한 골짝 속에 넓은 개활지가 나타난다. 오른쪽 산비탈에 집 두 채가 나란히 서 있고 개활지는 거의 전부가 개간이 되어 무언가가 심겨져 있다. 순경이 손을 들어 멀리 보이는 두 채의 집을 가리킨다.

"저기가 바루 황도인 댁입니다. 마침 임 씨가 나와 있군요."

나는 몸을 앞으로 기울이고 차창을 통해 골짝 일대를 둘러본다. 골짝이 길게 동서쪽으로 뻗어 있어서 이곳은 마을과는 달리 햇살이 눈부시게 온 골짝을 덮고 있다. 약포를 한다던 순경의 말대로 드넓은 골짝 일대에는 묘한 풀들이 정갈하게 심겨져 있다. 땅엔 원래 자갈이 많았던지 밭두덕은 거의 전부가 허리 높이의 기다란 돌무더기다. 골짝을 찬찬히 둘러보자니 왠지 가슴 속에 묘한 감회가 뭉클하게 솟아오른다. 이곳이 바로 저 요란하던 김기범이 십 년 동안이나 소문 없이 묻혀 산 땅이다. 이 적막한 산골짝에서 기범은 대체 무슨 생각들을 하고 있었을까? 왜 그는 도시를 떠나 이런 골짝에 묻혀 살 결심을 한 것일까? 그러나 기범이 이미 죽었으니 이 의문은 영원히 풀 길이 없다. 차가 어느 틈에 집 앞에 닿아 우리는 서둘러 차에서 내린다.

"웬일들이십니까?"

줄줄이 내리는 우리를 보고 임 씨라는 사람이 순경에게 묻는 말이다.

"손님들입니다. 서울서 오셨는데 도인님 소식을 알아오신 모양입니다."

손중호가 곧 순경의 말을 받아 임 씨를 향해 깍듯이 인사를 한다.

"손중호라는 사람입니다. 불행한 소식이라 말씀 여쭙기가 괴롭습니다."

임 씨가 대뜸 눈치채고 손중호를 향해 급히 묻는다.

"혹시 며칠 전에 신문에다가 광고를 내신 분이 아니십니까?"

"맞습니다. 제가 냈습니다. 며칠 전 저희 집으루 전화를 주셨다구 하더군요."

임 씨가 잠시 할 말을 잃고 망연한 표정으로 골짝 쪽을 바라본다. 한동안 묵묵히 말이 없더니 임 씨가 이번에는 나를 향해 입을 연다.

"혹시 정동근(鄭東根) 선생님이 아니십니까?"

"맞소이다. 헌데 내 이름을 어떻게 아시우?"

"집에 정 선생님 사진이 있습니다. 도인께서 가끔 사진을 보시며 선생님 말씀을 하시곤 했습니다."

뜻밖의 이야기다. 기범이 이런 산 속에 살면서도 내 얘기를 했으리라고는 전혀 예측하지 못한 일이다. 나는 왠지 가슴이 답답해서 임 씨를 외면한 채 급히 화제를 딴 곳으로 돌린다.

"그 사람 살던 방을 구경하고 싶소이다. 우리를 좀 안내해 주시겠소?"

"예. 어서들 오십시오."

임 씨가 곧 우리를 안내하여 집 안으로 들어선다. 대문을 밀고 집 안으로 들어서니 우선 눈앞에 넓은 앞뜰이 정갈스레 펼쳐져 있다. 사방으로 빙 둘러 높은 토담이 둘리어진 집 안은, 어딘가 산간의 암자 같은 묘한 정밀(精密)과 고요 속에 잠겨 있다. 약초가 널린 넓은 앞마당을 통과하자 임 씨가 앞서 대청 위로 오르며 우리를 다시 돌아본다.

"자 어서들 올라오십시오. 바루 이 방이 선생님께서 거처하시던 방입니다."

동남향을 향해 일자로 앉은 집은 시골집들이 대개 그렇듯 처마가 얕고 기둥들이 모두 통나무 그대로다. 그러나 오랫동안 정성스레 손질이 된 듯 마룻장과 기둥들은 때 하나 없이 반들반들 윤이 난다. 신들을 벗고 마루 위로 올라서자 순경이 홀로 처져 마당에 선 채 입을 연다.

"임 씨, 난 그럼 가봐야겠소. 예까지 나온 김에 수리봉에 잠깐 들렀다 오리다."

"그러시죠, 다녀오십시오."

"자 선생님들, 다음에 또 뵙겠습니다. 전 볼일이 있어 여기서 그만 실례를 해야 되겠습니다."

"예, 오늘 참 고마웠습니다. 돌아가는 길에 파출소에 다시 들르겠습니다."

"그럼 일들 보십시오."

"예, 안녕히 가십시오."

순경이 몸을 돌려 휘적휘적 대문 쪽으로 걸어간다. 잠시 후, 우리는 임 씨의 안내로 기범이 거처했다는 황 도인의 방으로 들어선다.

칸 반쯤 되는 기범의 방에는 한약 내음이 물씬 풍긴다. 가구라고는 탁자 하나뿐 방 안에 온통 약봉지들과 약재를 다루는 기구들뿐이다. 작두, 절구, 약연, 저울에, 탁자에는 한방에 관계되는 한의서들까지 수북히 쌓여 있다. 언제부터 그가 한의학에 관해 이토록 큰 관심을 기울여왔는지 알 길이 없다. 어쩌면 이것은 그의 고향에서 잠깐 만나 본 김태범이라는 이름의 사촌형의 영향인지 모른다. 김태범은 바로 김기범의 고향에서 고령에도 불구하고 한약방을 열고 있었던 것이다.

초면의 어색한 분위기가 가셔지자 우리는 곧 친숙하게 대화를 나누었다. 임 씨는 나이가 서른대여섯쯤 되어 보였고 얼굴도 길고 사지도 길어서 어딘가 인상이 가냘파 보이는 사내였다. 그러나 가냘픈 인상과는 달리 그는 언행이 몹시 신중했고 말씨로 보아 공부도 퍽 많이 한 사람 같았다. 감정을 좀체 얼굴 위로 드러내지 않은 채 그는 우선 손중호에게 사건 경위부터 꼬치꼬치 캐물었다. 손중호는 임 씨의 차분한 질문에 시종 죄스러운 표정으로 사건의 전말을 소상히 들려주었다. 그는 특히 보상문제를 임 씨와 진지하게 상의했다. 임 씨는 그러나 두 가지 모두를 고개를 내저어 완강하게 사양했다. 보상이란 자기로서는 생각조차 해본 일이 없고, 시체의 뒤처리 문제 역시 현재로서는 연고자가 없으니 가매장 그대로가 좋지 않겠느냐는 조심스런 의견이었다.

사건경위와 뒤처리 문제는 이것으로 대강 논의가 끝났다. 우리는 곧 화제를 돌려 고인의 생시의 일을 담담하게 화제로 삼았다. 내가 먼저 임 씨에게 고인과의 관계를 물었다.

"임 씨는 언제 어디서 고인과 처음 알게 되셨소?"

"1963년 영등포역에서 처음 뵈었습니다."

"알게 된 동기는 어떤 거요?"

임 씨는 잠시 망설이는 듯하다가 수줍은 표정으로 조심스레 입을 열었다.

"부끄러운 얘깁니다만 전 그때 빈사지경을 헤매구 있었습니다. 4년 가까이 결핵을 앓았는데 병이 깊어져서 역 앞에 나가 구걸을 하고 있었죠. 다행히 그 분께서 절 보시구는 그 길루 곧장 병원에 입원을 시키셨습니다. 이것이 바로 인연이 되어 그 분과 6개월 후에 이리로 내려오게 된 겁니다."

"여기엔 그럼 무슨 연고루 내려오게 되었소이까?"

"연고는 별로 없었던 걸로 알구 있습니다. 깊은 산골을 찾아다니다가 우연히 이곳에 정착하게 된 것입니다."

"원래 그 사람은 도회지에서 살던 사람인데 왜 그때 도시를 버리구 깊은 산골을 찾았는지 모르겠군?"

"처음엔 저두 많이 궁금하게 생각했습니다. 뭔가 세상에 죄를 짓구 숨어 사는 분이 아닌가 했습니다. 더구나 이리루 들어오시자 머리를 깎구 수염까지 기르셨거든요. 그러나 오래 뫼시구 살다 보니 저대루 차츰 납득이 갔습니다. 한마디로 말하기는 어렵지만 세상에 뭔가 실망을 느끼신 게 아닌가 싶습니다."

"본인이 그런 말을 한 적이 있소?"

"과거 얘기는 좀체 안 하시는 편이었는데 언젠가는 내게 그 비슷한 말씀을 하시더군요. 듣기에 따라서는 궤변 같지만 그 분은 남하구 다른 묘한 철학을 지니구 계셨습니다."

"그걸 한 번 들려줄 수 없소?"

"그 분은 세상이 어지럽구 더러울 때는 그것을 구하는 방법이 한 가지밖에 없다구 하셨습니다. 세상을 좀더 썩게 해서 더 이상 그 세상에 썩을 것이 없도록 만들어야 한다는 것입니다. 그걸 썩지 않게 고치려구 했다가는 공연히 사람만 상하구 힘만 배루 든다는 것입니다. '모두 썩어라, 철저히 썩어라'가 그 분이 세상을 보는 이상한 눈입니다. 제 나름의 어설픈 추측입니다만 그 분은 사람만이 지닌 이상한 초능력을 믿으시는 것 같았습니다. 사람은 온갖 악행에도 불구하고 자기 스스로를 송두리째 포기하지는 않는다는 것입니다. 세상이 철저히 썩어서 더 썩을 것이 없게 되면 사람은 살아 남기 위해 언젠가는 스스로 자구책을 쓴다는 것입니다. 당신은 바로 그걸 믿으셨고, 이러한 자기 생각을 부정(不正)의 미학이라는 묘한 말루 부르시기두 했습니다."

나는 순간 가슴 한구석에 뭔가가 미미하게 부딪쳐 오는 진동을 느꼈다. 진동의 진상은 확실치 않지만, 나는 그것이 기범을 이해하는 어떤 열쇠가 아닌가 생각했다. 그의 온갖 기행과 궤변들이 어지러운 혼란 속에서 그제야 언뜻 한 가닥의 질서 위에 어렴풋이 늘어서는 것이었다.

"헌데 세상에 대해 그런 생각을 지닌 사람이 갑자기 왜 세상을 등지구 이런 산속에 박혀 사는 거요?"

"당신께서 아끼시던 친구 한 분이 갑자기 세상을 버리셨다구 하시더군요. 그때 아마 충격을 받으시구 이리루 들어오신 게 아닌가 싶습니다."

"누구랍니까, 그 친구가?"

"이름은 말씀 안 하시구 그 분을 언제나 '미련한 놈'이라구만 부르셨습니다."

오일규다. 나는 그제야 오일규의 장례식 후에 기범이 격렬하게 지껄인 저 시끄럽던 요설들이 생각났다. 어쩌면 기범은 그때 이미 세상을 등질 결심을 했는지도 알 수 없다. 아니 그는 그 얼마 후에 내 앞에서 정말로 깨끗하게 사라져버린 것이다.

"그래 그 친구가 죽은 후로 왜 세상을 등졌답디까?"

"세상 살 재미가 없어졌다구 하시더군요. 아마 친구분을 꽤나 좋아하셨던 모양입니다. 그 미련한 놈이 죽어버렸으니 자기도 앞으로는 미련하게 살밖에 없노라구 하셨습니다. 당신이 미련하다고 말씀하는 건 우습게 들리시겠지만 착한 일을 뜻하시는 것이었습니다."

"그래서 이곳에 온 후 사람이 갑자기 달라진 거요?"

"전 그 분의 과거를 몰라서 어떻게 달라졌는지는 잘 모릅니다. 허지만 이곳에 오신 후로는 그 분은 거의 남을 위해서만 사셨습니다. 제가 생명을 구한 것두 순전히 그 분의 덕입니다."

나는 다시 기범이 지껄였던 과거의 요설들이 생각난다. 세상을 항상 역(逆)으로만 바라보던 그의 난해성이 또 한 번 나를 혼란 속에 빠뜨린다. 그는 어쩌면 이 세상을 역순(逆順)과 역행(逆行)에 의해 누구보다 열심으로 가장 솔직하게 살다 간 것 같다. 그에게 악과 선은 등과 배가 서로 맞붙은 동위(同位) 동질(同質)의 것이었는지도 알 수 없다. 그는 악과 선 중 아무것도 믿지 않았고 오직 믿은 것이라고는 세상에는 아무것도 믿을 것이 없다는 사실뿐이었다. 그와 오일규가 맞부딪쳤을 때 오일규가 해체되는 것은 너무나 당연하다. 그것은 가장 비열한 삶이 가장 올바른 삶을 해체시키는 역설적인 예인 것이다.

"참 헌데 그 사람이 서울에는 무슨 일로 올라갔더랬소?"

"저두 그것만은 알 수가 없습니다. 한마디 말씀두 없이 어느 날 그냥 온데간데없이 떠나셨습니다. 왜 떠나셨는지, 행선지가 어딘지 전 도무지 들은 일이 없습니다."

"허지만 당신은 그 사람을 찾아서 서울까지 다녀오지 않았소? 행선지두 몰랐다면 어떻게 그 사람이 서울에 있을 거라구 생각한 거요?"

"그건 순전히 제 짐작이었을 뿐입니다. 얼마 전부터 선생님께선 거동이 약간 수상했습니다. 그때 우연히 서울 말씀을 하시길래 혹시 서울이 아닐까 하구 막연한 짐작으로 올라가 본 것입니다."

"서울에 갈 거라는 말이 있었소?"

"건재를 단골루 내는 집이 있어서 일 년이면 제가 두세 번씩 꼭꼭 서울루 올라가군 했더랬죠. 헌데 금년엔 무슨 생각이 드셨든지 나 대신에 당신께서 올라가시겠다구 하더군요. 몇 년을 살아두 그런 얘기가 없던 분이라 나는 그때 그 말씀을 듣구 적지않이 놀랐습니다. 아니나 다를까, 이번에 서울에 올라가 보니 당신께서 정말 건재상에 들러 돈을 찾아갖구 가셨더군요."

"아 미처 그 말을 못 했군. 그 돈은 바로 내가 보관하고 있소이다. 이번에 서울 올라가면 그 돈은 즉시 우편으로 부쳐드리리다. 헌데 방금 근자에 들어 거동이 약간 수상하다구 말한 것 같은데 어떤 거동이 수상했는지 구체적으루 말해 줄 수 없소?"

"꼬집어 말할 수는 없습니다만 왠지 자주 역정과 짜증을 내시더군요. 그리구 전에는 걸핏하면 마을루 내려가셨는데 두 달 전부터는 외출두 않으시구 줄곧 방 안에만 들어앉아 무언가를 골똘히 생각하구 계셨습니다. 말씀을 걸어두 대답을 않구 심지어는 환자가 찾아와두 아프시다는 핑계루 내다보지두 않으셨습니다."

"그래 당신 생각에는 그 까닭이 뭐 같습디까?"

"까닭은 전혀 알 수가 없었습니다. 가끔 한숨 쉬듯이 혼자말씀을 지껄이시기는 하셨는데, 그것두 나로서는 통 모르는 소리였습니다."

"지껄인 말들이 대강 어떤 것들이었소?"

"전혀 종잡을 수가 없었습니다. 제일 자주 지껄이신 말씀은, 미련한 짓 이젠 고만하구 옳게 살구 싶다는 것이었습니다."

"옳게 산다?"

"예."

침묵이 흐른다. 나는 다시 생각에 잠겨 맞은편 벽에 걸린 당귀(當

歸) 라는 약봉지를 바라본다. 기범의 말을 빌리면, 오일규가 죽은 후 그는 살맛이 없어 이 산골로 숨어든 것이 된다. 그러나 십 년 넘게 소문 없이 숨어 산 이곳에서, 그는 다시 수염을 밀고 가발을 쓰고 옛날의 도회지로 조심스레 외출을 시작했다. 그는 대체 이번에 나와서는 어떤 방법으로 세상을 살아갈 셈이었을까? 아니 이번에는 무엇이 그를 이 산골에서 다시 도시로 내몬 것일까? 무엇보다 궁금한 것은 '미련한 짓 이젠 고만하고 옳게 살고 싶다'는 그의 말이다. 그에게 미련한 짓이란 우리에게는 옳은 짓이다. 그리고 그가 옳게 살고 싶다고 한 것은 분명 우리에게는 불길한 그 무엇이다. 그렇다면 그는 왜 요즘에야 다시 세상에 나오기로 결심한 것일까? 세상은 그를 초청한 일이 없다. 그리고 그의 악담처럼 내가 보기로는 이 세상에는 더 이상 썩을 것도 남아 있지 않다. 더구나 일규가 이미 죽어 버렸으니 그에게는 맞겨룰 상대조차 없는 셈이다. 기범은 그러나 다시 외출을 시작했고, 무언가 이 세상에 자기의 몫이 남아 있다고 믿는 것 같다.

그의 몫이 무엇인가는 내게는 끝내 풀 길 없는 수수께끼다.

(1976년 · 韓國文學)

흔들리는 땅

1

땅이 흔들린다. 차고에 늘어선 수십 대의 버스들이 통금이 해제되자마자 저마다 시동을 걸고 새벽 정비를 하고 있다. 첫차는 네 시 반에 떠나는 속초행(束草行) 급행 버스다.

몇 시나 되었을까? 머리맡에 뚫린 보도(步道) 블록 만한 창구멍은 성에가 두껍게 끼어 묵지(墨紙)처럼 새까맣다. 왼쪽 어깨가 유난히 서늘해서 두제〔朴斗祭〕는 어슴푸레한 잠결에 이불자락을 성급히 잡아당긴다. 그러나 당겨진 이불자락은 팽팽하게 힘을 받아 꼼짝도 하지 않는다. 두제는 그제야 자기 엉덩짝에 무언가가 말뚝처럼 꽉 버틴 것을 깨닫는다. '씨팔년 ….'

어젯밤 열두 시 임박해서 갑자기 찾아든 계집이다. 빵(교도소)에서 형섭(亨燮)이가 여섯 달 만에 풀려나와, 두제는 어제 모처럼 주머니를 털어 술을 샀다. 여덟 시부터 열 시까지는 재득(在得)이와 낙표(洛杓)가 술을 샀고, 그 뒤로는 두제 혼자서 열한 시 반까지 빼개지게 술을 산 것이다. 그러나 술집을 나올 때까지도 형섭을 제외하고는 나머지 세 사람은 별로 술이 취하지 않았다. 언젠가 한 번쯤은 그날이 있을 걸로 각오들을 했지만, 형섭의 너무 빠른 출소(出所)에 그들은 어쩌면 두려움을 느꼈는지도 알 수 없다. 그 동안 면회 한 번 못 간 것도 그들로서는 커다란 불찰이다. 내일 모레로 미루기만 하다 너무 빨리 형섭의 출소를 맞은 것이다.

낙표와 재득이가 취한 형섭을 끌고 갔고, 두제는 술집 셈을 가리다가 시간이 늦어 이 여인숙에 방을 잡았다. 벌써 이태째 이 터전으로 맴돌고 있었지만 두제가 이 여인숙에 들기는 이번으로 겨우 세 번째다. 두제가 여자를 멀리한다는 것은 이 근처 계집이라면 모르는 여자가 거의 없다. 어디가 고장이 나서 계집을 꺼리는 건 물론 아니다. 노랗다 못해 고추씨로 불리리만큼 두제는 계집 살 돈까지 끔찍이 아꼈던 것이다.

그런데 이 고추씨 두제에게 어떤 계집 하나가 겁없이 들이닥친 것이다. 방값 선불을 하고 막 옷을 벗고 이불을 둘러쓴 순간이었다. 누군가가 후닥닥 미닫이를 열더니 '아이 춰, 같이 자요' 하며 불문곡직하고 이불 속으로 기어든 것이다. 계집을 맞아들인 두제의 첫말은 이번에도 역시 '나가'였다.

"누구야? 나가."

"싫어요. 못 나가겠어요."

"쌍것아, 돈이 없다니까!"

"돈 없어두 좋아요."

"왜 이래 이거? 좋은 말 할 때 어서 꺼지라구!"

계집은 그러나 입을 다물고 갑자기 딴청을 쓰듯 사지에서 쑥 힘을 뽑았다. 흔들고 밀치고 발길로 걷어차도 계집은 죽은 듯이 꼼짝도 하지 않는다. 서너 번 같은 동작을 반복하던 두제는 갑자기 등신이라도 된 듯 계집의 전신을 우두커니 내려다본다. 온갖 계집들을 다 겪어 보았지만 이런 능글맞고 흉물스런 계집은 두제로서도 처음이다. 막혔던 술기운이 확 터지면서 두제는 그제야 맑은 정신이 번쩍 들었다. 봉창으로 비쳐든 어슴푸레한 달빛 속에 계집의 희멀건 가랑이가 짜릿하게 돋보인 것이다.

새 수법이다. 유류파동인가 지랄인가 때문에 요즘은 너나 없이 단군 이래의 불경기다. 여인숙의 계집들이라고 이런 불경기에서 제외됐을 리는 만무하다. 견디다 못한 여인숙 계집들이 이제는 육탄공세의 새 수법을 개발한 것이다.

계집의 희멀건 가랑이를 바라보자 두제는 불 같은 욕심이 솟구친다. 그러나 뒤미처 덜미를 짚는 것은, 계집에게 쥐어 줄 적지 않은 몸값이다. 더구나 그는 방금 나온 술집에서 오늘 벌이인 천육백 원을 고스란히 쏘셔박았다. 그 위에 다시 계집 몸값까지 치르기에는 오늘 하루의 씀씀이가 두제에게는 너무나 과중했던 것이다.

"여봐, 삼백 원뿐이야. 내 말 들어? 꼭 삼백 원 남았단 말이야. 그거라두 좋다문 참아주겠지만… 쌍것아, 대답을 하라구! 이게 누구 약을 올리나?"

계집은 대답 대신 갑자기 몸을 굴려 두제의 물건을 덥석 잡는다. 잔뜩 약이 오른 두제의 물건은 계집의 손길이 닿자 숨이 껌벅 넘어간다. 계집이 두제의 물건을 잡은 건 삼백 원으로도 좋다는 뜻이다. 속이고 속는 아리송한 흥정 끝에 두제는 급기야 계집을 와락 이불 속으로 끌어들였다.

그러나 삼백 원을 주고 산 계집은 두제 못지않은 노랭이였다. 두제는 원래 계집을 사면 하룻밤에 최소한 세 탕은 뛰어야 직성이 풀린다. 첫 탕은 준비운동으로 가볍게 한 번 훑어 내고, 둘째 탕은 빽적지근하게 본격적으로 쏟아 놓고, 마지막은 당분간 계집 생각이 안 날 만큼 최후의 한 방울까지 깨끗하게 훑는다는 식인 것이다. 그러나 이 노랭이 계집은 첫 탕을 뛰고 나자 등을 싹 돌려버렸다. 삼백 원을 선불로 쥐어 준 것부터가 어쩌면 두제의 큰 실수인지 알 수 없다. 한 번 더 뛰자는 요구에 계집은 안면을 싹 바꾸고 오백 원 아귀를 채우라며 손을 불쑥 내민 것이다. 두제는 아차 하고 마빡을 때렸지만 이제 와서 이백 원 때문에 알짜 진국을 포기할 수는 없었다. 세상은 이래서 공거라는 것이 없는 법이다. 오백 원 아귀를 마저 채우고야 계집은 히히덕거리며 가랑이를 다시 씩씩하게 벌려 준 것이다.

여인숙 밖 창틀 밑으로 언 땅을 밟는 발자국 소리가 부산하게 지나간다. 성에가 덕지로 낀 네모진 창으로는 어느 틈에 새벽빛이 부옇게 밝아오고 있다. 팽팽하게 당겨졌던 이불자락이 문득 힘을 풀고 제물에 스스로 늘어진다. 계집이 이쪽으로 몸을 굴리더니 팔꿈치로 두제의 옆구리를 가볍게 쿡쿡 찌르기 시작한다.

"이봐요, 아직 자우? 담배 있음 좀 꺼내 놔요."

담배는 있다. 그러나 두제는 들은 척도 하지 않는다. 담배도 돈이다. 열 개들이 한 갑에 오십 원씩 하는 '명승'은 한 개비에 무려 오 원씩 먹히고 있다. 두제는 벌써 이 년째 이 '명승'만을 사서 피운다. 길이가 짧고 개비수가 열 개여서 이 담배는 우선 양과 숫자에서 낭비가 적다. 술좌석 같은 데서 꺼내 놓더라도 이놈은 개비수가 적어 별로 속에 쓰리지 않은 것이다.

"이봐요, 있어요, 없어요?"

"없어."

계집은 잠시 말이 없다가 이불을 걷고 부스스 일어나 앉는다. 가려는가 하고 기다렸더니 계집은 자리를 일어나 두제가 벗어 놓은 점퍼와 바지를 끌어당긴다. 자는 척하고 누워 있던 두제는 번개처럼 팔을 뻗어 계집의 손등을 모질게 후려친다.

"놔 이년아! 감히 어따…!"

"아야!"

잠이 확 도망간다. 넉살 좋고 흉물스러운 것은 간밤에 겪어서 잘 알고 있었지만, 벗어 놓은 옷에 손까지 댈 줄은 생각지도 못한 버르장머리다. 두제의 세찬 위세에 눌렸던지 계집은 놀란 돼지처럼 눈만 뚜리뚜리 굴리고 있다. 계집을 한바탕 아래위로 꼬나본 뒤 두제는 자리를 일어나 주섬주섬 옷을 입는다.

　호되게 춥다. 어제 낮에는 버럭버럭 죽처럼 녹았던 길바닥이 지금은 돌처럼 얼어서 된서리가 하얗게 앉아 있다. 길 왼쪽의 거대한 정류장 건물이 불을 환히 밝히고 있다. 바른쪽은 시유지에 무허가로 지은 대폿집, 국밥집, 여인숙 따위가 처마를 맞대고 가지런히 늘어서 있다. 첫차를 오래 전에 떠나보낸 터미널은 손님들이 꾸역꾸역 꾀어들어 새벽부터 제법 활기를 띠고 있다. 눈곱을 달고 나온 구두닦이 학철(學哲)이 패가 어느 틈에 변소 뒤 공터에 타이어를 찢어 모닥불을 피워 놓고 있다. 지글지글 끓는 타이어 모닥불은, 불꽃은 탐스럽지만 냄새와 그을음이 고약하다. 밤새 합숙소에서 새우잠을 잤을 그들에게는, 그러나 그 고약한 불도 지옥에서 만난 관세음보살이다. 구두닦이 의자에 다리를 건들대고 올라앉은 채, 학철은 두제를 보자 가래침을 탁 등뒤로 뱉는다.

　"형섭이 형님이 나왔다면서요?"

　"응."

　"남숙이 때문에 어떡허죠? 사람은 없는데 찾아내랄 거 아닙니까?"

　두제는 대답 대신 고개를 홱 돌려버린다. 하긴 어제 술좌석에서도 남숙이 얘기가 없었던 건 아니다. 남숙이 얘기가 나올 때마다 두제와 재득, 낙표 세 사람은 화제를 슬쩍 딴 곳으로 돌렸던 것이다. 그러나 언제까지고 형섭의 입을 막을 수는 없다. 일의 발단을 따지자면, 잘못은 회사 감찰(監察)인 우필(雨弼)이라는 작자에게 있다. 그의 우악스런 손찌검 하나로 생각지도 못한 엄청난 사고가 터진 것이다.

　길 쪽으로 내뻗은 연탄난로 연통들에서 불그죽죽한 녹물과 함께 하얀 김들이 모락모락 피어 나온다. 정류장 근처에서 제일 먼저 문을 여는 집은, 해장국집과 잡화상과 유료 변소와 약방이다. 해장국은 주로 길 바른쪽의 밥집과 대폿집에서 팔고 있다. 속초행 첫차가 네 시 반에 있으니 이 집들은 최소한 네 시까지는 문을 열어야 된다. 날이 훤하게 밝아 오는 무렵이라 해장국집은 제법 손님들로 풍성하다. 이런 시간에 찾아드는 손님들은 대부분이 역 근처에 빌붙어 사는 토박이 떠돌이패들이다. 정비공, 차장, 구두닦이, 짐꾼, 그리고 손 빠른 쌔리(소매치기) 들과, 쎙고(가짜 고학생), 갸바이(차내 행상)가 대부분인 것이다. 종합터미널이 생기기 전까지는 이 근처 밥집들은 제법 수입이 좋았었다. 열두 개 회사의 그 많은 운전수와 차장, 조과장(조수)들이 모두 이 헐렁한 국밥집에 식권(食券)을 끊고 밥을 사먹은 때문이다. 그러나 종합터미널이 들어서고부터는 그 많은 운수회사 식솔들이 깨끗이 밥집들과 손을 끊었다. 회사에서 고맙게도 합숙소를 따로 지어 주어서, 그들은 냄비와 양재기를 사들고 그들이 손수 밥과 라면을 끓이게 된 것이다. 그러나 갸바이인 두제네 패들에게는 아직도 이 술집들이 훌륭한 거래처다. '제자리 보기'로 이 정류장에 터를 잡은 그들은 열흘에 한 번씩 셈만 가리면 얼마든지 사인 하나로 단골집에서 외상밥을 먹을 수가 있는 것이다.

"어서 옵쇼!"

문을 밀고 들어서는 두제에게 꼬마 대길(大吉)이가 고개를 꾸뻑 숙여 보인다. 김이 뿌옇게 술청을 뒤덮어서 대길은 미처 두제의 얼굴을 못 알아본 모양이다.

"낙표 안 왔냐?"

"네, 형님."

"해장국 빨리."

"네, 형님."

난로 근처의 따뜻한 자리는 조과장 한 패가 차지하고 있다. 바닥에는 먼저 다녀간 손님들이 해장국 뼈다귀를 난장판으로 뱉어 놓았다. 조과장 패들을 힐끗 바라보니 셋은 모르겠고 한 명은 낯이 익다. 갸바이를 탈없이 잘 하자면 무엇보다 조과장들과 잘 사귀어 둘 필요가 있다. 두제가 꾸뻑 아는 체를 하자 저쪽에서 대뜸 인사말이 온다.

"오래간만이우."

"예."

"요즘은 뭘 팔구 있수?"

"좀약입니다."

"잘 나가요?"

"형편없어요."

"앞으루 또 자주 만나게 생겼수. 나 오늘부터 광주(廣州) 행 완행을 타게 됐시다."

"그래요? 반갑습니다. 이거 정말 잘 부탁합니다."

돈 안 드는 인사라면 두제는 땅바닥에 무릎이라도 꿇을 수 있다. 해장술을 얼근히 걸친 녀석은 두제의 인사를 받자 한 마디 당부도 잊지 않는다.

"앞으룬 눈치 봐가며 잘해야 되우. 전처럼 또 눈치 없이 만원버스에서 고래고래 떠들지 말구."

"그런 염려는 잡아매 두십시오. 제가 어디 한두 해 그 장살 했습니까?"

"좌우간 앞으룬 큰 소리 안 나가게 피차 조심해서 잘해 봅시다."

"예, 예. 잘 부탁합니다."

해장국이 왔다. 숟가락을 찔러 국물을 휘저으니 밥티기는 별로 없고 우거지와 선지만 거무튀튀하게 떠오른다.

"야, 대길아!"

"네, 형님."

"이거 다시 말어. 난 선지는 싫다구 하지 않았어?"

"아차, 깜빡 잊어먹었습니다. 이리 주십쇼. 다시 말아 올리죠."

이 근처 음식점에서 쓰는 육붙이는, 거개가 정체가 모호한 광주리장 사로부터 공급받고 있다. 어디서 오는지는 알 수 없지만 그들은 언제나 어스름한 새벽녘이 아니면 캄캄한 밤에만 물건을 대주고 있다. 언젠가는 재득이가 주인 김 씨에게 고기가 어디서 오느냐고 슬쩍 한번 물어 본 일이 있다. 김 씨는 연필에 침칠을 하다 말고 입귀로 빙그레 웃으며 말머리를 슬쩍 이렇게 받은 것이다.

"독약 든 거 아니니까 안심하구 먹으라구. 푸줏간에서 제값 주구 고기를 사쓰다가는 여기서 밥장사 해먹을 놈 한 놈두 없을 게야. 단골이니까 한 가지만 일러두지. 고기 종류는 다 좋은데 선지나 창자는 가급적 안 먹는 게 좋아."

왜 먹지 말라는지에 대해서는, 김 씨는 끝내 아무 설명도 해주지 않았다. 두제가 선지를 피한 것은 바로 이 말을 듣고 난 후부터다.

해장국이 다시 왔다. 조과장 패들이 떠나가자 이번에는 쌔리 일당인 병학(炳學)이 패들이 들이닥친다. 피차 한터전에서 밥을 벌고 있지만 갸바이와 쌔리패들과는 얼굴이나 겨우 알고 지낼 정도다. 양쪽의 생업이 전혀 달라서, 갸바이패에서 쌔리패들을 은근히 경계하고 멀리하는 때문이다.

"어이 고추씨, 오래간만인데?"

"말조심해."

"낼부터는 피차 괴롭게 생겼어."

"무슨 수작이야?"

"천천히 기다리면 알게 될 거야. 까딱하면 이 정류장두 오늘 밤으루 문을 닫을지 모른다구."

빈 속에 뜨거운 국물이 들어가서 두제는 전신으로 비 오듯이 땀을 흘린다. 그러나 그는 콧물을 훌쩍 들이마시고 의아한 눈길로 칼잡이 승남(勝男)을 돌아본다.

"문을 닫다니 무슨 소리야?"

"닥쳐, 짜샤! 주둥이 한 번 되게 싸다!"

두제를 향해 하는 말이 아니고, 병학이 승남을 향해 꾸짖는 말이다. 주인 김 씨도 어느 틈에 들었는지 바닥의 뼈다귀를 쓸다 말고 빗자루를 든 채 엉거주춤 허리를 편다.

"아니 그게 무슨 소리야? 이 역을 그럼 닫게 된다는 이야긴가?"

"김 씨두 귀 하나는 되게 밝구려. 농담이오, 농담. 그런 일 없을 테니 안심하슈."

"농담으루 흘릴 말이 따루 있지, 그건 농담두 아닌 것 같은데?"

"아따 농담이라면 농담인 줄 알지 뭘 그렇게 꼬치꼬치 따지슈? 그런 걱정은 깨끗이 접어두구 여기 얼른 국밥이나 네 그릇 말아 주슈."

"대길아, 국밥 넷!"

"네, 국밥 넷이요!"

무슨 내막인지는 알 수 없으나 놈들은 시치밀 떼듯 태평하게 담배들을 붙여 문다. 두제는 곧 찬물로 입을 가신 후 외상 장부에 사인을 하기 위해 의자를 물리고 천천히 몸을 일으킨다.

2

"야, 형섭아."

"어….."

"간다, 나."

"어, 가봐."

"이거 받아 둬."

재득은 누워 있는 형섭에게 오백 원권 두 장을 건네준다. 아직도 술기가 덜 가셨는지 형섭의 두 눈은 벌겋게 핏발이 돋아 있다. 두어 번 껌벅이던 형섭이 이불 속에서 팔을 뻗어 말없이 돈을 받는다. 재득이 막 몸을 돌리자 형섭이 생각난 듯 불쑥 묻는다.

"담배 있음 놓구 가."

재득이 주머니를 뒤적여 구겨진 담뱃갑을 꺼내 든다. 주둥이를 북 찢어 개비수를 확인한 뒤 자기가 먼저 한 개비를 뽑아 물고 나머지를 툭 방바닥으로 떨어뜨린다. 성냥을 쳐서 불을 붙이자 형섭이 부스스 이불을 들치고 일어나 앉는다.

"낙표는 나갔냐?"

188

“응.”

“요즘은 뭐냐?”

“난 옷핀이구 그 새끼는 살라민 연고야.”

살라민 연고는 원래 형섭의 전문 종목이다. 형섭이 빵에 들어간 사이에 낙표가 그것을 슬쩍 가로챈 모양이다. 그러나 갸바이에게는 물품보다 고정 노선(路線)이 더 소중하다. 그냥 떠나기가 민망했던지 재득이 드디어 가방을 내려놓고 자리에 앉는다.

“뭘 좀 먹어야지?”

“생각 없어.”

“우린 아침에 라면 끓였다. 아직 부엌에 두 개 남았어.”

형섭은 그 말에는 대꾸 없이 재득의 얼굴을 가는 눈으로 바라본다. 재득이 후딱 시선을 옮기자 형섭이 기어이 난처한 질문을 한다.

“어됐냐, 남숙이?”

“몰라.”

“나두 눈치루 대강 알아. 너들이 말 안 해두 뭔가 잘못됐다는 건 알구 있다.”

“알면 됐으니까 더 이상 묻지 마라. 자, 난 그럼 가봐야겠다. 물건이 떨어져서 물건 받으러 가는 길이다.”

붙잡을 것으로 알았는데 형섭은 더 이상 말이 없다. 방에서 뒤뜰로 내려선 재득은 잠시 발을 세우고 안채 쪽의 기척을 살핀다. 방세가 석 달이나 밀려 있어서 주인 여편네는 요즘 만나기만 하면 악다구니다. 하긴 하는 일 없이 방세로만 살아가는 그녀에게는 석 달이나 방세가 밀렸으니 악다구니는 당연하다. 더구나 요즘 딴 방들은 월 육천 원씩 하던 방세를 천 원을 더 올려 칠천 원씩 받고 있다. 천 원이나 손해보는 것도 억울한 판에 석 달씩이나 방세가 밀렸으니 그녀의 악다구니는 백 번 생각해도 당연한 것이다.

안채 쪽에 아무런 기척이 없자 재득은 드디어 발뒤꿈치를 들고 뒤뜰을 돌아나간다. 겨우내 햇빛 한 번 안 드는 뒤뜰은 하수도가 얼어터져서 수챗물이 번들번들 유리처럼 얼어붙었다. 블록담 모서리의 싯누런 얼음은 누군가가 또 오줌을 내쏟은 때문일 것이다. 순전히 세를 받기 위해 지어 놓은 뒤채에는 기다란 일자집에 방만 무려 다섯 개가 된다. 안뜰로 꺾어지는 첫째 방에는 연탄가게를 하고 있는 남(南) 씨 내외가 살고 있고, 그 다음 방에는 터미널 청소부인 여주댁과 아들이 들어 있고, 그 다음은 다시 번데기 행상인 서(徐) 씨 형제가 살고 있고, 넷째 방에는 구두 수선공인 홀아비 강(姜) 씨가 혼자 살고 있고, 맨 끝의 다섯째 방에 재득과 낙표가 들어 있는 것이다. 그러나 이 다섯 개의 방들 중에 오줌을 담 밑에 내쏟는 버릇은 다섯 집이 모두 공통적이다. 여름에는 지린내가 진동해서 연탄재를 뿌려 가며 서로가 은근히 감시를 하지만, 변소가 워낙 멀리 대문 옆에 붙어 있어서, 겨울철에는 남의 눈만 없으면 다섯 방에서 다투듯이 깡통의 오줌을 소리 안 나게 담 밑으로 쏟는 것이다.

"여봐요!"

재득이 막 안뜰로 들어서자 건넛방 미닫이가 화닥닥 열린다. 쥐도 새도 모르게 빠져나가는 그들을, 오늘만은 주인 여편네가 잠복해서 기다린 것 같다. '여봐요' 소리에 너무 놀라서 재득은 울컥 자기 자신에게 화가 치민다. 도둑질을 하다가 들킨 것도 아닌데, 이렇게 맥을 못 쓰고 죽어지낼 필요는 없는 것이다.

"뭡니까, 아주머니?"

"새벽에 방 복덕방에 내놓았수."

"네?"

"집세 이젠 필요 없수. 우리 집에서 나가줘야겠어."

"아주머니 … ."

"긴말 해봐야 숨만 가쁘니까, 그렇게 알구 짐이나 꾸려 놔요."

"아따, 방세드리겠습니다. 몇 푼 된다구 우리가 그걸 떼먹겠습니까? 지금 돈 받으러 나가는 길입니다. 오늘 저녁엔 틀림없습니다."

"아뭇소리 마시우. 그깐 방세 나 안 받어두 산다구요. 짐 안 싸면 우리가 짐들 대문 밖에 들어내겠수. 그리구 참 방세두 방세지만, 전기세 수도세하구 똥값은 지금 내줘야겠수.”

“지금은 돈이 없습니다. 그것두 저녁에 드리겠습니다.”

“안 돼요. 시계 끌러요. 불 키구 물 쓰구 변소 썼으면 그런 건 미리미리 가려야 하잖우? 저녁엔 딴 사람이 들어올지도 모르니까 시곌 끄르든가 돈을 내든가 지금 당장 해결해요.”

재득은 잠자코 서서 주인 여편네의 얼굴을 쏘아본다. 핏기 없는 하얀 피부에 잔주름이 거미발처럼 가득히 얽혀 있다. 서울 토박이인 이 여편네는 아무리 독살스러운 말도, 언성 하나 높이지 않는다. 자기 할 말만 야무지게 뱉어 놓고, 상대편 사정 따위는 들으려고도 하지 않는다. 방을 복덕방에 내놓았다는 것도 단순한 엄포만은 아닐 것이다. 사정이 통하지 않을 것을 알자, 재득은 드디어 한 발 뒤로 물러선다.

“얼마죠, 전부?”

“두 달치 이천 원이우.”

“웬 게 그렇게 많습니까?”

“전기세 칠백 원, 물세 이백 원, 그리구 똥값이 백 원이우. 댁들은 그나마 봐줘서 그래요. 쓰레기값은 치지두 않았수.”

자기는 전등 세 개에 텔레비전과 다리미와 전기곤로까지 쓰고 있다. 그러나 그녀의 전기세, 물세 환산법은 그 사용량이 문제가 아니라, 가구당 차등 없이 똑같이 분배해야 옳다는 주장이다. 언젠가 누가 항의를 제출했더니, 그래도 집주인인 자기 쪽이 어딘가 은근히 손해를 본다는 이야기다. 자기들은 아껴 초저녁에 일찍 잠들을 자지만, 세든 사람들은 무슨 심본지 걸핏하면 밤새도록 불을 켜 둔 채 잠을 자더라는 불평인 것이다.

“자, 여기 있습니다.”

“얼마유, 그게?”

“천 원입니다.”

“왜 천 원이우?”

"나머진 저녁에 드리겠습니다. 돈이 전부 그것뿐입니다."

집주인이 드디어 손을 내밀어 낚아채듯 돈을 받는다. 재득이 후딱 몸을 돌리자 등뒤로 화닥닥 미닫이 닫히는 소리가 울린다.

재득의 숙소에서 PR 사(社)까지는 걸어서 불과 칠팔 분 거리밖에 되지 않는다. 재득은 그러나 구두 밑바닥에 못이 솟아올라서, 그놈을 다시 수선하느라고 구둣방에 들러 약 오 분쯤 시간을 허비했다. 사방으로 쏘다니는 것이 직업이어서 재득은 구두를 사면 잘 신어야 반 년이다. 이번 구두는 동대문 시장에서 불과 한 달 전에 천 원을 주고 산 것이다. 갸바이는 딴 직업과 달라 몸치레를 함부로 할 수가 없다. 주둥이 하나로 노가리를 까는 직업이어서 몸치레가 허술하면 손님들이 선뜻 이쪽을 믿으려 하지 않는다. 손님들에게 신뢰감을 심어 주려면 속이야 비록 걸레를 걸쳤더라도 겉으로는 의젓하게 넥타이도 잡수시고 팔목시계도 걸쳐야 하는 것이다.

골목으로 휘어져 PR 사 앞에 도착하자 재득은 턱을 당기고 아랫배에 불끈 힘을 준다. 물건값으로 마련한 삼천 원 중에서 이럭저럭 뜯긴 것이 어느 틈에 이천오십 원이다. 천 원은 형섭에게, 또 천 원은 주인집 여편네에게, 그리고 마지막 오십 원은 구두 수선차 구둣방에서 뜯긴 것이다.

PR 사 사무실은 이층에 있다. 좁은 층계를 중간쯤 올라가자, 문소리가 삐걱 울리더니 시내에서 뛰고 있는 늙은 윤(尹)가가 마주 내려온다. 나이가 오십줄에 들어선 이 작자는 갸바이패들 중에서도 소문난 떼장이다. 갸바이는 피차 자기 구역이 있어서, 남이 뛰고 있는 구역이나 노선에는 좀처럼 뛰어들지 않는다. 특히 이것은 시내선(線)보다 시외선이 더욱 심하다. 얼마간 회사측에 세금까지 물고 있는 그들이라, 낮선 작자가 나타나면 눈을 부라리고 때려 쫓는 것이 보통이다. 그러나 이 윤 영감한테만은 어떤 위협도 통하지가 않는다. 이십여 년을 갸바이로만 늙어 온 영감이라, 시외선의 '제자리 보기'들조차도 영감의 욕설과 떼거지에는 손을 못 쓰고 못 본 체하는 것이다.

"안녕하쇼?"

"오래간만이로군."

"뭐요, 영감은?"

"오늘은 바늘 좀 받아봤어."

"사람 많아요?"

"없어, 가보라구."

영감과 엇갈려 층계를 올라온 후 재득은 곧 유리문을 민다.

다섯 평 남짓한 사무실은 언제 보아도 어수선하다. 바른편 창문 앞만 제외하고는 세 벽이 온통 시렁과 진열장으로 빈틈없이 둘러져 있다. 칸칸이 질러진 시렁과 진열장에는 본보기로 내놓은 온갖 물건들이 질서정연하게 늘어놓여 있다. 은단, 볼펜, 병따개, 손톱깎이, 수첩, 지갑, 나프탈렌, 드라이버, 회충약, 줄자, 파이프, 옥편, 머리빗, 바늘, 옷핀, 지도, 망치, 크림, 뱀가루, 포켓 사전, 버클, 손칼, 면도날, 소화제…… 그러나 이 많은 물건들은 저마다 독특한 특색을 지니고 있다. 장소, 계절 이문 등에 따라 수시로 찾는 물건이 이것저것으로 바뀌는 것이다.

"어서 오게."

"안녕하십니까?"

"재미 어때?"

"그저 그렇습니다."

줄담배를 피우는 주인 최(崔) 씨는 손끝이 언제나 담뱃진으로 샛노랗다. 필터를 앞니로 잘근잘근 씹으며 최 씨는 재득의 움직임을 피로한 눈으로 멍청히 바라보고 있다.

"이거 몇 가께죠?"

"사 가께."

'가께'란 어떤 물건의 이윤 비율을 뜻하는 말이다. 백 원짜리 물건이 사 가께라면 그 중에 40원은 물건을 파는 갸바이의 몫인 것이다.

"지난번 옷핀은 재미없던데요? 하루 이십 탕 뛰었는데 여섯 번이나 스꼬지 맞았습니다.”
“바꿔, 그럼.”
“요즘 뭘들 많이 찾아요?”
“지도가 곧잘 나간다더군.”
“이거 말이죠?”
“응.”

재득은 지도를 집어든다. 세 번이나 접힌 한 장짜리로 앞에는 전국 지도, 뒤에는 서울 지도가 실려 있다. 재득은 그러나 이런 물건에 선뜻 손길이 가지 않는다. 책이나 옥편이나 지도 따위는 ‘단까’를 잘 쳐야 손이 빠르다. 자기처럼 입담이 없는 사람에게는 설명이 간단한 단순한 물건이 좋은 것이다.

“참, 자네 한광수(韓光洙)라구 알지?”
“예, 압니다.”
“그 친구 요즘 못 만났나?”
“안 뵈던데요?”
“신재만(申在萬)이는?”
“못 봤어요. 왜요?”
“둘 다 물건 해갖구 깨끗하게 십 가께 났어.”
“그래요?”

십 가께란 외상으로 물건을 가져간 후 어딘가로 깨끗이 날라버린 자들을 말한다. 말하자면 어떤 물건을 통째로 떼어먹어서 십 가께인 것이다.

“자식들 거 너무했군요. 언제 만나면 타일러 보죠.”
“외상 내준 게 잘못일세. 자네두 얼른 외상 갚게.”
“갚아야죠. 염려 마십쇼.”

문득 도어가 열리고 점원 김 군이 들어선다. 상자 두 개를 들고 들어온 그는 재득을 보자 비키라는 듯 눈짓을 한다. 재득이 한옆으로 비켜서자 김 군은 곧 상자 주둥이를 활짝 연다.

“보십쇼. 생각보다는 제법 물건이 잘 빠졌습니다.”

“개수는 다 맞아?”

“예, 일일이 세어서 받았습니다.”

머리빗이다. 머리빗은 전에도 한 번 팔아 본 일이 있다. 재득은 곧 허리를 굽혀 봉다리 하나를 집어든다. 비닐로 씌워진 봉지 속에는 다섯 개의 각기 다른 빗과 손톱깎이·구둣주걱·귀후비개까지 들어 있다. 빗 하나를 뽑아 손으로 휘어 본 후 재득은 힐끗 김 군을 돌아본다.

“몇 가께야, 이건?”

“삼.”

“짠데, 너무?”

“물건을 봐. 가치가 있어.”

“백 원을 받을 건가?”

“응.”

도어가 다시 벌컥 열리더니 이번에는 우르르 세 명의 사나이가 들어선다. 모두 재득과는 인연이 먼 영등포 시외버스 패들이다.

“어서들 오슈.”

“피 봤수다, 최 사장.”

“왜 그래? 무슨 일이야?”

“씨팔, 한 차에 한 개 아니면 두 개라구. 정초(正初)라 좀 나갈 줄 알았더니 타는 차마다 스꼬지라니까.”

‘스꼬지’란 차에 올랐다가 물건을 한 개도 못 판 것을 말한다. 갸바이패들에게는 이것처럼 불쾌하고 분통 터지는 일은 없다.

“뭐였지, 물건이?”

“보슈, 이거요.”

그 중 한 명이 가방을 열고 진열대 위로 우수수 물건을 쏟는다. 물건은 신년도 수첩으로 재득의 M 역에서는 재미가 썩 좋았던 물건이다. 손님은 주로 휴가를 나왔다가 귀대하는 복쟁이(군인)들이었다.

“딴 데서는 재미를 봤다던데 어째 거기서만 피를 봤지?”

"그런 거 지금 따져서 뭘 하우. 자, 어서 셈이나 가립시다."

최 씨가 곧 그들과 어울려 반품들을 세고 있다. 재득은 그러나 남의 일보다 당장 자기 일에 마음이 더 조급하다. 다시 외상을 얻을 일에 그는 선뜻 입이 떨어지지 않는 것이다.

"최 씨, 나 이걸루 정했습니다. 오십 개만 쓰겠습니다."

"쓰라구."

재득은 곧 김 군과 어울려 빗 오십 개를 세기 시작한다. 오십 개를 가방에 쑤셔 넣으니 대뜸 가방이 불룩해진다. 가방을 지퍼로 꼭 봉한 후, 재득은 점잖게 김 군을 바라본다.

"대장(臺帳) 좀 가져와."

"뭐?"

"놀라긴? 다음에 갚겠어. 명절 때라 몇 푼 있던 거 시골집에 홀랑 부쳤다구."

"안 돼, 외상은. 현재 있는 것만두 이만 원이 넘잖아?"

"미안해, 재득이! 외상이라면 물건 도루 꺼내 놓게!"

최 씨다. 그러나 이만한 정도로 순순히 물러설 재득이 아니다. 가방을 후딱 집어든 재득은 진열대의 최 씨에게 곧바로 다가간다.

"꼼쳐 두구 이러는 게 아닙니다. 정말 지금 한 푼두 없어요."

"글쎄 안 돼. 외상은 인제 하느님 할애비가 와두 못 줘. 십 가게 뛴 놈이 몇인 줄 알아? 한 달 새에 벌써 세 놈이라구."

"이러심 정말 곤란합니다. 일을 나가야 밀린 외상값두 갚을 게 아닙니까?"

부드럽던 최 씨의 눈이 문득 꼬꾸장한 세모꼴로 변한다. 그러나 이 눈을 마주 보는 재득은, 애원과 원망이 서린 울 것 같은 슬픈 눈이다. 잠시 숨막히는 눈싸움이 계속된 후, 최 씨가 이윽고 슬며시 눈길을 피한다.

"졌네, 내가. 어서 가보게."

3

"형님."

약방 앞에서 담배를 붙여 물자 누군가가 낮게 형섭을 부른다.

"어, 학철이구나."

"어젯밤에 나왔다면서요?"

"응, 넌 재미가 어떠냐?"

"그저 그렇죠. 어딜 가시는 길입니까?"

"그냥 나왔어. 참, 너 배차계 이출봉(李出鳳) 씨 어디 있는지 모르니?"

"없던가요, 사무실에?"

"없어."

두 사람은 말을 끊고 약간 떨어져서 터미널로 나란히 들어선다. 통로 바른쪽은 구내 매점들이 처마를 맞대고 촘촘히 늘어섰고, 왼쪽은 긴 벽을 따라 행상들이 신년도 달력들을 벽과 길바닥에 어지럽게 늘어놓고 있다.

"누구야 이거?"

분식집 문이 삐걱 열리더니 고등학교 제복의 학생 한 명이 가방을 든 채 멍하게 형섭을 바라본다. 형섭이 곧 걸음을 멈추고 다가오는 학생에게 손을 내민다.

"누구라구 … 오래간만이야."

"언제 나왔어?"

"어젯밤에."

"몇 달 살았지?"

"여섯 달이야."

"빠르군. 엊그제 같은데 … ."

"재미는 어때?"

"그저 그래."

손을 푼 두 사람은 할 말이 없어 멋쩍게 몸을 돌린다.

"가 봐, 그럼."

"응."

쌩고 길상(吉相)이다. 고등학교 교복에 책가방을 들었지만 그는 나이가 스물여섯이다. 밑천 안 드는 장사이기는 하지만, 쌩고도 아무나 하는 것은 아니다. 턱밑으로 끊임없이 돋아나는 수염을, 쌩고들은 어리게 보이기 위해 거울 앞에 붙어 앉아 족집게로 매일같이 뽑아야 하는 것이다.

분식집을 지나 통로를 왼쪽으로 꺾어들자 유료변소 입구에 앉은 외팔이 강(姜) 씨가 언뜻 보인다. 트랜지스터 라디오의 리시버를 귀에 낀 채, 강 씨는 형섭을 보자 한 짝뿐인 팔을 번쩍 쳐든다.

"들었어, 나. 어젯밤에 나왔다면서?"

"예. 여전하시군요."

"낙표가 아까 들렀었지. 자네두 옛날 그대로군?"

"수고 보십쇼."

"그래. 또 보세."

변소 앞을 지나치자 이층으로 통하는 시멘트 층계가 컴컴하게 앞을 막는다. 말없이 뒤처져 따라오던 학철이가 층계 밑 일터에 다다르자 불쑥 형섭의 팔을 잡는다.

"앉으십쇼. 먼지나 털어드리겠습니다."

학철이 내주는 둥글의자에 형섭은 말없이 엉덩이를 걸친다.

"어디를 갔어? 진호, 영국이는?"

"영국인 다방, 진호는 차부에 나간 것 같습니다."

"지난 신정(新正) 땐 꽤들 바빴겠지?"

"우리야 뭐 … 병학이 형님들이 짭짤했죠."

"큰 거 안았나?"

"큰 건 못 하구 잔 걸 많이 따낸 것 같더군요."

병학은 쌔리다. 명절이 되어 정류장이 붐비면, 이들에겐 바로 황금 계절이다. 언젠가는 기록적으로 사백만 원짜리를 따낸 일도 있다. 그러나 무더기가 너무 크면 소문이 쫙 돌아서 뜯기는 것도 상당히 많다. 이런 때면 그들은 이곳을 떠나 어딘가에 틀어박혀 열기가 식었을 때 다시 나타난다. 올해는 계속 머물러 있는 것을 보니, 학철의 말처럼 큰 것은 한 건도 없었던 모양이다.

"아니 구두가 왜 이렇게 바싹 말랐죠?"

"아, 그거 여섯 달 동안 안 신어서 그래."

"구두 아주 버렸습니다. 멀쩡한 걸 왜 안 신었습니까?"

"빵에선 구두 못 신게 됐다구."

학철이 후딱 솔질을 멈췄다가 그제야 다시 바쁘게 손을 놀린다.

"저한테 하루만 맡겨 두십시오. 왁스 먹여서 다시 부드럽게 길들여 놓겠습니다."

"그 동안엔 뭘 신구?"

"숙소에 헌 구두가 하나 있습니다."

"괜찮아. 그냥 신겠어."

모처럼의 호의를 거절해서, 형섭은 미안감을 느낀 듯 학철의 머리털을 손으로 꽉 쥐었다 놓는다. 대수롭지 않은 친절이지만 형섭은 갑자기 묘한 기분에 사로잡힌다. 모두가 하나같이 찌들게 못 사는 친구들이다. 그러나 형섭이 빵에서 나오자, 이들은 저마다 그들 나름의 신경들을 써주고 있다. 낙표는 형섭의 여름옷을 보자 자기 출입복인 점퍼와 바지를 벗어주었고, 재득은 물건값도 없는 주제에 두 번에 걸쳐 비상금 삼천 원을 털어 내놨고, 소문난 노랭이 두제까지도 간밤엔 주머니를 털어 천여 원어치나 소주를 산 것이다. 그러나 이들은 친구라도 되지만, 학철은 나이가 처져서 형섭과 친구의 사이는 아니다. 오히려 학철은, 작년 봄철의 그 일을 제외하고는, 형섭에게 음으로 양으로 천대만 받아 온 피해자인 것이다.

작년 봄철의 그 일이란 터미널 근처의 구두닦이패들을 모아놓고 형섭이 구청 원조하에 달포쯤 공부를 가르친 일을 말한다. 그러나 이 일은 겨우 달포를 버티다가, 구청도 자빠지고 아이들도 자빠져서, 처음의 요란한 나팔과는 달리 비웃음만 흠씬 사고는 유야무야하게 되고 말았다. 하긴 형섭의 입장에서 보자면 이 일을 시작한 동기부터가 불순했다.

터미널 건물이 낙성을 보게 되자, 당국은 버스회사와 합동으로, 환경 정화(淨化)를 내세우고 역에서 잡상인과 불량배의 일제 소탕령을 내리게 되었다. 여기서 말하는 잡상인이란, 껌팔이, 신문팔이와 멍게장수는 물론이고 무수한 광주리장수들과 형섭 일당인 갸바이패들이다. 형섭은 당국의 소탕령이 전해지자 자구책을 강구하기 위해 며칠 동안 머리를 쥐어짰다. 그들은 여기서 쫓겨나면 당장 갈 곳이 없는 자들이다. 무슨 억지를 쓰더라도 당국의 눈을 피해 이 훌륭한 터미널에 빌붙어야 했던 것이다. 며칠을 끙끙대던 형섭의 머리에 드디어 후딱 기발한 착상이 떠올랐다. 당국에서는 마침 불량배 선도책의 일환으로 정류장 뒤 하천부지에 구두닦이들과 신문팔이들의 합숙소를 마련해 주었다. 블록과 천막포만으로 엉성하게 세운 가건물이지만 침상과 나무의자, 깔개 등이 있어서 숙소 이외의 딴 용도로도 아주 훌륭히 쓸수 있는 건물이다. 형섭의 착상은 바로 이 합숙소에 야간학교를 설치하자는 것이다. 아이들을 긁어모아 얼렁뚱땅 글을 가르치는 시늉을 하면, 당국은 그가 갸바이인 것은 알지만 무작정 때려 쫓기는 곤란하리라고 생각한 것이다.

계획은 적중했다. 입 하나로 먹고사는 형섭에게는 아이들 꼬이는 일은 식은 죽 먹기였다. 칠판을 걸고 학용품 몇 푼어치를 쫙 돌리자, 아이들은 킬킬 웃으며 너도나도 야간 학교로 꾸역꾸역 꾀어든 것이다. 드디어 이 사실은 누군가에 의해 K주간지에 소개되었다. '불우 청소년에 희망의 등불'이라는 제목으로, 큼지막한 사진 두 장과 함께 주간지는 요란스레 쌍나팔을 불어제낀 것이다. 구청에서 직원이 나타난 것은 바로 이 기사가 나간 그 다음날이다. 금일봉이 날아들고, 학용품이 보내지고, 야간 학교는 바야흐로 뻑적지근한 잔치를 맞았다.

형섭은 처음에는 장난기로 이 일을 벌였으나, 하루 이틀 시간이 흐르자 묘한 흥분과 열성이 느껴졌다. 이제는 잡상인으로 몰려 쫓겨날 염려는 깨끗이 사라졌다. 그는 어느 틈에 잡상인 갸바이에서 야간학교 설립자이자 교장선생님으로 둔갑한 것이다. 더구나 그의 야간학교에 이때 마침 뜻밖의 진객(珍客)들이 나타났다. 선머슴 같은 차장 아가씨 네댓 명이 공책을 포켓에 깊이 숨기고 구두닦이들 등뒤로 수줍은 듯이 나타난 것이다. 형섭이 더욱 열을 올린 것은 바로 이들 때문이다. 특히 그는 이들 중에서 얼굴이 뽀얗고 눈이 새까만 깜찍한 아가씨를 하나 만났다. 차장들 중에 이런 물건이 있으리라고는 생각지도 못한 귀여운 얼굴이다. 나중에야 이름을 알게 되었지만 그녀가 바로 남숙이다. 남숙은 이들 다섯 명 중에서도 가장 열심히, 그리고 끝까지 학교에 나온 것이다.

그러나 빨리 더워지는 구들은 빨리 식게 마련이다. 처음에는 호기심에 의해 킬킬 웃으며 모여든 아이들이, 피곤과 타성, 게으름이 되살아나자 하나 둘 하품을 물고 벌렁벌렁 자빠지기 시작한 것이다. 한데 여기에다 더욱 치명타를 먹인 것은 버스회사가 차장들의 학교 출입을 눈을 흘기며 못마땅해한 것이다. 온종일 차에 흔들린 후 넙치가 되어 돌아온 아이들이 학교에 나가 공분가 뭔가를 배우고부터는, 다음날 버스 속에서 꾸벅꾸벅 졸기가 일쑤였기 때문이다. 한번 흩어지기 시작한 아이들은 이제는 형섭의 힘으로도 되돌릴 수 없는 봇물이었다. 하루에 한두 명씩 슬금슬금 빠져나가더니 드디어 달포 만에는 학생이라고는 겨우 네 명밖에 남지 않은 것이다.

사태가 이쯤 되자 형섭도 드디어 손을 들었다. 처음엔 몹시 허전했지만 시간이 흐르자 허전한 마음도 메워졌다. 어쩌면 형섭은 애초부터 이렇게 될 것을 알고 있었는지도 알 수 없다. 당국의 소탕령도 해제되었으니 그로서는 뒷맛이 씁쓰레했지만 애초의 목적한 바는 십분 달성한 셈인 것이다.

　그러나 이 허황한 사건으로 형섭은 또 하나의 아주 귀한 것을 얻고 있었다. 스승과 제자라는 사이에서 그는 어느 틈에 남숙을 사랑하게 된 것이다. 학교는 비록 간판을 내렸지만 그들은 그 뒤로도 걸핏하면 밤에 만났다. 중학교 이학년을 다니다 말았지만, 남숙은 생긴 그대로 꽤 야물고 다부진 소녀였다. 어디서 귀동냥으로 주워들었는지, 그녀는 노동법 어쩌고 하며 되잖은 소리도 곤잘 지껄였다. 반반한 얼굴에 열아홉이라는 나이치고는, 그녀는 딴 아이들과는 달리 자기 몸간수도 신통할 만큼 단단했다. 사실 차장들의 놈씨(사내) 관계는 곁에서 보기에도 한심하고 민망할 정도였다. 어쩌다 합숙소 뒤 개굴창에 가 보면, 그녀들이 담 밖으로 훌훌 던져 버린 고무제품이 흡사 대팻밥처럼 허옇게 널브러져 있는 것이다.

　그러나 형섭과 남숙에게도 어느 날 드디어 커다란 사건이 찾아왔다. 이때쯤은 물론 형섭과 남숙은 남남 사이가 아니었다. 형섭이 남숙을 어르고 구슬려서 기어코 여관으로 끌고 가 물고를 낸 후인 것이다. 두 사람에게 찾아든 사건은 극히 단순했고 우발적인 것이었다. 물건을 팔다가 시비가 붙어 형섭이 눈치 없이 손님의 이빨을 두 대나 부러뜨린 것이다. 이빨 두 대가 나간 상대는 공교롭게도 경찰관의 처남이었다. 아마 상대가 보통 손님이었다면 형섭은 치료비만 물고 '현저동 호텔'까지는 안 갔을지도 알 수 없다. 그러나 그는 치료비는 치료비대로 에누리없이 홀랑 물고도 피해자 매부의 고소에 의해 현저동 무료 호텔로 날쌘하게 쑤셔 박힌 것이다.

　호텔에 쑤셔 박힌 형섭을 찾아, 남숙은 넉 달 동안에 무려 여섯 번이나 면회를 왔다. 한 달에 잘 해야 하루나 이틀을 쉬는 그녀에겐 이것은 눈물겨운 정성이고 열성이었다. 더구나 그녀는 면회를 올 때마다 건방지게 시키지도 않은 사식(私食)까지 넣고 갔다. 아무리 형섭이 눈을 부라려도 그녀는 쌕쌕 웃으며 자기 고집대로 했던 것이다. 그런데 지난 해 시월 하순을 마지막으로, 남숙은 갑자기 발걸음을 뚝 끊었다. 형섭은 불안하고 답답했지만 처박힌 몸이라 앉은뱅이 용쓰듯 엉덩이만

들썩거렸다. 다행히 만기(滿期)가 얼마 안 남아서 그는 그로부터 두 달 후인 바로 어제 풀려 나온 것이다.

그러나 막상 나오고 보니, 남숙은 두 달 전에 이미 회사에서도 쫓겨나고 없었다. 회사에 들러 서류를 확인해 보니 십이월 팔일자로 의원 사직이 되어 있다. 어떻게 된 거냐고 계원에게 물었더니 계원은 모른다면서 고개만 살래살래 흔들 뿐이다. 그러나 형섭은 그녀의 사직에 뭔가 의혹이 있음을 직감했다. 우선 그에게 가장 큰 의혹은, 그녀가 회사를 그만두고 어디로 갔는가 하는 것이다. 형섭의 만기날짜를 알고 있는 그녀는, 설혹 회사를 그만뒀더라도 지금쯤은 이 근처에서 그를 기다려야 옳은 일이다. 종적도 소식도 없이 이렇게 사라진 것은 그녀에게, 뭔지는 모르지만 어떤 사고가 있었음을 암시하는 것이다.

그러나 이 답답한 의문에는 가까운 친구들조차도 왠지 우물우물 입 속말만 지껄일 뿐이다. 입이 가벼운 낙표조차도 시무룩한 표정으로 말끝을 잽싸게 말아버린다. 마치 그가 없는 동안에 터미널 전체가 입을 다물기로 약속이나 한 것 같다.

"됐습니다. 형님."

학철이 드디어 구두를 다 닦고, 구두통을 탁탁 손바닥으로 두들긴다.

"수고했다."

"언제 한 번 불멕끼를 올려야겠습니다. 가죽이 터져서 약이 제대루 먹혀들지를 않습니다."

"괜찮아. 신다 보면 자연히 길이 들겠지."

"자주 좀 들르십시오. 진호하구 영국이두 보구 싶어하더군요."

"그래 들를게. 자, 그럼 수고 봐라."

"예."

학철과 헤어져 차부 쪽으로 걸어가며 형섭은 언뜻 매표소로 꺾어지는 안내원 권(權) 씨를 본다. 그러나 눈길이 마주쳤는데도 권 씨는 못 본 체하고 재빨리 모퉁이로 사라진다. 이층으로 올라갈까 차부로 빠질까 하다가 형섭은 이윽고 관리사무실로 발을 옮긴다. 대합실은 한창 손님들이 들이닥쳐 시골 장터처럼 와글와글 북적이고 있다. 대합실을 가로질러 관리실 앞에 도착하자 형섭은 도어를 밀고 재빨리 휙 방안을 둘러본다.

"어! 나왔군 자네. 들어와, 어서. 그러지 않아두 올 줄 알았어."

"여전하시군요. 어디들 갔습니까?"

"앉게, 이리. 나두 방금 밖에서 들어왔어. 고생 많았지? 그래두 신수는 꽤 좋은데?"

오(吳) 씨가 의자 하나를 들어 난로 앞으로 옮겨 놓는다. 형섭은 그러나 의자에 앉는 대신 담배를 뽑아 손톱 위로 톡톡 두들긴다.

"태우시겠습니까?"

"아냐, 방금 태웠어."

"뭘 좀 알아보러 들렀습니다."

"뭔데?"

"형님, 혹시 여주선(麗州線) 뛰던 기사(技士) 조상갑(趙相甲) 씨 어디루 옮겼는지 모르십니까?"

"조상갑이라, 듣기는 들었는데 … 아, 그 바싹 마른 전라도 친구?"

"예."

"그 친군 왜?"

"뭘 좀 알아볼 게 있어서요."

"요즘 통 못 본 것 같아. 배차계루 가보게. 아마 여기서 떴을 게야."

"배차계에 들렀습니다. 헌데 거기서두 모르겠다구 하더군요. 출봉 형님을 찾았더니 그 형님두 안 계시구 …."

"어, 출봉인 거기 없어. 지난 연말에 원주(原州) 루 빠졌다구."

형섭은 잠시 말이 없다가 나갈 것처럼 난로 앞에서 물러선다. 그러나 그는 나가는 대신 다시 오 씨를 살피듯이 바라본다.

"그 동안 얼굴들이 꽤 많이 바뀌었더군요. 배차계, 안내계, 매표소 모두 말입니다."

"응, 자네 들어가구 나서 새 얼굴들이 많이 들어왔지. 영업부 쪽에만 바뀐 게 아니야. 차부는 몇 사람 말구는 거의 전부가 새 얼굴들일세."

"알겠습니다. 다시 들르죠. 자 그럼 쉬십시오."

"그래, 자주 들르게. 언제 대포나 한 잔하자구."

"예, 고맙습니다."

관리실을 나와 담배를 밟아 끈 후, 형섭은 이윽고 터미널 후문으로 몸을 돌린다. 뭔지는 알 수 없지만 형섭은 오 씨에게도 약간 컴컴한 뒷구석을 느낀다. 해병대 상사 출신인 그는, 언행은 사내답게 씩씩하지만, 실제로 하는 행동은 약고 치사하고 쩨쩨하기가 한량없다. 약자 앞에서는 거만을 떨며 큰소리를 꽝꽝 치지만, 회사 부장이나 중역들 앞에서는 길든 시암 고양이처럼 온갖 아양을 서슴지 않는 것이다. 그런데 그 거만한 사나이가 오늘은 어쩐 셈인지 형섭을 향해 필요 이상으로 아양을 떨고 있다. 형섭은 이 아양에 뭔가 찜찜한 의혹을 느낀다. 얼굴이나 겨우 아는 갸바이에게 그는 절대로 그런 아양을 떨 위인이 아니다. 뭔가 찜찜한 구석이 있어서, 그는 절제 없이 필요 이상의 친절을 보인 것이다.

조과장(조수)들의 합숙소 뒷벽으로 아침 햇살이 따스하게 비쳐든다. 블록벽에는 오줌이 칙칙하게 찌들어 있고, 흰 페인트로 큼지막한 가위 한 개와 '짤러!'라는 살벌한 낙서가 씌어 있다. 건물을 돌아 앞뜰로 들어서니 비번(非番)의 조과장 한 명이 수돗가에 앉아 빨래를 하고 있다.

형섭이 말없이 그에게 다가가자 조과장이 문득 꽥 소리를 내지른다.

"비켜! 햇빛 가리지 말구!"

"미안합니다."

형섭이 후딱 한 옆으로 비켜서자 조과장이 그제야 고개를 쳐든다. 고개를 숙여서 잘 몰랐더니 그는 의외로 잘 아는 얼굴이다. 조과장은 상대가 형섭임을 알자 등신이라도 된 듯 벙벙히 말이 없다. 눈을 서너 번 병신스럽게 깜박인 후, 조과장이 이윽고 슬며시 고개를 떨군다.

"오래간만이우."

"오래간만이오."

"언제 나왔수?"

"어젯밤이오."

침묵이 흐른다. 빨래통 속에는 빨랫감 몇 개와 가루비누 거품이 수북이 솟아 있다. 형섭이 무릎을 꺾고는 사내 바로 앞에 엉거주춤 쭈그려 앉는다.

"말 좀 물읍시다!"

"바쁜데 지금….."

"듣기만 하슈."

"난 아무것두 모른다구."

형섭은 긴장이 느껴진다. 이제야 임자를 올바로 찾아온 모양이다. 묻지도 않았는데 모른다는 것은 분명히 그에게 뭔가 숨기는 게 있다는 증거다. 잠시 상대편의 이마를 쏘아본 후, 형섭이 드디어 침착하게 입을 연다.

"나 실은 다 알구 왔소. 어떻게 된 내막인지 속시원히 말 좀 해주슈."

"다 알았으면 고만이지 나한텐 왜 찾아왔수? 몰라요, 난. 그날 난 청주(淸州)서 잤다구."

"대체 뭘 모른다는 거요? 그날 여기서 무슨 일이 있었는데?"

"청주서 잔 사람이 여기 일을 어떻게 알우? 가보슈. 난 지금 바쁘단 말이오."

어딘가 바보스러운 점이 있지만, 그것과 아울러 고집도 황소 같은 사내다. 형섭은 지금 당장 그의 입을 열기는 불가능하다고 깨닫는다. 방향을 바꾸기로 결심한 형섭은 슬쩍 딴 질문으로 그의 덜미를 꽉 짚는다.

"모른다면 할 수 없지. 그럼 누가 그 일을 잘 아우?"

"아따, 되게 귀찮게 구네! 난 암것두 모른다니까!"

빨래통을 울컥 떠미는 바람에 거품이 혹 튀어서 형섭의 무릎 위로 새털처럼 가볍게 떨어진다. 형섭은 잠시 사내를 쏘아본 후 무릎을 털고 힘겹게 몸을 일으킨다.

사건 내막은 알 수 없으나 이것으로 의혹의 어떤 실마리는 잡힌 셈이다. 딴 상대를 찾기 위해 형섭은 말없이 조과장 숙소를 벗어난다.

4

엄청나게 번잡하다.

차부에는 지금 완급행(緩急行)을 합쳐 도합 스물세 대의 차들이 시동을 건 채 출발선에 대기하고 있다. 행선지는 서울과 인접한 의정부, 광주(廣州)는 물론이고, 멀리 경상도의 진주와 삼천포, 그리고 전라도의 끝인 목포, 여수까지 전국적이다.

그러나 차들이 많다고 해서 이 역이 유별나게 번잡하다거나 시끄러운 것은 아니다. 이 역이 유별나게 시끄러운 이유는 그보다 손님들 대부분이 군(郡)이나 읍면(邑面)의 지방 사람들이기 때문이다. 그들은 우선 번잡한 구내(構內) 환경에 현혹되어, 차표를 끊어 손에 쥐고도 자기가 타야 될 차가 어디쯤 있는지 알지를 못한다. 용변이 급해 변소를 가려 해도, 그들은 또 변소를 몰라 엉뚱한 매표소나 정비공장으로 허둥지둥 뛰어다닌다. 이런 일은 특히 노인네와 아낙네에게 많은데, 안내계 사람들에게는 가장 골치 아픈 손님들이다. 용변이 급해 참을 수가 없게 되면, 그들은 깨끗이 세차(洗車)해 둔 빈 차에 올라가 염치없이 치마를 걷고 후련하게 급한 볼일을 보는 것이다. 한데 그들에게 또 하나 골치 아픈 것은, 이들이 시골에서 잔뜩 들고 온 엄청나게 많은 수하물(手荷物)들이다. 특히 이것은 추수 때나 김장 때가 되면 드넓은 역 구내를 완전히 수하물 하치장처럼 만들어 버린다. 보따리는 가지각색이다. 감·대추·밤 따위의 과일, 찹쌀·팥·들깨 따위의 곡식, 생강·고추·마늘 따위의 양념, 멸치·굴비·미역 따위의 해물, 벌꿀·참기름·술 따위의 병들, 간장·된장·고추장 따위의 항아리 … 심지어는 부글부글 끓어 넘치는 갈치젓·곤쟁이젓 같은 젓갈류까지 차 안에 그득히 실려 있는 것이다.

그러나 두제(斗祭)네 갸바이패들에게는 이 번잡한 시골 손님이 오히려 고마운 존재들이다. 그들은 손가방 하나만 든 고속버스 손님들에게는 흥미가 없다. 그쪽의 손님들은 갸바이가 파는 물건들은 거들떠보지도 않는다. 아니, 이미 그들의 집에는 갸바이가 팔고 있는 물건들은 최고급 외제(外製)로 세트째 준비되어 있다. 이곳의 가난하고 시끄러운 손님들만이 값이 싸고 그럴듯해서 갸바이 물건들을 덥석덥석 팔아주는 것이다.

담배를 지그시 밟아 끈 두제가 이윽고 호기 있게 포천(抱川)행 버스 위로 가볍게 뛰어오른다. 출발 오 분 전을 남겨 둔 차 안에는 손님들이 무료한 표정으로 점잖게 앉아 있다. 시동이 걸려 있는 좁직한 운전석에는, 운전수는 아직 보이지 않는다. 엔진 덮개 앞에 가방을 내려놓고 두제는 차장을 향해 고개를 까딱 숙여보인다.

"미안!"

차장은 냉랭한 표정으로 아무 대꾸도 하지 않는다. 늘 당하는 냉대여서 두제는 그러나 아무렇지도 않은 표정이다. 턱을 쳐들고 뱃살에 힘을 준 후 두제는 이윽고 바늘쌈지 하나를 머리 위로 번쩍 쳐든다.

"번잡한 차중에 대단히 죄송합니다. 여기 어느 가정에서나 일상생활에 가장 많이 사용되고 있는 바늘 한 쌈 가지고 몇 말씀 드리겠습니다. 에— 바늘, 하시게 되면 일반 시중을 통하여 너무나도 잘 아시기 때문에 상세한 말씀 드리지 않고 본품의 특징과 가격만 간단히 말씀드리겠습니다. 종전에 사용하시던 바늘은 대부분이 녹이 슬고 끝이 말려서 못 쓰는 폐단이 있습니다만, 본 제품 인천제침은 특수 강철에다가 이십칠 종의 특수철을 배합하여 만든 완전 백 프로의 스테인리스 제품이기 때문에 절대로 녹이 슬지 않고 휘거나 부러질 염려가 없다는 것입니다. 가격에 있어선 일반 시중에서 이불 꿰매는 대바늘 하나에 십원씩 판매되고 있습니다만 본 좌석에서는 대바늘 두 개, 중바늘 다섯개, 수를 놓을 수 있는 소바늘 다섯 개, 도합 열두 개의 바늘에 … ."

"야! 시끄러!"

두제는 후딱 말을 끊고 좌석 중간쯤의 군인 두 명을 바라본다. 두명 모두 술이 취해서 얼굴이 시뻘건 연싯빛이다. 모자를 삐딱하게 꼭지 뒤로 젖혀 쓰고 두 군인은 담배를 꼬나문 채 손을 홰홰 내젓고 있다.

"죄송합니다만, 군인 아저씨. 잠깐만 좀 봐주십시오!"

"시끄러! 떠들지 말라구! 군발이가 바늘을 뭐에 써 임마!"

"아저씨들 쓰라는 게 아닙니다. 잠깐만 좀 조용히 해주십시오."

"야 차장, 뭐하는 거가? 저거 얼른 밖으루 끌어내려!"

"저거?"

"어쭈? 눈에 힘 줬어?"

"×새끼 정말 … !"

"뭐야? 야, 뭐라구? ×이 어째? 야, 지금 너 뭐라구 했냐?"

"×까네! ×이라구 했다! 배때길 콱 … !"

"왜 이래요, 모두? 내려요, 어서! 손님이 싫다면 내려가야 하잖아요?"

차장이다. 두제는 가방을 집어들며 차장의 손을 홱 뿌리친다. 성질같아서는 복쟁이 두 놈을 떡이 되도록 패주고 싶다. 그러나 명색이 손님인데 섣불리 손을 대면 자기만 손해다. 등뒤로 왁자한 욕지거리를 들으며 두제는 느릿느릿 버스에서 내려간다.

재수 없는 날이다.

오후 두 시가 가까워 오는데, 겨우 물건은 육백 원 어치를 팔았을 뿐이다. 일이 안 되려고 그러는지 오늘은 잘 나가던 말도 중간에서 자꾸막힌다. 그것도 딴 물건에 막힌 것이 아니고 골백번은 더 팔아 온 은

단 선전에 말이 막혔다. '찌라시'(광고지)를 돌리고 막 물건을 꺼내 든 순간인데 갑자기 첫 말이 안 나와서 입 속으로 우물대다가 망신만 사고 허둥지둥 차를 내린 것이다.

하긴 일을 하다 보면 일이 되게 하기 싫을 때가 있다. 갑자기 매사에 짜증이 나고, 일은 일대로 죽을 쑤는 때가 있는 것이다. 이런 때면 남들은 일을 때려엎고 안 가던 극장을 들락거리거나 술을 실컷 퍼마시거나 한다. 특히 낙표 같은 놈은 단골 갈봇집에 틀어박혀, 몇 달씩 걸려 애써 모은 돈을, 닷새나 열흘 만에 고스란히 날리기도 하는 것이다.

그러나 두제는 아무리 일에 싫증이 느껴져도 남들처럼 일을 때려엎고 쉬어 본 일이 없다. 싫증난다고 일을 쉬다가는 평생 뛰어봐야 그 모양 그 꼴이다. 낙표, 상필이, 형섭이, 재득이가 그래서 늘 찌든 궁상들을 떨고 있다. 낙표는 갈봇집, 상필이는 군것질, 형섭이는 연애 자금으로 돈을 모두 날리고 있다. 재득이 하나가 야무진 편이지만 그는 걸핏하면 시골 고향으로 돈을 부친다. 의리도 좋고 고향도 좋지만 두제는 재득이 하는 짓도 어딘가 못마땅하다. 자기 먼저 살아야 의리도 살고 집안도 살지, 제 밑도 못 가리는 궁상에서는 의리고 집안이고 말짱 다 헛일인 것이다.

광주(廣州) 행 버스 앞을 지나치려니 낙표가 차 안을 누비며 막 찌라시를 돌리고 있다. 낙표가 지금 팔고 있는 물건은 전에 형섭이가 도맡아 팔던 튜브에 든 연고(軟膏)의 일종이다. 이놈은 값이 이백 원씩 하고 이윤은 무려 팔 가께나 된다. 말하자면 튜브 한 개를 팔면 이익이 무려 백육십 원이 떨어지는 폭리인 것이다. 그러나 이윤이 이렇게 많은 만큼, 물건 팔기가 보통으로 힘든 게 아니다. 웬만한 배짱과 입심이 아니면 이놈은 아예 이빨도 안 들어간다. '단까'(선전 연설)도 이 물건은 딴 상품과는 달리 걸직하고 번지르르한 일사천리의 '노불 단까'(고상한 선전)여야 한다. 중간에 한 마디만 삐딱 해도 이놈은 의심을 사서 손님들이 깡그리 고개를 돌려버린다. 결국 각 정류장마다 수많은

210

갸바이가 있지만 이 물건을 제대로 팔 놈은 한 역에 겨우 한두 놈에 불과한 것이다.

이 역에서는 지금 낙표가 팔고 있지만, 옛날 형섭의 솜씨에 비하면 그는 역시 한 등 아래다. 형섭은 갸바이들 중에서는 유일하게 대학물을 먹은 놈이다. 더구나 그는 고등학교와 대학시절에 줄곧 학교 대표로 뽑혀 웅변을 해온 녀석이다. 목소리, 표정, 배짱, 손짓 등, 그놈을 따라가려면 낙표는 아직 젖내 나는 어린애인 것이다. 그러나 낙표가 어린애라고 하지만, 두제 자기는 낙표에 비하면 역시 또 어린애다. 이윤이 많은 물건이어서 두제도 기회만 있으면 저 물건을 꼭 한 번 팔고 싶다. 형섭은 감히 흉내낼 수 없더라도, 낙표라면 두제도 한 번쯤 그 어대 볼 용기가 생기는 것이다.

지금 두제가 발을 세운 것도, 실은 그러한 이유에서다. 물건에는 저마다 그 물건에 맞는 단까의 대본(臺本)이 있게 마련이다. 그러나 저런 요란한 물건은 대본만 봐서는 분위기가 쉽게 잡히지 않는다. 실제로 누군가가 떠드는 걸 봐야 어렴풋이 윤곽이 잡혀 실용단계까지 활용할 수가 있는 것이다.

낙표가 드디어 찌라시를 다 돌리고 가방에서 약을 꺼내 왼손으로 높이 쳐든다.

"차내에 계신 손님 여러분, 대단히 죄송합니다. 협소한 차내 불편한 점 많으실 줄 압니다만 잠시 몇 말씀 올리겠으니 너그럽게 이해해 주십시오.

아마 여성 여러분들께서는 잘 알고 계시겠습니다만, 이번에 미국 듀발 본포와 기술제휴를 맺고, 시내 동대문구 제기동에다 김일 화학공업사라고 하는 회사를 창립하여, 보건사회부 75호 허가를 받아 여러분께 첫선을 보이게 되는, 우리 피부에 바르고 쓸 수 있는 연고 하나 소개하겠습니다.

물론 시내 유명 약국에는 상당히 많은 연고들이 시판되고 있습니다. 그러나 여기 보여드리는 본 연고는 천연 특수미용소인 스츄아민이 함유되어 있으며, 살을 뚫고 들어가서 균을 죽이는 살라산 침투제가 함유되어 있기 때문에 거친 피부와 기미, 여드름은 물론이고 심한 화장독이나 마른버짐 따위는 단 일 회만 사용하셔도 깨끗하게 낫는다는 것입니다.

그러나 이상은 여자분들이 본 연고를 미용크림으로 사용하시는 경우이고 다음은 본 연고의 임상적 약효에 관해 말씀드리겠습니다.

무좀과 습진으로 고생하시는 분들 주무시기 전에 온수에다가 소금을 적당히 타서 가지고 그 발을 깨끗이 닦은 후 이삼 차례 골고루 이 연고를 발라 주십시오. 십 년 묵은 무좀과 습진들 정말 거짓말처럼 깨끗하게 떨어져 나갑니다.

다음은 지난 여름에 수영을 갔다 오신 후 현재까지 귀에서 고름이 흐르고 욱신욱신 쑤시는 분들, 주무시기 전에 연고 찍으셔 가지고 아픈 귀에 넣고 다음날 아침에 빼어 보십시오. 누런 고름이 뭉텅이로 빠지고 귓속이 날아갈 것처럼 시원해지실 것입니다.

다음은 또 충치와 풍치로 잠도 못 주무시고 고생하시는 분들, 솜에다 이 연고 찍으셔 가지고 아픈 이에 지그시 십 분 정도만 물고 계십시오. 십 분후 다시 빼어 보시면 솜덩이에 균이 죽어서 시커멓게 묻어 나올 것입니다.

만일 제 말을 못 믿으시겠으면 차중에 계신 아무 분이라도 당장 제 앞으로 나오십시오. 제가 여기서 그분에게는 무료로 치료를 해드리겠습니다.

자, 그러면 이와 같이 훌륭한 약이 값은 대체 얼마나 받을 것이냐. 시중에선 현재 이와 같은 3그램짜리 튜브에 약효야 있건 없건 최하가 백오십 원씩 받습니다. 그러나 본 연고는 국민 여러분께 널리 선전하고 보급하자는 의미로, 요 3그램의 세 배가 넘는 이 10그램짜리 대형한 통에다 원가의 반에도 못 미치는 단돈 이백 원에 모시고 있습니다. 그러나 이것은 어디까지나 선전기간 동안뿐입니다. 선전기간이 지나고 본 연고가 일제히 전국에서 시판되는 경우, 적어도 이 대형 한 통에는 오백 원 안 주고는 못 사실 것입니다.

그러나 손님들 중에는 값이 너무 싸기 때문에 오히려 저를 의심하는 분도 계실 것입니다. 3그램짜리 작은 연고에도 백오십 원씩 하는 판에, 어째서 그 훌륭한 연고는 10그램에 겨우 이백 원을 받느냐고 말입니다. 그렇게 값이 싼 걸 보니 혹시 가짜가 아니냐, 엉터리가 아니냐고 말입니다. 당연합니다. 거울같이 맑은 세상에 물론 가짜라면 큰일입니다. 그러나 안심하십시오. 여기서는 절대로 가짜를 팔 수가 없습니다. 만일 본 상품이 가짜라면 저는 제때에 법에 걸려 처벌받습니다. 약사법 제26조 1항을 보면 이런 법조문이 있습니다. 가짜 의약품을 제조하거나 취급하는 자는 10만 원 이상의 벌금형에 5년 이하의 징역형에 처한다. …

전 그래서 여러분들의 의심을 덜어 드리기 위해, 여기 이렇게 제조허가증 사본을 가지고 나왔습니다. 이 사본은 보건사회부 장관님이 허가하신 원본을 그대로 복사한 것입니다. 자, 여길 보십시오. 상품명 살라민 연고, 제조허가번호 75호, 품목허가번호 29호, 포장등록번호 84호, 이만하면 아마 여러분들도 본 연고가 가짜가 아니란 건 충분하게 아셨으리라 믿습니다.

협소한 차중에서 지루한 시간 대단히 감사합니다. 자, 그럼 차 안이 번잡하오니 필요하신 분은 좌석에서 저에게 신호만 해주십시오. 기미, 여드름, 주근깨, 화장독, 마른버짐, 무좀, 습진, 태독, 삔 데, 벤 데, 불에 딘 데, 귀 아픈 데, 충치, 풍치, 빨지, 뽀루지…."

단까가 끝났다. 두제는 차 옆을 떠나며 고개를 빼 차 안을 들여다본다. 그렇게 열심히 '구라'를 쳤는데도 어느 한 사람 물건을 청하는 손님이 없다. 약아진 세상이다. 이제는 구라나 입심만 가지고는 좀체 손님을 휘어잡기 어렵다. 구라나 단까도 중요하지만 현품 자체가 더 손님에겐 중요하게 된 것이다.

차 네댓 대를 건성으로 지나친 뒤 두제는 울적한 기분으로 차부에서 대합실로 어슬렁어슬렁 들어선다. 손님이 어찌나 붐비는지 발짝을 제대로 옮길 수가 없다. 벽 쪽을 따라 층계까지 걸어간 후, 두제는 그러나 갑자기 발을 세운다. 층계 모퉁이의 십사호 잡화상에 주인 김(金)씨가 어디 갔는지 보이지 않는다. 고개를 빼고 행방을 찾으니 잔돈이라도 바꾸러 갔는지, 그는 의외에도 통로 맞은편 빵가게 앞에 우뚝 서 있다. 몸으로 가려진 두제의 왼손이 문득 상점으로 뻗어 인삼주 한 병을 덥석 잡는다. 술병을 재빨리 품속으로 숨긴 뒤, 두제는 태연하게 차부로 되잡아 빠져나간다.

감쪽같다. 오늘같이 재수 없는 날은 이런 짓도 어쩔 수가 없다. 그날 벌이가 신통치 않은 만큼 딴 짓으로라도 보충을 해야 한다. 벌이가 없다고 빈 손으로 들어가봤자 아무도 알아줄 사람 없으며, 춥고 배고픈 건 자기 혼자뿐인 것이다.

5

어둡다. 터미널에는 이미 불들이 밝혀졌고, 장거리 차들은 한 대도 보이지 않는다. 사오백 리 이상의 장거리 차는 이미 막차까지 깨끗하게 떠버린 것이다.

의정부에 나갔다가 방금 돌아온 재득은, 차부를 막 벗어나자 눈앞이 아뜩한 현기증을 느낀다. 그러나 그는 이 현기증에 별로 이렇다 할 신경을 쓰지 않는다. 병으로 오는 현기증이 아니고 허기로 오는 현기증이기 때문이다.

장사가 유별히 재미있는 날은 밥 먹는 것도 곧잘 잊는다. 오늘이 바로 그런 날로서, 재득은 오늘 무려 이천팔백 원의 수입을 올렸다. 이윤이 좀 박하기는 했지만, 빗은 분명히 물건이 썩 좋았다. 오전 중엔 한 봉에 백 원씩 팔다가, 너무나 잘 나가는 바람에 눈 딱 감고 값을 백오십 원으로 올려 받았다. 그런데 오십 원을 올려 받는데도 물건은 올라탄 차마다 기막힌 '아다리'였다. 이런 날 밥 한 끼 굶는 것쯤은, 오히

214

려 재득 쪽에서 황송해할 지경인 것이다.

허청대는 다리를 바쁘게 옮겨 재득은 드디어 평택집 앞에 발을 세운다. 문을 밀고 안으로 들어서니 주인 김 씨가 한 손을 훌쩍 들어 보인다. 점잖은 김 씨가 손을 드는 것을 보니 뭔가 그에게 일이 있는 모양이다. 재득은 곧 밥상들을 돌아 김 씨 바로 옆에 무너지듯이 털썩 앉는다.

"뭡니까?"

"왜 그래, 안색이?"

"점심을 굶었더니 사지에서 쑥 맥살이 빠지는군요."

"사람 참…! 밥만은 제때에 찾아 먹어야지."

말을 마친 주인 김 씨가 곧 품 안에서 편지 한 통을 꺼내 준다.

"두 시쯤 왔네. 차부루 나가 봤더니 오늘은 밖으루 돌았다더군."

방을 자주 옮기는 탓으로, 재득은 편지를 띄울 때면 늘 평택집 주소를 이용한다. 밥을 단골로 먹고 있기 때문에 그쪽이 훨씬 자기 소재가 확실하기 때문이다.

편지는 예측한 대로 시골집에서 올라온 것이다. 연필로 씌어진 발신인을 보니 이번에도 역시 여편네 이름이다. 봉투를 뜯어 내용을 읽다가, 재득은 자신도 모르게 손을 가볍게 떨기 시작한다.

재득이 드디어 편지를 다 읽고, 편지지를 접어 안주머니에 푹 찌른다. 묵묵히 재득을 바라보던 김씨 가, 눈치가 이상했던지 조심스레 입을 연다.

"안 좋은 편진가?"

"그저 그래요."

"누구야, 그 조옥심(趙玉心)이란 여자?"

"사촌누입니다."

김 씨는 대답이 석연치 않았지만 더 이상 묻지 않고 자리를 뜬다. 마침 국밥이 도착해서 재득은 천천히 숟가락을 집어든다.

재득이 결혼해서 마누라가 있다는 것은 그만이 아는 숨은 비밀이다.

친구들은 모두 총각인데 자기만 결혼했다는 것이 그는 왠지 부끄러웠
다. 공연히 친구들의 놀림감만 될 것 같아 그는 이 사실을 깨끗하게
숨겨 온 것이다. 그러나 마누라의 오늘 편지를 보니, 그는 더 이상 숨
길 것도 없게 되었다. 견디다 못한 마누라가 드디어 남의 집에 식모살
이를 가기로 결정한 것이다.

그토록 허기지던 재득의 뱃속이, 편지를 읽고 나자 돌덩이라도 삼킨
듯 더부룩하다. 밥을 퍼넣는 재득의 손은 어느 틈에 완전히 기계적이
다. 이유도 없는 막연한 분노가 갑자기 재득의 멱통을 사정없이 죄어
붙인다. 그는 어째서 자기 신세가 이토록 고달픈지 알 수가 없다. 온
갖 발버둥을 다 쳐봤는데도 언제나 그에게는 허기와 고달픔과 절망만
이 남겨질 뿐이다. 여편네의 이번 출분(出奔)만 해도 그로서는 빚까지
내어가며 최선을 다한 것이다. 하긴 일의 발단을 따지자면, 삼 년 전
에 겁없이 시작한 '닭 똥구멍 바라보기'로부터 따져야 옳다.

제대 후 재득은 고향에 돌아가자 농사일을 때려엎고 은행돈을 빌려
대대적으로 양계(養鷄)를 시작했다. 농사일은 평생을 해봐야 제 털 뽑
아 제 구멍에 박는 짓이다. 뻔한 골패짝에 반발을 느낀 재득은, 여벌
모가지 걸어 놓고 한바탕 씩씩하게 발버둥을 쳐보기로 했던 것이다.
신문과 방송에는 성공담(成功談)도 숱하게 많다. 그러나 그것은 수백
명의 사람들 중 특출나게 아다리가 맞은 한두 사람의 이야기다. 닭은,
낳으라는 알은 안 낳고 재득에게 빚과 한숨과 절망만을 낳아 주었다.
사료값은 오르고, 알값은 똥값이고 닭은 닭대로 병에 걸려 하루에 수
십 마리씩 바지게로 죽어나간 것이다.

은행에 잡혔던 집과 논밭은 장마철에 검불 떠내려가듯 재득의 눈앞
에서 손을 흔들고 떠내려갔다. 그러나 빚은 은행뿐 아니라 대추나무에
연 걸리듯 마을 안 이웃들에게도 삼십여만 원이 빡빡하게 깔려 있었
다. 집도 절도 없는 재득 부부는 이제는 죽을래야 죽을 수도 없는 처
지가 되고 말았다. 재득이 밤중에 고향에서 튄 것은 바로 이런 무렵이
다. 어차피 그는 마을에 있어봤자 삼십만 원 빚 때문에 평생을 살아도

밝은 빛은 보기 힘들다. 부부가 다 튀면 죽일 놈 소리가 나올 것 같아, 재득은 아내를 볼모로 남겨 둔 채 자기 혼자만 야간도주를 한 것이다.

고향에서 튄 지 석 달 만에 재득은 드디어 정류장에 터를 잡았다. 재득은 부지런히 벌었다. 형섭이나 낙표처럼 그는 입담이 걸지 못하다. 그러나 착실하고 꼼꼼한 성격이라 재득은 허리띠를 졸라매고 매달 매달 꼬박꼬박 몇 푼의 돈을 고향으로 부칠 수 있었다. 아내 역시 고향에서 놀고 지낸 것은 아니었다. 그녀는 평범한 여자였다. 예쁠 것도 없고 자랑할 것도 없는 말없고 부지런한 보통의 시골 여자였다. 빚 삼십만 원에 볼모로 잡힌 그녀는 남의 집 밭과 논에서 뼈가 녹아나게 삯일을 했다. 그러나 그들의 안팎의 노력은 삼십만 원의 이자 가리는 데도 빡빡하게 힘이 부쳤다. 고향에 있으나 밖으로 나오나 재득의 삼십만 원 빚은 여전히 한 푼도 줄지 않았다. 재득은 드디어 지난 연말 자기가 여기서 빚을 내보기로 작정했다. 급한 대로 오만 원만 마련이 되면, 저들에게 사정을 하여, 이 난국을 적당히 때워 넘겨 볼 작정에서였다. 외상 물건을 쓰고, 친구에게 빌리고 하여, 재득은 이럭저럭 오만 원을 마련해 시골로 부쳤다. 방세 석 달치 밀린 것도 낙표에게는 전혀 잘못이 없다. 반반씩 부담키로 된 낙표 몫의 방세를 재득이 낙표 양해하에 임시로 입체해 간 것이기 때문이다.

그러나 오늘 도착한 아내의 편지는 모든 희망을 산산이 때려부쉈다. 고향에 부쳐진 오만 원은 수많은 빚쟁이들 사이에서 '손에 붙은 밥풀'이 되었다. 사정 한 마디 건네기도 전에 그 돈은 빚쟁이들 사이에서 흔적도 없이 깨끗하게 잦아버린 것이다. 아내는 드디어 견디다 못해 자기도 고향을 뜨겠다고 했다. 이 말은 이미 아내로부터 오래 전에 나온 말이다. 이래도저래도 고달프기는 마찬가지니까 차라리 서울로 올라가 당신 곁에서 식모살이라도 하겠다는 이야기다. 행선지는 아직 정해지지 않았다. 그러나 재득의 답장이 오면 즉시 행선지를 정해 뜨겠다는 얘기였다. 뜨게 되면 다시 연락을 주마 하고 아내는 어디서 주워들었는지 '사랑하는 당신의 아내'라는 말로 편지 끝을 멋지게 맺은 것이다.

"아니 왜 그래?"

재득의 뚝배기에 음식이 반이나 남은 것을 보고, 김 씨가 의아한 눈길로 재득의 얼굴을 빤히 쳐다본다. 재득은 그러나 실쭉 웃고는 아무 말 없이 의자에서 일어선다.

"장부 주십쇼."

"점심두 굶었다며 왜 벌써 숟갈을 놓나?"

"속이 좀 안 좋군요."

"먹은 게 있어야 속이 안 좋지?"

"실은 낮에 찰떡을 몇 개 사먹었어요."

사인을 하고 장부책을 돌려준 후 재득은 곧 가방을 집어든다. 그러나 그가 몸을 돌리자 김 씨가 문득 나직하게 입을 연다.

"재득이 …."

"예?"

"오늘 안 되겠나 …?"

"뭐 말입니까?"

"낮에 물건을 좀 들여놨네. 돈이 안 되면 할 수 없구 …."

재득은 퍼뜩 정신이 든다. 벌써 열흘 치 밥값이 다 찬 것이다.

"깜박 잊었군요. 모두 얼마죠?"

"삼천백 원일세."

재득은 곧 주머니를 뒤적여 돈 이천 원을 꺼내 든다.

"모두 이거뿐입니다. 나머지 천백 원은 내일 다시 채워 드리죠."

"고맙네. 백 원은 놔 두게 …."

"자, 그럼 가보겠습니다."

"잘 가게."

평택집을 나와 찬 공기를 마시자 재득은 그제야 정신이 약간 맑아진다. 밖은 이미 어둠이 짙어 상점들의 불빛이 휘황하다. 여인숙을 지나 담뱃가게 앞에 다다르자 재득은 오십 원을 주고 남대문 한 갑을 받아든다. 평택집에 밥값 이천 원을 물었더니 재득의 주머니는 다시 아침처럼 빈털터리다. 문득 재득의 침침한 눈앞에 주인집 여편네의 파랗게 독오른 얼굴이 떠오른다. 저녁에 주마고 약속을 했는데 재득에겐 오늘도 역시 빈손밖에는 들고 갈 것이 없다. 담배를 뽑아 불을 당겨 물며, 재득은 갑자기 걸음을 재촉한다.

시계포 앞이다. 문을 밀고 안으로 들어서자 주인 안(安) 씨가 돋보기를 후딱 머리 위로 치올린다.

"어서 오우. 웬일이우?"

"안녕하십니까?"

"나 좀 있으면 다 끝나니까 거기 좀 앉아 기다리시우."

"예."

말이 좋아서 시계포지, 점포 안은 불과 한 평이 될까말까 하다. 그러나 이 초라한 점포가 재득이네패들에게는 없어서는 안 될 중요한 거래처다. 주인 안 씨는 시계수리만 하는 것이 아니라, 물건을 잡고 돈을 빌려주는, 일 테면 허가 없는 간이 전당포의 주인 노릇까지 겸하고 있는 것이다.

"다 됐수. 뭐유?"

"이거 좀 맡아 주십시오."

"왜? 고장인가?"

"아닙니다. 돈이 좀 급해서요."

"옛날 그거지?"

"예."

안 씨는 시계를 받아들자 볼 필요도 없다는 듯 손금고 속으로 철커덕 떨어뜨린다. 금고 자물쇠를 단단히 채운 후, 안 씨는 즉시 돈 이천 원을 세어서 건네준다.

"이거면 되겠수?"

"천 원이 더 있어야 되겠습니다."

"찾을 때는 공연히 힘들 테니까 웬만험 그걸루 참으시우."

"부탁입니다. 천 원만 더 주십시오."

안 씨가 다시 안주머니에서 천 원을 꺼내 재득에게 건네준다.

"그래 언제까지 맡겨 둘 거유?"

"곧 찾겠습니다."

"빨리 찾으슈. 요즘은 물건 맡기구 꽁무니 마는 게 유행이야. 궤짝으루 시계만 하나 가득이우. 이자는 말 안 해두 잘 아시겠지?"

"압니다. 그럼 수고 보십시오."

"잘 가우."

시계포를 도망치듯 나온 재득은, 시계가 벗겨진 헛헛한 왼손을 바지 주머니에 꾹 찌른다. 시계는 갸바이패들에게는 없어서는 안 될 필수품이다. 차들의 출발시간이 정해져 있기 때문에, 그들은 시계가 있어야 손님이 가장 많을 때를 골라 차에 오를 수가 있는 것이다.

"재득아!"

과일가게 앞을 지나치자 누군가가 문득 재득을 부른다. 발을 세우고 뒤를 돌아보니 라이터 행상인 꺽다리 덕배(德培)다. 덕배가 가까이 다가오며 빠른 말씨로 입을 연다.

"너 얼른 집에 가 봐라. 너들 방에 딴 사람이 들었다더라."

"뭐라구?"

"상필이를 방금 골목에서 만났어. 주인집 여편네가 너들 짐을 흠뻑 마당으로 끌어냈다더라."

"죽일년!"

말을 마친 재득은 후딱 몸을 돌려 숙소를 향해 뛰기 시작한다. 방을 내놨다는 말은 아침에 들었지만 이렇게 번개처럼 손을 쓰리라곤 미처 몰랐다. 당장 방을 내쫓겼으니 어디로 가야 할지 막연하다. 더구나 낙표는 방세를 내고도 공연히 자기 때문에 날벼락을 맞은 셈이다. 어두운 골목길로 급히 뛰어들며 재득은 자기 발 밑이 움푹움푹 꺼지는 듯한 절망을 느낀다.

드디어 집 앞이다. 대문을 밀고 집으로 들어서니, 덕배의 말과는 달리 넓은 집안이 쥐죽은 듯 괴괴하다. 그러나 네댓 발짝 걸어가던 재득은 자신도 모르게 우뚝 그 자리에 멈춰 선다. 누군가가 컴컴한 어둠 속에서 그를 선뜻 막아섰기 때문이다.

"나다, 재득아."

낙표다. 재득은 갑자기 말이 막혀 낙표의 얼굴을 얼빠진 듯 바라본다.

"뭘 하냐, 여기서?"

"짐 챙기구 있어."

"어딨냐, 여편네는?"

"나갔다, 아까."

"어디루?"

"모르겠어."

재득이 드디어 고개를 떨구고 자기 발 밑을 허탈하게 둘러본다. 옷과 이불, 밥상은 물론이고 양재기, 냄비, 간장병까지 땅바닥에 굴러 있다. 허리를 굽혀 양재기 하나를 집어들며, 재득은 낙표를 외면한 채 들릴 둥 말 둥 입을 연다.

"허, 씨팔 … 미안하다, 낙표야 … ."

6

"두제 있냐?"

"엉, 누구야?"

두제는 힐끗 낙표를 바라본 후 곧 팔을 뻗어 미닫이를 드륵 연다. 문 밖에는 뜻밖에도 차부 행상인 완규(完奎)와 호준(浩俊)이가 우뚝 서 있다.

"뭐야? 어떻게 왔어?"

"나온나, 빨리."

"어디루? 무슨 일인데?"

"상필이 병학이가 기다리구 있어. 낙표 너두 같이 가자."

"말을 하라구, 무슨 일인지. 지금 몇 신데 어디루 가자는 거야?"

"차부에서 지금 난리가 났어. 가보면 알 테니까 빨리 나와."

"아따 거 되게 비싸네. 말을 해봐, 개새끼야!"

완규가 드디어 무릎을 꺾고 미닫이 문지방에 엉덩이를 걸친다.

"회사 새끼들이 내일부터 터미널 출입을 막겠다는 거야. 회사방침이 그렇게 됐다면서 낼부터는 아무도 터미널 안으로 들이지 않을 거래."

"또 지랄이군, ×새끼들. 그 새끼들 심심하면 그런다니까."

"아니야, 이번엔 옛날하군 달라. '잡상인 출입엄금'이라는 팻말까지 벽에다 땅땅 뚜드려 박구 있어."

"지금 말이가?"

"쌔끼들 오늘 낮에 준비해 둔 모양이야. 밤중에 슬쩍 팻말을 박아 놓구 내일부터 본격적으루 우릴 싹 쓸어버릴 계획인 것 같아."

"이렇게 되면 약속이 틀리잖아? 우린 그럼 지난번에 초췄다구 그 고생들 했냐?"

"그러니까 어서 가보자는 거야. 약속이 틀렸으니 따질 건 따져야 될 거 아냐."

"가자, 낙표야."

"응."

두 사람은 곧 자리를 일어나 전등을 끄고 방을 나온다. 마당을 거쳐 집 밖으로 나오자 이번에는 낙표가 완규에게 입을 연다.

"애들 그래 어디들 모여 있나?"

"배차계."

"누구누구 모였어?"

"병학이, 상필이, 승남이, 덕배, 필복이, 성택이, 태진이, 상목이 … 좌우간 모두 열둘인가 열셋이야."

"형섭인 안 보이던?"

“없어, 형섭인.”

침묵이 흐른다. 네 사람의 발걸음 소리가 잠시 요란하게 골목길을 울린다. 그러나 그들은 입을 다문 채 저마다 머릿속으로 형섭을 생각하고 있다.

단순한 사고라고 하기에는 ‘그 일’은 너무나 형섭에게 미안했다. 만일 그 일만 아니었다면 그들은 이런 경우 제일 먼저 형섭을 찾아갔을 것이다. 말빤찌 좋고 배짱이 두둑해서 오늘 같은 이런 경우에는 형섭이 가장 적격인 것이다. 그러나 그들이 따지러 가고 있는 그 약속은, 공교롭게도 형섭의 애인인 남숙을 희생시키고 얻어 낸 것이었다. 그들은 지금 이 사실이 형섭에게 알려질까 두려워하고 있다. 형섭이 가장 적격이라는 것은 알지만, 그들은 이래서 오히려 형섭의 출현을 겁내고 있는 것이다.

“형섭인 참 어딜 갔지?”

“몰라. 낮에 잠깐 보이더니 그 뒤룬 아무두 본 사람이 없어.”

“차라리 이렇게 될 줄 알았으면 탁 깨놓구 얘길 하는 건데….”

“미쳤구나, 너두. 그걸 어떻게 우리 입으루 얘기하나? 차라리 개한텐 모르는 체하는 게 좋아. 알아봤자 괜히 오장육부만 뒤집힐 뿐이야.”

“우필이 그 새낄 때려죽여야 돼. 그 새끼 때문에 엉뚱하게 터진 일 아닌가?”

“남숙이 그것두 잘못했다구. 국으루 자빠져 있지 지가 뭐라구 앞장서서….”

“귀 아프다, 새끼들아! 입 닥치구 작작들 지껄여!”

낙표다. 낙표는 그때 일은, 입에 올리기도 부끄럽다. 그 일에는 엄밀히 말해서 아무에게도 잘못이 없다. 잘못은 오직 그들 전부가 이곳에 빌붙어 살고 있다는 데 있을 뿐이다. 이곳에 붙어 있기 싫은 자는 깨끗이 손은 털고 떠나면 그만이다. 그러나 떠나지 못할 바에야, 더이상 그 일을 떠들 필요가 없는 것이다. 좀더 이곳에 빌붙어 있기 위해, 그들은 할 수 없이 그 일에 동원되었기 때문이다.

골목길을 빠져 택시 주차장 앞을 지난 뒤 일행은 드디어 차부 정문 앞에 다다른다. 열한 시가 지난 깊은 밤이어서 정문에는 이미 큰 철문이 닫혀 있다. 그러나 정문은 닫아걸더라도 직원들의 출입 때문에 쪽문은 늘 자정까지 열어 둔다. 일행은 곧 낙표를 선두로 차례차례 차부로 들어선다.

휑뎅그레한 넓은 차부에는 차가 한 대도 보이지 않는다. 배차계 한 곳만 불이 환할 뿐 주위는 썰렁한 어둠에 묻혀 있다. 배차계 창문으로 넘어다보니 방안에는 이십여 명의 사람들이 빼곡이 서서 웅성대고 있다. 낙표가 막 문을 밀고 들어서자, 안에서 고함이 울리고 사람들이 욱욱 문 쪽으로 떠밀린다.

"나가라구, 나가! 이렇게 우 몰려와서 대체 뭘 어쩌겠다는 거야?"

"달면 삼키구 쓰면 뱉기요? 약속이 다르잖소!"

"글쎄 우리는 모르는 일이야. 할 말이 있음 내일 하자구."

"정말 너무들 하십니다. 사람 이렇게 괄세하기요?"

"뭣들 하는 거야, 나가라는데! 이럼 정말 경찰을 부르겠어!"

"부르슈, 얼마든지. 우린 겁날 거 하나 없수다!"

이쪽은 잡상인 패거리고 저쪽은 회사 관리실 직원들이다. 마주서서 고함을 치는 두 사람은 갸바이 상필과 관리실장 이두현(李斗鉉)이다. 낙표가 곧 사람들을 헤집고 두 사람 옆으로 바쁘게 다가간다. 상필의 어깨를 훅 떼밀며 낙표가 이윽고 두 사람 사이로 재빨리 끼여든다.

"상필아, 좀 비켜서라. 형님, 나하구 얘기 좀 합시다."

"좋아, 자네하구 상대할 테니 나머진 모두 밖으루 내보내게."

"알겠습니다. 내보내죠. 야 상필아, 잠깐만 나가 있어."

상필이 곧 낙표 말을 좇아 동료들 쪽으로 몸을 돌린다. 낙표는 그동안 이 씨의 팔을 잡고 옆방인 배차계 숙직실로 재빨리 끌고 들어간다.

"형님, 대체 어떻게 된 겁니까?"

“몰라, 나두.”

“어쩌다 일이 이렇게 됐죠?”

“자, 우선 이리루 앉게.”

한 칸 남짓한 좁은 방에는 창 밑으로 덩그렇게 목침대 하나가 놓여 있을 뿐이다. 낙표가 엉거주춤 침대 위로 걸터앉자 이번에는 이 씨가 먼저 나직하게 입을 연다.

“왜들 이러는지 모르겠어. 난 위에서 시키는 대루만 했을 뿐이야.”

“형님, 우릴 정말 깡그리 내몰 작정인가요?”

“그런 것 같아.”

“왜 또 그러죠?”

“회사 중역들이 결정한 일인데 그걸 낸들 어떻게 아나?”

“이러심 정말 곤란합니다. 우릴 몰아내는 이유가 뭡니까?”

“손님들 사이에 좋지 않은 평판이 돌구 있어, 시끄럽구 지저분하구 돈을 자꾸 털린다는 거야.”

“그거야 옛날부터 늘 듣는 얘기 아닙니까? 그런 이유루 우릴 내몬다면 그건 정말 섭섭한 일입니다.”

“섭섭해두 할 수 없네. 회사가 이미 방침을 세웠으니까.”

낙표는 잠시 말을 끊고 혀로 천천히 입술을 핥는다. 회사방침이 굳어졌다면 이제는 한 가지 방법밖에 없다. 꺼내기도 싫은 부끄러운 얘기지만, 옛날 그 일을 들출밖에 도리가 없는 것이다.

“허지만 전번에 박(朴) 상무님께서 우리한테 직접 약속하신 게 있지 않습니까?”

“있지.”

“그 약속은 그럼 어떻게 되는 거죠?”

“모르겠네, 난.”

“형님께서 모르다뇨? 형님두 그때 우리를 찾아오지 않았습니까?”

“그때하구 지금하군 사정이 달라. 손이 딸리구 일이 급해서 그땐 불가피하게 자네들을 부른 거야.”

"말씀 아주 자알 하십니다. 그러니까 지금은 우리가 필요 없다 그 말씀인가요?"

대꾸가 없다. 낙표는 그러나 쉴 틈을 주지 않고 재차 날카롭게 다그친다.

"우린 그때 장난삼아 차장 아이들을 때려잡은 게 아닙니다. 상무님이 오셔서 사정을 하시길래 분명히 약속을 받구 회사일에 협조를 한 겁니다."

"허지만 그날 자네들한테는 짓궂은 장난기두 없지 않았어."

"장난기요? 천만에요! 난 그날 그 꼴 보구 잠 한숨 못 잤습니다. 우리가 꼭 남숙이 다리를 분질러 놓은 듯한 기분이었습니다."

"아니었나, 그럼?"

"농담이라두 그런 말 마십시오. 하늘이 훤히 내려다보십니다."

"좌우간 그 남숙이라는 계집애 지독한 독종이었어."

"형님, 이러지 마십시오. 형님 앞이니까 바른말입니다만 우리두 내심으루는 모두 그 애들 편이었습니다. 팔이 안으루 굽는다구 걔들 솔직히 차장질한 죄밖에 더 있습니까? 시집두 안 간 새파란 년들을 옷을 홀랑 벗기다니 말이나 되는 얘깁니까?"

"홀랑은 아닐세."

"××하구 젖통은 안 벗겼다 그 말입니까?"

"그럼 옷 벗긴 거나 항의할 일이지 대합실루 몰려가서 왁왁 떠드는 건 무슨 짓이야? 저들 요구조건 다 들어줬다가는 회사 아주 거덜나게?"

"그 얘긴 더 이상 하고 싶지 않습니다. 형님, 저한테 약속 하나 해주십시오."

"무슨 약속?"

"내일 어디 다방 같은 데서 박 상무님 잠깐 만나보게 해주십시오."

"안 돼, 그건."

"왜요?"

이 씨가 담배를 뽑아물고 잠시 주위에서 성냥을 찾는다. 낙표가 선반에서 성냥갑을 찾아주자 이 씨가 불을 당긴 후 담배연기를 길게 내뿜는다.

"내가 말한다구 나갈 사람두 아니지만 그 사람 만나봐두 별 신통한 수 없을 걸세."

"수가 있는지 없는지는 저한테 맡기십시오. 잠깐이라두 좋으니까 만나 보게만 해주십시오."

"옛날 약속을 따져볼 모양인데 그건 공연한 헛수고야. 자네들은 그때 큰 실수를 저질렀어. 입으루 덜렁 내뱉은 약속이 이제 와서 무슨 소용인가?"

"입으로 내뱉은 건 약속이 아닌가요?"

"그런 약속 안 했다면 고만이지 자네가 무슨 수루 따지구 들 거야?"

그렇다. 도리가 없다. 그러나 낙표는 박 상무와의 약속이 그렇게 간단히는 파기(破棄) 되지 않으리라고 믿고 있다. 대단한 약속이라면 모르지만 그 약속은 터미널 구내에 잡상인의 출입을 허용한다는 하찮은 내용인 것이다.

"자, 이제 그만 가보게. 나두 이젠 들어가 자야겠어."

낙표가 고개를 까딱하더니 미련 없이 몸을 일으킨다.

"오늘은 형님한테 제가 깨끗하게 둘렸습니다. 허지만 내일은 쉽게 물러서지 않을 겝니다."

"아, 잠깐만 기다리게. 자네한테 뭐 하나 물어볼 게 있네."

"말씀하십시오."

"남숙이 애인인 형섭이라는 사람이 어젯저녁에 나왔다면서?"

"예."

"그 사람 지금 어디 있나?"

"모릅니다."

"만나면 내가 보잔다구 하게. 꼭 만나서 전할 말이 있으니까."

"알겠습니다."

“자, 그럼 살펴 가게.”
“편히 쉬십시오.”

                7

하늘에 별이 총총하다.

택시 한 대가 고개턱을 넘어 무서운 속도로 비탈길을 달려 내려간다. 삼십 분 간격으로 배차되는 버스는 끊어진 지 벌써 오래다. 시계가 없어 잘은 모르지만 아마 통금을 십여 분쯤 남겨둔 것 같다.

형섭은 담배를 블록 벽돌에 비벼 끄고 한 손으로 땅을 짚고 천천히 몸을 일으킨다. 주위는 산중턱의 넓은 공터로, 블록, 구들장, 벽돌 따위 건축자재들이 무더기무더기 쌓여 있다. 산중턱이라고 말했지만 주위에는 풀 한 포기 나무 한 그루 볼 수가 없다. 불도저가 산을 훤하게 까뭉개서 황토와 돌무더기만이 시뻘겋게 널브러져 있는 것이다. 그러나 산중턱은 황토뿐이지만, 약간만 밑으로 내려가면 십 평 안팎의 정착민(定着民) 집들이 도로를 중심으로 하여 진드기 엉겨붙듯 다닥다닥 밀집해 있다.

가운데 뻥하게 터진 공터는 아마 정착촌의 시장(市場) 부지로 남겨둔 땅일 것이다. 제방 저쪽으로 우뚝우뚝 솟은 건물들은 이곳의 유명한 명물인 한일합작(韓日合作) 공장지대다. 사방이 짙은 어둠 속에 묻혀 있는데, 그곳만이 야간작업차 고촉광 불빛들로 휘황하게 밝혀져 있다.

문득 형섭의 등뒤로부터 발자국 소리와 말소리가 다가온다. 사람을 지루하게 기다리던 형섭은 긴장을 느끼고 블록 무더기를 넘겨다본다. 집이라곤 겨우 두 채밖에 없는 이곳에, 찾아올 사람이 있다면 그것은 바로 그가 기다리던 장주옥(張珠玉)이다. 그러나 가까이 다가오는 사람은 혼자가 아니고 하나로 엉겨붙은 남녀 한 쌍이다. 걸음을 재촉하여 점점 형섭에게 가까이 오더니, 두 사람은 공교롭게도 형섭이 서 있는 바로 이웃의 블록 사이에 멈춰 선다. 그곳은 블록 무더기가 사람의 키 높이로 빙 둘러싸여 있는 곳이다. 사태가 우습게 발전된 것을 깨닫고, 형섭은 하회를 보자는 듯 다시 조용히 땅으로 내려앉는다.

엄청나게 성급한 남녀들이다. 하긴 이곳까지 올라오면서 열이 오를 대로 올랐는지 모른다. 침묵이 길다고 생각했더니 어느 틈에 숨을 헉헉 몰아쉬고 있다. 둘 모두 사귄 지가 오래된 듯 말은 한 마디도 주고받지 않는다. 한겨울의 확 터진 산중턱에서, 그들은 추위도 모르는 듯 대뜸 옷을 벗고 그 짓부터 해치우고 있다.

반 년간을 빵 속에서 처리 못한 욕망이, 형섭에게 드디어 훗훗하게 치밀어오른다. 주위가 쥐죽은 듯 적막해서 그들의 모든 동작들이 손에 잡힐 듯 선명하게 들려 온다. 그러나 형섭은 욕망과 더불어, 그들의 몸 위로 블록을 와르르 밀어뜨리고 싶은 충동을 느낀다. 이쪽을 모르고 하는 짓이긴 하지만 그들의 황홀한 잔치가 조롱과 야유처럼 느껴졌기 때문이다. 드디어 행위가 끝났는지 '까이'(여자) 목소리가 또렷하게 밤공기를 울린다.

"아잇 추워! 유는 안 추워?"

'놈씨'(사내)는 바지라도 끌어올리는지 아무런 대꾸가 없다. 까이가 다시 드높은 소리로 거침없이 입을 연다.

"나 낼부터 야근이야. 올 테문 낼부턴 낮에 오라구."

"가야지 물론. 낮에는 할망구두 아뭇소리 안 하겠지?"

"낮에 오는 건 상관없어. 명자두 마침 낮번이니까."

"추워? 아직두?"

"아니, 괜찮아."

두 사람이 이윽고 저벅저벅 공터를 벗어나 길 위로 올라간다. 어렴풋이 예측했지만 목소리를 들어보니 까이는 틀림없는 장주옥이다. 잠시 길 위에 서 있던 두 사람은 시간이 늦었다는 듯 즉시 몸을 돌려 위아래로 헤어진다.

주옥의 숙소는 바로 코앞이다. 사방이 온통 벌겋게 파헤쳐진 황토밭인데, 주옥의 숙소만은 검은 점처럼 공터에 덜렁 남아 있다. 수십 년은 됐음직한 그 낡은 초가집은 아마 이 산중턱에 원래부터 있었던 집인 것 같다. 딴 것은 모두 도저가 밀어붙였지만 그 집은 사람이 살고 있어서 도저도 처리하지 못하고 그대로 내버려둔 모양이다.

주옥이 드디어 초가집에 다다라 판자로 만든 찌그러진 대문을 요란스레 흔들어 댄다.

"할머니! 저예요, 할머니! 대문 좀 따주세요!"

쥐죽은 듯 고요하던 집안에서 주인 노파가 방문을 열고 소리를 치며 마주 나온다.

"문짝 떨어져! 그만 좀 흔들어!"

"미안해요, 할머니!"

노파가 드디어 대문을 딴 후 한 옆으로 비켜서서 주옥을 맞는다. 그러나 주옥이 자기 앞으로 지나치자 노파가 문득 험악하게 입을 연다.

"누구야, 그놈은?"

"그놈이라뇨?"

"사내들 자꾸 끌어들일래문 내 집에서 당장 나가! 난 그런 꼴 못 본다구. 여기가 네년들 유곽인 줄 알아?"

"아니 누굴 끌어들인다는 거예요? 난 지금 혼자잖아요?"

"웬 젊은 놈이 찾아왔길래 내가 욕을 해서 쫓아보냈어. 누구야, 그놈은? 이번에두 또 사촌오래빈가?"

"대체 누가 왔다는 거예요? 난 아무도 못 만났어요."

그때다. 대문이 삐걱 열리더니 형섭이 성큼 집 안으로 들어선다. 그는 노파 쪽은 거들떠도 보지 않고 주옥에게 곧장 다가가 장승처럼 우뚝 멈춰선다.

"나야, 주옥이 …."

"어머나!"

"잘 있었어?"

“어떻게 여긴…?”

“자세한 얘긴 나중에 하지. 자, 어서 방문이나 따라구.”

주옥이 그제야 정신이 든 듯 후딱 몸을 돌려 자기 방문의 자물쇠를 딴다. 형섭이 이번에는 노파를 돌아보고 으르렁거리듯 사납게 입을 연다.

“자슈, 할머니두. 난 진짜 사촌오빠요.”

노파가 홱 몸을 돌리더니 방안으로 들어가 부서져라고 방문을 닫는다. 주옥이 곧 석유등에 불을 켠 후 아랫목의 이불을 치우고 형섭이 들어오기를 우두커니 기다린다.

방은 천장이 매우 낮고 동굴 속처럼 냉기가 썰렁하다. 신문지로 바른 천장과 벽은 찌들고 바래서 누리끼리한 한약봉지 색깔이다. 형섭이 엉거주춤 방 안으로 들어서자 주옥이 부리나케 이불자락을 그에게 밀어준다.

“이 위루 앉으세요. 불을 못 때서 냉돌이에요.”

자리를 잡고 마주앉은 두 사람은 잠시 멍하게 입들을 다물고 말이 없다. 벽에 걸린 석유등에서는 새까만 그을음이 천장을 향해 수직으로 피어오르고 있다. 형섭이 이윽고 담뱃갑을 꺼내 들며 주옥의 통통한 얼굴을 정면으로 바라본다.

“석유등 본 지두 오래됐군. 여긴 전기가 안 들어오나?”

“네, 이 집만 안 들어와요.”

“이 집 할망구 왜 그렇게 거칠구 사나워? 성질 아주 고약하겠더군?”

“원래가 그래요.”

그런데 왜 이런 집에 방을 구했냐는 말은 하나마나한 질문이다. 주옥이 이곳에 방을 구한 이유는 오로지 딴 집들보다 방세가 싸기 때문일 것이다.

“거기선 언제 나오셨어요?”

주옥이다.

“어제….”

"어떻게 제가 여기 있다는 걸 아셨죠?"

"혼났어, 찾느라구. 아마 네 시간은 헤맸을 거야. 원주선(原州線) 타는 손광자(孫光子)를 만났어. 주옥이가 나가는 공장 이름을 대주더군."

"광자 아직 거기 있어요?"

"응."

다시 침묵이다. 비스듬히 무릎을 꿇고 앉은 주옥은, 아까 그 짓 할 때 묻어온 듯, 기다란 옆머리에 검불 하나가 매달려 있다. 그러나 지금의 그녀에게는 아까의 헐떡이던 표정은 터럭만큼도 찾아볼 수 없다. 두 손을 양다리 밑에 꼭 끼우고, 주옥은 작은 입술을 뾰족하게 다물고 있다.

"회산 언제 고만뒀어?"

"두 달 됐어요."

"그럼 그 일 터지구 곧장 회사에서 쫓겨났군?"

"네."

"나 실은 그 일 때문에 여기까지 찾아온 거야. 우선 사람 하나 찾아야겠어. 주옥인 남숙이가 어디 있는지 알구 있겠지?"

"몰라요. 회사 고만두구 딱 한 번 병원에서 만났어요. 걔 있는 덴 아무두 몰라요. 두 번째 들렀을 땐 병원에서 벌써 퇴원하구 없었어요."

"좋아, 그럼 어떻게 된 일인지 처음부터 차근차근 얘길 해줘."

"모르세요, 통?"

"몰라, 사방에 붙잡구 물어봐두 모두 비실비실 날 피하려는 눈치뿐이야. 내가 주옥일 찾아온 건 바루 그 얘길 듣구 싶어서야."

주옥이 고개를 꼿꼿이 쳐들고 형섭의 얼굴을 정면으로 바라본다. 불빛을 맞받은 그녀의 두 눈에 이윽고 번쩍번쩍하는 분노의 빛이 되살아난다. 형섭이 묵묵히 말하기를 기다리자 주옥이 침착하게 입을 연다.

"지난 해 시월, 스무사흗날이에요. … 우린 그날 일들을 끝내구 합숙소에 모여서 막 잠자리를 깔구 있었어요. 철원(鐵原) 막차까지 시마이

한 때라 시간은 아마 열두 시 반쯤 됐을 거예요.

감찰들이 들이닥쳤어요. 전에두 가끔 그런 일이 있었지만 그날은 웬일인지 감찰들 눈이 이상했어요. 정감찰(正監察) 두 명에 조감찰(助監察) 세 명까지 우 몰려와서 눈알을 희번덕거리더니 대뜸 우리더러 숙소 밖으루 나가라는 거예요. 잠들을 자려든 판이어서 우리는 모두 잠옷 아니면 내복 바람이었어요. 허지만 뭔가 낌새가 이상해서 우린 순순히 하라는 대루 몰려나갔어요. 잠깐이면 끝나겠지 생각하구, 더럽구 치사해두 모두들 끽소리 없이 묵묵히 참은 거예요.

얼마를 지나자 문이 열리더니 감찰들이 우릴 다시 숙소 안으루 부르더군요. 헌데 안으루 불러놓구는 감찰들은 우릴 다시 세면장으루 몰아넣었어요. 뭘 하려나 하구 기다리구 있자, 이번엔 다섯 명 다섯 명씩 조를 짜서 끌구갔어요. 육호실 큰 방으로 다섯 명을 몰아넣구 이제는 하나하나 몸뒤짐을 하자는 수작이에요. 헌데 들어갔다 풀려 나온 아이들이 모두 얼굴들이 백짓장처럼 질려 있었어요. 어떤 아이는 무슨 짓을 당했는지 눈에 글썽글썽 눈물까지 솟아올랐구요.

아이들이 쑥쑥 줄어들더니 기어쿠 남숙이 차례가 되었어요. 뭔가 불안하구 떨리긴 했지만 우린 태연하게 육호실루 들어갔어요. 헌데 들어가서 감찰들을 둘러보니 그 중에 뜻밖에두 조과장들 감찰인 박우필이두 끼여 있더군요. 우리들 몸뒤짐에 사내감찰이 끼여들기는 그때가 처음이에요. 우리들 몸뒤짐은 그때까지 줄곧 오계순(吳桂順)이 아니면 천수자(千秀子)가 맡아서 했거든요. 좌우간 우리를 일자루 세워 놓구 천수자가 대뜸 옷을 벗으라구 호령을 하더군요. 우린 처음엔 옷 벗으라는 말이 무슨 소린지 몰랐어요. 그때까진 우린 몸뒤짐을 받아두, 옷위를 더듬기나 했지 벗어본 일은 없었어요. 더구나 그때는 바로 우리 앞에 남자 감찰까지 앉아 있었구, 내복 한 장들만 걸친 처지여서 그것을 벗으면 우린 그대루 알몸이었어요. 벗으라는 소리가 무슨 소린가 싶어, 우리는 눈이 뚱그래서 그냥 꼿꼿이 서 있기만 했던 거예요.

그런데 우리가 등신처럼 서 있자니 별안간 오계순이가 내 뺨따귈 번

개처럼 후려치더군요. 얼마나 호되게 후려 때렸는지 난 그때 눈앞이
아찔했어요. 허지만 난 얻어 맞구두 화가 빠락 치밀었어요. 잘못두 없
는데 왜 사람을 치느냐구, 난 두 눈을 딱 부릅뜬 채 오 가년한테 사정
없이 덤볐어요. 허지만 오 가년은 눈 하나 깜짝 않구 날 또 한 번 후려
쳤어요. 죄가 없으면 벗을 일이지 왜 안 벗구 잔소리가 많으냐는 거예
요. 안 벗는 년은 죄가 있는 년이니까, 기어쿠 옷을 벗겨서 진짜 도둑
년을 찾아내구야 말겠다는 거예요. 분하구 원통한 건 말할 것두 없지
만 이렇게 되니 안 벗을 도리가 없더군요. 차장년 된 게 잘못이다, 생
각하구 우린 기어쿠 꾸물꾸물 옷들을 벗기 시작했어요. 헌데 옷들을
다 벗은 줄 알았더니 누가 아직도 안 벗은 모양이에요. 누군가 하구
돌아보니 바루 맨 끝 쪽에 서 있는 남숙이였어요. 오 가년 천 가년 두
년들이 이번엔 대뜸 남숙일 쥐어뜯기 시작하더군요. 넌 뭔데 안 벗느
냐면서, 안 벗음 강제루라두 벗기겠다구 덤벼든 거예요.”
　형섭의 눈빛이 이상했던지 주옥은 잠시 말을 중단한다. 그러나 형섭
은 고개를 끄덕이며 아무렇지 않다는 듯 빙그레 웃어보인다.
　“괜찮아. 그래서 … ?”
　“그러자 남숙인 눈을 까뒤집구 미친 듯이 소릴 쳤어요. 난 못 벗는
다, 인권유린이다, 저리 비켜라며 사생결단루루 발버둥을 친 거예요.”
　“그래 안 벗었나?”
　“아마 우필이만 없었으면 갠 기어쿠 안 벗었을 거예요 … .”
　“그럼?”
　“우필이가 갑자기 벌떡 일어나서 두 년들을 거들어 옷을 북북 쥐어뜯
기 시작했어요.”
　“좋아, 그래서?”
　“그래서 남숙인 꽥 소릴 지르더니 입에 거품을 가득 물구는 그대루
쭉 뻗어 버렸어요.”
　“알겠어, 고만해 … .”
　추위 때문인지 분노 때문인지 형섭은 갑자기 몸이 덜덜 떨려 온다.

이를 악물고 참으려 해도 한 번 떨린 몸은 좀처럼 진정되지 않는다. 고개를 들어 주옥을 바라보니 그녀도 역시 부들부들 몸을 떨고 있다. 그녀가 떠는 것을 바라보자 형섭은 약간 떨림이 진정된다. 담배를 뽑아 불을 붙여물고 형섭이 다시 주옥을 바라본다.

"그래 다음은 어떻게 됐어?"

"다음날 남숙이가 회사루 박 상무를 찾아갔어요."

"상무는 왜?"

"당한 게 너무 원통해서 따지기 위해 찾아갔던 거예요."

"그런데?"

"허탕이에요."

물론이다. 허탕일밖에 없다. 차장과 상무라니 말도 안 되는 상대인 것이다.

"파업은 그래 어떻게 터졌어?"

"남숙인 그 일을 당한 후룬 사람이 홱 달라졌어요. 꼭 무슨 일을 저지를 사람같이 눈에 벌겋게 핏발이 서 있었어요. 파업은 남숙이가 박 상무한테 다녀온 후 곧바루 시작되었어요. 모두 마흔두 명이 합숙소에 모여서 문을 처닫구 꼼짝두 안 한 거예요. 회사에선 곧 기겁들을 해서 문을 부수구 우릴 강제루 끌어내었어요. 허지만 우린 차부까지 끌려갔다가 다시 도망쳐서 뿔뿔이 숙소루 돌아왔어요. 차들이 못 뜨구 난리가 나니까 나중엔 안 되겠던지 최 부장과 송 부장이 숙소에 나타나더군요. 허지만 우린 그때쯤에는 똘똘 뭉쳐서 단체행동으루 들어갔어요. 그리구 남숙일 회장으로 뽑아 회사에 정식으루 요구사항까지 내세웠어요."

"뭔데, 요구사항이?"

"첫째, 차장들의 몸수색을 중지하고 인권을 존중할 것. 둘째, 차장들의 임금을 회사 내 일반 여사무원과 동등한 선으로 인상할 것. 셋째, 근로기준법을 준수하여 차장들의 조업시간을 단축할 것. 넷째, 공휴일과 규정 외 특수근무에는 차장들에게 특별수당을 지급할 것…."

“그걸 모두 누가 만들었어?”

“남숙이가 만들었어요. 걘 그런 걸 잘 알구 있었어요.”

“안 들어준 건 뻔한 얘기구, 그래 그 다음은 어떻게 됐어?”

“첨엔 살살 달래구 얼리더니 나중엔 하나씩 둘씩 개 끌듯이 끌구 갔어요. 공작실 창고 속에 잡아 처넣구는 기어쿠 공갈협박에 주먹질까지 시작되었어요. 결국 그 중에 몇몇 아이는 겁에 질려서 무릎을 꿇구 빌구 나왔어요. 허지만 걔들두 합숙소루 와서는 울면서 다시 우리 편이 되었어요. 회사 하는 짓이 더럽구 치사해서 우린 그때쯤에는 독들이 오를 대루 올라 버린 거예요.”

“차부는 그럼 엉망이 됐겠군?”

“그러문요. 수십 대의 차가 발들이 묶였구 나중에는 급했던지 매표소 아이들까지 우리 대신으루 차에 태워 보냈어요.”

“그리군?”

“데몰 했어요.”

“데모? 언제?”

“바루 그날 초저녁이에요.”

“거리루 나갔나?”

“아뇨. 터미널 대합실을 점령했어요.”

“하두룩 버려둔 게 이상하군?”

“차들이 지방에서 올라오자 나갔던 아이들이 꾸역꾸역 몰려들었어요. 걔들은 모두 하루 전에 나갔다가 지방서 자구 다시 올라온 아이들예요. 새루 온 아이들을 모두 합치니까 숫자가 거진 육십 명쯤 되더군요. 누군가가 나가자구 고함을 쳐서 우린 군말 없이 우 몰려나갔어요. 헌데 이때 우리들한테 이상한 일이 벌어졌어요. 조과장 패들이 우릴 보구두 구경만 하구 우두커니 섰는 거예요. 전에는 걔들이 앞장서서 우릴 잡아가구 끌구가구 했는데, 걔들이 갑자기 팔짱을 끼구 시무룩한 얼굴루 우릴 보구만 있는 거예요.”

“조과장들두 그럼 이쪽 편이 됐나?”

"그래요. 우리 편이 된 거예요. 파업에까지 덤벼들 용기는 없었지만, 우리들 하는 짓을 막지는 않겠다는 꼴들이었어요."

문득 머리 위 천장에서 쥐 몇 마리가 소란을 피운다. 쫓고 쫓기는 모양으로 방안은 잠시 어수선한 소음에 휩싸인다. 주옥이 민망한 표정으로 쥐를 쫓을 듯 무릎을 세운다. 형섭은 그러나 고개를 내젓고 다시 차분하게 주옥을 바라본다.

"쥐는 놔두구, 하던 말이나 계속하라구."

"첫날은 무사히 넘겼어요. 헌데 다음날 날이 밝자 어떻게 알았는지 신문기자 두 명이 우리들을 찾아왔어요. 우린 약간 켕기긴 했지만 기자들한테 사실대로 술술 다 털어놨어요. 이왕 벌여 놓은 춤이니까 죽이 되든 밥이 되든 끝까지 해보자는 배짱들이었죠. 헌데 저녁 다섯 시쯤 되자 회사에서 별안간 엄청난 소식이 전해졌어요. 끝까지 우리가 이렇게 버티면 회사에서는 우릴 내몰구 새루 아이들을 모집할밖에 도리가 없대요. 신문에까지 버젓하게 파업기사가 났으니까 이젠 회사에서두 무서울 게 없다는 얘기예요. 우린 이 소식을 전해 듣구 새파랗게 얼굴들이 질렸어요. 그예 올 것이 왔구나 하구, 눈앞이 캄캄하구 골통들이 멍해진 거예요. 헌데 이때 무슨 수작인지 남숙이 혼자 빙그레 웃었어요. 이런 때 데모를 한 번만 더하면 걘 우리가 틀림없이 이긴대요. 한 번만 더 주먹을 내지르면 회사는 틀림없이 우리한테 무릎을 꿇을 거래요. 낙심천만해서 앉아 있던 우리들은 걔 말을 듣자 다시 우 일어섰어요. 그럼 좋다, 한 번 해보자, 이판사판이니 악들이나 한번 실컷 써보자 한 거예요."

주옥의 시선이 이마에 느껴져서 형섭은 무심코 고개를 든다. 그런데 눈을 들어 바라보니 주옥은 뜻밖에도 두 눈에 증오를 가득 담고 있다. 잠시 형섭을 뚫어지게 쏘아본 후 주옥이 이윽고 헐떡이듯 입을 연다.

"두 번째 데모가 시작되었어요. 헌데 이번엔 엉뚱한 자식들이 우리 앞을 막았어요. 자식들은 술들을 퍼마셔서 얼굴들이 모두 낮도깨비 같앴어요. 그 중에 더러는 장난하듯이 빙글빙글 웃기까지 했어요. 취해

서 벌겋게 술들이 올라갖구 이빨을 까구 징그럽게 웃었어요. 누구겠어
요, 이 자식들? 형섭씬 이 새끼들 누군지 모르시죠?"

형섭은 턱을 안으로 당긴 채 주옥의 얼굴을 눈부신 듯 바라본다. 가
늘게 떠진 그의 눈에 언뜻 차례차례 낯익은 얼굴들이 떠오른다. 낙표,
두제, 재득이, 상필이, 그리고 학철이와 병학이 패들이다.

"행상, 쌔리, 구두닦이, 뚜룩잡이, 그리구 능글맞은 형섭 씨 친구들
이었죠. 자식들은 우리가 차부까지 나가니까 세차장 고무호스루 우리
한테 좍좍 찬물을 들씌웠어요. 우리는 옷이 흠뻑 젖어서 모두들 물에
빠진 생쥐꼴들이 되었어요. 그런데 이때 우리 등 뒤루 버스 세 대가 갑
자기 나타났어요. 눈 깜짝할 사이에 그 버스들은 합숙소 정문을 꽉꽉
틀어막았어요. 말하잠 자식들은 회사하구 짜구 미리 이 일들을 빈틈없
이 꾸민 거예요."

"알 수 없군, 그 새끼들? 즈이들이 파업하구 무슨 상관이야?"

"우린 갈 데가 없었어요. 옷은 젖어서 덜덜 떨리는데 앞뒤루 길이
막혀서 꼼짝할 수가 없었어요. 앞에두 그 새끼들, 뒤에두 그 새끼들,
우린 그 새끼들한테 겹겹으루 둘러싸인 거예요."

"왜 그랬지, 그 새끼들이? 즈이들이 끼여들 일이 아니잖아?"

"이유는 있었어요."

"무슨 이유?"

"회사에선 그 새끼들을 걸핏하면 내몰겠다구 위협했어요. 그 일 터
지기 닷새 전에는 실지루 회사에서 그 새끼들을 깡그리 내몬 일두 있
어요. 헌데 우리를 막아 주는 조건으루 회사에선 그치들한테 다시는
내몰지 않겠다구 약속을 했나 봐요. 우리들 데모를 막아 주는 조건으
루 그 새끼들을 앞으루는 벌어먹구 살두룩 눈감아 준다구 말이에요."

형섭은 갑자기 주옥을 향해 고개를 커다랗게 끄덕여 보인다. 그렇
다, 그런 약속이라면 그들도 그 일에 상관이 전혀 없지 않다. 그들은
먹고 살기 위해서는 이 터전이 절대로 필요하다. 만일 이곳에서 쫓겨
난다면 그들은 내일부터 당장 먹고 살 일이 아득하다. 내쫓지 않는다

는 약속이라면 그들은 그따위 일쯤 서슴없이 해치울 수가 있는 것이다.

"알겠어. 남숙인 그런데 어쩌다가 다리를 다쳤지?"

"걘 뭔가 독한 데가 있어요. 생각하는 거나 행동하는 게 우리하군 아주 딴판이에요. 앞뒤가 막혀 갈 데가 없어지자 걘 갑자기 보이질 않았어요. 새끼들은 그 동안 우릴 에워싼 채 사방에서 와와 덤벼들어 우릴 어딘가루 잡아가려구 했어요. 우린 분하구 원통해서 그때쯤엔 엉엉 큰 소리루 울었어요. 버스가 막아 선 합숙소 정문까지 쫓겨와서는, 덤벼드는 새끼들을 쥐어뜯으며 버스를 치우라구 엉엉 울며 아우성을 친 거예요. 헌데 바루 이때쯤에 엉뚱한 일이 벌어졌어요. 어디선가 째질 듯한 고함이 들리더니 새끼들이 별안간 우리들 근처에서 뒤루 주춤 물러섰어요. 모두 몇 발짝씩 물러서서는 새끼들은 고개들을 쳐들구 정비공장 지붕 위를 얼빠진 듯이 쳐다보기 시작한 거예요.

우리두 봤어요. 형섭 씨두 아시겠지만 정비공장 지붕 위는 아주 높아요. 크레인차까지 들락거릴 수 있도록 그 지붕은 까마득하게 한쪽으루만 쳐들려 있어요. 아마 쳐들린 쪽 높이만 따지자면 그 지붕은 보통 집의 삼사 층 높이만큼 될 거예요. 헌데 그 까마득한 지붕 끝에 뜻밖에두 남숙이가 아슬아슬하게 올라가 있었어요. 하늘만 보이는 그 까마득한 꼭대기에 남숙이가 우릴 굽어보며 오뚝이처럼 댈롱하게 서 있는 거예요. 우린 그게 남숙인 걸 알자 온몸으루 오싹 소름이 끼쳤어요. 거기서 만일 떨어지기라두 한다면 남숙인 병신이 아니라 그대루 덜컥 죽을지두 몰라요. 아니 최소한 죽지는 않더라두 몸뚱이 어딘가가 부러지거나 다칠 건 틀림없었어요. 어쩌려구 저런 델 올라갔나 싶어서 우리는 남숙일 쳐다보자 숨이 딱 멎어 버린 거예요.

헌데 아래쪽이 조용해지자 남숙이가 별안간 소리를 치기 시작했어요. 버스를 치우구 물러가지 않음 걘 거기서 뛰어내리겠대요. 자기가 죽는 꼴을 보지 않을래문 정문에서 차를 치우구 모두 뒤루 물러서라는 애기예요. 남숙이 애기가 떨어지자 새끼들은 분명히 기가 질린 꼴들이었어요. 옆사람들 눈치를 흘금흘금 살피며 어이없다는 표정으루 지붕만 멀거니 쳐다보구 있었어요. 헌데 이때 또 누군가가 커다랗게 고함을 쳤어요. 뛰어내릴래문 얼마든지 뛰어내려라, 니가 하고싶어 하는 짓인데 우리가 네년하구 무슨 상관이냐, 저런 년 말은 들을 필요두 없다, 뭣들 하는 거냐, 어서 저년들 붙잡아 들여라. … 박 상무였어요. 지프차 지붕 위에 올라서서 박 상문 계속 미친개처럼 짖어댔어요. 침을 튀기구 발을 구르면서 그 새낀 연거푸 꽥꽥 고함을 내질렀어요. 멀거니 서 있던 개새끼들이 다시 우리한테 덤벼들었어요. 우린 그때쯤엔 설움이 북받쳐서 반항 하나 안 했어요. 하나씩 둘씩 끌려가면서 우린 엉엉 목을 놓구 울기만 했어요. 이걸루 이젠 다 끝났다 생각하구 분하구 원통해서 엉엉 울기만 했던 거예요. 허지만 우린 끌려가면서두 남숙이 쪽을 흘끔흘끔 쳐다봤어요. 우린 왠지 남숙이가 정말루 그 위에서 뛰어내리길 바랐어요. 뛰어내림 죽는다구 생각하면서도, 걔만은 우리처럼 놈들한테 항복하지 않기를 바랐어요.

결국 일은 소원대루 됐어요. 걘 정말 우리들이 끌려가자 서슴없이 뛰어내렸어요. 그 까마득한 꼭대기에서 두말 않구 땅으루 뛰어내렸어요. 어두컴컴한 땅바닥에서 대뜸 쿵 하는 소리가 들리더군요. 우린 모두 악 소리를 내지르구 두 손으로 푹 얼굴을 가렸어요. 너무너무 무섭구 끔찍해서 우린 개한테 가볼 수도 없었어요… ."

주옥은 말을 마치자 고개를 푹 아래로 떨군다. 문득 그녀의 무릎 사이로 물방울 한 개가 뚝 떨어진다. 두 개째 물방울이 떨어져서야 형섭은 그것이 눈물임을 깨달았다. 휘파람 비슷한 숨을 내쉬고 형섭이 다시 침착하게 입을 연다.

"얼마나 다쳤어?"

"왼쪽다리가 부러졌어요."

"병원엔 누가…?"

"회사에서 곧바루 입원을 시켰어요."

"며칠이나 병원에 입원해 있었지?"

"한달 조금 넘게 있었어요."

"다 나았나?"

"네, 허지만 옛날 같진 않아요."

"어떻게?"

"절어요, 약간씩 …."

쥐가 다시 머리 위 천장에서 육상경기를 시작한다. 형섭은 담배를 뽑아물며 더 이상 주옥과는 할 말이 없음을 깨닫는다. 남숙은 아마 그의 예측이 틀림없다면 고향인 전라도로 내려갔을 것이다. 다리를 얼마나 저는지 모르지만 형섭은 어떻게 해서든 그녀를 기어코 찾아낼 작정이다. 성냥을 켜서 담뱃불을 당긴 후 형섭은 드디어 한쪽 무릎을 일으켜 세운다.

"고마워, 주옥이. 난 그럼 가봐야겠어."

"아니 가시다뇨? 지금 어떻게 …?"

"요 아래 껄렁한 여인숙이 하나 있더군. 그리루 내려감 하룻밤 잘 수 있을 거야."

"저 땜에 그러세요? 전 이렇게 앉아서 새겠어요. …"

형섭은 고개를 가로 흔들고 두말 없이 자리에서 일어선다. 이 방에 그대로 머물러 있게 되면 그는 주옥에 대해 자신의 행동을 예측할 수 없다. 아까 밖에서 후끈한 장면을 보았기 때문에, 그는 언제 머리가 돌아 그녀를 후닥닥 덮치게 될지 모르는 것이다.

"꼭 그리루 가셔야 되겠어요?"

"응, 꼭 가겠어."

"남숙인 어쩜 고향으루 갔을 거예요."

"나두 그런 생각이 드는군."

"주무실 수 없음 다시 오세요."

"그러지. 자, 그럼 잘 있으라구."

"네, 안녕히 가세요."

"잘 살어."

8

　침묵이 흐른다. 벌겋게 술들이 오른 얼굴로 네 사람은 좀체 말이 없다. 낮술을 이렇게 마셔 보기는 네 사람 모두 근래에 없던 일이다.
　"아 씨팔….."
　두제가 문득 한숨을 내쉬며 다시 목을 빼고 창 밖을 바라본다. 밖은 오래 전에 질서가 잡혀 멋모르는 손님들만 부산하게 왕래하고 있다. 차부 앞에 세워졌던 바리케이드도 이미 누군가에 의해 깨끗하게 치워졌다. 백차(白車)도 떠나고 형사들도 물러나서 터미널은 아무 일 없다는 듯 다시 옛날처럼 평온하게 붐비고 있는 것이다.
　모든 것이 끝났다. 경찰들까지 들이닥친 판에야, 항의고 지랄이고 더 버티어 볼 건덕지가 없다. 그러나 경찰들보다도 형섭의 말 한마디가 더 결정적인 찬물이었다. 관리실에 몰려들어 와작와작 항의들을 하고 있는데, 어디선가 불쑥 형섭이 나타나서 '때려치우라'고 꽥 고함을 내지른 것이다. 형섭의 이런 태도는 전혀 예상 밖이었다. 간밤에 어디 가서 무슨 짓을 했는지 그는 얼굴이 부석부석 부어 있었다. 한참 열들이 올라 있던 판이라 형섭의 이런 고함은, 처음엔 아이들한테 씨알도 안 먹혀들어 갔다. 밀고 당기는 험악한 드잡이 중에 몇 아이가 이미 코피가 터졌고 멱살을 잡혀 손찌검까지 당했기 때문이다. 그러나 형섭의 태도는 확고하고 냉정했다. 회사에서 이미 내몰기로 방침을 세웠다면 그것으로 일은 벌써 '시마이'라는 이야기였다. 이곳에 빌붙어 살려는 주제에 회사와 맞붙어 싸워 봤자 승부는 이미 결정이 났다는 것이었다. 생각해 보니 옳은 말이었다. '약속'을 내세우고 항의를 해봤지만 그것은 이미 떼거지에 불과하다. 너희들 이제 필요 없다는 데야 그 하찮은 구두 약속이 무슨 맥을 추겠는가? 멀거니 서로의 얼굴을 쳐다본 후 아이들은 하나둘씩 맥이 빠져 물러나온 것이다.
　"아 씨팔….."

　그러나 두제에게는 아직도 그 일은 미련이 컸다. 차부에의 통행이 막혀 버렸으니 갸바이도 이제는 오늘부터 휴업이다. 놀 수는 없고 딴 곳에서라도 뛰어야겠는데, 재득과 형섭 두 사람은 한술 더 떠서 이곳을 아주 뜨겠다는 이야기다. 어디로 뜨겠느냐는 물음에는 두 사람 모두 대꾸가 없다. 결국 두 사람이 떠 버리면 이곳에는 자기를 포함하여 낙표와 상필 세 사람만이 남는 셈이다. 꿩 놓치고 매까지 떨구는 기분이어서 두제는 술을 마셔도 심사만 점점 울적해질 뿐이다. 다시 한 번 한숨처럼 ‘씨팔’을 찾고 두제가 드디어 형섭을 뚫어지게 쏘아본다.

　“새끼야, 너 꼭 가야겠니?”

　“응.”

　“뭐야, 이유가?”

　“돈도 벌어 보구 연애두 해보구 빵살이까지 다 해봤어. 그만험 이젠 엥간허다 싶어서 밥벌이를 한 번 바꿔 보자는 이야기야.”

　“뭘루 바꿀래?”

　“몰라, 아직.”

　“회사 새끼들 지금은 빡빡하게 놀지만 조금만 있음 다시 옛날처럼 풀린다구. 너두 겪어 봐서 잘 알잖아? 갸바인 뭐니뭐니 해두 여기처럼 좋은 데가 없어.”

　“좋은 건 알아.”

　“그런데 왜 뜨려는 거가? 뜨는 이유가 뭐냐 말야.”

　술잔을 집어드는 형섭의 눈에 낙표와 재득의 붉은 시선이 느껴진다. 어쩌면 그들도 자기에게 두제와 똑같은 질문을 하고 있는지 모른다. 그러나 형섭은 그 이유를 선뜻 그들에게 말하기가 어렵다. 자기도 아직은 그 이유가 무엇인지 확실히 잡혀지지 않기 때문이다.

　“이유는 없어. 그냥 싫증이 났다구나 할까…?”

　“싫증은 너 혼자 나냐?”

　이번에는 낙표다. 그는 어제부터 오늘까지 가장 회사측에 끈덕진 항의를 해온 친구다. 따라서 그는 형섭의 태도에 적지 않은 유감을 품고 있다. 자기들을 거들지는 못할 망정 형섭은 그들에게 오히려 찬물을 끼얹은 것이다.

"되지 않을 일에 매달리는 너희들이 나는 더 이상하다. 뭐가 무서워서 여길 못 뜨구 뭉기적거리구 있는 거냐?"

"뭉기적거리긴 누가 뭉기적거려?"

"우린 지금까지 주둥이 하나루 살아왔어. 세상에 걸거칠 것 하나 없이 이 발가벗은 맨몸뚱이 하나루 말이야. 어디 감 우리 이만큼 못 살 것 같으냐? 싫증이 나면 때려치우구 한 번쯤 바꿔 보는 것두 괜찮지 않아?"

"싫증이 나면 너나 뜰 일이지 우리 일에 왜 찬물을 끼얹냐?"

"되지두 않을 일은 얼른 손떼는 게 상수라구. 망통 쥐구 버텨봐야 깨지는 건 너들뿐이야."

"니가 모르는 약속이 있었어. 우린 그걸 따지려구 했던 거야."

형섭의 담담하던 표정이 문득 험악하게 일그러진다. 잠시 세 사람을 차례차례 둘러본 후 형섭이 곧 눈을 감고 밀어내듯이 입을 연다.

"나두 알아."

이번에는 형섭 대신에 세 사람의 표정이 딱딱하게 긴장된다. 잠시 매캐한 침묵이 흐르자 재득이 문득 조심스레 입을 연다.

"너한테 몇 번 말하려구 별렀어. 알구 있다니 면목이 없다. …"

"고만두자, 지난 얘긴. 허지만 한 가지 물어볼 게 있다."

세 사람이 입을 다물고 묵묵히 형섭의 입을 바라본다. 입술을 몇 번 씰룩거리더니 형섭이 이윽고 빠르게 입을 연다.

"너들 남숙이란 아이 어떤 아이라구 생각하나?"

"어떤 아이라니?"

"걔가 왜 지붕에서 뛰었지? 독해설까, 얼간이였기 때문일까?"

"얼간인 아니야."

두제다.

"그럼 독해서?"

244

"독한 덴 있었지…."

"낙표 넌 어떻게 생각하냐?"

"그땐 사정이 뛸 수밖에 없었어. 뛴다는 공갈이 멕혀들 줄 알았는데 박 상무가 팩 내쏘는 바람에 어쩔 수 없어서 뛴 것 같아."

"재득이 넌?"

"난 잘 모르겠어…."

"뛰어내리는 걸 보구 기분들은 어땠냐?"

대답이 없다. 형섭은 그러나 상체를 기울이고 세 사람의 입들을 끈덕지게 바라본다. 그는 왠지는 알 수 없지만 어제부터 줄곧 그때의 그들의 기분을 알고 싶다. 남숙은 얼뜨지도 않고 독하다고도 할 수 없는 보통의 아이다. 그 애가 지붕에서 뛰어내린 것은 분명히 그 애로서는 대단한 용기와 각오가 필요한 일이었다. 영화나 소설 따위에서는 이런 일들은 보통 감동적으로 그려지게 마련이다. 주인공의 고민과 생각까지를 보여줘 가며 얼마나 그가 만난을 무릅쓰고 그와 같이 감동적인 일을 감행해 냈는가를 실감 있게 그려 주는 것이다. 그런데 남숙의 경우에는 바로 이 실감이 없다. 그녀가 지붕에서 뛰어내린 일은 오로지 정신 나가 어이없는 짓일 뿐이다. 형섭을 비롯한 잡상인 일당과 버스 회사는 차장들의 일이라면 모르는 것이 거의 없다. 사납고 난잡하고 엉큼하고 더러워서 그들의 배창자 속까지 훤하게 알고 있는 것이다. 남숙이 내건 요구사항이라는 것들도 그녀가 처음으로 내건 것은 아니다. 몸뒤짐이 있고, 임금이 낮고, 일이 고되다는 것은 세상이 다 아는 사실이다. 남숙이 그 일을 터뜨리기 전에도 그런 항의와 시위 따위는 심심찮게 있어왔다. 하지만 전에 있었던 그들의 시위는 남숙이처럼 요란하지도 않았고 독하지도 않았다. 하루나 이틀쯤 소리나 꽥꽥 내지르다가 회사에서 슬슬 어르고 달래면 제물에 지쳐 스스로 풀어지곤 했던 것이다.

그런데 남숙이는 되지도 않을 일을 왜 다리까지 분질러 가며 그렇게 독하게 해야 했는지 알 수가 없다. 물론 그녀가 내건 사항들은 공적으로 생각하면 백번 당연한 요구조건이다. 그러나 그것이 시정되지 않을 것도 백 번 뻔한 일인 것이다. 시정되지 않을 일이라면 그녀는 지붕 위에까지는 올라가지 말았어야 옳다. 그녀가 지붕에서 뛰어내린 일은, 아무리 거푸 생각해도 실감 안 나는 허황한 만용인 것이다. 그러나 형섭에게는 또 하나의 의문이 있다. 바보가 아닌 남숙이기 때문에 그녀는 자기 행동이 남들에게 만용으로 보일 것까지도 알았을 것이다. 만용으로 보일 것까지 계산에 넣었다면, 이건 또 헤아릴 수 없는 사람 마음 속의 복잡한 일면이다. 그러나 형섭에게는 그 헤아릴 수 없는 일면이 어떤 것인지 확인할 길이 없다. 그것은 어쩌면 허위의 영역과 진실의 영역의 한계점쯤에 있을지도 모른다. 저쪽의 진실을 알아보기 위해서는 이쪽은 문을 밀고 저쪽으로 넘어가야 한다. 이쪽에서 문만 만져 보아서는 이쪽은 끝내 저쪽의 뜻을 가려 낼 길이 없는 것이다.

"몇 시냐 지금?"

"어, 시간 됐다. 어서 나가자."

네 사람은 서둘러 자리를 턴 후 부산하게 술집을 나간다. 형섭은 전라도, 재득은 충청도여서 그들은 천안까지는 한 버스를 타고 갈 예정이다.

일행 네 명이 차부에 들어서자, 안내계 직원들이 긴장된 눈빛으로 다가온다. 그러나 두 사람이 차표를 내보이자 그들은 멋쩍은 표정으로 막았던 앞길을 황급히 열어 준다.

"먼 데들 가는군?"

"잘들 계시우."

"아주 뜨는 건가?"

"우리 둘은 아니우."

대기한 버스 앞에 도착하자 형섭과 재득은 두제와 낙표에게 손을 내민다. 그러나 손을 잡을 듯하다가 두제가 갑자기 두 사람 어깨를 가볍게 떼민다.

"여기서 이대룬 못 보내겠다. 영등포까지라두 바래 주지."

　두 사람이 낙표를 바라보니 낙표는 그대로 헤어지고 싶은 눈치를 하고 있다. 낙표 하나만을 차부에 남겨 둔 채 세 사람은 곧 차례차례 버스에 오른다.

　차 안에는 손님이 꼭꼭 차서 좌석은 고사하고 통로까지 빽빽하다. 뒤쪽 비상구 앞에 스페어 타이어가 누워 있어서 세 사람은 사람을 헤집고 타이어 위에 둥그렇게 엉덩이를 걸친다.

　술이 오른다. 원래 말수가 적긴 하지만 재득은 시뻘건 얼굴로 시종 아무런 말이 없다. 두제가 마침 어딘가로 사라져서 형섭은 조심스레 재득의 옆얼굴을 돌아본다.

　"넌 어디까지 가나?"

　"서산(瑞山)."

　"서산이 고향인가?"

　"응."

　"누가 있어, 고향에?"

　"마누라."

　"마누라?"

　차가 클랙슨을 길게 울리더니 미끄러지듯 구르기 시작한다. 두제는 훌쩍 앞쪽으로 가더니 차가 떠나도록 돌아오지를 않는다. 형섭이 다시 의외라는 듯 재득의 옆얼굴을 찬찬히 바라본다.

　"속였구나, 지금까지?"

　"그렇게 됐어."

　"그래 고향 가면 뭘 해볼래?"

　"몰라, 아직."

　"아이는 없냐?"

　"없어."

　"다행이다, 애가 없으니."

　차가 속력을 내는가 싶더니 드디어 G동 로터리다. 형섭이 담배를 재득에게 권하자 이번에는 재득이 입을 연다.

"넌 전라도 어디냐?"

"임실(任實)."

"누가 있어, 거기?"

"남숙이."

재득이 벌겋게 술 오른 얼굴로 살피듯이 형섭을 돌아본다. 형섭이 곧 눈길을 피하며 담담하게 입을 연다.

"거기가 걔 고향이야. 허지만 있을지 없을지는 가봐야 알겠어."

침묵이 흐른다. 잔뜩 찌푸린 재득의 표정은 당장이라도 울 것 같은 얼굴이다. 다시 입을 열려 하자 느닷없이 차 안에서 두제의 음성이 쟁쟁하게 들려 온다.

"번잡한 차중에 대단히 죄송합니다.

여기 크라운 공업사에서 자신을 가지고 권해 드리는 크라운 빗을 가지고 잠시 소개 말씀 올리겠습니다.

본 제품은 특수 라이온을 혼합하여 만들었기 때문에 이와 같이 좌우로 아무리 구부려도 부러지지 않으며 사용하시는 도중에 빗살이 한쪽으로 몰린다든지 우그러지는 폐단이 절대로 없습니다.

가격을 말씀 드린다면, 이와 같은 대빗 한 개를 상점을 통해서 사시게 되면 백 원 한 장은 주셔야 하겠습니다만 …."

두제의 단까가 계속된다. 그러나 형섭과 재득은 여전히 묵묵히 말이 없다. 단까가 거의 끝날 무렵에야 재득이 다시 조심스레 입을 연다.

"너 아까 날더러 그때 기분이 어땠느냐구 물었지?"

"응."

"말루 잘 설명이 안 된다. 아마 지금 네 기분하구 같을 꺼야."

"어떤 건데, 내 기분이?"

"여태까지 우린 헛고생했어 … 걔가 지붕에서 뛰어내리는 순간, 난 숨막히두룩 걔가 예쁘구 거룩하게 보였어 …."

(1975년 · 文學과 知性)

산

안개가 걷힌다.

이상하게도 이곳 안개에는 씁쓰레한 산채즙 냄새가 풍겨 온다. 밤새 숲을 지나오면서 산의 정기를 헹구어 낸 때문일 것이다.

절 뒤의 가파른 매봉 위로 해가 막 솟고 있다. 안개는 매봉 허리쯤에 한쪽이 이지러진 고리 모양으로 걸려 있다. 안개가 어디서 오는지 그는 생각해 보지 않았다. 그러나 호수나 강에서만 안개가 이는 것은 아닐 것이다. 매봉을 주봉으로 한 이곳 H군 일대에는 안개를 피워올릴 만한 강도 호수도 없는 것이다.

갓 솟은 햇빛을 받아 매봉의 현무암 이마가 흰 얼룩으로 번쩍인다. 지난 보름날 두 번째 눈이 내린 후로는 매봉의 검은 몸뚱이에 흰 얼룩이 박혔다. 지금부터 내년 봄까지 매봉은 겨우내 흰 얼룩을 지닐 것이다. 해발 8백 미터 이상의 높이를 지닌 이곳 능선들은 이듬해 4월이나 되어야 눈이 녹기 시작한다.

산을 각별히 좋아했던 것은 아니다. 젊어서는 놀이삼아 남의 산행에 따라붙었고, 한동안 산을 잊고 있다가 마흔이 되면서 다시 산을 찾기 시작했다. 그러나 오래 살기 위해 다리에 힘을 올린다는 생각이 들고

250

부터 산행은 재미보다는 매주 찾아오는 번거로운 행사로 바뀌었다. 산길에서 만나는 땀투성이 비만형 중년 사내들이 그에게 귀엽게 보인 것은 그의 연치 때문이다. 세상은 그래서 가끔 신통하게 공평하다. 가난한 고장에 사는 사람들은 먹고 살기 위해 땀을 흘리고, 잘사는 고장의 뚱보 사내들은 비곗살을 빼기 위해 돈 들여 땀을 흘리는 것이다.

이곳 나리령 쪽은 등로(登路)가 험해 등산객이 별로 많지 않다. 초겨울이 되면서 산행이 더욱 뜸해지자 요즘은 하루 네댓 팀도 만나기가 힘들 정도다. 그러나 전화가 가설되고부터 엉뚱한 팀이 그의 산장을 찾곤 한다. 산아래 고급 여관에서 하루를 자는 비용으로 그들은 그의 산장에서 이틀이나 사흘을 즐기자는 계산이다. 그러나 지난 늦여름에 머리 가죽이 터지고부터 그는, 낯모르는 이십대 젊은 층은 그의 산장에 재우지 않기로 하고 있다. 인테리어가 전공이라는 스물한 살의 학생 녀석이 숙박비를 떼어먹을 작정으로, 잠자는 그의 머리를 수마석(水磨石)으로 내리친 것이다.

폭력은 좀더 생각해 볼 만한 문제다. 법이 제정한 벌에서도 폭력의 냄새가 날 때가 있다. 사형수는 사형제도에 의해 남의 손에 피살된다. 사형이 집행되는 것이 아니라 한 사람이 강제로 살해되는 것이다. 한때 그는 가르치는 학생에게 손을 대어서는 안 된다고 생각한 적이 있다. 그러나 손보다 말〔言語〕이나 생각이 더 폭력적인 것을 알고는 비폭력을 내세운 그의 결심이 얼마나 어리숙한 속임수인가를 깨달았다. 예외를 두지 않고 함부로 결심할 일이 아니다. 아무 결심도 하지 않으면 아무것도 이룰 수 없다. 그러나 아무것도 이룰 수 없는 것이 남에게 해를 끼치는 것보다는 덜 나쁜 일인 것이다.

가문비나무숲 사이로 붉은 빛이 언뜻 보인다. 햇살이 퍼지기 전에 산을 오르는 사람들은 산아래 여관촌에서 밤을 지낸 사람들이다. 그들은 매봉을 넘어 나리령으로 빠지려 하고 있다. 다섯 시간 이상이 소요되는 험한 등로여서 나리령을 넘기 위하여는 일찍 출발할 수밖에 없다.

문수사(文殊寺)의 쇠북 소리가 들려온다. 흡사 잠깬 산이 기지개를 켜는 듯한 둔중한 베이스 음색이다. 지금 시각에 울리는 쇠북은 예불을 알리는 북소리가 아니다. 어쩌면 엊그제 입적한 일비(一非) 스님의 열반종(涅槃鐘) 소리인지도 모른다. 무식한 일비 스님은 제 나이도 잘 몰랐다. 물을 때마다 대답이 달라서 작년에는 여든셋이 되었다가 금년에는 일흔둘이 되기도 한다. 스님의 수척한 시신은 매봉 아래 너럭바위에서 산을 오르던 등산객이 발견했다. 여염에서의 습관대로 등산객은 스님의 주검을 산아래 지서에 신고했다. 지서의 순경이 시신을 살피고는 본서로 연락해서 형사 한 명을 데려왔다. 그럴 만한 이유가 있었다. 스님의 뒷머리에 타박상 비슷한 큰 상처가 있었기 때문이다.

그가 산을 좋아한 데는 절에 대한 편애도 작용했다. 등로에 절이 있어야만 그는 산을 타는 재미가 있었다. 퇴직 후 산장에 정착하기로 했을 때도 매봉의 문수사가 큰 몫을 했다. 산도 좋았고 절에 사는 일비 같은 큰 중도 좋았던 것이다.

산장 아랫녘 개천가 숲에 낯익은 모습이 나타난다. 가방을 비끄러맨 자전거를 끌고 키 껑충한 제복의 사내가 개천에 걸린 돌다리를 건너오고 있다. 우편낭의 배가 부른 것은 편지보다 선물용의 소포들이 많은 때문일 것이다. 성탄절이 머지않아 선물용 소포가 한창 많을 계절이다.

"지독하네요, 이번 독감. 소련 독감이라 더 지독한 모양입니다."

입에서 마스크를 벗자 사십대의 여윈 얼굴이 나타난다. 김 씨가 우편낭을 열고 편지 두 통을 그에게 건네준다.

"일기예보룬 눈이 온대요. 문수사엘 가야 하는데 괜찮을지 모르겠어요."

"들어와요, 차 한 잔 하게."

김 씨가 그를 따라 산장 홀로 들어선다. 난로 주위에만 의자가 있고 나머지는 모두 한쪽 구석에 쌓여 있다. 산장 주인은 주방으로 들어가고 김 씨는 톱밥을 땔 때는 난롯가 의자에 앉는다.

252

"등자치 아랫골짝에서 어떤 포수가 곰 한 마릴 잡았대요."

"무슨 차루 하겠소?"

"생강차요."

"편질 내게 맡기시구려. 절에 올라가는 스님이 있으면 내가 그 편에 전할 테니."

"예, 헌데 그 반달곰이 가짜라는 소문이에요."

"곰이 가짜야?"

"잡기는 산에서 잡았어두 원래는 사람이 집에서 키우던 놈이래요. 발톱을 보면 안다는군요. 키운 곰은 발톱이 길구 야생곰은 닳아서 발톱이 아주 짧대요."

매봉 일대의 산중 일이라면 김 씨는 모르는 것이 없다. 그는 아무도 본 일이 없는 귀신이나 도깨비도 본 사람이다. 달 밝은 보름날 북달이 고개에 올라가면 육이오 때 죽은 중공군 귀신들이 떼거리로 고갯마루에 늘어앉아 늑대울음 같은 흉한 울음을 운다는 것이다.

"헌데 또 우스운 건 그 곰을 키운 사람이 바루 그 곰을 잡은 포수래요. 제가 키우던 걸 산에 풀어놓구는 제 총으로 쏘아 잡아 야생곰처럼 흉물을 떤 게지요."

"왜 그랬을까?"

"사육한 곰보다 야생곰의 쓸개가 약효두 월등하구 값두 많이 나간대요. 서울바보들을 꼬이느라구 그런 야바위를 꾸몄다는 모양입디다."

서울바보들이 속는 것은 곰의 쓸개뿐만이 아니다. 삼과 건재, 산채는 물론 토종꿀 따위에도 서울바보들은 곧잘 속아 준다. 방학 때 놀러 온 여대생과 선방(禪房)의 스님네가 연애하는 것도, 깊은 산이 빚어내는 잠시 동안의 야바위다. 사람의 생각을 단순하게 만드는 묘한 재주를 산들은 지니고 있다.

"잘 먹었어요, 교장 선생님. 문수사 올라가는 편지들은 그럼 여기 두고 갈랍니다."

김 씨가 홀을 나간다. 자전거가 돌다리를 넘는 것을 보고 주인은 난롯가로 돌아와 편지 두 통을 살펴본다. 두 통 모두 서울에서 온 것이다. 우표에 찍힌 소인을 보니 편지는 무려 여드레 만에 이곳에 도착했다. 김 씨의 소련 독감이 원인인 모양이다.

아범이랑 저랑 모두 잘들 지내구 있어요. 우리 사는 것 걱정 마시구 아빠 건강이나 조심하세요. 아빠가 서울 오시기보다는 저희가 그리루 뵈러 가는 게 좋겠어요. 멀리서나마 성탄 축하해요. 아빠가 정말 보구 싶어요. …

서울 사는 딸네 식구가 그를 찾아올 모양이다. 결국 늙어서 하는 일은 하염없이 무언가를 기다리는 일뿐이다. 오겠다는 뜻만 비쳤을 뿐 올 날짜가 씌어져 있지 않은 것이다.

원래는 그렇지 않았는데 시집을 가고부터 딸의 성격이 달라졌다. 생활이 어렵기도 하려니와 불규칙하고 불안정하기 때문일 것이다. 스스로 택한 길이기에 딸은 그러나 어려운 내색을 하지 않는다. 그것이 더욱 늙은 아비에게는 딱하고 안쓰러운 것이다.

이번에는 절을 찾아가는 많은 사람들이 무리지어 개천을 건너온다. 남녀 신도가 여남은 명 되고 나머지는 스님 셋과 지게를 진 짐꾼이 둘이다. 스님들 중에는 낯이 익은 문수사의 원주(院主)도 섞여 있다.

"절에 재(齋)라도 있습니까?"

"웬걸요. 다비장(茶毘葬) 준비랍니다."

"일비 스님의 다빈가요?"

"예, 모레 매봉 아래서 스님의 다비장을 뫼시기루 했습니다."

"잠시 쉬어 차라두 들구 가시지요. 저한테 마침 절로 올라가는 편지 몇 통이 있습니다."

"올라오다가 김 씨를 만나 편지 애기는 들었습니다."

짐꾼들의 지게 위에 숯이 여러 포 포개어져 있다. 모레 있을 일비 스님의 다비장에 쓸 숯들인 모양이다. 신도 일행은 다시 산을 오르고 원주 혼자 그를 따라 산장에 든다. 편지를 전해 주고 주방으로 들어가는 그를 향해 원주가 난롯가에 앉아 생각난 듯 말을 건네 온다.

"일비 스님이 돌아가신 게 좌탈(坐脫)이 아니구 타살인 모양입디다."

"저런."

"뒷머리에 난 상처가 무언가에 맞아 깨어진 상처라는군요."

스님네의 죽음은 죽은 모습에 따라 이름이 다르다. 서서 죽은 것은 입망(立亡)이고 앉아서 죽은 것이 좌탈인 것이다.

"어린애 같은 그 노스님을 누가 무슨 일루 해쳤을까요?"

"등산객의 짓이라는데 동기를 통 모르겠어요. 몸에 값나가는 물건이라도 지녔으면 그게 탐이 나서 해칠 수도 있다지만….."

"설탕은 하나만 넣던가요?"

"아뇨, 전 블랙으루 주세요."

자기 몫의 커피까지 그는 두 개의 잔을 들고 주방을 나온다. 오후에 눈이 온다고 했는데 밖은 오히려 햇살이 눈부시다. 그 동안 안개가 말끔히 걷혀 이제야 아침 햇살이 화사하게 퍼진 것이다.

"여기두 곧 문닫을 때가 되었죠?"

"예, 연말에는 닫습니다만 요즘두 손님이 없어 문닫은 것이나 다름없죠."

"금년에두 문닫은 후에 산장에서 혼자 겨울을 나실 생각이십니까?"

"아뇨, 금년에는 서울 올라가 딸네 집에서 겨울을 날 생각입니다."

작년의 그 죽을 고비는 겨울산의 심술을 잘 몰랐던 탓이었다. 겨울산의 가장 큰 심술은 모진 바람과 폭설이다. 작년에는 유난히 눈이 많았다. 거푸 이틀을 밤낮으로 눈이 내리더니 사흘째 되는 날 밤에는 골짝에서 밤새 쿵쿵 소리가 들려왔다. 윗골짝에서 내려 미는 눈의 무게를 견디다 못해 비탈에 서 있던 아름드리 나무들이 차례차례 부러지는 소리였다.

산의 노여움을 받았는지 그날 밤 그는 삼십구 도의 고열이었다. 이튿날 날이 밝자 의사에게 병을 보이기 위해 그는 아픈 몸을 일으켜 산을 내려갈 채비를 했다. 그러나 창 밖으로 내다본 산은 사물을 분간하기 어려운 황량한 눈벌판이었다. 설해목(雪害木)의 잔해만이 눈사태 속에 가시처럼 박혀 있을 뿐 골짝에는 길도 개천도 숲의 흔적도 보이지 않았다. 백색의 감옥에 갇혀 그는 꼬박 사흘을 앓았다. 그가 다시 눈을 뜬 것은 어느 병원의 후끈거리는 병실에서였다. 골짝에 다시 길이 뚫려 산을 내려오던 문수사 스님 하나가, 산장에 홀로 쓰러져 있는 그를 발견하여 산아래 동네 지서로 찾아가 신고를 해준 것이었다.

"잘 마셨어요. 모레 있을 다비장에는 교장 선생님두 오시겠지요?"

"가야죠. 노스님 장례식에 제가 빠질 수 있습니까?"

"사진기자들두 온다구 했어요. 신문에 낼 모양이에요."

"다비장을 찍으러 오나 보죠?"

"아뇨, 사리(舍利)를 찍구 싶대요."

원주스님의 웃는 얼굴에 잔주름이 가득하다. 그는 층계를 내려가려다가 그대로 서서 맞은편 매봉을 올려다본다. 매봉 위 푸른 허공에 구름 한 덩이가 하얗게 걸려 있다. 구름의 모양이 천진스레 웃고 있는 일비 노스님의 합죽이 웃음과 닮았다고 그는 생각한다. 층계 아래서 원주스님의 갑작스런 말소리가 들려 온다.

"안녕히 계세요."

"예, 살펴 가십시오."

눈이 내린다. 초저녁 무렵부터 내리기 시작해서 여덟 시가 지나도록 쉼없이 내리고 있다. 눈은 그러나 날씨가 푸근해서 내리는 대로 일부는 녹고 일부만 푸석하게 쌓이고 있다. 이런 날씨로는 밤새 내려봤자 눈은 반 자도 쌓일 것 같지 않다.

눈발에 막힌 어둠 저쪽으로 작은 불빛들이 어른거리기 시작한다. 비탈진 산길이 끝난 후에도 아랫동네 여관촌까지는 한참을 더 내려가야 한다. 지금 눈앞에 어른거리는 불빛은 지난 가을에 작업을 중단한 호텔 건물의 공사장에서 비치는 불빛이다.

몇 해 전 자연보호와 관광사업 정비라는 명목으로 윗골짝 숲에 흩어져 있던 수십 개의 무허가 영세점포들은 모두 산아래 동네의 하천 부지로 쫓겨 내려왔다. 쫓겨난 그들은 불과 이태 만에 대토(代土)로 받은 하천부지에 상가와 여관을 지어 새로운 관광단지를 조성했다. 그러나 금년 봄 그들이 쫓겨난 윗골짝 공터에 포클레인 따위의 중기들이 몰려들더니 십여 층 건물로 짐작되는 거대한 철근 골조의 건축공사가 시작되었다. 처음에 그 건물은 공무원연수원 따위의 공공건물로 알려졌으나 얼마 후에 밝혀진 진상은 객실 백여 개의 일급 관광호텔이라는 것이었다. 아랫동네 여관촌 주민들은 즉시 피켓을 들고 관할 군청으로 몰려갔다. 자연보호와 관광사업 정비를 앞세워 자기네 영세상인들을 산아래 평지로 멀찍이 내쫓더니, 이제 다시 그 자리에 일급 호텔을 앉히는 것은 영세상인들의 권익을 짓밟는 부당한 처사라고 그들은 격렬한 시위를 벌인 것이다. 그들의 항의는 보름 만에 온당한 것으로 받아들여졌고, 짓고 있던 호텔 건물은 어느 날 갑자기 공사를 중단했다. 그때 이후 호텔 건물은 골조만 올린 흉한 모습으로 버려졌고 밤이면 가건물 주위에 도둑을 막기 위한 방범등이 환히 밝혀졌다. 여관촌의 항의가 온당한 것으로 밝혀졌음에도 불구하고 한 번 세워진 호텔 건물 골조는 좀체 다시 헐리지 않는 것이다.

노랫소리가 들려 온다. 산중이라고 별 수는 없다. 연말만 되면 으레 들려오는 성탄 축하의 캐럴송이다. 아랫동네 여관촌들은 등산철도 아니건만 요즘 더욱 손님들로 붐비고 있다. 연말휴가를 즐기려는 도회지의 이런저런 단체손님들이 관광버스를 대절하여 하루에도 십여 팀씩 들고 나기 때문이다. 하긴 살롱 같은 술집은 물론 밴드까지 갖춘 디스코 클럽도 여럿이라, 밤샘하여 질펀히 놀기에는 이런 한갓진 산중의 관광지가 최적의 장소인지 모른다. 동네가 온통 한동아리의 유흥업소라 손님이 아무리 시끄럽게 떠들어도 탓할 사람이 없는 것이다.

주차장을 겸한 여관촌 광장에 십 년생은 됨직한 서너 길 높이의 전나무 트리가 세워져 있다. 작은 깜박이 색전구들로 빈틈없이 장식된 트

리는 흡사 수백 개의 눈이 달린 아메바 따위의 살아 있는 원생동물같
다. 계속 내리는 눈 속에서도 소형 승용차들은 끊임없이 닿거나 떠난
다. 푸근한 날씨 때문에 주차장의 눈은 쌓일 틈이 없다. 시멘트로 포
장된 주차장에는 눈 대신 눈 녹은 물이 질퍽하게 고여 있다.

다방 '情'이 눈앞에 있다. 멈칫거림은 마음속의 생각일 뿐 그는 어느
틈에 홀 안으로 들어와 있다. 있어야 될 음악은 없고 다방에는 생나무
가 타는 향긋한 냄새가 퍼져 있다. 톱밥난로의 연통 이음새 부분에서
연기라도 새어 나오는 모양이다.

반코트를 걸친 벽돌색 머플러의 소녀 앞에 그는 말없이 내려앉는다.

"안녕하세요?"

홀 안이 너무 조용해서 소녀는 작은 목소리로 속삭이듯 빠르게 말한
다.

"산장은 어떻게 하셨어요? 잠가 놓구 나오셨나요?"

"아니, 문만 닫았어. 자물쇠를 잃어버렸어."

지난 한 해 동안에 소녀는 성큼 어른으로 자랐다. 생머리는 퍼머를
했고 얼굴에는 엷은 화장기마저 느껴진다. 그녀가 자란 것은 몸이 아
니고 마음이다. 몸보다 마음이 어른이 되기가 소녀들은 훨씬 더 쉬운
것 같다.

"여덟 시야. 배 안 고파?"

"아직요. 선생님은요?"

"나두 괜찮아. 차는 들었어?"

"네, 방금. 선생님두 시키세요."

눈이 한창 짙게 내릴 무렵에 소녀는 산장으로 전화를 걸어왔다. 산
아래 여관촌이 아닌 H 군에서의 전화였다.

"계신지 어쩐지 몰라서 전화부터 드렸어요. 한 시간 내루 뵈러 가겠
어요. 저 가두 괜찮겠죠?"

한 달에 한두 번 전화를 걸어오는 소녀였다. 그러나 오늘 전화는 예
기치 않은 것이었다. 절박한 목소리가 아니어서 그는 우선 안심했다.

"바깥 좀 봐요, 폭설이야. 내일 눈 그친 후 올라오면 안 돼?"

"안 돼요, 오늘 봬야 해요. 만나 뵙구 꼭 드릴 말씀이 있어요."

"좋아, 그럼 여관촌에서 만나. 나두 그리루 내려갈 테니."

눈이 무서운 것이 아니었다. 그가 정작 두려워하는 것은 쉰다섯의 나이에도 불구하고 그가 소녀와 둘이 있게 되는 것이었다. 눈에 갇힌 적막한 산에서는 누구라도 쉽게 엉뚱한 생각을 할 수 있었다.

"무슨 일이야? 귀찮게 굴면 이번엔 내가 용서 안 해?"

소녀는 숄더 백에서 백지에 싼 털실 목도리를 꺼내 든다.

"바늘루 뜬 거예요. 노색이 싫어서 제 거하구 같은 벽돌색을 골랐어요."

소녀가 걸어주는 목도리를 그는 잠자코 목에 두른다.

"좀 이르지만 성탄절 선물이에요. 어때요, 색깔? 또 야하다구 하실 건가요?"

그는 고개를 내저으며 죽은 아내를 생각한다. 그가 마흔다섯일 때 죽은 그녀는 미대 출신답게 색깔에 대한 감각이 뛰어났다. 그래서 그는 아내 덕분에 학교에서 늘 가장 옷 잘 입는 선생으로 통했다. 그러나 아내가 죽은 후로 그는 옷에 대해 무관심했다. 아내와 더불어 그의 생활이 죽은 것이다.

"연말인데 바쁘지 않아?"

"바빠요."

"바쁜데 어떻게?"

소녀가 가지런히 눈을 아래로 내리깐다. 그제야 그는 소녀에게 일이 생긴 것을 깨닫는다.

"내쫓겼어?"

"아뇨."

"그럼?"

"고만둘까 해요."

그녀는 H 군에 있는 커다란 제재소의 경리사원으로 일하고 있다. 여관촌 일대에서 연료로 쓰는 톱밥은 거의 모두가 그녀가 일하는 제재소에서 공급하는 것들이다. 제자가 마침 그 제재소의 사장이라 그가 소녀를 그 제재소의 경리사원으로 넣어 준 것이다.

"고만두려는 이유가 뭐야?"

내리깐 그녀의 눈에서 눈물 한 방울이 탁자 위로 떨어진다. 그는 더 이상 묻지 않고 다방 의자에서 몸을 일으킨다.

"배고프다, 민생고부터 해결해야지."

밖은 이미 눈이 그쳐 있다. 알 수 없는 것이 산중의 날씨다. 눈이 녹던 포근한 날씨가 목이 서늘하게 추워졌다. 매봉 위로 열린 좁은 하늘에는 손 뻗으면 잡힐 듯이 별들이 낮게 내려와 있다.

팔에 매달린 소녀의 무게가 그에게 새삼스레 삶의 무게로 느껴진다. 만나지 말았어야 했던 소녀다. 그러나 일비 스님의 말대로 사람의 인연은 사람의 힘으로는 어쩔 수가 없는 것이다.

열아홉의 어린 나이로 소녀는 그의 산장에서 약을 먹고 자살을 시도했다. 병원으로 운반된 그녀는 위세척 후에 하루 만에 깨어났다. 보호자가 없다고 해서 그가 그녀의 임시보호자로 도장을 찍었다. 퇴원 후 갈 곳이 없어 소녀는 다시 그의 산장에 머물렀다. 살아난 후에도 죽을 생각만 하던 그녀를, 그는 여러 날 걸려 죽지 않게 만들었다. 이 사장과의 멱살잡이 후 그가 고등학교의 교장직을 사임한 이래, 자기 이외의 사람에게 정성을 쏟기는 이 소녀가 처음이었다.

소녀의 자살은 예견된 것이었다. 가족을 K시에 둔 그녀는 가출하여 자살하기 위해 그의 산장에 묵었었다. 가출의 동기는 재혼한 어머니의 문란한 사생활과 새로 들어온 의붓아버지의 파렴치한 폭행 때문이었다. 그러나 자살의 직접동기는 사랑을 준 어떤 젊은이의 약삭빠른 배신 때문이었다. 열아홉 살 소녀에게 무한히 열려 있던 미래의 길이 죽음이라는 어둡고 협착한 외곬의 길로 좁혀진 것이다.

소녀는 그후 설거지나 빨래를 거들면서 산장에 딸린 작은 골방에 두 달 가까이 머물렀다. 어느 날 그러나 소녀와 그는 뜻하지 않은 큰 실수를 저질렀다. 천둥번개가 온 산을 뒤흔든 날 소녀는 그의 방에 뛰어들어 그의 품에서 하룻밤을 지낸 것이다.

밥때로는 늦은 시각이라 음식점에는 손님이 별로 없다. 묻기를 기다리는 소녀의 눈빛을 그는 시침을 떼듯 느긋하게 외면하고 있다. 딱한 것은 그녀 쪽이다. 말하고 싶을 때까지 기다려 주는 것이 늙은이의 할 짓이다.

"오늘 사장님한테 사표를 냈어요."

"그래?"

"진작 말씀을 드렸어야 하는 건데… 걱정 끼치는 게 싫었어요."

"나한테 말인가?"

"저, 사장님 아기를 가졌어요."

그럴 수도 있다는 사실이 망치처럼 그의 머리에 부딪혀 온다. 제재소 사장인 박 군은 한때 그의 제자였을 뿐이다. 나이 사십이 다 된 그는 옛날의 말 잘 듣던 모범학생이 아닌 것이다.

"처자 있는 사람인 줄 잘 알면서."

"회사 경리를 보노라면 그렇게 될 수밖에 없다구 하더군요."

"박 군한테 얘기했나?"

"네, 혀를 차더니 수표 한 장을 끊어주더군요."

빨간 눈으로 바라보는 소녀에게 그는 갑자기 폭력을 쓰고 싶은 충동을 느낀다. 뺨을 한 대 때려주고 싶다. 그럼 너는 박 군의 입에서 잘했다는 소리라도 들을 줄 알았단 말인가.

"의사 말로는 지금 지우면 위험두 하구 건강에두 해롭대요. 헌데 사장님은 저만 보면 왜 서둘지 않느냐구 꾸짖는 얼굴을 짓곤 해요."

"언제부터 관계를 가져 왔어?"

"금년 여름부터예요."

자라는 아이들은 배움이 빠르다. 사랑의 배신 때문에 죽으려고까지 했던 소녀가 이제는 사랑과 성을 별개의 물건으로 계산하는 노회한 여자로 성장했다. 한 번 길을 트기가 어려울 뿐이다. 좀더 큰 액면의 수

표를 받아내기 위해 그녀는 뱃속에 든 아기로 박 군과 흥정을 할 수도 있을 것이다.

"회사를 고만두면 무얼 해서 먹구 살려구?"

"서울 올라가서 딴 직장을 구해 봐야죠."

"딴 직장은 쉬운 줄 아나?"

"쉽지 않으면 어떡해요?"

국밥의 밥알이 모래알처럼 입 안에 맴돈다. 소녀 역시 수저만 든 채 입으로는 좀체 음식을 떠넣지 않고 있다. 세상의 모든 사장들이 자기 회사의 여자 경리사원을 건드리지는 않을 것이다. 박 군에게 소녀의 어두운 과거를 알린 것이 일차적으로는 실수인지 모른다. 박 군의 동정을 기대했더니 그는 오히려 소녀의 과거를 약점으로 해석했던 모양이다.

"걱정 끼쳐드려 죄송해요."

"일은 그래 결론을 보았나?"

"아직요. 사표 냈으니까 사장님께서 알아서 하시겠죠."

뱃속에 든 어린애를 지워도 사태는 마찬가지다. 그녀는 아마 육 개월마다 계속 박 사장의 어린애를 지워야 될 것이다.

더 이상 식욕이 느껴지지 않아 소녀와 그는 음식점을 나온다. 그러나 어느 여관 앞에서 소녀는 갑자기 발을 세운다.

"사장님 차예요. 오늘밤 K시에 급한 볼일이 있다더니….."

중얼거리는 소녀의 눈길이 여관의 불 켜진 창문들을 올려다본다. 그 방들 중 어느 하나에서 그녀도 밤일을 핑계대고 박 사장과 함께 하룻밤을 지냈는지 알 수 없다. 움직이지 않는 소녀의 어깨를 그가 한참 만에 손으로 가볍게 두드린다.

"따라와. 목도릴 선물루 받았으니 나는 자네한테 술 한 잔 사두 되겠지?"

한낮인데도 바깥 기둥에 걸린 수은주가 영하 8도를 가리키고 있다.

양지쪽은 그러나 눈이 녹아서 명태만한 고드름이 산장 처마 밑에 매달려 있다.

의자를 창 쪽에 붙여 놓고 그는 창 밖으로 눈 덮인 숲을 내려다본다. 문수사를 찾아가는 스님들 몇이 밟고 지나가서, 숲 속의 하얀 눈밭에는 외줄로 길게 사람의 발자국이 찍혀 있다. 내일 있을 일비 스님의 다비를 보기 위해 먼 외지에서도 스님들이 몰려들고 있는 것이다.

경찰이 산장에 오기로 되어 있다. H 군 본서 형사과에서 점심무렵에 그에게 전화가 걸려 왔다. 한 시간 후쯤 찾아뵐 테니 멀리 가지 마시고 잠시 산장에서 기다려 주십사 하는 전화였다. 찾는 까닭을 물었으나 경찰의 대답은 애매할 뿐이었다. 선생님 때문이 아니고 무언가를 확인하기 위해 찾아뵙고자 한다는 것이었다. 그러나 오마고 해놓고 경찰은 그들의 버릇대로 시간약속을 지키지 않고 있다. 벌써 세 시가 지났는데도 그들은 코빼기도 보이지 않는 것이다.

누군가가 숲을 나와 개천에 걸린 돌다리를 건너온다. 형사거니 생각했더니 작은 몸집의 여자 외판원 같은 모습이다. 가끔 이쪽을 올려다보며 그녀는 곧장 산장을 바라고 올라온다.

창가에 붙여 둔 의자를 물리며 그는 천천히 몸을 일으킨다. 뜻하지 않은 얼굴이라 그는 좀처럼 제 눈을 믿을 수가 없다. 발을 굴러 부츠의 눈을 턴 후 여인이 이윽고 산장 홀로 들어선다.

"아빠, 저예요."

"웬일이냐? 연락두 없이?"

"제 편지 받아보셨죠?"

"편지는 봤다만 그게 나한텐 어제 왔어."

"웬일일까요? 전 벌써 여러 날 전에 부쳤는데요?"

"여긴 좀 편지가 늦지. 그건 그렇구 혼자 왔냐?"

"네. 장 서방두 같이 올 작정이었는데 갑자기 일이 생겨 저 혼자 오게 됐어요."

살피듯 바라보는 아버지의 눈을 딸이 지지 않고 도전적으로 마주 바

라본다. 찬 날씨에 산길을 올라와서 서른한 살 된 딸의 양볼이 십오륙
세 소녀 같은 탐스러운 혈색을 하고 있다. 들고 온 선물 꾸러미를 카
운터 뒤로 넘겨 놓은 후, 딸이 의자 하나를 들고 아버지 곁의 난롯가
로 돌아온다.

"요즘, 건강은 어떠세요?"

"아픈 데 없으니 좋은 게지."

"안색은 전보다 안돼 보여요."

"어제 친구랑 술을 좀 했어."

분위기는 전혀 달라도 딸의 얼굴에서 죽은 아내의 모습을 본다. 아
들은커녕 딸 형제도 낳아 주지 못한 것을 자신의 큰 죄처럼 생각하다
가 죽은 아내다. 그러나 아내의 가장 큰 고통은 하나뿐인 딸자식이 그
녀의 뜻을 배반했을 때다. 대학 삼 학년 재학중에 딸은 부모의 뜻을 거
슬러 어떤 가난뱅이 철학도와 전격적으로 결혼을 해버린 것이다.

"장 서방은 좀 어떠냐? 여전히 보따리 장산가?"

"네. 허지만 두어 군데서 전임 말이 나오구 있어요."

사위 장 서방은 원래는 고등학교 독일어 교사였다. 그러나 오 년 전
에 학교를 그만두더니 지금은 여러 대학에 시간강사로 고달프게 뛰고
있다.

"아빠, 나 집안 한 바퀴 둘러볼게요."

"피곤할 텐데. 점심은 어떡했니?"

"오다가 여관촌에서 우동 한 그릇 사먹었어요."

딸이 의자에서 일어나 뒷걸음질로 집 안으로 들어간다. 무심코 바라
본 딸의 허리는 아직도 처녀처럼 잘룩하다. 서방이 전임이 되기까지는
그녀는 아이를 갖지 않기로 한 것 같다. 그가 손주를 보기 위하여는
사위가 우선 대학의 전임이 되어야 한다.

욕실에서 딸이 밀린 빨래를 할 무렵 경찰은 어떤 청년과 함께 그의
산장을 찾아왔다. 청년은 낯이 익은 얼굴이었고 손에 수갑을 차고 있
었다.

“선생님, 혹시 이 청년 기억하시겠습니까?”

“예.”

“어떻게 아시죠? 언제 처음 이 사람을 보셨습니까?”

“일주일쯤 전일 겝니다. 산장에 들러 두어 시간쯤 머물다 갔습니다.”

“산장엔 무슨 일루 두어 시간씩이나 머물렀습니까?”

“아마 밥 지을 물을 긷기 위해 잠시 산장에 머물렀을 겝니다.”

고개를 떨군 해맑은 청년은 아무런 표정이 없다. 자신의 말을 하고 있는데도 불구하고 그는 전혀 못 들은 듯한 얼굴이다. 산장 주인은 이 청년이 상냥하고 공손했으며, 뜰에서 버너로 밥을 짓는 동안 그를 상대하여 많은 말들을 했던 것을 기억한다. 그는 신학대학에 다닌다고 했고 졸업 후에는 시골교회의 목자가 되는 것이 꿈이라고 했다. 그와 함께 온 동료학생도 역시 같은 포부를 말하고 있었다.

“그때 이 사람의 복장은 어땠습니까?”

“등산복 차림이었습니다.”

“손에 혹 흉기 같은 건 지니지 않았었나요?”

“아뇨, 그런 건 보지 못했습니다.”

“산장에서는 몇 시쯤 다시 산으루 떠났습니까?”

“해가 높이 떴었으니까 아마 열한 시쯤 됐을 겝니다.”

손에 수갑만 채웠을 뿐 경찰은 청년을 감시하거나 경계하지 않는다. 청년이 훌쩍 자리를 일더니 밖으로 나가려는 듯 문 쪽으로 걸어간다.

“바람 좀 쏘일게요.”

“알았어, 멀리는 가지 말게.”

밖으로 나가는 청년을 보며 그가 비로소 경찰에게 묻는다.

“무슨 잘못을 저질렀습니까?”

“살인을 했어요.”

“사람을 죽였단 말입니까?”

“못 믿으시겠지만 그렇습니다.”

“그래 누굴 죽였습니까?”

“선생님두 아실 겝니다. 문수사 일비 스님을 저 사람이 살해했답니다.”

이해할 수 없는 일이 세상에는 가끔 있다. 그러나 목사 되기가 소원인 신학대학생이 아흔 살이 넘은 노스님을 무슨 이유로 죽였는지는 모를 일이다.

“살해동기가 무어랍니까?”

“말다툼을 했답니다. 자기 말루는 그 스님과 종교토론을 했다구 합디다만.”

“말다툼으루 사람을 죽여요?”

“광신도예요. 예수님을 욕하길래 자신두 모르게 스님을 돌루 쳤다는군요.”

비로소 그의 머릿속에 사건의 얼개가 어렴풋이 드러나기 시작한다. 거칠 것 없는 노스님의 말이, 나이 어린 순진한 신학도를 본의 아니게 격분케 했을 것이다. 왜 세상은 이렇게 어려운가? 아흔 살을 산 노스님의 지혜로도 세상은 역시 난해했던 모양이다.

경찰이 문득 의자에서 일어선다.

“서에서 어쩌면 소환장이 올지두 모르겠습니다. 오늘 말씀 고마웠습니다. 나오시지 마십시오.”

문을 밀고 나가려다 경찰이 다시 그를 돌아본다.

“문수사 스님네들한테는 당분간 아무 말씀두 말아 주십시오. 내일 다비식이 있다니까 그 후에나 알려드릴 생각입니다.”

“참 한 가지 궁금한 게 있습니다. 저 청년이 범인이라는 걸 어떻게 알게 되었죠?”

“본인이 자수를 했어요. 일단 서울루 올라갔다가 사흘 만에 이리루 내려와 우리 서에 들렀더군요.”

말을 끝낸 경찰이 산장을 나가 앞뜰에 서 있는 청년에게 다가간다. 경찰의 손이 청년의 등을 두드리자 청년이 몸을 돌려 경찰과 함께 산 아래로 내려가기 시작한다.

“방금 누가 왔었어요?”

물손을 타월로 닦으며 딸이 그에게 다가온다.

“응, 지나가던 등산객이 길을 묻구는 방금 떠나갔다.”

“차 끓일까요?”

“그래, 물은 여기 있으니 잔만 이리루 가져오렴.”

두 되들이 큰 주전자가 난로 위에서 소리 없이 끓고 있다. 딸이 쟁반에 담아온 차는 두 잔 모두 인스턴트 커피다.

“아빠.”

스푼으로 찻잔을 휘저으며 딸이 문득 그를 부른다. 내리깐 딸의 눈가에 푸른 그늘이 물들어 있다.

“왜?”

“나 여기 산장에서 아빠랑 함께 살면 안 돼요?”

찻잔에서 오르는 뜨거운 김으로 그는 무심코 눈살을 찌푸린다. 생각보다 뜨거운 차에 그는 살짝 입술을 덴다.

“싸웠니 또?”

“아뇨. 저, 아무래도 장 서방이랑 헤어져야 될까 봐요.”

이런 소리를 듣지 않게 된 아내가 다행이라고 그는 생각한다. 그러나 그는 생각보다 마음이 아주 평온하다. 마치 오래 전에 예상했던 일을 뒤늦게 딸의 입을 통해 확인하는 기분이다.

“알 수 없는 노릇이구나. 꼭 그렇게 해야겠니?”

“네. 어쩔 수 없었어요. 최선을 다했지만 이제는 더 견딜 수가 없어요.”

사노라면 견딜 수 없는 일은 이 세상에 얼마든지 있다. 정년을 십 년이나 남긴 그가 교장직을 버린 것도 견딜 수 없는 일 때문이었다.

“나는 잘 모르겠다. 급하지 않은 일이니 좀더 생각해 보자꾸나.”

갑자기 산이 보고 싶어서 그는 서둘러 의자에서 일어선다.

아마 내일 다비가 올려지면 일비 스님은 바람이 되어 온 산에 떠돌 것이다.

(1986)

즐거운 지옥

화창한 봄날 오후다.

H는 그러나 추위를 많이 타서 결혼 때 맞춘 검정코트를 걸치고 있다. 그는 지금 차를 기다리고 있다. 그가 차를 기다리는 장소는 이대 입구, 즉 이대에서 신촌 큰길로 쭉 나와서 바른편으로 약간 내려가면 육교가 있고 그것을 건너 바른쪽 계단으로 내려가면 먼저 급행버스 정류장이 있고 그 아래쪽에 일반버스 정류장이 있는데 그는 바로 이 두 정류장의 중간쯤에 서 있는 것이다. 그곳에는 언제나 여대생들이 많이 서 있었다. 그녀들은 멀리서 보면 모두 예뻐 보이지만 가까이 가보면 모두 시원찮은 얼굴들이고 또 차를 타고 그곳을 떠나면 그녀들은 다시 예쁘게 느껴졌다.

H는 코트 포켓에 두 손을 찌르고 씩씩하게 달려오는 버스들을 쳐다본다. 그는 일정한 직업이 없기 때문에 외출을 잘 하지 않았고, 외출을 잘 하지 않아서 신촌으로 이사 온 지가 일년이 다 돼가는데도 늘 이 정류장에 멎는 버스들이 어느 코스, 즉 동대문이 종점이라고 써붙인 버스라면 그것이 아현동 서대문 광화문을 거쳐 종로로 해서 가는지, 혹은 아현동 슈퍼마켓 서울역 남대문 미도파 화신으로 해서 동대문으

로 가는지 항상 버스 차장들에게 묻지 않으면 어리둥절했다. 그는 문
득 서울시 당국이 괘씸하게 느껴졌다. 언젠가 그는 무교동에 버스 정
류장이 있는 것을 알고 버스가 광화문 정류장에 멎었을 때 그곳을 그
냥 지나쳐 무교동에서 내리리라고 생각했다. 한데 버스는 전번 외출
때까지 분명히 있었던 무교동 정류장을 그냥 지나 그를 종로에 있는
북 센터 근처의 정류장까지 실어 갔다. 그는 차장에게 따졌다. 그러나
차장이 화를 낼까 봐 퍽 부드럽게 오빠처럼 물어보았다.

"어이, 언제부터 무교동 정류장이 없어졌지?"

"닷새 전이에요."

그럴 테지, 닷새 전이겠지, 닷새 전이니까 내가 모를밖에…. 그러
나 그는 그 후로부터 한 달쯤 후에 다시 버스를 타고 이번에는 무교동
에 버스 정류장이 없다는 것을 알기 때문에 미리 광화문 정류장에서
내렸으나, 웬걸 광화문 지하도를 거쳐 연다방 쪽으로 가다 보니 어느
새 다시 무교동에 버스 정류장이 새로 생겨서 그는 화가 나서 서울시
당국과 교통부 당국과 여당 등을 미워하다가 그것이 일정한 사람이 아
니고 여러 명이 뭉친 집단임을 깨닫고 미워할 수 있는 한 명의 사람을
찾던 중에 결국 아무것도 모르고 있을, 대한민국에서는 제일 높아서
시떡하면 칭찬도 듣고 욕도 잘 듣는 그 양반을 잠깐 동안 미워했었다.
그러나 그것은 소용없는 일이었다. 그 양반은 그런 일까지는 모르고
있는 것이었다. 그는 아마 오 원짜리 동전만 꿀꺽 따먹는 고장난 공중
전화라든지, 청소차가 한 번도 와본 일이 없어서 매 호구마다 시멘트
쓰레기통을 사놓고 개인적으로 쓰레기 치우는 값을 한 달에 백오십 원
씩 물고 있음에도 가을 김장철에는 동회에다 별도로 오백 원씩의 오물
수거료를 꼬박꼬박 지불하는 억울한 시민들의 사정이라든지, 겨우내
물 한 방울 얻어먹지 못한 수도료를 기본요금이라고 해서 한 달에 백오
십 원씩 꼬박꼬박 지불해야 하는 높은 지대에 사는 주민들의 분통 터
질 노릇들 따위들은 모르는 것이었다. 알 리가 없었다.

차가 왔다. H는 본능적으로 차 옆구리에 써붙인 행선지를 읽어보았

다. 그러나 읽어 봤자 동대문 남대문 서대문 따위는 알 수 있었으나 양쪽에 붙은 종점들, 가령 사당동, 남가좌동, 양재동 따위는 알 수가 없었다. 그는 서울에서 이십 년째 살았지만 외출을 할 때마다 자기가 새로운 촌놈이 된 듯한 기분이었다. 서울은 매 시간마다 끊임없이 변하고 있었다. 길이 뚫리고, 육교가 놓이고, 고가도로가 뻗고, 아파트가 들어섰다. 술값이 올랐고, 연탄값이 올랐고, 석유값도 올랐지만, 아무것도 내리지는 않았다. H는 서울시가 너무 빨리 변해서 자기가 방금 비행기 편으로 울릉도에서 날아온 듯한 기분이었다. 어제까지도 청계천으로 가던 버스가 청계천 오가에 공사가 시작되었다고 갑자기 노선을 바꾸어 을지로 쪽에 손님들을 부려 놓았다. 열흘 전까지도 한 말에 삼백 원 하던 석유값이 열흘 후에 가보니까 삼백오십 원으로 되어 있었다. 그는 요즘 이 나라가 잘 살아보겠다고 아우성치는 것을 알고 있었다. 그리고 그 아우성에 대해서는 아무 불평이나 불만 따위를 품지 않았다. 요컨대 그가 불만을 품는 것은 왜 그가 잘 살게 된 때에 태어나지 못하고 잘 살아보려고 아우성을 치는 이런 고약한 시대에 태어났는가 하는 것이었다.

"어이 이 차 어디로 가나? 서대문 가나? 광화문도 가나?"

"네 가요, 광화문도 가요!"

H는 버스를 탔다. 버스 안에는 좌석들이 대개 찼고 운전수 뒤쪽의 높은 좌석만이 비어 있었다. H는 그곳에 앉았다. 차가 움직였다. 갑자기 철판을 씌워 놓은 엔진 덮개 사이로 눈알을 뽑을 듯한 매운 연기가 피어올랐다. 그는 왜 이 좌석만이 비어 있는가 그제야 알았다. 그는 차장을 돌아보았다. 차장은 마침 어느 손님으로부터 오백 원짜리 큰 돈을 받아쥔 채 그것이 못마땅해서 손님에게 눈을 흘기고 있는 중이었다.

"잔돈 없으세요?"

차장이 손님에게 말했다.

"없어."

“어디서 내리시죠?”

“다음 정거장.”

“어머 그럼 어떡해요, 왜 진작 말씀하지 않았어요.”

“미안하다 임마, 그래서 내가 미리 미안하다구 하지 않았니.”

H는 불쑥 손님에게 화가 났다. 그는 손님이 왜 차장에게 미안해 해야 하는지 알 수가 없었다. 아니 알고 있었다. 손님은 차장과 싸우고 싶지 않은 것이었다. 손님은 차장들이 얼마나 억척스럽고, 욕을 잘 하고, 싸움을 잘 하는지 알고 있었다. 그래서 한바탕 ‘오백 원은 돈이 아니냐, 잔돈을 안 갖고 다니는 네가 잘못이지 내가 왜 너한테 미안해해야 되느냐’라고 따지고 싶지만 그것이 부질없고 시끄럽고 창피해서 얼른 미안하다는 말로 차장과의 싸움을 피하려는 것이었다. 엔진 덮개에서 눈알을 뽑을 듯이 다시 맹렬하게 연기가 피어올랐다. 그것은 흡사 영화에서 본 일이 있는 유황천의 연기처럼 맵고 지독한 것이었다. H는 드디어 눈물이 그렁그렁한 채 좌석에서 일어나 통로로 물러 나왔다. 차장이 열심히 잔돈을 세다가 그에게 불쑥 손을 내밀었다.

“뭐야?”

하고 그가 물었다.

“안 내리세요?”

“안 내려.”

“그럼 왜 입구에 서 계세요?”

그는 차장의 얼굴을 쳐다보았다. 연기가 피어올라 눈알이 아파서 이리로 나왔다고 말해 주고 싶었지만 그는 꾹 참았다. 그는 대개의 서울 시민들이 그렇듯이 절대로 공중들 앞에서는 앞으로 나서지 않기로 하고 있었다. 그는 이 아마존 족의 후예 같은 억척스런 차장과는 아무 말도 하기 싫었다. 그러나 그는 자기 대신 다른 사람, 즉 약간 조급하고 화를 잘 내고 불의를 참지 못하는 어떤 사람이 자기 대신 나이는 어리지만 베어링처럼 닳고 닳아서 걸핏하면 싸움을 걸려고 하는 이 차장에게 ‘차를 좀 정비해서 다녀라, 이게 굴뚝이지 어디 버스냐’ 하고 호통을 질러주기를 희망했다. 그러나 아마 그런 호통쯤에는 차장이 꿈쩍도 하지 않을 것이다. 그녀들은 사실 교통순경을 제외하고는 어느 누구에게도 꿈쩍할 만큼 놀라는 일이 없었다. 그녀들은 세상의 모든 사람들이 십 원짜리 두 장으로 보일 뿐이었다. 말하자면 그녀들은 모든 승객들을 '이십 원 위에 이십 원 없고 이십 원 밑에 이십 원 없다'로 볼 것이었다. 슬픈 일이었다.

차가 굴레방다리, 가구상 앞을 지나 농협중앙회 앞을 지나고, 광화문 정류장을 지나고, 장의사가 있는 무교동 정류장에 멎었다. H는 차를 내렸다. 시계를 보았다. 그는 그곳에서 가까운 신문사 문화부에 다니는 친구 B와 오후 다섯 시에 연다방 이층에서 만나기로 되어 있었다. 한데 시계는 고장도 아니건만 아직 다섯 시 이십 분 전이었다. 그는 이 이십 분의 시간이 어리둥절할 만큼 처리하기 곤란했다. 그는 길을 가로 건너가 맞은편 상가 쪽에 붙어 있는 범문사에 들러 책 구경이라도 할까 생각했다. 하지만 그 책방에는 거저 준다면 모르지만 돈을 주고 사고 싶은 책은 한 권도 없었고, 옛날에 약 팔백 권쯤의 책을 사 모았다가 그것을 모두 팔아먹은 기억이 있어서 H는 왠지 모든 책방들에 적개심 비슷한 것을 느끼고 있었다. 그는 연다방 앞을 지나 무심코 무교동 복판의 작은 네거리에 도착했다. 하나 그는 그곳에 도착하자 문득 바른쪽 길가에 있는 서린호텔이 생각났다. 그는 서린호텔을 멍하니 바라보다가 빠찡꼬 생각이 번개처럼 머릿속에 떠올랐다. 그는 걸음을 빨리했다. 시계를 다시 보았다. 정류장에서 이곳까지 오는 동안 이미 오 분이 지나 있었다. 그는 문득 십오 분을 죽이기 위해서는 빠찡꼬 코인을 얼마치나 사야 될까 하고 생각해 보았다. 재수가 좋으면 오백 원 정도로도 십 분쯤은 넉넉히 죽일 수가 있을 것 같았다. 아니 혹시 옛날 언젠가처럼 수박 세 통이 떠오를지도 알 수 없었다. 그러나 재수가 아주 옴붙어서 오백 원이 단 일 분에 날아갈지도 모를 일이었다. 하지만 오백 원이 삼십 초에 날아가더라도 그는 그 이상은 절대로 하지 말자고 다짐했다. 오백 원이다, 오백 원만 하고 너는 용감히 그곳을 나와야 한다, 만일 오백 원에서 한푼이라도 더하면 너는 정말 개새끼 중의 개새끼다. 암, 개새끼고 말고!

H는 급한 듯이 게임 룸으로 들어섰다. 천장이 얕은 좁은 게임장에는 각종의 쇠붙이 소리들이 요란스레 벽을 울렸다. 어디선가 코인이 쏟아지느라고 기계가 기관총을 쏘듯 유쾌하게 털털거렸다. 그는 곧장 코인을 사기 위해 커튼이 쳐진 유리벽 앞으로 걸어갔다. 오백 원권 한 장을 유리구멍 밑으로 디밀고 그는 오백 원 어치를 다 달라는 표시로 손가락 다섯 개를 모두 펴보였다. 코인이 곧 작고 때묻은 플라스틱 그릇에 담겨 나왔다. 그는 그릇을 한 손에 받쳐 들고 빈 기계를 찾아 사방을 두리번거렸다. 마침 바른쪽 기계들 중에 세 번째 기계가 비어 있었다. 그는 코인 그릇을 기계 밑에 놓고 엄숙한 표정으로 잠시 주위를 둘러보았다. 십여 명의 사람들, 넥타이를 맸고, 싱글들을 입고 있고, 구두들이 반짝이고, 수염이 말끔히 면도질된 사람들, 등 뒤에서 보면 미스터 김 같기도 하고 미스터 박 같기도 해서 이름은 물론 국적까지도 알아볼 수 없는 똑같은 복장의 사람들이 마치 기계들과 대화라도 하듯 진지한 표정으로 게임들을 하고 있었다. H는 드디어 시선을 바로하고 자기 앞에 서 있는 빠찡꼬 기계를 바라보았다. 기계가 마치 새 손님을 맞아 한 팔을 쳐들고 어서 옵쇼, 하는 것 같았다. 그는 우선 이 기계가 잘 나오는 기계인가 바야흐로 안 나오기 시작하는 기계인가를 알아보기 위해 코인 두 개만을 넣고 손잡이를 잡아당겨 보았다. 세 줄의 꽃판이 빙글빙글 돌다가 종 탱자 살구의 순으로 보기 흉하게 가로 나타났다. 그는 다시 코인 세 개를 차근차근 구멍으로 밀어넣었다. 다시 당겼다. 이번에는 꽃이 두 개 떠올라서 코인들이 한 번 반쯤 쿵쾅거리며 밑으로 쏟아졌다. 이 기계는 아마 잘 나오는 기계인지도 몰랐다. 누군가가 직사하게 코인만을 쏟아넣고 잘 나올 즈음에 떠나버린 기계인지도 알 수 없었다. 바른쪽에 서 있던 키 큰 사내가 코인이 떨어졌는지 엉거주춤 기계에서 물러섰다. 사내는 H가 하는 모양을 담배를 뻑뻑 피우며 어깨너머로 보고 있었다. 그러나 다섯 개씩을 넣고 네 번이나

열심히 돌렸지만 H의 기계는 아슬아슬하게 꽃 하나씩이 어긋나 버렸다. 한 번은 수박이 양쪽에 떠오르고 가운데 수박만이 한 칸 밑으로 처진 적도 있었다. H는 초조했다. 코인이 벌써 반 이상 줄어들었다. 등 뒤에서는 열여덟 개짜리 종 세 개라도 떠올랐는지 기계가 흡사 타자기를 두드리듯 타타타타 소리를 내며 열심으로 코인들을 내뱉었다.

"아깝습니다."

키 큰 사내가 H의 등뒤에서 갑자기 H에게 말을 걸어왔다.

"예?"

"아까 그 수박 두 통 말입니다."

"아, 예….."

H의 기계도 드디어 실수를 해서 살구열매 세 개를 예쁘게 떠올렸다. 기계가 흡사 불평이라도 하듯 제법 풍성하게 코인들을 밑으로 내쏟았다.

그는 계속 게임을 했다. 그의 기계는 귀신이라도 들린 듯이 연거푸 우당퉁탕 코인들을 내뱉기 시작했다. H는 약간 불안해졌다. 그는 이 기계가 틀림없이 몸살이 났거나 고장이라고 생각했다. 기계 밑에는 이미 백여 개의 코인들이 넘쳐날 만큼 수북하게 쌓여 있었다. 그는 새로운 고민에 사로잡혔다. 문득 B와의 약속시간이 생각나서 손목에 찬 시계를 보았다. 다섯 시 삼 분이었다. 아, 어쩌다가 내가 오늘 이렇게 즐거운 고민을 하게 되었는가? 그러나 그는 결심했다. 이놈들을 모두 돈으로 환불하자. 아마 기계 밑에 쌓인 코인이 백이십 개는 착실히 넘으리라. 오백 원 본전을 공제하더라도 공짜로 주운 돈이 칠백 원이 넘지 않는가? H는 유쾌했다. 돈을 따서 유쾌한 것이 아니고 저 완강한 빠찡꼬 기계들을 패배시킨 것이 유쾌한 것이었다.

H는 게임 룸을 나왔다. 그리고 서린호텔을 등뒤로 두고 연다방 쪽의 모퉁이를 돌아가자 이미 빠찡꼬에 대한 모든 원한 흥분 유쾌함 따위가 이상한 서글픔 속으로 용해되어 버렸다. 언제나 이렇다. 빠찡꼬도 그렇고 포커 노름도 그렇고 술타령도 그렇고 문화영화도 마찬가지였다.

그것들은 열심히 할 동안은 모르지만 하고 나면 모두 엄청난 웅덩이, 약간 우울하고 적당히 슬프고 구역질이 조금 나고, 한없이 깊고 끝이 없고 바닥이 없고 어둡고 음습하고 끈끈하고 치덕치덕하고, 아니 이런 요사스러운 것들이 모두 한데 뒤섞여서 무어라고 꼬집어 말할 수 없는 도무지 요령부득인, 요컨대 한마디로 말하자면 고약한 기분들이 되는 것이었다.

 이층 연다방에는 B가 아직 나와 있지 않았다. H는 기다렸다. 다방에는 조명을 은근하게 하기 위해 커다란 갓을 씌운 등불들, 팔걸이가 달린 얕은 의자들, 구멍이 얼금얼금 뚫린 가슴 높이의 석유 스토브, 야트막한 포마이커 다탁들, 시끄러운 음악들, 시끄러운 대학생들, 수족관 속에 가만히 떠 있는 금속조각 같은 에인절 피시들, 옆좌석에 혼자 앉아 있는 젊은 여자를 힐끔힐끔 훔쳐보는 남자들의 탁한 눈들 따위가 있었다. 오 분쯤 기다리다 B가 드디어 안경을 번쩍이며 다방으로 들어섰다. H는 B를 보자 웃음이 나왔다. 그는 B를 좋아했다. 친구를 좋아했다. 그러나 그는 웃음을 곧 거두었다. 언젠가 그는 어느 다방에서 졸지에 부자가 된 친구 P를 기다린 적이 있었다. H와 P는 퍽 오랫동안 사귀었고, 중간에 많이 싸우기도 했고, 다시 화해하고, 또 싸우고, 이제는 하도 많이 싸우고 화해해서 피차 싸움이나 화해가 부질없는 짓이라고 알고 있는 사이들이었다. 한데 그날 H는 P에게서 새로운 사실을 한 가지 발견했다. H는 P를 보자 반가움에 겨워 아무 계산 없이 웃음이 나왔다. 그는 그런 때 웃는 웃음에는 아무 위장이나 의지 같은 것을 담지 않았다. 친구가 반갑고 날씨가 좋아서 감정이 작동시켜 저절로 나오는 웃음이었다. 한데 H가 P를 보고 웃자 P는 별안간 어리둥절한 표정을 지었다. 아니 겉으로는 어리둥절한 척했으나 그 속에는 다른 의미, 가령 '너는 나한테 항상 웃어야 된다. 너는 나를 반가워하고 있다. 하지만 네가 나를 반가워한다고 나도 너를 반가워할 이유는 없다. 나는 웃지 않겠다. 너 혼자 웃어라' 라고 하는 표정을 그

어리둥절한 표정 속에 조심스레 감싸고 그것을 H가 조금쯤만 눈치채게 해서 H가 쩔쩔매게, 화도 낼 수 없게, 나는 웃는데 넌 왜 웃지 않느냐고 드러내 놓고 따질 수도 없게, 고스란히 그 고약한 감정을 H 혼자 당하게 만들었던 것이다. H는 P와 오랫동안 사귀었지만 아직 P에게 그런 고약함, 즉 가까운 친구를 그런 식으로 골탕먹이는 기묘한 우정이 숨겨져 있다는 것을 모르고 있었다. 그러나 그날 만큼은 그의 그것이 의심할 여지없이 너무 노골적으로 밖에 드러났다. 말하자면 그는 H에게 너무 오버 액션을 한 것이었다. H는 그 뒤로부터 자기 웃음을 약간 절약하기로 마음먹었다. 그래서 그는 B를 보고 웃다가 지금 약간 머쓱해진 것이었다.

B는 안경을 쓰고 있었다. 그리고 B에게는 안경이라는 것이 백에 한 사람쯤 있을 둥 말 둥할 만큼 썩 잘 어울리는 물건이었다. B는 서른세 살이었다. 충청도 대전이 고향이고, 착하고 예쁜 마누라가 있고, 딸만 둘을 낳았고, 집장수한테서 산 집이 있고, 키는 좀 작은 편이고, 자기 말로는 소싯적에 씨름을 퍽 잘 했노라고 했지만 H의 생각에는 글쎄 … 라고 할밖에 없는 친구였다.

H는 B가 앉기를 기다렸다.

"미안하다."

B가 H의 맞은편 자리에 앉으며 늦게 나온 것을 변명했다.

"미안한 건 아는구나."

"뭐 했니, 그 동안?"

"이럭저럭 … ."

두 사람은 탁자 위로 담뱃갑들을 꺼내 놓았다. 레지가 왔다.

"뭘 드시겠어요?"

"커피."

B는 잠시 우물쭈물했다. 그는 무언가 깊이 생각할 때는 한 손으로 안경테를 만지는 버릇이 있었다. 그런데 그는 지금 안경테를 만지고 있고 무엇을 먹을까 깊이 생각하는 중이었다. 그렇다, 그는 분명히 무

슨 차를 시킬 것인가 깊이 생각하는 중이었다. 그들은 요즘 사소한 일들에 깊이 생각하는 버릇들이 들어 있었다. 그들이 깊이 생각하는 사물들은 예를 들면, 오늘 점심은 설렁탕으로 할 것인가 잡채밥으로 할 것인가, 마주 앉은 저 아가씨는 놈팽이가 있을까 아직은 혼자일까, 광장에서 태운 김일성의 허수아비는 누가 밤을 새워서 꼼꼼히 만들어낸 걸작일까, 내가 오늘 열두 시 오 분 전에 집에 들어가면 마누라는 내 오입을 눈치챌까 못 챌 것인가, 미스 최는 내가 자기를 사랑하는 것만큼 나를 정말로 사랑하고 있는가 하는 따위들이었다. 그러나 그것들은 중요한 일들이었다. 그것들이 중요한 일들이라는 것은 그것들이 그들의 머릿속에 자주 떠오르는 것만으로도 충분히 알 수 있었다. 하긴 요즘처럼 엉망진창이 된 세상에는 중요한 일들과 중요하지 않은 일들을 구별하는 것만도 대단히 힘든 일이었다. 옛날에는 그것들의 구별이, 술집에 길게 써붙인 메뉴처럼 분명했는데 요즘은 분명하지 않았다. 우선 옛날에 존경받던 점잖음이라는 것을 생각해 보자. 그건 옛날에는 어땠는지 모르지만 요즘에는 스피츠라는 서양 발바리 개가 앞발을 쳐들고 뒷다리만으로 걷는 재주처럼 어색한 것이 되었다. 그럼 교육은? 이건 바지를 입을 때 어느 쪽 다리를 먼저 바짓가랑이에 디미는가 하는 따위를 가르치는 데 불과하다. 권위, 이것은 대변을 보기 위해 변소 쪽으로 걸어가는 점잖은 걸음걸이였다. 사랑, 인생은 육십 세까지 계속되는데 사랑은 겨우 이십 세에서 끝나지 않는가? 문명, 한쪽에서는 종삼을 없애고 한쪽에서는 터키탕을 짓는 사팔뜨기 같은 것 말인가? 평화, 전쟁은 우리 눈에 분명히 보이는데 평화는 왜 보이지도 않는가? 지조, 지조라구? 웃기지 마라. 만일 요즘 세상에 지조라는 것이 있다면 나는 서울에서 부산까지 땅콩을 코로 굴려 보이겠다. 대체로 이런 식이다. 이런 식일 수밖에 없다.

B가 드디어 결심했다.

"난 반숙으로 하지"

레지가 돌아갔다. 두 사람은 담배를 피워 물었다. H는 B가 오늘따

라 퍽 피곤해 보인다고 생각했다. 두 사람은 지금 피차 만나본다는 것
외에는 아무런 용무도 없었다. 아니 그것에는 만나본다는 용무가 있었
다. 그것은 용무였다. H가 이윽고 상체를 굽히고 B에게 말을 꺼냈다.
B는 대화중에는 언제나 작은 목소리로 말했다. 그래서 B의 이야기를
듣기 위해서는 반드시 상대편이 몸을 앞으로 굽혀 줘야 했다. H가 말
했다.

"나 방금 서린호텔에 들러 왔다."

"짜식."

"칠백 원 땄다."

B는 서린호텔이 무엇을 뜻하는지 잘 알았다. 그러나 그는 H의 말에
아무 대꾸도 하지 않았다. B의 버릇이었다. 그는 상대편이 무슨 말을
시작하면 말 대신 눈으로만 서두름 없이 다음 말을 기다리곤 했다. H
는 야속했지만 할 수 없이 다음 말을 계속했다.

"널 만나려구 여기까지 나왔다가 시간이 일러서 그쪽으로 찾아갔어.
헌데 기계가 망령이 들었는지 연거푸 우당퉁탕 코인들을 뱉어 놓는 거
야."

"좋아, 칠백 원 땄다구 했지? 그 돈으로 술 사라."

"네가 술 사달라는 건 겁나지 않아."

"그럼 사줘."

H는 아차 하고 후회했다. 그는 B를 겁내야 옳았다. B는 이제 겁내
도 좋은 제법 당당한 술꾼이 된 것이었다. 사실 B는 작년까지만 해도
맥주 두 병 정도면 팔목까지 벌겋게 술이 올라 입에서 기관차처럼 씩
씩 소리를 내곤 했다. 한데 그가 요 며칠 전에는 향도라는 술집에서
정종 반 되를 비우고도 거뜬히 술을 견뎌냈다. 그는 이제 어린애가 고
추와 파 요리 먹는 것을 배우듯이 제법 그 쓸쓸한 술맛을 즐길 줄 알게
된 것이었다. H는 슬며시 화제를 돌렸다.

"너 며칠 전 신문을 보니까 뭔가 제법 아는 체했더군."

"뭐 말이야?"

"동도서기(東道西器)니 순치의 관계니 하며 퍽 어려운 말들만 골라 가며 늘어놓았더군."

"폼 한 번 잡았지."

"동도서기란 말 어디서 주워들었어?"

"야, 넌 내가 한국학의 권위 줄 모르는구나?"

"나한테두 폼 잡기냐?"

B는 웃었다. H도 웃었다. 그러나 그 웃음들은 신문이라는 거대한 거짓말, 소설이라는 거대한 엉터리들을 피차 너무 잘 알고 있기 때문에 이제는 도저히 구제할 수 없이 된 맥빠지고 허전하고 에라 하고 내팽개치는 웃음들이었다. H는 B의 이 점이 퍽 좋았다. 그는 솔직한 것이다. 그는 신문에서는 폼을 잡았지만 친구들한테는 폼 잡기를 거절했다. 아마 그는 이런 경우, 즉 자기가 어떤 일에 너무 몰두해서 폼이 조금도 섞여 있지 않았더라도, 백이십 프로쯤 진지했더라도, 더 이상 진지할 수 없을 만큼 진지했더라도, 적어도 친구들한테는 일부러 폼을 안 잡으려 했을 것이다. B가 다시 말을 꺼냈다.

"너 이번 달에 어딘가 단편 하나 썼지?"

"응."

"어디냐?"

"××."

"무슨 얘기야?"

"소 잡는 얘기."

"재미나냐?"

H는 웃기만 했다. 재미나냐고? 재미날 턱이 없었다. 요즘 소설들은 재미가 없었다. 언제부터인지 요즘 소설들은 철저하게 재미가 없어졌다. 마치 한국의 모든 소설들이 재미없기로 약속이나 한 것 같았다. H는 그러나 B가 재미나냐고 물은 것이 다른 의미라는 것을 알고 있었다. B는 그 소설이 잘 된 소설인가를 묻는 것이었다. B는 H와 친구였다. 그러나 그들은 친구 사이지만 보통 사람들이 친구가 되듯이 친구

가 된 것은 아니었다. 그들은 유년시절의 공통의 기억들을 가지고 있지 않았다. B가 생각하는 학교, 철둑길, 개천 따위와 H가 기억하는 저녁 연기, 노을, 배추밭 따위는 서로 달랐다. 그들은 다 커서 친구가 되었다. 대학을 졸업하고 군대를 다녀온 뒤 애인들을 한 명씩 꿰차고 이제 슬슬 결혼이나 해볼까 할 즈음에 친구가 되었다. 말하자면 그들은 그때 상대편이 얼굴이 잘 생겼다든지, 저놈과 잘 사귀면 저놈의 아버지 회사에 취직이라도 되지 않을까 하는 따위로 친구가 된 것은 아니었다. 그들은 우연히 알게 되었고, 처음에는 꽤 까다롭게 서로를 경계했고, 조금조금씩 접근하다가 너무 접근했다 싶으면 확 물러났고, 이쪽이 차를 사면 저쪽이 저녁을 살 만큼 조심스러웠고, 꽤 오랜 동안 밀고 당기고 하다가 이젠 안심해도 좋다, 라고 생각할 즈음에 아주 느리게 아주 확고하게 새로운 공통의 기억들을 만들어 가며 셈 대신 이해로, 돈 대신 웃음으로, 감정 대신 이성으로, 오랜 시간에 걸쳐 친구가 되었다. 그들은 머리와 가슴으로 사귀었기 때문에 자질구레한 감정으로는 쉽게 싸움이 되지 않았다. 그들은 이해로 사귀었기 때문에 피차 체면이나 복잡한 절차들이 필요 없었다. 그들 사이에는 어려운 말들과 자질구레한 말들이 자연스레 생략되었다. 그들의 이런 언어의 절약은 글이나 소설을 평하는 데도 마찬가지였다. 그들은 공중들 앞에 나서기 전에는 테마니 플롯이니 메타포니 서프라이즈 엔딩이니 새타이어니 하는 말 따위를 잘 쓰지 않았다. 그리고 그런 말을 쓰지 않는 것은 비단 친구의 소설이나 글에만 해당되는 것은 아니었다. 모든 글들, 이름만 몇 번 신문에서 읽었지 한 번도 만나 본 일이 없는 어느 평론가의 적의에 찬 글이라든지, 남자인지 여자인지도 잘 모르는 어느 아리송한 작가의 소설이라든지, 이름이 스키나 코프로 끝나서 막연히 슬라브계 작가일 거라고만 추측하는 친구의 글들에 대해서도 그들은 퍽 수월하게 '재미있었다', '약간 지루했다', '드물게 좋았다', '끝부분에서 잡쳤다'라는 말만으로 의견들을 표시했다. 요컨대 그들은 많은 말들을 의식적으로 생략하고 있었다. 피차가 잘 아는 번거로운 말들은 숨이 차고, 귀찮고, 부질없어서 생략하는 것이었다. 그러나 그들은 그런 짧은 표현들 속에서도 피차 충분할 만큼 서로의 말들을 깊고 폭넓게 순식간에 이해했다. 그것들은 흡사 라디오에서 흘러나오는 스무고개의 답과 같은 농축된 말들이었다. 그들은 때로 네 사람이 한 자리에 앉아 마치 같은 꿈을 꾸고 난 사람들처럼 똑같은 의견들을 말할 때도 있었다. 그들은 그런 때 서로의 얼굴들을 놀라움에 차서 멍하니 쳐다보며 '아, 자네도 그렇게 생각했나'라고 눈으로만 은근히 기쁨들을 나누었다. 좌우간 그것은 그들 사이에만 통하는 대단히 협소한, 그러나 밝고 유쾌한 비밀의 통로였다. 그러나 모든 글쓰는 친구들이 그들의 의견과 같을 수는 없는 일이었다. 아니 친구인 그들 사이에도 때로는 맹렬하게 의견들이 대립되었다. 그들은 그런 경우, 다시 안 볼 것처럼 용서없이 단호히 서로 다투었다. 그들의 다툼에는 우정 따위는 이미 멀찌감치 옆길로 치워졌다. 그것은 우정과는 별개의 것이었다. 우정이란 술을 마실 때, 돈을 꾸어 쓸 때, 오입에 동행할 때, 포커를 할 때, 청첩장을 보낼 때, 슬플 때, 너무 기뻐서 혼자 참기가 곤란할 때, 자살이 하고 싶을 때, 자살을 말리고 싶을 때 등에만 요긴한 것이었다. 그런 다툼에는 우정이 오히려 눈 위의 혹처럼 거북스럽기만 할 뿐이었다. 그들은 좌우간 맹렬하게 다투었다. 그리고 그 맹렬히 다투는 것이 바로 그들의 놀랄 만한 장점이기도 했다. 그러나 그들은 아무리 심하게 다투는 경우라도 몇 가지 룰은 지킬 줄 알았다. 그것은 그들이 좀더 진지하게, 좀더 열심히, 정정당당하게 싸우기 위해서도 반드시 지켜져야 할 룰이었다. 그들은 우선 자기의 상대편을 '자넨 왜 그렇게 보기 흉한 코를 가지고 있는가'라든지, '자네 말은 내가 확인해 보진 않았지만 틀림없이 엉터리같이 보이네'라든지, '나는 자네가 지금까지 지껄인 말을 한마디도 귀담아 듣지 않았네'라든지, '자넨 마치 자네와 내가 친구라도 되는 듯이 말하는군' 하는 따위의 말로 친구를 공박하지는 않았다. 요컨대 그들은 그런 말들을 함으로써 공연히 우정을 상하게 하거나 주먹질을 유발시키거나 대화를 쓸데없이 공전시키거나 하고 싶

지는 않은 것이었다. 하지만 그들에게도 때로는 같은 종류의 글을 쓰
지만 그들의 친구는 아닌, 다른 무리의 글쓰는 사람들로부터 싸움이
걸려 올 때가 있었다. 그들은 그런 도전을 받았을 때 상대에 따라 퍽
심한 곤욕을 느끼는 것 같았다. 그들이 곤욕을 느끼는 이유는 상대가
너무 노골적으로, 대화보다는 싸움을 더 좋아하는 듯한 포즈를 취하거
나, A 플러스 B는 AB다 라는 명제로 싸우다가 그것은 옆으로 비켜놓
은 채 느닷없이 ‘야 너는 바보다, 나는 너를 바보라고 했다. 억울하면
어서 덤벼라’ 라는 스타일로 나오기 때문인 것 같았다. 그런 때 B와 H
의 친구들은 약간 슬픈 듯한 표정들을 지어보였다. 아마 그들은 슬프
기도 했지만 무지하게 세상이 싫어지고, 별안간 산다는 것이 우스워지
고, 나같이 순진한 놈은 언제 맞아 죽을지 모르겠구나 하는 겁도 났을
것이다. 그들은 결국 그런 종류의 싸움은 애당초부터 원치 않았었다.
그런 싸움질은 흡사 두 명의 권투선수가 링 위에서 한참 주먹으로 잘
싸우다가 갑자기 한 친구가 형세가 불리하니까 링 밑으로 뛰어내려가
시퍼런 식칼을 집어들고 덤비는 것과 비슷한 꼴이었다. 그것은 추했
다. 대단히 추하고 볼품 사나운 싸움이었다.

H와 B는 차들을 다 마시고, C를 불러내기 위해 C에게 전화를 걸었
고, 뜻밖에도 K와 S가 C와 함께 있는 사실을 알아내고 그들과 합세하
기 위해 연다방을 나왔다. 밖은 그 동안 해가 많이 기울어서 온통 컴
컴한 그늘 속에 잠겨 있었다. 퇴근시간이 막 지나서인지 거리에는 행
인들이 빽빽하게 왕래하고 있었다. 그들은 C의 회사가 가까이 있어서
슬슬 산책삼아 그곳까지 걷기로 했다.
두 사람은 가락국숫집 모서리를 지나 많은 사람들과 함께 횡단보도
를 건넌 뒤, 다시 과학서적을 파는 책방 앞을 지나서 바른편 길 건너
로 택시 정류장을 끼고 곧장 올라가다가, 국민학교 정문을 바른쪽으로
버리고 C가 밥을 버는 어느 출판사 건물로 들어갔다. 그러나 C는 봉
이라는 다방으로 모두들 떠났으니 두 사람에게 그리로 오라는 전갈만

을 남기고 자리에 없었다.

그들은 정말 봉다방에 모여 있었다. S가 먼저 두 사람을 발견하고 손가락을 까딱 K의 머리 위로 쳐들었다.

"오래간만이야."

S가 말했다.

"죽지 않구 살아 있었군."

H가 대답했다.

"앉아라."

C가 주인처럼 말했다. H와 B는 앉았다.

"악당들이 한자리에 다 모였군."

B가 말했다.

"넌 어떻게 나왔니?"

K가 불쑥 H에게 물었다.

"놀러."

"그 동안 왜 꼼짝두 안 했어?"

H는 대답 대신 웃었다. 그리고 S의 하얀 얼굴을 바라보았다. S도 웃고 있었다. S는 잘생긴 얼굴은 아니지만 여자처럼 곱다랗게 생겼고, 웃을 때는 송곳니가 살짝 드러나고, 좀 긴 편의 얼굴이고, 코가 유난히 길고, 윗눈까풀이 얇아서 눈이 상큼해 보이고, 전에는 이발을 잘 하지 않아서 턱밑으로 돼지비계에 가끔 섞여 나오는 것 같은 몇 대의 깜짝 놀란 수염들이 삐죽삐죽 듬성듬성 박혀 있었으나 결혼 후에는 좀 깨끗해졌고, 어딘가 슬픈 듯한, 사는 데 지친 듯한 하얀 얼굴이라 누 구에게나 특히 손 위의 여자들에게 사랑 아니면 귀여움을 받을 얼굴이 고, 실제로 그는 그런 귀여움과 사랑을 많이 받아서 이제는 그런 것을 받는 데 몸 전체가 습관이 되어 있고, 늘 생글생글 웃고는 있지만 마 음속에는 시퍼런 자존심과 차진 분노와 견딜 수 없는 이웃에 대한 사 랑 따위를 품고 있고, 자기는 그런 것들을 밖으로 드러내기에는 적합 지 않은 얼굴과 음성을 가졌다고 스스로 알고 있어서 절대로 그런 것

을 밖으로 드러내 놓지 않고, 나이가 육십이 되더라도 늙을 것 같지 않은 얼굴이고 H가 지금까지 보아온 사람들 중에는 가장 예민한 감수성을 가지고 있고, 그 감수성은 그의 소설이고, 그러나 때로는 자기도 깜짝 놀랄 만한 어마어마한 결심들을 불쑥 하고, 그것을 또 용케 견뎌내고, 자기의 글에 병적일 정도의 결백성을 가지고 있어서 그게 방해가 되어 요즘은 글이 잘 안 되고, 착하고, 순진하고 화 안 내고, 사랑할 수는 있지만 미워할 수는 없는, 그래서 이웃들이 저 자식은 어떤 재주로 저렇게 희한한 기술을 습득했나 하고 부러워 못 견디는 그런 친구였다.

"어이 밥때가 다 되었는데 그냥 이렇게 앉아만 있기냐?"

누군가가 말했다.

"배고프다, 누구 저녁 사라."

S가 역시 웃으며 누가 저녁을 살 것인가, 누가 그런 영광을 차지할 것인가 하는 듯이 주위를 둘러보았다. 그러나 아무도 그런 영광에 선뜻 응하는 사람이 없었다. 그렇다, 그것은 영광이었다. 그들은 가난한 것이다. 짜증이 날 만큼 가난한 것이다. 만일 그들 중에 누구 한 사람이라도 퍼블리카 정도만 자가용으로 굴릴 수 있는 사람이 있다면 그는 그들을 만날 때마다 자기 혼자서 그 영광을, 기천 원이면 충분할 그 영광을 염치없이 독차지하려 할 것이다. 그러나 그것이 잘 안 되었다. 금강구두 한 켤레값 정도가 잘 안 되었다.

"나가자."

C가 불쑥 말했다.

"어디루?"

S가 반가운 듯 반문했다.

"밥 안 먹어?"

"너 살래?"

"누가 사든지."

다섯 명은 자리에서 일어섰다.

밖은 이제 해가 완전히 져서 짙은 어둠이 컴컴하게 깔려 있었다. 차들이 오렌지색 라이트들을 휘두르며 유솜 건물 옆을 번쩍번쩍 지나갔다. K와 C와 S가 뒤따라 다방을 나왔다. 그들은 잠시 다방 앞에 선 채 추운 밤 공기에 깜짝 놀라 손들을 포켓에 찌르고 지나가는 차들, 하늘의 별들, 아크릴 간판들, 자기 구두들을 쳐다보고 있었다.

"어디가 좋을까?"

C가 다시 일행에게 물었다.

"너 정말 밥 먹을래?"

K가 문득 C에게 물었다. K가 너 정말 밥 먹을래 하고 물은 것은, 자기는 밥보다는 술이 더 생각난다는 뜻이었다.

"야, 밥도 팔고 술도 파는 집으로 가자."

H가 갑자기 끼여들었다. 그도 K와 같은 생각이었다. 밥보다는 술이 더 먹고 싶은 것이었다.

"그럼 새집으로 가야겠군."

C가 혼잣말처럼 중얼거렸다.

"새집이 어디야?"

"저쪽이야, 좀 걸어야 돼."

"가까운 데루 가. 향도집 같은 데두 좋지 않아."

"쌔끼, 남의 사정두 모르구…."

"무슨 사정? 왜?"

"야 임마."

하고 K가 문득 S의 어깨를 탁 쳤다.

"넌 그런 것두 모르니? 향도집은 쟤가 안 통한단 말이야, 알아들어?"

"뭐…? 흐홍, 알았어. 향도집은 안 통하구 새집은 외상이 통한단 말이지?"

"머리를 써, 머리를. 한마디 하면 꽉 알아먹어야지."

"야, 느덜 왜 이러니?"

하고 C가 펄쩍 뛰었다.

"난 돈이 없단 말이야. 모두 주머니들을 털잔 말이야."

주머니를 턴다, 하고 H는 잠깐 생각해 보았다. 그것은 좋은 일이었다. 그리고 전에도 가끔 해온 일들이었다. 그것은 약간 쑥스럽긴 하지만 그렇게 하고 나면 항상 마음들이 가벼워지는 일이었다. 그들은 서로의 사정을 너무 잘 알고 있었다. 사정만 아는 것이 아니고 상대편의 주머니 속과, 집에 저금해 놓은 돈과, 앞으로 잡지사에서 받을 원고료와, 아직 쓰진 않았지만 앞으로 받게 될 원고료와 각자의 식탁에 놓일 반찬들까지도 알고 있었다. 그것은 슬픈 일이었다. 너무 뻔해서 슬픈 일이었다. 그들은 아무것도 숨기거나 가릴 수가 없었다. 도대체 그들은 숨기고 가릴 재산이라는 것이 없는 것이었다.

그들은 어느새 국민학교 앞까지 와 있었다. 밤 공기가 몹시 찼다. 하늘에는 별들이 불티처럼 쫙 떠 있었다. 그들의 바른쪽에 있는 넓은 길 양쪽으로는 차체가 유난히 큰 자가용차들이 어깨를 맞대고 십여 대나 서 있었다. 그곳에는 외등이 달린, 한식가옥의 대문을 모조한, 그러나 퍽 뻔뻔스럽고 오로지 추잡해 보이기만 하는 고급 요정들이 자리잡고 있었다. H는 힐끗 그곳을 쳐다본 뒤 기분이 약간 우울해졌다. 그는 저런 고급 요정을 평생에 꼭 두 번 가본 일이 있었다. 그런데 그 두 번이 모두 자기가 술값을 치러야 할 괘씸한 경우들이었다. 그는 저런 종류의 요정을 꽤 똑똑히 기억하고 있었다. 그가 저런 것을 기억하는 이유는 언젠가 그것을 소설에 써먹을지도 모른다고 생각했기 때문이었다. 그곳에는 우선 여자들이 있었다. 여자들은 모두 젊었다. 그러나 예쁘지는 않았다. 가끔 예쁜 여자가 있었으나 그것들은 자주 이방 저방으로 불려다녀서 차라리 좀 못 생겼지만 옆자리에 꽉 붙어 앉아 있어 주는 그런 여자들이 나왔다. 그곳의 음식들은 다른 보통의 음식점 음식들과 별로 다른 것이 없었다. 다른 것이 있다면 음식 자체보다 음식을 담아 놓은 그릇들이 좀 달랐다. 그러나 가끔 엉뚱한 음식, 가령 꼬들빼기라는 씀바귀 김치라든지, 해삼 내장으로 만들었다는 누런 색깔의 젖이라든지, 마〔山芋〕 뿌리를 생으로 으깨어 놓은 빽빽한 콩죽 같은 것이 나오기도 했다. 그러나 그것들은 원숭이 골 요리, 모기 눈알 요리, 중국의 제비집 요리 따위처럼 신기하다는 것 외에는 맛도 없고 비위에도 안 맞고, 먹고 난 뒤에는 별로 기분도 좋지 않았다. 그러나 H가 그런 곳에서 가장 심한 배반감을 느끼는 것은 음식이나 술이나 여자 따위가 아니었다. 그곳은 H에게는 뿌연 땟국들이 둥둥 떠 있는 뜨끈뜨끈한 목간통과 비슷한 곳이었다. 그곳은 아래턱이 둘로 겹치고, 허리띠가 무지하게 크고 고혈압을 걱정하는 사람들만이 때를 뽑기 위해 가는 곳이었다. 그 목간통에는 박수소리가 있고, 양담배 연기가 자욱하고, 여자들의 옷 밑으로 끊임없이 움직이는 살찐 손들이 있고, 부드러운 털로 된 목구멍에서 울려 나오는 듯한 기름진 웃음이 있고, 아무리 술을 마셔도 취하지 않는 계산에 밝은 번쩍번쩍하는 눈들이 있고, 흥정이 있고, 아첨이 있고, 촌지(寸志)가 있고, 그러나 그런 것들 외에는 아무것도 없었다. 있을 턱이 없었다. H는 그런 목간통에 앉아 있으면 자기가 왠지 못 올 곳에 온 듯한, 많은 사람들이 그의 등뒤에서 침을 튀기며 손가락질을 하는 듯한 기분이 들었다. 그는 그런 기분이 드는 이유를 자기가 돈에 대해 너무 깊은 원한을 품은 탓이라고 풀이했다. 그것은 어느 정도 사실이었다. 그는 분명히 돈에 대해 원한이 있었다. 원한이 있고말고! 쌍놈의 돈!

그들은 새집에 도착했다. 새집은 밥과 술을 함께 파는 방이 여럿 딸린 커다란 음식점이었다. 그들이 자리를 잡고 앉자, 여자가, 앞치마를 두르고 통통하게 살찐 여자가 주문을 받으러 왔다. 그녀는 아무 말 없이 그냥 상머리에 우두커니 서 있었다. 지친 모양이었다. '뭘 드시겠어요' 하는 말도 묻기 힘들 만큼. 지금은 그런 여자들이 지쳐 있을 시간이었다.

"뭘루 할까?"

C가 물었다.

“글쎄, 뭘루 할까.”

S가 C를 마주보았다.

“어이, 여기 뭐뭐 되지?”

H가 여자에게 물었다.

“다 돼요.”

“다 되다니?”

“저길 보세요.”

일행들은 저기를 보았다. 저기에는 각종 요리 이름들이, 마치 그것 자체가 요리인 양 현란스럽게 붙어 있었다.

“우선 밥부터 시키지?”

B가 오래간만에 입을 열었다.

“그래 밥부터 하자.”

S가 동의했다. 그러나 H와 K와 C는 아무 말도 하지 않았다. 그들은 S와 B가 술이 약해서 이런 곳에 와서는 남의 기분을 싹 무시하고 용서 없이 밥을 시킨다는 것을 알고 있었다. 그러나 H들은 밥 생각이 전혀 없었다. 그들은 오래간만에 친구들을 만났고, 지금은 밥보다 술을 마시기에 더 제격인 시각이고, 술을 흠뻑 마신 뒤 한바탕 떠들고 싶은 기분들이었다. K가 드디어 말했다.

“그래 둘은 밥 먹어라, 우린 술로 한다.”

“빈 속에 좋지 않아….”

S가 웃는 얼굴로 자못 걱정스레 K에게 말했다. 그러나 S의 그런 말은 조금도 건방져 보이거나 어색하게 들리지 않았다. 그의 장기였다.

“야, 우리 무슨 술로 할까?”

K가 S를 무시하고 H와 C에게 몸을 돌렸다.

“소주로 하지.”

H가 말했다.

“그래 소주다.”

C도 동의했다.

“안주는? 안주는 뭘루 할까?”

“어이 여자, 안주는 뭐가 있어?”

“제육, 편육, 똥그랑땡…….”

“비싼 것말구.”

“낙지, 두부찌개, 빈대떡….”

“좋아, 우선 낙지 하나 두부찌개 하나로 하지.”

“식사는 뭘루 하시겠어요?”

“그건 저쪽 동네에 물어 봐.”

여자가 B쪽으로 몸을 돌렸다. B가 말했다.

“대구탕 둘.”

여자가 돌아가고 잠시 좌석에 침묵이 흘렀다. 그 침묵은 느닷없이 기습처럼 찾아온 침묵이었다. H는 등을 벽에 기댄 채 맞은편 벽을 멍하니 쳐다보았다. B는 한손으로 안경테를 만지며 마루에 서 있는 여자들을 바라보았다. K는 한 팔꿈치를 밥상 위로 고인 채 손가락 끝으로 무언가를 쓰고 있었다. C는 왼손의 새끼손가락으로 귓구멍을 침착히 도(道) 닦듯이 후비고 있었다. S는 그러나 어떤 말이 하고 싶어서 네 명들을 이쪽저쪽 조심스레 둘러보았다. S가 불쑥 K에게 말했다.

“업다이크 부부들 재미있던데?”

“….”

“그거 로렌스의 채털리 이상이야.”

“….”

“그 친군 소설을 무슨 보고서처럼 쓰는 것 같아. 자기 의견은 조금두 안 비치구, 있는 그대루 늘어만 놓는 거야.”

K는 아무 말도 하지 않았다. 그러나 고개만은 열심히 끄덕여 보였다. 그의 버릇이었다. 그는 고향이 전라도 어느 섬이라고 했다. 그곳은 육지에서 오는 배가 하루에 한두 번밖에 찾아 주지 않는 쓸쓸한 섬 같았다. 그러나 어린 K는 배가 섬에 와 닿을 때마다 조그만 바위 위에 대뚝 올라앉아 한 손으로 턱을 고이고 배에서 내리는 사람들, 타는 사

람들, 바다 저쪽 뭉게구름, 생선상자 따위들을 멍하니 바라다보았다고 했다. 하지만 지금의 그의 얼굴에는 바위에 쪼그리고 앉아 바다를 슬픈 눈으로 바라보던 그런 어진 소년의 모습은 조금도 찾아볼 수가 없었다. 그는 도수가 높은 안경을 쓰고 있었다. 이마만 조금 넓었으면 대단한 미남이 될 뻔한 얼굴이었다. 그는 걸음을 걸을 때는 등을 앞으로 둥글게 굽힌 채 큰 머리통을 '저게 뭘까?' 하는 듯이 쑥 앞으로 내밀고 걸었다. 그는 웃을 때는 즐거워 죽겠다는 듯이 눈을 거의 다 감고 높은 소리로 거침없이 웃었다. 술이 취해서 기분이 흔쾌하면 그는 으앙 소리를 치며 프랑켄슈타인이 영화에서 보여주는 것 같은 퍽 기묘한 제스처로 익살을 부렸다. 그는 카뮈가 초기에 쓴 《표리》라는 수필을 대단히 좋아했다. 요컨대 그는 흥이 많고, 집요하고, 애증의 구별이 선명했고, 자신에게 끊임없이 정직하려고 노력했고, 그 정직성이 절제 없이 내뻗어서 자신도 모르게 적을 만들었고, S 못지않게 감수성이 예민했지만 S 때문에 자기 감수성을 양보했고, 때로 너무 자신만만한 척해서 남들을 깜짝 놀라게 했고, 눈이 나빠서 안경을 썼음에도 사물들을 항상 먼 곳에서 관찰했고, 말짱했을 때의 그보다는 술 취했을 때의 그가 더 좋았고, 아무리 진지한 말들을 한 후에라도 돌아가는 버스 속에서는 그것을 까맣게 잊어버릴 줄 알았고, 나는 대범한 사람이다 라고 얼렁뚱땅 연극을 하려 했으나 그것이 연극이라는 것을 들킬 만큼 순진했고, 놀랄 만큼 수줍음을 잘 탔고, 아직은 여러 명의 친구 중에 유일한 총각이지만 곧 결혼할 모양이고, 결혼상대의 여자로는 남자가 귀가했을 때 발 같은 것도 닦아 줄 수 있는, 의지는 있지만 고집은 없고 아는 것은 많지만 남편한테는 아는 체 안 하는 그런 백만 불짜리 여자라야만 된다고 주장했고, 그는 결국 주는 것보다는 빼앗는 것이 더 많은 친구였고, 사귈수록 재미난 친구였고, 그래서 그의 주위에는 많은 친구들이 열심히 따라다녔고, 앞으로도 계속 따라다닐 것이었다.

음식이 왔다. S와 C가 기다렸다는 듯 쟁반에서 주섬주섬 음식들을 상 위로 늘어놓았다. 그들은 모두 시장하던 참이었다. 시장은 좋은 것

이었다. 그것은 모든 기다림 중에서 가장 보람 있고 구체적인 기다림
이었다.

"야 그거 맛있어 뵈는데?"

S가 낙지 접시를 부러운 듯이 턱으로 가리켰다.

"못써 임마, 그러지 마!"

K가 예수의 은배(銀杯)라도 감추듯 낙지 접시를 후딱 자기 앞으로
끌어당겼다.

"인심 고약하다!"

B가 소독저의 껍질을 벗기며 말했다.

"고약한 것 인제 알았니?"

"옛날부터 알았지."

소주가 왔다. 이 홉들이 두 병이었다. H는 즐거웠다. 그는 술을 사
랑했다. 아니 술 자체보다는 술에 취한 자신을 더 사랑했다. 그는 술
병 하나를 집어들었다. 손바닥에 문득 서늘한 냉기가 전해 왔다. 소주
만이 낼 수 있는 소주 특유의 체온이다. 그것은 늦가을의 서리처럼 싸
늘한 체온이었다. 그는 소주의 첫 잔을 좋아했다. 소주의 첫 잔은 입에
서는 달고 목구멍에서는 차고 뱃속에서는 뜨거웠다. 그는 소주가 목구
멍을 타고 뱃속에 들어가, 잠자는 위를 흔들어 깨우고 점액질의 위벽
을 슬슬 어루만지며, 처음에는 느리게 나중에는 빠르게 눈에 보이지
않는 수천 개의 불씨들이 되어 두꺼운 위벽을 뚫고 활기에 차서 와 함
성을 지르며 거미줄 같은 모세혈관으로 고무줄 같은 질긴 동맥으로,
투구를 쓰고 작은 창을 쥔 장난기 많은 꼬마 병정들이 되어, 영차영차
합창을 하며 여기도 집적 저기도 집적 기관차처럼 뛰어다니다가, 나중
에는 사람이 술을 먹은 건지 술이 사람을 먹은 건지 어리둥절하게 만
드는 그 활기와 혼미와 G 마이너스 현상이 좋았다. 그것은 기분 좋은
지옥이었다.

"자, 잔 받아라."

C가 H에게 술잔을 내밀었다. H는 술잔을 받았다. 그는 문득 소주

의 색깔이 무슨 색깔일까 하고 생각해 보았다. 영어로는 화이트 리큐어, 백주(白酒)라고 되어 있었다. 그러나 소주가 흴까? 소주는 화이트일까? 아니다, 그것은 소주에 대한 명예훼손이다. 소주는 희지 않고 맑은 것이다.

"야, 너 뭐하니?"

K가 H에게 재촉했다.

"기도한다."

"빨리 돌려."

H는 잔을 돌렸다.

"근사한데?"

C가 말했다.

"뭐가?"

"소주 말이야."

그렇다. 소주는 근사했다. 그리고 그들은 이렇게 모여 앉아 가끔 근사할 필요가 있었다. 그들은 지독한 고생들을 하고 있었다. 그들의 고생은 대한민국에서는 가장 심한 고생 중의 하나였다. 그러나 그들의 그 지독한 고생을 대한민국에서는 백오십 원이나 이백 원 정도로 대우하고 있었다. 그들은 공부를 많이 했다. 과거에도 많이 했고 지금도 하고 있고 미래에도 계속할 것이었다. 아무도 그들만큼 공부를 많이 하는 사람은 없었다. 그러나 그들은 억울했다. 갑자기 억울했다. 특히 그들이 심하게 억울함을 느끼는 경우는, 우스운 친구가, 악수 이외에는 아무것도 할 줄 모르는 친구가, 민주주의는 자유다, 라고만 알고 있는 친구들이 어느새 그들보다 더 많은 돈을 벌어 '난 이제 소주 같은 건 못 마시겠어. 요즘은 맥주나 조니 워커가 내 몸에 맞더군' 하고 말할 때였다. 똥 같은 놈들이었다. 그러나 그 똥들은 돈을 버는 것이 아니고 돈을 갈퀴로 긁고 있었다. 그들은 식사중에도, 변소에 쭈그리고 앉아 있을 때도, 포동포동 살이 찐 여비서의 배 위에 올라가 있을 때도, 그리고 정신없이 쿨쿨 잠을 잘 때도 돈을 벌고 있었다. 아니 돈이 벌려지고 있었다. 그러나 H들은 그렇지가 못했다. 그들은 정직했다. 그들은 네모반듯한 이백 개의 구멍들이 그려진 원고지 장수로만 돈을 벌었다. 그곳에는 터럭만한 에누리도, 요란스런 박수소리도, 동전 한 푼의 특혜도 없었다. H는 문득 자기의 방, 앉아서 무수하게 밤을 새운 그 옹색한 그의 작업장을 생각해 보았다. 그곳에는 테이블과 의자가 있고 욱광(旭光)이라는 회사의 일본제 다 낡은 전기 스탠드가 있고, 원고지에 구멍을 뚫기 위한 송곳이 하나 있고, 글이 잘 안 되어 끙끙 앓는 H의 뜨끈뜨끈한 이마가 있고, 간밤에 먹다 남긴 끈적끈적한 커피 찌꺼기가 있고, H를 지금까지 억지로 먹여 살린 파카 21의 만년필 한 자루가 있고, S가 'H형에게'라고 자필로 쓴 S의 소설집이 한 권 있고, 석 달 동안 줄곧 붓방아만 찧다가 결국 갈가리 찢어 버린 어느 단편의 파지가 있고, 이틀 밤을 앉아서 새운 H가 걱정스러워서 공연히 들락날락하는 H의 아내가 있고, 소설도 실패하고 생활도 실패해서 분노가 훨훨 타오르는 H의 붉은 눈이 있고, 네 시간에 겨우 두 장을 써놓고 냉수를 더듬어 찾는 H의 떨리는 손이 있고, 글 쓰느라고 정신이 없는 H의 두 손가락 사이에서 어느새 다 타버린 뜨거운 담배꽁초가 있고, 어디선가 벌써 새벽을 알리는 '변소 퍼요!' 소리가 우렁차게 들려오고, 속달이라는 퍼런 고무도장이 찍힌 원고 독촉장이 휴지통에 누워 있고, 그리고 '지금은 아침이다'라고 알리는 눈부신 햇살이 창문에 와 있었고, H의 초조가 있고, 후회가 있고, 분노가 있고, 그리고 그런 것들이 한데 뚤뚤 뭉친, H에게는 가장 무서운 좌절이라는 것이 있는 것이었다. H는 고개를 들었다. 그리고 자기 앞에 앉은, 자기와 똑같은 기억들을 가지고 있는 친구들을 둘러보았다. 아아, 바로 저 얼굴들이었다. 저렇게 착하고 수더분한 놈들이 바로 그의 친구들인 것이었다. 그는 별안간 고함쳤다.

"술 줘, 빨리!"

"술 줘?"

"그래 임마."

“짜식, 급하긴 … .”

C가 술을 따랐다. H는 술을 천천히 음미하듯 마셨다.

“야, 느덜두 한 잔씩 받아라.”

K가 S와 B에게 말했다.

“그래 한 잔 줘.”

B가 선뜻 응했다.

“이거 술이 모자라지 않어?”

K가 빈 병을 서운한 듯이 들여다보았다.

“한 병 더 시킬까?”

H가 말했다.

“그래 하나 더 하자.”

C가 손뼉을 딱딱 쳤다.

“여기 이거 하나 더!”

C는 빈 병을 여자의 코앞에 불쑥 디밀었다. 여자가 돌아갔다.

술이 마치 물결이 출렁이듯 H의 머리 위로 문적문적 밀고 올라왔
다. 그는 기분이 좋았다. 친구가 있고 방바닥이 뜨듯하고 집에는 밤을
새울 아무 일거리도 없는 것이다. C가 문득 상머리 저쪽에서 생각이라
도 난 듯 거창하게 입을 열었다.

“야, 나 곧 이사 갈 거다. 이젠 아파트 생활 확 물렸어.”

“어디루 갈 거야?”

B가 물었다.

“몰라 아직. 어쩌면 답십리 쪽으루 가게 될 거야.”

“야 이왕이면 우리 동네루 오라구.”

“그쪽은 어려워. 집값이 너무 틀려.”

“얼마짜릴 구하는데?”

“백십만 원.”

H는 술이 깨는 듯한 기분이었다. 그는 아직 자기 집이 없었다. 그
리고 앞으로도 언제쯤 자기 집을 갖게 되는지 막연했다. 그는 C의 얼

굴을 쳐다보았다. C의 얼굴에는 리얼리티가 있었다. C는 무장을 갖춘 병정처럼 강인했다. H는 C가 얼마나 성실하고 얼마나 부지런하고 얼마나 끈덕진가를 잘 알았다. 그는 꿀벌처럼 부지런했고, 면도칼을 가는 가죽띠처럼 강인했고, 새끼를 거느린 어미 짐승처럼 신중했다. 그는 비상한 기억력을 가지고 있었고, 그것을 전화번호를 술술 외우는 것으로 공공연히 자랑했다. 그의 지나친 성실성과 근면성 때문에 그는 가끔 'C 이퀄 성실이다'라고 친구들로부터 오해를 받았다. 그러나 그는 알맞게 성실할 뿐 무슨 일에도 지나치는 법은 없었다. 그는 가슴이 따뜻해서 모든 사람을 사랑했다. 모든 사람을 사랑하기 때문에 그는 늘 바쁘게 움직였다. 사람들이 놀거나 일할 자리를 그만큼 잘 만드는 사람을 H는 아직 본 일이 없었다. 그의 신중함과 깊은 공부와 따뜻한 가슴에 친구들은 늘 빚을 졌다. 친구들 마음속에 들어앉은 그의 자리가 얼마나 큰지를 본인은 모르고 있었다.

C가 다시 말했다.

"야, 우리 봄철두 되었는데 어디 한 번 놀러 안 갈래?"

"좋지."

K가 말했다.

"언제쯤 갈까?"

C가 구체적으로 나왔다.

"글쎄 …."

"야, 넌 어떠냐?"

C가 B에게 물었다.

"좋아, 그런데 시간들이 있을까?"

아무도 대답하는 사람이 없었다. 그들은 한동안 서로의 얼굴들만 쳐다보았다. 시간들이 있느냐고? 시간들은 있었다. 너무 많아서 탈이었다. 그러나 그것은 자기 방에서 손톱이나 깎고 주간지나 뒤적일 시간이지 놀러 길 시간은 아니었다. 그들은 지쳐 있었다. 스물네 시간 지쳐 있는 것이었다. H는 저들이 왜 지쳐 있는가 이유를 알았다. 저들은 글을 쓴다는 직업 외에 별도의 다른 직업들을 갖고 있었다. 그들의 직업은 한마디로 말해서 소액의 생활비를 마련하려는 무지하게 권태로운 싸움이었다. 그들은 그러나 그 권태로운 싸움터를 버릴 수가 없었다. 버리기는커녕, 매일 아침 여섯 시에 일어나 허겁지겁 칫솔을 물고, 허겁지겁 아침밥을 뜨고, 허겁지겁 버스를 타고, 허겁지겁 일터로 달려가고, 그것이 이제는 습관이 되어서 저절로 새벽 여섯 시에는 눈이 떠지도록 되어 있었다. 그러나 그들이 진짜로 지친 것은 새벽 여섯 시의 기상과, 급히 먹은 아침밥과, 발등이 밟히는 만원 버스 따위들이 아니었다. 그들은 오히려 그런 것들은, 나는 살아 있구나 하는 뜻밖의 기쁨으로 즐길 수도 있었다. 그러나 그들은 권태, 집에서 직장까지 정확히 이십팔 분이 걸리는 십삼 번 급행버스라든지, 자기 맞은편 책상에 앉아 있는 유난히 코가 뾰족한 미스터 송의 얼굴이라든지, 무심히 책상에서 고개를 들었을 때 언제나 창 밖으로 보이는 코카콜라 선전판이라든지, 천장에서 흡사 콩을 굴리는 듯한 저 하염없고 단조로운 타자기 소리 따위가 못 견디게 권태로운 것이었다. 그들은 권태에 지친 것이었다. 권태가 그들을 물컹물컹하게 만든 것이었다.

그들은 소주 한 병을 더 시키고, 제육 한 접시를 새로 시키고, 처음에는 누군가의 소설 이야기를 했는데 그것이 어느새 덴마크의 포르노 이야기로 옮아가더니 나중에는 여자 이야기, 오입 이야기, 와이당 등으로 변해 버렸고, 그것이 끝나자 이제는 더 이상 할 말들이 없다는 것을 깨닫고, 누군가가 이제 그만 가볼까 하자 그것을 신호로 모두 일어나 코트들을 주워 입고 열한 시 오 분에 술집을 나왔다. 밖에는 깜짝 놀랄 만큼 세찬 바람이 불고 있었으며 가게들이 반 이상 문을 닫아 골목길이 몹시 어두웠다. 그들은 큰길까지 나가는 동안 웅얼웅얼 노래를 부르기도 했고, 지나가는 바걸들을 우쭐우쭐 쳐다보기도 했고, 하늘도 한 번 쳐다보았고, 길가에 세워둔 컴컴한 자가용차 안을 혹시 어느 남자와 여자가 맞붙어 있지나 않나 하고 들여다보았고, 그러나 그런 재미난 일이 그들 앞에 나타날 리 없었고, 약간 시무룩한 채 묵묵히 자갈들을 발길로 걷어차며 결국 큰길까지 나와버렸다.

큰길에는 그들 외에도 귀가(歸家) 지각생들이 상당히 많았다. 바람이 마치 심술난 개구장이처럼 훤한 대로 위로 요란스레 흙먼지를 몰고 갔다. 그들은 어느 버스 정류장 앞에 섰다. 그곳에는 버스가 석 대 머물러 있었으나 한 대가 떠나 버려서 두 대가 되었고 다시 두 대가 더 와서 지금은 넉 대가 되어 있었다.

"자, 인제 모두들 흩어지지."

B가 불쑥 일행에게 말했다.

"그래 헤어지자."

C가 말했다.

"그럼 잘 가라."

K가 미련 없이 몸을 돌리며 한 손을 번쩍 머리 위로 쳐들었다.

"잘 가라."

B와 C가 동시에 말했다. K는 몸을 돌렸다. 그는 총각이었다. 총각이라 걸릴 것이 없었다.

"야, 난 어떡허지?"

S가 문득 C에게 말했다.

"뭘?"

"집이 도봉동인데 지금 버스가 있을까?"

"있을 거야, 빨리 뛰어가 봐!"

"혹시 없으면 어떡허지?"

"할 수 있어?"

"씨팔, 큰일인데 … ."

"택시두 없을까?"

"옘병, 여관에서 자구 갈까 부다."

"마누란 어떡허구?"

"마누란 지금 집에 없어. 시골 내려갔어."

"짜식, 너 계획적이었구나?"

"뭐가?"

"너 혹시 몸 풀구 싶은 것 아니냐?"

"흐흥, 그래 천 원만 꿔라."

"야, 너 왜 이러니? 천 원이 어딨니?"

"그러지 말구 빨리 꿔줘. 늦어서 오늘은 집에 못 가."

C가 후딱 H 쪽을 돌아보았다.

"야, 이 자식 오입자금 빌려 달랜다. 빌려 줄까?"

"빌려 줘!"

C가 주머니를 뒤적뒤적한 뒤 다시 S를 돌아보았다.

"몸조심해라, 임마. 그리구 페니실린 만든 사람한테 감사해야 돼."

"알았어."

S는 돈을 받았다. 그리고 곧 몸을 돌렸다.

"다음에 보자."

"그래 잘 가라."

S는 떠나갔다. 이제 H와 B와 C만이 남았다. 그들은 바람 쪽으로 등을 돌리고 S의 껑충껑충 뛰어가는 듯한 뒷모습을 우두커니 지켜보았다. 그러나 그것도 잠시뿐이고 S는 곧 어둠 속으로 빨려들어 갔다.

B가 불쑥 C에게 말했다.

"우린 택시루 가는 게 어때?"

"아참, 같은 방향이지. 그래 그게 좋겠군."

"여기선 택시가 못 설 걸?"

"위쪽으루 좀 올라가 볼까?"

"그래 올라가 보자."

두 사람은 H를 향했다.

"넌 여기서 버스 탈 수 있지?"

"응."

"다음에 보자."

“오케이.”

B와 C가 고개를 끄덕인 뒤 바람을 마주받으며 광화문 쪽으로 걸어갔다.

H는 이제 혼자 남았다. 그는 갑자기 혼자 남게 되자 걷잡을 수 없는 취기를 느꼈다. 포켓을 더듬어 담배를 찾았다. 담배가 없었다. 술집에서 다 태운 것이다. 그는 휙 몸을 돌려 주위를 열심히 두리번거렸다. 담배 가게를 찾는 것이다. 담배 가게가 저만치 있었다. 그는 그쪽으로 걸어갔다. 그러나 담배 가게는 이미 문짝들을 닫아걸었다. 그는 다시 몸을 돌렸다. 누군가가 그를 답답하게 막아섰다.

“지금 몇 시나 됐습니까?”

H는 그를 바라보았다. 덩치가 큰 중년 사내였다.

“이십 분 전 열두 시요.”

사내가 돌아섰다. H는 다시 버스 정류장으로 돌아왔다. 취기가 점점 심해져서 그는 연거푸 눈을 껌벅거렸다. 많은 사람들이 택시를 잡기 위해 거리를 이리저리 단거리 선수들처럼 뛰어다녔다. 버스 한 대가 새로 도착했다. 차장이 무어라고 쨍쨍하게 소리쳤다. 그는 얼핏 신촌이란 말을 들었다. 그곳으로 뛰어갔다. 그러나 그는 버스 바로 앞에서 어느 여자와 부닥쳤다. 눈앞이 캄캄했다. 여자도 몹시 아픈 듯한 표정이었다.

“미안합니다.”

여자는 아무 말도 하지 않았다. 그리고 급히 그의 곁에서 떠나갔다. 그는 차장을 올려다보았다.

“이 차 신촌 가지?”

“네.”

H는 차를 탔다. 차는 손님들이 거의 없어 병원복도처럼 깨끗하게 비어 있었다. 그는 좌석에 앉았다. 갑자기 몸이 떨려 왔다. 추위 때문인지 술 때문인지 알 수가 없었다.

“빨리 좀 가자 야!”

누군가가 그의 등뒤에서 달겨들 듯이 고함을 쳤다. H는 그러나 몸이 떨려서 그런 것에는 아무 관심도 없었다. 그는 차창으로 고개를 돌리고 눈을 확 부릅떴다. 배경이 캄캄한 차창 유리에 문득 자신의 얼굴이 비쳐 보였다. 그는 잠시 자신의 얼굴, 눈동자가 게슴츠레 풀려 있고, 코가 삐죽 앞으로 굽어 있고, 언제 보아도 너무 넓적하다고 생각되는 낯익은 그 얼굴을 우두커니 쳐다보았다. 그것은 추한 얼굴이었다. 추하고 멍하고 조금도 재미없는 얼굴이었다. 그는 고개를 돌렸다. 그리고 눈을 감았다. 문득 집에 있을 아내와 딸, 안방과 건넌방, 가구와 일용품 따위들이 머리에 떠올랐다. 그는 갑자기 목이 졸리는 듯한 괴로움을 느꼈다. 집안 구석구석에까지 웅크리고 앉은 가난, 소설의 어려움 따위들이 한데 뭉친 괴로움이었다. 그는 다시 눈을 떴다.

— 취직을 할까? 취직을 해서 아늑하고 안전한 달팽이 껍질 속으로 기어들어 갈까?

— 비겁한데?

— 비겁하다고? 그러나 넌 소설의 어려움에 벌써 확 질리지 않았나? 지치지 않았나? 패전지장이 무슨 변명인가?

— 그러나 아니다! 씨팔 아니다. 아니라면 아닌 줄 알아, 임마!

그는 다시 고개를 내둘렀다.

— 씨팔, 지금까지 넌 깨끗하게 살아왔다. 두 눈을 뜨고 귀를 활짝 열고 누구한테나 '넌 틀렸어!' 하고 삿대질을 하며 살아왔다. 헌데 이제와서 귀를 막고 눈을 가리고 달팽이 껍질 속으로 '본인 후퇴합니다' 하고 기어들어 가? 곤란한데, 곤란하지, 곤란하고 말고. 넌 아마 지금의 상태를 지옥이라고 생각하는 모양이다. 그래 그건 지옥인지 모른다. 아니 분명히 지긋지긋한 지옥이다. 그곳에는 리더도 없고, 길잡이도 없고, 명령하는 사람도 없고, 오직 순도(純度) 백 프로 이상의 완전무결한 자유가 있을 뿐이다. 그건 지옥 같은 자유다. 사막 같은 자유다. 길도 없고 의무도 없고 오직 성실만이 대뚝하게 남아 있는 자유다.

— 그러나 ….

— 그러나?

— 그래 그러나!

— 그러나 뭐냐?

— 그건 즐거운 지옥이다. 눈 뜬 지옥이다, 알아들어?

— 씨팔 ….

차가 움직였다. 바람이 차창으로 흙먼지를 획 끼얹었다. 그러나 H 는 꾸벅꾸벅 졸고 있었다. 그는 오늘 술이 좀 과한 것 같았다. 그러나 내일은 좋아질 것이었다. 그는 건강 하나만은 하늘의 복처럼 타고난 인간이었다.

(1965년 · 世代)

괴 질

읍(邑)은 동서(東西)로 높게 둘리어진 청회색 두 암산(岩山)의 중간 쯤에 자리잡고 있다.

찌는 듯한 날씨다. 오랜 가뭄으로 개천 바닥에는 탄전(炭田)의 검은 오석(烏石)들이 포도의 타일처럼 촘촘하게 노출되어 있다. 엄청난 열기가 개천으로부터 솟아오른다. 장시간 햇볕에 노출되어 있어서 오석들은 방금 달군 선철(銑鐵) 덩이처럼 호되게 뜨겁다. 이 읍에는 어디를 보나 검은 오석의 돌무더기가 눈에 띈다. 성곽, 제방, 축대는 물론이고 산비탈과 밭두덕에도 누적된 오석 무더기가 선사(先史)의 유적들처럼 아무렇게나 널려 있는 것이다.

바람 한 점 없다. 포장이 안 된 도로에서는 걸음을 옮길 때마다 건조한 청회색 먼지가 풀썩풀썩 발등을 덮는다. 벌레에 뜯겨 망사(網紗)처럼 너덜대는 잎들을 달고 벚나무 가로수들이 돌다리 앞쪽으로 드문드문 늘어서 있다. 다리를 건너고 성문으로 들어서자 눈 앞에 곧 읍의 중심부가 나타난다.

개 한 마리가 다가온다. 눈 위에 흰 점이 박힌 털갈이중인 늙은 놈이다. 늘어진 혀를 재빨리 거두고 개가 잠시 긴장된 표정으로 이쪽을 바라본다. 낡은 이불에서 꿰어져 나온 솜뭉치처럼 개 몸에는 너덜너덜하게 아직 덜 빠진 털 뭉치가 붙어 있다. 흰 점 밑에 박힌 이 개의 두 눈은 보릿대 색깔의 연갈색을 띠고 있다. 부딪친 눈길을 권태롭게 피하자 개는 곁눈질을 하며 성밑 그늘 속으로 바쁘게 사라진다.

"말 좀 묻겠습니다."

게시판이 세워진 그늘로 들어서며 P는 허리가 굽은 노인 한 명을 바라본다.

"예?"

고개를 돌린 노인의 시선이 엉뚱하게도 허공을 노려보고 있다. 눈을 서너 번 의미없게 깜박인 후 노인이 재차 진지하게 반문한다.

"뭐라구 하셨죠? 누구십니까?"

소경이다. 흰창을 허옇게 드러낸 채 노인이 계속 심한 고갯짓을 하고 있다. P가 머쓱하여 주위를 둘러보자 노인은 다시 달겨들 듯 말을 걸어온다.

"댁은 이 고장에 처음 찾아오신 손님이군요? 전 목소리만 들어도 대번에 댁이 이 고장 사람이 아니란 걸 알아볼 수 있습니다. 저한테 뭘 물으시려구 하십니까? 눈은 이렇게 안 보여도 전 제법 아는 것이 많습니다."

"길을 좀 물어보려구 했습니다. 보건소루 가자면 어느 길루 가야 합니까?"

"보건소요? 그야 쉽죠. 헌데 보건소엔 무슨 볼일루 찾아갈려구 하십니까?"

"이 도시에 괴질(怪疾)이 돌고 있다는 보고가 들어와서 진상을 알아보기 위해 중앙에서 내려왔습니다."

"괴질이라구요? 터무니없는 보고로군요. 여긴 평화로운 탄광촌입니다. 전 이 고을에서 육십 년째 살아온 사람입니다. 그런 괴질이 돌고 있다면 왜 제가 모르겠습니까?"

"좌우간 일부러 예까지 왔으니까 보건소엔 일단 들러보고 가야 하지 않겠습니까? 길이나 좀 알으켜주십시오. 전 아주 바쁜 몸입니다.”

“알겠습니다. 제가 안내하죠. 헌데 그보다 이 게시판 좀 보아주시지 않겠습니까?”

P는 노인이 가리키는 지팡이 끝을 바라본다. 성곽 그늘 밑에 세워진 게시판에는 풀기도 아직 덜 마른 듯한 금방 써 붙인 공고문이 나붙어 있다. P가 다시 노인을 돌아보자 노인이 눈을 깜박이며 아첨하듯 입을 연다.

“전 이 앞에서 한 시간 가까이 서 있었죠. 눈이 멀어 볼 수가 없어서 누군가가 저 대신 읽어주기를 기다리구 있었던 거죠. 객지 손님께서 오시리라곤 생각지도 않았습니다. 자, 한 번 읽어봐 주십시오. 눈은 멀었지만 세상 물정까지 몰라서야 되겠습니까?”

“알림. 오늘 새벽 네 시 반경 다시 그 괴한이 출몰했습니다. 출몰지역은 읍 변두리인 S리(里) 부락의 공동우물 근처입니다. 괴한은 이번에도 역시 부락민 한 사람을 교살(絞殺)하고 도주했습니다. 피살자는 S부락에서 이발소를 경영하고 있는 M씨로 판명되었습니다. 범행 현장에는 괴한이 흘린 듯한 머리털 한 뭉치와 곤봉 한 개가 발견되었습니다. 머리털과 곤봉은 증거물로서 당국에서 현재 감정중이며, 피해지역인 S부락에는 범죄수사상 읍민의 통행이 엄중히 금지되어 있습니다. 읍민 제위께서는 수사 당국에 협조하는 의미로 당분간 S부락에의 통행을 삼가 주시기 바랍니다. K읍 경찰서장 ××× 백.”

P가 읽기를 마치자 노인이 재빨리 몸을 돌린다.

“가시죠.”

앞을 못 보는 소경임에도 불구하고 노인의 걸음은 조금도 막힘이 없다. P가 말없이 노인을 따르자 노인이 다시 혼잣말처럼 중얼거린다.

“좋지 않은 시기에 찾아오신 것 같습니다. 그 괴한이 나타났다니 손님께선 일 보시기에 좀 곤란을 겪으셔야 될 겝니다.”

“누구죠, 그 괴한은?”

“아주 흉악한 놈입니다. 이 마을엔 벌써 그 놈 때문에 수십 명의 양민이 목숨을 잃었습니다. 도무지 정체를 알 수가 없습니다. 잊을 만하면 번쩍 나타나서 살인을 취미삼아 저지르는 놈입니다.”

“수십 명을 살해할 동안까지 경찰은 그럼 뭘 했습니까?”

“말씀 마십시오. 경찰로서도 최선의 노력을 다했습니다. 통행을 제한하고 경비망을 강화하고 집집마다 괴한을 찾아 이잡듯이 뒤졌습니다. 언젠가는 경찰의 손이 모자라서 읍민 전부가 동원된 일도 있죠. 산을 뒤지고 강물을 훑고 탄광의 갱도까지 샅샅이 털었습니다. 허지만 그렇게 이잡듯 뒤졌는데도 놈은 귀신같이 종적이 없습니다. 아, 그쪽이 아닙니다. 보건소루 가자면 이 길루 휘어져야 합니다.”

전투복 차림의 경찰 한떼가 엄청나게 큰 그물을 들고 밴드에 맞춰 읍 중심가를 행진해 가고 있다. 선두로 가는 브라스 밴드의 화려한 악기들이 햇빛에 반사되어 번쩍번쩍 빛을 발한다. 땟국이 꾀죄죄한 읍내 꼬마들이 자욱한 먼지 속을 뒤저으며 행렬 꽁무니를 열심으로 따라가고 있다. 아이들은 이상하게도 모두 심하게 딸꾹질들을 하고 있다. 행렬이 통과하고 먼지가 가셔지자 노인이 다시 느적느적 걸음을 옮긴다.

“뭘 보셨습니까?”

“예?”

“손님께서 보시기에 뭐 특별한 게 없었습니까?”

“있습니다. 아이들이 모두 심한 딸꾹질을 하고 있더군요.”

“딸꾹질이라구요?”

“예.”

“제가 여쭙는 건 그게 아니구 경찰들이 이번엔 뭘 들고 갔느냐는 말씀입니다.”

“아, 그물이었습니다. 엄청나게 큰 그물을 예닐곱 사람씩 짝을 지어 들고 갔습니다.”

“그렇담 이번엔 그 괴한을 원숭이라고 결론지은 모양이군요. 하두 재주가 신출귀몰해서 그놈의 정체에 관해 추측들이 분분하답니다. 동작이 어쩌나 민첩하고 빠른지 그놈을 일부에서는 사람이 아니라 원숭이나 표범 같은 짐승이 아닐까 추리하고 있습니다. 목격한 사람들의 얘길 들으면 어찌나 나무를 잘 타는지 흡사 원숭이나 표범 같다는 이야깁니다.”

“원숭이라면 누가 보더라도 대번에 표가 났을 텐데요?”

“천만에요, 볼 수가 없습니다. 그놈은 꼭 해가 없는 초저녁이나 새벽녘에만 범행을 저지릅니다. 목격자가 네댓 명이나 있습니다만 한 사람도 그 괴한을 밝은 불빛 속에서 본 사람이 없습니다.”

거대한 건물 하나가 길 위에 컴컴하게 그늘을 드리우고 있다. 건물 옥상에서 펄럭이는 깃발에는 황금색의 곤충 한 마리가 선명하게 그려져 있다.

“이건 무슨 건물이죠?”

“석탄회사 건물입니다.”

“깃발에 곤충이 그려져 있군요?”

“그건 곤충이 아닙니다. 이 회사에선 회사의 마스코트를 개미로 삼고 있죠. 개미처럼 협동하고 부지런히 일을 해서 잘 살아보자는 게 이 회사의 사십(社是)니다.”

학교에서 파한 수백 명의 아이들이 거대한 스쿨버스에서 수챗물처럼 쏟아져 나온다. 이 아이들 역시 아까의 아이들처럼 합창이라도 하듯 딸꾹질을 하고 있다.

“안녕, 딸꾹!”

“잘 가, 딸꾹!”

“잘 있어, 딸꾹!”

“내일 만나, 딸꾹!”

P가 멍청히 아이들을 바라보자 맹인이 다시 쾌활하게 말을 걸어온다.

“손님께선 이 마을에 며칠간이나 머무실 작정이죠?”

“모르겠습니다. 괴질이 법적인 전염병으로 판명되면 약 이삼 일쯤 머물러야 될 것 같군요.”

“혹 이 고을에 친지나 친척이 있습니까?”

“없습니다.”

“그렇담 여관에 묵으셔야 될 텐데 여관에서 손님을 받아줄는지 의문이군요.”

“빈 방이 없을 거라는 말씀인가요?”

“아니죠. 빈 방은 많습니다. 문제는 여관에서 손님을 못 미더워하기 때문입니다.”

“전 공무원입니다. 신분은 누가 봐도 확실합니다.”

“그러실 테죠, 하지만 손님께서는 타처에서 오셨습니다. 그리구 더구나 괴한이 출몰하는 아주 나쁜 시기에 이 고을을 찾아오셨습니다. 언젠가는 읍내 여관에서 타처에서 오신 소령 한 분을 받았었죠. 헌데 다음날 그 여관에서는 괴한의 소행으로 믿어지는 피살된 여자 시체 하나가 발견되었습니다. 현장에서 경찰이 조사해 본 바로는 그 손님으로 가장한 해군 소령이 범인으로 판명되었습니다. 범인은 필요하다고 생각되면 공무원 정도는 얼마든지 가장할 수 있다는 말씀입니다.”

“보건소 당국에서 제 신분을 보장해 줘도 안 되겠습니까?”

“글쎄요, 보건소 당국에서 그런 위험한 일을 해줄는지 의문이군요. 허지만 너무 염려 마십시오. 여관에서 만일 안 받아주면 제 집에 와서 묵도록 하십시오.”

“말씀만이라도 감사합니다. 허지만 그럴 필요까진 없을 것 같습니다.”

맹인이 드디어 발을 세우고 지팡이 끝으로 건물 하나를 불쑥 가리킨다.

“다 왔습니다. 저 건물이 보건소올시다.”

P는 고개를 들어 길 맞은 편의 건물을 바라본다. 건물 앞에는 어디선가 방금 앰뷸런스 한 대가 도착했다. 운전석 문이 벌컥 열리더니 전투복 차림의 경찰 두 명과 간호사 한 명이 차를 내린다. 경찰은 곧 치뒤로 돌아가 뒷도어를 열고 들것 한 개를 끌어낸다. 들것에는 그물로

꽁꽁 묶인 원숭이 한 마리가 실려 있다. 들것을 앞뒤로 마주잡은 경찰은 재빨리 간호사를 따라 현관으로 사라진다.
"방금 뭐가 도착했죠?"
"구급찹니다."
"누가 다쳤습니까?"
"원숭이가 다친 것 같습니다."
"원숭이라구요?"
"예, 경찰 두 사람이 방금 원숭이를 보건소 안으로 운반해 들어갔습니다."
"그럼 그 범인이 원숭이라는 말씀입니까?"
"아뇨, 전 노인장이 묻길래 원숭이가 다쳤다구만 말했을 뿐입니다. 원숭이가 범인인지 아닌지는 전혀 관심이 없습니다."
"그놈이 범인임에 틀림없습니다. 아, 이제야 이 고을에 평화가 찾아왔습니다."
"전 그럼 가보겠습니다. 안내해 주셔서 대단히 감사합니다."
"천만에요, 잠깐만 기다려 주십시오."
노인이 문득 팔을 뻗어 P의 어깨를 억세게 틀어잡는다. 흡사 지렛대에 짓눌린 듯, P는 어깨 전체에 저릿저릿한 통증을 느낀다. P가 놀라서 몸을 비틀자 맹인이 곧 친절하게 입을 연다.
"제 집을 알아두고 가십시오. 틀림없이 손님께선 절 필요로 하실 겁니다. 제 집은 이 길로 죽 내려가서 왼쪽으로 휘어져 장의사(葬儀社)를 찾으면 간단합니다. 고을에 하나뿐인 장의사기 때문에 이 고을 사람들은 누구나 제 집을 잘 알고 있습니다."
"알겠습니다. 감사합니다. 그럼 안녕히 가십시오."

맹인과 헤어져 길을 건넌 후 P는 즉시 보건소 현관으로 들어선다.
보건소는 단층 목조로서 방부용 검은 기름이 도처에 칙칙하게 배어 있다. 층계를 올라 현관문을 밀치자 어느 방안에선가 느닷없이 고통에 가득찬 웃음소리가 들려온다. 현관 수위실로 다가간 P는 창구를 향해 정중히 입을 연다.

"소장실루 가자면 어느 복도로 가야 합니까?"

휠체어에 앉아 있던 사십 대의 사나이가 재빨리 두 손을 올려 양쪽 귀에서 솜뭉치를 뽑아낸다.

"뭐라구 하셨죠?"

"소장님 방을 물었습니다."

"귀를 좀 빌려주십시오."

사나이가 깊이 허리를 굽히고 가까이 오라는 듯 손짓을 한다. P가 창구로 귀를 가져가자 사나이가 재빨리 낮은 음성으로 지껄인다.

"소장님은 지금 안 계십니다. 벌써 보름째 안 보이는데 죽었다는 소문도 있고 출장을 갔다는 소문도 있습니다."

"그렇다면 소장님을 대신할 만한 책임자는 누굽니까?"

"복도 왼쪽으로 꺾어지면 비품창고가 있습니다. 그쪽으로 가보시면 책임자 비슷한 사람을 만나볼 수 있을 겝니다."

P는 고개를 끄덕이고 창구를 떠나 복도로 휘어진다. 잠시 멎었던 웃음소리가 다시 비명처럼 숨가쁘게 울려 퍼진다. 서무과 위생과를 지나치자 과연 복도 끝에 비품창고가 나타난다. 문을 열고 실내를 살폈으나 사람은 아무 데도 보이지 않는다. 문고리를 잡고 우두커니 서 있자니 창공에서 불쑥 사람의 말소리가 흘러나온다.

"이쪽입니다. 누굴 찾아오셨습니까?"

구석에 놓인 오물통 속에서 웬 사나이가 빗자루를 쥐고 몸을 일으킨다. 육 척 가까운 장신의 사나이로 굽혔던 긴 허리를 손칼을 펴듯 서서히 편다. P가 막 입을 열려 하자 사나이가 알겠다는 듯 큰 손을 회회 앞으로 내젓는다.

"낮잠을 자려면 이 통 속이 제일 편하죠. 아마 책임자를 찾아오신 모양인데 전 보시다시피 이 보건소의 청소붑니다."

"책임자는 그럼 어디루 가야 만나볼 수 있죠?"

"방역과로 가보십시오. 허지만 제가 알려줬다고는 말하지 마십시오. 그 사람은 손님 만나는 걸 죽기보다 싫어하니까요."

"어딥니까, 방역과는?"

"이 문을 나가서서 뒷뜰로 꺾어지면 눈 앞에 곧 지하실이 나타납니다."

"방역과가 지하실에 있습니까?"

"예, 임시방편이죠. 방역과에서는 지금 두개골 전시회를 열고 있습니다."

P가 서서히 몸을 돌리자 사나이는 해방이라도 된 듯 다시 날렵하게 알루미늄 통 속으로 몸을 낮춘다. P는 곧 도어를 밀고 오석들이 널려 있는 넓은 뒷뜰로 들어선다.

적막하다. 햇볕에 노출된 오석 더미에서 열기가 숨을 막을 듯 후끈하게 끼쳐 온다. 오석들 사이에 박혀 있는 식물들은 사막에서나 볼 수 있는 표피가 두꺼운 진귀한 다육(多肉) 식물이다. 굴대가 부러진 달구지 한 대가 발통을 하늘로 쳐들고 건물 벽에 기대어 있다. P가 막 달구지 앞을 지나가자 누군가가 불쑥 낮은 음성으로 그를 부른다.

"손님, 저 좀 보십시오."

P는 주춤 발을 세운 채 자기 주위를 조심스레 둘러본다. 아무도 없다. 달구지 손잡이에 원숭이 한 마리가 대롱대롱 매달려 있을 뿐 주위에는 방금 전처럼 다시 깊은 정적만이 감돌고 있다.

"접니다 손님. 제가 손님을 불렀습니다."

P는 깜짝 놀라 공중에 매달린 원숭이를 바라본다.

"당신이?"

"예."

"당신은 사람이오?"

"그렇습니다. 사람이구 말구요. 몸에 털만 좀 많을 뿐이지 전 분명히 사람입니다."

"헌데 그곳에서 뭘 하고 계시오? 누가 당신을 그런 곳에 매달아 놨소?”

“댁은 딸꾹질의 진상을 아십니까?”

“아니, 모릅니다. 전 타처에서 방금 이 마을에 도착한 사람입니다.”

“그렇다면 절 좀 이 그물에서 풀어주십시오. 당신은 지금 대단한 위험에 처해 있습니다. 내 말을 믿으십시오. 여긴 당신이 어정댈 장소가 아닙니다.”

“당신은 혹시 이 고을에 출몰한다는 그 무서운 범인이 아닙니까?”

“천만에요, 범인은 없습니다. 그런 건 석탄회사에서 조작해 낸 터무니없는 낭설입니다. 당신은 지금 속고 계십니다. 당신도 벌써 세뇌당하기 시작하고 있습니다.”

“방금 딸꾹질을 아느냐고 물었는데 그 진상은 어떤 겁니까?”

“여기선 아무 말씀도 드릴 수가 없습니다. 사방에 도청장치가 깔려 있어서 우리들의 대화는 샅샅이 테이프에 기록됩니다. 자, 그보다는 어서 절 좀 이곳에서 내려주십시오. 딸꾹질의 진상을 알고 싶으시다면 차후에 제가 댁에게 자세하게 설명해 드리겠습니다.”

P는 잠시 망설인 후 곧 손을 뻗어 묶인 그물을 풀기 시작한다. 사나이는 ‘사람 같은 원숭이’ 같기도 하고 ‘원숭이 같은 사람’ 같기도 하다. 지독한 악취가 왈칵 끼쳐와서 P는 하마터면 심한 구토를 일으킬 뻔했다. 그물이 풀리고 올가미가 벗겨지자 사나이가 드디어 사뿐하게 땅으로 뛰어내린다.

“당신은 날 풀어줬기 때문에 무서운 보복을 당하게 될 겝니다. 난 자유를 얻었지만 당신은 이 시각부터 자유를 잃었습니다. 자 그럼 안녕히 계십시오. 당신을 조만간 찾아보도록 하겠습니다.”

말을 마친 사나이는 후딱 몸을 돌려 넓은 뜰을 가로질러 달린다. 오석더미를 넘어 담장 앞에 다다르자 사나이는 눈 깜짝할 사이에 등나무를 타고 깨끗하게 시야에서 사라진다.

지하실이 있다는 방역과에는 대머리가 벗겨진 노인 한 명이 시뻘건 얼굴로 물구나무를 서고 있다. P가 가까이 다가가는데도 노인은 힐끗

한 번 보고는 계속 물구나무를 선 채 손으로 뚜벅뚜벅 넓은 지하실을 기고 있다. P가 곧 노인을 따라가며 노인의 거꾸로 된 머리를 송구스 럽게 내려다본다.

"방해가 된다면 기다리겠습니다만…."

"아니, 괜찮소. 난 오래 전부터 위하수(胃下垂)를 앓고 있소. 위가 골반까지 처져 있어서 이렇게 거꾸로 서야만 속이 제대로 풀린단 말이 오. 헌데 여긴 어떻게 오셨오? 피곤해 보이는데 저쪽 의자에 앉으시구 려."

"전 보건성 방역국에서 왔습니다. 이 고을에 괴질이 돌고 있다는 보 고가 들어와서 진상 조사차 내려온 사람입니다."

"아, 그렇담 잘못 찾아오셨군. 난 이 보건소의 보일러실 책임잡니 다. 그런 조사를 하실려거든 여기 소장님을 만나보셔야 옳지 않소."

"수위실에서 소장님을 찾았더니 벌써 보름째 부재중이시라구 하던데 요?"

노인이 갑자기 재주를 넘어 몸을 훌러덩 바로 세운다. 손바닥을 맞 부벼 때를 밀어낸 후 노인은 어이가 없다는 듯 고개를 절레절레 가로 흔든다.

"녀석이 또 장난질을 쳤군. 소장님이 안 계시다니, 터무니없는 거짓 말이오. 소장님은 지금 비품창고에서 아무도 몰래 주무시고 계실 거 요."

"비품창고라면 다녀왔습니다. 거긴 키가 큰 청소부밖에 없던데요?"

"그 분이 바로 소장님이시오. 낮잠 주무실 땐 소장님은 곧잘 시침을 떼시군 하오. 귀한 낮잠을 방해받아서 아마 댁을 따돌린 모양이로군."

"그런 줄은 몰랐습니다. 자, 전 그럼 가보겠습니다."

"조심하시오, 뒷뜰 벽에 흉악한 원숭이가 묶여 있으니까."

P는 순간 찔끔했으나 시침을 떼고 고개를 끄덕인다.

"예, 저도 봤습니다. 자, 그럼 안녕히 계십시오."

지하실을 나와 뒷뜰을 돌아드니 의외에도 키다리 소장이 외바퀴 손수레를 타고 앉아 안경알을 닦고 있다. P가 가까이 다가가자 소장이 손길을 멈추고 쑥스럽게 빙긋 웃는다.

"당신이 다시 올 줄 알았오. 자, 이리로 걸터앉으시오."

P가 말없이 수레 위로 걸터앉자 소장이 다시 게으르게 입을 연다.

"난 당신이 보건성에서 왔다는 걸 첫눈에 알아봤오. 가슴에 배지를 보구 알았지. 그래 여긴 어떻게 오셨오?"

"괴질이 돌고 있다는 보고가 들어와서 진상을 알아보기 위해 명령을 받고 내려왔습니다."

"누가 우릴 또 모함했군. 그래 어떤 괴질이랍디까?"

"이십 세 미만의 청소년 층에 급성 후두염(喉頭炎)이 만연하고 있다는 보고였습니다."

"어이가 없군. 급성 후두염은 감기로 인해서 발생하는 병인데 이렇게 무더운 여름철에 그런 질병이 만연할 수 있다고 믿으시오?"

"원인이 딴 곳에 있는지도 모르죠."

"딴 원인이 뭐가 또 있단 말이오? 있다면 당신이 예를 한 번 들어보시오."

"그렇다면 소장님 말씀은 그 보고가 허위라는 얘깁니까?"

"증거가 없으니 허위밖에 없지 않소? 읍내에 병원이 아홉이나 있지만 그런 환자가 발생했다는 보고는 아직 한 건도 접수해 본 일이 없소."

"허지만 전 이곳에 도착해서 아이들이 일제히 딸꾹질하는 것을 목격했습니다. 혹시 딸꾹질과 후두염과 어떤 관계가 있는 것은 아닐까요?"

"딸꾹질은 횡경막 바이브레이션에 의해 일시적으로 일어나는 현상이오. 호흡근의 경련으로 일어나는 딸꾹질이 어떻게 후두와 관계가 있단 말이오."

"아이들은 그럼 어떤 이유로 한두 사람도 아니고 일제히 딸꾹질을 합니까? 딸꾹질이 장기간 계속되면 그것도 일종의 질병이 아닙니까?"

"딸꾹질이 질병이라구? 당신 제 정신으로 하는 말이오?"

 "전 개인 의견을 말했을 뿐입니다. 호흡기 질환의 일종이니까 후두염과 딸꾹질에 어떤 관계가 있지 않을까 생각한 거죠."

 소장은 그 말에는 대꾸없이, 정성스레 닦은 안경을 강한 햇빛에 비춰본다. 안경은 짙은 황록색 라이반으로서 대단히 정교하게 다듬은 섬세한 금테로 되어 있다. P가 다시 애원하는 표정으로 소장의 긴 옆얼굴을 황송하게 돌아본다.

 "방역과장을 좀 만나보고 싶군요. 전 가급적이면 여기 일을 빨리 끝내고 싶습니다."

 "당신은 지금 방역과장과 얘기하고 있소. 소장이 장기간 부재중이어서 방역과장인 내가 소장 대리를 하고 있으니까."

 "그렇다면 지금 저하구 잠깐 몇 군데 병원을 둘러보시지 않겠습니까? 보건성에 일단 보고가 접수됐으니까 그 보고가 허윈가 진짠가 제가 직접 확인하고 싶습니다."

 "동행하는 건 어렵지 않소. 허지만 내 생각엔 그럴 필요가 없을 것 같소. 여긴 지금 아홉 개 병원 중 일곱 개 병원이 휴업중이오. 나도 그 중에 한 사람인데 환자가 없어서 두 달 전에 문을 닫았오."

 "개업과 보건소 근무를 겸직하신다는 말씀입니까?"

 "아니오, 개업이 신통찮아서 병원 문을 닫구 이 보건소에 취직을 한 거요."

 소장은 말을 마치자 훌쩍 수레에서 내려선다. 갑자기 주위가 소란해지더니 칠팔 명의 사복 수사관이 권총을 뽑아들고 허둥지둥 정원을 달려온다. 선두에서 달려오던 외눈박이 수사관이 문득 두 사람 앞에 곤두박히듯 멈춰선다.

 "소장님, 못 보셨습니까?"

 "뭘 말이오?"

 "잡아놓은 원숭이가 도망을 쳤습니다. 누군가가 묶인 그물을 풀어준 게 틀림없습니다."

 "우린 못 봤는데? 대체 누가 풀어주었을까?"

314

“아마 멀리는 못 갔을 겝니다. 방금 풀어준 게 틀림없습니다.”

수사관이 말을 마치고 문득 P를 돌아본다. 땀으로 범벅이 된 그의 얼굴에서 커다란 외눈만이 타는 듯이 번쩍이고 있다. P가 놀라서 시선을 돌리자 수사관이 다시 소장을 돌아본다.

“누굽니까, 이 사람은?”

“아, 이 사람은 내 처남이오. 두개골 전시장을 방금 구경하구 더워서 잠깐 쉬구 있는 중이오.”

“소장님께 처남이 계시다는 건 처음 듣는 이야깁니다. 신분을 좀 확인하기 위해 서까지 잠깐 동행해 주서야 되겠습니다.”

“아니, 당신 내 얼굴을 봐서라두 나한테 이렇게 대할 수가 있소. 신분은 내가 보장하리다. 내 보장도 못 믿겠오?”

“소장님이 보장하신다면 얘기가 다르죠. 뒷탈이 없도록 해주십시오. 직책은 직책이니까 제 입장도 이해해 주시리라 믿습니다.”

수사관은 힐끗 P를 돌아본 후 부하들을 인솔하고 재빨리 떠나간다. 그들이 정원으로 완전히 사라지자 소장이 문득 P의 귀에 입을 가져간다.

“당신이오?”

“예?”

“당신이 원숭이를 놓아줬구려?”

P는 대답 대신 두려운 눈으로 소장을 돌아본다. 소장이 잠시 P를 쏘아본 후 한층 음성을 낮춰 은밀하게 지껄인다.

“얼른 여길 빠져나가시오. 그리구 여관을 찾아가서 몸부터 우선 깨끗이 씻으시오. 난 당신을 여기서 만났을 때 이미 사고를 저지른 줄 알았오. 당신 몸에서 이상하게도 원숭이 냄새가 솔솔 코에 풍겨왔거든.”

P는 대꾸를 잃고 땀만 줄줄이 흘리고 있다. 소장이 다시 어깨를 두드리며 위로하듯이 말을 잇는다.

“여길 나가거든 목욕을 하구 곧장 이 마을을 떠나시오. 당신 머리에서 후두염 따위는 이제 깨끗이 털어버리시오. 당신은, 당신이 놓아준 원숭이가 얼마나 이 고을 주민들에게 무서운 존재인가를 모르고 있소. 그놈은 이 고을 주민을 수십 명이나 살해했고, 탄광에 폭탄을 장치해서 광부 사십여 명을 무더기로 묻어 죽인 놈이오. 당신이 그놈을 놓아 주었다는 사실을 알면, 수사관이 당신을 체포하기 전에 읍민들이 먼저 당신 목에 교수형 밧줄을 걸려고 할 거요. 나는 같은 보건성 관리로서 당신이 그런 불행에 빠져드는 걸 보고 싶지 않소. 자, 수사관들이 다시 이쪽으로 오고 있소. 내가 적당히 따돌릴 테니 당신은 어서 이 문으로 도망치시오.”

P는 대답할 겨를도 없이 급히 몸을 돌려 문을 열고 사라진다. 잠시 후, P는 땀투성이 얼굴로 보건소 건물을 뒤로 하고 빠른 걸음으로 거리를 내려간다.

화염처럼 내려쬐던 해가 지고 거리에 어둑어둑 땅거미가 내리고 있다.

청회색 먼지를 부옇게 덮어쓴 채, P는 지친 몰골로 공원 벤치에 하염없이 앉아 있다. 불안과 공복감 피로감이 겹쳐 P는 완전히 허탈한 표정을 짓고 있다.

P가 앉아 있는 벤치 주위에는 개들이 무려 십여 마리나 서성대고 있다. 개들은 모두 일정한 거리들을 유지한 채 P를 두려워하는 듯 몸 가까이로는 접근하지 않고 있다. 개들이 이렇게 P를 따르는 것은 그의 몸에서 풍기는 원숭이 냄새 때문인 것 같다. 적의도 친근감도 드러냄이 없이 개들은 무표정한 얼굴로 줄기차게 그의 주위를 빙글빙글 맴돌고 있다.

여관을 잡으려던 P의 계획은 처음부터 불가능한 일이었음이 판명되었다. 여관과 음식점 등 이 고을의 접객업소는 낯선 사람이 나타나면 당국에 먼저 신고부터 하도록 되어 있다. 따라서 P는 방안에까지 안내를 받고도 주인이 신분을 물어오면 스스로 핑계를 대고 여관을 도망치듯 물러나야 했던 것이다.

그러나 이보다 더 P에게 곤란했던 일은, 경찰에서 갑자기 읍내에 공표한 내외(內外) 출입에 대한 엄격한 통행제한이다. 제한 이유는 무서운 살인 괴한이 읍내에 출현해서, 읍내의 치안과 읍민의 안전을 도모코자 범인이 체포될 때까지 당분간 일체의 출입을 통제한다는 것이었다. 이것은 P가 여관을 찾아 읍내를 헤맬 때 이미 그의 눈으로 확인한 상황이다. 역은 오래 전에 폐쇄되어 커다란 바리케이드가 쳐져 있었고, 정규 노선의 버스들 역시 영업을 중단하고 자진 휴업에 들어가 있었던 것이다.

갑자기 개들이 우렁찬 소리로 어둠을 향해 일제히 짖기 시작한다. P는 후딱 몸을 일으켜 개들이 짖고 있는 어둠 속을 쏘아본다. 이 공원에는 어디를 보나 선조의 유적(遺蹟)으로 보이는 거대한 돌무덤이 흩어져 있다. 개들은 바로 이 무덤들 중 가장 연대가 오랜 18호 무덤을 향해 우렁차게 짖고 있다. 무서운 기세로 짖어대던 개들이 문득 짖기를 멈추고, 일제히 누군가를 향해 꼬리들을 내두른다. P가 긴장하여 어둠 속을 쏘아보자 누군가가 피리를 불며 유유하게 그의 앞으로 다가온다.

"읍내에 너희들이 안 보이더니 모두 여기들 몰려 있었구나. 헌데 대체 웬일들이냐? 여기 몰려서 뭣들 하구 있는 게냐?"

사나이가 문득 손에 든 피리를 쑥쑥 손으로 잡아뽑아 아주 긴 막대기로 만든다. 피리라고만 생각했더니 그것은 길게 늘리자 아주 훌륭한 지팡이로 변해 버린다. 사나이가 지팡이로 앞길을 더듬으며 P의 바로 옆 자리에 태연하게 내려앉는다.

"이게 대체 무슨 냄새야? 아니 이건 바로 그 사람의 냄새 아닌가?"

"맞습니다. 저올시다. 누군가 했더니 바로 친절하신 장의사 영감님이시군요."

"어허, 이건 그 사람이 아닌데? 누구요, 당신은? 난 앞 못 보는 맹인이오."

"제 몸의 냄새는 원숭이 냄샙니다. 허지만 전 그 사람이 아니구 오늘 낮에 영감님에게 보건소 길을 물었던 사람입니다."

"오라, 오라, 그래 당신이군. 헌데 당신이 공원엔 웬일이오?"

"영감님 말씀이 맞았습니다. 전 지금 피해 다니는 몸입니다."

"피해 다녀? 그건 또 왜?"

"얘길 하자면 길어집니다. 제발 절 좀 영감님 댁으로 데려가 주십시오."

"쉿!"

맹인이 문득 지팡이 끝으로 P의 발등을 모질게 내려찍는다. 아무도 없다고 생각했는데 의외에도 그들 앞의 무덤에서 남녀 한 쌍이 몸을 굴려 나타난다. 남자는 약 삼십 대의 사나이로 한 손을 여인 하체의 묘한 곳에 두고 있다. 하체를 하얗게 드러낸 여인은 두 눈을 퀭하게 허공으로 향한 채, 당장 숨이라도 넘어가듯 가쁜 호흡을 단속적으로 토해 내고 있다. 너무나 충격적인 눈앞의 장면에 P는 대뜸 얼굴이 붉어지고 전신으로 딱딱한 경직이 찾아온다. 그러나 발등이 맹인의 지팡이에 찍혀 있어서, P는 고개도 못 돌리고 눈앞의 장면을 숨을 죽이고 보고만 있다.

여인의 세차고 가쁜 호흡이 드디어 절정에 다다라 심한 몸부림과 교성으로 돌변한다. 그러나 바로 이 순간에 사나이가 갑자기 손길을 멈추고 벌떡 땅에서 몸을 일으킨다.

"좋았오! 아주 훌륭하오! 자, 이제 녹음 한 번 들어 봅시다."

여인이 뒤따라 몸을 일으키자 사내가 엉금엉금 기어 돌무덤 사이에서 소형 녹음기를 꺼내온다.

"우리들 사랑의 기념으로는 아주 훌륭한 물건이오. 이걸 내가 보관하구 있는 한 당신은 날 배반할 수 없을 거요."

"알겠어요. 어서 트세요."

녹음기가 돌아간다. 녹음은 의외에도 방금 전에 있었던 개짖는 소리부터 생생하게 재생된다. 그러나 계속해서 녹음 소리가 들려오자, 맹인이 문득 지팡이를 치우고 P의 손을 조심스레 더듬어 잡는다.

"조용히 일어서시오. 그리고 얼른 이 장소를 피합시다."

P가 말없이 고개를 끄덕이고 맹인과 함께 벤치에서 일어선다. 뒷걸음을 쳐서 벤치를 돌아간 후, 두 사람은 빠른 걸음으로 도망치듯이 현장에서 멀어진다. 이윽고 두 사람의 귀에 녹음기 소리가 실낱처럼 가늘게 들린다. 맹인이 그제야 발걸음을 늦추고 잡았던 P의 손을 거칠게 뿌리친다.

"사내가 어떻게 생겼습디까? 사내 얼굴을 기억할 수 있겠오?"

P는 노인의 뜻밖의 말에, 갑자기 기가 죽어 고개를 내젓는다.

"주위가 너무 어두워서 잘 보이지가 않았습니다. 아주 행복한 부부들이로군요. 사랑의 짙은 정표를 녹음까지 해둘 줄은 몰랐습니다."

"철없는 소리 작작하시오, 그들은 부부가 아니고 정부(情婦)와 정부(情夫)가 간통을 한 거요."

"예?"

"난 여자쪽은 누군지 알고 있소. 바루 이 고을 경찰서장의 마누라요."

"그건 전혀 뜻밖이로군요? 헌데 우리는 왜 그곳을 도망쳐와야 했습니까?"

"정신을 똑바로 차리시오. 저 녹음에는 간부와 간부의 사랑의 현장만 수록된 게 아니오. 당신과 내가 만나서 나눈 비밀대화까지 고스란히 실려 있소. 우리의 대화가 어떤 것이었는지 당신은 전혀 기억이 안 나시오?"

P는 그제야 정신이 번쩍 들어 애원하는 눈길로 맹인을 돌아본다.

"그렇군요, 이걸 어떡하죠? 개짖는 소리까지 녹음이 되었으니 제가 피해 다닌다는 얘기도 실려 있을 게 틀림없습니다!"

"그것만도 아니오. 당신은 날 장의사라고 불렀고, 날더러 당신을 데려가 달라고도 애원했오. 만일 그 사내가 수사관이라도 된다면 나까지 당신과 연루되어 수사선상에 올라가게 되었오."

"생각지도 않은 실숩니다. 고의로 한 짓은 아닙니다만 영감님께 뜻밖의 누를 끼치게 되었군요."

"좌우간 이제 내 집으루 피하기는 틀렸오. 헌데 어쩌다 쫓기는 몸이 되었는지 그 이유부터 들어봅시다."

P는 낙담해서 힘이 하나도 없었지만 그간에 있었던 모든 일을 하나도 숨김없이 낱낱이 털어놓았다. 묵묵히 듣고 있던 맹인의 입에서 드디어 한숨과 함께 절망적인 말이 흘러나온다.

"어쩔 수 없는 사람이군. 어쩌자구 당신은 그 흉포한 짐승을 풀어주었오?"

"제가 풀어준 건 짐승이 아닙니다. 몸에 털만 좀 많을 뿐이지 그 사람은 분명히 우리와 똑같은 인간이었습니다."

"나도 오늘 저녁 석간이 오기 전까지는 그 놈이 짐승을 가장한 인간이라고 생각했오. 헌데 저녁에 석간을 받아보고 그 놈이 사람이 아닌 짐승이라는 걸 확실히 깨달았오."

"오늘 석간에 그 사람 기사가 났었습니까?"

"물론이오, 그 놈의 대문짝 만한 사건과 함께 과거 행적들이 소상하게 실려있습디다."

"그래, 기사가 어떤 내용이었습니까?"

"그 놈은 원래 곡마단에서 키운 머리가 비상한 원숭이였오. 말하자면 인간에게 천재가 있듯이 그 놈은 원숭이 무리 중 천재 원숭이에 속했던 모양이오. 보통의 원숭이는 지능지수가 형편없지만 이 놈은 천재 원숭이라 아이큐가 무려 백이십이나 되었다는군. 일 테면 사람으로 치더라도 수재급에 가까운 비상한 두뇌를 지녔다는 이야기요. 사람이나 짐승이나 머리가 좋으면 언젠가는 꼭 우등의식(優等意識) 에 빠지게 마련이오. 헌데 이 시건방진 미물도 자기 머리 좋은 것만 자랑으루 알고, 제 본분을 까맣게 잊었던 모양이오. 말하자면 곡마단에서 하라는 재주는 하지 않구, 털을 박박 면도칼루 밀고는 원숭이인 주제에 사람 흉보는 게 일이었다는 이야기요. 머리가 좋은 건 가상하지만 이 지경이 되니 누가 그 놈을 좋아하겠오? 같은 사람끼리도 흉을 잡히면 화가 치미는데, 원숭이 제놈이 사람의 흉을 보니 누가 그 꼴을 가만 두고 보겠냔 말이오. 곡마단에선 결국 참다못해 이 놈을 돈 몇 푼 받구 거리의 약장수한테 팔아 넘긴 모양이오. 허지만 제 버릇 개 못 준다구 이 놈은 여기서도 또 보기 좋게 쫓겨났오. 재주를 부려 손님을 모으는 게 이 놈의 일인데, 걸핏하면 머리 아프다구 아스피린 처먹구 자빠져 자니, 누가 이런 눈꼴 신 꼴을 팔짱을 끼고 보고만 있겠오? 곡마단과 약장수한테서 버림을 받게 되자 이 놈은 결국 세상 천지에 갈 데가 없어졌구려. 헌데 일이 우습게 되느라구 이 놈이 굴러 굴러서 하필이면 이 고을에 뛰어들게 되었다는 거요. 물론 이 놈이 이 고을에 굴러들었을 땐 원숭이가 아니구 사람 꼴을 하구 들어왔을 테지. 원숭이 그대로 들어왔다가는 돌팔매나 얻어맞기 십상이니까 어디서 옷 한 벌을 훔쳐 입구는 버젓이 사람꼴루 들어왔다는 이야기요. 바루 이게 오늘 석간에 난 그 놈에 관한 기사 전부요. 신문사는 지금 이 기사를 내보내구는 그 놈의 보복이 두려워서 전전긍긍하구 있답니다. 성정이 워낙 흉포한 짐승이라 이런 기사를 내보냈는데 가만 놔둘 리가 없을 거라는 추측들이지. 좌우간 그놈이 어서 잡혀야지 이 꼴루 나가다가는 이 마을두 조만간 폐읍(廢邑)이 될 게 분명하오."

"전 그럼 어떻게 되는 거죠? 그런 무서운 놈을 풀어줬으니 그 죄를 어떻게 씻어야 되겠습니까?"

"글쎄, 현재로선 어쩔 수가 없소. 나라두 당신을 도와주곤 싶지만 아까 그 녹음기에 내 얘기까지 실려 있으니…."

"전 고의로 그 놈을 놔준 게 아닙니다. 무심히 그 놈 앞을 지나치다가 묶여 있는 꼴이 하두 딱해서 자기두 모르게 풀어준 것 뿐입니다."

"어쨌든 결과는 마찬가지요. 난 지금까지 앞 못 보는 맹인이라 당국에서 별로 주목을 받지 않았오. 당신 사정이 딱한 건 알겠소만 나로서두 이제는 별 도리가 없는 것 같소."

"영감님까지 이러시면 전 장차 누굴 믿어야 좋습니까? 이 고을에서는 영감님밖에 믿을 사람이 없습니다. 뭔가 방법이 있을 겝니다. 제발 저한테 살아날 방도를 좀 알으켜 주십시오.”

“방법이 하나 있긴 있는데 당신이 그걸 해낼는지 모르겠군.”

“뭡니까? 말씀해 보십시오. 이 마당에 제가 뭘 더 망설이겠습니까?”

“자수를 하시오.”

“자수라구요?”

“그렇소, 당신이 살 길은 자수 뿐이오. 지금이라도 당장 당국을 찾아가서 자수를 하고 용서를 빌어보시오. 자수를 한다구 죄가 가벼워지는 건 아니지만, 법에도 정상참작이라는 게 있으니까 어쩌면 당국에서 당신을 관대히 대해 줄지도 모르잖소.”

그때다. 갑자기 P의 눈앞에서 거대한 돌무덤 하나가 꿈틀꿈틀 움직인다. P는 눈앞의 기괴한 사태에 잠시 넋을 잃고 얼어붙은 듯 그 자리에 멈춰선다. 돌무덤은 일단 움직이기 시작하자 산사태가 무너져내리듯 삽시간에 돌들을 까뭉개고 자욱한 먼지로 뒤덮여버린다. 그러나 기묘한 일은 그곳에서 전혀 진동이나 소음이 울리지 않는다는 점이다. 마치 화산에서 거대한 용암이라도 분출하듯, 돌무덤은 사방으로 돌들을 내굴린 후, 복판에 큼지막한 분화구를 만들고는 서서히 그 운동을 정지하기 시작한 것이다.

그러나 P가 더욱 놀란 것은 그 속에서 뜻밖에도 한 사나이가 솟아나온 순간이다. 사나이는 P가 얼핏 보기에도 틀림없는 그 ‘사람 같은 원숭이’다. 그는 온 얼굴에 희고 붉은 색칠을 했고 몸에는 아래 위로 울긋불긋한 광대옷을 걸치고 있다. 꽃술이 달린 긴 뿔모자를 벗어들며 광대는 익살을 떨 듯 P에게 넙죽 큰 절을 해보인다.

“손님, 여기서 또 뵙는군요. 안색이 썩 안 좋으신 걸 보니 손님께선 뭔가 고민이 계신 모양이군요?”

P는 사나이의 뜻밖의 말에 그제야 정신을 차리고 허겁지겁 입을 연다.

“그렇습니다. 도와주십시오. 전 당신 때문에 지금 큰 곤욕을 치르고 있습니다.”

“저 때문에 곤욕을 치르신다니 그것 참 딱하게 되셨군요. 헌데 손님께선 절 구하시면 고통이 닥쳐올 것을 예기치 못 하셨습니까?”

“몰랐습니다. 이럴 줄은 몰랐습니다. 전 완전히 절망입니다.”

“누가 손님을 절망이라구 하던가요? 바로 손님 옆에 있는 음흉한 맹인이 그런 말을 속삭였겠죠?”

P는 사나이의 뜻밖의 말에 깜짝 놀라 맹인을 돌아본다. 그러나 사나이가 고개를 내두르며 안심하라는 표정으로 P의 어깨를 가볍게 두드린다.

“전 손님에게 위험을 경고하러 왔습니다. 바로 손님 옆에 있는 사람이 손님에겐 가장 위험한 사람입니다. 허지만 안심해도 좋습니다. 전 손님 눈에만 보일 뿐 그 사람들 눈에는 보이질 않으니까요.”

“이 분이 어째서 위험하다는 거죠? 대체 이 분은 누굽니까?”

“손님께서 줄곧 피하려고 노력해 온 아주 음흉한 수사관의 밀정입니다. 그는 손님이 이 고을에 올 것을 알고, 맹인으로 가장하여 줄곧 손님 뒤를 밟아온 사람입니다.”

“그럴 리 없습니다. 전 오히려 당신이 의심스럽습니다. 당신은 왜 무고한 주민들을 아무 까닭 없이 살해하고 있습니까?”

“살해라구요? 천만에요. 이 고을엔 금년 들어 단 한 건도 살인사건이 없었습니다. 주민들은 누군가에게 속고 있을 뿐입니다. 속는 것을 거부하는 자들만이 바로 손님처럼 고통을 당하는 것입니다.”

“누가 주민들을 속인다는 말입니까? 그리고 왜 그들은 주민들을 속여야 됩니까?”

“딸꾹질 때문입니다.”

“딸꾹질이라구요?”

“딸꾹질은 이 고을에서는 죽음의 전주(前奏)처럼 되어 있습니다. 탄광에서 피어오르는 맹독성 가스가 처음엔 딸꾹질로 나타난 후 후두염으로 발전하여 급기야는 죽음을 부릅니다.”

“그런데 어째서 이곳 관리들은 그런 무서운 공해를 주민들에게 경고하지 않는 거죠?”

“이유야 간단합니다. 관리들은 그 사실이 외부에 알려지면 탄광이 곧 폐쇄될 것을 알고 있습니다. 이 고을에서의 탄광 폐쇄는 바로 그들의 자멸을 뜻합니다. 따라서 그들은 그 비밀의 유출을 막기 위한 살인사건의 조작이 필요했고 주민들의 출입통제가 필요하게 된 것입니다.”

“헌데 당신은 사람과 원숭이 중 어느 쪽에 더 가깝습니까?”

“손님은 저를 어느 쪽에 가깝다고 생각하십니까?”

“사람, 아니 원숭이 쪽입니다.”

“바로 그것이 손님의 답입니다. 전 사람들의 생각에 따라 거울과 같이 반사할 뿐입니다.”

P는 잠시 현기증이 느껴져서 눈을 힘껏 감았다 뜬다. 알 수가 없다. 이 고을에 들어온 이래 그는 줄곧 알 수 없는 일들에만 부닥쳐왔다. 모든 사물들이 뒤죽박죽이다. 그가 유일하게 확신할 수 있는 것은 자기가 지금 큰 곤경에 빠져 있다는 사실뿐이다. 사나이가 문득 발을 세우고 P에게 다시 큰 절을 넙죽 한다.

“자, 이젠 헤어질 시간입니다. 전 공원 밖까진 나갈 수가 없습니다.”

P는 과연 자기 몸이 어느 틈에 공원 입구까지 온 것을 깨닫는다. 그는 갑자기 몸을 돌려 사나이를 향해 절망적으로 입을 연다.

“전 앞으로 어떻게 되는 겁니까? 당신은 절 이대루 버리실 작정입니까?”

“용기를 잃지 마십시오. 손님은 내일 살해될 것입니다.”

“누가 절 살해합니까? 당신이 절 살해할 작정인가요?”

“사태를 올바로 판별하십시오. 손님은 지금 무엇이 제일 두렵습니까?”

“당신입니다. 당신을 가까이 했기 때문에 전 지금 이런 고통을 당하는 게 아닙니까?”

“이상하군요, 전 손님에게 손끝 하나 다치지 않았습니다. 손님이 저를 두려워하는 것은, 저 때문입니까, 저를 모함한 관리들 때문입니까?"

"전 그런 건 따지기 싫습니다. 그렇게 따져나가면 전 이 고을에 찾아든 것 자체가 잘못입니다."

"바로 그겁니다. 손님께서 가장 두려워하는 것은, 저도, 살인사건도 아닙니다. 이 고을에 자욱히 미만(彌滿)해 있는 이 고을 특유의 풍습입니다."

사나이는 말을 마치자 재빨리 뿔모자를 머리에 쓴다. 그러나 뿔모자를 머리에 얹자 사나이는 놀랍게도 점점 P에게서 소리없이 떨어진다. P가 곧 팔을 휘저으며 사나이를 향해 커다랗게 고함을 친다.

"기다리시오! 어디로 가십니까? 전 어쩌라고 이렇게 버리고 가십니까?"

결사적인 P의 외침에도 불구하고 사나이는 이미 깨끗하게 사라지고 없다. P가 망연히 고개를 돌리자 누군가가 불쑥 그의 팔목에 수갑을 채운다.

"당신을 현행 살인범으로 체포하겠오."

맹인이다. 맹인은 어느 틈에 안경을 벗고 타는 듯한 눈으로 P의 얼굴을 쏘아보고 있다.

"제가 누굴 죽였죠?"

"이 사람이오"

P는 말없이 고개를 떨구고 자기 발 앞에 죽어 자빠진 원숭이의 시체를 내려다본다.

"이건 원숭이 아닙니까?"

"아니오, 사람이오."

"이 원숭일 제가 죽였나요?"

"아니오, 내가 죽였오."

"그런데 어째서 절 체포하죠?"

"우린 당신이 죄를 지을 때까지 기다릴 수가 없소. 당신을 빨리 체포하기 위해 이 원숭인 내가 죽였오.”

　P는 잠시 말뜻을 몰랐으나 곧 서서히 고개를 끄덕인다. 그는 어느 틈에 맹인과 나란히 공원 밖으로 나와 있다.

(1974년 · 現代文學)

공룡을 본 사람

1

시선이 머물지 않는다. 수면에서 미끄러진 시선은 고작 간척지 저쪽의 키 큰 전탑(電塔)에 붙잡힐 뿐이다. 어느 곳을 둘러보아도 시선은 이내 피로를 느끼고 제자리로 돌아온다.

바다를 방불케 하는 큰 호수다. 방조제가 있는 호수 서북쪽은 실제로 바다와 기다랗게 잇대어 있다. 그러나 간척지 이쪽에서는 바다가 전혀 보이지 않는다. 많은 수로와 늪지대 따위로 호수는 본류 외에 여러 지류와 만곡부를 지니고 있다. 특히 늪지대 복판에 널린 수초지대가 시야를 가려, 방조제 저쪽의 먼 바다는 좀처럼 볼 수가 없다.

뱃바닥이 흰 바다갈매기가 무리를 지어 호수 위를 날고 있다. 밭은 날갯짓과 함께 수면을 스치듯 낮게 나는 놈이 있는가 하면, 아무런 날갯짓도 없이 높은 고공을 힘차게 나는 놈도 있다. 지상에는 바람이 거의 없는 게 고공에는 바람이 뜻밖으로 강한 모양이다. 빠르고 힘찬 갈매기의 비상이 고공의 강한 기류를 간접적으로 말해 주고 있다.

물에서 대(竿)을 거두면서 P는 갑(岬)처럼 튀어나온 돌무지 쪽을 바라본다. 배는 보이지 않는다. 부들 무리의 수초에 가려 배는 보이지 않을 수도 있다. 촉고(數罟) 그물을 보기 위해 사공은 꼭 온다고 했다. 약속시간에 대기 위해 P는 서둘러 대를 걷는다.

물비린내가 온몸으로 휘감기듯 풍겨온다. 물가에 있다고 해서 늘 이 냄새를 맡는 것은 아니다. 비 오기 직전의 저녁나절쯤에 이 냄새를 맡았던 기억이 있다. 주로 저기압 상태에서만 물비린내는 풍기는지 모른다.

눈부심과 뜨거움을 느끼고 P는 수면에서 얼굴을 돌린다. 지는 해를 되쏘는 수면이 거울 역할을 하고 있다. 빛의 무더기를 이룬 수면에 무언가가 파문을 가르고 지나간다. 수줍은 물뱀 한 마리가 좁은 수로를 건너가고 있다. 몸통과 꼬리를 노(櫓)로 하여 물뱀은 대가리를 쳐든 채 S자 형태로 소리없이 헤엄쳐 간다.

앉았던 물가에서 몸을 일으켜 P는 가방을 메고 돌무지 쪽을 향해 걷는다. 길이 별도로 없다. 들은 요철이 심하지 않은 대신 크고 작은 물구덩이와 다리가 빠지는 이토(泥土)의 수렁이 있다. 길이라고 불릴 만한 것은 간척지 초입에서 이미 끝나고, 그 이쪽은 여뀌와 개구리밥 따위의 잡초로 뒤덮인 버린 들이 있을 뿐이다. 따라서 이곳을 처음 찾는 사람은 관개용 양수장 근처에 있는 배를 이용하는 것이 편리하다. 수로와 늪과 수초지대가 뒤섞인 이곳은 워낙 들이 넓고 복잡해서 육로로는 곧잘 길을 잃기가 쉽기 때문이다.

가지런한 물갈대밭 너머로 사람의 머리 하나가 나타난다. 붉은 선캡을 눌러쓴 사내는 이쪽으로 옆얼굴을 보인 채 호수 건너편의 간척지 쪽을 보고 있다. 배를 기다리는 사람일 것이다. 선캡을 쓴 것을 보면 그도 P처럼 낚시꾼 중의 한 사람이다.

"배 왔습니까?"

"배라뇨?"

"배를 기다리는 게 아닙니까?"

"아닌데요."

사내와의 거리를 좁히면서 P는 그제야 자기의 질문이 잘못된 것임을 깨닫는다. 사내는 P와 같은 쪽의 물가에 있지 않다. 직선거리로는 불과 삼십 미터 남짓하지만 두 사람 사이에는 호수의 지류가 가로놓여 있다. 그는 P와는 다른 방향에서 이곳으로 진입한 모양이다.

"몇 수나 했어요?"

"별룬데요."

"물이 탁해요."

"그렇군요."

거리 때문에 두 사람은 큰 목소리로 말을 해야 한다. 돌무지로 향하는 P를 향해 그가 나란히 지류를 따라 걸어 내려온다.

"배가 오기루 했습니까?"

"예."

"그 쪽으루는 나가는 길이 없나보죠?"

"모르겠어요. 안 가봤으니까. 전 댁 쪽에 길이 있는 걸루 알았는데?"

"길을 잃었어요. 들어왔던 길로 되짚어나가는데 물이 불어서 길을 통 찾을 수가 없어요. 아마 그 동안 물이 불어서 길이 물 속에 잠겨버린 모양이에요."

"여기까진 무얼루 들어왔죠?"

"어떤 사람이 오토바일 태워줘서 그 꽁무니에 얹혀 왔어요."

사내는 잘못 알고 있다. 애초부터 이곳에는 길이 없다. 그는 길을 잃은 것이 아니고 방향을 잃은 것이다.

상류 쪽 수초지대로부터 배 한 척이 내려온다. 뱃머리에 마포가 씌워진 것을 보니 그물을 보러 나온 고깃배인 모양이다. 수로 건너편의 캡을 쓴 사내가 다시 P를 향해 말을 건네온다.

"배 쫌 같이 탈 수 있을까요?"

"방향이 다를 텐데요?"

"어느 쪽으루 가실 거죠?"

"양수장 쪽입니다."

　수초밭 머리를 돌아들어 배는 곧장 P를 향해 다가온다. 노질을 잠시 멈추더니 사공이 이쪽으로 소리를 친다.
　"서울 손님이 어떤 분이죠?"
　"이쪽이오."
　"고 씨 부탁으루 제가 대신 왔습니다."
　사공이 배는 대는 동안 P는 가방을 벗어든다. 길게 내민 돌무더기 옆으로 배는 길쭉한 이물을 갖다댄다. 배에 오르는 P를 향해 사공이 다시 입을 연다.
　"사고가 생겼어요."
　"사고라니?"
　"양수장 쪽으론 못 가십니다. 합수머리에 대드리죠."
　"무슨 사고가 생겼다는 거요?"
　"상류에 있는 어떤 공장에서 독한 폐수가 흘러나온 모양입니다. 유독가스가 발생해서 양수장 쪽은 사람의 통행을 막구 있습니다."
　"무엇하는 공장이랍디까?"
　"모릅니다. 말들이 달라요. 저두 그쪽에서 쫓겨 내려오는 길입니다."
　배가 돌무지를 떠난다. 맞은편 수로에 닿자 캡 쓴 사내가 배에 오른다. 하류로 향해 배를 저으며 사공이 다시 입을 연다.
　"양수장 쪽을 지키는 사람들이 합수머리루 가보라구 하더군요. 길을 좀 돌기는 하지만 마두리 쪽으루는 나가실 수가 있을 겝니다."
　"어떤 사람들이 양수장을 지키구 있습디까?"
　"보건소 직원들 같았어요. 위쪽의 지시라면서 자기들두 확실히는 모르는 모양입디다."
　배가 만드는 자잘한 파문이 매끄러운 수면위로 끝없이 퍼져나간다. 낙조를 되쏘는 수면 때문에 호수 서쪽으로는 시선을 줄 수가 없다. 이물 쪽에 앉은 캡 쓴 사내가 고물 쪽의 P를 건너다본다.
　"서울서 오셨습니까?"

“예.”

“미두리루 나가자면 시오리 길은 걸어야 될 겝니다.”

“미두리엔 차편이 있습니까?”

“읍에 전화를 걸면 택시가 들어오죠.”

바람기 없는 잔잔한 수면 위로 작은 날벌레 떼가 회오리 기둥처럼 무리 지어 날고 있다. 마름이 밀생한 지류머리를 지나면서 사공의 짧은 노가 마름 줄기에 자주 휘감긴다. 가끔씩 노를 추스르면서 사공이 다시 입을 연다.

“전에도 폐수가 흘러나오긴 했지만 사람을 못 다니게 한 건 이번이 첨이에요. 작년 가을엔 공장폐수로 양짓말 일대에서 죽은 고기를 일곱 가마나 건져냈어요. 당국에 여러 차례 진정을 해봤지만 이런저런 사정 때문에 당국도 별로 신통한 대책이 없나봐요.”

큰 물체가 수면을 때리는 요란스런 물소리가 들려온다. 사공이 노질을 멈추고 늪지대 너머를 우두커니 건너다본다. 아무것도 보이지 않는데도 사공은 계속 무언가를 찾고 있다.

“무슨 소리요?”

“몰라요.”

“큰 고기가 뛰는 소리 아니오?”

배가 다시 움직인다. 비슷한 모양의 수로와 늪지대가 뱃길 좌우에 끝없이 이어져 있다. 합수머리까지의 거리를 사공은 약 삼 킬로쯤으로 잡고 있다. 사공은 넉넉잡고 이십 분 후면 P 일행이 합수머리에 닿을 수 있다고 했다.

2

합수머리는 호수로 흘러드는 두 개의 큰 강이 만나는 지점을 말한다. 배가 닿는 선착장 부근에는 목조 창고가 하나 있다. 수몰되기 전에 염전회사가 소금창고로 쓰던 건물이다.

P의 일행이 도착했을 무렵에는 창고에 이미 많은 사람들이 집결해 있었다. 낚시꾼 네 사람과 현지 농사꾼 두 사람, 그리고 내수면(內水面) 담당의 하급관리가 둘이었다.

미두리로 나가는 길은 이곳에서도 역시 통제되고 있었다. 이미 공장의 폐수가 미두리 수로에도 유입되어 유독가스의 발생 보고가 접수되어 있다는 것이다.

"여러분들의 안전을 위해 미두리 통행은 금지합니다. 유독가스의 종류에 대하여는 저도 아는 바가 없습니다. 제가 아는 건 그 가스가 호흡기에 치명적인 손상을 입힌다는 사실입니다. 어둡기 전에 여러분을 위해 당국이 마련한 배가 오기로 되어 있습니다. 바다 쪽인 호수의 하류만이 지금은 안전한 것으로 알려져 있습니다."

하류 쪽에서는 당국이 마련한 또 다른 수송수단이 있다는 것이다. 호수지역을 벗어난다고 해서 일이 해결되는 것은 아니다. 대부분의 낚시꾼들은 이 지방 사람들이 아니다. 그들에겐 터미널이나 역과 연결되는 간선도로까지의 수송이 필요하다. 관리들은 그러나 그 문제에 관한 한 자기들은 어떤 약속도 할 수 없다는 입장을 취하고 있다.

"우리는 여러분들을 위험지역 밖으로 대피시키라는 지시만을 받았습니다. 호수 제방 쪽이 목표로 되었지만 그곳이 어떤 곳인지는 우리 역시 알 수가 없습니다. 긴급사태라는 것을 이해해 주십시오. 여러분께 그 이상은 어떤 약속도 할 수가 없습니다."

해가 지고 있다. 어둡기까지는 시간 반 정도가 남았을 뿐이다. P는 목조창고를 나와 그를 태워준 젊은 사공을 찾아간다. 현지 농사꾼 한 사람이 젊은 사공과 입씨름을 하고 있다. 배를 띄우려다 붙잡힌 사공은 난처한 얼굴로 농사꾼을 바라본다.

"그래서 어쩌라는 겁니까? 절더러 아저씨 얘길 믿으라는 말입니까?"

"관리들한데는 무슨 얘길 해두 멕히지 않게 되어 있어요. 그 사람들 이제는 나를 미친놈 취급한단 말요. 당신은 여기 사니까 내 말을 믿을 수 있을 거요. 왜 당신은 가만있는 거요 당신두 그 괴물을 분명히 봤을 텐데?"

"딱하군요. 공룡이란 동물은 오래 전에 멸종되구 없어요. 동물원에두 없단 말이에요. 아저씬 뭔가를 잘못 본 게 분명해요."

"난 그놈이 농소 근처에서 헤엄치는 걸 봤단 말요. 머리통 절반을 물 밖에 내민 채 꼬리를 노처럼 휘젓는 걸 봤단 말요."

"머리통 절반과 꼬리만 보구 그게 어떻게 공룡이라구 단정하죠?"

"입에 염소를 물고 있었소. 살아 있는 염소를 잡아먹는 걸 봤단 말요."

"딴 짐승일 수도 있지 않아요? 염소를 입에 물었다구 다 공룡은 아니잖아요?"

"그럼 당신은 그 짐승이 뭐라구 생각하쇼?"

"알았어요. 그만해둬요. 난 지금 바쁘단 말이에요."

말뚝들이 박힌 반 쯤 수몰된 밭둑에서 농사꾼과 사공은 말다툼을 하고 있다. 진흙이 다져진 장소를 골라 P는 자연스레 두 사람 사이에 끼어든다.

"댁이 보셨다는 그 공룡은 크기가 대강 얼마나 되던가요?"

"길이는 세 발 쯤 되구 몸통은 두 아름이 넘겠습디다."

"그 정도의 크기라면 공룡으로 보기는 어렵군요."

"더 커야 된다는 얘긴가요?"

"책에 쓰인 걸 읽어보면 무게가 보통 몇 톤씩 나간답디다. 디노사우루스라는 초식공룡은 몸무게가 무려 오십 톤이나 된답니다. 소〔牛〕로 치면 자그마치 백 마리에 해당되는 무게죠."

"댁두 관리들하구 똑같은 얘길 하는군요. 믿지 않아두 좋습니다. 난 내 눈으루 똑똑히 봤으니까."

"눈으로 똑똑히 보셨다면 사실로 믿어드려야죠. 한데 댁은 그 괴물을 어디서 어떻게 봤습니까?"

"농소에서 헤엄을 치며 염소를 통째 잡아먹는 걸 봤습니다. 끔찍했어요. 그런 흉측한 꼴은 내 생전에 첨이에요.”

목조창고에서 관리 하나가 물가로 걸어나온다. 다가오는 관리를 보며 농사꾼은 고개를 내두른다.

“유언비어가 아니라구요. 난 공룡을 내 눈으루 봤단 말요.”

“들어가요. 나오지 말랬는데 당신 왜 또 나와서 소란이오?”

농사꾼이 쫓기듯 창고 안으로 들어간다. 관리가 눈살을 찌푸리며 둑 위의 P에게 다가온다.

“공룡 얘기를 하던가요?”

“예.”

“아까는 물오리를 통째루 삼켰다구 합디다만 지금은 그보다 훨씬 더 큰 동물이겠죠?”

“염소라구 합디다.”

“선생께서는 저 사람을 정신이상자로 보십니까?”

“아뇨. 그렇게 보진 않습니다.”

“그렇다면 저 사람이 말한 공룡 얘기를 믿으시는군요?”

“아니죠. 전 저 사람이 적어도 거짓말을 하고 있는 것은 아니라구 믿습니다. 내용하구는 상관이 없죠. 전 내용에는 관심이 없습니다.”

“결국 같은 얘기가 아닙니까?”

“천만에요. 아주 다른 얘깁니다. 말의 내용이 믿음성이 없다고 해서 전 그 사람의 인격까지 의심하지는 않습니다.”

갑작스런 폭발음이 늪지대 일대에 울려 퍼진다. 작은 총기(銃器)류의 발사 때 울리는 꼬챙이처럼 날카로운 총성이다. 거푸 두 발이 연달아 울린 후 다시 세 발이 약간 뜬 간격으로 이어진다. 총성의 크기로 보아 가까운 거리는 아닌 것 같다. 지는 해를 등진 자세로 내수면 관리가 입을 연다.

“밀렵꾼의 엽총소립니다. 이 고장에서는 일 년 내내 밀렵꾼의 밀렵이 성행되구 있습니다.”

“밀렵의 대상이 되는 동물은 뭐죠?”

“새 이름을 잘 몰라서요. 호수지대니까 물오리 종류가 아닐까요?”

“물오리는 철새가 아닙니까?”

“철새 말고 텃새 종류도 상당수가 살구 있습니다.”

사공이 노를 물에 담근다. 배를 띄우려는 사공을 향해 P가 급하게 입을 연다.

“또 어디루 가려는 거요?”

“중류 쪽에 친구가 하는 작은 양어장이 하나 있습니다. 상류로는 못 가게 하니 그 쪽으루나 내려가봐야죠.”

P는 다시 관리를 향한다.

“저 배를 타면 안 될까요?”

“어딜 가시게요?”

“들으신 대로 저 사람을 따라 중류 쪽으루나 가볼까 합니다.”

“그 쪽으루 혼자 가시면 뭍으로 나가기가 더 어렵지 않겠습니까?”

“하류로 빠진다구 해두 뭍으로 나간다는 보장은 없죠.”

“당국의 조치를 못 미더워하시는군요?”

“이런 돌발사태에서는 당국인들 별 수가 있나요.”

“맞는 말입니다. 그럼 좋을 대로 하십시오.”

둑 위에 벗어둔 가방을 들고 P는 다시 배 안으로 옮겨 탄다. 땅에 얹힌 배를 물 위로 띄운 후 사공은 제자리로 돌아와 노를 젓기 시작한다.

여러 켜를 이룬 분홍빛 구름들이 하늘 가득히 지화(紙花)처럼 떠 있다. 멀어지는 목조창고를 바라보며 P는 닥쳐올 밤이 고생스런 밤이 될 것 같은 예감이 든다. 요즘 들어 P의 예감은 한 번도 빗나간 일이 없다. 빗나가지 않는 예감은 이미 예감이 아니다. 그렇다고 이 불확실한 느낌을 달리 부를 적당한 말도 없다.

지금 이 호수 일대에는 정체를 알 수 없는 속임수가 숨겨져 있다. 당분간 그 속임수는 움직일 수 없는 사실처럼 보일 것이다. 하긴 모든 속임수는 가장 믿음직한 사실들에 의해 지탱되고 있다. 사실처럼 보이는 속임수만이 사실을 대신할 수 있다는 것은, 속임수가 꾸준히 애용되는 절대적인 조건이다. 그리하여 모든 탁월한 속임수는 가장 분명한 사실들에 의해 사실보다 더욱 사실임이 증명되고 보장되는 것이다.

"제 의사는 물어보지두 않구 손님은 마음대루 제 배를 타셨습니다."

주인의 허락 없이 배를 탄 P에 대해 젊은 사공은 그가 할 수 있는 정당한 항의를 하고 있다. P는 그러나 사공의 항의에 그 나름의 뚜렷한 답변을 지니고 있다.

"당신이 고 씨(高氏) 대신 날 태우러 나왔다면 당신은 뭍에까지 날 실어다줄 책임이 있는 거요."

"당국에서 배를 보낸다구 하는데 왜 손님은 제 배를 타셨습니까?"

"당국보다는 당신 쪽이 훨씬 더 미더워 보였소."

"제가 말한 호수 중류 쪽에는 양어장 같은 것은 있지두 않습니다."

"그렇다면 당신의 목적지는 어디요?"

"손님께선 호수 상류에 공장폐수가 흘러들었다는 말을 믿을 수가 있습니까?"

"믿지 못할 이유라두 있소?"

"유독가스가 발생했다면 냄새라두 풍겨야죠. 전 상류 쪽에 올라가봤지만 아무 냄새도 맡을 수가 없었습니다."

"냄새가 없는 유독가스도 있을 수가 있지 않소?"

"냄새는 그렇다 칩시다. 하지만 물고기들은 어떻게 된 겁니까?"

"물고기라니?"

"독한 폐수가 흘러들었다면 당장 물고기들이 떼죽음을 당합니다. 헌데 왜 우리 눈에는 죽은 물고기가 보이지 않습니까?"

P는 대답하지 않는다. 젊은 사공은 조심성 없게도, 위험한 사실을 확인하려는 어리석은 질문을 하고 있다. 말〔言〕이 되기 전에 생각만으로는 아무런 힘도 지니지 않던 것이, 입 밖에 한 번 뱉어짐으로써 뜻밖의 힘을 행사하는 경우가 있다. P가 입을 다문 것은 그러한 힘의 행사가 번거로웠기 때문이다.

3

저녁 어스름이 깃들이기 시작한다.

한 시간 가까운 노질 끝에 그들은 방금 호수 중류에 도착했다. 하류로 내려갈수록 수면은 넓어지고 수초와 늪지대는 줄어든다. 그러나 이곳에서는 더욱 뭍에 오르기가 어렵다. 구조가 단순한 대신 모든 지역이 너무 넓다. 가장 난감한 것은 사람의 접근을 허용하지 않는 드넓은 갯벌지대다. 최단거리의 인가나 도로조차 이곳에서는 십여 킬로미터 밖에 있다. 진행방향조차 가늠하기 힘들 만큼 이곳에서는 모든 방향이 동일하게 열려 있는 것이다.

석축(石築)과 연결된 물갈대 지대를 지날 무렵 사공은 노질을 멈추고 배를 후진시켜 갈대숲에 숨겨둔다. 모터보트의 출현 이후 사공의 행동은 사람의 눈을 피하는 것이 되고 말았다. 호수에 쓰이는 모든 배들을 모터보트는 영장을 제시하고 예인하거나 인솔해 갔다. 그들은 물가에 대피한 여러 종류의 사람들을 향해, 고성능 확성기를 통해, 사태를 설명하거나 주의와 경고를 주곤 했다.

"여러분은 현재의 위치에서 한 걸음도 움직여서는 안 됩니다. 유입된 폐수가 이동하면서 오염지역은 계속 확산되고 있습니다. 어느 지역이 위험지역인가는 당국에서 현재 조사중에 있습니다. 현장 공무원의 지시에 따라 개인행동을 삼가 주시기 바랍니다."

다행히 P가 탄 거룻배는 모터보트에 발견되지 않았다. 강제예인을 피하기 위해 사공은 그의 배를 수심이 얕은 늪지대 쪽으로 이동시켰다. 키를 넘는 물버들과 수초들 때문에 발견될 걱정은 거의 없다. 다만 노가 수초에 감겨 진행이 매우 불편할 뿐이다.

규칙적이고 자잘한 파도들이 수면 위로 너울져 밀려온다. 다른 물체의 이동 때문에 수면이 흔들리면서 발생하는 파문이다. 사공이 배를 멈춘 것은 파문의 주인을 알아보기 위해서다. 귀를 기울이면 파문 저쪽에서 무언가가 수면을 스치는 가벼운 소리도 들려온다.

"뭐요?"

"뱁니다."

"무슨 배?"

"알 수 없죠."

수초들이 크게 흔들리면서 파문의 정체는 이내 드러났다. 이쪽 배와 비슷한 크기의 이삼인승 작은 거루다.

두 배의 간격이 좁혀진다. 짙어진 어둠발 때문에 아직도 상대편의 얼굴을 알아볼 수 없다. 선수 쪽에 마포가 씌워진 것을 보면 저쪽도 이쪽처럼 그물을 보는 고깃배인 모양이다.

"어어이!"

저쪽에서 먼저 이쪽을 부르는 소리가 들려온다. 먼 거리와 어둠에도 불구하고 양쪽은 이미 상대편을 알아본 듯하다. 배로부터 몸을 일으키며 이쪽 사공이 소리를 친다.

"누구요 거기? 혹시 당골 사는 학준이 형님 아니시오?"

"맞네. 종환인가. 자넨 어떻게 예까지 내려왔나?"

"말 마십쇼. 위쪽엔 군직원이 나와 사람들 통행을 막습니다. 배를 뺏구 난립니다. 공장폐수가 흘러들어 유독가스가 생긴다나요."

"아래두 마찬가질세. 그물 보러 나왔더니 들어가라구 야단들이야. 배를 띄우지 말라는 게야. 소랫골 덕진이는 배를 아예 빼앗겼네."

두 배의 간격이 지척으로 좁혀진다. 저쪽에는 사십대 초반쯤의 사내 혼자 타고 있다. 뱃전이 거의 맞닿을 무렵 저쪽 사내가 다시 입을 연다.

"자네 혹시 물가에서 커단 짐승 보지 못했나?"

"짐승이라뇨?"

"희한하네. 물고긴 아니야. 배질 몇십 년 만에 그런 물짐승은 처음일세."

"형님두 공룡 보셨소?"

"공룡이 뭔가?"

"미두리 사는 농사꾼 하나가 용 같은 짐승을 봤답디다. 염소를 통째루 잡아먹더랍니다. 형님두 혹시 그런 용을 본 게 아뇨?"

"그러구 보니 대가리 생긴 게 용 비슷도 하데그려."

"형님 지금 제정신으로 하는 말이오?"

"이 사람이. 제정신이구말구. 내 눈으로 직접 그 짐승을 봤다니까."

한동안 말이 없다. 잠깐 P를 돌아본 뒤 사공은 다시 사내를 향한다.

"그래 그놈을 어디서 봤소?"

"찬우물 아래 갯골 근철세."

"농사꾼은 농소서 봤다던데 형님은 어째 갯골이오?"

"농소라면 위쪽 아닌가."

"형님이 본 놈은 그래 무얼 잡아먹습디까?"

"잡아먹는 건 보지 못했구 내가 볼 적에는 갯골에 누웠다가 부들밭 속으루 물을 튀기며 내려오데."

대화는 계속된다. P는 온몸에 전율이 느껴진다. 합수머리에서 만난 농사꾼은 거짓말을 하지 않았다. 그를 제외한 나머지 사람들이 오히려 무엇인가를 잘못 알고 있는지 모른다. 그러나 두 사람이 말하는 공룡이란 어떤 동물일까? 공룡은 지금은 존재하지 않는 동물로 되어 있다. 사태를 혼미하게 만드는 것은 공룡이라는 '말'에 있다. 주목해야 될 사물보다 사람들이 공룡이라는 말에 더 현혹되어 있는 것이다. 이 고장의 담수호(淡水湖)에는 두 사람이 증언하는 그런 동물은 살지 않는다. 그러나 살지 않는 것은 상식적인 판단이고, 두 사람이 눈으로 본 것은 존재하는 현실이다. 두 사람이 동시에 잘못 보지 않은 한, 그 동물은 이 호수에 실재하고 있는 것이다.

밤이 성큼 다가와 있다. 같은 색깔의 어둠 저쪽에 작은 불빛들이 보이기 시작한다. 오랜 얘기를 나눈 끝에 두 사공은 헤어지기로 한 것 같다. 떠나가려는 저쪽 사공에게 P가 모처럼 입을 연다.

"지금 어디루 가시렵니까?"

"같이 가자니까 싫답네요. 난 저 건너 농막 쪽으루나 가볼 참입니다."

"보셨다는 그 짐승을 그림으루 그릴 수 있겠습니까?"

"얼핏 본 짐승이라 그림으루 그리긴 어렵지요."

"농막에서 무사히 뭍에 오르거든 읍에 나가셔서 여기 애길 해주십시오. 폐수 얘기를 하셔도 되고 공룡 얘기를 하셔도 좋습니다."

"글쎄요. 막는다니까 나갈 수 있을는지 모르겠네요."

두 배 사이가 멀어진다. 농막이라는 곳은 이쪽 배가 이미 해질녘에 지나온 장소다. 우리는 저쪽 사공이 지나온 곳을 가보고 싶어하고, 저쪽 사공은 우리가 이미 지나온 곳을 가보고 싶어한다. 말려서 될 일이 아니라는 것을 양쪽은 충분히 이해하고 있다.

4

두 줄기의 강렬한 빛이 호수 중류쯤에 머물러 있다. 거루들의 왕래를 감시하기 위해 동력선 두 척이 수면 위에 켜둔 감시등이다.

까마득한 호수 상류에는 그러나 더 많은 불빛들이 흩어져 있다. 자주 이동하는 그 불빛들은 이쪽에서는 알 수 없는 어떤 작업에 동원된 듯하다. 어쩌면 폐수를 수거하거나 인근 주민들을 안전지대로 대피시키는 작업인지 모른다.

고통스런 밤이 되리라는 예감은 시간이 흐르면서 구체적인 사실로 드러나고 있다. 중류에 머문 동력선의 감시등 때문에 호심(湖心)에서의 거룻배의 이동은 더욱 어려운 것이 되었다. 더구나 밤이 되면서 사공은 전혀 배를 띄울 생각을 하지 않는다. 수초밭 사이에 배를 숨겨놓고 그는 아예 배 위에서 밤을 지낼 작정인 것 같다. 그를 다시 움직이도록 하는 것은 지금으로서는 불가능해 보인다.

"손님 생각은 어떻습니까? 상류 쪽의 저 불빛들 대체 뭣들을 하는 걸까요?"

뱃머리에 씌운 이슬 막이 마포 속에서 사공은 담배를 입에 문 채 비스듬한 자세로 P를 바라본다. 담배를 힘껏 빨아들일 때마다 그의 작은 얼굴 윤곽이 어둠 속에 빨갛게 드러난다.

"불빛이 저렇게 많은 걸 보면 작업하는 배두 여러 척이 될 것 같은데."

"유독가스가 발생한다는데 어떻게 사람들이 그 속에서 작업을 하죠?"

"작업하는 사람들에게는 특수장비가 있을 거요."

"허지만 작업을 한다 해도 왜 하필이면 밤에 합니까?"

"오염수면이 확산되는데 밤이라구 쉴 수는 없지."

모기가 양쪽 귓속과 콧구멍에까지 침범한다. 사공이 문득 윗몸을 일으켜 뱃전 밖으로 한 손을 늘어뜨린다. 가까운 수면을 한동안 들여다본 후 사공이 드디어 마포 밖으로 빠져나온다.

"배를 옮겨야 될까 봅니다."

"옮기다니?"

"수위가 계속 줄구 있어요. 이러단 배가 뻘밭에 얹히겠어요."

"호수의 수위가 준다는 거요?"

"아마 수문 여러 개가 한꺼번에 열린 모양입니다."

뉘었던 노를 다시 끼우고 사공은 즉시 배를 움직이기 시작한다. 수면이 흔들리면서 반사된 달빛이 어지럽게 부서진다. 엷은 구름에 싸인 달은 본래의 밝기를 다하지 못하고 있다. 호심 쪽으로 나가지 않는 한 배는 감시등에 발견될 염려가 없다. 그 대신 수초지대를 통과하기 위해 배는 더 많은 힘과 조심성이 필요하다.

"내일 날 새구두 배를 막으면 손님은 어떻게 하실 거죠?"

"그 사람들 처분에 맡길밖에."

"공장폐수는 여기서는 늘 있는 일이에요. 이번 따라 통행을 막는 건 아무래도 이상해요."

"어떻게 이상하다는 거요?"

"날 새면 나두 배를 몰구 상류로 올라가 볼 생각입니다. 죄두 없이 숨어지내는 건 별루 기분이 안 좋거든요."

뱃머리와 뱃전에 부딪는 수초들이 물 속으로 길게 누웠다가 배가 통과하면 천천히 일어서곤 한다. 피부에 닿는 수초 잎들은 이슬을 머금어 칼날처럼 서늘하다.

결국 합수머리 농사꾼의 증언은 단순한 착각이거나 환상일 공산이 크다. 자정 가까운 시간까지도 P는 그들이 말한 공룡을 볼 수 없었다. 공룡에 대한 막연한 기대는 P가 만들어낸 또 하나의 환상인지 모른다. 상식을 파괴하는 두 사람의 증언은, 듣기에 우선 흥미있고 신선했던 것이다.

"그물을 보러 다니다가 혹시 그물에서 색다른 고기를 건져낸 일은 없소?"

"있죠."

"어떤 고기가 색다릅디까?"

"사람의 팔 한 짝을 건진 적이 있죠."

"산 사람의 팔 말이오?"

"죽은 사람의 팔이겠죠."

"어떻게 그런 게 그물에 걸릴 수 있소?"

"상류 쪽에 큰물이 질 때면 별의별 물건이 다 이리루 흘러듭니다. 손님과 계약한 고 씨 아저씨는 손금고를 건져 횡재를 한 적두 있죠."

"엊그제 잠시 내린 비도 그런 큰물에 속하는 거요?"

"여기서 우리가 큰물이라구 하는 건 상류 쪽에서 육수(陸水)가 흘러들어 호수 수위가 갑작스레 붇는 걸 말합니다. 이쪽은 비 한 방울 안 오는데두 눈앞에서 물이 부쩍부쩍 불 때가 있어요. 상류지대 어딘가에 큰물이 졌기 때문이죠."

지금 이 시간에 자신이 물 위에 있다는 것이 P에게는 갑삭스레 부당하다는 생각이 든다. 더욱 부당한 것은 그가 누군가에 의해 행동의 제

약을 받고 있다는 사실이다. 자기를 구속하는 사람들이 누구인가도 자세치 않다. 공무원이라고 말하고 있지만 그것을 확인해 볼 방도도 없다. 사태의 전체 사정을 알 수 없기 때문에 낱개로 떨어져 있는 사람들은 부당한 경우를 당하고도 그것을 참는 도리밖에 없다. 이런 사정은 인근에 살고 있는 어부나 농사꾼도 마찬가지라고 생각된다. 보이지 않는 공장폐수를 핑계대어 상류에서는 낚시꾼과 농사꾼에게 하류로 내려가라고 한다. 하류에서는 그러나 배를 압수하고, 사람들은 현재의 장소에서 움직이지 못하도록 한다. 수십만 평에 달하는 이 호수를 한눈에 다 굽어볼 수 있기 전에는, 누구도 호수의 한 귀퉁이에서 무슨 일이 일어나고 있는지 알 수가 없다. 그것을 다 알고 있는 사람들은 그래서 얼마든지 속임수를 쓸 수 있다. 모른다는 것이 죄도 되고 부끄러움도 되기 때문에 대부분의 낱개 사람들은 아는 사람들의 지시를 따르도록 되어 있다. 그러나 맥없이 따라가다 보면 처음에 목표했던 곳과는 전혀 다른 곳에 와 있는 경우가 있다. 되돌아 나가고자 해도 그때는 이미 길을 모른다. 사람이 한평생 살아가는 모습과 비슷한 꼴이 되는 것이다.

엄청난 물소리에 P는 배에서 윗몸을 일으킨다. 얼굴과 윗몸이 서늘하다. 배 안으로 튀어든 물이 온몸을 적신 것이다.

"뭐요?"

"기다려요!"

기우는 배를 손으로 잡는데 사공이 다시 커다랗게 고함친다.

"봤죠? 손님두 봤죠? 그놈이에요. 그놈이란 말입니다!"

큰 물결이 일고 있다. 한 차례의 세찬 동작으로 배 주위는 온통 물이랑이 넘실거린다. 가까운 갯가와 수초들에 부딪혀 큰 물결은 잔물결이 되어 다시 배로 돌아오고 있다. 뱃머리에 웅크린 젊은 사공은 아직동 흥분된 껄끄러운 목소리다.

"보셨죠 손님도? 엄청나게 큰 놈이었어요. 뭘까요 그놈은? 날만 밝았으면 좀더 자세히 보는 건데."

사공의 시선은 호수 복판으로 향해 있다. 수초의 일부가 헝클어진 것을 보니 동물은 수초 속에 숨었다가 배가 접근하자 호심 쪽으로 도망친 모양이다. 잔물결이 이는 호심 쪽에는 이미 아무런 흔적도 없다.

"어떻게 된 거예요? 손님은 그놈을 못 보셨군요?"

"이쪽에선 아무것도 뵈지 않았소. 내가 본 건 커다란 물보라뿐이오."

"나두 놈이 움직이지만 않았으면 아무것도 못 볼 뻔했어요. 배가 조금씩 앞으로 나가는데 가까이 있는 수초 더미가 옆으로 스르르 눕더군요. 그래서 내가 노질을 멈추자 놈이 별안간 부딪쳐오면서 큰 물벼락을 씌운 거예요."

"덤벼들더란 이야기요?"

"그런 것 같았어요. 놈이 휘두른 긴 꼬리가 뱃전을 아슬아슬 빗나갔어요."

사공은 그 동물을 공룡이라고 믿는 것 같다. 공포심이 없는 것이 이상할 뿐. 어느 틈에 사공의 상상력은 머릿속에 어마어마한 공룡을 그려놓고 있다. 그러나 공룡일 수는 없다. 다만 공룡이 아니라면 그 동물의 본래의 정체는 무엇일까 하는 것이다. 그렇게 크게 물을 튀길 수 있는 동물은 그에 당하는 큰 체구와 괴력을 지녀야 마땅하다. 그가 만든 물튀김과 물보라는 분명 공룡에 버금가는 대단한 것이었다.

또 한 번 P는 자기의 생각을 공룡 쪽으로 수정해야 한다. 결국 이 담수호에는 공룡 비슷한 무엇인가가 살고 있다. 이런 경우에 방해가 되는 것은 상식에 대한 고집스런 믿음이다. 공룡이 실재하지 않는다고 믿는 것은 경험과 논리가 뒷받침해 주는 통설이고 학설이다. 그러나 실재하는 것은 백 개의 완벽한 학설들을 무용하게 만들기도 한다. 증명할 수 없는 실재도 존재하기는 마찬가지다. 증명할 수 없을 때는 그것은 전설이나 소문으로 존재하는 것이다.

"손님 우린 이제 어떻게 해야 되는 거죠?"

갑작스런 사공의 질문에 P는 대답할 말이 없다. 어떻게 할 것인가?

그들이 본 기괴한 동물을 어떻게 남들에게 설명할 것인가?

"합수머리에 돌아가서 군직원들한테 보고해야 되는 게 아닌가요?"

그렇다. 그것이 순서다. 늘 그래왔으니까.

5

짙은 안개 저쪽에서 그들은 비로소 사람이 만드는 소리를 들었다. 보트의 노가 규칙적으로 수면을 때리는 경쾌한 소리다.

"어어이! 내 말 들려요? 말 좀 물읍시다. 여기가 어디쯤 됩니까?"

상대편이 노질을 멈춘다. 이쪽의 외침을 듣고 저쪽에서도 방향을 가늠하는 모양이다.

"그쪽은 뉘시오? 여긴 덧다리 아랫녘이외다!"

"덧다리 아랫녘이면 선착장 쪽에서 내려오십니까?"

"방금 게서 오는 길이오. 헌데 댁들은 어디서 오시오?"

"우린 길을 잃었어요. 안개 때문에 통 방향을 모르겠어요."

"거기 그대로 서 계시오. 내가 그리로 저어가리다."

지독한 안개다. 시계(視界)가 고작 십 미터도 안 되는 숨막히는 안개의 바다다. 새벽 기온이 떨어지면서 안개는 삽시간에 온 호수를 뒤덮었다. 아무것도 보이지 않아 그들은 차라리 속이 편했다.

그러나 그들은 곧 배를 띄우지 않을 수 없었다. 닥쳐온 추위와 배고픔도 문제였지만 그보다는 군직원을 만나 전할 말이 있었던 것이다.

안개 속의 뱃길은 처음부터 난감했다. 방향설정에 기준이 되어줄 어떤 물건도 그들에겐 보이지 않았다. 기준이 되어줄 지형을 찾기 위해 그들은 할 수 없이 물가로 바싹 빠져나왔다. 그러나 비슷한 지류들과 같은 크기의 자잘한 둑들 따위로는 뱃길의 방향을 가늠하기가 더욱 혼란스러울 뿐이었다. 결국 그들은 수초를 헤집고 늪지대와 수로들을 질러 상류로 짐작되는 방향으로 무작정 배를 저었다.

　그로부터 시간 반 후에 그들은 한 척의 고깃배를 만났다. 새벽 그물을 보러 나온 어떤 아낙네의 거루였다. 상류로 가는 대강의 방향을 그녀는 천천히 일러주었다. 그러나 공장폐수에 관해서는 그녀는 전혀 아는 바가 없었다.

　거기서 다시 한 시간을 허비하여 그들은 방금 두번째 배를 만났다. 처음 출발한 장소로부터 무려 세 시간이 걸려서야 그들은 덧다리 윗녘의 상설 선착장에 가까이 이른 것이다.

　"소리를 좀 내어보소. 그래야 내가 찾아가지."

　"예. 이쪽입니다. 헌데 이리루 오시는 어른, 혹시 새터 사시는 차봉이 큰아버님 아니십니까?"

　"맞네. 그런데 자네는 누군가? 목소린 귀에 익은데…."

　"전 잿말 사는 배 씨네 둘째아들 종환입니다."

　"그러이. 헌데 자네가 집 근처 어장 놔두고 먼 아랫녘엔 무슨 일루 내려갔나?"

　"저녁그물 보러 나왔다가 군직원들한테 쫓겨났습니다. 공장폐수가 흘러들었다구 통수골 상류로는 올라갈 수 없답니다. 덧다리 선착장은 어떻습니까? 군직원들 아직두 있습니까?"

　"아직 몇 명 남아 있네. 그럼 자네 왼밤을 물 위에서 새운 겐가?"

　"그러믄요. 그래 남아 있는 군직원들이 뱃길 막지나 않습디까?"

　"간밤엔 막았던 모양인데 지금은 아무두 말이 없네."

　"공장에서 흘러든 폐수는 어떻게 됐는지 모르십니까?"

　"잘못 알려진 모양이야. 폐수가 흘러들긴 했다는데 사람이 못 다닐 정도는 아니라네."

　물을 때리는 노 소리와 함께 안개 속으로 배 한 척이 나타난다. 이쪽 배에서 사공이 일어서자 저쪽 배에서 노인 한 명이 손을 흔든다.

　"혼자가 아니구먼?"

　"예. 낚시하러 온 낚시 손님하구 함껩니다."

　"자, 뱃길 일러줄 테니 정신채려 내 말 듣게. 지금 수문들을 열어두어서 물이 아래루 흐르구 있네. 바로 거슬러오르지 말구 위쪽을 보구 외루 조금만 틀어서 올라가게. 열두 시에서 외루 틀면 첫 눈금이 열한 시 아닌가. 열한 시 쪽으루 십여 분 올라가면 곧 선착장에 닿을 게야.”

“알겠습니다. 고맙습니다. 그럼 살펴 가십시오.”

두 배가 다시 멀어진다. 흐르는 안개 속으로 노인의 배는 빨려들 듯 사라져간다. 방향을 제대로 잡은 사공은 비로소 힘찬 노질을 시작한다.

사공의 높은 음성이 천막 밖에까지 쨍쨍 울린다. 그러나 처음보다는 많이 풀죽은 음성이다. 상대하는 사람이 있을 법한데 들리는 것은 사공의 흥분된 목소리뿐이다. 막걸리에 취한 그의 음성은 상대편을 설득하기 위해 아직도 안간힘을 쓰고 있다.

“무슨 얘긴지 아시겠어요? 난 공룡을 봤단 말입니다. 정말이에요. 내 눈으로 봤다니까요 … 대단했습니다. 머리털 나구 처음 보는 괴물이었어요. 내가 왜 익은 밥 먹구 선소릴 하겠습니까? 한 번은 암골서 봤구 또 한 번은 솔내 앞이에요. 엄청납디다. 몸통 굵기는 두 아름이 착실하구 대가리에서 꼬리까지는 세 발이 넘겠습디다. 부들밭에 숨어 있다가 배가 가까이 다가오니까 이놈이 화가 났던지 꼬리루 냅다 후려칩디다. 꼬리 굵기가 들보 같은데 그걸루 한 방 맞았으면 배 같은 건 아예 두동강이 났을 겝니다. 대가리는 뱀, 몸통은 하마, 그리고 꼬리는 고목 등걸 같습디다. 여기서 나구 자랐지만 그런 괴물은 첨이에요. 그건 내가 장담하는데 공룡이 틀림없어요 ….”

안개가 걷히면서 선착장 주위에 배들이 보이기 시작한다. 배들은 대부분 작은 목선으로, 그물 보러 가는 어부들의 고깃배와 들일 갈 때 타고 나가는 농사꾼의 농선(農船)들이다. 그러나 석축 밑에는 못 보던 배 한 척이 묶여 있다. 목선들 사이에 끼어 있는 그 배는 선체도 월등히 크고 치장도 요란하다. 특히 눈에 낯선 것은 선미쪽 깃봉에 매단 고촉광의 커다란 등이다. 원래는 집어등인 모양인데 지금은 무슨 까닭인지 고물 쪽 깃봉에 높직이 매달려 있다.

도선을 기다리는 농사꾼들 사이에 섞여 있다가 P는 혼자 빠져나와 천막 쪽으로 다가간다. 잠시 후면 그는 도선을 타고 이곳을 떠나도록 되어 있다. 밤을 함께 지낸 젊은 사공과도 이제는 헤어질 시간이다. 그러나 그와 헤어지기 전에 P는 사공에게 할 말이 있다. 공룡 생각에 사로잡힌 그를 이대로 버려두고 떠날 수는 없는 것이다.

"아직두 안 가셨습니까?"

천막 안으로 들어서는 P를 사공은 아득히 낯선 사람처럼 바라본다. 음료수 상자들을 옆으로 돌아, P는 사공이 앉은 술상머리에 마주앉는다.

"배가 오려면 아직 십여 분쯤 기다려야 될 것 같소. 그냥 떠날까 생각했는데 아무래도 당신한테 얘길 해주는 게 좋을 것 같소. 어젯밤 호수 상류에서 악어 세 마릴 생포했다는 소문이오. 상류 어디선가 실험용으로 악어를 수입해서 사육하고 있었는데 그놈들이 지난 번 큰 물질 때 우리를 부수고 호수로 도망쳐 들어왔다는 거요. 결국 당신이 간밤에 본 괴물은 바로 그 도망친 악어요. 공룡 어쩌구 하는 얘기는 이제 제발 그만두시오."

입술에 핏기가 가실 정도로 사공은 화난 얼굴을 하고 있다. 실수는 하지 않겠다는 듯 그는 못질하듯 또박또박 입을 연다.

"아닙니다. 아시겠어요? 내가 본 건 틀림없는 공룡입니다. 악어하구는 한 군데두 닮지 않았어요. 내가 악어 모르고 공룡 모를 줄 아십니까?"

P는 몸을 일으킨다. 말려서 될 일이 아니라는 것을, P는 사공의 표정을 보고 깨닫는다.

공룡은 이제 사공의 전설이다. P에게는 사공의 전설을 파괴할 힘도 권리도 없다.

(1985.6)

脫 身

오월의 한낮. 배가 서서히 도선장(渡船場)으로 들어선다.

S도(島)를 왕래하는 이 도선은 선수(船首)에 기묘하게도 거대한 철판이 수평으로 뻗어 있다. 철판 끝에는 접안(船岸) 때의 충격을 막기 위해 폐품의 자동차 타이어가 문고리처럼 주렁주렁 매달려 있다. 수평의 철판은 선객(船客)들의 편의보다는 자동차의 승하선(昇下船)을 위해 마련된 발판이다. 자동차는 이 철판을 이용하여 선창서 곧바로 배에 오를 수 있는 것이다.

포구(浦口)를 향해 일자로 늘어선 선창에는 선술집을 겸한 간이 음식점이 한산하게 문을 열고 있다. 선창에 묶인 배라고는 거개가 십 톤 미만의 고깃배인 목선들이다. 배가 스크루를 후진(後進)시키며 철판을 서서히 가파른 선창에 들이댄다. 기관이 미처 꺼지기도 전에 두 사나이는 철판을 딛고 느릿느릿 선창으로 올라간다.

바람이 거칠다. 아직 본격적인 더위가 없어서 선창에는 아무런 악취도 없다. 간이 음식점들 출입문 좌우에는 엎어놓은 생선상자에 자잘한 잡어(雜魚)들이 어지럽게 널려 있다. 술청 안에는 어느 집이거나 두세 사람의 손님들이 들어앉아 있다. 시간이 어중간한 때여서 손님들은 밥이 아니라 소주나 막걸리를 마시고 있다. 짐보따리가 좌석 옆자리에 놓인 것을 보면 객선을 기다리는 선객들인 모양이다.

선창가에는 다방이 둘 있다. 하나는 '청자', 하나는 '나룻터'라는 이름이다. 그저께 이곳에 도착한 두 사나이는 '청자' 다방은 이미 한 차례 둘러본 경험이 있다. 낚시 미끼를 사러 나왔지만 두 사람은 습관적으로 다방을 향해 걸음을 옮긴다. 서울서 오랫동안 문화인으로 자처해 온 그들은 아침나절의 커피 한 잔은 빼놓을 수 없는 일과로 되어 있다. 반도(半島)의 최남단인 이 어촌에 내려와서도 그들의 이 일과는 어김없이 지켜져야 한다.

가파른 층계를 올라간 두 사람은 도어를 밀고 다방으로 들어선다. 홀은 천장이 매우 낮고 별다른 조명이 없어서 창고처럼 어둡고 썰렁하다. 점퍼 차림에 선글라스를 쓴 손님 세 명이 커피를 홀짝거리다가 수상한 눈길로 이쪽을 바라본다. 두 사나이가 창가에 자리를 잡자 레지가 슬리퍼를 직직 끌며 흐느적흐느적 졸린 몸짓으로 다가온다.

"어서 오세요."

"잘 있었어?"

"아 졸려."

레지는 한 손으로 하품을 막으며 안경잡이 사나이 옆에 무너지듯 내려앉는다. 어두운 홀 안에서는 예쁘게 보였는데 밝은 창 앞에서 바라보니 흉측하리만큼 화장이 짙다. 왼쪽 입가에서 턱밑 쪽으로는 칼자국 비슷한 상처까지 지니고 있다. 어제로 이미 구면이 된 안경잡이가 담배를 뽑아 물며 장난스럽게 입을 연다.

"뭐 했어, 어젯밤에?"

"술 마셨어요."

"누구하구?"

"언니하구."

언니란 마담을 가리키는 말이다. 술을 마신 것은 분명한 것 같은데 언니하고 마셨다는 것은 거짓말이 아니라 뭔가 곡절이 있는 듯하다.

동행인 매부리코 사나이가 다리를 포개고 담배에 불을 당긴다.

"신문 좀 있나?"

"네. 차는 뭘루 하시겠어요?"

"난 커피."

안경잡이도 커피라는 뜻으로 고개를 가볍게 끄덕여 보인다.

레지가 돌아가고 잠시 다방에 침묵이 흐른다. 비가 내린 뒷끝이어선지 오월의 날씨 치고는 의외로 기온이 서늘하다. 여행 후 내처 술들을 퍼마셔서 두 사람은 여독과 함께 찌푸드드한 피로감에 잠겨 있다. 그러나 이 피로감은 휴식을 약속하고 있는 상쾌한 피로감이다.

서울에서의 그들의 생활은 작년말 이래 긴장의 연속이었다. 이 긴장에서 탈출하기 위해 그들은 서울에서 이 어촌으로 도망쳐 왔다. 열흘쯤으로 일정을 잡은 여행은 이제 겨우 이틀이 지났을 뿐이다. 앞으로 8일 동안은 그들은 서울과 무관해도 좋다. 현장에 없다는 부재증명(不在證明)을 앞세우고 그들은 흐느적흐느적 낯선 거리를 빈둥댈 수가 있는 것이다.

커피와 함께 신문이 왔다. 신문은 두 장 모두 이름만 들은 지방지들이다. 신문을 펴들자 그들의 몸은 어느 틈에 재빨리 서울 현장으로 되돌아간다. 슐레진저·티우·김일성·키신저… 단순한 사람들의 이름이 아니다. UPI·워싱턴 포스트·사이공·크메르 루즈… 서울에서는 사이공과 워싱턴이 지척처럼 느껴진다. 그러나 이 한적한 어촌에서는 사이공은 항성(恒星)보다도 더 까마득한 거리에 있다. 인간의 양심이 거리감에 의해 영향을 받는다는 것은 우스운 일이다. 그러나 일만 마일 밖에서 이천 명의 인간이 살해된다는 것은, 십 마일 이내에서 다섯 명의 인간이 죽는다는 것보다는 분명히 양심상 덜 아픈 것이다. 거리를 초월하는 것은 무선이나 전파만이 아니다. 몇 명의 세계적인 양심들은 지구의 어느 구석에서건 그들의 메시지를 전 세계로 전달할 수 있다. 그러나 그들의 메시지를 듣는 것은 소수의 열린 귀들뿐이다. 도다리나 낚는 이 어촌의 주민들은 그들의 거창한 메시지는 바람결에 문혀 오는 거름냄새보다도 못한 것이다.

"나갈까?"

"응."

시계를 보니 어느 틈에 정오가 가까웠다. 객선이라도 들어올 모양인지 선창에는 짐꾸러미와 함께 많은 사람들이 몰려 서 있다. 섬들과 곶으로 사방이 막혀 있어서 이곳에서는 어느 쪽으로도 확 트인 수평선이 보이지 않는다. 바다는 늘 보이는 몇 척의 통통선이 떠다닐 뿐 흰 이랑을 햇볕에 번쩍이며 거울처럼 잔잔히 누워 있다.

선창을 돌아나온 두 사람은 거리모퉁이의 낚시집으로 들어선다. 낚시만 사면 다 되는 줄 알았는데 바다낚시에는 바다낚시 특유의 미끼가 있어야 한다. 무슨 뜻인지는 알 수 없으나 요즘은 물때가 좋지 않아 미끼 구하기가 어려우리라는 주민들의 이야기다.

"어서 오십쇼."

어제 낚시대를 한 벌 사가서 주인은 이쪽과 구면이다. 이십칠팔 세의 젊은 사나이로 기다랗고 흰 얼굴에 눈이 아주 작은 편이다. 다 탄 담배를 길 쪽으로 버리고 매부리코가 정면으로 주인을 향한다.

"미끼를 좀 구하러 나왔는데 어디루 가야 구할 수 있소?"

"이 길루 쭉 올라가십쇼. 〈이깝 팝니다〉라고 서 있습니다."

"얼마나 가야 되오?"

"한 오십 미터쯤 될 겝니다."

"거기 가면 구할 수 있을까?"

"물때가 별로 좋진 않지만 손님들 낚을 건 있을 겝니다."

"알겠소. 많이 파시오."

상점을 나온 두 사람은 휘적휘적 거리를 올라간다. 비 온 뒤의 파란 하늘에는 구름 한 점 보이지 않는다. 터널처럼 길게 뚫린 거리에는 행인은 별로 없고 빈 손수레와 자전거들만이 세워져 있다. 왼쪽은 양품점과 잡화상 따위가 늘어서 있고, 바른쪽은 선구(船具)점과 기름집·이발소·사진관 따위가 늘어서 있다.

낯선 거리에 뛰어든 든 사람은 좀처럼 할 말들이 없다. 서울에서의 그들의 대화는 생활과는 거의 무관한 것들이었다. 그러나 이 거리에는 모든 사물이 생활의 앙금으로만 구석구석에 찌들어 있다. 물리적인 힘 외에는 어떠한 것도 그들의 생활을 방해하지 못한다. 끈기와 인내로 치장된 한국인의 장점도 결국은 자기집 쌀뒤주를 걱정하는 이 밀착된 철저한 생활일 따름이다. 사람들이 생활에 얽매여 있을 때 자기반성의 기회는 거의 없다.

도시인의 생활권은 의외로 협소하다. 갈현동과 광화문, 수유리와 을지로 사이가 도시인 대부분이 지닌 그들의 행동범위다. 절대거리로는 수유리와 을지로는 십여 킬로를 넘고 있다. 그러나 도회지의 십여 킬로는 거리감각으로 환산되지 않고 시간관념으로 계산된다. 버스가 십여 개의 정거장을 지나지만 승객들의 머릿속에는 그 정거장들은 단순한 배경에 불과하다. 자기 집과 직장 사이에는 오로지 버스가 있을 뿐이다. 이십칠 분, 삼십오 분의 버스 속의 시간만이 그들의 생활에 의미를 줄 뿐 거리감은 거의 무의미한 것이다.

그러나 이런 어촌에는 버스 대신에 아득한 고갯길과 정자나무와 개천이 있다. 도시에서는 배경으로 되는 것이 그들에게는 생활의 터전이다. 차비 삼십 원을 아끼기 위해 그들은 이십 리 길을 삼국시대의 보병들처럼 터덜터덜 걸어서 간다. 커피값 오십 원을 팔십 원으로 올렸다는 불평은 이들에게는 황당한 투정으로 들린다. 신문이나 라디오는 도시인의 불평만을 대변해 줄 뿐이다. 커피를 마시지 않는 시골주민들은 삼국시대 이래의 모든 불편을 이십 세기 말의 지금까지 의심 없이 용서하고 있다. 인간의 다리가 아직도 교통수단으로 되어 있는 한 그들에게는 칠 할의 생존에 삼 할의 생활이 있을 뿐인 것이다.

상가가 끝나자 바른쪽으로 훤한 공터가 나타난다. 바다를 배경으로 목공소가 하나 있고, 그 안의 넓은 공터에서 목수 사오 명이 작업을 하고 있다. 쨍쨍한 햇볕 밑에 목수들은 한창 목선 한 척을 다듬고 있다. 원목에서 풍기는 신선한 수지(樹脂) 내음이 작업장 주위에 에텔처럼 감돌고 있다. 제작중인 배는 소형의 전마선이다. 외형을 완전히 다 갖춘 채 배는 땜질 따위의 마지막 손질만 남은 듯하다.

"여기 인구가 얼마나 될까?"

"이만?"

"이만은 어렵겠군. 도서지방을 보탠다면 모르지만…"

"글쎄…"

대폿집의 커다란 유리문에 극장 포스터가 붙어 있다. 서울에서는 이미 반 년 전쯤에 개봉되었던 중국 무술영화다. 공터를 지나자 길은 갑자기 미로처럼 복잡해진다. 하수도가 거침없이 도로로 침범했고, 왼쪽으로 꺾이는가 하면 길 복판에 우뚝 전신주가 가로막기도 한다. 집들로 밀집된 주택가인데도 이상하리만큼 인기척이 없다. 눈부신 오월의 햇살을 받으며 마을은 고막이 찡한 깊은 고요 속에 가라앉아 있다.

오십 미터쯤이라고 일러 준 미끼 파는 집은 실제로는 이백 미터쯤의 꽤 먼거리에 떨어져 있었다. 이곳에서는 낚시 미끼를 〈이깝〉이라는 묘한 말로 부르고 있다. 점포 전면이 유리문으로 되어 있고 유리문의 모든 유리에는 안을 볼 수 없도록 정방형의 창호지가 발려 있다. 낚시 미끼도 이곳에서는 상품이 되는지 이 점포는 순전히 미끼만을 전문으로 파는 듯하다. 점포에는 그러나 사람이 없고 출입문에 의외로 빗장까지 질려 있다. 잠긴 문을 몇 번 두드려대자 등 뒤에서 문득 부인 한 명이 나타난다.

"이깝 사러 오셨어요?"

"예, 낚시 미끼 좀 구하려 왔습니다."

"어쩌까 … 이깝이 없는데 …"

"조금만 있어도 되겠습니다. 어떻게 좀 구할 수 없을까요?"

머리를 곱게 뒤로 빗어 넘긴 부인은 가무잡잡하고 윤기 나는 얼굴에 목까지 올라오는 긴목 셔츠를 입고 있다. 이쪽의 실망을 뻔히 보면서도 부인은 팔짱을 낀 채 살레살레 고개를 내두른다.

"없어요. 물때가 나빠서 요즘은 통 캐러 가질 못했어요. 전에 쓰던

게 조금 있었는데 그건 우리 주인이 자기가 낚는다구 들구 나갔어요."

"어디루 나갔습니까? 가까이 나갔으면 우리가 주인을 찾아가겠습니다."

"배를 타고 나갔어요. 아마 방파제 저 너머루 갔을 거예요."

"뭐란디야? 이깝말이라요?"

점포 맞은편 술집에서 이번에는 키가 작달만한 노파 한 명이 나타난다.

"예. 이 선상님들이 이깝 구하러 왔어라우."

"가만 있어. 우리 집에 조금 남었응게."

"없어라우 거기두. 남은 거 조금 전에 덕칠 아버지가 들구 갔어라우."

"아벰이 그래 워디루 나갔능가?"

"술도가 옆길루 올라갔응게 방파제루 간 게 틀림없제."

바다낚시가 처음인 두 사람은 미끼가 이렇게 골탕을 먹이리라고는 상상도 하지 못했다. 그들이 아는 낚시 미끼는 지렁이나 떡밥이 고작이었다. 낚싯대를 사 놓고도 낚시를 못가다니 그들은 실망보다 가벼운 실소가 입가에 먼저 번져 나온다.

"없다면 할 수 없지. 낚시질두 결국 아무나 하는 건 아닌 것 같군."

단념이 빠른 안경잡이는 어느 틈에 슬슬 뒷걸음질을 치고 있다. 그러나 매부리코는 이대로 물러서기에는 아직도 미련이 많은 표정이다. 노파 쪽이 부인보다 수더분한 표정이어서 그는 다시 한 번 노파쪽에 떼를 써 본다.

"할머니, 부탁 좀 합시다. 어떻게 미끼 좀 구해 주십시오."

"손님들 어디서 왔어라우?"

"서울서 왔습니다. 바다낚시라군 이번에 처음 해 보려는 겁니다."

"점심을 안 먹고 나갔응게 워쩜 빨리 들어 올 것두 같은디…"

"그럼 밥 먹으러 들어오겠군요. 한두 시간 후에 다시 한 번 들릴까요?"

356

“지금 물이 나갈 땐게 사람이 있음 캐러 가두 되는디…”
“그렇담 더욱 잘됐습니다. 점심 먹구 다시 올 테니까 그때까지 좀 사람 시켜 캐 주십시오.”
“사램이 있어야제?”
“할머니가 캘 수는 없습니까?”
노파가 망설이는 표정으로 교활하게 눈웃음을 지어 보인다.
“우린 못 해라우. 그게 워디 쉬울 일이간디?”
“할머니.”
잠자코 있던 안경잡이가 무슨 생각에선지 노파 앞으로 성큼 다가선다.
“미리 선불을 드릴 테니까 되든 안 되든 한 번 구해 봐 주십시오. 되면 다행이구 안 되면 할 수 없구 둘 중에 하나 아닙니까?”
“그래라우 그럼.”
“얼마면 되겠습니까?”
“백 원이면 안 돼까?…”
“자 여기 이백 원 있습니다.”
안경잡이가 노파에게 백 원짜리 동전 두 개를 건네준다. 노파가 돈을 받아들자 이번에는 다시 매부리코가 입을 연다.
“우린 그럼 언제쯤 오면 되겠습니까?”
“두어 시간 뒤에 다시 와 보씨요. 그때 될랑가 모르겠네만…”
“알겠습니다. 점심 먹구 두어 시간 후에 다시 들르죠.”
“네….”
점심상을 받았을 때 들어온 객선이 음식점을 나올 무렵에야 서서히 부두를 떠나간다. 객선은 약 백 톤급으로 〈태안호〉라는 이름이다.
선객이 깡그리 떠나가서 선창은 다시 텅 비었다. 포구를 벗어나는 객선 뒤쪽으로 긴 항적(航跡)이 유리의 띠처럼 번쩍인다.
음식점을 나와 바다 쪽을 바라보며 두 사람은 한동안 우두커니 선창 끝에 서 있다. 바다는 사람의 시선에 좀처럼 초점을 모아 주지 않는다. 가까운 S섬에 머물렀던 시선은 매끄러운 수면 위로 미끄러져 어느 틈에 수십 킬로 밖의 아득한 갑(岬)이나 산봉우리로 도망친다. 거대한 통나무처럼 비어져 나온 방파제 허리에 문득 햇빛을 받은 흰 페인트 글씨가 선명하게 눈에 띈다.

〈만고 역적 김일성을 때려잡자!〉

물이 한창 써는 때여서 선창 밑 돌틈에서는 갯물이 부옇게 피어오른다. 안경잡이가 선창에서 몇 걸음 물러서며 권태로운 음성으로 매부리코에게 입을 연다.

"이제 겨우 반 시간 지났어. 다방에 올라가 커피나 하지.

"어때 이번엔? 다방을 한 번 바꿔 볼까?"

"좋아."

선창을 떠난 두 사람은 나룻터 다방으로 발걸음을 옮긴다. 낚시미끼가 구해지기까지 그들은 아직도 한 시간 반을 더 기다려야 한다. 전혀 낯선 이방의 거리여서 그들은 백 프로 자유롭고 또한 백 프로 무지에 의해 구속당하고 있다. 다방만이 그 속성으로 해서 그들을 겨우 안심시킬 뿐인 것이다.

이 다방도 역시 썰렁한 홀에 손님은 겨우 오륙 명에 불과하다. 카운터를 마주한 창 밑 좌석에 두 사람은 나란히 자리를 잡았다. 꼭 끼는 T셔츠에 청바지를 입은 몸 좋은 레지가 굽 높은 샌들을 끌고 두 사람 좌석 앞에 조용히 멈춰 선다. 오전에 찾아간 〈청자〉라는 다방 쪽보다는 이쪽 다방의 아가씨가 몇 배나 더 눈에 즐겁다.

"차 뭘루 하시겠어요?"

"커피."

"선생님은요?"

"나두."

주문을 받고 레지가 돌아가자 두 사람은 다시 침묵 속에 잠긴다. 서울에 모든 것을 두고 온 그들은 낯선 이곳에서는 같이 지껄여댈 신나는 화제가 없다. 간혹 화제를 찾아내긴 하지만 그들은 너무 빨리 상대

358

편의 이의(異意)에 동의해 버린다. 지식과 관련된 상식 문답만이 가끔
씩 의견을 달리한 채 숙제로 남을 뿐이다.
　레지가 커피를 날라왔다.
　"그쪽에 앉지."
　"저요?"
　"안 되나?"
　"안 되지 않아요."
　쟁반을 카운터로 밀어놓고 레지가 곧 맞은편에 앉는다. 볼이 통통하
고 이마가 좁은, 그러나 여드름과 더불어 귀염성스러운 여인이다.
　"미스 뭐야?"
　"문(文) …."
　"저쪽보다는 여기가 낫군?"
　"어디서 오셨어요?"
　"서울."
　"이쪽 선생님 나 첨 보구 너무너무 닮아서 깜짝 놀랐어요."
　안경잡이를 보고 하는 말이다.
　"누굴 닮았는데?"
　"광주 법원에 있는 판사예요. 아주 많이 닮았어요."
　"그 사람 좋아했어?"
　"아뇨. 그렇진 않았어요."
　다방 문이 삐꺽 열리더니 레지 또 한 명이 외출에서 돌아온다. 문
(文)과 비슷한 생김샌데 피부가 약간 검고 입이 붕어처럼 뾰죽하고 아
주 작다.
　"인제 오니?"
　"응."
　"전화 왔다."
　"어디서, 언니?"
　"금자한테서."

“아 고 계집애.”

카운터로 다가간 아가씨는 대뜸 전화기에서 리시버를 집어든다. 이 곳의 전화기는 자동이 아니고 수동이다. 이번에는 매부리코가 미스 문 에게 입을 연다.

“미스 문두 뭐 하나 시키지?”

“시켜두 돼요?”

“하나 시키라구.”

시골 다방은 서울과는 달리 레지가 곧잘 손님들 곁에 앉아 준다. 아 마 이런 것이 시골에 남은 인심이라는 마지막 미덕일 것이다. 미스 문 이 주방으로 간 사이에 카운터에서는 전화 대화가 요란하다.

“뭐라구? … 아 그 자식? … 얘 말 마, 아주 치근치근 더러운 새끼였 어. 나잇살이나 먹어갖구 그거 아주 못 쓰겠더라. … 응 나중엔 할 수 없어서 나 실은 성병이 있다구 공갈을 때렸어 … 성병, 성병 몰라? 그 래 그랬더니 슬며시 떨어져 나가는 거야. … ”

미스 문이 주스 한 잔을 들고 다시 좌석으로 돌아온다. 성병 소리에 웃음을 흘리는 두 사내에게 미스 문도 어쩔 수 없다는 듯 빙그레 따라 웃는다.

“두 분 지금 어디 머물고 계세요?”

“S도.”

“서울선 어떻게 내려오셨어요?”

“놀러.”

“좋죠. S도?”

“응, 쓸 만하더군.”

전화를 끝낸 아가씨가 카운터를 떠나 이쪽으로 다가온다. 성병 소리 를 내지르고는 그녀도 놀라서 이쪽을 향해 웃었었다. 합석하기가 거북 했던지 그녀는 일행 바로 옆의 딴 좌석에 내려앉는다.

“허탕이야, 언니.”

“왜 또?”

“열흘만 참아 달래.”

“아 지겨워….”

“아가씨두 이쪽으루 건너오지?”

매부리코다. 레지는 기다렸다는 듯 냉큼 이쪽의 빈 좌석으로 건너온다.

“실례합니다.”

“아가씬 미스 뭐야?”

“주에요. 붉을 주(朱)….”

“아가씨 정말 성병 있어?”

“그런 거 없어요. 누가 하두 치근대길래 떼 버릴려구 공갈을 친 거예요.”

농담으로 건넨 질문에 미스 주는 변명을 늘어놓고 얼굴까지 살짝 붉힌다.

“그래 떨어졌어?”

“네….”

“아가씨두 뭐 하나 시키지.”

안경잡이다. 미스 주는 눈치를 살피듯 옆자리의 미스 문을 힐끗 돌아본다.

“감사합니다.”

미스 주가 자리를 일어서 주방 쪽으로 걸어간다. 홀에는 아까부터 사십 오륙 세의 사내 한 명이 하릴없이 어정대고 있다. 주방 안에까지 들락거리는 것으로 보아 그는 이 다방의 주인인 모양이다. 이쪽을 완강히 외면하고 있지만 서성대는 폼을 보면 이쪽에 적잖은 신경을 쓰는 듯하다. 대화가 들리는 범위 안에서만 그는 하릴없이 이 좌석 저 좌석으로 자리를 옮기고 있다.

“고향이 어디야, 미스 문은?”

“제주도예요.”

서울에서 고향이 제주도인 사람을 만나면 좀 신기한 느낌이 든다.

그러나 이 한반도 끝에서는 조금도 그것이 이상하지 않다.

"미스 문, 혹시 좋은 얘깃거리 생각나는 것 없어?"

"무슨 얘기요?"

"뭐라두 좋아."

"잘 먹겠어요."

미스 주가 주스잔을 들고 다시 좌석으로 돌아왔다.

"나 시나리오 쓰는 사람인데 실은 여기 글 하나 쓰러 내려왔어."

농담인가 진담인가를 살피기 위해 두 여인은 잠시 말똥말똥 매부리코를 바라본다.

"어떤 얘기라두 상관없어. 미스 문이 겪은 얘기라두 좋구. 남한테 들은 얘기라두 좋아."

두 여인이 미처 대답하기 전에 손님 세 명이 우루루 다방으로 들어선다.

"어서 오세요!"

좌석에 앉았던 두 여인이 거의 동시에 의자에서 일어난다. 새로 들어온 손님들은 이 다방의 오랜 단골인 모양이다. 농담이 오가고 손찌검이 교환된 후 두 여인들은 어느 틈에 그쪽 좌석에 어울린다.

무료하다. 긴장을 놓아버린 그들의 몸은 늪에라도 빠진 듯 한없이 나른하다. 게으름을 통한 이완이어서 피로감과는 전혀 다르다.

"몇 시야?"

"한 시 십오 분….."

"나갈까?"

"응."

차값을 치르고 다방을 나왔으나 그들은 다시 갈 곳이 없다. 미끼가 구해지는 두 시까지는 아직도 무려 사십여 분의 시간이 남아 있다.

"이젠 어디루 가지?"

"글쎄….."

잠시 두 사람 얼굴에 낭패감이 떠오른다. 갑자기 길바닥에 내버려진 채 그들에겐 죽여야 될 사십여 분의 시간이 남아 있다. 점심도 먹었고 다방에도 들렀고 이제는 정말 갈 곳이 없다.

"어, 저기 이발소가 있군. 그리루 올라가서 수염이나 밀지?"

"좋아."

사십여 분의 시간을 죽이기에는 이발소는 최적의 장소다.

이층에 자리잡은 덩그런 이발소는 한낮인 탓인지 이발사 한 명만이 집보기로 남아 있다. 손님 둘에 이발사는 하나여서 매부리코가 먼저 의자 위로 올라간다.

"모두 어디 갔소?"

"곧 올 겝니다."

"수염만 밀어 주시오."

"예."

거울을 통해 바라보니 안경잡이는 신문들을 뒤적이고 있다. 케이프를 두르고 몸을 내맡긴 채 매부리코는 스르르 두 눈을 감는다.

목적 없이 떠나온 여행이라 쫓길 이유는 아무것도 없다. 그러나 거울로부터 눈을 감는 순간, 그의 몸은 어느 틈에 번잡한 서울로 거칠게 되쫓겨간다. 끝내야 될 작업이 산더미처럼 밀려 있다.

그러나 문제는 산더미 같은 작업이 아니라, 그의 작업이 지닌 성질이 육체적인 노동처럼 단순치 않다는 데 있는 것 같다. 노동만으로 끝나는 직업은 근면과 시간이 해결해 준다. 그런 작업에 피로한 것은 오직 육체뿐인 것이다.

생활비를 번다는 의미로는 그의 작업도 노동과 흡사하다. 그러나 왜 그의 작업에는 항상 고통과 번민이 따라다니는가? 요즘 그의 모든 감각은 청우계(晴雨計)처럼 민감하다. 작업이 슬슬 풀릴 조짐은 어느 곳에서도 보이지 않는다. 시골로 도망친 몇몇 순진한 친구들을 그들은 과거에 혀를 차면서 비판하거나 꾸짖었다. 그러나 도망치지 않은 자들은 남아서 결국은 참담한 굴욕만을 맛보았을 뿐이다. 이제 매부리코의 작업은 아주 쉽거나 아주 위태롭다. 생활비만을 벌기 위한 목적이면 그는 사어(死語)들로 국화빵만을 찍어내면 된다. 문제는 그가 이 사어들의 허망한 유희를 얼마만큼 견딜 수 있는가 하는 것이다.

"손님….."

"어?"

"머리 감으십시오."

배가 떠난다. 매부리코의 손에는 작은 상자가 들려 있다. 상자 속에는 청둥이라는 이름의 바다낚시 미끼인 갯지렁이가 들어 있다.

도선(渡船)에는 계 모임이라도 있었는지 많은 부인들이 타고 있다. 아마 K군이나 B읍에 나갔다가 이제야 모두 섬으로 돌아가는 모양이다.

"대체 그거 얼마가 먹힌 거야?"

안경잡이가 상자를 가리키며 새삼스럽게 빙긋 웃는다.

"점심값, 차값, 이발료 합쳐서 자그마치 이천여 원이군."

"낚일까, 고기?"

"서울서 여기까지 찾아왔는데 고기 저두 염치가 있겠지….."

배 위에서 부인들이 장난을 치며 손뼉을 두들기고 크게 웃는다.

자동차를 태우도록 설계된 배여서 배 안은 세 간 넓이의 큼지막한 공간이 마련되어 있다.

"참, 여기서 며칠이나 묵을 거야?"

다시 안경잡이다.

"자네 좋을 대루."

"움직이기 귀찮은데 여기서 아주 푹 쉬지?"

"함양 외가에 들른다더니 그쪽은 그럼 포기하는 건가?"

"그쪽 사정에 달렸다구. 나야 이제 실업자(失業者) 아닌가?"

"일이 있어….."

"무슨 일?"

"연재를 하나 새루 맡았는데 십 일까지 원고를 주기루 했어."

　침묵이 흐른다. 매부리코는 미안한 표정으로 안경잡이를 아득하게 바라본다. 연재를 새로 맡았다는 것은 틀림없는 사실이다. 한 달에 스물다섯 장이 들어가는 우스꽝스런 연재소설이다. 안경잡이를 따라 여행을 나왔지만 그에게는 이것이 줄곧 발뒷꿈치를 따라다닌다. 하긴 당장의 일거리로 따지자면 안경잡이 쪽이 몇 배나 더 처리할 일이 많다. 그는 큰 감투를 썼다가, 며칠 전에 그 감투에 최선을 다한 이유로 어이없이 감투를 벗었다. 따라서 이번 여행은 안경잡이의 자비(自費)의 위로 여행이다. 안경잡이의 곤욕에 비하면 매부리코의 울적감은 제스처에 불과한 것이다.

　"그럼 십 일엔 올라가야겠군?"

　"십 일에 올라가서는 곤란하지."

　"몇 장짜리야?"

　"스물다섯 장."

　말수가 적은 안경잡이는 하려던 말을 조용히 참는다. 글 쓰는 일이라면 두 사람 모두 이력들이 난 처지다. 반도 남단의 작은 철선 위에 올라서 있지만 그들은 글 때문에 외로움은 거의 모른다. 그들이 정작 외로움을 느낄 때는 발등이 밝히는 만원버스 속에서다. 이런 외딴 어촌에서는 그들은 외로움 대신 육체의 상쾌한 피로감만 느낄 뿐이다.

　"뭘 쓸 건가는 생각해 봤어?"

　"전혀…."

　"누항(陋巷)의 거리…."

　"뭐?"

　"아무것두 아니야."

　아무것도 아니라는 안경잡이의 말에 매부리코는 그러나 빙그레 웃는다. 글 이야기가 나오자마자 두 사람의 상념은 대뜸 서울 거리로 쫓아올라갔다. 이 아름다운 봄 바다 위에는 서울은 오직 누항일 따름이다. 그러나 그 누항의 거리에 사랑과 증오와 그들의 모든 것이 보관되어 있다. 아름다운 풍광과 물빛에도 불구하고 이 바다는 그들에게는 역시 이방(異邦)일 뿐인 것이다.

배가 드디어 도선장으로 접근한다. 시멘트로 다져진 기다란 도선장은 오랜 세월을 풍광에 부대껴 하얗게 바래 있다. 동승했던 부인네 십여 명이 치마를 펄럭이며 떠들썩하게 배를 내린다. 여흥이 아직도 미진해서 그녀들은 배를 내리자 다시 까르르 웃음을 터뜨린다. 바다와 햇볕과 바람과 어울려 그녀들의 웃음은 더할 수 없이 건강하다.

나란히 배를 내린 두 사나이는 잠시 묵묵히 여인들 뒤를 따라간다. 저 건강한 웃음에도 불구하고 그녀들에게도 고민은 있다. 그러나 두 사나이가 서울에 벗어둔 고민에 비하면 그녀들의 고민은 생활에 직결된 생산적인 튼튼한 고민이다. 그들과 어울려 하루 품도 팔 수 없는 두 사나이는 갑자기 그녀들에게 적개심 비슷한 질투를 느낀다. 만원버스 속의 외로움은 이곳이라고 없을 수는 없다.

도시는 정신을 피로하게 하고 시골은 몸을 피로하게 하는 차이뿐이다.

(1975년·文學思想)

三人行

잔뜩 찌푸린 하늘에서 이윽고 한두 송이씩 눈발이 날리기 시작한다. 포구(浦口) 왼편으로 길게 뻗은 방파제로는 파도가 거칠게 부딪혀 흰 물기둥이 두세 길 높이로 치솟고 있다. 배들로 꽉 들어찬 선착장(船着場) 좌우의 부둣가에는 제방에 부딪혀 튀어오른 포말들이 바람에 까마득히 실려 이슬비처럼 부옇게 날고 있다. 눈발과 포말에 시야가 막혀 바로 코앞에 놓인 우도(牛島)가 겨우 윤곽만 어슴푸레하게 보일 뿐이다. 다섯 시가 갓 지난 초저녁인데도 주위는 어느 틈에 저녁 땅거미가 어슬어슬 내리고 있다.

남 씨(南氏)는 바다 쪽으로 시선을 고정한 채 등받이 쿠션 사이에서 재빨리 걸레를 뽑아든다. 차 안과 바깥과의 기온 차가 심해 잠깐만 한눈을 팔아도 유리창에 부옇게 김이 어린다. 유리창을 닦으며 청일옥(淸一屋) 쪽을 바라보니 석 대나 늘어섰던 택시들이 어느 틈에 한 대도 보이지 않는다. B항(港)에서 오기로 된 남성호(南星號) 선객(船客)들을 기다리다가 제풀에 모두 지쳐서 딴 곳으로 떠났음이 분명하다. 하긴 이렇게 풍랑이 심해서는 아무리 내해(內海)라고는 해도 배를 함부로 띄울 수가 없다. 남성호는 필시 이리로 오다가 거친 풍랑에 뱃길이 막혀 가까운 운포(雲浦) 쯤에 닻을 내린 게 틀림없다.

문득 요란스런 파도소리를 뚫고 귀익은 무적(霧笛) 소리가 기다랗게 빈 부두로 울려 퍼진다. 고개를 돌려 선착장 쪽을 바라보니 기다리던 남성호 대신 우도를 왕래하는 철선 홍익호(弘益號)가 막 도선장으로 뱃머리를 대고 있다. 이런 시간에 홍익호라니, 남 씨는 우도에 또 급한 환자라도 생긴 게 아닌가 생각한다. 그러나 배에서 내리는 손님은 제발로 걸어내리는 건장한 남정네 두 사람뿐이다.

둘은 배를 내려 부두 위로 올라서자 곧장 바람을 안고 남 씨에게로 다가온다. 남 씨가 재빨리 세워둔 차에 시동을 걸자, 바바리를 걸친 앞선 사내가 꾸부정히 허리를 굽히며 차 문을 열고 칼칼하게 입을 연다.

"날씨 한 번 고약스럽군. 남성혼 벌써 왔다가 떴나?"

"누구시라구. 웬일이십니까? 쇠섬엔 언제 건너가셨죠?"

사내는 그 말에는 대꾸 없이 힐끗 등 뒤에 선 청년 쪽을 돌아본다. 청년은 주먹만한 방울이 달린 회색 털모자를 눈썹 위에까지 눌러썼고, 배꼽 밑으로 맞잡은 두 손에는 코트를 반으로 접어 토시처럼 걸치고 있다. 사내의 눈길을 받은 청년은 허리를 깊이 굽혀 느릿느릿 차에 오른다.

차가 구른다. 한두 송이씩 날리던 눈발이 이제는 회오리와 함께 제법 푸짐히 잿빛 하늘을 뒤덮고 있다. 선술집이 늘어선 길고 좁은 부두 뒷골목은 오늘도 여전히 뱃사람 술꾼들로 시끌벅적 붐비고 있다. 하긴 이 골목은 날씨가 궂으면 술꾼들이 더 많이 꾀어들게 마련이다. 배들이 모두 포구 안에 묶였으니 일 못 나간 뱃사람들이 함빡 이 골목에 진을 치는 때문이다.

"어디죠?"

윈도 클리너에 스위치를 넣으며 남 씨가 룸 미러 속으로 뒷좌석의 중년을 빤히 바라본다.

"K시(市)."

“예?”

되묻는 남 씨를 무시하고 중년은 담배를 뽑아물더니 성냥을 쳐서 여유 있게 불을 당긴다. 차가 질펀한 노천 어시장 앞을 통과하자 남 씨가 룸 미러 속으로 다시 중년을 빤히 바라본다.

“형님, 방금 K시라구 했습니까?”

“응, 왜?”

“아니 거기가 어디라구 이런 시간에 가자는 겁니까?”

“안 될 것두 없지.”

“꼭 가자시면 못 갈 건 없습니다만 거기 가서는 시간이 늦어서 오늘밤은 자구 내일 새벽에나 떠야 됩니다.”

“자세, 그럼.”

윈도 클리너가 반원을 그리며 차창에 부딪히는 눈을 분주히 쓸어 낸다. 중년과 나란히 뒷좌석에 앉은 청년은 어깨를 잔뜩 웅크린 채 해맑은 얼굴로 눈만 조용히 깜박이고 있다.

차가 시외버스 정류장 앞을 통과하자 남 씨가 차에 속력을 주며 다시 불쑥 볼멘소리로 입을 연다.

“서(署)에두 차가 있을 텐데 왜 꼭 제 차루 K시에 가야 됩니까?”

“쇠섬에서 전화를 걸어봤는데 차가 한 대두 없다는 거야. 공차 쓸까 봐 걱정인가? 자게 되면 여관비까지 내가 다 셈쳐 줌세.”

나무전 앞을 통과한 차는 어느 틈에 도시 변두리의 넓은 들길로 접어든다. 국도 양쪽으로만 집들이 길게 잇대어 있을 뿐, 그 너머는 벌거벗은 야산과 질펀한 논밭만 땅거미 속에 죽은 듯 엎뎌 있다.

“잠깐 집에 좀 들러야겠습니다.”

남 씨가 말을 마치고 차를 천천히 길가에 세운다. 발동을 끄고 키를 꽂아 둔 채 남 씨는 차를 내려 어느 야트막한 함석집 안으로 재빨리 사라진다. 청년이 길게 하품을 삼키며 중년을 향해 어눌하게 입을 연다.

“차 안에선 이런 것 좀 풀구 있으면 안 됩니까?”

중년은 아무 말 없이 열쇠를 꺼내 청년의 손에서 수갑을 푼다. 팔목을 한동안 꼼꼼하게 주무른 후 청년이 다시 상냥하게 입을 연다.

"제가 쇠섬에 숨어 있다는 건 어떻게 아셨습니까?"

"자넬 알아본 사람이 있었어."

"제 얼굴을 말입니까?"

"응."

"누구죠, 그 사람이?"

"내 딸일세."

청년은 못 믿겠다는 표정으로 중년의 옆얼굴을 살피듯이 바라본다. 옆머리에 희끗희끗 백발 몇 가닥이 섞인 중년은 당뇨병이라도 앓는 사람처럼 혈색이 누르덩덩하고 부석부석 부은 듯한 얼굴이다. 그러나 이런 우둥퉁한 인상에도 불구하고 중년은 서양 사람에게서나 가끔 보는 지극히 선량해 보이는 어글어글한 쌍꺼풀 눈을 하고 있다. 쌍꺼풀만 없었다면 그는 심술과 고집으로 뭉친 영락없는 시골 형사다.

"따님이 대체 뭘 하는 사람인데 절 알아봤다는지 알 수가 없군요."

"학생일세, 자네처럼."

"대학 말입니까?"

"응."

청년이 히죽 웃더니 털모자 밑으로 한 손을 넣어 긁적긁적 머리를 긁는다.

"그 따님이 혹시 아저씨처럼 쌍꺼풀 눈을 하고 있지 않습니까?"

중년은 대답 대신 힐끗 손목에 찬 시계를 내려다본다.

"이건 정말 뜻밖이군요. 아저씨가 바루 그 여학생의 아버지라니…."

"자네 우리집 애를 어디서 처음 만났었나?"

"홍익호 갑판에섭니다. 낯익은 배지를 달구 있길래 아마 제가 먼저 이야길 걸었을 겁니다."

"그게 언제지?"

"지난 달 이십팔일이죠."

침묵이 흐른다. 남 씨가 이윽고 웬 까까머리 소년과 함께 차 바퀴에 채우는 체인을 맞들고 함석집을 나와 차 뒤쪽으로 돌아간다. 청년이 힐끗 남 씨 쪽을 바라본 후 다시 중년을 향해 비아냥대듯이 입을 연다.

"따님 참 맹랑한데요? 그렇게 능청스런 얼굴을 하구 절 밀고할 줄은 꿈에두 몰랐습니다."

"오헬세 그건. 걔가 자넬 밀고했다면 자넨 벌써 보름 전에 체포됐어."

"그럼 절 봐줘서 제가 오늘에야 체포됐다는 얘긴가요?"

"밀고가 아니구 실수였어. 말끝에 우연히 내가 단서를 잡은 걸세."

남 씨가 체인을 트렁크 속에 처넣은 뒤 트렁크 문을 쾅 눌러닫고 소년과 헤어져 급한 듯이 차에 오른다. 시동이 걸리고 차가 구르자 중년이 남 씨를 향해 재빨리 화제를 돌린다.

"기름은 넉넉한가?"

"웬걸요. B읍에 가서 내일치 기름까지 만땅꾸 사넣어야 합니다."

"길이 점점 미끄러워질 텐데 체인은 왜 채우지 않나?"

"아직은 그런 대루 갈 수 있으니까 그것두 B읍쯤 가서 사정 봐가며 채울랍니다."

"날이 저물면 일이 더딜 텐데 여기서 미리 채우구 가는 게 좋지 않을까."

"일 더딘 건 문제가 아닙니다. 한 벌에 얼마짜린데 그걸 미리 채워서 쓸데없이 닳굽니까?"

"체인두 닳나?"

"허참, 제깐 게 뭔데 차바퀴 밑에서 안 닳구 배깁니까? 이런 험한 자갈길에선 푹푹 깎여서 백 리두 못 가 작살납니다."

차가 작은 돌다리를 지나 개천을 끼고 비탈로 접어든다. 포장이 안 된 좁은 자갈길은 일정한 간격으로 물이랑 같은 무수한 주름이 잡혀 있다. 차는 이 무수한 기복을 내달리며 끊임없이 차축을 통해 턱이 떨리는 작은 충격들을 전하고 있다. 눈발이 갑자기 짙어지고부터는 바람은 눈에 띄게 기세가 숙어들었다. 측백나무 생울타리가 길게 둘리어진

국민학교 앞을 지나자, 남 씨가 앞을 향한 채 생각난 듯 입을 연다.

"형님, 참 얘길 듣자니까 곧 서를 고만두게 될 거라면서요?"

"누가 그러던가?"

"얘기 사단은 잘 모르지만 그런 얘긴 벌써 오래 전에 들었습니다."

중년은 잠시 말이 없다가 더부룩한 머리털을 손으로 쓱쓱 긁어 넘긴다.

"늙었네 나두. 작년까지는 잘 몰랐는데 금년부터는 걸핏하면 몸에 고장일세. 벌어놓은 건 없구 몸은 늙구 앞으로 뭘 해먹구 살는지 막막한 심정일세."

"엄살 마십쇼. 형님은 그래두 뒤가 튼튼치 않습니까."

"뒤가 어떻게 튼튼타는 이야긴가?"

"길수(吉洙)가 대학 졸업한 뒤 서울서 좋은 직장 잡었구, 현숙(賢淑)이두 올봄엔 졸업할 테니 그만험 이제 할 일 다 하시지 않았습니까?"

"덕 바라구 걔들 대학 보낸 건 아닐세, 대학 갔으면 저들이 갔지 나하구 무슨 상관인가."

"돈 그거 말짱 헛겁니다. 뭐니뭐니해두 나일 먹으니까 자식교육이 가장 좋은 투자더군요. 저두 첨엔 남들처럼 형님 욕 어지간히 했습니다. 시골순사 뻔한 월급에 자식 대학 보내는 게 될 뻔이나 한 일이냐구."

"욕먹어 싸지. 그놈들 뒷바라지 대느라구 논밭 홀랑 날렸으니까."

"허지만 지금 생각하니 형님 생각이 백번 옳더군요. 등록금 한 번 안 보태 준 주제에 술도가집 김 씨네 형제들이 형님 욕을 오죽 많이 해댔습니까? 헌데 지금은 누구 하나 그 녀석들 말에 역성드는 사람이 없습니다. 돈은 많아두 배운 게 없으니까 자식 셋이 한결같이 껄렁패 아니면 빈 쭉정이들뿐이거든요."

"그 집이야 물려줄 재산이 많으니까 자식공부에 별 신경이 쓰였겠나? 나같이 아무것두 없는 놈들이나 기를 쓰구 자식한테 공부 하나 물려준 게지."

“하긴 형님은 그럴 만두 했죠. 애들이 워낙 공불 잘하지 않았습니까? 난 요즘두 외지 손님을 태울 때면 형님댁 아들딸 자랑을 뻐개지게 늘어놓습니다. 이런 외진 시골구석에 S대학 학생이 어디 그렇게 쉬운 일입니까?”

“관두게, 자랑할 거 펴두 없군. 내 옆에 앉은 이 사람두 바루 그 S대학 학생일세.”

남씨가 문득 룸 미러를 통해 뒷좌석의 청년을 살피듯이 바라본다. 차는 어느 틈에 라이트를 켰고 왼쪽으로 개펄을 낀 채 가파른 고갯길을 힘겹게 추어오른다. 차가 막 고개턱을 넘어서자 남 씨가 기어를 변속하며 다시 불쑥 입을 연다.

“길수 친군가요?”

“아니.”

침묵이 흐른다. 침묵은 갑자기 찾아들어 좁은 차 안을 무겁게 짓누른다. 중년은 아랫입술을 길게 배어문 채 무료한 표정으로 잠잠히 차창 밖을 내다보고 남 씨는 좁은 룸 미러 속으로 계속 힐끗힐끗 청년 쪽을 훔쳐보고 있다.

“궁금하세요?”

입가에 엷은 웃음기를 띠고 청년이 갑자기 상체를 꼿꼿이 일으켜 세운다.

“잡혀가는 몸입니다. 현상금 붙은 살인강도죠.”

농담인지 진담인지 청년은 계속 생글생글 웃고 있다. 해맑은 안색에 콧날이 유난히 오똑하고, 상큼한 눈은 안정을 잃은 채 장난기를 가득 담고 끊임없이 깜박이고 있다. 웃을 때 가끔씩 엿보이는 치아는 고르고 깨끗해서 과일의 속살 같은 묘한 청결감을 전해 준다. 얇은 입술에 침칠을 한 뒤 청년이 이번에는 중년 쪽으로 고개를 돌린다.

“아드님 S대학의 무슨 과에 다녔습니까?”

“법과.”

“언제 졸업했죠?”

374

“작년일세.”

한쪽 콧구멍을 손으로 막은 뒤 청년이 혹 콧물을 들이마신다. 털모자의 방울을 뒤쪽으로 젖혀놓고 청년이 다시 의뭉스레 입을 연다.

“따님은 저하구 학교두 다른데 절 어떻게 알아봤을까요?”

“잘은 모르지만 어느 모임에서 자넬 우연히 만났다더군. 여학생들 사이에서 자네 인기가 아주 좋았다는 얘기였어.”

청년이 흐흥 하고 콧소리를 낸 뒤 세웠던 상체를 느릿느릿 뒤로 누인다.

“세상 참 좁군요. 제깐엔 날씬하게 날았다구 생각했는데 결국 뛰어봤자 부처님 손바닥 위였습니다.”

“너무 섭섭히 생각 말게. 난 일이 잘 풀릴 걸루 믿구 있네.”

대화가 끊어진다. 차는 어느 과수원 옆을 통과하여 인가 약 오십여 호쯤의 작은 마을로 들어선다. 마을은 짙은 눈발에 묻혀 행인 한 명을 볼 수가 없고 괴이쩍을 만큼 고요하다. 어느 틈에 어둠이 짙어져서 이발소, 잡화상 따위들이 저마다 환히 불들을 켜고 있다. 마을을 서서히 통과한 차는 다시 대숲이 짙게 우거진 밋밋한 고갯길을 추어오른다.

일곱 시를 오륙 분쯤 지나서야 차는 B읍에 도착했다. 기름을 넣고 체인을 걸기 위해 차는 어느 주유소에 맡겨졌다. 세 사람은 그 동안 저녁을 먹기 위해 주유소 근처 작은 밥집으로 찾아들었다. 밤이 깊고 눈이 오는 때문인지 손님이라고는 예비군 군복의 술꾼 네댓 명뿐이었다.

국밥 한 그릇씩을 주문한 세 사람은 잠시 무료하게 창 밖 거리 쪽을 잠잠히 바라본다. 눈이 워낙 짙게 내려서 세 사람은 어쩌면 날씨 걱정을 하고 있는지도 알 수 없다. 국밥이 담긴 뚝배기 세 개가 도착하자 중년이 수저를 집어들며 생각난 듯 청년을 바라본다.

“술 한 잔하겠나? 어한이라도 되게…….”

“좋죠.”

“소주로 할까, 막걸리로 할까?”

"기사양반한테 물어 보시죠, 전 뭐라두 좋으니까."

"전 술 안 할랍니다."

고개를 완강히 내두르고 남 씨는 다시 창 밖을 내다본다. 중년이 곧 윗몸을 틀어 주방을 향해 술을 주문한다.

"여기 얼른 막걸리 두 사발만 가져오소."

식사가 시작된다. 남 씨와 중년은 수저를 바쁘게 놀리는데 청년은 식욕이 없는지 술만 들이켜고 식사는 겨우 먹는 시늉만 하고 있다. 중년이 어느 틈에 식사를 끝내고 민망한 표정으로 타이르듯이 청년에게 입을 연다.

"먹어 두게, 몸 생각해서. 뭐니뭐니해두 우선 몸부터 건강해야지."

"됐습니다, 전."

"그럼 이거라두 마저 마시게. 난 입두 대지 않았네."

중년이 건네주는 술사발을 청년은 사양 않고 두 손으로 넙죽 받는다. 술사발을 단숨에 죽 비우고 청년은 후딱 자리에서 일어선다.

"저 먼저 차 안에서 기다리겠습니다."

미처 대답도 듣지 않고 청년은 식탁을 떠나 뚜벅뚜벅 밥집을 나간다. 나가는 청년을 뚫어지게 쏘아본 후 중년도 곧 자리에서 일어선다.

밥값을 지불하고 밖으로 나오니 청년이 큰길을 가로질러 어느 골목 길로 느적느적 사라진다. 남 씨가 앞서 주유소 공터로 접어들며 잠자코 고개를 돌려 근심스레 중년을 바라본다.

"가보시죠, 형님. 내빼려는 것 아닐까요?"

"아닐세. 오줌 누러 가는 거야. 내뺄 놈이라면 저런 짓은 하지 않네."

불빛이 환한 주유소 사무실에서 종업원이 두 사람을 발견하고 우쭐우쭐 밖으로 나온다. 남 씨가 곧 중년과 헤어져 종업원과 몇 마디 사무적인 대화를 주고받는다. 기름값을 지불하고 뒷바퀴의 체인을 둘러본 남 씨가 다시 중년에게 다가와 맞은편 골목 쪽을 근심스레 바라본다.

"그 청년 아직 안 나왔죠?"

“응.”

“제 입으룬 살인강도라구 하던데 그건 물론 농담이겠죠?”

“생긴 걸 보게, 강도 같은가.”

“그럼 대체 죄목이 뭡니까?”

“모르겠네 나두. 위쪽 명령이라 잡아가긴 하지만 나두 실은 죄목을 몰라.”

“이상하군요. 죄목두 모르면서 어떻게 생사람을 잡아간단 말입니까?”

“생사람이야 잡아가겠나. 뭔지는 모르지만 죄가 있으니까 잡아들이라는 지시가 내려왔겠지.”

청년이 불쑥 골목길에 나타나서 두 사람은 재빨리 입을 다문다. 남 씨가 느릿느릿 중년과 헤어져 운전석에 올라 시동을 건다. 청년이 길을 건너 차 앞으로 다가오자 중년이 차문을 연 후 청년을 말없이 차에 태운다.

눈발이 많이 약해졌다. 길에는 그러나 먼저 내린 눈으로 발목이 묻힐 정도로 눈이 두텁게 덮여 있다. 눈을 덮어쓴 늙은 가로수는 갑자기 어둠에서 솟은 엄숙한 설인(雪人) 같다. 체인 소리만이 단조롭게 적막을 깰 뿐, 어둠에 묻힌 드넓은 들에는 깊은 고요만이 귀가 멍하게 깔려 있다.

B읍의 등불들을 까마득히 뒤로 두고 차는 어느 틈에 철도 건널목을 지나간다. 랜턴을 든 한 사내가 철로변에 서서 친절하게 등(燈)을 흔든다. 남 씨가 한 손을 번쩍 들어보인 뒤 건널목을 넘어서자 트림과 함께 입을 연다.

“K시에서 이왕 잘 거라면 길두 험한데 서둘러 갈 필요 없겠죠, 형님?”

“암.”

“눈 때문인지 오늘은 통 차 왕래가 없는 것 같군요.”

“그렇군.”

차바퀴가 돌에라도 받혔는지 차체가 세차게 튀어오른다. 비뚤어진 털모자를 바로잡으며 이번에는 청년이 하품을 물고 입을 연다.

"K시까지 앞으루 몇 시간이나 걸리겠습니까?"

"보통 때는 B읍에서 시간 반 남짓 걸리는데 오늘은 길이 미끄러워 아마 두 시간두 더 걸릴 것 같네."

"빈 속에 술을 마셨더니 슬슬 졸음이 오는군요. 저 한숨 잘 테니까 K시에 닿거든 깨우십쇼."

"그러세."

청년은 새우처럼 등을 구부린 후 코트를 턱밑까지 끌어 덮고 뒷좌석 등받이에 비스듬히 몸을 누인다. 남 씨가 마주오는 트럭을 피한 후, 차에 욱 속력을 주며 다시 느릿하게 입을 연다.

"저 젊은이만 인계하면 형님 일은 끝나는 겁니까?"

"응."

"고향이 어딥니까? 저 젊은이?"

"서울."

"S대학 학생이란 건 사실인가요?"

"그렇네."

"쇠섬엔 그런데 무슨 일루 내려왔습니까?"

"잠 좀 잡시다!"

자는 척하고 누웠던 청년이 돌연 쨍 하게 고함을 내지른다. 의외의 고함에 화가 났던지 이번에는 남 씨가 거친 음성으로 팩 쏜다.

"이 사람, 귀청 떨어지겠네. 누가 못 자게 깨우기라두 했나?"

청년이 갑자기 코트를 치우고 뉘었던 몸을 불쑥 세운다. 술이 올라 붉어진 얼굴로 청년은 남 씨의 뒤통수를 쏘아본다. 그것에 또 비위가 틀렸던지 남 씨가 다시 칼칼하게 입을 연다.

"자라구, 이 사람아. 그렇게 노려보면 어쩔 거야?"

"나 살인강도 아닙니다. 깡패두 아니구 건달두 아닙니다."

"누가 뭐래, 이 사람아? 내가 뭐랬길래 갑자기 이 시빈가?"

“쇠섬엔 도망쳐 내려왔수다. 그게 그렇게두 알구 싶으슈?”

남씨는 어처구니없다는 표정으로 구원이라도 청하듯 뒷좌석의 중년을 멀뚱히 돌아본다. 중년은 그러나 무슨 까닭인지 쿠션에 척 등을 기댄 채 게슴츠레 눈을 감고 아무런 반응이 없다. 남 씨가 이윽고 화가 치민 듯 다시 격하게 입을 연다.

“서울서 예까지 도망쳐 온 걸 보니 무슨 죈지는 모르지만 죄를 짓기는 지었구먼?”

“그렇수다. 무슨 죈 줄 아슈? 내가 무슨 죄를 짓구 이 시골구석에까지 도망쳐 내려온 줄 아슈?”

“말하는 품이 그 죄라는 걸 큰 자랑으로 여기는 것 같군? 그렇게 죄 자랑이 하구 싶거든 어디 한 번 들어보자구.”

청년이 문득 몸을 틀어 이번에는 공격방향을 나란히 앉은 중년에게 돌린다.

“형사 아저씨, 아저씨두 모르시죠? 제 죄가 뭔지 알구 싶지 않습니까?”

“관두게. 듣구 싶지 않네. 난 자네들 짓거리 터럭만큼두 좋게 안 봐.”

“그러실 테죠. 당연합니다. 아저씬 우리가 모두 소나 되었으면 만족하시겠죠?”

“그건 별안간 무슨 소린가?”

“소는 외양간에두 고분고분 끌려가구 도살장에도 고분고분 끌려갑니다. 하지만 사람은 세 끼 밥 때려 눼고 빛좋은 똥이나 싸며 투실투실 살쪄서 개돼지처럼 살 수만은 없습니다. 우리가 개돼집니까? 의식 있는 사람이 아닙니까?”

“그건 자네들 생각 나름이야. 왜 자네들은 자네들을 하필이면 소라구 생각하나?”

“우리가 겁내는 건 우리가 모두 소라는 사실이 아닙니다. 소가 될 수도 있다는 사실을, 아무도 이 세상에서 걱정하지 않게 될 때가 겁나는 겁니다."

"우리두 젊었을 땐 자네들처럼 다 한 번씩 그래 봤어. 허지만 나이가 들구 보면 그게 모두 부질없다는 걸 알게 되네."

"저두 나이 들면 그렇게 되겠죠. 허지만 그건 제가 나이 든 후 그때쯤 다시 한 번 생각해 볼 문젭니다. 내가 젊었을 때 부질없이 한 일은 그것대루 벌써 이 세상에 한몫을 해버린 후입니다. 우리한텐 젊음이 한 번뿐이지만 이 세상엔 젊음이 매년 똑같이 계속되고, 그렇게 젊음이 계속되다 보면 세상은 끊임없이 젊음의 충격을 받게 되는 게 아닙니까?"

"자넨 젊음의 충격만 높이 샀지, 그 충격을 완충(緩衝)시킨 늙은이의 지혜는 무시하는군?"

"그렇다면 왜 늙은이의 지혜로 젊음의 충격은 용납하지 못하십니까?"

"그 전에, 왜 자네들은 노인들의 지혜를 낡았다고 공박만 하나?"

"그게 바루 우리 젊음의 가장 값진 특권 아닙니까?"

"완충지대가 없는 특권은 술취해 비틀대다가 코 깨지는 주정뱅이와 다를 게 없네. 같은 주장의 반복이니까 이쯤에서 고만두세."

침묵이 흐른다.

밖을 보니 눈으로 뒤덮인 거대한 계곡이 까마득하게 내려다보인다. 엔진소리를 요란히 울리며 차는 무수한 산굽이를 느린 속도로 힘겹게 올라가고 있다.

"아저씨, 참 경찰 생활 몇 년이나 하셨습니까?"

"십팔 년."

"어지간하시군요, 한 직장에 십팔 년이라 ···."

"한심스러운가?"

"아뇨. 제가 모르는 어떤 까닭이 있어서겠죠."

"없네, 까닭은. 내가 좋아서 하구 있을 뿐일세."

남 씨가 두어 번 헛기침을 내뱉은 뒤 문득 두 사람의 대화 속으로 끼여든다.

"그 형님은 십팔 년 동안을 줄곧 고향인 우리 마을에서만 근무하셨수. 왜정 때 대학까지 다닌 양반이 왜 반평생을 경찰에서만 보낸 줄 아슈?"

"들어볼까요?"

"아마 형님이 아니었으면 우리 마을의 사십대 이상 되는 장정들은 절반 이상이 육이오 때 죽었을 게요. 빨갱이루 몰려 숱한 사람이 죽게 생겼는데 형님이 좋은 언변으루 그 많은 사람들을 총살에서 구해 주셨수. 형님이 반평생을 우리 마을에 눌러 사신 건 딴 데루 가지 못하도록 우리 마을에서 붙잡은 때문이오."

"그렇진 않아."

중년이 조용히 고개를 내두르며 남 씨의 말을 중간에서 무지른다.

"그런 얘긴 자네말구두 많은 사람한테서 여러 번 들었네만 내가 고향에 붙어 산 건 자네들이 붙잡은 때문이 아니고 내 개인사정 때문이었네."

"이러지 마십쇼. 우리가 모를 줄 아십니까? 그렇담 왜 형님께서는 진급발령까지 마다하시구 굳이 고향에서 말단 형사루만 계십니까?"

"믿지 못할는지 모르겠지만 논밭 몇 뙈기가 문제였네. 그걸 끝까지 살려 보겠다구 좋은 자리 마다하구 번번이 고향에 주저앉은 걸세."

"허지만 그 논밭 몇 뙈기를 지금 얼마나 건지셨습니까?"

"논밭은 깨끗이 떠내려 보냈지만 그걸루 자식 둘 공부시켰으면 된 것 아닌가?"

"그건 말두 안 됩니다. 형님이 진작 고향을 떴으면 지금쯤 경찰서장 하나는 떼논 당상입니다. 경찰서장이면 길수 공부는 물론이구 논밭두 그대루 건졌을 테구 지금쯤 아마 떵떵거리며 사실 겝니다."

"고만두세, 면구허네. 다 흘러간 옛날 얘길세."

침묵이 흐른다. 차가 다시 돌다리를 지나며 턱이 울릴 만큼 껑충 뛴다. 기세가 좀 숙는 듯하더니 눈발이 다시 거칠게 몰아친다. 자동차

라이트에 잡힌 전방에는 작은 마을이 쥐죽은 듯 잠들어 있다. 차가 서서히 마을로 들어서자 청년이 다시 중년을 돌아본다.
　"아드님이 법과를 졸업하셨다구 했던가요?"
　"응."
　"그럼 고시를 봤겠군요?"
　"봤지, 헌데 번번이 낙방일세."
　"실망이 크셨겠군요?"
　중년이 그 말에는 대꾸 없이 문득 엉뚱한 질문을 던져 온다.
　"자넨 누가 학비를 대나?"
　"어머님입니다."
　"안 계신가, 아버님은?"
　"예."
　"어머님은 그래 뭘 하시나?"
　청년이 갑자기 낮은 음성으로 으르렁대듯 재빨리 지껄인다.
　"약점 찌르지 마십시오. 전 아저씨가 무슨 얘길 하려는지 다 알구 있습니다."
　"약점인 줄 안다면 자네두 이젠 정신차리게. 고생하는 어머님을 생각해서라두 좀더 신중히 처신해야지."
　"많이 들어본 얘기로군요. 허지만 사람마다 제가 가야 할 길이 있습니다. 전 제가 가야 할 길이 어디쯤인지 대충 알고 있습니다."
　"허영일세, 그건. 자넨 우리집 애가 왜 고시에 실패한 줄 아나?"
　"모릅니다."
　"난 그놈한테 온갖 기대를 다 걸었어. 법과를 보낸 것두 내 나름의 계획이 있어서구, 논밭을 팔아 학비를 댄 것도 다 그놈이 잘 되기를 바란 때문일세. 헌데 그놈은 내 기대를 산산이 때려 부쉈네. 하라는 공부는 하지 않구 바루 자네처럼 딴 짓에만 정신을 판 때문일세. 결국 그놈은 대학졸업 후 은행에 들어가서 월급쟁이가 되어버렸네. 생활과 돈이 뭐라는 것을 그놈은 이제야 뼈가 저리게 깨달은 걸세."

"아닙니다. 아드님은 아마 깨달은 척하는 것에 불과할 겁니다. 어떤 걸 패배라구 하시는지 모르지만 승복한 것은 절대루 아닙니다."

"그게 대체 무슨 차인가? 현대 사회에서 개인이 대체 무슨 일을 할 수 있다는 건가?"

"무엇을 하기 위해 우리가 이러는 게 아닙니다. 아무것도 할 수 없는 세상이지만 눈 뜨고 깨어 있기라도 해야 되지 않습니까? 세상의 주인이 되구 안 되구는 끊임없이 그 세상에 간섭을 하느냐 포기하느냐에 달려 있습니다."

차가 갑자기 비명을 내지르며 눈 위로 관성(慣性)에 의해 삼사 미터나 미끄러진다. 앞으로 쏠린 몸이 바로 세워지며 세 사람은 동시에 엉덩방아를 내려찧는다. 중년이 재빨리 상체를 일으키며 남 씨를 향해 급히 묻는다.

"뭔가?"

"미안합니다."

"괜찮나, 차는?"

"예."

"사람 간 떨어지겠네. 별안간 무슨 일인가?"

"길이 드럽게 미끄럽군요. 차바퀴가 제멋대루 빙글빙글 돌아갑니다."

"놀랐네, 급하지 않으니까 조심해서 천천히 가세."

청년이 멈춰 선다.

외등이 부옇게 내비치는 지서(支署) 현관에서 집총(執銃)한 순경 한 명이 눈을 걷어차며 껑충껑충 이쪽으로 오고 있다. 거친 산바람에 휘날리는 눈발은 눈을 못 뜰 만큼 세차게 얼굴을 때린다. 마을은 부연 지서 외에는 어디를 보나 칠흑 같은 어둠뿐이다.

껑충껑충 뛰어오던 순경이 드디어 세 사내 앞에 놀란 듯이 발을 세운다.

“뭐요, 당신들?”

“조난당한 사람들입니다.”

눈을 전신으로 하얗게 덮어써서 세 사람은 전혀 얼굴을 알아볼 수 없다. 두 명은 어깨들을 서로 겨룬 채 부축하듯이 맞붙어 있고, 한 명은 팔을 다쳤는지 수건으로 묶어 비스듬히 어깨에 걸고 있다.

“무슨 조난이오? 어디서 조난을 당했소?”

“교통사곱니다. 장소는 어딘지 모르겠습니다. 좌우간 고개를 두 개나 넘어왔습니다.”

맞붙어 있는 두 사나이 중 털모자를 쓴 젊은 사람이다. 입으로 하얀 입김을 내뿜으며 청년이 다시 보충하듯 입을 연다.

“빨리 이 사람 좀 부축해 주십시오. 아마 다리가 부러진 것 같습니다.”

순경이 이윽고 총을 둘러맨 후 청년의 반대쪽에서 다친 중년을 조심스레 부축한다. 중년이 팔쭉지를 순경에게 맡긴 후 순경을 향해 헐떡이듯 입을 연다.

“여기 혹시 H리(里) 아니오?”

“맞습니다.”

“그럼 강기덕(姜基德) 경사가 여기 지서 주임으로 있지 않소?”

“계십니다 지금.”

도랑을 건너고 토담을 돌아 네 사람은 드디어 지서 안으로 들어선다. 안쪽에 있는 숙직실 방문이 인기척을 느끼고 예고 없이 벌컥 열린다. 어깨가 넓은 삼십대의 경사(警査) 한 명이 이쪽을 뻔히 쳐다보다가 부리나케 구두를 신는다.

“뭔가, 오 순경?”

“조난사고를 당했답니다.”

“어디서?”

“위치는 잘 모르겠답니다.”

경사가 그 말에는 대꾸 없이 후딱 몸을 돌려 방 안을 향해 커다랗게 고함을 친다.

"일어나게 모두! 빨리 자리 걷구 일어나라구!"

야경원 차림의 청년 두 명이 잠에 취한 얼굴로 꾸역꾸역 방을 나온다. 경사가 다시 그들을 향해 다그치듯 입을 연다.

"우선 환자부터 방 안으로 들이게. 오 순경은 그리구 K시에 얼른 전화 넣게."

야경원 두 명이 청년과 교대하여 중년을 양옆에서 조심스레 부축한다. 그러자 다시 경사의 입에서 혀 차는 소리가 요란하게 들려 온다.

"이 작자들아, 눈투성인데 그대루 사람을 방 안으루 들이면 어떻게 되나?"

그때다. 중년이 문득 손을 내저으며 경사를 향해 조용히 입을 연다.

"강 형, 나요. G서 수사과에 김태주(金泰柱)요."

경사가 주춤 발을 세우더니 그제야 중년을 알아보고 놀란다.

"아니, 이거 김 선배님이 아니십니까?"

"오래간만이오."

"눈 때문에 못 알아뵈었습니다. 헌데 이게 웬일입니까? 어쩌다가 사고를 당하셨죠?"

"도(道)에서 하두 재촉을 하길래 급히 서둘다가 이 꼴을 당했소. 차가 눈길에 미끄러져서 큰 바위를 들이받았구려."

"어딜 어떻게 다치셨습니까?"

"왼쪽 다리가 좀 이상한데 부러지진 않구 퉁그러졌거나 뼈에 금이 간 모양이오."

"좌우간 어서 방으로 드십시오. K시에 연락해서 곧 구급차를 부르도록 하겠습니다."

"어줍잖은 일루 폐가 많구려. 전화 나온 모양인데 어서 가보시오."

"예."

경사가 급히 전화기 쪽으로 달려가자 중년은 야경원들에 의해 조심스레 방 안으로 옮겨진다. 뒤미처 남 씨와 청년 두 사람이 부축을 마다

하고 자기들 발로 방 안으로 들어선다. 두 다리를 길게 앞으로 뻗은 채 중년이 문득 남 씨에게 입을 연다.

"어떤가, 자넨?"

"아무래도 팔이 부러진 것 같습니다."

"이빨들은?"

"하나는 아주 나갔구, 둘은 간신히 붙어 있긴 한데 흔덩흔덩 제멋대롭니다."

침묵이 흐른다. 눈을 대강 털긴 했지만 세 사람은 더운 방에 들어서자 눈이 녹아서 전신이 물투성이다. 이번에는 청년이 남 씨를 향해 히죽 웃으며 장난스레 입을 연다.

"거기 재털이에 침 좀 뱉으시죠? 입 안이 온통 시뻘개서 피 빨아먹는 흡혈귀 같습니다."

남 씨가 재떨이를 끌어당겨 침을 죽죽 뱉기 시작한다. 청년의 말처럼 그의 입에서는 시뻘건 피가 끈끈하게 흘러내린다. 닫혔던 방문이 벌컥 열리더니 경사가 신을 벗고 걱정스레 방 안으로 들어선다.

"본서루 병원으루 연락들을 해봤는데 폭설루 길이 막혀서 구급차건 백차건 도저히 뜰 수가 없다더군요."

"그럴 거요, 보통 눈이래야 차가 뜨지."

"어떡허죠? 여긴 시골이라 의사는 고사허구 변변한 약방 하나 없습니다."

"몇 시요, 지금?"

"열한 시 조금 지났습니다."

"난 그런대루 견딜 만한데 저 사람이 어떨는지 모르겠군."

"누굽니까, 이 사람들은?"

"저쪽은 같은 고향사람인데 차를 몰구 온 택시기사구, 이 사람은 내가 오늘 중에 도(道) 수사과에 인계하도록 된 사람이오."

경사가 잠시 청년을 바라본 후 흥미없다는 듯 남 씨 쪽으로 고개를 돌린다.

"당신은 어딜 다치셨소?"

"팔하구 입을 좀 다쳤습니다."

"견딜 수 있겠소? 내일 아침까지?"

"견뎌야지 별 수 있습니까…."

"사고경위 좀 들어봅시다. 어쩌다가 차를 꼬라박았소?"

"길 떠난 게 무리였습니다. 눈이 와두 보통으로 왔어야죠."

"눈이 왔다는 건 나두 알구 있소. 난 당신한테 사고경위를 묻는 거요."

남 씨가 말없이 고개를 떨구자 중년이 남 씨를 대신해서 조심스레 입을 연다.

"미안하오, 강형. 이번 사고는 하나에서 열까지 모두가 다 내 잘못이오. 저 사람은 쉬었다가 내일 가자는 걸 내가 우겨서 억지루 끌구 나온 거요."

"참 선배님은 무슨 일인데 그렇게 급히 서두셨습니까?"

"이 사람을 빨리 압송해 올리라는 지시였는데 도에서 과장이 비상전화루 세 번씩이나 다그칩디다. 내일 데려가면 안 되냐니까 오늘 안에 안 오면 시말서 쓸 각오하라는 거요."

"무슨 피의잔데 그 야단이죠?"

"피의내용은 잘 모르겠구 위에서 필요한 사람 같소."

경사가 힐끗 청년을 돌아본 후 혼잣말처럼 중얼거린다.

"생긴 게 꼭 범죄형이군. 그래 택시는 사고지점에 그대루 있습니까?"

"예. 차를 빼보려구 했는데 눈 때문에 미끄러워서 더 큰 사고를 낼 것 같습디다. 길에서 훌쩍 벗어나서 딴 차들 통행에는 별루 지장이 없을 게요."

"바위를 정통으로 들이받았다면 차는 아주 대파됐겠군요?"

"저 사람 말루는 그렇지두 않은 것 같습디다. 라이트만 갈아 끼구 범퍼만 곱게 바루잡으면 시동은 그냥 걸리니까 앞으루 얼마든지 더 굴릴 수 있답디다.”

경사가 다시 험악한 표정으로 청년을 향해 으르렁거리듯 입을 연다.

“임마, 이게 모두 느이 같은 놈들 때문이야. 대체 너 죄목이 뭐야? 무슨 죄를 저지른 거야?”

“모릅니다, 저두. 알구 싶으면 높은 사람한테 물어 보쇼.”

“새파랗게 젊은 놈이 장차 어쩌려구 그 모냥이냐? 경찰이 무슨 죄냐? 우리 부탁허는데 앞으루는 제발 말썽부리지 말구 조용히 좀 살자.”

“죄송합니다. 노력해 보죠. 앞으루는 가급적 죄 안 짓도록 하겠습니다.”

다리에 통증이 심해지는지 중년이 문득 눈살을 찌푸린다. 잠시 조심스레 앉음새를 고친 후 중년이 다시 경사에게 입을 연다.

“참, 여기 경비전화 어디 있소?”

“내 방에 있습니다.”

“오늘 안에 오라는데 못 갔으니 날벼락 떨어지기 전에 얼른 전화라두 해줘야겠소.”

“움직이기 불편하신데 제가 대신하면 안 되겠습니까?”

“아니오, 내가 해야 하오. 자, 나 좀 일으켜 주시오.”

중년이 곧 아픈 다리를 끌고 경사의 부축으로 조심스레 방을 나간다. 방문이 닫기고 청년과 남 씨만 남게 되자 남 씨가 턱을 바싹 당기며 새삼스레 청년에게 묻는다.

“당신 정말 무슨 죄를 지었수?”

“모른다지 않습니까.”

“경찰두 아닌데 나한테까지 숨길 거야 없지 않소?”

“글쎄 지금은 모릅니다. 내 죄는 절도나 강도하구 달라서 나하구는 상관없이 선고가 떨어져야 알 수 있습니다.”

“당신이 지은 죄를 당신이 모른다는 게 말이 돼?”

“말 안 되는 걸 되게 하는 게 요즘 세상 아닙니까.”

남 씨가 재차 입을 열려 하자 방문이 벌컥 열린다. 중년이 곧 경사의 부축으로 눈살을 찌푸리며 방으로 올라온다. 그러나 방으로 들어선 두 사람은 아까와는 달리 왠지 시무룩히 말이 없다. 중년이 이윽고 청년 옆으로 내려앉으며 통증으로 얼굴을 찡그린 채 침착하게 입을 연다.

"석방일세, 자네."

"예?"

"방금 지시가 내려왔는데 공소가 취하됐으니 자넬 곧 석방하라는 명령일세."

청년이 힐끗 남 씨를 바라보며 장난스레 실쭉 웃는다.

"들었죠, 아저씨? 석방이랍니다. 난 이렇게 죄가 없을 수도 있습니다."

남 씨는 그러나 영문을 몰라 중년과 경사를 번갈아 바라본다.

"아니 대체 무슨 얘기들을 하구 있습니까? 차 부숴 먹구 팔까지 분지르구 … 내 참. 장난두 아니구 … ."

(1976년 · 現代文學)

七月의 바다

한낮.

쨍쨍한 햇볕 속에 많은 선객(船客)들이 갑판에 앉아 있다. 배는 연안의 정기 객선으로 80톤급의 너절한 목선이다. 배에도 정원이란 것이 있을 법한데, 이 배에는 선실은 물론이고 통로와 갑판에까지 빈틈없이 선객들이 들어차 있다.

좋은 날씨다. 파랗게 터진 하늘에는 구름 한 점 보이지 않는다. 부두를 떠나온 지 10여 분이 지났는데도 배 꽁무니인 고물 너머로는 아직도 긴 Y항의 지저분한 선창이 넘겨다 보인다. 훤히 터진 쪽빛의 외해(外海)에서 바람이 상쾌하게 배 위로 올려 분다. 이제야 겨우 자리들이 잡혀 선객들은 끼리끼리 몰려 앉아 안심한 표정들로 땀들을 닦고 있다. 선실 쪽은 어떤지 모르지만 갑판에는 약 20여 명의 선객들이 몰려앉아 있다. 모두가 적당히 멋을 낸 행복해 보이는 밝은 표정의 피서객들이다.

"실례합니다."

사십대 중간쯤의 배통이 큰 사나이가 꾸부정히 허리를 굽히며 옆자리에 앉은 삼십대 사나이를 올려다본다. 그는 방금 세 개비째나 성냥을 켜려다 실패했다. 옆 사람에게 담뱃불을 빌리기 위해 그는 정중히 삼십대 사나이를 향한 것이다.

약간 마른 편의 삼십대 사나이가 아무 말 없이 피우던 담배를 건네준다. 연회색 노 타이 셔츠에 갈색 등산모를 눌러 쓴 이 사나이는 가냘픈 외모와는 달리 터무니없이 쌀쌀맞은 표정이다. 중년이 곧 불을 당긴 후 담배를 다시 삼십대 사나이에게 돌려준다.

"선생 어디까지 가십니까?"

"S 해수욕장까지 갑니다."

"좋죠, 거기. 가 보셨던가요?"

"아뇨. 이번이 초행입니다."

누군가가 갑판을 지나며 중년의 어깨를 툭 건드린다. 중년이 재빨리 고개를 들어 범인을 찾듯 젊은 청년을 올려다본다. 청년은 그러나 중년을 지나쳐서 이미 그들 일당인 류색 부대쪽에 털썩 앉는다.

류색 부대는 모두가 7명으로 뒷머리털이 너풀너풀하는 더벅머리 청년들이다. 배를 탈 때부터 이들의 행동은 선객들 사이에서도 두드러지게 눈길을 끌었다. 선표를 파는 매표소 앞에는 아침부터 손님들로 장사진을 이루었다. 표를 사려는 긴 행렬이 선창을 따라 50미터 가까이 꾸불텅하게 뻗어 있었던 것이다. 청년들이 나타난 것은 매표를 시작한 지 오 분쯤이 지난 시각이다. 다갈색 팥물이 질질 흐르는 아이스케이크 하나씩을 입에 문 그들은, 엄청나게 부푼 류색들을 걸머멘 채 우쭐우쭐 매표소 앞으로 몰려들었다. 줄을 늘어선 선객들 사이에서 대뜸 고함과 욕설이 튀어나왔다. 새치기를 하려는 그들의 수작에 손님들이 일제히 악을 쓰며 대든 것이다. 청년들은 그러나 눈 하나 깜짝 않고 다갈색 케이크를 쭉쭉 빨며 빙글빙글 웃고 있었다. 소란은 점점 심해졌다. 그들은 앞쪽에 늘어선 젊은 여자들을 꼬이는 듯했다. 그들에게 표 값을 주어 자기들의 선표까지 한몫에 사 달라고 부탁하는 눈치였다.

작전은 성공했다. 여자들이 대신 표를 사서 그들의 손에 건네준 것이다. 청년들은 그러나 이 정도로 만족치 않고 선표를 모두 등산모에

꽂은 채 여자들의 뒤를 추근추근 따라다녔다. 모두 네 명으로 구성된 여자들은 청년들을 뒤에 단 채 좁은 대합실을 이리저리 피해 다녔다. 그러자 갑자기 그들 중 한 명이 여자들 앞을 막아서며 꽥 하고 고함을 내질렀다. 그것은 팔 할의 장난과 이 할의 위협이 섞인 우스꽝스러운 고함이었다. 그들은 흘금흘금 못마땅한 눈으로 바라보던 승객들은 이 돌연한 고함으로 와 하고 웃음을 터뜨렸다. 용서해 준 것이다.

　햇볕을 마주한 갑판 왼쪽에 한가족으로 보이는 삼십대 부부와 그들의 꼬마들이 앉아 있다. 꼬마는 큰 놈이 일곱 살쯤 되어 보이고 작은 놈은 많아야 네댓 살쯤 되어 보인다. 더벅머리 청년들을 바로 옆에 두고 있어서 두 부부는 아이들이 다칠 것이 두려운지 시종 흘금흘금 청년들 쪽을 경계하고 있다. 청년들은 그러나 둥그렇게 둘러앉은 채 아직은 얌전하게 바다 쪽만 바라보고 있다.

　"콜라 있세, 멀미약 있세, 계란 있세, 맥주 있세!"

　소년 한 명이 버킷을 들고 층계를 통해 갑판으로 올라온다. 버킷 속에는 얼음과 함께 음료수병과 작은 약병들이 수북히 담겨 있다.

　"여보세요."

　갑판 바른쪽에 해를 등지고 앉은 여자들이 고개만 이쪽으로 힐끗 돌린 채 행상 소년을 손짓해 부른다. 세 명이 일조가 된 이 여인들은 다른 피서객들과는 전혀 달리 모두가 정장을 갖추고 있고 몸에 아무것도 지닌 것이 없다. 해수욕장에 하이힐까지 신고 가는 그들은 누가 보더라도 알 만한 신분의 여자들이다.

　여자들이 돈을 치르고 각자 사이다를 한 병씩 집어든다. 힐을 벗어 옆자리에 모아 둔 채 여인들은 병을 집어들어 서슴없이 병나발을 분다.

　"아 시원해. 좋다 그지?"

　병을 쳐들어 병나발을 불면서 여인 한 명이 배불뚝이 중년을 돌아본다. 여인이 보내 온 장난스런 눈길에 중년은 기다렸다는듯이 벌쭉하고 미소를 보낸다.

"어디까지 가슈?"

여인들은 대답 없이 서로를 쳐다보며 끼득 웃는다. 한껏 과장(誇張)하여 수줍음을 과시했지만 중년은 이미 저들의 신분을 훤히 알고 있다.

"한 배를 탄 것두 인연인데 자 우리 합석 좀 합시다."

중년이 우리라고 한 것은 옆자리에 앉은 삼십대 사나이를 두고 한 말이다. 중년이 힐끗 사나이를 돌아보며 저쪽으로 당겨 앉자고 팔소매를 잡아끈다.

"갑시다. 한 잔 합시다. 이 홉들이 한 병만 같이 깝시다."

사내는 그러나 고개를 내저으며 웃지도 않고 야멸차게 거절한다.

"전 술 못합니다. 드실라거든 혼자 드십시오."

중년이 할 수 없다는 듯 엉덩이를 들고 여인들 쪽으로 다가간다. 여인들이 다시 끼득 웃으며 새초롬히 바다 쪽을 바라본다.

"어이 총각!"

중년이 큰 소리로 행상 소년을 손짓해 부른다. 더벅머리 청년들에게 소주 세 병을 팔던 소년은 갑자기 신명이 나는지 몸을 돌리며 익살스레 소리를 친다.

"콜라 있세, 멀미약 있세, 코텍스 있세, 피임약 있세에!"

"뭐? 와아….."

소주병을 따던 청년들이 왁 하고 웃음을 터뜨린다.

"좋았어. 피임약 좋았어! 장화두 있니?"

웃음소리가 너무 커서 갑판 밑의 사람들까지 목을 빼고 올려다본다. 가족 동반의 삼십대 가장은 웃을까말까 하는 묘한 표정이고, 혼자 떨어져 앉은 삼십대 사나이도 이번만은 할 수 없다는 듯 떫은 미소를 입가에 떠올린다. 그러나 여인들과 중년 사내만은 골난 사람처럼 시무룩히 볼 부은 표정이다.

"얼마냐?"

버킷 속에서 소주병을 꺼내 들며 중년이 엄숙하게 소년을 올려다본다. 그는 자칫 잘못하면 갑판에서 자기 혼자 웃음거리가 될 것을 알고 있다. 그것을 사전에 막기 위해 중년은 필요 이상으로 소년을 엄숙하게 올려다본 것이다.

소년이 이윽고 중년과 헤어져 버킷을 들고 갑판을 내려간다. 잠시 조용해진 틈을 타서 삼십대 젊은 가장이 자기 가족들을 카메라에 담고 있다.

"자 용선아, 여길 봐 여기! 옳지, 됐어. 찍는다. 찰칵."

이번에는 가장이 아이들과 앉고 안사람이 카메라를 받아 삼부자를 겨냥한다. 그러나 배의 로울링이 심해져서 여인은 엉덩이를 뺀 채 좀체로 안정된 자세를 취할 수가 없다.

"앉아, 털퍼덕 앉아!"

아내의 자세가 보기 딱했던지 가장이 손짓과 함께 짜증스레 고함을 친다. 아내가 드디어 무릎을 꿇으며 카메라로 겨냥한 채 입을 연다.

"용선아, 엄마 봐. 그래 그래, 찰칵."

여인이 카메라를 부둥켜안고 엉금엉금 기듯이 자기가족에게 돌아간다. 배는 어느 틈에 외해로 나와 짙푸른 파도를 가르며 시원스레 전진하고 있다.

시간이 흘렀다. 소주 세 병을 깐 청년들이 이윽고 둥그렇게 둘러앉아 기타를 퉁기며 노래를 합창한다. 엉덩이를 뒤흔들며 왁작왁작 소란을 피울 줄 알았는데 그들은 의외에도 굵은 음성으로 아주 조용한 서양노래를 부르고 있다.

"이스 디스 더 리를 거어얼 아이 캐리드… 이스 디스 더 리를 보오이 앳 플래이… 아이 돈 리이멤버 그로우잉 오울더… 썬 라이스 썬 셋, 썬 라이스 썬 셋…."

노래도 좋고 화음도 좋다. 매표소 앞에서 건들대던 그들과는 달리 청년들은 아주 진지하게 기타에 맞춰 정성스레 합창을 한다. 흉하게만 보이던 그들의 머리털도 아름다운 노래 때문인지 지금은 오히려 해풍에 날려 탐스럽고 귀엽게 보인다. 그러나 이때 뜻밖에도 엉뚱한 사나이가 엉뚱한 고함을 내지른다.

"좋다 좋아! 거 아주 썩 좋은 노래구먼!"

조용히 울리던 청년들의 노래가 갑자기 뚝 멎는다. 물벼락이라도 맞은 꼴로 청년들은 일제히 중년과 여인들을 바라본다. 잠시 중년과 청년들 사이에 긴장된 침묵이 흐른다.

그러나 그것도 잠시 동안이고 기타를 멘 청년 한 명이 히죽 웃으며 입을 연다.

"좋아요? 그렇담 이번에는 진짜 좋은 걸루 한 곡 할까요?"

중년이 벌떡 자리를 일어서 청년들에게 다가간다. 그도 어느 틈에 술이 올라 얼굴이 붉고 걸음걸이가 불안정하다.

"자 멋진 걸루 한 곡 읊으라구! 여긴 바다야, 뭐랄 사람 아무두 없어!"

술이 오른데다 배가 움직여서 중년이 갑자기 휘청하고 다리를 꺾는다. 청년 한 명이 짓눌린다 싶었는데 청년이 딴죽을 걸며 잽싸게 몸을 피한다. 다리가 꼬인 중년의 몸이 보기좋게 갑판 위로 나뒹군다. 나뒹군 몸을 일으켜 세우며 중년은 대뜸 안색을 싹 바꾼다.

"누구야? 어느 놈이야? 어느 놈이 다릴 걸었어?"

청년들이 웃는다. 중년의 등등한 기세에도 청년들은 전혀 놀라는 기색이 없다. 한 청년이 웃는 얼굴로 문득 중년에게 여자 음성으로 입을 연다.

"다치셨어용? 조심하셔야죵. 다치셨음 어서 병원에 가 보세용."

중년이 기가 막힌 듯 푸들푸들 입술을 떤다. 그러자 또 한 명의 더벅머리 청년이 눈을 확 부릅뜨며 자기 동료를 꾸짖는다.

"쌔꺄, 곤조통 닫어. 어르신네 앞에 그게 무슨 말버릇이니? 아저씨 용서하십쇼. 아저씬 역시 저쪽 동네가 어울릴 것 같습니다."

청년들을 바라보던 세 명의 여자들이 청년의 손가락이 날아오자 잽싸게 고개를 돌린다. 방금 진에 중년과 술까지 나눈 처지지만, 그녀들은 이런 시비에는 끼여들 생각이 전혀 없다. 중년이 이윽고 비참한 표정으로 무어라고 입속말을 중얼댄 뒤 비틀비틀 청년들 곁을 떠나온다. 중년에 집중되었던 모든 시선들이 중년이 몸을 돌리자 일제히 외면해 버린다. 중년은 곧 갑판을 가로질러 삼십대의 사내 옆에 무너지듯 내려앉는다.

파도가 거칠다. 엄청나게 큰 유조선 한 척이 바다 복판에 닻을 내리고 정박해 있다. 꽤 가까이 접근했다고 생각했는데 갑판에 서 있는 사람들을 보니 너무나 까마득해서 옷 색깔도 구별하기 어렵다. 갑판에 서 있는 유조선 선원들이 이쪽을 향해 휘적휘적 손을 흔든다. 객선에 타고 있는 모든 승객들이 저쪽 인사의 답례로서 일제히 손을 흔든다. 닻줄 구멍 옆 긴 선복에 리베리아의 수도인 몬로비아(Monrovia)라는 알파벳 글자가 씌어 있다. 배 이름이 몬로비아인 것을 보니 아마 선적지가 리베리아인 모양이다.

유조선을 보기 위해 잠시 쉬었던 청년들이 유조선과 차츰 멀어지자 다시 미친 듯 기타를 치고 노래를 합창한다. 아까 불렀던 조용한 노래는 아마 워밍 업에 불과했던 모양이다. 지금 그들이 합창하는 노래는 엉덩춤과 한데 어울려 글자 그대로 미친 듯한 광란이다.

"휀 아이 워스 어 리틀 베이비, 마이 마마 우드 락 미인 더 크래들 … 인뎀 데어. 오올드 카튼 필즈 앳 홈, … 오 휀 덴 카튼 보올즈 겟 라튼, 유 캔트 픽 베리 멋춰 카튼, 인 뎀 데어 … ."

거센 파도를 정면으로 받아 배는 지금 심한 피칭을 하고 있다. 청년들은 그러나 모두 갑판에 일어선 채 긴 머리털을 출석거리며 미친 듯이 전신을 흔들고 있다. 선수가 불쑥 오르면 그들은 파도를 타듯 일제히 허리를 굽힌다. 선수가 다시 내리박히면 그들은 또 재빨리 허리를 편다. 입은 노래하고 전신은 춤을 추고 다리는 선체를 따라 기가 막히게 평형을 잡는 것이다.

"허 참! … "

기관실 벽에 비스듬히 등을 기댔던 중년이 끙 하고 윗몸을 일으키며 담배를 뽑아 입에 문다.

"불 좀 빌립시다."

나란히 앉았던 삼십대의 사나이가 아무 말 없이 라이터를 켜서 대어 준다. 불을 당기고 연기를 푸 내뱉은 후 중년이 다시 소곤대듯 입을 연다.

"선생, 저것들 좀 보슈. 내 참 기가 차서….."

사나이는 대꾸가 없다. 대꾸가 없는 사나이에 대해 중년은 잠깐 언짢은 기색이 떠오른다. 그러나 이대로는 견딜 수가 없다는 듯 중년이 다시 툴툴거리듯 입을 연다.

"선생, 우리 집 큰 녀석두 바루 저만한 나이외다. 허지만 나 요즘 아이들 당최 알다가두 모르겠수다. 머리꼴 하며 옷주제 하며 저 지랄하는 꼴이라니 … 선생은 어떻게 생각하슈? 요즘 젊은 애들 이해하시겠수?"

"아직 젊어서 그런지는 모르지만 이해하려구 노력하는 중입니다."

"틀렸어요. 교육이 틀렸어요. 이래 갖군 이 나라 장래가 캄캄합니다. 대학 백 갤 세우면 뭘 합니까? 정신상태가 틀려먹었는데 공분 가르쳐 뭘 합니까? 뭔가 대책을 세워야지 정말 이래 갖군 큰일입니다."

삼십대 사나이는 아무말 없이 등산모를 푹 얼굴 위로 덮어쓴다. 인상부터가 그렇지만 상대를 아예 밀어내는 듯한 냉혹한 태도다. 상대가 갑자기 모자를 덮어쓰자 중년은 말 상대를 잃고 멍하니 청년들을 바라본다. 그러나 청년들을 바라보자 그에게 다시 걷잡을 수 없는 화가 치민다. 담배를 급하게 몇 모금 빨더니 중년은 다시 비스듬히 몸을 누인다.

"얘, 왜 그러니? 얘! 얘 정신 차려!"

쨍한 여인의 고함소리에 갑판 사람들이 일제히 고개를 돌린다. 중년과 어울렸던 세 명의 여자 중의 한 여자가 새하얗게 얼굴이 질려 있다. 반쯤 벌린 입술 사이로는 침이 약간 흘러 있고, 동료 한 명에게 끌어안긴 채 두 팔을 힘없이 갑판 바닥에 늘어뜨리고 있다.

"도와 줘요, 큰일났어요. 얘가 아마 기절한 모양이에요!"

여인 한 명이 주위를 보며 급하게 구원을 청한다. 그러나 아무도 그녀의 요구에 선뜻 응하는 사람이 없다. 꼬마를 거느린 삼십대 부부는 아이들을 감싼 채 재빨리 고개를 돌려버렸고, 중년 사나이와 삼십대 사나이도 겁먹은 표정으로 멍청히 바라볼 뿐이다.

"뭡니까? 왜 그래요? 왜 꽥꽥 소릴 지르슈?"

노래를 하던 청년들이 어느 틈에 줄레줄레 여인들의 주위를 둘러싼다. 그 중의 한 청년이 쭈그려앉으며 돌연 한 손을 뻗어 늘어진 여자의 하얀 뺨을 찰싹 때린다.

"여, 여, 정신차려요. 여기가 어디라구 당신 맘대루 쓰러지는 거요. 자 어디 눈 한 번 떠 봐요. 옳지 옳지, 왜 그래요. 대체?"

여인은 그러나 눈을 떴다가 다시 스스로 감아버린다. 반쯤 열린 입술 귀퉁이로 침이 또 한 번 지르르 흘러내린다. 그 꼴을 바라본 두 명의 동료가 울먹이는 음성으로 다시 다급하게 소리친다.

"애 은옥아, 정신차려! 옥아, 애 정신차려."

"어허 시끄럽도다. 죽지 않을 테니 염려 마슈. 자 그쪽으루 곱게 눕혀요. 어이 쌈패, 거기 아무거나 머리 밑에 괼 것 좀 찾아보라구!"

쌈패라고 불린 키 큰 청년이 슬금슬금 뒷걸음을 쳐서 배낭에 묶인 모포 두 장을 끌러온다. 그 동안에도 두 명의 여인들은 질금질금 눈물을 흘리며 환자를 향해 계속해서 고함을 친다.

"은옥아 애, 옥아 으흑… 으흑… 정신차려 옥아 … ."

사고가 났다는 소문을 듣고 아래층 선실 쪽에서 많은 구경꾼들이 갑판 위로 몰려온다. 그러나 두 명의 키 큰 청년들이 두 팔을 활짝 벌린 채 그들을 거칠게 층계 아래로 내몰고 있다.

"볼 만한 것 없수, 내려들 가슈, 팔십 먹은 할머니가 잠깐 일사병에 쓰러진 것 뿐입니다."

환자가 드디어 갑판 위로 반듯하게 눕혀졌다. 가끔씩 눈을 뜨는 것으로 보아 환자는 의식을 완전히 잃은 것은 아닌 것 같다. 배낭에서 끌려온 두 장의 모포 중 한 장은 베개 대용으로 환자 머리 밑에 괴어졌고, 또 한 장은 볕과 구경꾼을 막기 위해 두 명의 청년이 널따랗게 맞들고 있다. 처음에 환자의 뺨을 때린 청년이 환자 머리맡에 쭈그려 앉아 눈꺼풀도 뒤집어 보고 손으로 이마도 짚어본다. 청년이 드디어 손질을 멈추고 두 명의 성한 여인들을 장난스레 바라본다.

"누님들 안심하슈. 나 이래 봬두 소문난 돌팔이 의사외다. 헌데 몇 가지 물어봅시다. 이 누님 도대체 언제부터 비실비실했수?"

"아까 배타기 전부터 속이 안 좋다구 말했어요. 헌데 배를 타구나자 이번엔 또 멀미가 난다구 하잖아요. 그래서 아까 술마실 때 입가심으루 소주 한컵을 마시더니 그 뒤루 약간 좋아지듯 하다가 잠든 것 같아서 깨워 보니까 이 지경으로 늘어진 거예요."

"소주라, 좀 약했어. 앞으룬 입가심루 쥐약을 한 사발 꽉 들이키슈. 헌데 한 가지만 더 물어봅시다. 이 사람 요 근래에 피 많이 쏟은 일 없소?"

"있어요."

"언제요, 그게?"

"한 보름쯤 됐을 거예요. 병원에서 수술을 받았어요."

"무슨 수술인지 알 것 같소. 기저귀 차는 수술이었겠지?"

여인들이 대꾸 없이 고개를 떨구고 환자를 내려다본다. 청년이 곧 몸을 일으키며 자기 동료들을 둘러본다.

"자 제군들 미안하지만 내 배낭 좀 가져오라구. 빈혈·배멀미·일사병에다가 식체까지 겹친 손님일세."

환자를 내려다보던 동료들이 미심쩍은 표정으로 청년을 바라본다. 그 중에 콧잔등이 벗겨진 앙바틈한 청년이 낄낄 웃으며 입을 연다.

"예과 겨우 갓 떨어진 주제에 똥폼 한 번 좋았어용. 헌데 선상님 기저귀차는 수술이란 대체 어떤 수술입네까?"

"장화 안 신은 사낼 받으면 여자들이 뭘 배나? 문과를 다니면 추리력이 있어야지. 바로 이 누님께서 장화 안 신은 사낼 사귀셨고, 그걸 뱃속에서 긁어내시다 빈혈이라는 병을 얻은 걸세."

누군가가 배낭을 가져온다. 청년은 곧 배낭을 끌러 그 속에서 상자 하나를 끄집어낸다. 상자 속에는 갈색병들이 들어 있고 그 속에는 다시 많은 알약과 물약들이 들어 있다. 병들을 몇 번 뒤적이더니 청년이 이윽고 알약 몇 알을 손바닥에 꺼내 든다. 그것을 불쑥 한 여인에게 건네주며 청년이 다시 익살스레 입을 연다.

"자 이거 싸구려 약이지만 이 누님이 깨어 나시도록 지금 당장 먹이시우. 그리구 배가 뭍에 닿거든 딴 생각 말구 곧장 이 누님 병원으루 업구 가슈. 만일 내 말대루 안 했다간 송장 되어두 난 모르우. 그리고 그렇게 섰지만 말구 환자한테 햇빛 안 가도록 이 모포 좀 두 누님이 들구 계슈."

두 여인이 청년들의 손에서 재빨리 모포를 받아든다. 그리고 떠나가는 청년들을 향해 한 여인이 급히 입을 연다.

"고마워요, 감사해요. 정말 진정으루 감사해요."

제자리로 돌아가던 문제의 청년이 멈칫 그 자리에 발을 세운다. 온몸에서 갑자기 힘을 빼더니 청년은 무언가를 털어내듯 고개를 휘휘 좌우로 내젓는다.

"아뇨."

청년은 같은 동작을 또 한 번 반복한다.

"아뇨. 안 감사해요."

배가 외해에서 방향을 틀어 발굽형의 포구 안으로 서서히 미끄러져 들어간다.

S 해수욕장. 드디어 목적지다. 포구 전면에 돌섬이 하나 가로막아서 천연적 방파제가 되어 욕장인 포구 안은 거울처럼 잔잔하다.

환성이 터진다.

"으아아!"

"다 왔다아!"

잔잔한 수면 저쪽으로 욕장의 전경이 아득하게 들어온다. 호형(弧形)의 해안을 따라 방풍림인 해송(海松)이 짙푸르게 둘리어져 있고, 그 앞에는 긴 백사장에 원색의 텐트들이 꽃밭인 양 울긋불긋 눈을 자

400

극한다. 백사장에 가까운 물가에는 무수한 욕객의 머리들이 검정콩처럼 새까맣게 흩어져 있다. 욕장은 때가 때인지라 지금 한창 제철을 만난 것이다.

베이스 음색의 부드러운 뱃고동이 드넓은 포구 안으로 아득하게 울려 퍼진다. 이쪽에서 울린 뱃고동에 응답하여 포구 바른쪽 선착장에서 또 한 척의 객선이 기다랗게 고동을 울린다. 선객이 만원인 채 선착장을 떠나는 것을 보니 저 배는 어쩌면 이쪽 배가 떠나온 Y항으로 돌아가는 모양이다. 두 배는 서로 뱃머리를 마주한 채 빠른 속도로 가까이 접근하고 있다.

"아따 사람 되게 붐비겠네."

중년이 갑판에 몸을 일으킨 채 혼잣말처럼 중얼거린다. 얼마 전까지도 얼굴이 붉던 중년이지만 지금은 술이 깨어 말짱한 평상시의 얼굴이다. 갑판에는 환자와 꼬마들을 제외하고는 거의 모두가 자리를 털고 일어나 있다. 환자는 그 동안 정신이 들어 두 다리를 길게 뻗은 채 앉아 있고, 두 꼬마는 부모들의 두 다리 사이에 똥을 누듯이 쪼그리고 앉아 있다. 환자 치료 후로 카드를 놀던 청년들도 어느 틈에 카드를 치운 채 포구쪽 갑판 난간 앞에 일자로 늘어서 있다. 다른 승객들은 얼마간씩 지친 기색을 떠올리고 있는데 그들만은 낄낄 웃으며 여전히 활기와 생기에 넘쳐 있다.

들어가는 배와 나오는 배가 드디어 포구 복판에서 서서히 엇갈린다. 저쪽도 역시 선실은 물론이고 갑판과 통로에까지 빈틈없이 승객들이 들어차 있다. 배가 가까이 접근하자 승객들이 다시 손을 흔든다.

"어어이!"

"어어이!"

갑판에 늘어선 청년들이 저마다 한 마디씩 맞은 편 배를 향해 고함을 친다.

"잘가요웅!"

"또 봐용!"

"안녀엉!"

"빠빠이!"

아래층 선실 쪽에서도 소란은 역시 마찬가지다. 그러나 맞은 편 갑판 위에서 갑자기 이쪽 배를 향해 엉뚱한 손짓이 날아온다. 주먹을 쥔 왼쪽 팔뚝을 바른쪽 손바닥으로 훌렁훌렁 훑어 올리는 손짓이다. 이쪽 청년들이 와 웃더니 역시 상대에 똑같은 손짓을 해보인다. 그러자 이번에는 상대편 배에서 팔 대신 머리통과 긴 다리를 훑어 올린다. 이쪽 청년들이 그 꼴을 보고는 또 한 번 와 웃더니 역시 맞은 편에 같은 동작을 해 보인다.

"허어 ⋯ ."

청년들 등 뒤에 섰던 중년이 뒷걸음을 치며 삼십대 사나이를 돌아본다.

"선생 보슈. 이게 바루 최고학불 다닌다는 요즘 애들의 하는 짓거리요. 말세요. 말세. 내 참 기가 차서 ⋯ ."

삼십대 사나이는 대꾸 대신 다시 등산모를 얼굴 위로 푹 눌러 쓴다. 여인들은 연통 뒤에 서서 입을 가리고 키들키들 웃고 있고, 꼬마들을 거느린 삼십대의 부부는 일어서려는 꼬마들의 머리통을 손으로 분주하게 꾹꾹 아래로 찍어누른다.

"어어이, 미스 보!"

청년들이 다시 와 웃으며 커다랗게 고함을 친다.

"미스 보, 미스 보! 우리 텐트 아주 좋아용. 침대두 있구 카시미롱 이불두 있어용. 어서 오세용, 벗으세용, 누우세용, 근사해용!"

청년들이 발을 구르며 와 웃음을 터뜨린다. 뒷전에 물러섰던 청년 사나이가 의아스런 표정으로 다시 삼십대의 사나이를 돌아본다.

"쟤들 지금 누굴 보구 저러는 게요? 미스 보가 대체 누구요?"

삼십대 사나이가 중년을 외면한 채 씹어뱉듯 툭 내뱉는다.

"미스 보라는 보자 밑에 짓자를 하나 붙여 보슈."

"어엉?"

갑판이 조용해진다. 두 배가 서로 엇갈린 채 상당한 거리로 벌어졌다. 난간 앞에 늘어섰던 청년들이 저마다 몸을 돌려 자기 물건들을 찾아든다. 아래층 선실쪽에서도 꽤 시끄러운 소음이 들려 온다. 배가 선착장에 가까워져서 승객들이 저마다 내릴 채비를 서두르는 것이다.

스크루를 후진시켜 속력을 푹 줄이더니 배가 드디어 긴 선착장에 옆구리를 서서히 갖다 댄다. 선원 두 명이 뛰어내려 로프를 당겨 선착장 기둥에 칭칭 감는다. 승객들이 한쪽으로 치우친 탓인지 배가 갑자기 좌우로 기우뚱거린다. 배와 선착장과의 거리는 가지런히 맞붙기도 하고 1미터쯤 벌어지기도 한다. 배가 좌우로 기울 때마다 그 거리는 좁혀졌다 벌어졌다 하는 것이다.

아래층 통로에 늘어섰던 승객들이 뱃전에서 선착장으로 앞을 다투어 훌쩍훌쩍 건너뛴다. 배와 선착장을 연결하는 긴 널쪽이 있긴 하지만 마음이 바쁜 젊은 승객들은 차례를 기다릴 여유가 없다. 건너뛰는 승객들을 발견하자 뱃사람이 드디어 사나운 기세로 고함을 친다.

"안 돼요! 위험해요! 당신 그러다 죽는다구!"

청년들은 그러나 아랑곳없이 계속 긴 뱃전에서 선착장으로 건너뛴다.

"조심해요. 아일 안아요! 밀지 말구 차근차근 내려요!"

조용하던 선착장이 삽시간에 소음으로 가득 찬다. 아이들의 울음소리, 어른들의 고함소리, 그리고 등산용 식기와 각종 물건들이 요란스레 부딪는 소리.

갑판에 올라선 손님들은 그 동안 우두커니 사람들로 들끓는 선착장을 보고 있다. 선실의 승객들이 다 빠지기 전에는 그들은 내려가고 싶어도 층계가 막혀 내려갈 수가 없다. 앞서 배를 내린 선객들이 어느 틈에 일자로 늘어서서 선착장을 벗어나 긴 방파제로 빠지고 있다. 그러나 아직도 선착장에는 짐과 사람이 한데 어울려 시끌덤벙 요란하다.

"어이 뚫렸어! 자 우리두 출동하자구!"

층계가 열려 있다. 선착장에만 사람이 붐빌 뿐 선실과 긴 통로는 이미 훤하게 비어 있다. 환자를 포함한 여인 세 명이 먼저 조심스레 가파른 층계를 내려간다. 여인이 무사히 내려가자 다음은 꼬마들을 거느린 삼십대 부부가 한 발 두 발 층계를 내려간다. 그러나 그때다. 무언가가 첨벙 물 속으로 떨어지며, 뒤미처 기폭을 찢는 듯한 여인의 비명소리가 날카롭게 울려 퍼진다.

“아악, 안 돼. 영선아! 사람 살려요! 우리 애가 물에 빠졌어요!”

사람이 빠졌다는 여인의 고함에 선착장은 돌연 무서운 혼란에 휩싸인다.

“누구야?”

“어디야?”

“비켜요!”

“물러서요!”

선원을 포함한 승객 몇 명이 저마다 허리를 굽힌 채 뱃전과 선착장 사이의 어둡고 긴 물 속을 내려다본다. 그러나 배가 끊임없이 움직이는 데다가 물이 심하게 부풀고 가라앉아 사람들은 좀체 빠진 아이를 찾지 못한다.

“여보, 뭘해! 배를 어서 뒤루 빼요!”

중년이 노한 음성으로 선원을 향해 고래고래 고함을 친다.

“저런 얼빠진 사람들 봤나! 그렇게 좁은 데서 어떻게 아이를 찾는다는 거야? 어서 배를 뒤루 물려요! 뭘하는 거야, 이 작자들아!”

중년의 등 뒤에 섰던 청년이 문득 손가락으로 중년의 어깨를 툭 건드린다.

“아저씨. 목 쉬시겠어요. 배를 뒤루 빼려다가는 어린애가 스크루에 감겨 갈갈이 찢어집니다. 좀 잠자쿠 계십시오. 어린앤 꼭 건져냅니다.”

말을 마친 그 청년이 이번에는 후딱 자기 동료들을 돌아본다.

“야 땜통, 뭘 하는 거야? 이만하면 관객두 많은데 실력 한 번 뵈주라구.”

땜통이라고 불리운 청년이 대뜸 바지와 신을 벗는다. 그러나 그는 옷을 벗으면서 또 한 명의 청년을 힐끗 바라본다.

"아가리 너두 같이 벗자구. 네 실력두 괜찮잖니?"

"알아주누만."

아가리라는 청년 역시 씩 웃으며 옷을 벗는다. 땜통이 다시 아가리를 향해 턱을 까딱 들어 보인다.

"너는 배 앞쪽을 뒤져. 난 뒤쪽을 훑을 테니까."

"오케이!"

좌우로 흩어진 두 청년이 곧 몸을 날려 바다 속으로 뛰어든다. 첨벙하는 물소리가 울리자 선착장 사람들이 깜짝 놀라서 갑판 위를 올려다본다. 갑판에 섰던 청년 한 명이 손을 홰홰 앞으로 내저어 보인다.

"아무 일 아닙니다. 좋은 소식이나 기다리쇼!"

물에 뛰어든 청년들이 잠시 후 수면으로 머리를 불쑥 들어올린다. 이물 쪽에서 올라온 청년이 고물쪽 청년에게 급하게 입을 연다.

"야 땜통 이리 오라구. 아이가 뱃바닥에 착 붙었어!"

아이를 찾았다는 청년의 말에 선착장 사람들이 우, 고물 쪽으로 몰려간다. 청년은 사람들이 우 몰려오자 다시 물을 차고 꼴깍 물 속으로 사라진다. 긴장이 흐른다. 그러자 미처 4, 5초도 안 돼 물가에 붙어선 사람들이 일제히 함성을 내지른다.

"와 찾았다! 아일 안구 올라온다!"

수면이 일렁 흔들리더니 과연 바다 속에서 머리 두 개가 나란히 떠오른다. 청년이 한 손으로 아이의 멱살을 부여잡은 채 와글대는 사람들 쪽으로 힘겹게 밀어올린다. 울음이 터진다. 아이를 물에 빠뜨린 삼십대의 젊은 부부다. 물 속에 잠긴 지가 오래되어 아이는 이미 호흡이 멎어 있다.

"비키쇼."

어느 틈에 올라왔는지 두 청년이 나란히 어린애 앞에 무릎을 꿇는다. 반듯이 눕힌 아이에게 엎드려 한 청년이 곧 아이의 입을 빨기 시작한다. 주위에 둘러선 구경꾼들은 그 동안 쥐죽은듯 아무런 말이 없다. 아이의 부모인 삼십대 부부 역시 입을 손으로 꽉 막은 채 청년들의 하는 짓을 뚫어지게 내려다볼 뿐이다.

아이의 호흡이 다시 뚫린 것은 그로부터 약 일 분 후다. 혈색이 돌고 아이의 동자가 움직이자 아이는 부모를 발견하고 왕, 하고 울음을 터뜨린다. 아이를 부모품에 돌려준 청년들이 그제야 손을 털고 자기 동료들에게 다가간다. 그들을 기다리던 동료 한 명이 갑자기 두 청년에게 큰소리로 입을 연다.

"자 박수를, 박수를 쳐요! 두 영웅님들 수고 많이 하셨어용."

두 청년이 씩 웃으며 다시 아까처럼 팔뚝을 훅 올려 훑는다. 옷을 걸치고 신을 신으면서 땜통이라는 청년이 진지하게 입을 연다.

"야 저치들 너무한데. 사람을 구해 줬으면 맥주 몇 병쯤은 있어야 될 것 아냐?"

그 말을 냉큼 받아서 청년 한 명이 선착장 쪽으로 커다랗게 고함을 친다.

"여보세요. 여기 좀 봐요! 얘가 그러는데 사람을 구해 줬음 뭐가 있어야 할 게 아니네요! 맥주가 안됨 소주도 좋아요! 제 생각에두 별건 아니지만 뭐가 있어야 될 것 같네요!"

몸을 돌려 선착장을 떠나던 중년 사나이가 그 소리를 먼발치로 듣고 다시 흠칫 발을 세운다. 그의 옆에는 이상하게도 삼십대 사나이가 아직도 붙어 있다.

"저 소리 좀 들어보십쇼. 기껏 장한 일 했다구 생각했더니 저놈들 또 저따위 소립니다. 사람 살려냈다구 술을 사래요. 저것들두 사람의 종자들인지 … ."

잠자코 있던 삼십대 사나이가 손가락을 통겨 모자를 툭 쳐 올린다.

"선생. 실례되는 얘긴지 모르지만 선생은 말할 때보다 잠자코 계실 때가 한결 의젓해 보이십니다. 늙었다는 건 슬픈 일입니다. 자 그럼 안녕히 가십시오."

(1976년 · 小說文藝)

잘 가꾼 정글

새벽, 해장국 골목

아직은 캄캄하다. 동도 트기 전인 꼭두새벽이다. 그러나 터널처럼
길게 뚫린 좁고 지저분한 골목길의 하늘에는, 별빛을 시들게 하는 엷
은 박명이 슬금슬금 착색되고 있다. 동트는 속도가 빠르지 않아 어둠
은 당분간 그대로 하늘에 머무를 것 같다. 진짜 새벽이 오기까지는 아
직도 약 한 시간쯤의 여유가 있다.

이른 봄, 텅 빈 골목길에 서늘한 바람이 휩쓸고 지나간다. 봄이라곤
하지만 밤새 뚝 떨어진 새벽기온은 빙점을 약간 상회할 뿐이다. 목덜
미와 소매 속으로 파고드는 바람에는 겨울로부터 연장된 추위가 묽어
진 독기처럼 싸늘하게 느껴지는 날씨다.

갑자기 불어닥친 새벽 돌풍에 골목길은 잠시 어수선한 비명을 내지
른다. 휴지와 연탄재가 텅 빈 보도 위로 질주하고, 이가 맞지 않는 낡
은 창문들이 덜컹덜컹 어깨춤을 추고, 처마 밑에 세워 둔 몇 개의 입
간판이 몇 바퀴 곤두박질을 한 후 아무렇게나 길바닥에 나뒹군 것이
다. 그러나 그뿐이다. 바람이 자고 연탄재가 가라앉자 좁게 뚫린 골목

길에는 다시 차분하게 정적이 제자리를 차지한다.

돌풍 때문에 잠이 깬 탓일까. 어디선가 짧고 밭은 기침 후에, 힘주어 문을 여닫는 거친 인기척이 들려 온다. 꼭꼭 닫겨진 몇 개의 문들에도 불구하고 인기척은 뜻밖일 정도로 선명하게 골목을 울린다. 검은 창문에 밝은 불빛이 내비치더니 잇달아 무언가를 떨군 듯 쇠붙이 소리가 날카롭게 울린 것이다.

창문에 불이 켜진 집은 이 골목에 즐비하게 늘어선 해장국집들 중의 그 하나다. 네 시면 닥쳐드는 새벽 손님들을 맞기 위해 이 집들은 아무리 늦어도 통금해제 십 분 전에는 영업준비를 갖추어야 한다. 방금 술청에 불을 켠 집은 오늘따라 다른 집보다 십 분 먼저 눈을 뜬 것뿐이다. 새벽 단잠을 십 분이나 희생한 것은 그 집 나름으로 어떤 이유가 있는 것으로 보아도 좋다.

불빛이 환하던 술청 유리창에 짙은 증기가 하얗게 피어오른다. 밤새 끓여 온 해장국을 살펴보기 위해 누군가가 가마솥에서 솥뚜껑이라도 열어 젖힌 모양이다. 솥에서 피어오른 짙은 증기가 유리창에 부딪히자 하얗게 막을 만든다. 더벅머리 청년 한 명이 증기 속으로 유령처럼 바쁘게 움직인다. 동도 트기 전인 이른 새벽에 해장국집의 하루 일과가 부산하게 시작되는 것이다.

어둠에 묻힌 텅 빈 골목길은 그러나 여전히 짙고 아늑한 고요 속에 잠겨 있다. 움직이는 것은 아무것도 없다. 바다에 침몰한 거대한 선채처럼 골목은 침전된 적막 속에 죽은 듯이 엎뎌 있는 것이다.

인기척 같은 것이 들린 듯하다. 뒤미처 골목 중간쯤에 작은 물체가 어둠을 헤치고 나타난다. 적막을 깨기가 두렵다는 듯 그것은 움직인다기보다 미끄러지듯 공간 속으로 모습을 드러낸다. 뜻밖으로 키가 작다. 동물이 아닌가 생각했으나 직립한 자세로 보아 인간임에 틀림없다. 잠시나마 동물로 착각된 것은 그것이 걸치고 있는 기묘한 외투 때문이다. 정점인 머리를 기점으로 하여 외투는 양어깨를 감싼 채 길쭉한 세모꼴로 지면과 맞닿아 있다. 따라서 하체를 외투 속에 감추고 그것은 땅을 핥듯이 낮고 느리게 움직이고 있다.

　골목 어간에 나타난 그것은 잠시 망설이는 듯하다가 길을 가로질러 불이 켜진 해장국집으로 다가간다. 밝은 불빛에서 바라보니 그것은 봉두난발의 나이 어린 걸인 소년이다. 몸에 걸친 외투처럼 보였던 것은 넝마나 다름없는 회흑색의 낡은 담요다. 해장국집 창유리에 미끄러지듯 다가간 소년은 창유리 저쪽의 술청을 응시하며 말뚝처럼 동작이 없다.

　시간이 흐른다.

　술청을 왕래하던 더벅머리 청년이 집게로 연탄재를 찍어 들고 빠른 걸음으로 술청을 나온다. 출입구에서 왼쪽으로 2미터쯤 떨어진 곳에는 철판 윗덮개가 떨어져 나간 시멘트 쓰레기통이 입을 벌리고 검게 서 있다. 청년은 그러나 들고 나온 연탄재를 쓰레기통 안으로 넣지 않고 그 옆으로 비켜 놓는다. 탄재에 아직 불기가 남아 있어 그것이 완전히 사월 동안 노천에 내놓자는 계산인 듯하다. 청년이 술청으로 되돌아가자 이번에는 걸인 소년이 슬금슬금 움직이기 시작한다. 여유를 지닌 채 서둘지 않는 그의 동작이 흡사 껍질을 등에 지고 움직이는 달팽이의 동작과 비슷하다. 유리창을 떠나 곧바로 탄재에 다다르자 뿔모자처럼 직립했던 세모꼴이 주름을 잡고 갑자기 쭈그러진다. 불기가 남아 있는 탄재 앞에 내려앉아 소년이 손을 내놓고 불을 쬐기 시작한 것이다.

　청년이 다시 밖으로 나온 것은 그로부터 약 1분쯤이 지나서다. 한 손에 양동이를 든 채 투해머 선수처럼 활기차게 뛰어나온 청년은, 탄재 앞에 앉은 소년을 발견하자 균형을 잃고 위험스레 몸을 세운다. 익숙한 장소에서 익숙지 않은 물체를 발견하고 청년은 순간적으로 당혹과 공포를 느꼈던 모양이다. 놀라게 한 상대보다 놀란 자신에게 더욱 화가 나서 청년은 눈을 부릅뜨고 대뜸 고함을 내지른다.

　"뭐야 이거?"

　등뒤에서 날아온 고함을 듣고 꾸겨진 삼각형의 정점이 비스듬히 위를 향한다. 탄재의 분홍빛 불빛을 받아 소년의 검은 얼굴이 탈처럼 붉어 보인다. 청년은 그제야 상대를 간파하고 소년의 아랫도리를 거침없

410

이 발길로 내지른다.

"꺼져 이 새끼야! 새벽부터 재수 없게!"

발길을 받고 모로 쓰러진 채 소년은 아무런 저항이 없다. 상당한 아픔을 느꼈음 직한데 그는 한마디 비명도 없다. 청년은 그제야 들고 온 바께쓰를 쓰레기통의 열린 입으로 요란스레 쏟아 붓는다.

청년이 사라진 한참 후에까지 소년은 전혀 움직임이 없다. 방금 청년이 바께쓰를 비운 쓰레기통에서는 희뿌연 증기와 함께 해장국 특유의 기름진 내음이 물씬 풍긴다. 그러자 텅 빈 해장국 골목에 또 하나의 물체가 날렵하게 나타난다. 이번에는 직립한 동물이 아니고 가늘고 긴 네 다리를 가진 좀더 여위고 재빠른 동물이다. 목을 처뜨려 코끝을 땅으로 낮게 끌며 동물은 껑충껑충 용수철처럼 쓰레기통으로 뛰어온다.

쓰러졌던 소년이 일어선 것은, 동물이 쓰레기통에 이른 것과 거의 같은 시간이다. 서두름 없이 몸을 일으킨 후 소년은 외투를 추스르며 동물이 선점(先占)한 쓰레기통으로 다가간다. 두 자 높이의 쓰레기통은 오물이 가득 차서 윗부분에만 약간 공간이 남아 있다. 청년이 조금 전에 바께쓰로 쏟은 것은 바로 그 쓰레기 무더기의 윗부분에만 건더기로 남아 있다. 그러나 소년이 당도했을 무렵에는 선착한 네 발 동물이 먼저 쓰레기통의 윗부분을 차지한 후다. 두 발로 땅을 딛고 꼿꼿이 일어선 채 동물은 구멍 속에 머리를 박고 무언가를 정신없이 오드득오드득 씹고 있다. 소년은 그러나 주저하지 않고 처박힌 동물의 머리를 그대로 용서한 채 네모진 구멍으로 자신의 머리도 서슴없이 밀어 넣는다. 좁은 구멍에 두 개의 머리가 박힌 채로 잠시 소년과 동물은 같은 권리를 사이좋게 나누는 듯하다. 그러나 불과 사오 초도 안 되어 네모진 구멍 속에서 격렬한 다툼이 발생한다. 그것은 예리한 두 개의 쇠붙이가 서로 맞부딪쳐 내는 듯한 짧고도 세찬 소리의 다툼이다. 그러나 얼마쯤 다툼이 계속된 후 구멍 속의 싸움은 의외로 쉽게 승부가 가려진다. 쓰레기통에 배를 댄 채 소년의 발길이 연달아 동물의 가녀린 하체에 가해지자 동물이 짧은 비명과 함께 구멍 속에서 급히 머리를 뽑아 낸 것이다. 소년은 동물을 축출한 후 한동안 완전하게 구멍의 소유권을 독점한 듯이 보여진다. 그러나 소년으로부터 부당하게 선점권을 박탈당한 동물은 아무래도 미련이 남는 듯 구멍을 쉽게 포기할 기색이 아니다. 이빨을 드러내어 소년에게 몇 번 위협을 가하더니 동물은 드디어 실력행사로 소년의 늘어진 옷자락을 번개처럼 물고 늘어진다. 구멍에 처박혔던 소년의 머리가 그제야 서서히 구멍 밖으로 뽑혀 나온다. 반격이 올 것을 대비하여 동물은 재빨리 물었던 옷자락을 놓아준다. 그러나 동물이 옷자락을 놓아주자 소년은 아무 일 없다는 듯 다시 머리를 구멍 속으로 깊게 처박는다. 잠시 멈칫하여 물러섰던 동물은 재차 소년에게 맹렬한 공격을 가한다. 이번의 공격은 담요 밖에 노출된 소년의 가는 다리에 가해진 모양이다. 소년이 또 한 번 머리를 뽑더니 이번에는 화가 치민 듯 동물 쪽을 가는 눈으로 싸늘하게 노려본다.

그렇다. 그것은 칼이다. 동물 쪽을 비스듬히 노려보는 소년의 눈은 칼집에서 방금 뽑아든 한 자루의 새파란 비수다. 무겁게 내려덮인 눈꺼풀 속으로 비수는 푸른빛이 되어 동물 쪽에 단단히 꽂혀 있다. 그것은 싸늘하고 침착했으며 동물들 사이에만 의미가 통하는 가장 원시적인 적의(敵意)의 눈빛이다. 종류가 다른 두 쌍의 눈들이 허공에서 잠시 불꽃을 튕기며 맞부딪는다. 도전을 받은 동물의 눈은 연청색의 아름다운 자수정 빛깔을 내쏘고 있다.

그러나 시간이 흐름에 따라 동물의 눈빛이 차츰 흔들림을 보여준다. 동물은 은연중 소년의 눈빛에서 자기를 압도하는 더 절박한 살의를 발견한다. 그것에 대항할 자신을 잃자 동물은 재빨리 자기의 패배를 인정한 것이다.

격렬하지만 짧았던 눈싸움은 소년 쪽의 조용한 승리로 돌아간다. 동물이 소년에게서 멀리 떠나가자 골목은 다시 원래의 적막을 되찾는다.

소년은 그제야 몸을 바로 하고 아직도 증기가 오르는 구멍 속으로 서두름 없이 세 번째로 머리를 들이민다.

낮, 아파트 풍경

한낮. 햇살이 눈부시다.

하늘로 죽죽 내뻗은 직육면체의 거대한 아파트군(群). 그 사이로 말쑥히 정돈된 화단과 잔디밭과 도로를 겸한 너른 공터. 아스팔트로 포장된 도로와 공터는 한낮의 직사광으로 처녀의 머릿결 같은 검은 윤기가 흐르고 있다. 베란다 빨랫줄에 걸린 평화로운 세탁물을 제외하고는 어느 곳을 둘러보아도 흐트러진 사물은 볼 수가 없다.

어디선가 경쾌한 리듬의 피아노 소리가 들려 온다. 같은 크기의 무수한 창문들은 혹은 닫혀 있고 혹은 열려 있다. 피아노는 아마 이들 창문 중 그 하나에서 울려나오는 것일 것이다. 그러나 밖에서 소리만 들어서는 어느 창문이 소리의 진원지인지 가려내기가 쉽지 않다. 동일한 크기로 제작된 창문들이 층마다 즐비하게 수십 개의 구멍들을 열어 놓고 있기 때문이다.

자전거를 탄 집배원 한 명이 상체를 좌우로 리드미컬하게 흔들면서 너른 공터로 경쾌하게 꺾어든다. 자전거 핸들의 앞부분에는 각종 우편물로 배가 불룩 솟은 갈색의 우편낭이 무겁게 걸려 있다. 화단 쪽에서 막 공터로 나오던 부인 한 명이, 공터로 꺾어드는 집배원을 발견하고 그 자리에 우뚝 발을 세운다. 방금 낮잠에서 깨어난 모양으로 부인은 부석부석한 얼굴에 콜드크림을 번쩍번쩍하게 바르고 있다.

"안녕허세요?"

집배원이 자전거를 급히 세우고 부인에게 먼저 머리를 꾸뻑해 보인다. 햇살을 피해 눈살을 찌푸리며 부인도 마주 상냥하게 고개를 숙인다.

"네, 안녕하세요. 우리집 오늘 편지 없어요?"

"없습니다, 사모님. 요즘은 좀 뜸하신 것 같은데요?"

"미국서 편지 올 때가 지났는데 … 알겠어요, 수고하세요."

"예. 사모님, 안녕히 계십시오."

집배원이 다시 몸을 바로하고 세웠던 자전거를 서서히 굴린다.

아파트에는 각 동마다 세 개씩의 큼지막한 출입구들을 두고 있다. 자전거로 급하게 반원을 그린 후 집배원은 공터에서 꺾여 첫 번째 출입구로 느릿느릿 다가간다.

턱없이 너른 아파트 공터에는 한동안 행인도 없고 별다른 음향도 들려오지 않는다. 맑은 하늘을 머리에 인 채 아파트는 일상으로 겪는 평온과 고요와 한가한 게으름 속에 잠겨 있다.

그러나 공터가 조용하다고 해서 건물 내부까지 조용해야 될 이유는 없다. 철제 도어로 밀폐된 방과 방에서는 옥외를 싸고도는 적막과는 달리, 가정의 무수한 잔일들이 끊임없이 이어지고 있다. 그 중에도 특히 아파트 옥상으로 이르는 계단 밑에서는 오늘따라 어른들의 눈을 피해 꼬마들이 은밀히 작은 음모를 꾸미고 있다. 가까운 이웃에서 허물없이 지내는 세 명의 꼬마들이 출입이 금지된 아파트 옥상으로 몰래 잠입할 장난스런 계획을 세운 것이다.

한 꼬마의 조심스런 반대에도 불구하고 계획은 곧장 실행으로 옮겨졌다. 막힐 것 없이 확 터진 공간으로 세 명의 작은 인간들이 발뒤꿈치를 든 채 하나씩 차례로 솟아오른 것이다. 한 자 높이의 형식적인 난간 외에는 그들의 시야를 막는 것은 아무것도 없다. 꼬마들은 모두 국민학교 취학 전인 육칠 세 전후의 어린 나이들이다. 계집애 한 명에 사내애가 둘, 하나같이 그들의 얼굴은 밝고 깨끗하고 장난기가 가득하다.

어른들의 눈을 피해 감행된 모험에, 그들은 두려움을 느끼고 한동안 주위를 살필 뿐 빠른 움직임을 보여주지 않는다. 층계를 오를 때 들어올린 발뒤꿈치가 단단한 옥상에 올라와서도 계속해서 그들의 체중을 힘겹게 받쳐들고 있다. 그러나 그들의 은밀한 모험에는 어른들이 누누이 강조한 위험 같은 것은 있음 직하지 않다. 벽에만 갇혀 살던 그들의 좁은 시야에는 확 터진 네 개의 공간만이 끝간데 없이 열려 있을 뿐이다.

장난감 권총을 휴대한 소년이 이윽고 발뒤꿈치를 내리며 옥상 중앙
으로 대담하게 전진한다. 주위를 둘러싼 새로운 풍물에 소년은 목이
졸린 듯 억눌린 음성으로 입을 연다.
"야, 저것 좀 봐. 저기 커다란 공이 떠 있어!"
소년이 가리킨 통통한 손끝에는 도시의 뿌연 매연 속에 귤색의 거대
한 애드벌룬이 까마득히 솟아 있다. 인형을 안고 있던 눈 큰 소녀가
뒤따라 숨을 할딱이며 낮은 음성으로 부르짖는다.
"야, 좋다 여기! 벨거 벨거 다 보인다!"
"그래그래. 자동차두 보여! 야 저건 헬리콥터다."
꼬마들의 작은 가슴으로 환희와 감동이 점점 크게 부풀어오른다. 어
른들을 배반했던 조심스런 죄의식은 새로운 풍물에서 얻어진 기쁨으로
재빨리 대체된다. 어느 틈에 그들의 분홍빛 얼굴에는 환희와 흥분과
감동만이 땡글땡글하게 맺혀 있다.
"가자!"
함성이 울린다. 꼬마들의 갑작스런 환호와 도약으로 오랫동안 침전
된 옥상의 대기 속에 강철의 떨림 같은 새된 음향이 솟아오른다. 턱없
이 너른 아파트 옥상은 꼬마들의 눈에는 대평원이나 다름없다. 발을
구르고 환호를 내지르며 그들은 너른 공간으로 미친 듯이 내닫기 시작
한다.
그러나 그들의 격렬한 달음질은 미구에 곧 몸의 피로와 맥빠짐으로
바뀌고 만다. 애드벌룬은 더 이상 감동을 주지 않고, 확 터진 사방의
공간 역시 익숙한 풍물로 재빨리 호기심을 잃은 것이다. 팽이를 휴대
한 안짱다리의 작은 소년이 이윽고 두 명의 꼬마에게 좀더 대담한 놀이
를 제안한다. 옥상 한구석에 버려져 있는 계란 크기의 자갈을 집어든
후, 소년은 나머지 두 명의 친구에게 팔매질 시합을 제안한 것이다.
새로운 놀이는 나머지 친구들로부터 즉각적인 호응을 받는다. 꼬마
들은 일제히 자갈을 집어든 후 난간으로 접근하여 그것을 힘껏 허공을
향해 던진 것이다. 팔매질을 끝낸 세 명의 꼬마들은 곧바로 난간으로

붙어서서 그것들의 긴 낙하를 까마득하게 내려다본다. 돌의 낙하는 놀랄 만큼 빨랐다. 자갈은 그들의 손을 떠나 눈 깜짝할 사이에 지상으로 떨어졌다. 그러나 낙하를 확인하기도 전에 그들은 지상에서 솟아오른 거대한 고함으로 깜짝 놀란다. 쨍그랑 하는 파괴음과 동시에 누군가가 까마득한 지상에서 뜻모를 고함을 내질렀기 때문이다.

난간에서 한 걸음씩 후퇴한 후 꼬마들은 일제히 서로의 얼굴을 돌아본다. 그들은 그제야 어른들을 배반한 잊혀진 죄책감을 번개처럼 되살렸고, 그들의 팔매질이 새롭게 유발한 또 하나의 사고를 어리둥절하게 확인한 것이다.

“뭐니, 깨진 게?”

“몰라.”

“잡으러 올 거야.”

“응 그래.”

“숨자, 빨리!”

“그래 숨자!”

팽이를 휴대한 안짱다리 소년이 제일 먼저 몸을 돌려 옥상 한 곳으로 내달린다. 안짱다리 소년이 달려간 곳은 옥상 위에 설치된 거대한 시멘트 물탱크다. 물탱크에 다다른 안짱다리 소년은 재빨리 3단의 층계를 뛰어올라 숨을 곳을 찾듯 주위를 살펴본다. 마침 소년의 바로 앞에 원형의 작은 철판 덮개가 눈에 띈다. 소년은 곧 허리를 굽혀 철판 위에 장치된 굽은 손잡이를 부여잡는다.

“자, 같이 열어. 이 안에 숨으면 못 찾을 거야.”

뒤따라온 동료 두 명이 나란히 손잡이에 달라붙는다. 한 명의 힘으로는 꼼짝도 않던 것이 세 명이 달라붙자 힘겹게 위로 쳐들린다. 그러나 뚜껑 속의 깊은 공간을 바라보자 그들은 예기치 않은 새로운 공포에 사로잡힌다. 고장이 나서 물은 없었지만 탱크의 깊이가 너무 아득했기 때문이다.

“숨자, 빨리.”

"무섭다, 깊어서."

"잡히문 혼나."

"그래 들어가자."

물탱크에 대한 공포감보다 잘못에 대한 공포가 그들에겐 더욱 절박하다. 안짱다리 소년을 선두로 하여 그들은 지체없이 사다리를 타고 물탱크 속으로 잠입한다.

3미터쯤 되는 아득한 깊이지만 바닥에 닿고 보니 탱크 안은 의외로 넓고 아늑하다. 탱크문이 열린 것을 발견하고 안짱다리 소년이 다시 사다리로 기어오른다. 열려진 뚜껑을 닫지 않으면 그들은 뒤쫓는 사람에게 필경 발견될 것이기 때문이다.

그로부터 3개월 후다. 물탱크 수리공 한 사람이 옥상으로 오르는 비상계단의 자물쇠를 따고, 탱크의 고장상태를 점검하기 위해 휘파람을 불며 옥상으로 올라왔다. 수리공은 곧 옥상을 가로질러 탱크로 다가가 원형의 육중한 철제뚜껑을 열어젖혔다. 철판으로 된 그 뚜껑은 밖에서는 누구라도 열 수 있으나 안에서는 한 번 닫히면 열 수가 없도록 되어 있었다. 열어젖힌 아득한 구멍 속에서 수리공은 구토를 유발하는 지독한 악취를 물씬 맡았다. 구멍 속에는 형체를 알 수 없는 세 구의 작은 시체가 가로 세로로 누워 있었고, 그 옆으로 인형과 팽이와 장난감 플라스틱 권총이 원형 그대로 흩어져 있었다.

저녁, 강변의 산책

한강 하구(河口). 솜털구름이 어지럽게 흩어진 서쪽 하늘에 해가 이마 높이로 비스듬히 걸려 있다.

자기들의 기다란 그림자를 밟으며 남녀 한 쌍이 강변과 접속된 작은 산굽이의 오솔길을 걷고 있다. 그들의 바른쪽 민두름한 둔덕에는, 턱밑에 탐스러운 수염이 달린 흰 염소 두 마리가 한가롭게 풀들을 뜯고 있다.

산굽이를 지나고 콩밭 옆을 통과하자 오솔길은 갑자기 경사가 완만한 사구(砂丘) 속으로 연결된다. 사구에는 수초인지 갈대인지가 햇볕에 하얗게 바랜 채 허리높이로 빽빽하게 밀생해 있다. 강심(江心)에서 강바람이 가볍게 불어오자 무수한 갈댓잎들이 물이랑처럼 유연하게 일렁인다. 눈앞에 질펀한 강물이 나타나자 두 사람은 서로를 의지하듯 몸을 맞댄 채 가만히 발을 세운다.

적막하다. 그들이 서 있는 강 바른쪽에 작은 산 하나가 강 쪽으로 삐죽 나와 있다. 튀어나온 산의 가파른 벼랑 끝으로 한강 다리의 몇 개 경간(俓間)이 까마득하게 바라보인다. 다리 위를 통과하는 무수한 차량들이 화사한 가을 햇볕 속에 흡사 이동중인 갑충들의 무리 같다. 다리 저쪽의 번잡한 도심은 탁한 우윳빛 매연 속에 완전하게 모습을 감추었다. 몇백만의 인간들이 부딪쳐 토해 내는 소음 역시 거리가 워낙 먼 탓으로 이곳에서는 들리지 않는다. 골재(骨材) 채취선의 가녀린 엔진 소리만이 매끄러운 수면 위로 미끄러져 가끔씩 강변의 깊은 적막을 깰 뿐이다.

사내의 입술이 몇 번 움직이자 남녀는 다시 움직이기 시작한다. 사내는 너풀대는 더벅머리에 블루진 바지와 품 넓은 반코트를 몸에 걸쳤고 여인은 카키색 바지에 연회색 풍성한 재킷을 어깨 위로 걸치고 있다. 갈대의 키들이 작아지면서 갈대밭이 갑자기 시야에서 사라진다. 곱다란 모래밭이 얼마쯤 계속된 후 눈앞에 회흑색의 칙칙한 뻘밭이 나타난다. 하안(河岸)으로 띠처럼 이어진 뻘밭에는 고깃배라도 드나드는지 자그마한 닻 한 개가 벌겋게 녹이 난 채 뻘 속에 반쯤 묻혀 있다. 뻘 속에 묻힌 닻을 발견하자 남녀는 다시 발을 세운다.

"뭘까 저건?"

맞댔던 어깨를 떼어내면서 여인이 혼자 닻 쪽으로 다가간다.

"닻일 거야."

"닻이 뭔데?"

"저쪽을 보라구."

사내가 말과 함께 벼랑 밑에 드리워진 그늘 쪽을 가리킨다. 수초에 가리운 바른쪽 사구에서 자그마한 목선 한 척이 소리 없이 모습을 드러낸다. 배에는 텐트천의 작은 오두막이 세워졌고, 한 사내가 고물 쪽에 서서 기다란 노로 한가롭게 노질을 하고 있다. 강물을 거슬러 그늘 속을 느리게 떠가는 배는 사공의 게으른 노질에 따라 끄떡끄떡 좌우로 움직인다. 남녀는 다시 어깨를 맞대고 배를 뒤쫓듯이 벼랑 쪽을 향해 걷기 시작한다.

배와의 거리가 상당히 좁혀졌다. 뻘밭과 모래톱을 통과한 남녀는 무수하게 결이 갈라진 거대한 암반(岩盤) 위에 다다른다. 모가 난 강가의 돌머리에는 상류에서 떠내려온 각종의 표류물이 쓰레기 하치장처럼 잡다하게 집적되어 있다. 표류물은 거개가 도심에서 흘러나온, 인간들이 일상으로 쓰던 다양한 종류의 일용품의 잔해다. 표류를 멈춘 채 집적된 상태여서 잡다한 표류물 주위에는 흰 포말이 겹겹으로 주름져 있다. 집적된 표류물을 눈앞에 발견하자 남녀는 호기심을 느낀 듯 다시 느릿하게 발을 세운다.

"대단하군. 쓰레기 전시장 같지 않니?"

"당연해요. 몇백만의 인간들이 줄달아 내다버린 잡탕이니까."

"저 중에 혹시 우리가 쓰다버린 연필토막이나 병마개는 없을까?"

"천만 대 일이에요. 가요, 어서. 냄새가 역겨워요."

여인의 재촉으로 떠나려던 사내가 갑자기 손을 들더니 여인의 움직임을 제지한다.

"가만."

"뭐예요?"

"저기 … ."

사내의 손길 쪽을 바라보던 여인이 갑자기 몸을 굳히며 표류물로부터 직각으로 고개를 돌린다.

"아아 … ."

침묵이 흐른다. 남녀는 잠시 부둥켜안은 채 고르지 않은 암반 위에서 위태롭게 균형을 잡는다. 직각으로 고개를 돌린 여인은 사내의 가슴에 얼굴을 묻었고, 사내는 여인을 두 팔로 감싼 채 다시 한 번 표류물 쪽을 확인하듯 돌아본다.

침묵이 계속된다. 표류물을 향한 사내의 얼굴에는 공포와 호기심의 표정이 빠른 속도로 교차되어 떠오른다. 공포가 그를 위협하여 고개를 저쪽으로 돌려버리면 호기심이 재빨리 그를 끌어당겨 표류물을 다시 돌아보게 만드는 것이다.

"가요, 어서. 무서워요! 서 있기만 하면 어쩔 셈이에요?"

"가만있어, 가면 어떡해? 저 사공한테 알려주기라두 해야잖아?"

"좋아요. 저 먼저 가겠어요. 전 더 이상 참을 수가 없어요."

사내의 품속을 빠져나가자 여인은 즉시 갈대숲을 향해 뛰기 시작한다. 뛰어가는 여인을 눈으로 바래 준 뒤 사내는 사공 쪽을 향해 한 팔을 번쩍 머리 위로 들어보인다.

"아저씨! 여기 좀 봐요! 잠깐 이리루 좀 내려오세요!"

사공이 청년의 고함을 듣고 노질을 멈춘 채 이쪽을 돌아본다. 굽혔던 허리를 꼿꼿이 폈으나 사공은 40세 전후의 아주 작은 단신(短身)이다. 손을 휘젓는 청년을 향해 사공이 이윽고 커다랗게 마주 소리친다.

"어서 가슈! 나두 봤수다! 그런 거 여기선 자주 보는 물건이유!"

"사람이에요! 시체예요! 여기 시체가 떠 있단 말입니다!"

"안다니까! 그냥 가래두! 빨리 돌아가서 그런 건 깨끗이 잊어버리슈!"

청년이 돌연 암반에서 뛰어내려 사공을 향해 껑충껑충 뛰어가기 시작한다. 뻘밭에 구두가 쿡쿡 박혔으나 그는 개의치 않고 계속해서 사공에게 달려간다. 사공과 평행되는 강변에 다다르자 청년은 그제야 숨을 헐떡이며 발을 세운다.

"아저씨, 여자 시쳅니다. 저기 쓰레기더미 속에 여자 시체가 떠 있습니다."

사공은 잠시 대꾸가 없더니 심드렁한 표정으로 딴청을 쓰듯 입을 연

420

다.

"아깐 여자하구 둘이 있더니 여잔 어쩌구 혼자시우?"

"저쪽 갈밭으로 먼저 갔습니다. 아저씨, 저쪽에 사람 시체가 있다니까요."

"진정하슈. 나두 봤수. 난 그 물건 그저께 저녁에 벌써 봤수다."

"시체를요? 저기 떠 있는 여자 시체를 말입니까?"

"그렇대두. 신경 쓰지 말라구. 여기선 그런 거 쓸쓸찮게 만나는 물건이우. 비나 한차례 흠뻑 쏟아지면 그런 거 다 깨끗하게 쓸려 가우. 한두 개라야 손이래두 쓰지. 당신두 그 물건 안 본 셈치구 잊어버리슈."

청년은 배 위의 사공을 외면하고 잠시 뻘흙이 묻은 자기 구두코를 내려다본다. 머리가 어지럽다. 협조를 요청한 사공으로부터 그는 뜻밖에도 더 큰 혼란만 얻었을 뿐이다. 머릿속의 혼란이 어느 정도 수습되자 청년이 다시 배 위의 사공을 바라본다.

"잊어버리면 되는 겁니까? 신고 같은 건 안 해두 좋은 건가요?"

"신골 하면 무슨 소용이우? 임자가 있어야 송장을 거둬 가지? 찾는 사람이 없는 송장은 파출소두 별로 반가워 않수. 그런 건 그저 못 본 체했다가 빗물한테나 맡겨 두는 거요."

"알겠습니다. 안녕히 계십쇼."

사공을 후딱 외면하더니 청년이 돌연 우쭐우쭐 강변을 떠나간다. 어깨를 움츠리고 우쭐우쭐 걷는 품이 청년은 흡사 어깨춤이라도 추는 듯한 형상이다. 점점 멀어지는 청년의 등을 향해 이번에는 사공 쪽에서 커다랗게 고함을 내지른다.

"잊어버리슈. 천만이우. 천만 명이 사는 저쪽에선 송장 한둘쯤은 떠내려올 수도 있는 일이외다!"

밤, 도심의 열기

K로(路).

엄청나게 번잡하다. 원래가 번잡한 거리인데다가 지금은 밤이고 큰 사건까지 발생했다. 어떤 청년이 총기를 휴대한 채 다방을 점거한 후 떠들썩한 인질극을 벌이고 있는 것이다. 잠시 뜸하던 고성능 스피커가 다시 커다랗게 경고를 발하기 시작한다. 현장에서 솟아오르는 잡다한 소음들을 제압하기 위해 이 스피커는 고막이 멍할 만큼 턱없이 볼륨이 높게 되어 있다. 스피커는 곧 빌딩들로 총집된 K로의 밤거리로 누군 가의 음성을 쨍쨍하게 되풀이 내보낸다.

“경고합니다. 경고합니다. 현장 주위는 위험하오니 시민 여러분은 접근을 삼가 주십시오. 만일 사고가 발생하면 여러분은 귀중한 생명을 잃을지도 모릅니다. 사건의 조속한 해결을 위해 우리는 시민 여러분의 절대적인 협조가 필요합니다. 거듭 여러분께 경고합니다. 일없이 현장 에서 배회하시는 분은 바리케이드 저지선 밖으로 지금 곧 물러나 주십 시오. 경고 후에도 물러나지 않는 분은 본의는 아니지만 경비 경찰관 의 물리적인 제재를 받을 수도 있습니다. 이 점 널리 양해하시고 여러 분은 지금 곧 당국의 지시에 응해 주시기 바랍니다. …”

경고가 꺼진다. 스피커에 눌렸던 잡다한 소음들이 다시 와글와글 검 은 밤하늘로 되살아난다. 그 중에도 특히 극성스러운 것은 머리 위로 붉은 불을 빙글빙글 뿌려대는 십여 대 이상의 요란스런 경찰차다. 저 지선 골목골목에 가로세로 웅거한 채 그것들은 유황천이 끓는 듯한 역 겨운 경적음을 계속해서 내쏘고 있다.

“몇 시야?”

탑차에 타고 있던 두 명의 사내 중 운전석에 앉아 있던 사내가 옆자 리의 동료를 돌아본다.

“11시 33분.”

“또 실팬가?”

“그런 것 같군.”

바리케이드 안쪽의 어느 양화점 골목에 세워진 탑차는, 인질범이 점거한 이층 다방과는 직선으로 불과 30미터 거리밖에 떨어져 있지 않다. 다방을 비스듬히 왼쪽으로 바라보며 탑차는 룸라이트도 끈 채 작은 갑충처럼 그늘 속에 숨어 있다.

“이 친구 정말 쇠귀신처럼 질기군. 장장 열두 시간쯤 버텼으면 기 좀 죽어줘도 괜찮을 텐데….”

“젊은 게 유죄지. 기 죽을래면 아직 멀었어.”

“참 아까 누구 입에서 수면제 얘기가 나왔었지?”

“수면제라니?”

“다방으루 들여가는 빵과 음료수에 수면제를 타자는 얘기였는데….”

“그래 탔나?”

“탔을 거야 아마.”

“언제야 그게?”

“배고프다구 아우성을 칠 때니까, 아마 11시에 들어간 마지막 음식일 거야.”

“그럼 지금쯤 뻗었어야 할 텐데 왜 아무런 소식이 없어?”

“글쎄, 경찰들 엉겁결에 수면제 대신 영양제를 탔는지두 알 수 없지.”

“잠깐! 이거 뭐야?”

두 사람은 말을 중단하고 차 쪽으로 다가오는 세 사람의 전투복을 바라본다. 세 명 모두 총을 휴대했고, 빠른 걸음으로 골목을 향해 다가온다. 운전석의 사내가 차문을 열고 차에서 훌쩍 땅으로 내려선다. 다가오는 전투복을 가로막으며 사내가 급히 전투복 한 명의 팔을 잡는다.

“뭡니까? 작전입니까?”

“예. 비켜서슈.”

“한 가지만 더 물어봅시다. 생폽니까, 사살입니까?”

“조준경 보면 알쬬 아니오. 쌔끼두 이젠 끝장이오.”

“설득하러 들어갔던 가족들은 밖으로 다시 나왔나요?”

“방금 나왔소, 말 한마디 못 건네구 찔찔 울다가만 나왔답니다.”

전투복이 사내를 피해 차 뒤로 돌아간다. 앞서간 두 명의 전투복은 벌써 양화점으로 들어가 어딘가로 사라지고 없다.

“불들을 끄는군.”

“가지, 저쪽으로.”

두 사내는 차를 떠나 다방과 잇닿은 맥주집 쪽으로 걸어간다. 맥주집 앞의 삼거리 복판에는 지휘차 한 대만이 덩그렇게 멎어 있다. 범인과 통화중인 경찰 두 명만을 차 안에 남겨둔 채, 차 주위에는 범인이 가해 올 저격을 염려해서 사람 한 명 얼씬하지 않는다. 범인이 점거중인 이층 다방에는 아직도 보랏빛 커튼이 칙칙하게 늘어져 있다. 차 안의 경찰은 그 커튼들을 올려다보며 워키토키를 손에 들고 범인과 계속 무슨 얘긴가를 주고받는다.

“어딜 가슈?”

지휘본부인 맥주집 문 앞에서 집총한 경찰 한 명이 두 사내를 제지한다.

“안 됩니까?”

“안 됩니다.”

“들어갑시다. 좀.”

“안 된다니까요.”

경찰과 승강이를 하면서 두 사내는 창문 너머로 지휘본부 쪽을 잽싸게 넘겨다본다. 탁자와 의자들을 한옆으로 밀어붙인 넓은 홀에는 정사복의 경찰간부들이 무려 십여 명이나 모여 서 있다. 홀 복판의 테이블 주위에는 오륙 명의 경찰들이 설계도 같은 것을 들여다보고 있고, 카운터 쪽으로 밀어붙여진 탁자에는 전투복 차림의 약간 젊은 간부들이, 다방 주위로 산개한 각 공격조에 워키토키로 끊임없이 지시와 명령을 하달하고 있다.

“뭐야?”

사복을 걸친 간부 한 명이 그때 마침 홀을 나온다.

“어이구 형님. 형님까지 출동이슈?”

“누구라구, 뭣들 하는 거야. 여긴 위험해. 곧 작전이야.”

처마 밑을 따라 걸어가는 경찰을 두 명의 사내가 우쭐우쭐 따라간다.

“형님, 담화 좀 합시다.”

“담화하려면 내 차루 오라구.”

“언제죠, 작전개시는?”

“오 분 남았어.”

맥주집을 지나 길을 건넌 후 경찰은 곧 어느 차 앞에 발을 세운다.

“타.”

뒤따라오던 두 명의 사내가 경찰과 함께 재빨리 차에 오른다. 경찰이 담배를 뽑아물자 한 명이 라이터로 재깍 불을 켜준다.

“공격조는 모두 몇 갭니까?”

“삼 개조야.”

“왜 갑자기 생포작전이 사살 쪽으로 바뀌었죠?”

“자식이 머리가 돌기 시작했어. 머리 돈 놈 달래려다간 괜히 생사람만 덤으로 잡을지 모르잖나.”

“인질들 혹시 위험하지 않겠습니까?”

“괜찮을 거야. 계획이 좋아. 일 개조가 벽을 뚫고 천장으로 들어가는 데 성공했어.”

“괜찮군요 그 작전. 천장에서 와장창 덮치겠다 그거죠?”

총성이 울린다. 연속되는 총성이다. 세 사람은 꿀꺽 말들을 삼키고 허리를 굽혀 차 밖의 다방 쪽을 올려다본다.

“뭐죠, 이건?”

“작전은 아닌데.”

“캄캄해요, 다방이.”

"일이 틀어졌나?"

총성이 잠시 멎었다가 다시 요란하게 빈 거리로 울린다. 다방 주위의 도로와 공지는 사람이 소개되어 썰렁하리만큼 훤하게 비어 있다.

"저거 저거!"

경찰이 돌연 한 곳을 쏘아보며 부르짖듯이 낮게 말한다.

"뭡니까?"

"나왔어, 범인이."

"예?"

"개판이군. 뭣들 한 거야? 저걸 어쩌다 다방 밖으로 내몰았지?"

무언가가 요란하게 공지에서 부서진다. 어느 건물의 유리창이 아니면 상점에 걸렸던 아크릴 간판일 것이다. 다방 바른편의 중국집 지붕 위로 범인의 모습이 실루엣으로 언뜻 나타난다. 작전중인 경찰 저격조는 차양용 캔버스에 가려 범인을 미처 발견하지 못한 것 같다. 주위에 몇 개쯤 남아 있던 불빛들이 한순간 누군가에 의해 일제히 꺼져 버린다. 그러나 뒤미처 어둠을 뚫고 두 개의 강한 빛줄기가 범인을 향해 화살처럼 내뻗는다.

어둠 속을 분주히 훑어가던 빛줄기가 이윽고 지붕 위를 내달리는 범인의 옆모습을 포착한다. 고촉광의 강렬한 불빛 속에 갇히자 범인은 균형을 잃은 듯 주춤했다가 다시 움직인다. 빛을 피해 지붕의 용마루를 넘으려는 듯 범인은 한 손으로 총을 끌며 가파른 지붕 위를 엉금엉금 기고 있다. 총성이 다시 밤공기를 울린다. 범인 발치 쪽의 기와 한 장이 총격을 받고 잘 구운 과자처럼 파삭 부서진다.

그 통에 범인은 중심을 잃고 가파른 지붕 위로부터 아래로 주르르 미끄러진다.

불빛이 잠시 범인을 놓친다. 그러나 재차 당황한 범인이 불빛 속에 뛰어든다. 위험하다. 지붕 끝의 홈통을 두 손으로 부여잡고 범인은 곡예라도 하듯 아슬아슬하게 허공에 매달려 있다. 지붕 위로 다시 오르려는 노력으로 범인의 두 다리가 묘한 모습으로 꿈틀거린다. 그러나 범인의 등허리에는 아직도 총기가 어깨걸이로 비스듬히 매달려 있다.

"아니 뭣들 하는 거야? 저격조는 어딜 갔어?"

"어!"

"떨어졌나?"

"예."

범인의 모습을 잠시 놓쳤다가 불빛이 다시 범인을 포착한다.

지붕에서 땅으로 떨어진 범인은 멀쩡한 모습으로 다시 빈 거리를 내달린다. 그러나 골목마다 경찰차가 막고 있어서 범인은 출구를 못 찾아 갈팡질팡 빈 거리를 뛰고 있다. 두 개의 강한 탐조등 빛줄기는 아직도 짓궂게 범인의 모습을 쫓고 있다.

출구가 막힌 것을 깨달은 범인이 이번에는 거리를 질주하며 건물들의 문을 주먹으로 쾅쾅 친다. 그러나 사람들이 소개된 후 빈 집으로 남겨진 건물들이어서 거리로 면한 모든 문들은 굳게 잠긴 채 꼼짝도 하지 않는다.

훤하게 터진 4차선 도로 위에 범인만이 불빛 속에 갇힌 채 허둥지둥 분주히 뛰고 있다.

"제대루 됐군. 작전은 이젠 시간 문제야."

"이쯤이면 생포두 가능하지 않을까요?"

"가능하겠지. 정 안 될 땐 한 방으루 끝낼 수 있으니까."

범인이 내닫는 빈 거리에 문득 귀를 찢는 듯한 날카로운 고음이 울려 퍼진다. 시민에게 경고를 외쳐대던 스피커가 이번에는 범인에게 투항을 권하는 최후 통첩을 보낸 것이다. 그러나 바로 이것이 결정적인 착오였다.

스피커의 고성이 커다랗게 거리로 울려 퍼지자 범인은 돌연 발을 세우고 총기를 사방으로 난폭하게 휘두른 것이다.

거리에 총성이 멎은 것은 그로부터 십여 초 후다. 빈 거리에 버려진 범인의 시체는 의외로 왜소했고 쓸쓸해 보였다.

작전은 끝났다. 사람 사냥이 끝난 것이다.　　　　　　(1978년·韓國文學)

雪夜

비탈길이 있다. 폭 30미터에 길이 2백 미터.

비탈길 위는 삼거리다. T자형 삼거리에는 점포가 많다. 철공소, 뱀탕집, 전자 대리점, 이삿짐센터, 제재소, 다방 월궁(月宮), 중고가구점, 화성옥(華城屋).

비탈은 T자형 삼거리의 아래로 뻬친 부분이다. 2백 미터쯤 아래로 내려와서 비탈은 평지와 만나고 흐지부지 꼬리를 감춘다. 거기서부터는 사통오달이다. 길이 많기 때문이 아니고, 길이 없기 때문이다. 사람이 가면 그곳이 길이다. 길에만 사람이 다니라는 법은 없다. 갈 수 없으면 할 수 없지만, 갈 수 있다면 다 길이다. 길은 아니라도 평지여서 그곳에서는 사람이 어느 쪽으로도 갈 수 있다. 옛날에 이곳은 논과 밭이었다. 그러나 지금은 3분의 2쯤이 논과 밭이 아니다. 30리가 넘는 대도시 복판에서 사람들이 길을 닦아 매해 조금씩 도시로 만든 것이다. 그러나 아직은 완전히 도시가 되지 못했다. 버스는 다닌다. 아침이면 사람들은 버스를 타기 위해 복숭아 과수원과 논 가운데를 질러온다. 임자가 바뀐 논과 밭에만 집장수들이 집들을 지었다. 땅값이 더 오르기를 기다리는 사람이 많아, 많은 논밭들은 몇 해째 그냥 연탄재

428

만 쌓여 간다. 그러나 요즘 같은 겨울철에도 집들은 계속 지어지고 있
다. 길만이 아직도 제자리를 찾지 못했다. 공터에 집들이 다 들어차야
만 길은 제자리를 찾을 것이다. 그렇게 되기 위하여는 아직도 이삼십
년쯤의 세월이 더 필요한 것이다.

　눈발이 희끗거린다. 엿장수 장 씨(張氏)가 리어카를 끌고 비탈길 아
랫녘에 도착한다. 한겨울 추위에도 장 씨의 얼굴에서는 땀이 흐른다.
장 씨는 피로하다. 리어카에 짐을 너무 많이 실었고 너무 먼 길을 걸어
왔기 때문이다. 고물상은 2백 미터 비탈길의 중간쯤에 자리잡고 있다.
그곳까지 올라가기에는 그는 늙었고 힘이 빠졌다.

　그래도 장 씨는 즐겁다. 엿장수들은 빈 리어카가 슬프다. 힘이 들더
라도 가득 채워진 리어카가 좋다. 장 씨는 오늘 운이 좋았다. 오전까
지 장 씨는 1원짜리 잡병 몇 개를 리어카 바닥에 싣고 다녔다. 고물이
많이 나오는 철은 봄 가을 겨울 여름 순서다. 그런데 요즘은 여름보다
도 벌이가 더 시원찮다. 오늘도 오전중에는 벌이가 아주 시원찮았다.
대문소리가 들려 돌아보면 잡병을 들고 나온 아이들뿐이었다. 아이들
은 엿장수의 강냉이를 공거로 생각한다. 1원짜리 잡병 두 개에 강냉이
한 보시기는 장 씨의 손해다. 그래서 장 씨는 아이들에게는 늘 손해다.
강냉이를 반 보시기쯤 주면 아이들은 울려고 한다. 장 씨는 손핸 줄 알
면서도 아이들을 울릴 수가 없는 것이다.

　오전 내내 장 씨는 피로했다. 빈 리어카를 끌고다니기가 가득 실은
리어카보다 더 피로하다. 가위도 무거웠다. 아무리 가위로 힘차게 쩔
렁대도 겨울철 대문들은 쉽게 열리지 않았다. 크고 좋은 집이 많은 동
넬수록 대문은 더욱 잘 안 열렸다. 그러다가 봉이 걸렸다. 고철, 물렁
이, 막지, 정대, 하드롱, 구대, 신대, 넝마. 리어카가 가득 찼다. 싸
게 잡을 것도 저울로 후릴 것도 없었다. 이민 가는 집이었다. 물건 치
워주는 것만 고마워했다. 장 씨는 한 탕에 일당을 뽑은 것이다.

　야, 아저씨 많이 실었네유?

　정 군(鄭君)이 비탈길을 내려온다.

잘 왔네, 뒤 좀 밀어 줘.

어디서 실었죠?

한 집에서 밥 먹여줬어.

운 텄군유. 자 밉니다.

리어카가 움직인다. 정군은 힘이 세다. 26살에는 장 씨도 힘이 좋았다. 장씨는 51살이다. 그래서 정군이 부럽고 귀엽다.

다들 들어왔어?

예.

인제 다섯 신데?

날씨가 궂어서유.

오늘은 모두 리어카 7대가 나갔다. 장 씨와 최 씨(崔氏)와 민 군(閔君), 정 군이 단골이고, 나머지 3사람은 뜨내기들이다. 겨울철로 접어들자 공사장 일거리가 줄어들었다. 그래서 데모도인 유 씨(柳氏) 고 씨(高氏) 안 군(安君) 세 사람은 고물상에 찾아와 겨울 한 철만 리어카를 끌기로 한 것이다.

리어카가 고물상 입구의 뽕뽕 다리를 넘어간다. 주인 남 씨(南氏)와 일꾼 석 씨(石氏)가 저울 앞에 서서 막지를 묶고 있다. 나머지 사람들은 저울질을 끝내고 창고 안 톱밥난로 근처에 둥그렇게 앉아 있다.

와따, 장 씨 많이 실었구먼?

한 집 물건이여.

불났나, 그 집?

이민 간대.

석 씨가 짐을 푼다. 장 씨는 채에서 나와 정 군을 돌아본다.

가봐, 수고했어.

고깃간에 가우. 오백 원만 주쇼.

뭔 오백 원?

석 씨 오늘 귀빠진 날이래우. 돈들 걷어서 쇠고기 두 근 사기루 했수.

장 씨가 오백 원을 찾다가 잔돈이 없자 천 원을 뽑아 준다.

나머진 쇠주 사.

얼래?

장 씨가 다시 석 씨를 향한다. 석 씨는 쑥스러워져서 삐뚤어진 입이 더욱 삐뚤어진다.

석 씨도 귀빠진 날 있었나?

있으니께 내가 생겼지.

그건 그려. 저울질 잘 해.

눈발이 점점 짙어진다. 장 씨는 석 씨를 믿는다. 지켜 섰지 않아도 석 씨는 저울눈을 속이지 않는다. 고철더미 위에 눈이 벌써 하얗게 쌓여 있다. 장 씨가 창고로 들어선다. 톱밥난로 근처에는 최 씨와 민 군과 안 군이 앉아 있다. 난로 앞에 부서진 의자 다리들이 쌓여 있고 세 사람들 앞에는 양재기 하나씩이 놓여 있다.

앉으쇼, 이리.

최 씨와 안 군 사이에 장 씨가 앉는다. 민 군은 톱밥난로에 톱밥 대신 의자 다리들을 찔러 넣는다. 부숴서 땔 의자들은 얼마든지 있다. 구조가 이상하게 생겨먹은 이 난로는 쇠붙이만 아니면 아무거나 다 집어삼킨다.

어디서 일당 잡았수?

오목다리.

거기 식전에 내가 들렀는데?

일렀군, 너무. 난 오후에 들렀거든.

식전과 오후는 사뭇 다르다. 이삼 분 간격으로 한 골목에 셋이 들이닥쳐도 고물은 한 사람에게만 몽땅 쏟아질 때가 있다. 고물은 재수다. 철사토막 속에 은젓가락이 섞일 때도 있다.

고 씨, 유 씨는 왜 안 보여?

먼저 들어갔수.

웬일이여 오늘?

데리러 왔습니다. 반나절 일 품이 생겼답디다.

고 씨 유 씨는 타일공이다. 한 달 전까지도 그들은 잘 벌었다. 올 겨울이 추운 겨울이면 그들은 봄에 또 잘 벌 것이다. 그들은 날씨가 추워져서 모든 집 목간통 타일이 다 얼어 터지기를 기다리고 있다.

석 씨가 다가온다. 어깨와 머리털 위에 눈이 하얗게 덮여 있다. 목장갑을 벗어 겨드랑에 끼고 석 씨가 주머니에서 종이쪽지를 꺼내든다.

고철 스물넷, 상양 반 관, 물렁이 스물일곱, 신문 열넷, 정대 아홉 장, 하드롱 스물둘, 구대 일곱, 신대 열둘, 맥주병 스물아홉, 콜라병 서른여덟, 잡병 스물여섯, 막지 열아홉, 박스 열셋, 신쭈 반 관, 이모노 다섯, 넝마 열여덟. 모두 8천 4백 30원 나왔수.

석 씨가 종이쪽지를 건네준다. 장 씨가 종이쪽지를 받아 옆자리의 민 군에게 되넘겨 준다.

셈 좀 해봐, 맞나 봐야지.

민 군이 손으로 항목을 짚어가며 긴 품목값을 암산하기 시작한다. 그 동안 장 씨는 주머니를 뒤져 돈을 꺼내 들고 석 씨를 바라본다.

얼마 내주면 셈이 맞나?

천 5백 70원이우.

장 씨가 돈을 세어 석 씨에게 건네준다.

20원 모질라.

됐수, 그거면.

장 씨는 일 나가기 전에 만 원을 남 씨에게 빌렸다. 리어카와 가위와 저울은 고물상에서 공으로 빌려준다. 그러나 고물을 받기 위하여는 강냉이 한 방과 약간의 현금이 필요하다. 현금은 보통 5천 원이지만, 장 씨는 오늘 만 원을 빌렸다. 겨울철엔 고물이 적은 대신 가끔 값나가는 가동물건(可動物件)이 나올 때가 있다. 큰 물건을 잡기 위하여는 때로 만 원쯤의 현금이 필요한 것이다.

맞습니다, 계산.

민 군이 종이쪽지를 장 씨에게 건네준다. 건네주는 종이를 꾸겨 쥐며 장 씨는 빤히 민 군을 바라본다.

맞어?

예.

증말이여?

예.

증말?

민 군이 벌떡 의자에서 일어선다. 별로 화난 기색도 없이 민 군은 휑하게 창고 밖으로 걸어간다.

어딜 가?

대꾸가 없다. 좁은 어깨를 잔뜩 웅크린 채 민 군은 그대로 눈을 맞으며 고물상을 나간다. 민 군과 엇갈려 주인 남 씨가 창고로 다가온다. 민 군을 한번 뒤돌아본 뒤 남 씨가 성큼 난로 앞으로 붙어선다.

왜 저래 저 사람?

미쳤수.

왜?

이 양반한테 물어 보슈.

석 씨의 턱짓을 받고 장 씨가 담배를 꺼내 문다. 장 씨는 무안하다. 젊은 사람한테 농 한 번 걸었다가 본전도 못 찾은 꼴이다. 민 군은 워낙 말수가 적다. 온종일 가야 묻는 말에만 겨우 대답이다. 장 씨는 민 군이 다 좋은데, 그것 하나가 좋지 않다. 그래서 모처럼 농이라고 걸었는데, 민 군은 그것마저 탈탈 털고 도망쳐 버린 것이다.

싸가지 없기는, 나잇값이나 하슈.

누굴 나무래? 버르쟁이 없기는 젊은 놈이야.

최 씨다. 꽥 고함을 내지르고 최 씨는 침을 탁 뱉는다.

말수가 적기는 최 씨도 같다. 말수 적은 사람이기 때문에 그의 고함은 뜻밖이다. 주인 남 씨가 머쓱해진다. 최 씨라면 남 씨도 믿어 주는 사람이다. 그가 이렇게 화를 낼 때는 이유가 있기 때문이다.

왜들 이래? 뭘 어쩐 거여? 민 군이 괜스레 저러는 게 아니잖어?

내 탓이야. 농 좀 걸었어. 저렇게 화낼 줄 누가 알았나?

알 수가 없군. 착한 녀석이야. 밥 달래나 술 달래나 왜들 민 군을 못 잡아먹어 안달들인가?

이건 무슨 새 까먹은 소리여?

다시 최 씨다. 난롯불에 달아오른 최 씨의 이마에 파란 정맥이 불끈 솟는다. 말수 적은 홀아비 최 씨가 오늘은 좀 이상하다.

남 씨 정말 앰한 소리 하기여? 우리가 왜 그 녀석 못 잡아먹어 안달이여? 난 경우 없는 소린 못 해. 남 씨야말루 왜 그 녀석만 끼구 도는 거여. 지금사 얘긴데 남 씨 두부 먹다 이빨 빠질 거여. 빤드럽기 꼭 삼 년 묵은 물박달 방망이여. 내 말 틀리나 두구 보라구. 그놈은 우리처럼 가위 쩔렁델 놈이 아니여.

최 씨가 훌쩍 의자에서 일어선다. 잡을 새도 없이 최 씨는 휘적휘적 고물상을 걸어 나간다.

말들이 없다. 눈발이 짙어졌다. 뻘겋게 야적된 고철더미로 눈이 하얗게 뒤덮였다. 어둠이 닥쳐온다. 날은 어둡고 눈은 희다. 눈발 때문에 시야가 좁혀졌다. 고물상 밖은 이미 아무것도 보이지 않는다. 남 씨가 돌연 창고를 나간다. 안 군이 난로를 열고 의자 다리들을 쑤셔 넣는다.

한 달 전이다. 아침녘에 키가 멀쑥하고 얼굴이 하얀 청년 한 명이 찾아왔다. 일 나가려는 사람들을 향해 청년은 주인을 찾았다. 남 씨 대신 석 씨가 나왔다. 저 여기서 일 좀 하구 싶은데요. 청년이 말했다. 해봤소, 이런 일? 아뇨, 처음입니다. 청년은 손이 가늘었다. 가보쇼, 미안허우. 안 해본 사람은 여기 일 못 해. 청년은 얼굴이 빨개졌다. 그러나 청년은 지지 않고 다시 말했다. 시켜보십시오. 할 수 있습니다. 뭘 믿구 시켜? 석 씨가 말했다. 석 씨에겐 이유가 있었다. 고물상에서는 일 찾아오는 사람에게 리어카와 가위와 저울을 빌려 주었다. 6백 원짜리 강냉이 한 방과 현금 5천 원도 빌려 주었다. 고물은 엿장수가 수집한다. 그러기 위하여는 고물상들이 이런 물건들은 엿장수에게 공으로 빌려 줘야 하는 것이다. 그런데 가끔 도둑놈이 있었다. 고물상에서 물건을 빌려 갖고 나간 후 다시는 돌아오지 않는 놈이 있는 것이다. 믿어 주십시오. 청년이 다시 말했다. 어떻게 믿어. 일하구 싶습니다. 글쎄 우리가 어떻게 당신을 믿느냐구? 어떻게 해야 절 믿겠습니까? 그걸 왜 나한테 물어? 청년은 고집이 있었다. 얼굴이 빨개진 채 그는 조금도 물러서지 않았다. 전 여기서 일해야 합니다. 일하겠습니다. 일하도록 해주셔야 합니다.

그때 남 씨가 나타났다. 일해. 남 씨가 말했다. 남 씨는 주인이었다. 딴사람이 간섭할 일이 아니었다. 석 씨, 어서 물건들 내줘. 청년은 소원을 이루었다. 그가 바로 민 군이었다.

누군가가 눈발 속으로 걸어온다. 숙소 안을 기웃한 뒤 그는 곧바로 창가로 다가온다. 고깃간에 갔던 정 군이다.

뭣들 하슈? 어서 갑시다. 쇠고기 화성옥에 맡겨 놨수.

가, 석 씨.

장 씨가 먼저 일어선다. 석 씨가 일어서자 안 군도 따라 일어선다.

어디 갔수 모두? 최 씨랑 민 군이랑 안 보이는데?

갔어, 그 사람들.

어디루요?

몰라.

일행들이 줄줄이 창고를 나온다. 뒤처진 석 씨가 잠깐 발을 세워 난로를 돌아본다. 뚜껑을 열고 난로 속을 들여다본다. 뚜껑을 다시 닫고 석 씨가 툭툭 나무토막들을 발로 찬다. 난로 주위가 깨끗해지자 석 씨도 뒤따라 창고에서 나온다.

벌써 어둡다. 쌓인 눈이 발목을 덮는다. 트럭 한 대가 엉금엉금 비탈길을 올라간다. 삼거리 쪽의 불빛들이 노랗다. 난롯불로 달아오른 얼굴에 눈들이 따갑게 와서 부딪힌다. 분식집 주방에서 무언가가 훌쩍 보도로 날아와 부서진다. 눈 위에 하얗게 김이 솟는다. 떨어진 것은 아직 덜 탄 연탄재다.

며칠 쉬어야 되겠구면.

왜요?

눈 봐, 리야까 끌겠어?

정 군이 하늘을 올려다본다. 잿빛 하늘에 눈이 자욱이 날아 내린다. 일 못 나가도 좋다. 내리는 김에 아예 두어 자쯤 내렸으면 좋겠다. 정 군은 눈에서 고향을 본다. 어린 누이와 늙은 어머니와 자 반쯤 되는 고드름이 달린 초가가 보인다. 눈 없는 겨울은 겨울이 아니다.

화성옥 유리문이 열린다. 홀에 사람이 반나마 차 있다. 손님은 복덕방 한 패와 이삿짐센터 패가 두 무더기다. 머리와 어깨에 눈을 털고 정 군이 곧장 횡성댁에게 다가간다.

아짐마, 왔수.

들어가.

어느 방이우.

삼호실.

장 씨가 정 군을 따라잡는다. 삼호실은 홀을 지나 주방 뒤로 붙어 있다.

방까지 잡어?

무언 소리유?

각시두 부를 텐가?

불러 볼까유?

정 군이 웃는다. 까만 얼굴에 이만 하얗다.

염려 놓으슈. 술값 보태라구 남 씨 아저씨가 삼천 원 줍디다.

방이 좁다. 아랫목만 빼고는 냉돌이다. 아랫목은 누구나 알 수 있다. 거기만 동그랗게 연탄 크기로 비닐장판이 탄 것이다. 장 씨를 선두로 네 사람이 차례로 앉는다. 미닫이 저쪽 2호실에서 여자가 갑자기 호호 웃는다. 사내 네 명이 웃음소리를 듣고 일제히 고개를 돌려 미닫이를 바라본다.

뭘 더듬어요? 솔밭에서 바늘 찾수?

왜 이리 깊어? 길 좀 터봐.

호호, 가만 좀 있어요. 눈먼 중 갈밭에 든 것 같네.

쾅 소리가 난다. 정 군이 윗몸을 뉘어 미닫이를 뒷머리로 받은 것이다. 수작이 뚝 끊어진다. 기다려 봤지만 응대가 없다. 정 군이 그제야 누인 몸을 일으킨다.

누구유, 저거?

김 양.

기집말구 사내 말이우.

뱀탕집 영감 아냐?

맞어.

석 씨가 담뱃갑을 꺼내 놓는다. 장 씨가 먼저 뽑자 안 군과 정 군도 한 대씩 뽑아 간다. 불들을 붙이느라 네 사람은 잠시 말이 없다. 담배는 네 대를 붙였지만, 포마이커상 위에는 두 대밖에 보이지 않는다. 나이 많은 장 씨를 생각해서 안 군과 정 군은 담배를 상 밑으로 피우는 것이다.

참 최 씨는 어딜 갔수?

남 씨허구 다퉜어.

왜유?

알 것 없네.

석 씨가 목이 죄는지 윗단추 하나를 풀어놓는다.

난 여기 와 있을 줄 알았는데. 이 사람 정말 어딜 갔어?

오겠죠 뭐. 많이 다퉜수?

갔을 게유, 아마. 헌데 그 사람 왜 그렇게 민 군을 싫어하누?

남 씨하구 다퉜다며 민 군은 왜 들먹이우?

민 군이 사단이야. 남 씨가 너무 민 군만 끼구 돈다는 거야.

정 군의 두 콧구멍으로 담배연기가 굴뚝처럼 뿜어나온다. 쏟아지던 연기가 뚝 멎으며 정 군이 피우던 담배를 양철 재떨이에 오닥지게 뭉개 버린다.

말 난 김에 얘긴데, 민 군 걔 어떻게들 생각하슈.

자네두 시비 붙을 작정인가?

시비 아니우. 중은 ×을 해두 무릎을 끓구 헌답디다. 책 모으는 걸 보면 알 것 아니우? 한국책 서양책 걔 가방은 책으로 가득 찼수. 대체 걔 어떤 놈이우? 요즘은 더 말이 없습디다.

놔뒀뿌러. 사람이지 뭐겠어? 자기 말로는 돈벌어서 대학 갈 거라구 허드라면서?

든 대학인데 두 번 들어가우? 내 보기엔 걔 벌써 오래 전에 대학 들어갔어.

어떻게 알어? 제 입으루 그러든가?

말 안 험 모르우? 생긴 걸 보슈. 걔가 어디 막일 해본 솜씹디까?

말들이 없다. 장 씨는 언뜻 집 나간 딸을 생각한다. 삼 년 전이다. 아비가 품일 나간 사이에 딸은 문틈에 편지를 꽂아 놓고 도망쳤다. 찾지 마세요. 나 서울 가요. 돈벌어서 기술 배워 갖구 나 아버지 꼭 뫼시러 올 거예요. 딸을 찾아 장 씨도 사흘 후에 서울로 올라왔다. 에미 죽고 하나밖에 없는 피붙이였다. 처음엔 괘씸했다. 조금 지나자 불쌍했다. 한참 지나자 장 씨는 자기도 서울사람이 된 것을 깨달았다. 딸을 찾아 올라오긴 했지만. 장 씨는 딸도 못 찾고 고향마저 잃어버린 것이다.

미닫이가 열린다. 찬 바람과 함께 목판 하나가 방 안으로 들어온다.

받어들 놔요. 바뻐 죽겠어.

횡성댁이 건네주는 음식들을 안 군이 받아 술상 위로 탕탕 놓는다. 마지막 음식이 건네지자 정 군이 와락 미닫이를 잡는다.

아짐마, 나 좀 봅시다.

왜?

방금 옆방에 들었던 물건 김 양 맞는지 모르겠군.

아니여 김 양. 오늘 새루 온 아가씨여.

잘됐네 그럼. 우리두 새 색시하구 인사 좀 헙시다.

그 아이 바뻐. 방금 일호실루 들어갔어.

왜 이러슈. 아짐마? 석 씨 오늘 귀빠진 날이라는 거 알지 않수?

기둘려 조금만. 나오면 곧 넣어 줄게.

어느 세월에? 내일 날샌녘에? 윤 양은 어디 있수? 최 씨 없으니 윤 양이라두 몰아 넣으슈.

없어, 그년. 목간 간다구 나간 년이 죽었는지 살았는지 아직두 안들어왔어.

뭔 소리유 그게? 그럼 최 씨랑 미도여관에 엉겨붙었나?

최 씨 좋아허네? 나중에 원망허지 말구 최 씨더러 진즉 속차리라구 일러. 그 년은 외보살(外菩薩) 내야차(內夜叉)여. 물덤벙술덤벙이라 나두 그년한텐 손들었어.

횡성댁이 사라진다. 열린 미닫이를 밀쳐 닫고 석 씨가 뻔히 정 군을 바라본다.

횡성댁 방금 한 말 무슨 소린가?

모르겠수 나두. 최 씨는 너무 뜸이 깁다. 계집은 잡은 참 널름 샘켜야지 뜸이 길면 골루 빠지우.

그래 윤 양이 골루 빠졌다는 이야기야?

골루 빠졌는지 재를 넘었는지 내가 그걸 어떻게 알우. 고깃국 식수, 술이나 듭시다.

안 군이 술을 따른다. 안 군은 부처다. 가는귀가 먹은 안 군은 민 군보다 더 말이 없다. 그래도 그는 민 군처럼 말이 없다고 욕을 먹지 않는다. 가는귀먹은 것도 병신이다. 병신은 밉지 않다. 딱할 뿐이다.

술잔이 돈다. 밤이 점점 깊어진다. 깊어지는 밤을 따라 눈도 계속 쌓여 간다. 문을 닫고 방 안에 앉았지만, 술꾼들은 밖에 눈이 오는 것을 알고 있다. 보지 않고도 눈이 오는 것을 아는 것은 술꾼들 가슴에도 눈이 오기 때문이다.

　바위야 바위야 꽁지 들썩

다부지 푸드득
네 밑구멍에
호랑이 들어간다!

정 군이 노래를 부른다. 한바탕 눈밭에 뒹굴더니 정 군은 지금 비탈
복판에 앉아 있다.

거리는 텅 비었다. 눈이 그쳐 하늘에 별이 총총하다. 술꾼들도 다
떠났다. 불빛이 보이지만 화성옥도 문을 닫았다. 지붕이고 찻길이고
모두가 하얀 눈 천지다. 정 군이 다시 눈을 날린다. 두 손으로 눈을 꾹
꾹 뭉쳐 사방으로 훌훌 내던진다.

혼자 가면 도망질!
둘이 가면 화냥질!
셋이 가면 가래질!
넷이 가면 화투질!
화투 끝에 싸움질!
싸움 끝에 정장질!
정장 끝에 징역질!
얼싸 좋다 용두질!

정 군의 고함에 개가 짖는다. 한 마리가 짖자 여러 마리가 따라서
짖는다. 사람들이 윗길에서 내려온다. 하나는 크고 하나는 작다. 바지
앞섶의 단추를 끄르다가 장 씨가 등을 돌린다. 하얀 눈밭에 까만 구멍
이 숭숭 뚫린다. 장 씨는 취했다. 그러나 정 군은 장 씨보다 더 취했
다. 한 병 더 깐 게 잘못이다. 모셔 가겠다고 큰소리더니 늙은 게 오히
려 젊은 놈 모셔 가게 생겼다. 장 씨가 몸을 돌린다. 윗길에서 내려오
던 사람들이 장 씨 앞을 지나간다. 옆얼굴이 낯익다. 계집이 아니고
사내 쪽이다.

440

누구여 이게?

접니다.

어딜 가?

자려구요.

앞서가던 계집이 화성옥 앞에서 돌아본다. 부연 달빛 속이지만 장 씨는 계집도 알아본다. 복사꽃처럼 빨간 볼이 바로 화성옥 윤 양이다.

어디서 잘 거여?

화성옥에서요.

민 군이 몸을 돌린다. 젓가락처럼 몸이 길다. 화성옥 유리문이 드륵 열린다. 윤 양과 민 군이 나란히 사라진다. 장 씨는 그제야 눈밭을 바라본다. 조용하다 싶었더니 정 군이 아예 길게 누웠다. 장 씨가 정 군에게 다가간다. 저대로 길바닥에 놔둘 수 없다. 얼어죽지 않으면 차에 깔려 죽는다. 눈밭이 갑자기 기우뚱한다. 걷다가 말고 장 씨는 크게 머리를 내젓는다.

망할 년, 육시랄 년, 네년 내가 다시는 찾나 봐라.

목이 멘다. 갑자기 도망친 딸이 보고 싶다. 눈앞에 언뜻 딸의 모습이 떠오른다. 그러나 딸은 옛 모습의 딸이 아니다. 입술이 빨갛다. 술상 머리에 앉았다. 몸을 비꼰다. 호호 웃는다.

불쌍한 년. 조금만 참지. 조금만 참았으면 정 군 저놈은 내 사위여.

정 군이 훌쩍 눈밭에서 일어선다. 다리가 꼬였는지 정 군은 그러나 다시 펄쩍 주저앉는다. 온몸이 눈이다. 손에는 여전히 눈뭉치가 들려져 있다.

누구유, 거기?

나여, 정신차려.

몇 시유, 지금?

통금 다 됐어.

장 씨 아저씨 먼저 가슈. 나 여기 좀 앉았다가 술 깨면 들어갈라우.

찻길이여 여긴. 쉴래건 저기 길 밖에 나가 쉬어.

정 군이 다시 몸을 일으킨다. 아까와는 달리 다리가 제법 짱짱하다. 눈들을 툭툭 턴 뒤 정 군이 드디어 비칠비칠 걷기 시작한다.

석 씬 어딨수?

들어간 지 언젠데?

좆겉이 취하네!

팔 좀 잡아 주까?

놔두슈, 혼자 갈라우.

다져지지 않은 눈은 미끄럽지 않다. 위태롭게 걷는 정 군을 장 씨는 곁에서 바싹 붙어 따라간다. 팔이라도 잡아주고 싶지만 장 씨는 유혹을 꾹 참는다. 이쪽 친절이 저쪽에는 부담이 될 수도 있는 것이다.

장 씬 고향이 어디라구 했수?

고향은 왜?

장 씨 고향에두 눈이 많이 오우?

보통이여.

내 고향은 이맘때면 산이구 들이구 눈 천지유. 사방이 허옇게 눈에 묻혀 빠끔한 데 하나 뵈질 않수. 언젠가 토끼하구 노루떼가 먹을 게 없어 마을루 몰켜 내려왔습디. 눈에 파묻혀 허우적대는 놈들을 마을에서 온통 지겟작대기루 때려잡았지. 장 씨 혹시 갓 내린 눈 위에 핏방울 스민 거 본 일 있수? 빨간 노루피가 눈 속에 스몄는데 그건 영판 꽃입디다.

정 군의 몸이 기우뚱한다. 장 씨가 손으로 잡는 대신 같은 어깨로 되받쳐 준다.

어디여, 고향이?

장 씬 말해 줘두 모를 게유. 어둔이골이라구 진부령(陳富嶺) 서두 안으로 반나절이나 더 들어가야 허우.

고향선 언제 나왔어?

삼 년? 제미 씨팔. 어느새 벌써 사 년이네.

왜 나온 거여? 돈벌러 나왔나?

돈요?

정 군이 픽 웃는다. 흰 이를 드러내고 고개를 설레설레 내두른다.

돈 아니우. 눈 싫어서 나왔수. 천지에 눈이라 거기선 눈이라면 지긋지긋하게 싫어들 했수. 헌데 지랄! 서울 올라오니 여기선 외려 눈 구경하기 힘듭디다. 고향선 그렇게 지겹던 눈이 여기선 웬 조환지 눈만 오면 반갑다 그 얘기유.

인심이여 그게. 고향 좋다는 게 그런 거 아닌가베.

고물상 입구다. 어지럽던 고물상도 눈에 묻혀 깨끗하다. 숙소 앞쪽으로 발자국이 몇 개 찍혀 있다. 불빛을 보니 석 씨는 아직 깨어 있는 모양이다. 봉당에서 장 씨가 발을 구르자 문짝이 후딱 밖으로 자빠진다.

누구요?

날세.

방 안에 의외에도 주인 남 씨가 앉아 있다. 정 군이 신을 벗고 먼저 방 안으로 들어간다. 쏘아보는 남 씨를 외면한 채 정 군이 풀썩 목침대 위로 자빠진다. 장 씨가 신을 벗고 뒤따라 들어서자 석 씨가 불쑥 장 씨의 팔을 잡는다.

일났수, 장 씨.

뭔 일?

민 군 못 봤수?

봤어, 왜?

어디 있수, 그 사람?

장 씨가 남 씨를 바라본다. 목소리가 낮지만 남 씨의 표정이 이상하다.

뭔 일이여? 왜들 이래? 민 군이 또 장물 받았나?

장물은 아니여.

그럼?

대꾸가 없다. 목침대에 자빠진 정 군의 입에서는 어느새 거친 풀무

소리가 새어 나온다. 망설이는 석 씨를 대신해서 남 씨가 문득 입을 연다.

형사가 다녀갔어.

형사?

민 군 사진을 봬주더군. 벌써 한 달 전에 수배된 사람이래.

장 씨의 어깨가 축 처진다. 손가락 하나 들 힘도 없다. 민 군은 윤 양과 방금 전에 화성옥에 들어갔다. 최 씨가 오래 전부터 뜸들여 온 윤 양을, 민 군이 가로챈 것을 장 씨는 오늘 처음 알았다. 그러나 장 씨는 못 본 체했다. 최 씨가 알면 칼부림이 나겠지만, 그것은 민 군보다도 윤 양 쪽에 잘못이 있기 때문이다. 그러나 형사만은 다르다. 형사한테 민 군을 넘겨 줄 수는 없는 것이다.

무슨 죄여? 무슨 죄를 지었길래 형사들한테 쫓기는 거여?

몰라, 그건. 딴 건 모르겠구 학생인 것만은 틀림없더군.

학생? 민 군이 학생이여?

응, 대학에 다닌대. 그것두 아주 좋은 대학에.

장 씨의 입이 벙싯하게 열린다. 말을 하려고 입을 열었지만 장 씨는 끝내 아무 말도 못한다.

가!

장 씨가 돌연 자리에서 일어선다. 석 씨와 남 씨가 놀란 얼굴로 장 씨를 올려다본다.

가다니?

있는 델 알어. 민 군 지금 화성옥에 있어.

앉어, 이 사람아. 가긴 어딜 가.

안 갈 거여 그럼? 잡으러 왔으니 알려는 줘야잖어?

알면 뭘 헐 거야? 있는 델 알구 잡으러 왔는데, 민 군이 알면 어쩔 거여?

문고리를 잡은 채 장 씨는 잠시 움직이지 않는다. 석 씨와 남 씨의 얼굴이 장 씨에겐 언뜻 모루처럼 단단하게 느껴진다. 모루는 메쳐도

깨지지 않는다. 장 씨는 모루가 아니다. 그래서 그는 모루가 밉다. 방문이 열린다. 털신을 찾아 신고 장 씨는 급히 고물상을 나온다. 뽕뽕 다리를 막 건너는데, 누가 저만치 앞서 걸어간다. 젓가락처럼 키가 크다. 사내는 어깨에 길쭉한 가방을 메고 있다.

누구여?

앞서가던 사람이 발을 세운다. 가방이 무거운지 사내의 어깨가 기우뚱하다.

접니다.

저라니?

민 군입니다.

달빛이 휘황하다. 차고 밝고 깨끗한 밤이다. 두 사람이 마주선다. 장 씨가 한참 만에 입을 연다.

뭘 해? 여기서?

아무것도 안 합니다.

가방은 뭐여?

떠나려구요.

떠나다니 어디루?

글쎄요, 가봐야죠.

장 씨가 눈을 껌벅인다. 알려주려고 달려나왔는데, 민 군은 이미 소식을 알고 있다. 이곳에서 어정대는 것을 보니 그는 어쩌면 숙소 앞에까지 왔던 것 같다.

어떻게 알았어? 화성옥에두 형사가 들렀나?

아뇨. 방금 최 씨가 저한테 다녀갔습니다. 그 얘긴 최 씨한테 들었습니다.

최 씨라니? 고물상 최갑식이?

예.

장 씨가 입술을 불쑥 내민다. 술은 깨는데, 머리는 더욱 어지럽다. 최 씨라고는 상상도 못했다. 그러나 그게 장 씨에겐 조금도 이상하지 않다.

그래 이 밤에 어디루 갈 거여?

대답이 없다. 다리에 뿌리라도 내린 듯 민 군은 멍하니 화성옥 쪽을 바라본다. 물어 본 장 씨가 잘못이다. 가방을 한번 추스른 후 민 군이 한참 만에 입을 연다.

아저씨, 화성옥에 가보십쇼.

거긴 왜?

오늘 새루 온 아가씨가 있는데 한 번 만나 보십쇼.

장 씨가 비스듬히 고개를 젖혀 민 군을 의아스레 올려다본다. 민 군은 농을 모른다. 농을 모르는 민 군이기 때문에 장 씨는 더욱 의아스런 얼굴이다.

뭔 소리여 그건? 자네두 농할 줄 아네그려?

농이 아닙니다. 만나 보십시오. 혹시 아저씨 따님인지두 모릅니다.

장 씨가 발을 옮겨 딛는다. 한 손으로 민 군의 팔을 움켜잡고 장 씨가 헐떡이듯 입을 연다.

내 딸이라니? 재숙이란 말이여? 자네가 내 딸을 어떻게 아나?

뵙지는 못했지만 얘기는 많이 들었습니다. 횡성댁을 통해 본명과 고향을 알아봤더니 아저씨 말씀하구 비슷하게 맞아떨어지더군요. 실은 그 얘길 드리려구 저 지금 막 숙소루 내려가던 길이었습니다.

장 씨가 뒤로 몸을 물린다. 몇 발짝 걷다가 장 씨가 다시 민 군을 돌아본다.

기둘리게 거기. 나 금방 다녀옴세.

눈 덮인 하얀 비탈길을 장 씨가 헤엄치듯 팔을 휘저으며 올라간다. 눈 속에 말뚝처럼 다리를 박고 민 군은 멀어지는 장 씨를 무표정하게 바라본다. 기다릴 필요는 없다. 장 씨는 아마 쉽게 내려오지 않을 것이다. 딸이라도 그렇고, 딸이 아니라도 마찬가지다. 떠날 시간이다. 장 씨의 모습이 사라지자, 민 군은 가방을 고쳐 멘다. 갑자기 피로하다. 도피도 이제는 습관으로 되었다. 두려움은 없다. 쫓고 쫓기는 것

은 늘 있어 온 인생살이다. 밝은 날이 언제가 될 것인가 민 군은 그것
이 알고 싶을 뿐이다.

(1979년·文藝中央)

공손한 폭력

해가 진다.

두 길 가까운 가풀막 아래쪽에 크기를 가늠할 수 없는 넓은 담수호가 뻗어 있다. 해가 기울자 바람이 자고 호수 수면에 저녁 찬 기운이 내려깔린다. 상류의 늪지대 일대에는 수초가 무성한 작은 섬들이 점점이 떠 있다. 섬들은 크기가 서로 다르고, 샛섬 하나를 제외하고는 모두 상류 쪽 한곳에 몰려 있다. 호심(湖心) 쪽으로 혼자 내려앉은 샛섬은, 지금은 고작 사오백 평 정도의 넓이다. 호수의 수위(水位)에 따라 샛섬은 그 크기가 수시로 바뀐다. 수위가 높을 때는 사오백 평에 불과하지만 물이 빠져 수위가 낮아지면 섬은 갑자기 수천 평이 되는 것이다.

줄풀과 갈대가 하얗게 뒤덮인 샛섬 위로 지는 햇살이 한데 머물러 빛의 덩어리로 눈부시다. 곡옥(曲玉) 모양의 샛섬 꽁지 쪽은 지난 비로 물에 잠겨 흔적도 볼 수가 없다. 추수를 끝낸 제방 위 논바닥은 툭 터진 벌판인 채 무한정 썰렁하다. 리기다소나무의 군청색 솔숲만이 큰 키의 전탑(電塔)과 함께 늦가을 빈 들을 적막하게 지키고 있다.

가풀막 윗녘의 말라죽은 밤나무 등걸에 노인은 그물을 걸고 손을 털며 둑길을 지나간다. 방금 물을 건너 그물을 보고 온 그는 무릎의 신경통으로 왼쪽 다리를 끌듯이 걷고 있다. 짚단과 깻대를 쌓아 둔 빈터에서 노인은 고개를 들어 개천 저쪽의 얕은 구릉을 건너다본다. 산이랄 수 없는 민두름한 솔밭 구릉에서 오토바이 머플러 소리가 달려가는 속력대로 높고 낮게 총 쏘듯 들려 온다. 잠시 멈춰 선 노인의 손을, 아직 어린 티의 갈색 개가 뒤로 다가와 장난스레 혀로 핥는다. 개 머리를 한 번 쓸어주고 노인은 마당을 가로질러 함석집 마루 끝에 무겁게 걸터앉는다.

집 뒤의 얕은 솔밭 쪽에서 청년 한 명이 내려온다. 가을 추수 때 경운기가 볏단을 싣고 다녀서 둑길로부터 솔밭 위쪽으로 차가 다닐 만한 거친 길이 닦여 있다. 청년이 함석집 뒤뜰로 들어서자 개가 먼저 알고 꼬리를 휘두르며 달려간다. 키는 크지만 나이는 어려서 청년은 어딘가 앳되고 해맑은 얼굴이다. 놋쇠 장식이 박힌 개 목줄을 손에 든 채 청년은 노인을 보자 눈길을 얼른 아래로 떨군다.

"다녀왔어요."

"뭐 타구 왔냐?"

"급해서 태식이 삼촌 오토바이 꽁무니에 얹혀 왔어요."

"급허다니?"

"장례 치른대요."

"언제?"

"낼요."

청년이 앞마당에 쭈그려 앉아 개 목에 목줄을 끼워 준다. 잘려 나간 왼손의 두 손가락 때문에 청년의 손놀림이 서툴고 어색하다. 재떨이에 담배를 비벼 끈 후 노인이 돌연 소리를 버럭 지른다.

"그건 뭐여?"

"뭐 말예요?"

"그걸 왜 개 목에 끼워?"

"샀어요, 제 돈으루요. 목줄이 없으니까 개가 꼭 똥개 같아요."

"돈 흔했다. 그래 읍내선 장례를 어떻게 치른다는 게야?"

"병원에서 합동으루 치른대요. 내일 9시에 영구차 나간다구 오늘 저녁에 미리 읍내루 나오시래요."

청년이 노인과 간격을 두고 마루 끝에 걸터앉는다. 개는 목줄이 거북한지 마당에 배를 깔고 엎드려 뒷발로 연방 목줄을 긁어대고 있다. 노인이 왼다리를 마루 위에 올려놓고 한 손으로 힘을 주어 저린 부분을 꾹꾹 주무른다.

"그래, 합의는 어떻게 했어?"

"천두 못 받구 팔백으루 됐나 봐요. 장례비는 따루 준다지만 일을 너무 서둔 것 같아요."

"서둘러? 오늘이 나흘째야. 송장 뻗쳐 놓구 그게 어디 할 짓인가."

"장례 치르면 땡이에요. 이왕 죽었는데 장례 좀 늦는 게 뭐가 나뻐요?"

"인석아, 왜 산 것들이 억울한 죽음 놓구 악다구니야? 죽은 사람들이 돈 달라디? 팔백 받았음 잘 받았다."

"고속버스 회사서는 이천두 준 적 있대요. 천두 못 받구 팔백이 뭐예요? 회사에서 우릴 얕잡아본 거라구요."

노인은 더 이상 듣고 싶지 않다는 듯 몸을 일으켜 방 안으로 들어간다. 옷을 갈아입는 노인을 향해 청년이 다시 입을 연다.

"그물 안 봐두 돼요?"

"방금 보구 왔어."

"새벽에두 보지 말까요?"

"놔둬 그냥. 물이 불어서 그물 두 채는 걷어 버렸다."

노인이 방을 나온다. 쑥색의 낡은 양복에 손에는 외출용 검은 구두를 들고 있다. 구두를 꿰고 마당으로 내려서며 노인은 턱으로 부엌 쪽을 가리킨다.

"솥에 무국 남은 게 있다. 밥 봐서 먹두룩 허구 집 비우려면 아랫방은 잠그구 나가."

“알았어요.”

“낚시꾼 오면 돌려보내. 배 빌려 줄 생각 말구.”

“다녀오세요.”

노인이 담 없는 집을 오른쪽으로 돌아나간다. 그러나 곧 뒤뜰 쪽에서 노인의 굵은 말소리가 들려 온다.

“나 지금 읍내 나가는 길이외다….”

“낚시 온 게 아니에요. 집에 사람 아무두 없나요?”

“있수. 들어가 보우.”

자전거 앞바퀴가 먼저 보이고 뒤미처 머리채를 묶은 젊은 여자가 자전거를 끌고 들어선다.

“안녕하세요?”

“어서 오십쇼.”

“읍내에 나가셨다더니?”

“방금 들어왔습니다.”

개가 코를 들고 냄새를 맡더니 여인의 곁에서 물러난다. 자전거를 마당에 세워 두고 여인은 바지랑대 밑의 평상 위에 걸터앉는다.

“다 저녁에 할아버지는 무슨 볼일루 읍내에 나가시죠?”

“매부 장례가 내일 있습니다.”

“아, 그 화재사고루 돌아가셨다는 분 말인가요?”

“네.”

“보상 문제는 어떻게 됐죠?”

“팔백으루 합의봤습니다.”

바람이 분다. 해가 훨씬 기울어서 자전거 그림자가 마당에 길게 누워 있다. 바람에 날리는 머리 몇 가닥을 여인이 손으로 쓸어 얌전히 귀 뒤로 넘긴다.

“저 내일 서울 올라가요.”

“아줍니까?”

“몰라요. 병원에 가서 사진을 다시 찍어 봐야 해요.”

청년이 마루에서 일어나 마당을 질러 광 쪽으로 건너간다. 열린 광
문으로 들어가는 청년에게 여인이 급히 입을 연다.

"낚싯대는 그냥 놔두세요. 제가 안 오거든 진우 씨가 그냥 쓰세요."

광에서 다시 청년이 나온다. 해맑은 청년의 얼굴에 수줍은 미소가
떠올라 있다. 그는 마루로 가는 대신 여인과 나란히 평상에 걸터앉는
다.

"이번에 서울 가시면 다시 뵙기 어렵겠군요?"

"아뇨. 자주 올 거예요. 삼촌 과수원엔 전에두 자주 내려왔었어요."

여인의 시선이 청년의 왼손에 머문다. 평상 위에 놓인 청년의 왼손
은 중지(中指)와 약지(藥指)가 한 마디씩 잘리고 없다. 머뭇거리는 표
정이더니 여인이 선뜻 청년의 손을 잡는다.

"전부터 궁금했어요. 이 손 언제 이렇게 다쳤어요?"

"꽤 됐습니다. 반 년 조금 넘었습니다."

"반 년이라구요? 그럼 아주 최근이잖아요."

"첨엔 무척 거북했죠. 허지만 이젠 아무렇지두 않습니다."

"뭘루 다쳤어요? 기계 같은 데에 상한 거가요?"

"실수죠. 야간 작업중에 … ."

"야간에 어떤 작업을 했는데요?"

청년이 눈살을 찌푸린다. 석양을 향해 찌푸렸지만 여인은 이내 미안
해 하는 얼굴이 된다. 잡고 있던 청년의 손을 그녀는 살며시 평상 위
로 내려놓는다.

"진우 씬 다시 서울 올라가실 생각 없으세요?"

"형편이 되어야죠."

"전엔 서울서 어떤 일 하구 지내셨어요?"

"여러 가지죠."

"어떤 여러 가지?"

"일일이 기억두 안 납니다. 닥치는 대루죠. 제일 오래 한 게 가구공
장 일입니다."

“서울엔 그럼 몇 살 때 올라간 거예요?”

“열여섯 땝니다. 중학 졸업하구 곧장이죠.”

“말하잠 무단가출이군요?”

청년이 웃는다. 떠올랐다가 금시에 사라지는 신경질적인 짧은 웃음이다.

“고향엔 결국 손을 다쳐서 치료차 내려왔나요?”

청년의 얼굴이 핼쑥해진다. 바늘을 삼킨 사람처럼 청년은 한동안 불안하게 눈을 깜박인다. 여인이 더 이상 묻지 않아서 청년은 남몰래 한숨까지 쉴 정도다. 조금 사이를 두었다가 여인이 다시 말을 건네 온다.

“오늘 밤에 진우 씨 시간 낼 수 있으세요?”

“오늘 밤 언제?”

“여덟시 전후해서.”

“글쎄요, 왜요?”

“교회에서 학생들이 송별회를 해주겠대요. 그 동안 정이 들어서 그냥 헤어지기 섭섭한가 봐요.”

“집이 비어서….”

“잠깐이면 돼요. 예배 보러 교회에 나오라는 것두 아니에요. 얼굴만 잠시 비쳐두 좋아요. 비슷한 청년들끼리 알구 지내는 게 싫으세요?”

“봐서 들르죠.”

“봐서가 아니에요. 꼭 오는 걸루 알겠어요.”

차소리와 함께 개가 짖어서 청년은 재빨리 평상에서 일어선다.

솔숲 구릉에서 승용차 한 대가 경운기 길을 따라 집 쪽으로 내려온다. 둑길을 버려둔 채 집 쪽으로 오는 것은 차 안에 탄 사람들이 낚시꾼이란 이야기다.

“어이, 젊은 친구, 나 몰라?”

차가 멎고 양쪽 도어가 열리더니 왼쪽에서는 20대 여인이, 바른쪽에서는 30대 사내가 차를 내린다. 두 사람 모두 짙은 색안경을 쓰고 있어서 이쪽에서는 거의 얼굴을 알아볼 수 없다.

"김 영감 없어? 어이 젊은 친구, 차 안에 짐 좀 내려 달라구."

개가 짖어댄다. 사내가 발을 굴러서 개가 더욱 세차게 짖어댄다. 청년이 개의 머리를 쓸어 주며 사내를 공손히 돌아본다.

"둑 밑에서라면 모르지만 샛섬 쪽에서는 낚시하실 수 없습니다."

"무슨 소리야, 그건?"

"손님을 건네 줄 배가 없습니다. 일이 있어서 할아버지가 읍내에 나가셨습니다."

"둑 밑에서 뭐가 물려? 자넨 배 저을 줄 모르나?"

"모릅니다."

"김샌네. 별러서 왔는데 … 좋아, 좌우간 짐이나 풀구 보자구."

사내가 몸을 돌려 뒤뜰에 세워 둔 차 쪽으로 걸어간다. 머리채를 묶은 젊은 여인이 자전거를 끌며 청년의 옆을 지나간다.

"가겠어요. 이따 봐요. 교회에 꼭 오시는 거죠?"

"예, 가죠."

자전거가 마당을 나간다. 세워 둔 승용차에서 사내와 젊은 여자가 많은 짐들을 내리고 있다. 큰 짐 두 개를 들고 오다가 사내가 청년에게 소리를 지른다.

"어이 친구, 그렇게 서서 구경만 할 거야?"

청년이 다가온다. 그러나 그는 사내 대신 여인이 들고 오는 낚시 가방을 받아 든다.

"둑길 저쪽 돌무지 쪽이 그런대루 입질이 있죠."

"둑에선 안 해. 난 샛섬으로 건너갈 거야."

"건네 줄 사람이 없다니까요."

"자넨 뭔가?"

"전 배 저을 줄 모릅니다."

"자네가 못 하면 내가 하지. 배나 내주게. 내가 저어서 건너갈 테니까."

"배는 내드릴 수 없습니다. 성한 배가 한 척뿐이라서 손님 내드리면 우리 쓸 배가 없습니다."

"웃기는군, 이 친구. 다 안 되면 되는 게 뭐야?"

"죄송합니다."

"죄송이 아냐, 되도록 해야지. 배는 나두 저을 줄 몰라. 자네가 못한다니까 나라두 한 번 해보겠다는 이야기야. 먼 길 찾아온 손님한테 자넨 꼭 안 된다는 소리만 해야겠어?"

청년은 말이 없다. 고개를 숙인 얌전한 표정인 채 청년은 끝내 고집스럽게 침묵을 지킨다. 대놓고 화낼 처지도 아니어서 사내가 이윽고 반 음계쯤 목소리를 낮춘다.

"어이, 사정 좀 봐줘. 바쁜 일 다 팽개치구 밤낚시 하자구 이백 리를 달려왔어. 해나 있으면 딴 데루 가겠지만 지금은 너무 늦어서 자리 옮기기두 쉽지 않아. 조금 있으면 별이 뜰 텐데 언제 텐트 치구 낚싯대 펴놓겠어?"

"내려가십시다."

청년이 짐을 들고 배가 묶여 있는 가풀막 아래로 내려간다. 함께 온 젊은 여자는 입을 봉한 채 사내 뒤꿈치만 따라다닌다. 짐들을 싣고 배를 풀어 낸 뒤 청년이 노를 들고 배 복판에 가 앉는다. 배가 뜨자 고물 쪽의 사내가 노 젓는 청년을 싱글거리며 바라본다.

"당신 아주 재미있어."

"난 하나두 재미없는데요."

"왜 될 일을 안 된다구 뻗댄 거야?"

"지금 다시 안 될 수도 있습니다."

"좋았어, 맘에 들어. 헌데 김 영감은 언제쯤 돌아올 거야?"

"오늘은 못 오십니다. 내일 늦게나 오실 겁니다."

사내가 잠시 말이 없다가 옆에 앉은 여인의 좁은 어깨에 팔을 두른다. 열 살도 더 아래인 젊은 여인은 사내가 팔을 둘러도 거북해 하거나 움츠리는 기색이 없다. 사내가 여인을 끌어안은 채 청년을 다시 건너다본다.

"우리 여기서 한 사흘쯤 지내구 싶은데 당신 우리 요구대루 편의 좀 봐줄 수 없어?"

"낚시를 사흘씩이나 하실 겁니까?"

"낚시만이 아냐, 쉬러 온 거야. 한 사흘쯤 딴 생각 없이 여기서 낚시나 하며 푹 쉬구 싶어."

"편의라는 게 어떤 겁니까?"

"밥 해주구 방두 빌려 주구 배나 가끔 태워 주면 돼."

"전 그런 건 모릅니다. 할아버지 오시면 말씀해 보십시오."

"젊은 부부가 또 있었는데 그 사람들은 어디 갔어?"

"화재사고루 남자가 죽어서 모두 읍내에 있습니다."

"남자가 죽어?"

청년은 눈을 내리깐 채 노를 물속에 깊이 담근다. 배가 둑 밑을 떠나 점점 깊은 호심으로 미끄러진다. 능숙한 솜씨는 아니지만 청년은 그런 대로 배를 착실히 저어가고 있다.

호수 수면에 붉은 놀빛이 번들거린다. 마른 수초로 뒤덮인 샛섬은 저녁놀 속에 더욱 짙은 등황색이다. 둑과 샛섬을 번갈아 살피더니 사내가 목을 빼고 새삼스레 소리를 친다.

"물이 언제 이렇게 불었어?"

"추수 끝나자 물을 안 뽑아서 현재 수위가 만숩니다."

"그럼 전에 텐트 쳤던 자리두 몽땅 물에 잠겼겠군?"

"샛섬이 지금은 오백 평두 안 됩니다. 꽁지 쪽은 다 잠기구 섬머리 쪽만 사오백 평 남았습니다."

"배는 그럼 가까운 데 대게. 텐트 칠 데는 우리가 찾을 테니."

섬이 가까이 다가온다. 해가 지자 바람이 자고, 대신 비릿한 물비린내가 수면에서 풍겨 온다. 물속에 잠긴 수초 때문에 노 젓기가 수월치 않다. 뱃머리가 갈대숲을 뚫고 들어가자 청년은 노를 누이고 대신 손으로 갈대 줄기들을 잡아당긴다. 갈대를 당기는 힘을 받아 배가 힘겹게 앞으로 나간다. 뱃바닥에 둔중한 울림이 전달되자 청년은 그제야 허리를 펴고 사내를 힐끗 돌아본다.

"다 온 것 같습니다. 내리시죠."

밤 공기가 서늘하다.

오렌지색의 교회 창문들이 홰나무 가지 사이에 잘 익은 열매처럼 매달려 있다. 실내 조명이 너무 밝아서 커튼 없는 창문들이 마치 어둠 속에 발광체처럼 눈부시다.

종루(鐘樓) 모서리에 높이 달린 외등이 교회 뜰 한구석을 침침하게 내리비춘다. 타원형의 침침한 빛 속에는 교인들이 타고 온 자전거 여러 대가 세워져 있다. 젊은 여선생을 환송하기 위해 지금 청소년 신도들이 송별회를 열어주고 있는 것이다.

박수소리가 땅울림처럼 들려 온다. 실내에 갇힌 박수소리는, 밖에서는 마치 멍석을 패는 듯한 둔중한 소리로 들린다. 종루 앞에까지 다가갔다가 청년은 우뚝 멈춰 선 후 돌아서서 되돌아간다. 세 갈래 길의 고개턱에 이르러서야 청년은 잠시 망설이는 표정이 된다. 멍석을 패는 듯한 박수소리에, 청년은 불현듯 사람 만나기가 역겨워진 것이다.

네모잡이 밝은 현관으로 교인들이 쏟아져 나온다. 몇 개의 플래시 불빛들이 짙은 어둠 속을 빠르게 움직인다. 종잡을 수 없는 여러 젊은 목소리가 금속제 알맹이처럼 밤의 적막 속에 부딪혀 흩어진다. 잠시 고개턱에 멈춰 섰다가 청년은 쫓기는 사람처럼 긴 비탈의 오솔길로 내려간다. 무덤이 있는 갈밭에 이르러서야 청년은 숨는 사람처럼 나무들 사이에 가만히 내려앉는다.

얽히고 부딪던 말소리들이 차츰 낮아지면서 여러 방향으로 흩어진다. 대부분은 세 갈래 길에서 마을이 있는 아랫길 쪽으로 사라져 간다. 과수원이 있는 오솔길로는 아무 소리도 들려오지 않는다.

소나무숲의 터진 사이로 호수 귀퉁이가 내려다보인다. 밤에 보는 호수 빛깔은 거무튀튀한 무쇳빛이다. 세 갈래 고갯길에는 이제 사람들의 인기척이 없다. 그러나 곧 어둠 저쪽으로 새로운 목소리가 나타난다. 듣고자 하지 않았는데도 그 목소리는 점점 크게 이쪽으로 내려온다.

다가오는 소리에 귀를 연 채 청년은 천천히 풀줄기 하나를 씹기 시작한다. 귀를 울리는 저작(咀嚼) 때문에 그는 잠깐씩 그들의 음성을 듣지 못한다. 그러나 가끔씩 놓치긴 해도 청년은 두 남녀의 대화내용을 잘 알고 있다. 그는 이미 그들의 대화를 여러 차례 엿들었던 것이다.

두 음성이 이윽고 헤어진다. 남자가 고개를 넘어가자 잠시 후 여자가 비탈 아래로 내려간다. 어둠 속으로 문득 자전거 종소리가 들려 온다. 갈밭 사이에서 일어난 청년은 종소리가 울린 눈 아래 비탈길을 내려다본다. 자기 집 쪽의 비탈이어서 그는 그 일대의 지형을 잘 알고 있다. 지름길로 달려 내려가면 그는 여인을 앞지를 수 있다. 여인은 뜻밖에도 자기를 찾아 청년의 집 쪽으로 내려가고 있는 것이다.

비탈을 반쯤 내려갔을 때 여인은 이미 멈춰 서 있었다.

"누구세요?"

"접니다."

"진우 씨, 어디서 오는 거죠?"

"과수원입니다."

"교회루 오시라구 했는데?"

"과수원 길목에서 기다리구 있었습니다. 교회엔 예배중이라서 방해하기가 싫었습니다."

"오늘은 예배 본 일이 없어요. 찬송가 몇 절 부른 걸 예배루 알았나 보죠?"

"저한텐 찬송가 부르면 그게 바루 예뱁니다."

비탈을 다시 올라간다. 길이 몹시 가팔라서 자전거 끌기가 쉽지 않다. 청년이 곧 여인을 거들어 자전거 꽁무니를 위로 밀기 시작한다. 오솔길 위로 올라와서야 청년과 여인은 걸음을 늦추고 마주본다.

"진우 씬 참 이상해요. 왜 그렇게 교회를 싫어하시죠?"

“전 아무것도 싫어하지 않습니다. 절 가만히만 내버려두면⋯.”

“진우 씬 자기 또래 친구들과 사귀구 싶지두 않으세요?”

“사귀어 봤습니다 지겹도록. 이제 더는 아무두 사귀구 싶지 않습니다.”

“언제요? 언제 그렇게 많은 친구들을 사귀어 봤죠?”

청년이 휙 팔을 뻗어 길가의 풀줄기를 잡아 뽑는다. 그것을 두 손으로 뚝뚝 끊어 걸어가는 발 앞으로 장난하듯 훌훌 날린다.

“절 왜 오늘 밤에 교회루 나오라구 했죠?”

“전 내일 이곳을 떠나요. 그래서 떠나기 전에 진우 씰 조용히 만나보구 싶었어요.”

“교회에서 어떻게 조용히 만나죠?”

“진우 씬 목사님을 만나 뵈어야 해요. 교회루 나오라구 한 건 목사님께 진우 씨를 소개해 드리구 싶어서예요.”

“제가 왜 목사님을 만나 봐야 합니까?”

“진우 씨가 저한테 보낸 편지들을 제가 오늘 목사님께 드렸어요. 그런 이상한 편지를 받구두 제가 모른 체할 줄 아셨어요?”

청년이 길을 벗어나 비닐을 둘러친 잎담배 건조장으로 올라간다. 비닐 밑에는 굵은 통나무 시렁에 잎담배 다발들이 주렁주렁 매달려 있다.

“진우 씨 어딜 가시는 거예요?”

“상관하지 마십시오.”

길에 자전거를 세워 두고 여자가 청년을 따라 건조장으로 올라간다. 앞서 올라간 청년이 짚을 두껍게 깐 건조장 바닥으로 내려앉는다. 여자가 주위를 살피면서 앉아 있는 청년을 내려다본다.

“뭐예요 진우 씨? 여긴 갑자기 왜 올라왔죠?”

“돌아가십시오. 아무 얘기두 하구 싶지 않습니다.”

“말해 봐요, 무슨 일이에요? 편지를 목사님께 드려서 진우 씨 화나셨나요?”

“제 편지라는 걸 알았으면 왜 저한테 아무 말두 하지 않았죠?”

“진우 씨에게 기회를 주고 싶었어요. 편지를 돌려드리기 전에 진우 씨가 저한테 사과할 기회를 말이에요.”

“전 사과를 해야 할 만큼 잘못한 일이 없습니다. 누군가를 사랑한다는 게 잘못일 수는 없지 않습니까?”

고개를 떨군 청년 옆에 여인이 그제야 내려앉는다. 어린 동생을 타이르는 누이처럼 여인은 갑자기 부드러운 음성이 된다.

“진우 씬 어려요. 사랑을 하기엔 아직 어린 나이예요. 더구나 전 휴양중이구 진우 씨보다 다섯 살이나 나이가 많아요. 심장이 나빠 휴양 중인 저에게 진우 씬 어쩌자구 그런 편지를 보낸 거죠?”

“당신은 아름답습니다. 안 된다는 걸 잘 알지만 어쩔 수가 없었습니다.”

여인이 고개를 내두른다. 자기를 당신이라고 부르는 청년을 그녀는 어떻게 대해야 될지 알 수가 없다.

“그 편지를 우편으루 받구 제가 얼마나 놀랐는지 아세요? 편지 세 통을 받을 때까지두 전 그 편지가 누구 것인지를 몰랐어요. 진우 씨가 보낸 편지라는 걸 알았을 땐 전 너무나 어처구니가 없었어요.”

“제 편지를 돌려 주십시오. 그 편지는 제가 당신에게 드린 것입니다.”

“저한테 없어요. 목사님한테 드렸다구 했잖아요?”

청년이 고개를 든다. 달빛에 드러난 청년의 얼굴에는 뜻밖에도 눈물이 흘러 있다. 청년의 눈물을 발견하자 여인은 놀란 듯 두 손을 청년에게 가져간다. 눈물을 닦아주려는 생각이었지만 그녀는 눈물 대신 청년의 어깨에 한 손을 올려놓는다.

“울지 말아요. 이러심 안 돼요. 진우 씨를 괴롭힐 생각은 조금두 없었어요. 전 다만 제가 떠난 후 목사님께 뒷일을 부탁했을 뿐이에요.”

“전 그 편지를 당신에게 바쳤습니다. 당신 외에는 어느 누구도 그 편지를 가질 자격이 없습니다. 용서할 수가 없습니다. 당신은 절 비참하게 만들었습니다.”

청회색 달빛 속에 청년의 얼굴이 흰 탈처럼 창백하다. 당황해 하는 여인의 얼굴을 오히려 청년이 두 손으로 받쳐든다.

“당신이 이대루 떠나면 전 자살할지두 모릅니다. 전 당신이 샘골 박 선생과 세 번이나 몰래 만나는 걸 봤습니다. 전 그때 당신을 죽이고 같이 죽으려는 생각까지 했습니다.”

“오 제발 … 진우 씨 안 돼요.”

“왜 저는 안 되는 겁니까? 박 선생은 되는데 저는 안 되는 이유가 뭡니까?”

“놔줘요. 무슨 짓이에요? 진우 씨 지금 정신 있으세요?”

청년은 더 이상 말이 없다. 어리다고만 생각한 청년이 엄청난 힘을 행사해 왔다. 당황한 여인이 저항을 보이자 청년은 타이르듯 상냥하게 말한다.

“참아 줘, 누님, 얌전히만 굴면 심하게 다루진 않을 테니까.”

“어어이!”

꽉 찌든 갈대숲 너머로 사내의 목쉰 듯한 고함소리가 들려 온다. 반복된 고함 지르기에 사내의 음성에는 짙은 피로가 감겨 있다. 그래도 사내는 쉬지 않고 끈기 있게 고함을 내지른다.

“어어이! 어어이!”

별이 가득한 밤하늘에 반쪽의 달이 높이 떴다. 방금 지나온 뱃길 때문에 호수 수면에는 잔물결이 겹겹이 번져 간다. 배는 이미 물을 건너 샛섬 수초밭에 깊숙이 들어와 있다.

고함소리에 방향을 잡아 청년은 노를 누이고 갈대 줄기들을 자기 앞으로 끌어당긴다. 키를 넘는 마른 갈대들이 뱃머리에 부딪혀 종이 구겨지듯 건조하게 부서진다. 눈을 찌르는 갈댓잎을 피해 청년은 가끔씩 어둠 속으로 미리를 수그린다. 배가 곧 땅에 얹히자 청년은 그제야 사내 쪽으로 고함을 친다.

“손님 이쪽입니다!”

불빛이 보인다. 갈대 줄기를 밟는 소리가 불빛과 더불어 이쪽으로 다가온다. 혼자라고 생각했는데 발자국 소리는 혼자가 아니다. 청년이 손뼉을 쳐서 배의 위치를 알려주자 사내는 머뭇거림 없이 곧장 배 쪽으로 다가온다.

“어이, 당신 이럴 수 있어?”

“왜요?”

“두 시간이나 소리쳐 불렀는데 인제 건너오면 어떡허자는 거야?”

“못 들었습니다. 제가 잠깐 집을 비운 사이에 불렀던 모양이죠?”

“집을 비워? 환장하네. 알았어, 빨리 건너가자구.”

“밤낚시 이제 고만하실 겁니까?”

“무슨 소리야? 일곱 치 여덟 치가 지금 기차게 올라오구 있어. 이 사람만 저쪽에 건네 주구 나는 다시 건너올 거야.”

사내와 여자가 배에 오른다. 땅에 얹힌 배를 장대로 밀어 청년이 다시 물에 띄운다. 배가 수초밭을 벗어나자 청년이 다시 노를 젓기 시작한다.

“여자 손님은 낚시 아주 안 하실 겁니까?”

“몸살인가 봐. 춥다는 거야. 자네 혹시 해열제 없나?”

“없습니다. 그런데 손님은 저쪽에 건너가시면 어떻게 다시 이쪽으루 건너오시죠?”

“배만 내줘, 내가 젓겠어. 차에서 파카 찾아가지구 나 혼자 다시 건너갈 거야.”

사내의 점퍼를 어깨에 두르고 여자는 배 꽁무니에 그린 듯 앉아 있다. 사내가 갑자기 주먹을 쥐어 여자 머리를 아프지 않게 쥐어박는다.

“병신아, 정신 좀 차려. 여기보다 더 안전한 데가 있을 것 같어?”

잔뜩 웅크린 자세인 채 여자는 종내 한마디도 대꾸가 없다.

배가 물길을 건너 집 아래 둑가로 다가간다. 이미 노질을 멈췄는데도 배는 관성에 의해 둑기슭 흙에 가볍게 얹힌다. 여인과 사내가 먼저 배를 내려 가풀막 위로 올라간다. 청년이 배를 기슭으로 올리는데 위에서 별안간 개 짖는 소리가 요란하다. 한동안 개와 사람의 고함이 마주 어울려 시끄럽다. 그러나 곧 개 소리가 멎고 사람의 일방적인 거친 고함만 들려 온다. 청년이 위로 올라왔을 때는 개도 사람도 아무 소리가 없다.

"어떻게 된 거죠?"

땅에 축 늘어진 개를 청년이 억지로 일으켜 세운다. 그러나 청년이 손을 놓자 개는 다시 힘없이 늘어진다.

"얼마야 그 개?"

"어떻게 했습니까? 개가 왜 갑자기 힘을 못 쓰구 늘어지죠?"

"짖구 덤비길래 한 방 깠어. 배를 찼더니 그대루 쭉 뻗는 거야."

청년이 개를 두 팔로 안고 마당을 질러 광 쪽으로 걸어간다. 너무 오랫동안 기척이 없어 사내가 궁금한 듯 광 쪽으로 다가간다. 청년이 그제야 광에서 나와 마당을 질러 마루로 향한다.

"개 죽었어?"

"아뇨, 아직은 … ."

"살 것 같애?"

"모르겠어요."

"미안해, 실수였어. 자, 이거 받아 두라구."

사내가 지갑을 열고 돈을 꺼내 청년에게 건네준다. 돈을 공손히 두 손으로 받은 후 청년은 아무 일 없다는 듯 마당에 선 여자에게 입을 연다.

"이쪽 방 안으루 들어가십시오. 방바닥에 담요두 깔려 있습니다."

여자가 마당에서 마루를 거쳐 방으로 들어간다. 이미 들어간 여자를 향해 사내가 마당에서 한마디 한다.

"푹 자라구. 몸살일 거야. 난 그럼 건너가겠어."

사내가 말을 끝내고 뒤뜰에 세워 둔 승용차 쪽으로 다가간다. 차에서 파카를 꺼내 들더니 사내가 다시 청년에게 돌아온다.

"가겠어. 방금 타구 온 배 내가 타구 가두 되는 거지?"

"내일 새벽에 건너오시겠죠?"

"물론. 입질이 없으면 당장이라두 건너올 거야."

"밥을 부탁하셨는데 그건 제가 자신이 없습니다."

"염려 마, 은숙이 시켜, 쌀만 퍼주면 걔가 알아서 잘 할 거야."

"여자 손님 말씀인가요?"

"그래. 자 가네. 그리구 걔는 정말 미안해."

"아뇨, 많이 낚으십쇼. 그럼 새벽에 뵙겠습니다."

사내가 마당을 거쳐 둑길 아래로 내려간다. 청년은 잠시 기다렸다가 물소리를 듣고야 광 쪽으로 걸음을 옮긴다.

광에 들어가 개 앞에 앉은 후 개 가슴께에 가만히 손을 대어 본다. 심장은 계속 쿵쿵 뛰는데 개는 여전히 축 늘어져 일어날 줄 모른다. 가끔씩 머리를 쳐들 때는 개 목에서 가랑가랑하는 신음소리가 새어 나올 뿐이다. 짚단을 풀어 개 밑에 깔아 준 후 청년은 다시 광에서 나온다.

마당에 달빛이 가득하다. 여자가 든 안방 쪽에서는 벌써 자는지 불빛도 없고 기척도 없다. 신을 벗고 마루에 올라 청년은 곧장 안방 앞에 멈춰 선다. 방 안의 기척을 살피는 듯하더니 청년은 이내 방문을 똑똑 두드린다.

"손님, 접니다. 주무십니까?"

"아뇨, 무슨 일이죠?"

"방해가 되지 않는다면 제가 좀 들어가두 될까요?"

"네, 들어오세요."

방문이 열린다. 여인은 이미 잠자리에서 일어나 전등을 켜고 아랫목 쪽에 앉아 있다. 청년이 앉기를 기다렸다가 여인이 불쑥 입을 연다.

"광 속의 개 어떻게 됐어요?"

"아직은 살아 있습니다."

"미안해요. 말릴 틈도 없었어요."

"잊어버리십쇼. 돈까지 받았는걸요."

시선이 부딪는다. 스물 안팎의 비슷한 나이여서 그들은 쉽게 공감같은 것을 느끼는 모양이다. 방바닥을 손으로 쓸어 본 후 청년이 다시 입을 연다.

"방이 차죠?"

"아뇨."

"하두 말이 없으셔서 전 아가씨가 벙어리나 아닌가 했습니다."

여인이 웃는다. 피로해 보일 뿐 몸이 불편한 병자 같은 얼굴은 아니다.

"제가 방을 차지해서 댁은 어디서 주무시죠?"

"아랫방이 비어 있습니다. 참 저녁은 어떻게 했죠?"

"텐트에서 지어 먹었어요. 쌀이랑 버너랑 차에 다 갖구 다녀요."

"아저씨 말이 내일 아침은 아가씨한테 부탁하라구 하더군요."

"저두 방안에서 들었어요."

"도망다니시는 길이시죠?"

말귀를 잘못 알아들은 듯 여인이 무심하게 청년을 건너다본다. 그러나 곧 자세를 고쳐, 다른 눈빛으로 청년을 바라본다.

"저한테 방금 뭐라구 하셨죠?"

"두 분이 혹시 피해 다니는 게 아니냐구 했습니다."

무거운 물건에 짓눌리듯 여인이 몸을 조그맣게 움츠린다. 청년이 시선을 피해 주자 여인은 그제야 몸의 자세를 편하게 갖는다.

"전 앞으로 어떻게 해야 될지 모르겠어요. 벌써 닷새째나 집에 못 가구 이리저리 떠돌아다녀요."

"누가 떠돌아다니는 겁니까? 아가씹니까, 아저씹니까?"

"회사가 파산을 해서 직공들 밀린 노임과 퇴직금을 못 주고 있어요. 전 그 회사 경리사원이구 아까 그분은 사장님이에요."

"노임을 못 받은 직공들이 두 분을 잡으러 다니는 모양이죠?"

"타협이 안 돼요. 몇 번 협상을 해봤지만 결국은 안 돼서 피해 다니게 된 거예요."

"그 동네 일이라면 저두 약간은 알구 있죠."

"공장에서 일하셨어요?"

"가구공장에서 삼 년 있었죠. 이 중에 하나가 그때 잘린 손가락입니다."

왼손을 펴서 들어보인 후 청년은 한 눈을 찡긋한다. 장난꾼 같은 얼굴이 되어 그가 다시 말을 잇는다.

"실은 한 개는 작업중에 잘렸지만 또 하나는 일하기 싫어서 제가 일부러 작살낸 겁니다."

"일부러요?"

"산업재해라구 판단되면 하나에 몇십만 원은 문제없죠. 저두 이놈 잘라 팔아서 월급 제하구 백이십이나 받았습니다."

여인이 눈썹을 찡그리고 이마에 살짝 주름을 잡는다. 자기 얘기에 흥이 올라 청년은 모처럼 말이 많아진다.

"덕분에 저두 노사문제라면 책 뒤져 가며 열심히 공부했죠. 그러나 모두 헛겁니다. 남은 거라군 이 병신 손뿐이니까요."

"처음 들어요. 끔찍해요. 어떻게 자기 손가락을 생으로 자를 수 있죠?"

"값이 문젭니다. 손가락 하나는 백만 원 안팎이구 사람 목숨은 경우 따라 많이 틀리죠. 제 매부는 숙직하다 죽었는데 회사가 빈털터리여서 겨우 팔백 받았습니다."

장난스러운 청년에 비해 여인은 매우 심각한 얼굴이다. 뭔가를 골똘히 생각하더니 여인이 꼿꼿이 머리를 든다.

"내일 저희 사장님께 말씀 좀 해주시겠어요?"

"무슨 말을요?"

"피해 다니기에 지쳤어요. 사장님이 조금만 양보하면 일은 쉽게 해결이 돼요. 밀린 노임을 안 준다는 건 떳떳하지 못한 일 아니겠어요?"

"물론입니다. 제일 치사한 게 일 시켜먹구 품삯 잘라먹는 놈입니다.

아가씨두 결국은 사장님 처사가 옳지 않다구 생각하구 있군요?"

"아무래도 있는 사람보다 없는 사람이 더 딱하지 않겠어요?"

"그렇죠. 잘 알았습니다. 기회 봐서 제가 내일 사장님께 말씀드려 보죠."

장난꾼 같은 표정이 사라지고 청년은 매우 공손한 얼굴이 된다. 한쪽 무릎을 일으켜 세우더니 청년은 곧 머리를 까닥 숙여 보인다.

"그럼 편히 주무십쇼. 내일 아침에 뵙겠습니다."

"네, 안녕히 주무세요."

새벽에 낀 짙은 안개가 날이 밝으면서 빠른 속도로 걷히기 시작한다.

어깨에 삽을 둘러멘 청년이 집 뒤 솔숲에서 집을 향해 걸어 내려온다. 먼 길을 다녀온 사람처럼 청년의 아랫도리가 새벽 이슬에 흠뻑 젖어 있다. 위로부터 걷히기 시작하여 안개는 이제 저지대 일부와 호수 일대에만 띠처럼 남아 있다. 동쪽 하늘이 틔어 오는 것으로 보아 해도 곧 얼굴을 내밀 모양이다.

집에 가까이 접근할수록 청년은 차츰 걸음이 늦어진다. 차를 세워 둔 뒤뜰 공터에 못 보던 물건과 사내 두 명이 마주 서 있다. 그가 뒤뜰로 들어서자 사내 한 명이 소리친다.

"자네 새벽부터 어딜 그렇게 싸돌아다녀?"

"달터 등성이 좀 넘어갔다 오는 길입니다."

"난리야 지금. 사람이 죽었어. 자네 찾다가 못 찾아서 태식이 삼춘이 경찰 부르러 양촌 나갔네."

"사람이 죽어요?"

"이걸 보게. 낚시꾼이야. 자네가 간밤에 샛섬에 건네 준 사람일세."

"이럴 수가…? 그 낚시꾼이 바루 이 시체란 말입니까?"

"그렇다니까. 불에 타 죽은 걸 방금 건너가서 우리 둘이 배에 실어 왔어."

가마니짝이 덮인 시체 앞에 청년이 천천히 쭈그려 앉는다. 그가 가마짝을 들치려 하자 사내 하나가 손을 홰홰 내젓는다.

"보지 말게. 끔찍하다니까. 시체는 방금 같이 온 여자가 확인했네."

"그 여자 지금 어디 있죠?"

"방에 가보게."

청년이 몸을 일으켜 앞마당으로 돌아간다. 방에 있다는 젊은 여인이 의외에도 마루에 앉아 있다. 시선을 떨구는 여인을 향해 청년이 의논이나 하듯 공손히 입을 연다.

"이게 모두 어떻게 된 거죠? 저 시체가 사장님 맞습니까?"

"맞아요."

"알 수가 없습니다. 멀쩡한 사람이 어쩌다 저렇게 된 겁니까?"

"불이에요. 갈대밭에 불이 나서 텐트에서 자다가 피할 수도 없어 당하셨나 봐요."

"갈대밭에 왜 불이 납니까? 불이 날 수가 없지 않습니까?"

"밤낚시할 때 켜둔 등불에서 불이 갈대루 옮겨 붙은 모양이에요."

생각보다 침착한 여인을 청년은 눈이 부신 듯 비스듬히 바라본다. 눈물 흔적을 얼굴에 단 채 이번에는 여인이 청년을 본다.

"제가 그렇게 소리쳐 불렀는데 댁은 어딜 갔더랬죠?"

"뒷등성이 너머에 있었습니다."

"거긴 왜요?"

"개를 묻으러 갔었습니다."

"개가 죽었나요?"

"새벽에 일어나 가봤더니 빳빳하게 죽어 있더군요. 그래서 삽 하나 둘러메구 등성이를 넘어갔습니다."

청년이 여인을 버려둔 채 마당을 질러 둑 아래 물가로 내려간다. 뭍으로 끌어올린 배 한 척에 갈대 재들이 까맣게 앉아 있다. 뒤따라 내려온 여인을 향해 청년이 샛섬 쪽을 턱짓해 보인다.

"불이 난 걸 누가 첨으루 알았습니까?"

“제가요.”

“그때가 언제쯤이죠?”

“시간은 몰라요. 잠에서 막 깨어났는데 후둑후둑 하며 폭죽 터지는 소리 같은 게 들렸어요. 옷을 입구 밖으로 나왔지만 안개 때문에 아무 것두 볼 수가 없었어요. 그러나 짙은 안개 속에서 폭죽 소리는 계속해서 들려 왔어요. 나중에는 더운 바람결에 짚이 타는 듯한 매운 냄새가 풍겨 왔어요. 전 그제야 불이란 걸 알구 댁을 찾아서 허둥지둥한 거예요.”

수면에 낮게 가라앉은 안개가 바람에 몰려 호심 쪽으로 바쁘게 흘러간다. 여인이 물가에 쪼그리고 앉아 잘게 밀려오는 호수의 잔물결을 내려다본다. 같은 자세로 쪼그려 앉으며 청년이 다시 여인을 돌아본다.

“이젠 더 이상 피해 다니지 않아도 되겠군요?”

“그래요.”

“이번에 서울 올라가시면 밀린 노임부터 해결해야죠?”

“그래야겠죠.”

“갈대가 사람을 태워 죽이리라곤 전 상상두 못했습니다.”

여인이 몸을 일으킨다. 떠오르는 해를 향하고 있어서 여인은 한참 동안 눈을 가느다랗게 뜨고 있다. 청년이 뒤따라 일어서자 여인이 돌연 가는 눈으로 청년을 돌아본다.

“전 댁이 갈대밭에 불을 지른 줄 알았어요. 불이다 하구 깨달은 순간 왠지 그렇게 느껴졌어요.”

청년이 웃는다. 살짝 떠올랐다가 급히 사라지는 신경질적인 웃음이다. 뭔가 대꾸라도 있을 줄 알았으나 청년은 끝내 말이 없다. 여인이 돌아서서 가풀막을 오르자 청년은 그제야 성냥갑을 꺼내 호수에 버린다.

담배를 피우지 않기 때문에 청년에겐 더 이상 성냥이 필요 없다.

(1983)

一部와 全部

　방파제 끝의 흰 등대가 어묵공장 굴뚝과 하나로 겹친다. 컴퍼스를 볼 필요도 없이 김태수(金泰水)는 이 방위(方位)가 북북서(北北西)라는 것을 알 수 있다.

　배의 속력을 반으로 줄이고 태수는 뱃머리를 2시 방향인 급빙탑(給水塔) 쪽으로 돌려잡는다. 이대로 곧장 항내(港內)로 들어가면 배는 어판장 앞의 긴 선착장에 닿을 것이다.

　5시. 동트기 전에 출항한 배가 꼬박 12시간 만에야 모항으로 들어오고 있다. 하루의 절반인 12시간을 배는 난바다에서 정처없이 떠다닌 셈이다.

　"선장, 배 어디다 댈 꺼요?"

　"어디다 댈까요?"

　"짐들이 많으니까 어판장 앞으루 바싹 댔으면 좋겠는데."

　"그러죠."

　객선 덕수호(德壽號)와 장어잡이 목선들이 계단식 기역자 선착장에 드문드문 묶여 있다. 항 내는 기름을 쏟아부은 듯 잔물결 하나 없이 불길하게 수면이 매끄럽다. 물빛이 이렇게 매끄러운 것은 조만간 바다

470

날씨가 험해지리라는 예고다. 동녘 수평선에 구름이 꿈틀대는 것도 별로 좋은 징조가 아닌 것이다.

중들물. 물이 들기 시작해서 이제 반 넘어 항 내에 차올랐다. 조류의 흐름에 배가 떠밀려 기관을 꺼버렸는데도 배는 매끄럽게 항내로 흘러 들어 간다. 짐들을 다 꾸린 8명의 낚시꾼들은 하선준비를 마친 채로 배 안에서 우두커니 다가드는 선착장을 바라본다. 12시간의 긴 낚시질로 그들도 이제는 지친 모습들을 하고 있다.

"태수."

반바지 차림의 사내 하나가 급빙탑 및 계선주(繫船柱) 앞에서 큰 소리로 말을 걸어온다. 태수는 그러나 묵묵부답인 채 키를 놓고 로프 한 가닥을 집어든다.

"바 좀 받아요!"

"던져!"

로프가 사내 쪽으로 장대처럼 곧게 날아간다. 기관을 끈 채 떠나간 배가 선착장 얕은 돌계단에 천천히 머리를 댄다. 둔중한 울림이 선체로 전달되고 배는 돌에 얹힌 듯 완전히 움직임을 멈춘다.

"재미들 보셨나요?"

뱃말에 로프를 감아 묶고 중년 사내가 낚시 손님들의 짐들을 받아내린다. 자기 짐들을 챙기는 데 바빠 낚시 손님들은 누구 하나 대꾸가 없다.

"어디루 나갔어?"

낚시결과가 궁금한 중년은 뒤늦게 배를 내리는 젊은 선장을 바라본다.

"노루목요."

"멀리 나갔네. 많이 했어?"

"그저 그래요."

"박스들이 묵직하던데?"

"마릿순 괜찮은데 씨알들이 자잘해요."

배에서 내린 손님들이 짐들을 들고 메고 높은 돌계단을 힘겹게 오른다. 먼저 오른 손님 하나가 급빙탑 밑에서 한 손을 번쩍 들어 보인다.

"선장, 수고했우!"

"예, 안녕히들 가십시오!"

맞고함을 지른 뒤 태수는 반바지의 중년과, 난바다를 왼쪽으로 낀 방파제 뚝길로 올라간다. 아낙네 네댓 명이 제방 중턱에서 두레박으로 바닷물을 떠서 풋갈치를 씻고 있다. 은백색의 갈치 씻은 물이 두 자 폭으로 제방계단에 길게 흘러 있다. 앞서 올라가는 태수를 향해 중년이 다시 말을 건넨다.

"선빈 받았어?"

"받아아죠."

"아직 못받았어?"

"찻집에서 준답디다."

방파제와 내항 안벽(岸壁)이 기역자로 만나는 곳에 초소가 있다. 방위병 한 명이 라디오를 켜둔 채 초소 탁자에 볼을 붙이고 곤하게 자고 있다. 태수가 의자를 발로 건드리자 자던 방위병이 머리를 번쩍 든다.

"뭐요?"

"침이나 닦어."

방위병이 모자 뚜껑으로 턱에 흘러내린 침을 닦는다. 틀어놓은 라디오의 볼륨을 줄인 후 태수가 턱으로 큰 책상을 가리킨다.

"형님 어디 갔어?"

"본서에 올라갔어요."

"배 방금 들어왔어. 형님 오면 얘기 전해."

"알았음다."

들물이라서 긴 방파제에 파도들이 흰 줄톱처럼 하얗게 부딪쳐 뒤집힌다. 생선횟집 골목길로 들어서자 중년이 다시 말을 걸어온다.

"살뫼섬에 한 번 안 나갈 꺼야?"

"거까진 뭣하게요?"

“거기 나가자는 손님 패가 있어.”

“봅시다.”

“봅시다가 아냐. 갈 꺼야 안 갈 꺼야?”

“살뫼에 요즘 뭐가 잡힌다구 거기까지 나가자는 거요?”

“작년 이맘 때 큰 재밀 본 모양이야. 농어 굵은 놈을 열두 판이나 낚았다더군.”

“농어야 떠돌아다니는 고긴데 작년에 재미봤다구 올해두 또 물어준다는 보장이 없지 않소?”

“가기만 해, 잡구 못 잡는 건 그 사람들 재수니까.”

“알았수, 생각해 봅시다.”

“그럼 모레쯤 내려오라구 할까?”

“아무케나 하쇼.”

“좋아. 고맙네 이 사람.”

젊은 남녀 단체손님이 횟집 태평양의 긴 평상에 앉아 있다. 그들이 휴대한 삼각형 깃발에 〈하계 신앙 수련대회〉라는 붉은 글씨가 씌어 있다. 가까운 죽포(竹浦) 해수욕장으로부터 값싼 회를 먹기 위해 이 어촌으로 찾아든 손님들이다. 횟집골목이 휘어지면서 마을 큰길과 연결된다. 해가 아직 많이 남아서 큰길에는 열기가 대단하다. 처마밑의 짧은 그늘을 따라 태수는 찻집 ‘월궁’으로 들어간다.

얕은 천장에서 내뿜는 열기가 찻집 좁은 홀을 팽팽하게 채우고 있다. 시큼한 차 냄새가 풍겨오는 주방에서 삼각 러닝의 더벅머리 소년이 파리채를 든 채 태수를 바라본다.

“안 하는데요.”

“응?”

“영업 안 해요.”

“왜?”

“누나가 없어요.”

“없다니?”

"어떤 남자가 누나 아기를 빼앗아 갔어요."

소년이 히죽 웃는다. 어딘가 모자라는 사람의 태평한 웃음이다.

"그래서 아기 찾으러 누나가 다시 읍으로 나갔어요."

"아기 빼앗아간 남자가 누구야?"

"몰라요."

"언제쯤 빼앗아 갔어?"

"낮에요."

태수가 의자에 앉는다. 담배를 붙여 놓고 그는 다시 소년을 돌아본다.

"시원한 것 좀 없냐?"

"없는데요."

"사이다나 보리차 같은 것두?"

"있어요."

소년이 주방으로 사라진다. 태수는 담배연기 저쪽으로 스위스 호수를 바라본다. 그림틀 속의 스위스 호수는 한쪽 벽 상단을 거의 다 차지하고 있다.

아기를 거느린 찻집 여인이 이 어촌에 나타난 것은 금년 3월 어느 날이었다.

그녀는 길을 잘못 들어 우연히 이 마을에 떨어진 사람 같았다. 십칠 팔 세의 소년 한 명과, 이제 막 걷기 시작한 어린 계집애를 그녀는 거느리고 있었다. 여인숙 맞은 편의 어둠침침한 얼음창고를 목수가 사흘 걸려서 작고 깨끗한 찻집으로 개조했다. 마을에서는 찻집이 하나쯤 생기는 것도 괜찮다고 생각하는 중이었다. 더벅머리 소년이 주방장이 되고 그녀는 찻집 주인이자 손님을 접대하는 아가씨 역할도 겸했다. 세 살바기 계집애가 있었지만 그녀는 자기 스스로를 미스 민(閔)이라고 손님들에게 소개했다. 한동안 찻집 '월궁'은 꽤 번성하는 눈치였다. 그러나 곧 그녀의 찻집은 그녀의 인기와 더불어 하락하기 시작했다. 계집애가 딸린 주인없는 여자지만 그녀는 모든 사내에게 공평하게 상냥

했다. 한 사내에게만 상냥함으로써 그녀는 자기 스스로를 위험에 빠뜨리지 않았던 것이다. 오늘 그러나 미스 민은 그녀의 아기를 어떤 사내에게 빼앗겼다. 아기를 빼앗아간 사내는 그녀의 남편이거나 옛날 애인쯤이 될 것이다. 이제 그녀는 아기를 빼앗겨서 살아가는 희망을 팔 할 쯤 잃었을 것이다. 여자가 절망했을 때는 반드시 어딘가에서 위로해 주려는 남자가 생긴다. 태수는 그 남자가 누가 될 것인가 궁금한 것이다.

막대 같은 빛이 스위스 호수를 환히 비춘다. 볕이 다시 사라지면서 낚시꾼 하나가 등뒤로부터 태수에게 다가온다.

"일찍 왔군?"

"예."

낚시꾼이 조끼 주머니에서 돈을 꺼내 태수에게 건네준다.

"세어보쇼."

"맞겠죠."

"배삯 제하구 5천 원이 남을 꺼요. 재미본 손님 하나가 팁으로 5천 원 얹어줍디다."

"고맙습니다."

"자 그럼 담에 또 봅시다. 길이 멀어서 우린 곧 출발해야겠오."

"예, 안 나갑니다. 안녕히들 올라가십시오.

낚시꾼이 찻집을 나간다. 태수는 움직이지 않다가 갑자기 주방쪽의 소년을 돌아본다.

"내가 너한테 뭘 달라고 했지?"

"보리차요."

"왜 안 줘?"

"줄께요."

주방으로 사라지는 소년을 본 후 태수는 자리를 일어나 인기척 없이 찻집을 빠져나온다.

네모잡이 작은 창문으로 개천의 후덥덥한 악취가 풍겨온다. 인구 3

만의 읍에서 버리는 온갖 쓰레기를 실어 나르는 개천이다.

보(洑)에서 떨어지는 물소리가 악취와는 상관없이 어둠 속으로 시원하다. 점포들의 불빛에 얼비치는 개천 둑에는 아직도 많은 수의 사람들이 모기와 싸우며 더위를 식히고 있다.

“더 할래?”

빈 주전자를 들었다 놓은 후 인국(張仁國)이 기우뚱한 자세로 마주앉은 태수를 바라본다.

“고만.”

“여름 술은 어중간하게 마시면 골치 때리기 십상이야.”

“몇 시냐 지금?”

“열 시.”

읍에는 통금이 없다. 그러나 취약지구인 어촌에는 통금이 있다. 읍에서의 볼일을 다 본 태수는, 그래서 어촌에 가려면 일찍 서둘러야 하는 것이다.

“오늘 꼭 들어가야 돼?”

“응.”

“집에는 들렀어?”

“들렀어.”

“아버님 병환은 좀 어때?”

“그저 그래.”

“차도가 없나?”

“그게 어디 차도 있는 병인가.”

동물성 단백질이 타는 연기가 대폿집 좁은 공간에 자욱하게 떠돌고 있다. 예비군 한 떼가 빠져나가고 술청에는 이제 젊은 청년들 한 패뿐이다.

마주 앉은 인국의 얼굴에서 태수는 문득 자신의 주름살과 피곤을 발견한다. 자리가 잡혀가는 권태와 피로의 여러 징후들. 그들은 어느틈에 더 이상 젊지 않은 나이에 와 있는 것이다.

“장사는 어떠냐?”

“안돼.”

“전혀?”

“전혀.”

인국은 책방을 하고 있다. 못팔게 된 책을 팔다가 그는 된통 혼이 난 일도 있다. 장가를 가더니 이제는 그도 장사에만 열중한다. 그러나 장사에 열중하자 이제는 장사가 안 되기 시작한 것이다.

“돈 좀 빌릴 데 없을까?”

태수가 핏발선 눈으로 시침을 떼듯 환풍기를 올려다본다. 천장에 자욱히 떠 있는 연기가 깔때기 모양으로 환풍기에 빨려들고 있다.

“어디 쓸려구?”

“침을 꼭 맞구 싶다는 거야.”

“누가?”

“아버지.”

태수의 아버지는 몸 반쪽의 기동이 불편하다. 원래는 건장한 농사꾼이었는데 아들이 경찰서에 붙잡혀 갔다는 소식을 듣고 갑자기 쓰러진 후 몸을 못쓰게 된 것이다. 자기 때문에 얻은 병인데도, 태수는 일 년 가까이 아버지의 병환을 알지 못했다. 징역 살고 있는 아들에게 가족들은 아무도 그 얘기를 해주지 않았던 것이다.

“침 맞는다구 효과가 있을까?”

“효과를 바라서가 아니야. 침을 한 번 맞아보는 게 당신의 소원이라는 거야.”

“침이라면 큰 돈두 안 들 텐데.”

“이십만 원은 있어야 돼. 서울 올라갈 차비하구 일 주일간 묵을 여관비 하구.”

“내일 한 번 알아보지. 오후쯤 가게루 전화해 봐.”

대폿집 아가씨가 불고기 한 접시를 그들의 술상에 말없이 내려놓는다. 두 손의 엄지를 혁대에 찌르고 인국이 비스듬히 아가씨를 올려다본다.

"뭐요 이건?"

"드세요."

"우리 이런 거 시킨 일 없는데?"

"저쪽에 앉아 있던 대학생들이 두 분한테 드리라구 시켜놓구 갔어요."

"학생들이?"

아가씨가 가리키는 저쪽 좌석에는 사람은 한 명도 없고 빈 그릇과 술병들만 어수선하게 놓여 있다. 두 사람이 고개를 바로 하자 아가씨가 다시 말을 잇는다.

"학생들은 두 분을 잘 아는 것 같던데요? 이 좌석의 술값까지두 그 학생들이 계산하구 갔어요."

아랫입술을 길게 빼어문 채 태수는 큰 눈으로 인국을 뻔히 건너다본다. 자주 이쪽을 힐끔거릴 때부터 그는 학생들을 수상하다고 생각했다. 한때 날리던 선배에 대해 그들은 이런 식의 어설픈 존경을 베푼 것이다.

"아는 얼굴 있었어?"

"아니."

"그럼 뭐야."

"나두 몰라."

태수의 갈색 이마에 굵은 정맥이 탱탱하게 솟아 있다. 학생들의 어줍잖은 행동에 그는 새삼스레 신경 쓸 필요가 없다. 그들은 아마 그들의 한두 해 선배들로부터 태수가 관계된 사건에 관해 어떤 과장된 이야기를 들었을 것이다. 그 사건을 기억하는 학생들은 어쩌면 그들이 마지막이 될지도 모른다. 태수 자신에게도 그 사건은 이제 까마득한 옛일로 되어 있다.

"웃기는 녀석들이야. 널 어떻게 알아봤을까?"

인국의 장난스런 시선을 태수는 간단히 묵살한다.

이 읍에 하나뿐인 인문계 고등학교를 태수와 인국은 우수하게 졸업했다. 대부분의 학생들이 가까운 K시(市)의 지방대학엘 진학했지만, 그들은 성적이 우수해서 서울의 괜찮다는 일류대학으로 진학했다. 읍에서는 우수한 학생들이었지만 서울에서는 그들도 보통의 대학생밖에 될 수 없었다. 공무원의 아들이기 때문에 인국은 언제나 아주 얌전한 학생이었다. 태수가 큰일을 저질렀을 때도 인국은 여전히 장학금을 타는 모범생이었다. 인국의 가정보다 더 어려운 빈농(貧農)인 주제에 태수는 장학금도 포기하고 더 어렵고 고통스럽게 학업을 이어갔다. 어떤 모임의 책임자가 되면서 태수는 기어이 학교로부터 문제학생으로 점찍혔다. 인국은 자기만 모범생으로 남은 것이 고향에 내려올 때마다 송구스럽고 부끄러웠다. 태수가 그의 곁에 있었기 때문에 그의 부끄러움은 더 크고 심각했다. 학교에서 말하는 공부 잘하는 모범생과, 학생들이 말하는 ‘괜찮은 녀석’은 완전히 달랐다. 결국 태수는 ‘괜찮은 녀석’의 길을 택했고 인국은 공부 잘하는 모범생을 택한 것이다.

“지금 대학에 다니는 애들이면 우리보다 몇 년이나 밑이야?”

“몰라.”

“자네 사건이 종결된 지도 햇수로 벌써 5년쨀데….”

신문에 딱 한 번 태수의 이름이 올랐었다. 그러나 고향에서는 그 사건을 모르는 사람이 거의 없었다. 과수원을 하던 태수의 부친은 그 소식을 듣고 고혈압으로 쓰러졌다. 1년 후에 태수가 자유를 얻었을 때 그의 집안은 난장판이 되어 있었다. 과수원과 집을 모두 잃고 4명 가족들이 읍내 전세방에 세들어 있었던 것이다. 가난의 악착스러움을 태수는 비로소 실감하기 시작했다. 그는 자기가 농사꾼 한 가정을 자신도 모르는 사이에 완전히 파멸로 몰고 간 장본인이 된 것을 깨달았다. 대학 등록금을 타가면서 그는 자기 집안을 반쯤 망쳐 먹었고, 다시 사건을 저지름으로써 집안을 완전히 망쳐 먹은 것이었다. 자기를 쳐다보는 가족들의 피곤한 시선에서 태수는 그때 비로소 사물의 뒷면에 숨겨진 악의적인 실상들을 발견했다. 이상은 멀었고 정의는 무력했다. 옳다고 믿는 것은 자유다. 그러나 옳은 것이 어느 경우에나 옳은 것은 아니었고, 현실과 부닥쳤을 때 반드시 옳은 것이 이기는 것도 아니었다. 그가 지불한 시련은 헛된 것이었다. 고향의 그의 집에 남겨진 것은 부친의 와병과 악착스런 가난뿐이었다.

"한 잔 더 할 생각 없어?"

"없어."

"오늘 꼭 들어가야 돼?"

"응."

"이 불고기는 어떡하지?"

한 점도 손 안 댄 불고기가 인국에게는 종내 아까운 모양이다. 태수는, 그러나 아랑곳 않고 먼저 술집을 빠져나온다.

개천을 낀 차부앞 공터에 많은 차들이 늘어서 있다. 높게 매달린 가로등 갓 밑으로 여름밤 날벌레가 먼지처럼 자욱히 날고 있다.

늦게 도착한 버스 한 대가 차고 속에서 화난 짐승처럼 으르렁댄다. 엔진을 걸고 있는 차 안의 운전수는 게이지판의 불빛을 받아 유령처럼 얼굴이 창백하다.

"막차 떴어?"

풋사과를 먹고 있는 매표소 아가씨를 향해 먼저 온 사내 하나가 커다랗게 고함을 친다. 둥글의자에 올라앉은 아가씨는 사과를 입에 문 채 손만 홰홰 뒤로 내젓는다.

"송파 가는 막차 떴어 안 떴어. 이 쌍년아!"

엔진소리가 너무 커서 아가씨는 이쪽의 욕설을 모른다. 투덜대는 사내를 버려두고 태수는 혼자 다리목 쪽으로 올라간다.

송파 가는 막차가 떴다면 어촌으로 가는 막차도 없다. 그러나 다리목에 가면 늦손님을 받는 읍내의 택시가 있다. 12킬로의 멀지 않은 거리여서 택시는 11시 반까지도 어촌에 가는 손님을 받는다.

"놀다 가요."

수양버들 그늘 밑에서 나뭇잎 한 뭉텅이가 태수의 얼굴로 날아온다.

한쪽 다리를 돌난간 위에 올려놓은 자세로 색시 하나가 통넓은 치마를 허벅다리 위까지 시원스레 걷어 올려놓고 있다.

"경치 좋구나."

"좋으니까 쉬어가."

"외상두 되니?"

"꺼져 짜샤."

더 험한 욕설이 날아왔지만 태수는 아예 못들은 체한다.

그에게도 한때 여자가 있었다. 현명하게도 그 여자는 그를 일찍 차 버렸다. 상대편을 사랑하게 되면 그때는 너무 늦다. 좋은 상대가 아니라고 생각되면 사랑하기 전에 그 상대를 차 버려야 하는 것이다. 그를 차 버린 현명한 여자를, 태수는 얼마 전에 우연히 읍에서 만났다. 반가워서 악수를 청했더니 그녀는 털벌레라도 만지듯 부들부들 떨면서 그의 손을 잡았다. 다른 사내의 아내가 된 그 여자는 어느 틈에 태수가 무서운 존재로 된 것이다.

"어딜가 이 사람?"

다리목 택시정류장에서 태수는 발을 세운다. 엇갈려 가던 사내 하나가 태수의 어깨를 건드린 것이다.

"형님은 웬일이쇼?"

"읍엔 언제 나온 거야?"

"다섯 시쯤 귀항해서 일곱 시쯤 나왔음다."

"그래 지금 들어갈 꺼야?"

"예."

"잘됐군. 같이 가자구. 나두 지금 들어가려던 참이니까."

택시에 오른다. 뒷좌석에 나란히 앉아 태수와 사내는 서로 반대편의 차창 밖을 내다본다. 얼어놓은 차창을 통해 바람이 불어들고 가끔 그 바람 속에 날벌레가 섞여 얼굴을 때린다. 읍 변두리의 들길로 접어들자 태수가 먼저 예사롭게 입을 연다.

"초소 박 군한테서 본서에 나가셨다는 얘길 들었죠."

“보고서 때문이야. 헌데 오늘은 재미가 어땠어?”

“노루목으루 나갔는데 씨알은 잘아두 재미는 괜찮았습니다.”

“자넨 바다에 그렇게 자주 나가면서 나한테는 비린 물건 한 번 갖다 주는 꼴을 못보겠더군.”

“우리야 배만 몰았지. 어디 고기를 낚아야죠. 형님 때문에라두 언제 한 번 마음먹구 나가야겠군요.”

“자네 본서엔 왜 안 들렸어?”

“서에는 왜요?”

“집행유예 끝났다면서?”

“끝난 지 벌써 서너 달 될 겁니다.”

“끝났으면 끝났노라구 나한테라두 귀띔을 해줘야지.”

“그런 걸 꼭 해야 되나요?”

“형님 소리는 잘하면서 그런 귀띔은 하기 싫은가?”

“몰랐습니다. 알면서야 … 잘못됐다면 용서하십시오.”

“집에 들렸나?”

“예.”

“병환은 좀 어때?”

“여전합니다.”

“누구누구 만났어?”

“예?”

“친구 누굴누굴 만났느냐구.”

잠시 사내를 돌아본 후 태수가 정색하고 입을 연다.

“사고 생겼습니까?”

사내가 담뱃불을 붙이기 위해 허리를 잔뜩 차 바닥으로 구부린다. 그러나 차창으로 불어오는 바람 때문에 사내는 불붙이기에 번번이 실패한다.

“K시 초급대학에 다니는 녀석이 일을 저지르구 우리 읍으루 튄 것 같아. 난 자네를 믿구 있네만 본서에서는 꼭 그렇지만두 않은 눈치야.

내일 본서에 통보하라는 명령인데 어떤 식으루 보골 해야 할지 자넨 생각을 듣구 싶어. 아직은 옷벗구 싶지 않으니까 내 입장 난처하게 만들지 말게.”

“왜들 이러십니까? 그쪽 방면에 손 끊었다는 거 죽 봐와서 형님이 더 잘 아시지 않습니까? 좋습니다. 그래 서에서는 나와 그 학생을 어떤 식으로 싸잡아 묶고 있죠?”

“묻는 말에나 똑똑히 대답해. 그 녀석 만났어 안 만났어?”

“안 만났다면 믿겠습니까?”

사내가 다시 허리를 구부린다. 살찐 사내의 목덜미를 바라보며 태수는 불현듯 대폿집에서의 불고기 한 접시를 떠올린다. 공으로 생긴 그 불고기는 물론 이 사건과 무관하다. 문제는 그토록 가깝게 지낸 이 사내가, 자기를 믿지 못해 다리목에서 몰래 기다리고 있었다는 사실이다.

“물론 난 자네를 믿어. 허지만 자네를 포함해서 도대체 요즘 녀석들 무슨 지랄들인지 모르겠어. 세상엔 대세라는 게 있는 거야. 몇이서 아무리 악써 봐야 그게 대세에는 콧김 하나 안 간다 이거야. 결국 자네두 겪어봐서 알겠지만 시퍼렇게 젊은 인생 혼자만 왕창 멍들구 그만이야. 집안은 또 어떻구? 저는 기분으루 그런다 치지만 열나개 학비 대준 집안은 그게 또 무슨 망쪼야? 제 인생망쳐, 집안 망쳐먹어 … 어떤가 자넨? 내 얘기 틀리는가?”

“맞는 말씀입니다. 그래서 저두 후회막급이 아닙니까.”

후회와는 다르다. 부끄러워하지 않기 위해 사람은 가끔 엄청난 대가를 지불할 때가 있다. 이 세상 어디에도 무죄의 땅이 없듯, 이 세상 누구도 부끄럼 한 점 없이 살다 간 사람도 없다. 문제는 크게 부끄럽지 않은 선에서 적당히 타협하는 지혜를 배울 일이다. 삼십육계도 계책의 하나라면 힘 앞에 무릎을 꿇는 것도 경우에 따라 아주 좋은 계책일 수 있다. 사람이 어디 일생 동안에 한 번만 굽히고 살겠는가?

“자네 내일두 읍내에 나갈 텐가?”

“모르죠. 왜요?”

“시끌시끌할 땐 움직이지 않는 게 좋아.”

“글쎄요. 형편 봐서 나가게 되면 연락 드리죠.”

“아예 새벽 일찍이 바다에나 나가지 그래?”

“배 움직이면 돈입니다. 형님이 기름값 대주실랍니까?”

캄캄하던 길 복판의 군인 한 명이 총을 들고 차를 세운다. 어촌 못 미처 돌다리 앞의 군경 합동 검문소다. 차가 멎고 군인이 다가오자 차 안의 사내가 소리를 친다.

“나야 김 상병.”

“인제 오십니까?”

“늦었네. 수고하게.”

“예.”

차가 왼쪽으로 바다를 끼고 마을길로 들어선다. 물이 빠진 왼쪽 암 벽 밑은 개펄이 길게 드러나 있다. 일찍 잠드는 습관대로 마을은 벌써 불빛 보기가 힘들 정도다.

“어디서 내릴 텐가?”

“아무데나요.”

“초소에 들려야 돼.”

“그럼 나 먼저 내려야겠습니다.”

차가 멎는다. 태수가 차비를 치르려 하자 사내가 태수의 등을 떠민 다.

“잘 가게.”

“살펴 가십쇼.”

판자문을 열자 종소리가 딸랑딸랑 울린다. 원래 소(牛) 목에 매달렸 던 것을, 장 군(張君)이 어디서 구해와서 판자문에 매단 것이다.

“형이야?”

“응, 안 잤구나.”

“늦었네?”

“친구 만나 술 한 잔 했다.”

“밥상 그럼 안 차려두 돼?”

“그래, 먼저 자라.”

“참 손님이 왔더랬어.”

펌프 쪽으로 가다 말고 태수가 그제야 아랫방 쪽을 넘겨다본다. 모기장 저쪽의 어둠 속에 장 군의 윗몸이 어슴푸레하게 윤곽만 보인다.

“손님이라니?”

“낚시꾼같기두 한데 자세힌 모르겠어. 읍에 나가구 없다구 하니까 그럼 이따 들리겠다구 하더니 아직 아무 소식이 없는 거야.”

“몇 살이나 돼 보여?”

“서른 쯤, 형하구 비슷한 나이야.”

“대학생같진 않아?”

“그렇게 늙은 대학생두 있나?”

“옷차림은 어때?”

“농구화에 헌 가방을 들었는데 먼 데서 왔는지 아주 지친 표정이었어.”

“분명히 다시 온댔어?”

“응. 들른댔어.”

“여태 안 왔으면 안 오는 거 아냐?”

“늦어서 혹시 여인숙에 들었는지두 모르지.”

“알았다. 자라.”

세수를 포기하고 태수는 다시 숙소를 나온다. 여인숙은 마을길이 바다와 만나는 내항 공터의 끝쪽에 있다.

여인숙과 맞붙은 잡화점 쪽문 앞에 사람 하나가 웅크리고 앉아 있다. 가게 덧문은 벌써 닫혔고, 손님과 주인은 쪽문을 통해 물건을 주고받는다. 태수가 가까이 다가가자 웅크린 사내가 고개를 든다. 가게 쪽문에서 쏟아진 불빛이 사내의 얼굴 반쪽을 뚜렷이 비추고 있다. 물건을 봉투에 주워 담던 사내가 엉거주춤 몸을 일으킨다. 보통 키인 태수보다 사내는 머리 하나가 더 높은 장신이다. 코를 맞댈 듯한 가까운 거리에서 태수가 문득 맥빠진 소리를 한다.

"규호 아냐?"

"태수!"

"날 찾아온 게 자네였군?"

"읍내에 나갔다더니? …"

"방금 왔어. 웬일이야?"

"그냥….."

가게 쪽문이 탁 닫긴다. 빛이 사라지자 두 사람은 가게 앞을 떠난다. 숙소는 오른쪽인데 그들은 안벽을 따라 바다쪽 선창으로 향한다. 길바닥에 패인 물구덩이를 피하며 태수가 다시 규호를 돌아본다.

"참 저녁은 어떻게 했어?"

"사먹었어."

"가게에서는 뭘 산 거야?"

"술 … 잠이 안 와서."

"집으로 들어갈까?"

"더운데 뭘…… 자네 배는 어디 있어?"

"저쪽에. 한 번 볼 텐가?"

선착장이 발아래 있다. 물이 빠져서 모든 배들이 로프를 드리우고 멀리 떠 있다. 가파른 층계를 걸어내려가 태수가 곧 로프 한 가닥을 잡아당긴다. 멀리 있던 목선 하나가 그들 앞으로 느리게 다가온다. 용골(龍骨)이 선착장 돌 위에 얹히자 둘은 나란히 배 위로 뛰어오른다.

"손님이라기에 누군가 했지. 규호 자넬 줄은 정말 몰랐어."

"배가 크군."

"사 톤짜리야. 배는 늙었지만 힘은 괜찮아."

선미쪽 해치 위에 두 사람은 마주앉는다. 찌푸렸던 날씨가 맑게 개었고, 달빛이 밝아 손금까지 보일 정도다. 달 주위에 낀 달무리로 보아 내일은, 그러나 날씨가 나쁠 조짐이다.

규호가 봉투를 찢어 술병과 종이잔과 안주로 쓸 눌린 오징어를 꺼내 놓는다. 태수가 백덱크의 판자를 뜯어내고 병따개와 고추장과 풋고추 한움큼을 집어낸다.

"비상식량이지. 난 읍에 나가 저녁 겸해서 한잔 했어."

"그래두 받어는 둬."

두 개의 잔에 소주가 채워진다. 통금이 지난 시간이라 선창에는 푸른 달빛뿐 인기척 하나 들리지 않는다. 방금 비운 규호의 잔에 태수가 다시 술을 채운다.

"어부인께서는 잘 계시겠지?"

"덕분에."

"그 동안 아들 하나 못만들었어?"

"잘 안 돼."

"나가는 덴 어디야?"

"없어 아직….."

둘의 시선이 싸울 듯 부딪는다. 그러나 곧 태수가 시선을 옮긴다.

"종선이 연택이는 자주 만나나?"

"자주는 못만나."

"어떻게들 지내구 있어?"

"연택이두 이젠 놀지 않아. 동대문 근처에 스포츠용품점을 하나 냈어."

"잘했군. 그럼 자네만 아직 나갈 데를 마련하지 못한 셈이군."

규호는 대꾸가 없다.

1년간의 고통을 지불하고 그들이 자유를 얻은 지 벌써 4년의 세월이 지나갔다. 기분은 아직도 학생인데, 밖에서 보는 눈들은 그들을 이미 한몫의 단단한 어른으로 취급했다. 특히 유일한 기혼자인 규호는 총각인 다른 동료들과는 각별히 다른 취급을 받았다.

그들의 형량은 생각보다는 가벼운 것이었다. 복교(復校)를 기대해봤지만 그것은 과분한 욕심이었다. 같이 고생한 인연 때문에 그들은 자주 만났다. 시간이 흐르면서 만나는 횟수가 뜸해졌고, 더러는 직장을 얻어 회합에 빠지기도 했다. 대화의 성질도 달라졌다. 삶은 포기할 수 있어도 생활은 중단할 수 없다. 살아야 되기 때문에 그들의 대화는 각자 나름의 생활의 고통과 불만 따위로 좁혀졌다. 이러한 일상적인 대화를 못견뎌 하는 친구가 생겼다. 생활의 압박에도 불구하고 그는 직장을 얻을 생각을 하지 않았다. 그의 머리에 꽉 찬 것은 자기가 지불한 고통에 대해 어떤 의미를 부여하는 일이었다. 우리 고생은 어딜 갔어, 하고 그는 자주 항의를 제기했다. 잊어버려, 하고 누군가가 말하자 그는 슬픈 얼굴을 했다.

"잘 안 되지만 노력하는 거야. 사노라면 다 잊어먹도록 되어 있어."

피곤하게 만드는 그 친구를 그의 친구들은 멀리하기 시작했다. 그는 점점 사정이 나빠졌고 여전히 직장을 구할 생각을 하지 않았다. 수척한 볼에 퀭한 눈을 하고 그는 점차 사람 만나기도 꺼려하기 시작한 것이다.

갯바위에 부딪는 파도소리가 높아진다. 한 차례 빠졌던 물이 다시 들기 시작하는 것이다.

"이민이나 갈까….."

"어디루?"

"파라과이."

"하필 거기는?"

술병의 술이 바닥에 있다. 잠깐 사이에 규호 혼자 2홉 술을 다 비운 것이다.

"마누라가 갔어."

"가다니?"

"친정이 안성이야. 그리 내려간 지 오래 됐어."

"왜? 싸웠나?"

"아냐, 날 이해하지 못해. 책 보는 것두 노는 걸루 알아."

"책 보구 있어?"

“공부를 다시 해볼 생각이야. 그냥 놀 수만은 없지 않아?”

태수는 하품을 주먹으로 끈다. 하품을 삼키고 그는 윗몸을 해치 위로 비스듬히 눕힌다.

“그냥 놀지 책은 왜 봐?”

“무슨 소리야?”

“놀고 있는 게 부끄러워서 자넨 책이라두 보는 척 하는 거 아냐?”

“그렇게 생각해?”

“우린 해봤어. 소리두 질렀구 감방두 살았구 우리 나름으루 소신껏 움직여 봤어. 옛날 일이라 지나가 버렸지만 그건 그 나름대루 그때 세상에 어떤 생채기를 남긴 거야. 그거면 됐어. 뭘 더 바라? 자넨 지금 아무것도 하는 게 없잖아?”

“내가 지금 왜 이렇게 됐는데?”

“남 탓은 말어. 내 책임이야. 하나에서 열까지 나로부터 출발한 거야. 나는 무죄고 밖만 유죄라고 할 순 없어. 자네 인생을 남이 대신 살아줄 수 없잖아?”

“그래서 자넨 이 어촌으루 도망쳤군?”

“그래, 꾀를 부렸어. 서울에 있으니까 자네처럼 될 것 같더군. 그래서 안되겠다 싶어 이리루 도망쳐 내려왔어. 생활은 있어야 돼. 그건 살아가는 기본 동작이야.”

달빛이 스러진다. 구름 한 조각이 달을 가리고 돛단배처럼 밤하늘을 흘러간다. 해치에서 몸을 일으킨 후 태수는 빈 술병을 바다쪽으로 훌쩍 던진다.

“내일 날 좋으면 바다에나 같이 나갈까?”

“글쎄….”

“올 때는 맘대루 왔지만 갈 때는 그렇게 안 돼.”

달빛이 다시 배 위를 비춘다. 금빙탑에 남은 얼음에서 얼음녹은 물이 투덕투덕 땅으로 떨어진다. 한쪽 무릎을 일으켜 세우며 태수가 다시 규호를 건너다본다.

“이왕 먼길 내려왔으니 여기서 푹 쉬어가게. 그리구 서울 올라갈 땐 안성 처가에 꼭 들러야 돼.”

한참 동안 말이 없다가 규호가 돌연 몸을 일으킨다.

“모기가 뜯는군. 들어가지.”

안개가 짙다.

밤을 새운 항등(港燈)이 안개 속에 오렌지 색으로 둥둥 떠있다. 안 벽을 따라 초소로 향하며 태수는 손에 든 두레박을 규호에게 기울여 보인다.

“새우야, 낚시미끼지. 농어라는 고기가 이걸 아주 좋아해.”

“이 안개 속에 배 띄울 수 있을까?”

“괜찮아. 가까운 바다니까. 이 근처 바다는 눈 감구두 갈 수 있어.”

초소가 가까워진다. 사람은 보이지 않고 방파제 끝쪽에서 인기척들 이 시끄럽다. 길 잃은 배가 잘못 얹혔거나 물건흥정으로 사람들이 다 투는 모양이다.

“사고예요. 사람이 죽었어요.”

“죽어? 누가?”

“여자예요. 미스 민. 찻집 아가씨 말이에요.”

“왜? 어떻게? …”

“몰라요. 자살이라는데 확실히는 모르겠어요.”

태수가 규호를 돌아본다. 긴장된 얼굴의 규호를 향해 태수는 실쭉 웃어보였다.

“가보겠어?”

“시체를?”

“아는 여자야. 어린애가 있었지. 그 애를 남편이 빼앗아가서 절망 끝에 아마 자살한 모양이야.”

“갔다 오게. 난 여기 있겠어.”

육중한 콘크리트 포대(砲臺) 위에 규호는 지친 듯 엉덩이를 걸친다. 태수는 두레박을 건네주고 빠른 걸음으로 방파제 끝으로 향한다.

안개가 흐르는 물처럼 탁하게 그에게로 밀려온다. 인기척이 가까워지면서 사람들의 윤곽이 어렴풋이 드러난다.

시체는 방파제 통로에 동체를 가리우고 반듯이 누워 있다. 몸을 덮은 방수포 밖으로 맨발의 두 다리가 항의하듯 뻗어나와 있다. 웅성대는 칠팔 명의 사내들 틈에서 태수는 점퍼차림의 권 순경을 발견한다.

“어디서 건졌죠?”

“방파제 끝 …… .”

“자살이라면서요?”

“유서가 있어.”

“뭐라구 씌어 있습니까?”

“알 것 없네.”

안개 속에 빗방울이 섞여 떨어진다. 아까운 생각이 드는 것은 죽은 여인이 젊기 때문이다. 뒤로 몇 걸음 물러난 후 태수는 천천히 몸을 돌린다.

초소에 돌아왔으나 규호가 보이지 않는다. 안개 속을 두리번거리다가 태수는 초소 안의 방위병을 바라본다.

“같이 온 친구 어디 갔어?”

윗저고리에 팔을 끼면서 방위병은 고개를 가로젓는다.

“모르겠는데요? 밖에 없어요?”

방파제와 선착장이 만나는 모서리에 한 사내의 웅크린 등이 보인다. 두 손을 바닷물에 반쯤 담그고 사내는 간간이 구역질을 하고 있다.

“왜 그래 자네?”

“속이 안 좋아.”

“얹혔나?”

“올라가야겠어.”

“어디루 …… .”

“서울 …… .”

바닷물을 찍어 이마를 두드린 후 규호는 해쓱한 얼굴로 웅크렸던 몸을 일으킨다. 태수가 길을 비켜주자 그가 천천히 윗쪽 돌층계에 걸터 앉는다.

“뒤따라가서 나두 봤어.”

“뭘?”

“여자 시체.”

안개 속에 배 한 척이 기관소리를 요란히 울린다. 구토가 많이 가라 앉은 듯 규호가 다시 입을 연다.

“부분적인 성공이란 걸 자네는 인정할 수 있어?”

“무슨 소리야?”

“내 마누라는 걸핏하면 위로랍시고 그따위 소리를 하는 거야. 사람 에겐 완전한 승리나 백프로 성공은 기대할 수 없다는 거야. 사노라면 실패가 훨씬 많지만 간혹 부분적으로 성공하면 그것으로 충분하다는 거야.”

“나두 그 얘기엔 동감인데?”

“자넨 역사가 전공이면서 배 부리는 건 언제 배웠어?”

“부닥치면 돼. 해보니까 별 거 아니더군.”

사람 한 떼가 초소 안을 통과한다. 둘씩 네 사람이 앞뒤로 들고 가 는 것은 시체를 싸담은 커다란 군용판초다. 시체가 안개 속으로 멀어 지자 규호가 피로한 듯 몸을 일으킨다.

“자넨 언제쯤 서울에 올라올 거야?”

“글쎄, 셈이 좀 펴져야….”

“바다가 자넨 무섭지두 않나?”

“무섭긴….”

태수는 더 이상 말이 없다. 갑자기 그는 독한 술을 한 잔 하고 싶다. 명치 끝까지 짜릿해지는 50도 쯤의 독한 술을….

(1982·文藝中央)

작 품 론

긴장과 대결의 美學

오 생 근[*]

1

홍성원은 이야기꾼이다. 그의 이야기가 넓고 다양하며 풍부하다는 점 때문에, 누군가 그를 '小說工場'이라고 명명했다는 소문도 있지만, 일반적으로 소설이 무엇인가를 곰곰이 생각해 보다가 결국 한마디로 이야기라고 정의내릴 수 있는 것처럼 그의 작가적 개성을 이해하려다 가 이야기꾼이라고 규정짓는 것은 단순한 동어반복의 의미를 넘어서 있다.

모든 소설가가 진정한 의미에서 이야기꾼은 아니다. 이야기꾼이 되 기 위해서는 많은 이야기의 보따리를 갖고 있어야 할 뿐 아니라, 그 보따리를 풀어나가는 데 장인적인 솜씨를 보여주어야 한다. 솜씨는 있 는데 이야기가 별로 많지 않다든지, 이야기는 많이 있는데 맺고 끊으 며 이어가는 솜씨가 부족한 작가들이 우리 주위에는 적지 않다. 작가 는 이야기꾼이 아니라 현실을 재창조하는 정신의 모험가라거나, 언어

____

[*] 문학평론가, 서울대 교수

494

라는 질료를 통해서 실험적 정신을 보여주는 사람이라는 비교적 현대
적인 문학적 논리가 가능해진 이후부터 재미있는 이야기가 별로 없는
작가의 작품이나 장인적인 솜씨가 부족해 보이는 작가의 작품도 그 나
름대로의 의미있는 존재이유를 부여받기 시작한 것은 사실이지만, 이
야기꾼으로서의 작가적 역량이란, 소설이 존재하는 한, 첫 번째로 눈
여겨볼 수 있는 장점의 하나가 될 것이다. 홍성원은 그런 점에서 말의
전통적인 의미에 충실하게 이야기꾼이다. 현실에서 우리가 부딪치는
사건들이 소설적이라고 말할 만큼 기구하고 사람들이 굳이 소설은 보
지 않아도 된다거나, 현대 사회가 이야기꾼의 설 자리를 박탈하면서
이해관계의 흐름으로만 치닫기 때문에, 아니면 사람들이 이야기를 그
리워하는 꿈의 마음을 상실해 버렸다거나 등의 이유 때문에 멋진 이야
기꾼이 점점 소멸되어 가는 우리의 현실에서 홍성원의 위치는 참으로
소중한 것처럼 보인다.

2

　그의 이야기는 물론 ‘어린 시절 화롯불가에서 할머니가 들려주는’ 그
런 푸근한 이야기가 아니다. 그의 소설은 도시적이며 현대적이고 그의
소설적 흐름은 그러한 소설에 걸맞게 박진한 긴장감을 동반하고 있다.
도시적인 취향 때문일까? 그의 작중인물은 서울이나 도시에 살며, 소
설의 배경도 도시가 주축을 이룬다. 물론 그의 소설이 다양하기 때문
에 농촌이나 어촌 혹은 산골짜기가 소설적 공간으로 등장하는 경우도
적지 않지만, 그것은 어디까지나 작가의 이야기를 전개하기 위한 필요
성 때문에 선택된 것이지 도시를 떠난 자연이라는 것에 잠시나마 집착
하기 위해서가 아니다.
　〈週末旅行〉이나 〈脫身〉과 같은 작품들에서 보여지듯이, 작중인물
로 등장하는 젊은 지식인들은 서울에서 긴장의 연속 속에 살며 그 ‘긴

장에서 탈출하기 위해', '서울에서 어촌으로 도망쳐' 오긴 하지만, 그
들은 다시 서울에서 소음과 공해와 만원버스와 정신적 긴장에서 살아
야 한다는 것을 알고 있다. 작품의 한 제목을 빌려 말하면, 서울은 지
옥이다. 작중인물들은 가끔 그 지옥을 탈출하여 여행을 한다. 그러나
그 여행은 서울을 떠나기 위한 여행이 아니라 서울로 돌아오기 위한
여행이며 지옥 같은 그 서울에서 부딪치며 싸우며 살기 위해서이다.
생존의 현장이라는 실감이 절실할수록 서울은 그의 작중인물들에게 더
욱 매력적인 도시처럼 보인다. 비 내리는 가을저녁에 후줄근한 바바리
코트를 걸치고 힘없이 걸어가는 손창섭의 어느 소설에서 보여질 듯한
패배적이며 연약한 작중인물은 홍성원의 소설에서 결코 보여지지 않는
다. 비평가 김병익이 홍성원의 소설을 진단하면서 '건강한 다이나미즘'
이라고 명명한 것처럼, 그의 작중인물들은 삶의 마지막 밑바닥까지 내
려가본 사람만이 지닐 수 있는 건강한 투쟁의식 속에 힘차게 살아 있
다. 그러므로 사람과 사람 사이의 관계이거나 아니면 사람과 자연 혹
은 동물과의 관계에서 작가에게 중요한 것은 동화라기보다 대결이다.

　홍성원의 훌륭한 소설로 평가될 수 있는 〈暴君〉과 〈武士와 樂士〉
는 어떤 의미에서 바로 그러한 대결의 의미가 첨예하게 표현된 예가
될 것이다. 〈폭군〉이 사람과 범과의 대결이라면 〈武士와 樂士〉는 사
람과 세상과의 대결이다. 그 대결의 의미란 범을 한 마리 잡는다는 남
자다운 용기라거나 아니면 이 세상을 지배하려는 세속적인 야심에서
찾아지는 것이 아니다. 홍성원에게서 대결의 참된 의미는 상대편이 무
엇이든지간에 대결의 긴장된 의식이 진행하여 발전되는 과정에 있다.
왜냐하면 대결은 바로 작중인물이 자기 스스로와 겨루는 싸움 이외에
다른 것이 아니기 때문이다. 〈폭군〉에 등장하는 사나이와 노인은 모
두가 범을 추적하는 일에 빠져드는데, '수천 명의 직원을 거느린 어느
거대한 기업체의 주인'인 사나이는 '범이 쥐를 놀리듯 자기를 희롱한다'
는 생각 때문에 초조하고 불안해 했으며, 노인은 '짐승과 끝까지 겨루
어 정말 깨끗하고 후회없는 사냥'을 하고 싶어하다가 끝내는 사냥터에

서 죽는 사냥꾼의 최후를 맞이한다. 자기의 모든 것을 거는 싸움, 홍성원은 바로 그러한 싸움의 美學을 알고 있는 작가이며, 또한 〈즐거운 地獄〉에서 말한 것처럼 '좀더 진지하게, 좀더 열심히, 정정당당히 싸우기 위해서도 반드시 지켜져야 할 룰'이 무엇인지를 아는 작가이기도 하다. 그가 싸움의 논리를 끊임없이 은연중에 강조하는 것은 〈暴君〉에서 보여지듯이 '담장이 무너지고, 가축이 물려가고, 팔뚝이 찢겨가고, 가축이 물려죽고, 그러나 누구 한 사람 불평 한 마디 내뱉지 않고', '마치 폭군 밑에서 소리없이 울고 있는 백성들과 흡사'한 사람들이 체념하듯이 살고 있는 현실에 분노를 느끼기 때문이다. 현실은 옛날이나 지금이나 神이 숨어 있는 시대처럼, 비리와 부정이 팽배해 있는 타락한 땅일 것이다. 타락한 현실을 외면하고 초월적인 믿음의 세계에서 구원을 찾는다거나 그 현실에 요령있게 적응하면서 출세를 꿈꾸는 삶의 유형은 홍성원의 작중인물들에게서는 문제도 되지 않는다. 그는 그 현실을 개탄하면서 지사적인 울분으로 힘을 낭비하지 않으며, 그러한 현실을 거부하고 초월하는 어떤 개인적인 구원의 가능성을 탐색하지도 않는다.

추리 소설적인 기법으로 긴장된 호흡을 유지하고 있는 〈武士와 樂士〉는 김기범이라는 한 기이한 인간의 삶을 추적해 가면서 타락한 세상에서 과연 어떻게 사는 것이 옳은지의 문제를 날카롭게 제기하고 있다. 김기범은 자기의 신분을 감추며 세상을 등져 살기도 하고 때로는 배반과 음모를 서슴지 않는 행동을 보이기도 하지만, 자기 나름대로 세상에 부딪치면서 살아가는 의식을 포기해 본 적이 없는 사람처럼 보인다. 그는 삶의 길을 어떤 일정한 범주 속에 묶어두고, 그 길을 어떻게 편리하게 가는가의 문제에 몰두해 있는 그런 사람이 아니다. 그에게 세상은 하나의 거대한 무대이다. 그러나 그 무대는 연극이 끝나고 막이 내릴 때 죽었던 사람이 옷을 툭툭 털고 일어나, 관객이 보내는 환호의 박수갈채에 응답하기 위해 인사할 준비를 하는 그러한 무대가 아니다. 한 번의 행동이 책임을 추궁하는 비난을 각오해야 하고, 한 번의 죽음이 일생을 마감할 수밖에 없는 삭막하고 냉혹한 무대이다. 김기범의 무대는 결코 화려한 의상을 걸치고, 아름다운 분장을 하면서 화사한 조명을 받을 수 있는 공간이 아니다. 인간은 누구나 자기의 삶의 몫이 있고 그 몫을 감당하는 연기를 해야 한다고 생각하는 듯한 그의 태도에는 범상치 않은 초연함이 엿보인다. 대동아전쟁에 수많은 한국인 학생들이 동원되어 끌려갈 수밖에 없었던 슬픈 합동 장행회(壯行會) 때, 조선만세를 부르자는 거사를 '그는 혼자 연출했고 그 막(幕)까지도 자기 손으로 닫으면서' 자기가 맡은 연기를 예정된 각본없이 상황의 변화에 따라 훌륭히 수행하기도 하고, 세상이 어지럽고 더러울 때는 '세상을 좀더 썩게 해서 더 이상 그 세상에 썩을 것이 없도록 만들어야 한다'고 판단될 때는 자기가 무대 위에 나설 때가 아니라고 생각한 것이다. 그는 분명 '뽑아 본 일 없는 칼을 차고 질 수 없는 전쟁만 멋들어지게 해 온' 삼류 무사가 아니다. 어쩌면 그는 대부분의 지식인들이 대체로 그렇듯이 '무사가 칼을 차고 지나가면', '재빨리 악기를 꺼내 황홀한 음악을 탄금하는' 악사 중의 한 사람일지 모른다. 김기범은 그런 점에서 살아남기 위해 음악을 연주하고, 살아남는다는 것을 무엇보다 중요한 가치기준으로 삼는 많은 지식인들의 한 전형일 수도 있겠지만, 작가의 관심의 초점은 무엇보다도 김기범을 통하여 혼란된 세상에서 과연 '옳게 사는 것'이 무엇인지를, 아니 시대가 부여하는 개인의 역할을 옳게 수행하는 것이 무엇인지를 심층적으로 제시하는 데 있다. 산골에서 도회지로 조심스레 외출을 시작한 김기범이 무슨 이유 때문에 '다시 세상에 나오기로 결심'하게 되었는지, 이 세상에서 그가 감당할 몫이 무엇이라고 생각할 수 있는지의 문제를 '수수께끼'처럼 제시하면서 끝나는 이 작품은 소설의 형식이나 기법의 측면에서 세련된 감각을 보여줄 뿐 아니라 이야기를 펼쳐나가는 서술가로서의 작가적 특징을 유감없이 발휘하기도 한다.

  정확한 묘사와 짧고 명확한 문장을 좋아하는 그의 작가적 개성은 독자의 정신을 긴장시키기에 충분하다. 더욱이 주관적인 설명과 발언으

498

로 독자의 자유로운 사고력을 방해한다거나 인물소개와 사건의 흐름을 장황하게 진술하는 그런 태도를 싫어하거나 의도적으로 거부하는 듯한 인상 때문에 그의 소설은 독자에게 부담없이 열려 있다. 바로 그러한 점이 이야기꾼으로서의 홍성원이 한국의 현대문학사에서 분명히 자리 잡는 근거가 될 것이다.

3

홍성원의 작중인물들이 보여주는 대결의식이 주어진 삶을 극복하려 는 능동적 태도의 반영이라면, 〈흔들리는 땅〉에서 보여지는 하층사회 의 젊은이들 역시 생존의 현장에서 야생적으로 부딪치는 건강한 의지 를 수렴하고 있다. 시외버스 터미널을 배경으로 엮어지는 이 소설의 등장인물들은 속칭 갸바이들(차내 행상인)과 여차장들, 그리고 터미널 근처에 빌붙어 사는 정비공, 조수, 구두닦이, 짐꾼, 손빠른 쌔리(소매 치기), 쌩고(가짜 고학생) 들이다.

홍성원은 이 작품을 통해서 고향을 떠난 젊은이들이 안정된 사회 속 에 편입되지 못하고 하루살이와 같은 열악한 조건 속에 살면서도 얼마 나 꿋꿋하고 힘차게 살아가는지를 현실감있게 보여준다. 이 소설에서 중심인물인 형섭은 갸바이의 수입으로 생활하다가, 어느 날 버스회사 와 당국이 주도하는 환경정화에 의해 쫓겨날 위기에 처한다. 그러나 그는 위기에 대처하기 위한 방법으로 구두닦이 소년들을 모아서 야간 학교를 설립하고, 그 야간학교에서 남숙이라는 여차장을 사랑하던 중, 불의의 사고로 형무소에 수감되는데, 그 간에 여차장들이 감찰들로부 터 당하는 비인간적인 처사에 반발을 하는 사건이 발생한다. 그녀들은 파업을 하면서 다음과 같은 요구조건을 내세우는데 그것은 "첫째, 차 장들의 몸수색을 중지하고 인권을 존중할 것, 둘째, 차장들의 임금을 회사 내 일반 여사무원과 동등한 선으로 인상할 것, 셋째, 근로기준법을 준수하여 차장들의 조업시간을 단축할 것, 넷째, 공휴일과 규정외 특수 근무에는 차장들에게 특별수당을 지급할 것 …" 등이다. 이 요구 조건은 한국적 현실에서 대체로 확인되는 바위에 계란던지기처럼 비참하게 묵살되어 버린다. 버스회사 측은 야비한 수법을 동원하여 차장들의 파업을 진압시켰음은 물론, 남숙의 생명을 건 호소를 귓등으로 흘려버림으로써, 그녀의 영웅적인 행위를 무가치하게 만들어버린 것이다.

이 이야기는 근로자들이 인간답게 살 최소한의 항의조차도 무자비하게 거절되어 온 현실의 모순을 단편적이나마 예리하게 파헤친 느낌을 준다. 거대한 도시의 한 변두리에서 안정된 기반없이 생존을 영위한다는 것이 얼마나 힘든 일인가를 보여주는 갸바이들의 생활, 삶에 작은 의미를 부여하면서 보람을 찾는 일을 지속적으로 해볼 수 없는 좌절감, 인간적인 처우를 원하는 호소가 야유적으로 처리되는 비인간적 사회, 성적인 욕망을 처리하기 위한 수단으로 이해되는 덧없는 사랑, 고락을 나누던 동료가 먼 곳으로 떠나는 버스 안에서 따뜻한 전송 대신에 상품선전을 할 수밖에 없는 각박한 현실, 그 모든 것들의 악순환, 홍성원의 작가적 개성은 이러한 절망적 측면을 비참한 절망의 언어로 기록하지도 않고 그와 반대로 터무니없는 낙관론을 내보이지도 않는 채, 냉정하게 그러나 정열을 갖고 그 현실에 부딪치려는 적극적 의지에서 뚜렷이 드러난다.

4

문학이 존재해야 하는 이유 중의 하나로서 문학이 우리의 삶을 반성케 한다는 사실을 지적할 수 있다. 반성한다는 것은 우리의 현실에 대해서 혹은 우리 자신과 현실과의 관계에 대해서 거리를 두고 돌이켜본다는 것을 의미한다.

　소설의 무엇이 우리를 반성케 하는가? 그것은 작중인물의 훌륭한 영웅적 행위 때문도 아니며, 작가가 소설 속에서 진술하는 비판적 발언이나 탁월한 세계관 때문도 아니다. 현실에 밀착하면서도 총체적으로 세계를 파악하고 그것을 형상화시키는 새롭고 정열적인 작가의 노력이 일상인의 잠자는 의식을 깨우치며 반성케 만드는 요인일 것이다. 홍성원의 이야기는 그런 점에서 우리의 현실을 잊어버리고 현실의 모순을 잠시나마 외면할 수 있게 만드는 이야기가 아니라 우리의 현실과 정면에서 부딪치고 진정한 삶의 출발점으로 되돌아오게 만드는 이야기다. 그것은 현실을 떠난 여행의 의미를 가르쳐 주지 않고 현실로 더욱 충실히 되돌아오게 만드는 계기를 마련한다. 홍성원의 이야기꾼으로서의 재능은 그런 각도에서 이해되어야 할 것이다.

■ 작가 연보 ■

1937년 (1세) : 12월 26일 경남 합천군(陜川郡) 삼가면(三嘉面) 외가에서
8남매 중 장남으로 태어나다. 부친은 남양(南陽) 홍 씨(洪氏) 차
석(次錫)이며, 모친은 인동 장 씨(張氏) 우순(又順)으로 부친의
원래 친가는 사천(泗川)이다.

1940년 (4세) : 이 시기를 전후해서 공수의(公獸醫)로 근무하게 된 부친을
따라 강원도 금화(金化)로 옮겨 이곳에서 해방이 될 때까지 거주
하다. 작가는 이곳에 대해 "유년의 시절의 내 기억은 강원도 금
화군이 시발점이 된다. 나는 그곳에서 유치원을 졸업한 후 '대동
아 전쟁'이 한창일 무렵 소학교에 입학했다"고 쓰고 있다. 또 이
도시에서 물에 대한 특이한 기억을 얻게 되며, 이는 후일 물을
찾아다니는 낚시꾼이 되는 한 계기가 된다.

1944년 (8세) : 국민학교에 입학하다. 그의 소설에 나타나는 "큰 동물에 대
한 나의 병적인 호기심과 애정은 아마 이때부터 몰래 싹튼 것이
아닌가 생각된다"고 쓸 정도로 이 시기에 말에 대해 특별한 관심
을 가진다. 이 해 중반경 금강산 가까운 고성으로 옮겨가다. 그
곳에서 목격했던 일제 말기 후방의 전시 풍경은 후일 〈타인의 광
장〉이란 소설의 소재가 된다.

1945년 (9세) : 국민학교 2학년 때 해방을 맞다. 소련군이 진주해 오는 것
을 목격하다. 이 해 초겨울에 다시 금화로 옮겨 두 차례에 걸쳐
차례로 38도선을 몰래 넘어 온 가족이 서울로 오다. 이때의 월남
경험은 나중에 단편 〈월경〉(越境)의 소재가 된다.

1946년 (10세) : 이 해 후반에 부친이 시흥군청에 자리를 얻어서 경기도 안
양(安養)으로 이사하다. 국민학교 3학년에 복학해서 한글을 처

음으로 배우기 시작하다.

1949년 (13세) : 6학년 초에 부친이 수원시청으로 전근 발령됨에 따라 작가
가 앞으로 실질적인 고향이라고 생각하게 될 수원시 매교동 136
번지로 이사하다. 이곳 수원에서 수원성의 장안문(長安門)을 아
침 저녁으로 보면서 6·25를 겪고, 중고등학교를 졸업하고 대학
에 입학하다. 후일 작가는 "고정된 이미지를 지니지 않은 햇빛이
나 바람, 추위 등에 이르기까지 그 모든 연상의 근원은 수원에
있었는지 모른다. 작은 동산을 작품 속에 그리려 할 때 가장 먼
저 떠오르는 산은 수원의 팔달산이었다. 〔…〕 그 외의 무수한 작
품 속의 소도구들 역시 대부분은 수원에서의 삶이 늘 일차적인
이미지로 떠오르는 것이다"라고 쓰게 된다.

1950년 (14세) : 수원의 매산국민학교를 졸업하고 당시 수원의 명문학교였
던 수원농림중학교(水原農林中學校)에 입학하다. 이 학교는 몇
년 뒤에 북중학교(水原北中學校)와 농림고등학교(水原農林高等
學校)로 분리된다. 만성 복막염으로 세브란스에서 수술대기중 6
·25를 맞다. 미처 피난을 가지 못한 채 전쟁의 온갖 모습을 겪
게 되며, 이때의 체험은 후일 〈남과 북〉을 비롯한 소설의 소재가
된다.

1951년 (15세) : 1·4후퇴 때 경남 밀양(密陽)으로 내려가서 영남루(嶺南
樓) 뒤의 산비탈에서 피난살이를 하다. 피난 열차에서 겪은 일은
뒤에 청소년소설 〈기찻길〉을 쓰는 계기가 된다. 동생과 함께 엿
목판을 메고 생존의 대열에 처음으로 나서본 것도 이때이고, 신
현옥이란 피난민 소녀에게 첫사랑 비슷한 감정을 느낀 것도 이
시절이다.

1952년 (16세) : 이 해 초를 전후한 시기에 수원으로 돌아와서 학교에 복학
하다.

1953년 (17세) : 수원북중학교를 졸업하고 수원농림고등학교 축산과로 진
학하다. 휴전이 성립되고 학교 공부보다는 닭과 돼지를 키우는
일에 더 많은 관심을 가지며 세월을 보내다.

1955년 (19세) : 12월 초 영어 수업 시간에 느낀 수치심을 계기로 두문불출
　　　　　　하며 대학진학을 위한 자습에 몰두하다.

1956년 (20세) : 수원농림고등학교 축산과를 졸업하고 고교시절의 원한을
　　　　　　풀기 위해 고려대학교 영문학과에 우수한 성적으로 입학하다. 이
　　　　　　해 중반 부친이 공금횡령죄로 구속됨으로 말미암아 갑자기 집안
　　　　　　이 몰락하다. 서울로 이사하다.

1957년 (21세) : 서울의 원남동에서 홍릉의 후생 주택으로 옮기면서 집을
　　　　　　줄여서 생계를 유지하는 생활이 시작되다. 가정교사 생활로 열
　　　　　　식구를 먹여 살리는 생활전선에 나서다.

1958년 (22세) : 등록금으로 두 아우의 밀린 학비를 대주고 고려대 영문학
　　　　　　과를 3학년까지만 다닌 채 중퇴하였다. 아무 책이나 탐독하는 가
　　　　　　운데 도스토예프스키의 《죄와 벌》에 나온 가난한 대학생의 처지
　　　　　　에 공감하고, 〈지하 생활자의 수기〉에서 울려나오는 고통의 신
　　　　　　음소리에서 위안을 얻다.

1960년 (24세) : 감격적인 4 · 19가 일어나고 동생들과 함께 열광하다.

1961년 (25세) : 연초에 단편 〈전쟁〉이 《동아일보》 신춘문예에 당선작 없
　　　　　　는 가작으로 입선하다. 5 · 16 군사 쿠데타가 일어나고 병역기피
　　　　　　자로 몰려 입영통지서를 받고 8월 1일 수색에서 육군에 입대하
　　　　　　다. 입대하기 전 아끼던 책들을 팔아 동생들에게 약간의 쌀을 사
　　　　　　주고 어쨌건 돌아올 때까지 살아남아 있을 것을 당부하다. 논산
　　　　　　훈련소 배출대에서 시인 황동규와 처음으로 만나 서울 한남동의
　　　　　　정훈학교에서 잠시 앞 뒤 번호로 함께 생활하면서 친해지게 된
　　　　　　다. 이는 후일 그를 통해 평론가 김병익을 만나는 계기가 된다.
　　　　　　11월에 최전방 백골부대(5368부대)에 배치되다.

1962~1963년 (26~27세) : 작가의 표현을 빌리면 "하늘이 십원짜리 주화
　　　　　　보다도 작은" 강원도 육단리에 있는 최전방 부대, 육군 5368부대
　　　　　　에서 근무하면서 그의 소설세계에서 가장 중요한 테마의 하나가
　　　　　　될 인간과 폭력의 문제를 절실히 느끼다.

　　　　그 후로 3년. 내가 이 기간중 한 일이라고는 군대라는 몬도가

네 집단에서 나 자신을 결사적으로 보호하고 지킨 것뿐이다. 하늘이 십원짜리 주화보다도 작은 그 고장에서는 외부로부터 누군가가 나를 끊임없이 해체하고 파괴하려 했다. 그것을 끝까지 물리치기 위해 나는 3년 동안 피투성이로 싸운 것이다(홍성원, 〈소리내지 않고 울기〉).

이 해 말 "백골부대 6번 사무실 뒤 골방"에서 이틀 만에 〈빙점지대〉를 써서 한국일보에 투고하다.

1964년 (28세) : 단편 〈빙점지대〉가 《한국일보》 신춘문예에 당선되다. 심사위원은 안수길·유종호·황순원인데 문장이 정확하고 기본적인 리얼리티를 갖추고 있어서 "이 작품이 가장 우수한 작품이라는 데는 완전히 의견이 일치했지만 등장인물이 좀 유형화되었다는 것과 전반보다 후반이 약하다는 것이 흠일까"라는 지적을 받다.

5월 16일, 33개월 16일 만에 육군 하사 계급으로 제대하다. 집에 돌아왔을 때의 풍경을 다음처럼 쓰다.

집에서 나를 기다린 것은 군대보다 더 끔찍한 저 음험한 가난이었기 때문이다. 제대해 보니 나의 집은 창신동의 까마득한 산비탈에 올라앉아 있었다. 홍릉에서 월곡동·전농동 등으로 전전하는 동안 전세가 사글세로 전락하여 이제는 창신동 산비탈의 무허가 판잣집으로 낙착된 것이다. 절박한 가난이었다. 하루 세 끼 밥만 먹여주면 우리 가족은 그때 아마 지옥이라도 마다하지 않았을 것이다. 나는 허기진 아우들의 얼굴에서 굶주린 인간들만이 낼 수 있는 마지막 광기를 읽을 수 있었다(홍성원, 〈소리내지 않고 울기〉).

이런 가난과 배수의 진을 친 대결을 벌이는 가운데 단편 〈기관차와 송아지〉가 월간 《세대》 창간 일주년 기념문예에 당선되고, 장편 〈디데이의 병촌〉이 동아일보 50만 원 고료 장편 모집에 당선됨으로써 신인으로서는 보기 드문 화려한 데뷔를 하게 된다. 그리고 당선소감에 "이런 유(類)의 대금이 걸린 현상소설은 단순한 문단 등단의 기쁨뿐만은 아니다. 사실 나는 요즈음 꼭 50만 원쯤의 돈이 필요했다. 이 돈이 적시에 나를 찾아준 것은 나의 가난을 아는 모든 분들, 스승들과 선배들과 벗들의 정신적인 지원이 주효한 것 같다. 이 분들의 기대를 배반치 않기 위하여 나는 당분간 우울한 조심성을 지녀야 할 것이다”라고 쓰고, 또 “학교를 마저 졸업해야겠다고” 밝히다.

단편 〈중복〉(《사상계》, 10월호), 단편 〈타인의 광장〉(《신동아》, 3월호)을 발표하다.

1965년 (29세) : 비원에서 열린 황동규의 두 번째 시집 《비가》 출판기념회에서 말로만 듣던 김병익과 처음 만나다. 이에 대해 김병익은 40년이 가까운 세월동안 변함없이 “시인의 자부심을 칼칼한 목소리로 역설하는 황동규의 말버릇이나 낚시 던지는 법부터 모든 일을 꼼꼼히 가르쳐주며 형제 많은 집의 맏형처럼 든든하게 돌보며 이끄는 홍성원의 처신”을 즐겁고 자랑스럽게 회상하며 다음처럼 쓰고 있다.

> 황동규와는 대학 1학년 말부터 사귀기 시작했지만 내가 홍성원을 처음 만났던 것은 황동규의 두 번째 시집 《비가》의 출판기념회를 조촐하게 비원에서 갖던 1965년이었다. 우리는 거기서 첫 악수를 하며 이름을 듣게 되자, 이미 황동규가 말로만 서로 소개를 한 그 상대인 줄을 당장에 알아버렸다. 〔…〕 그래서 구면이 초면처럼 되어버린 홍성원과 나는 이후 급작스레 친해졌는데 〔…〕 우리의 자연스러운 만남은 자연히 번잡해지지 않을 수 없었던 것이다. 〔…〕 나는 그를 따라 낚시를 배웠고 그를 바둑으로 놀려먹는 재미를 즐겼으며, 즐겨 그의 작품의 해설자가 되었다(김병익, 《새로운 글쓰기와 문학의 진정성》).

단편 〈밤비〉(고대신문), 단편 〈프로방스의 이발사〉(《사상계》, 9월호), 단편 〈빗돌고개〉(《세대》)를 발표하다.

1966년 (30세) : 1년여의 연애 끝에 12월 16일 장정자(張貞子) 여사와 결혼하다. 이 시기를 전후해서 '일요회'라는 독서모임을 결성, 진덕규·이만열·황동규 등과 명동의 '동방'에 모여 토론도 하고 술자리도 함께 하다. 대하소설의 뿌리가 여기에서 비롯되다.

단편 〈기동훈련〉(《공군》, 3월호), 단편 〈좋은 날씨〉(《여상》, 4월호), 단편 〈불의〉(《문학》, 5월호), 단편 〈종합병원〉(《자유공론》, 5월호), 장편 《디데이의 병촌》(창우사 출간), 단편 〈동행〉(《신동아》, 7월호), 단편 〈탈주〉(《문학》, 8월호), 장편 〈막차로 온 손님들〉(《주간한국》, 10월 19일 연재), 장편 《역조》(전작장편, 창우사 간), 단편 〈뱃놀이〉(《문학》, 12월호)를 발표하다.

1967년 (31세) : 9월에 맏딸 진아(眞雅) 태어나다.

장편 《고독에의 초대》(《부산일보》, 1월 1일 연재), 단편 〈어둡고 아늑한 곳〉(《현대문학》, 9월호), 단편 〈마대풍〉(《대한일보》, 10월), 장편 〈호두껍질 속의 외출〉(《세대》 연재), 장편 〈산신의 딸〉(《여성동아》 연재)을 발표하다.

1968년 (32세): 단편 〈무전여행〉(《68문학》), 단편 〈도로〉(《세무국세청》), 단편 〈배교도〉(《현대문학》, 5월호), 장편 〈곡예사의 혁명〉(《경향신문》, 7월 연재)을 발표하다.

1969년 (33세) : 단편 〈어떤 제대〉(《현대문학》, 3월호), 단편 〈무서운 발견〉(《현대문학》, 6월호), 단편 〈늪〉(《월간중앙》, 8월호), 중편 〈주말여행〉(《세대》, 8월호), 단편 〈철들 무렵〉(《월간문학》, 9월호), 중편 〈폭군〉(《창작과 비평》), 단편 〈보복〉(《여원》)을 발표하고, 장편 〈사랑강조 기간〉(《주간중앙》)과 장편 〈가을에 만난 여행자〉(《지방행정》)를 연재하기 시작하다.

1970년 (34세) : 7월 둘째딸 자람 태어나다.

단편 〈역류〉(《월간중앙》, 3월호), 단편 〈즐거운 지옥〉(《현대문학》, 5월호), 단편 〈토마토와 미친 개〉(《여성동아》, 7월호 별책), 단편 〈토요일 오후〉(《월간문학》, 9월호), 단편 〈반항의 싹〉(《협동》)을 발표하고, 대하장편 〈육이오〉(《세대》, 9월호)와

장편 〈꿈이 설 자리〉(《주부생활》, 12월호)를 연재하기 시작하다.

특히 〈육이오〉(후에 〈남과 북〉으로 제목이 바뀜)는 그가 가장 애정을 기울인, 거의 만 매에 가까운 대하소설로 《세대》지 1970년 9월호부터 1975년 10월호까지 5년여에 걸쳐 연재되며 이후 그가 쓰게 될 대하역사소설의 시발점이 된다. 그 집필동기를 그는 이렇게 밝히고 있다.

세상에서 가장 힘센 동물이 무엇인가 하는 유년시절의 나의 호기심은 결국 최대의 폭력형태인 전쟁에 이르러서야 추적을 멈추었다. 〈남과 북〉은 아마 이 막다른 골목에 몰린 호기심이 동기가 되어 씌어진 소설일 것이다. 폭력에 대한 생리적인 나의 호기심이 폭력의 최고작인 전쟁에 이르러 비로소 내나름의 보상과 만족감을 얻은 셈이다(홍성원, 《남과 북》 서문).

1971년 (35세) : 단편 〈무서운 아이〉(《현대문학》, 2월호), 장편 〈이인삼각〉(《서울신문》, 2월 16일부터 연재), 단편 〈피카소와 개구리〉(《문학과지성》)를 발표하다.

1972년 (36세) : 9월 이들 우람 태어나다.

장편 〈행복 삽시다〉(《국제신보》, 1월 1일부터 연재), 단편 〈빈부〉(《현대문학》), 콩트 〈부끄러움〉(《독서신문》)을 발표하다.

1973년 (37세) : 단편 〈사공과 뱀〉(《여성동아》), 장편 〈따라지 산조〉(《동아일보》, 2월 16일부터 연재), 단편 〈서울 보통시민〉(《현대문학》), 단편 〈열린 이빨〉(《한국문학》)을 발표하고, 장편 〈중역 탄생〉(《서울신문》, 12월 3일)을 연재하기 시작하다.

1974년 (38세) : 장편 〈기찻길〉(《여학생》)을 연재하고, 단편 〈도깨비 웃음〉(《문학사상》), 단편 〈괴질〉(《현대문학》)을 발표하다. 이 시기를 전후해서 폭력적인 세계와 그에 대응하는 인간들의 자세 문제를 다양한 각도에서 깊이 숙고하기 시작하며, 그것을 소설에 반영시키다.

1975년 (39세) : 중편 〈흔들리는 땅〉(《문학과지성》), 단편 〈탈신〉(《문학사상》), 단편 〈월경〉(《소설문예》), 중편 〈겨울 동양화〉(《열매》 연재), 장편 〈낮과 잠의 경주〉(《여성중앙》 연재), 단편 〈미아일기〉(《고대신문》), 단편 〈사체의 중량〉(《주간조선》)을 발표하다.

1976년 (40세): 단편 〈삼인행〉(《현대문학》, 2월호), 소설집 《주말여행》(문학과지성사 간), 단편 〈형제〉(《월간중앙》, 6월호), 장편 《김윤후》(문예진흥원), 평론 〈시멘트 정글과 지성의 미로〉(《문학과지성》, 여름호), 중편 〈무사와 악사〉(《한국문학》, 7월호), 단편 〈자라나는 돌〉(《뿌리깊은 나무》), 단편 〈긴 여름〉(《엘레강스》, 8월호), 단편 〈염천〉(《세대》, 9월호), 단편 〈영원한 처형〉(《대한전선》), 단편 〈허한 사람들〉(《문학사상》), 단편 〈7월의 바다〉(《소설문예》)를 발표하고 소설집 《무서운 아이》(서음출판사)와 《무사와 악사》(열화당)를 출간하다.

1977년 (41세): 장편 〈찬란한 승부〉(《대구매일신문》, 1월 1일), 장편 〈오욕의 계절〉(《전남일보》, 2월 1일), 장편 〈두고 온 침묵〉(《소설문예》, 5월호)을 연재하기 시작하고, 대하장편 《남과 북》(전 5권, 서음출판사)와 장편 〈소년소설〉, 〈기찻길〉(여학생사), 소설집 《즐거운 지옥》(삼중당)을 출간하다. 자전적인 글 《소리내지 않고 울기》(청담사), 단편 〈잘 가꾼 정글〉(《한국문학》)을 발표하다.

대한민국문학상 본상(대통령상), 제2회 '반공문학상'(대통령상)을 수상하다.

1978년 (42세): 장편 《광대의 꿈》(상하권, 삼조사), 장편 《변신들의 축제》(상하권, 삼조사), 장편 《낮과 밤의 경주》(태창문화사), 소설집 《흔들리는 땅》(문학과지성사)를 출간하다. 장편 〈목신의 밤〉(《나나》), 장편 〈욕망의 바다〉(《서울신문》, 9월 1일)를 연재하기 시작하고, 단편 〈잠 찾는 소년〉(《문학사상》)을 발표하다.

1979년 (43세): 단편 〈설야〉(《문예중앙》, 봄호)를 발표하다.

1980년 (44세): 장편 〈꿈꾸는 대합실〉(《한국일보》, 1월 22일)을 연재하기 시작하고, 단편 〈안개사원〉(《문학사상》)을 발표하다.

1981년 (45세) : 장편 《꿈꾸는 대합실》(상하권, 삼중당)을 출간하다. 단편 〈해를 기다리는 갈매기〉(《문학사상》)를 발표하고, 장편 〈잃어버린 출발〉(《주간 스포츠》)을 연재 시작하다.

1982년 (46세) : 단편 〈누항의 덫〉(《문학사상》, 4월호), 단편 〈일부와 전부〉(《문예중앙》, 가을호)를 발표하고, 연작소설 〈투명한 얼굴들〉(《진주》)과 장편 〈새벽의 곡예사〉(《새마을》)를 연재하기 시작하다. 장편 《막차로 온 손님들》(삼경당)을 출간하다.

1983년 (47세) : 단편 〈공손한 폭력〉(《현대문학》)을 발표하고, 장편 〈깨어 있는 성〉(《주간중앙》)과 장편 〈마지막 우상〉(《현대문학》, 7월호)을 연재하기 시작하다. 장편 《잃어버린 출발》(도서출판 서울)을 출간하다.

1984년 (48세) : 단편 〈귀로〉(《문예중앙》)를 발표하고, 소설집 《서울 즐거운 지옥》(《나남》)과 소설집 《폭군》(나남)을 출간하다.

1985년 (49세) : 단편 〈공룡을 본 사람〉(《문학사상》, 6월호)을 발표하고, 대하장편 〈달과 칼〉(《대구매일신문》, 6월)을 연재 시작하다. 장편 《마지막 우상》(현대문학사)을 출간하다.

　　《마지막 우상》으로 현대문학상을 수상하고, 이 책의 머리에 "있음으로 해서 주체스러운 것들을 생각해 본다. 〔…〕 특히 의무와 법과 관습들 중에는 있어서 귀찮은 것이 대단히 많아 보인다"라고 쓰다.

1986년 (50세) : 단편 〈산〉(《외국문학》)을 발표하다. 이후 단편을 거의 쓰지 않고 대하역사소설 《먼동》의 집필을 위한 준비에 몰두하다.

1987년 (51세) : 대하장편 〈먼동〉(《동아일보》, 9월)을 연재하기 시작하다. 장편 《남과 북》(전 6권, 문학사상사)과 장편 《중역 탄생》(삶과 함께)을 출간하다.

1991년 (55세) : 대하장편 〈수적〉(《서울신문》)을 연재하다.

1992년 (56세) : 〈남과 북〉 이후 가장 애정을 기울인 작품이라 할 수 있는 장편장편 〈먼동〉으로 9월 22일 제4회 이산문학상을 수상하다.

510

그리고 수상 소감에서 "재산이라고는 돌도끼밖에 없던 구석기 시
대 사람보다 지금의 우리가 더 행복하다는 증거는 없다. 원효와
만적과 정다산의 지능지수가 지금의 우리보다 못하다는 증거도
없다. 이러한 발상의 저 끝 언저리에 아마도 역사소설의 설 자리
가 있을 것이다"란 견해를 밝히다.

1993년 (57세) : 대하장편 《달과 칼》(전 5권, 한양출판사)과, 대하장편 《먼
동》(제6권, 문학과지성사)과 전기물 《흙에 심은 사랑의 인술》
(한양출판사)을 출간하다. 단편 〈짠맛으로 남은 사람들〉(《작가
세계》)을 발표하다.

　　《먼동》의 첫머리에서 자신의 소설쓰기와 관련하여 "결국 소설
이란 행복했던 시대의 역사에서보다는 불행했던 역사 속에서 더
흥미있는 소설적 공간과 주인공들을 발견한다. 역사적으로 불행
했던 시대가 뛰어난 인물들을 다량으로 배출하고, 소설은 다시
그 인물들의 뒤를 쫓음으로써 역사의 부정적인 진행을 보상하는
또 하나의 역설적인 교훈을 그 시대의 인물들 속에서 이끌어내는
것이다. 부정적인 방향으로 진행되는 역사는 그리하여 그 시대를
바로잡고 극복하려는 뛰어난 인물들을 우리에게 보여줌으로써 우
리가 자칫하면 함몰하기 쉬운 역사적 허무주의와 냉소주의로부터
우리를 구출한다"는 독특하고 흥미있는 역사소설관을 피력하다.

1994년 (58세) : 단편 〈남도기행〉(《세계문학》), 소설집 《투명한 얼굴들》
(문학과지성사)을 출간하고, 장편 〈그러나〉(《현대문학》)를 연재
하기 시작하다.

1996년 (59세) : 역사의 이면을 뚫고 들어가 친일과 애국의 실체를 다시 생
각하게 만드는 장편 《그러나》(전2권, 문학과지성사)를 출간하다.

1997년 (60세) : 회갑을 맞다.

■ 작가 약력 ■

홍 성 원

1937년 경남 합천 출생
고려대 영문학과 졸업
1961년 《동아일보》 신춘문예에 단편 〈전쟁〉 입선
1964년 《한국일보》 신춘문예에 단편 〈빙점지대〉,
《동아일보》 장편공모에 〈디데이의 병촌〉 당선
대한민국문학상 본상, 현대문학상, 이산문학상 등을 수상.

장편소설로 《먼동》, 《남과 북》, 《달과 칼》,
《디데이의 병촌》 등이,
단편집으로 《흔들리는 땅》, 《무사와 악사》,
《주말여행》, 《투명한 얼굴들》 등이 있다.

나남문학선 3

폭 군 (暴君)

1999년 7월 5일 발행
1999년 7월 5일 1쇄

저　자 : 洪　盛　原
발행인 : 趙　相　浩

발행처 : ㈜ 나 남 출 판

137-070　　서울 서초구 서초동 1364-39 지훈빌딩 501호
전화 : (02) 3473-8535 (代),　FAX : (02) 3473-1711
등록 : 제 1-71호 (79.5.12)
홈페이지 : http://www.nanamcom.co.kr
천리안, 하이텔 ID : nanamcom

ISBN 89-300-0103-3　　　　　　값 15,000 원

나남文學選

1 황홀한 失踪 · 이청준
  • 늘 소외된 이웃과 함께 살려는 따뜻하고 진지한 시선
  • 자기완성을 위한 탐구/金治洙(이화여대 불문과 교수)

2 食口(식구) · 박범신
  • 현실과 부딪쳐 이뤄낸 예술적 감성의 조화
  • 현실에의 직관과 투시, 그 감성의 조화/鄭奎雄(문학평론가)

3 暴君(폭군) · 홍성원
  • 생존의 현장속에서 벌이는 대결로 인해 획득된 다이나미즘
  • 긴장과 대결의 미학/吳生根(서울대 불문과 교수)

4 밤의 手帖 · 이제하
  • 세계의 허위와 진부함을 파괴하며 비상하는 풍요한 상상력
  • 상투성의 파괴, 그 방법적 드러냄/金炳翼(문학평론가)

5 風葬(풍장) · 황동규
  • 죽음까지 초월하고자 하는 자기 성실성
  • 긍정적 反語의 세계/김 현(문학평론가, 서울대 불문과 교수)

6 벌판 · 서정인
  • 동양적 리얼리즘의 세계로 이끄는 특유의 문체
  • 보편성의 위기와 소설/김주연(숙명여대 독문과 교수)

7 거지와 狂人 · 정현종
  • 일상의 무의미성과의 치열한 싸움과 무서운 서정
  • 술취한 거지의 詩學/김 현(문학평론가)

8 그 가을의 사흘동안 · 박완서
  • 분단시대와 비극을 역동적으로 형상화시킨 생명주의
  • 세파 속의 생명주의와 비판의식/李善榮(연세대 국문과 교수)

9 戀歌(연가) · 조태일
  • 날카로운 직관과 예지로 노래한 이 땅과 민족에 대한 애정
  • 조태일의 현실적 낭만주의/김우창(고려대 영문과 교수)

10 刺客列傳(자객열전) · 이외수
  • 유려하고 도전적인 문장너머에 우뚝선 현실초극의 미학
  • 삶의 고독과 구원의 몸부림/趙東珉(건국대 교수)

11 鳶(연) · 김원일
  • 화해와 사랑의 세계에 따른 분단문학의 새로운 감동
  • 핏빛에서 가을볕으로/金炳翼(문학평론가)

12 칼레파타칼라 · 이문열
  • 자유를 향한 일관된 열망이 이뤄낸 역동적 세계
  • 개인과 자유를 향한 열망/성민엽(문학평론가)

13 知·性·採·集(지·성·채·집) · 이어령
  • 동·서양의 문학과 지식에 通曉있는 이어령문학의 성찬
  • 우리의 자랑 李御寧/이병주(작 가)

14 장씨의 수염 · 최일남
  • 우리시대의 표준적인 삶의 궤적에 새겨진 일상인의 모습들
  • 닳아버린 삶과 깨어나는 의식/김병익(문학평론가)

15 다시 만날때까지 · 최인호
  • 눈부신 직유법과 도시적 감수성이 빚어낸 최인호문학
  • 불화와 허위의 세계의 비극성/성민엽(문학평론가)

16 씻김굿 · 신경림
  • 절절한 노래속을 흐르는 빛나는 서정성
  • 울음과 통곡/김 현(문학평론가)

17 밝고 따뜻한 날 · 이동하
  • 춥고 타락한 일상적 삶을 향해 던지는 진정성의 불빛
  • 춥고 어두운 세상에서 살아가기/권오룡(문학평론가)

18 따뜻한 상징 · 정진규
  • 위기의 시대에 貧書의 一燈처럼 빛나는 시와 산문
  • 정갈한 영혼을 찾아서/崔東鎬(문학평론가, 고려대 국문과 교수)

19 새를 찾아서 · 김주영
  • 언어의 도부꾼이 펼치는 생명력 넘치는 길위의 문학
  • 겨울 하늘을 나는 새의 문학/金華榮(고려대 불문과 교수)

20 나의 파도소리 · 고 은
  • 민중적 삶의 예술적 실천인 민중의 노래
  • 해방된 언어, 민중적 삶의 예술적 실천/金榮茂(문학평론가)

21 悲戀(비련) · 송 영
  • 고통과 절망의 현실을 뛰어넘기 위한 구원의 빛
  • 방황하는 젊음의 세계/金治洙(문학평론가)

22 길밖의 세상 · 오규원
  • 언어조작의 현실을 해체하는 언어
  • 안에서 안을 부수는 공간/정과리(문학평론가)

23 小人國(소인국) · 김원우
  • 속물적 삶과 물신주의적 가치관에 대한 임상적 해부
  • 삶과 글쓰기의 얽힘과 긴장관계/吳生根(서울대 불문과 교수)

24 순례자의 꿈 · 강은교
  • 물과 불과 바람, 그 영원을 향해 울리는 그리운 언어
  • 무덤의 상상력에서 뿌리의 상상력으로/진형준(홍익대 교수)

25 熱愛(열애) · 황석영
  • 민중적 삶의 용솟음치는 힘에 바탕한 리얼리즘의 문학
  • 민중적 세계관과 일상성의 문학/吳生根(서울대 불문과 교수)

26 낯선거리 · 박태순
  • 삶과 죽음이 가뭇없이 유전하는 이 세계의 근원적 동요
  • 떠돌이 체험의 진정성/해설 · 최원식(문학평론가)

27 포구의 달 · 한승원
  • 원초적 심층 세계의 표출
  • 어둠속에서 날아오른 새는 빛살이 되어/해설 · 김화영

28 夜會 · 오정희
  • 깃광목처럼 튼튼하고 진솔하게
  • 허구석 삶과 비관적 인식/해설 · 오생근(서울대 불문과 교수)

29 알함브라 궁전의 추억 · 윤후명
  • 영원한 사랑은 어디에도 없는데, 다시 찾아 헤매야만 하는가
  • 고독의 환유/해설 · 권택영(경희대 영문과 교수)

30 전체에 대한 통찰 · 김 현
  • 보이는 심연과 안 보이는 역사 전망
  • 못다쓴 해설/해설 · 정과리(문학평론가)

31 純銀의 아침 · 오탁번
  • 순수가치의 절대적 목마름과 현실세계에서의 절망의 그림자
  • 순수의 원심력과 현실의 구심력/해설 · 이남호(문학평론가)

32 모래위의 집 · 한수산
  • 공간의 허구, 그속에서의 그리움과 이끌림
  • 모래와 안개, 그리고 섬으로 가는 길/해설·김화영(문학평론가)

33 현실주의 상상력 · 유종호
  • 리얼리즘 문학이 나아갈 참 길은 어디인가?
  • 쉰 목소리 속에서/해설 · 김우창(문학평론가)

34 모로누운 돌부처 · 김지하
  • 생명과 연대한 사회적 실천의지를 향한 치열한 세계
  • 화법과 시/김인환(문학평론가)

35 껍질과 속살 · 현길언
  • 허위의 파도 속에서 표류하는 진실
  • 삶의 역사적 인식의 건강성/오생근(문학평론가)

36 환상의 시기 · 박경리
  • 억압과 착취, 학살과 고문, 불신과 절망의 한가운데서 발견한 위대한 긍정
  • 생명의 발견/김인환(문학평론가)

나남출판